人民共和國文化與文學叢書

十　編

李　怡　主編

第 11 冊

詩人、詩歌與體制
——《詩刊》社「青春詩會」研究

左 存 文 著

花木蘭文化事業有限公司

國家圖書館出版品預行編目資料

詩人、詩歌與體制——《詩刊》社「青春詩會」研究／左存文 著
－－初版－－新北市：花木蘭文化事業有限公司，2022〔民111〕
目 2+284 面；19×26 公分
（人民共和國文化與文學叢書 十編；第 11 冊）
ISBN 978-986-518-951-8（精裝）
1.CST：中國當代文學 2.CST：當代詩歌 3.CST：歷史
820.8   111009792

特邀編委（以姓氏筆畫為序）：

吳義勤 孟繁華 張 檸
張志忠 張清華 陳思和
陳曉明 程光煒 劉福春
（臺灣）宋如珊
（日本）岩佐昌暲
（新西蘭）王一燕
（澳大利亞）鄭 怡

ISBN-978-986-518-951-8

9 789865 189518

人民共和國文化與文學叢書
十 編 第十一冊   ISBN：978-986-518-951-8

詩人、詩歌與體制
——《詩刊》社「青春詩會」研究

作　　者　左存文
主　　編　李 怡
企　　劃　四川大學中國詩歌研究院
總 編 輯　杜潔祥
副總編輯　楊嘉樂
編輯主任　許郁翎
編　　輯　張雅淋、潘玟靜、劉子瑄　美術編輯　陳逸婷
出　　版　花木蘭文化事業有限公司
發 行 人　高小娟
聯絡地址　235 新北市中和區中安街七二號十三樓
　　　　　電話：02-2923-1455／傳真：02-2923-1452
網　　址　http://www.huamulan.tw 信箱 service@huamulans.com
印　　刷　普羅文化出版廣告事業
初　　版　2022 年 9 月
定　　價　十編 17 冊（精裝）新台幣 43,000 元　　　版權所有‧請勿翻印

詩人、詩歌與體制
——《詩刊》社「青春詩會」研究

左存文　著

作者簡介

左存文，1984 年生，甘肅隴西人。文學博士，西華大學教師。出版詩集《在隴西車站》《阿克塞欽的風》，長篇小說《歸山》。

提　要

　　《詩刊》社自 1980 年推出「青春詩會」活動以來，至 2020 年已舉辦 36 屆，幾乎囊括了中國當代詩壇最具代表性的詩人。從詩歌現象來看，「青春詩會」與《今天》群體、民間寫作、知識分子寫作等密切關聯，新世紀以後與地方詩會合流、舉辦「青春回眸」詩會等，使其成為最有影響力的詩歌活動；從詩歌史來看，詩歌活動、詩歌文本、話語空間以及文化政策、文學制度與管理等各方面的因素都在「青春詩會」得到了彙集；從社會影響來看，既有詩壇「黃埔軍校」的美譽，也有「平庸的雞肋」的質疑，這種尖銳而互相矛盾的評價也彰顯出「青春詩會」的複雜張力。總體上，作為管理機構的作協（指向權力空間），作為舉辦主體的《詩刊》及編輯團隊（指向話語空間），作為活動主角的青年詩人（指向文本價值），共同構成了「青春詩會」的複雜場域。其連續舉辦並不斷產生影響的內在根源，是權力機構、編輯、詩人所共有詩歌史意識，權力機構從未放棄對詩歌史書寫的「引導」，編輯在權力與文本之間尋求「歷史」的平衡，而詩人則有著進入詩歌史的濃厚焦慮，這三者的合力使「青春詩會」成為管窺新時期詩歌發展流變的非常有效的視角。

人民共和國時代的現代文學研究──
《人民共和國文化與文學叢書·十編》引言

李 怡

　　中華人民共和國成立七十餘年，書寫了風雨兼程的當代中國史，與民國時期的學術史不同，中國現代文學研究被成功地納入了國家社會發展體制當中，成為國家文化事業的有機組成部分，因此，我們的學術研究理所當然地深植於這一宏大的國家文化發展的機體之上，每時每刻無不反映著國家社會的細微的動向，尤其是中國現代文學研究，幾乎就是呈現中國知識分子對於新中國理想奮鬥的思想的過程，表達對這一過程的文學性的態度，較之於其他學科更需要體現一種政治的態度，這個意義上說，七十年新中國歷史的風雨也生動體現在了中國現代文學的學術發展之中。從新中國建立之初的「現代文學學科體制」的確立，到 1950～1970 年代的對過去歷史的評判和刪選，再到新時期的「回到中國現代文學本身」，一直到 1990 年代以降的「知識考古」及多種可能的學術態勢的出現，無不折射出新中國歷史的成就、輝煌與種種的曲折。文學與國家歷史的多方位緊密聯繫印證了中國現代文學研究在當下的一種有影響力的訴求：文學與社會歷史的深入的對話。

　　研究共和國文學，也必須瞭解共和國時代之於中國現代文學的學術態度。

一、納入國家思想系統的中國現代文學研究

　　中國現代文學研究伴隨著五四新文學的誕生就出現了，作為現代文學的開山之作《狂人日記》發表的第二年，傅斯年就在《新潮》雜誌第 1 卷第 2 號上介紹了《狂人日記》並作了點評。1922 年胡適應上海《申報》之邀，撰寫

了《五十年來中國之文學》，已經為僅僅有五年歷史的新文學闢專節論述。但是整個民國時期，新文學並未成為一門獨立學科。在一開始，新文學是作為或長或短文學史敘述的一個「尾巴」而附屬於中國古代文學史或近代文學史之後的，諸如上世紀二十年代影響較大的文學史著作如趙景深《中國文學小史》（1926 年）、陳之展《中國近代文學之變遷》（1929 年），分別以「最近的中國文學」和「十年以來的文學革命運動」附屬於古代文學和近代文學之後。朱自清 1929 年在清華大學開設「中國新文學研究」，但到了 1933 年這門課不再開設，為上課而編寫的《中國新文學研究綱要》，也並沒有公開發行。1933年王哲甫《中國新文學運動史》出版，這部具有開創之功的新文學史著作，最重要的貢獻就在於新文學獲得了獨立的歷史敘述形態。1935 年上海良友圖書公司出版了由趙家璧主編的十卷本《中國新文學大系》，作為對新文學第一個十年的總結，由新文學歷史的開創者和參與者共同建立了對新文學的評價體系。至此，新文學在文學史上獲得了獨立性而成為人們研究關注的對象。但是，從總體上看，民國時期的中國現代文學研究還是學者和文學家們的個人興趣的產物，這裡並沒有國家學術機構和文化管理部門的統一的規劃和安排，連「中國現代文學」這一門學科也沒有納入為教育部的統一計劃，而由不同的學校根據自身情況各行其是。

新中國的成立徹底改變了這一學術格局。中華人民共和國的成立，意味著歷史進入一個新的階段。被作為中國現代革命史重要組成部分的現代文學史，成為建構革命意識形態的重要領域，中國現代文學在性質上就和以往文學截然分開。雖然中國現代文學僅僅有三十多年的歷史，但其所承擔的歷史敘述和意識形態建構功能卻是古代文學無法比擬的。由此拉開了在國家思想文化系統中對中國現代文學性質與價值內涵反覆闡釋的歷史大幕。現代文學既在國家思想文化的大體系中獲得了建構現代民族國家的非凡意義，但也被這一體系所束縛甚至異化。王瑤《中國新文學史》的寫作和出版就是標誌性的事件。按教育部 1950 年所通過的《高等學校文法兩學院各系課程草案》，「中國新文學史」是大學中文系核心必修課，在教材缺乏的情況下，王瑤應各學校要求完成《中國新文學史稿》（上冊）並於 1951 年 9 月由北京開明書店出版，下冊拖至 1952 年完稿並於 1953 年 8 月由上海新文藝出版社出版。但隨之而來的批判則可以看出，一方面是國家層面主動規劃和關心著中國現代文學的學術發展，使得學科真正建立，學術發展有了更高層面的支持和更

大範圍的響應，未來的空間陡然間如此開闊，但是，不言而喻的是，國家政治本身的風風雨雨也將直接作用於一個學科學術的內部，在某些特定的時刻，產生的限制作用可能超出了學者本身的預期。王瑤編寫和出版《中國新文學史》最終必須納入集體討論，不斷接受集體從各自的政策理解出發做出的修改和批評意見。面對各種批判，王瑤自己發表了《從錯誤中汲取教訓》，檢討自己「為學術而學術的客觀主義傾向。」〔註1〕

新中國成立，意味著必須從新的意識形態的需要出發整理和規範「現代文學」的傳統。十七年期間出現了對 20 年代到 40 年代已出版作品的修改熱潮。1951 年到 1952 年，開明書店出版了兩輯作品選，稱之為「開明選集本」。第一輯是已故作家選集，第二輯是仍健在的 12 位作家的選集。包括郭沫若、茅盾、葉聖陶、曹禺、老舍、丁玲、艾青等。許多作家趁選集出版對作品進行了修改。1952 年到 1957 年，人民文學出版社又出版了一批被稱為「白皮」和「綠皮」的選集和單行本，同樣作家對舊作做了很大的修改。像「開明選集本」的《雷雨》，去掉了序幕和尾聲，重寫了第四幕；老舍的《駱駝祥子》節錄本刪去了近 7 萬多字，相比原著少了近五分之二。這些在建國前曾經出版了的現代文學作品，都按當時的政治指導思想做了不同程度的修改，向主流意識更加靠攏。通過對新文學的梳理甄別，標識出新中國認可的新文學遺產。

伴隨著對已出版作品的修改與甄別，十七年時期現代文學研究的重心是通過文學史的撰寫規範出革命意識形態認可的闡釋與接受的話語模式。1950年代以來興起的現代文學修史熱，清晰呈現出現代文學在向政治革命意識形態靠攏的過程中如何逐步消泯了自身的特性，到了文革時期，文學史完全異化成路線鬥爭的傳聲筒，這是 1960 年代與 1950 年代的主要差異：從蔡儀的《中國新文學史講話》（1952 年），到丁易的《中國現代文學史略》、張畢來的《新文學史綱（第 1 卷）》（1955 年），劉綬松《中國新文學史初稿》（1956 年）。1950 年代，雖然政治色彩越來越濃厚，但多少保留了一些學者個人化的評判和史識見解。到了 1958 年之後，隨著「反右」運動而來的階級鬥爭擴大化，個人性的修史被群眾運動式的集體編寫所取代，經過所謂的「拔白旗，插紅旗」的雙反運動，群眾運動式的學術佔領了所謂的「資產階級知識分子」的學術領地。全國出現了大量的集體編寫的文學史，多數未能出版發行，當時有代表性是復旦大學中文系學生集體編寫的《中國現代文學史》和《中國現

〔註1〕王瑤：從錯誤中汲取教訓〔N〕，文藝報，1955-10-30（27）。

代文藝思想鬥爭史》,吉林大學中文系和中國人民大學語文系師生分別編寫的兩種《中國現代文學史》。充斥著火藥味濃烈的戰鬥豪情,文學史徹底淪為政治鬥爭的工具。文革時期更是出現了大量以工農兵戰鬥小組冠名文學史和作品選講,學術研究的正常狀態完全被破壞,以個人獨立思考為基礎的學術研究已經被完全摒棄了。正如作為歷史親歷者的王瑤後來所反思的,「一次又一次的政治運動,批判掉了一批又一批的現代文學作家和作品,到『文化大革命』的十年動亂中,在『否定一切,打倒一切』的思潮影響下,三十年的現代文學史只能研究魯迅一人,政治鬥爭的需要代替了學術研究,滋長了與馬克思主義根本不相容的實用主義學風,講假話,隱瞞歷史真相,以致造成了現代文學這門歷史學科的極大危機」。〔註2〕

至此,中國現代文學的學術危機可謂是格外深重了。

二、1980 年代:作為思想啟蒙運動一部分的學術研究

中國現代文學研究重新煥發出生命力是在 1980 年代。伴隨著國家改革開放的大潮,中國現代文學迎來了重要的發展期。

新時期中國現代文學研究的首要任務是盡力恢復被極左政治掃蕩一空的文學記憶,展示中國現代文學歷史原本豐富多彩的景觀。一系列「平反」式的學術研究得以展開,正如錢理群所總結的,「一方面,是要讓歷次政治運動中被排斥在文學之外的作家作品歸位,恢復其被剝奪的被研究的權利,恢復其應有的歷史地位;另一方面,則是對原有的研究對象與課題在新的研究視野、觀念與方法下進行新的開掘與闡釋,而這兩個方面都具有重新評價的性質與意義」。〔註3〕在這樣的「平反」式的作家重評和研究視野的擴展中,原來受到批判的胡適、新月派、七月派等作家流派、被忽略的自由主義作家沈從文、錢鍾書、張愛玲等開始重新獲得正視,甚至以鴛鴦蝴蝶派為代表的通俗文學也在現代文學發展的整體視野中獲得應有的地位。突破了僅從政治立場審視文學的狹窄視野,以現代精神為追求目標的歷史闡釋框架起到了很好的「擴容」作用,這就是所謂的「主流」、「支流」與「逆流」之說,借助於這一原本並非完善的概括,我們的現代文學終於不僅保有主流,也容納了若干

〔註2〕王瑤:中國現代文學研究的歷史和現狀〔J〕,華中師大學報,1984(4):2。
〔註3〕錢理群:我們所走過的道路——《中國現代文學研究叢刊》100 期回顧〔J〕,中國現代文學研究叢刊,2004(4):5。

支流，理解了一些逆流，一句話，可以研究的空間大大的擴展了。

在研究空間內部不斷拓展的同時，80 年代現代文學研究視野的擴展更引人注目，這就是在「走向世界」的開闊視野中，應用比較文學的研究方法，考察中國現代文學與外國文學的關係，建立起中國現代文學和世界文學之間廣泛而深入的聯繫。代表作有李萬鈞的《論外國短篇小說對魯迅的影響》（1979年）、王瑤的《論魯迅與外國文學的關係》、溫儒敏的《魯迅前期美學思想與廚川白村》（1981 年）。陝西人民出版社推出了「魯迅研究叢書」，魯迅與外國文學的關係成為其中重要的選題，例如戈寶權的《魯迅在世界文學上的地位》、王富仁《魯迅前期小說與俄羅斯文學》、張華的《魯迅與外國作家》等。80 年代的現代文學研究首先是以魯迅為中心，建立起與世界文學的廣泛聯繫，這樣的比較研究有力地證明了現代文學的價值不僅僅侷限於革命史的框架內，現代文學是中國社會由傳統向現代的轉變中並逐步融入世界潮流的精神歷程的反映，現代化作為衡量文學的尺度所體現出的「進化」色彩，反映出當時的研究者急於思想突圍的歷史激情，並由此激發起人們對「總體文學」——「世界文學」壯麗圖景的想像。曾小逸主編的《走向世界》，陳思和的《中國新文學整體觀》、黃子平、陳平原和錢理群的《二十世紀中國文學三人談》，對 20 世紀 80 年文學史總體架構影響深遠的這幾部著作都洋溢著飽滿的「走向世界」的激情。掙脫了數十年的文化封閉而與世界展開對話，現代文學研究的視野陡然開闊。「走向世界」既是我們主動融入世界潮流的過程，也是世界湧向中國的過程，由此出現了各種西方思想文化潮水般湧入中國的壯麗景象。在名目繁多的方法轉換中，是人們急於創新的迫切心情，而這樣的研究方法所引起的思想與觀念的大換血，終於更新了我們原有的僵化研究模式，開拓出了豐富的文學審美新境界，讓中國現代文學的學術研究有了自我生長的基礎和未來發展的空間。與此同時，國外漢學家的論述逐步進入中國，帶給了我們新的視野，如夏志清《中國現代小說史》、司馬長風《中國新文學史》，給予中國學者極大的衝擊。在多向度的衝擊回應中，現代文學的研究成為 1980年代學術研究的顯學。

相對於在和西方文學相比較的視野中來發掘現代文學的世界文學因素並論證其現代價值而言，真正有撼動力量的還是中國學者從思想啟蒙出發對中國現代文學學術思想方法的反思和探索。一系列名為「回到中國現代文學本身」的研究決堤而出，大大地推進了我們的學術認知。這其中影響最大的包

括王富仁對魯迅小說的闡釋，錢理群對魯迅「心靈世界」的分析，汪暉對「魯迅研究歷史的批判」，以及凌宇的沈從文研究，藍棣之的新詩研究，劉納對五四文學的研究，陳平原對中國現代小說模式的研究，趙園對老舍等的研究，吳福輝對京派海派的研究，陳思和對巴金的研究，楊義對眾多小說家創作現象的打撈和陳述等等。這些研究的一個鮮明特點，就是立足於中國現代作家的獨立創造性，展現出現代文學在中國思想文化發展史上所具有的獨特認識價值和審美價值。作為 1980 年代文學史研究的兩大重要口號（概念）也清晰地體現了中國學者擺脫政治意識形態束縛，尋找中國現代文學獨立發展規律的努力，這就是「二十世紀中國文學」與「重寫文學史」，如今，這兩個口號早已經在海內外廣泛傳播，成為國際學界認可的基本概念。

今天的人們對「文學」更傾向於一種「反本質主義」的理解，因而對 1980年代的「回到本身」的訴求常常不以為然。但是，平心而論，在新時期思想啟蒙的潮流之中，「回到本身」與其說是對文學的迷信不如說是借助這一響亮的口號來祛除極左政治對學術發展的干擾，使得中國的現代文學研究能夠在學術自主的方向上發展，理解了這一點，我們就能夠進一步發現，1980 年代的中國學術雖然高舉「文學本身」的大旗，卻並沒有陷入「純文學」的迷信之中，而是在極力張揚文學性的背後指向「人性復歸」與精神啟蒙，而並非是簡單地回到純粹的文學藝術當中。同樣借助回到魯迅、回到五四等，在重新評估研究對象的選擇中，有著當時人們更為迫切的思想文化問題需要解決。正如王富仁在回顧新時期以來的魯迅研究歷史時所指出的：「迄今為止，魯迅作品之得到中國讀者的重視，仍然不在於它們在藝術上的成功……中國讀者重視魯迅的原因在可見的將來依然是由於他的思想和文化批判。」﹝註4﹞「回到魯迅」的學術追求是借助魯迅實現思想獨立，「這時期魯迅研究中的啟蒙派的根本特徵是：努力擺脫凌駕於自我以及凌駕於魯迅之上的另一種權威性語言的干擾，用自我的現實人生體驗直接與魯迅及其作品實現思想和感情的溝通。」。﹝註5﹞80 年代現代文學研究中無論是影響研究下對現代文學中西方精神文化元素的勘探，還是重寫文學史中敘史模式的重建，或是對歷史起源的

﹝註4﹞ 王富仁：中國魯迅研究的歷史與現狀（連載十一）﹝J﹞，魯迅研究月刊，1994（12）：45。

﹝註5﹞ 王富仁：中國魯迅研究的歷史與現狀（連載十）﹝J﹞，魯迅研究月刊，1994（11）：39。

返回，最核心的問題就是思想解放，人們相信文學具有療傷和復歸人性的作用，同時也是獨立精神重建的需要。80 年代的主流思想被稱之為「新啟蒙」，其意義就是借助國家改革開放和思想解放的歷史大趨勢，既和主流意識形態分享著對現代化的認可與想像，也內含著知識分子重建自我獨立精神的追求。因此 80 年現代文學不在於多麼準確地理解了西方，而是借助西方、借助五四，借助魯迅激活了自身的學術創造力。相比 90 年代日益規範的學術化取向，80 年代現代研究最主要的貢獻就是開拓了研究空間，更新了學術話語，激活了研究者獨立的精神創造力。當然，感性的激情難免忽略了更為深入的歷史探尋和更為準確東西對比。在思想解放激情的裹挾下，難免忽略了對歷史細節的追問和辨析。這為 90 年代的知識考古和文化研究留下展開空間，但是 80 年代的帶有綜合性的學術追求中，文化和歷史也是 80 年代現代文學研究的自覺學術追求。錢理群當時就指出：「我覺得『二十世紀中國文學』這個概念還要求一種綜合研究的方法，這是由我們的研究對象所決定的。現代中國很少『為藝術而藝術』的純文學家，很少作家把自己的探索集中於純文學的領域，他們涉及的領域是十分廣闊的，不僅文學，更包括了哲學、歷史學、倫理學、宗教學、經濟學、人類學、社會學、民俗學、語言學、心理學，幾乎是現代社會科學的一切領域。不少人對現代自然科學也同樣有很深的造詣。不少人是作家、學者、戰士的統一。這一切必然或多或少、或隱或顯地體現到他們的思想、創作活動和文學作品中來。就像我們剛才講到的，是一個四面八方撞擊而產生的一個文學浪潮。只有綜合研究的方法，才能把握這個浪潮的具體的總貌。」〔註6〕，80 年代對現代文學研究綜合性的強調，顯然認識到現代文學與社會歷史文化廣闊的聯繫，只不過 80 年代更多的是從靜態的構成要素角度理解現代文學的內部和外部之間的聯繫，而不是從動態的生產與創造的角度進行深入開掘，但 80 年代這樣的學術理念與追求也為 90 年代之後學術規範之下現代文學研究的「精耕細作」奠定了基礎。

三、1990 年代：進入「規範」的中國現代文學研究

　　1990 年代，中國社會發生了很大的改變。在國家政治的新的格局中，知識分子對 1980 年代啟蒙過程中「西化」傾向的批判成為必然，同時，如何借

〔註6〕陳平原、錢理群、黃子平：「二十世紀中國文學」三人談·方法〔J〕，讀書，1986（3）。

助「學術規範」建立起更「科學」、「理智」也更符合學術規則的研究態度開始佔據主流，當然，這種種的「規範」之中也天然地包含著知識分子審時度勢，自我規範的意圖。在這個時代，不是過去所謂的「救亡」壓倒了「啟蒙」，而是「規範化」的訴求一點一點地擠乾了「啟蒙」的激情。

1990 年代的現代文學研究首先以學術規範為名的對 1980 年代現代文學研究進行反思與清理。《學人》雜誌的創刊通常被認為是 1990 年代學術轉型的標誌，值得一提的，三位主編中陳平原和汪暉都是 1980 年代中國現代文學研究的代表性人物。

進入「規範」時代的中國現代文學研究有兩個值得注意的傾向：

一是學術研究從激情式的宣判轉入冷靜的知識考古，將學術的結論蘊藏在事實與知識的敘述之中。從 1990 年代開始，《中國現代文學叢刊》開始倡導更具學術含量的研究選題。分別在 1991 年第 2 期開設「現代作家與地域文化專欄」，1993 年第 4 期設「現代作家與宗教文化」專欄，1994 年第 1 期開闢「淪陷區文學研究專號」，1994 年第 4 期組織了「現代女性文學研究」專欄。這種學術化的取向，極大地推進了現代文學向縱深領域拓展，出現了一批富有代表性的成果。如嚴家炎主持的「二十世紀中國文學與區域文化叢書」（1995 年）和「二十世紀中國文學研究叢書」（1999～2000 年），前者是探討地域文化和現代文學的關係，後者側重文學思潮和藝術表現研究。在某一個領域深耕細作的學者大多推出自己的代表作，如劉納的《嬗變──辛亥革命時期的中國文學》（1998 年），從中國文學發展的內部梳理五四文學的發生；范伯群主編的《中國近現代通俗文學史》（2000 年），有關現代文學的擴容討論終於在通俗文學的研究上有了實質性的成果；再如文學與城市文化的研究包括趙園的《北京：城與人》（1991 年）、李今的《海派文化與都市文化》（2000 年）等研究成果。隨著學術對象的擴展，不但民國時期的舊體詩詞、地方戲劇等受到關注，而且和現代文學相關的出版傳媒，稿酬制度，期刊雜誌，文學社團，中小學及大學的文學教育等作為社會生產性的制度因素一併成為學術研究對象。劉納的《創造社與泰東書局》（1999）；魯湘元的《稿酬怎樣攪動文壇──市場經濟與中國近代文學》（1998 年）；錢理群主編的「二十世紀中國文學與大學文化叢書」等都是這方面具有代表性的研究成果。90 年代中期，作為現代文學學科重要奠基人的樊駿曾認為「我們的學科，已經不再年輕，正在走向成熟。」而成熟的標誌，就是學術性成果的陸續推出，「就整體而言，

我們正努力把工作的重點和目的轉移到學術建設上來，看重它的學術內容學術價值，注意科學的理性的規範，使研究成果具有較多的學術品格與較高的學術品位，從而逐步成為真正意義上的學術工作。」〔註7〕

　　二是對文獻史料的越來越重視，大量的文獻被挖掘和呈現，同時提出了現代文獻的一系列問題，例如版本、年譜、副文本等等，文獻理論的建設也越發引起人們的重視。從80年代學界不斷提出建立「中國現代文學文獻學」的呼籲。《中國現代文學研究叢刊》1985年第1期刊登了馬良春《關於建立中國現代文學「史料學」的建議》，提出了文獻史料的七分法：專題性研究史料、工具性史料、敘事性史料、作品史料、傳記性史料、文獻史料和考辨史料。1989年《新文學史料》在第1、2、4期上連續刊登了樊駿的八萬多字的長文《這是一項宏大的系統工程——關於中國現代文學史料工作的總體考察》，樊駿先生就指出：「如果我們不把史料工作僅僅理解為拾遺補缺、剪刀漿糊之類的簡單勞動，而承認它有自己的領域和職責、嚴密的方法和要求，特殊的品格和價值——不只在整個文學研究事業中佔有不容忽視、無法替代的位置，而且它本身就是一項宏大的系統工程，一門獨立的複雜的學問；那麼就不難發現迄今所做的，無論就史料工作理應包羅的眾多方面和廣泛內容，還是史料工作必須達到的嚴謹程度和科學水平而言，都還存在許多不足。」1989年成立了中華文學史料學會，並編輯出版了會刊《中華文學史料》。借助90年代「學術性」被格外強調，「學術規範」問題獲得鄭重強調和肯定的大環境，許多學者自覺投入到文獻收藏、整理與研究的領域，涉及現代文學史料的一系列新課題得以深入展開，例如版本問題、手稿問題、副文本問題、目錄、校勘、輯佚、辨偽等，對文獻史料作為獨立學科的價值、意義和研究方法等方面都展開了前所未有的討論。其中的重要成果有賈植芳、俞桂元主編的《中國現代文學總書目》（1993年）、陳平原、錢理群等編《二十世紀中國小說理論資料》五卷（1997年），錢理群主編的「中國淪陷區文學大系」（1998～2000），延續這一努力，劉增人等於2005年推出了100多萬字的《中國現代文學期刊史論》，既有「中國現代文學期刊敘錄」，又有「中國現代文學期刊研究資料目錄」的史料彙編。不僅史料的收集整理在學術研究上獲得了深入發展，「五四」以來許多重要作家的全集、文集和選集在90年代被重新編輯出版。如浙

〔註7〕 樊駿：我們的學科，已經不再年輕，正在走向成熟〔J〕，中國現代文學研究叢刊，1995（2）：196～197。

江文藝出版社推出的《中國現代經典作家詩文全編書系》，共 40 種，再如冠以經典薈萃、解讀賞析之類的更是不勝枚舉。這些選本文集的出版，現代文學研究領域的許多學者都參與其中，既普及了現代文學的影響力，又在無形中重新篩選著經典作家。比如 90 年代隨著有關張愛玲各種各樣的全集、選集本的推出，在全國迅速形成了張愛玲熱，為張愛玲的經典化產生了重要作用。

1990 年代現代文學研究的學術化轉向，包含著意味深長的思想史意義。作為這一轉向的倡導者的汪暉，在 1990 年代就解釋了這一轉向所包含的思想意義：「學術規範與學術史的討論本是極為專門的問題，但卻引起了學術界以至文化界的廣泛注意，此事自有學術發展的內在邏輯，但更需要在 1989 年之後的特定歷史情境中加以解釋。否則我們無法理解：這樣專門的問題為什麼會變成一個社會文化事件，更無從理解這樣的問題在朋友們的心中引發的理性的激情。學者們從對 80 年代學術的批評發展為對近百年中國現代學術的主要趨勢的反思。這一面是將學術的失範視為社會失範的原因或結果，從而對學術規範和學術歷史的反思是對社會歷史過程進行反思的一種特殊方式；另一方面則是借助於學術，內省晚清以來在西學東漸背景下建立的現代性的歷史觀，雖然這種反思遠不是清晰和自覺的。參加討論的學者大多是 80 年代學術文化運動的參與者，這種反思式的討論除了學術上的自我批評以外，還涉及在政治上無能為力的知識者在特定情境中重建自己的認同的努力，是一種化被動為主動的社會行為和歷史姿態。」〔註8〕汪暉為 1990 年代的學術化轉向設定了這麼幾層意思：1990 年代的學術化轉向是建立在對 1980 年代學術的反思基礎上，而且將學術的失範和社會的失範聯繫起來，進而對學術規範和學術史的反思也就對社會歷史的一種特殊反思，由此對所謂主導學術發展的現代性歷史觀進行批判。汪暉後來甚至認為：「儘管『新啟蒙』思潮本身錯綜複雜，並在 80 年代後期發生了嚴重的分化，但歷史地看，中國『新啟蒙』思想的基本立場和歷史意義，就在於它是為整個國家的改革實踐提供意識形態的基礎的。」〔註9〕一方面認為 80 年代以新啟蒙為特點的學術追求是造成社會失範的原因或結果，一方面又認為這一學術追求為改革實踐提供了意識

〔註8〕羅崗、倪文尖編：90 年代思想文選（第一卷）〔C〕，南寧：廣西人民出版社，2000 年：6～7。

〔註9〕羅崗、倪文尖編：90 年代思想文選（第一卷）〔C〕，南寧：廣西人民出版社，2000 年：280。

形態基礎，在這帶有矛盾性的表述中，依然跳不出從社會政治框架衡量學術意義的思維。但由此所引發的問題卻是值得深思的：現代文學作為一門學科的根本基礎和合法性何在？1990年代的學術轉向，試圖以學術化的取向在和政治保持適當的距離中重建學科的合法性，即所謂的告別革命，回歸學術，學術研究只是社會分工中的一環，即陳思和所言的崗位意識：「我所說的崗位意識，是知識分子在當代社會中的一種自我分界。……（崗位的）第一種含義是知識分子的謀生職業，即可以寄託知識分子理想的工作。……另一層更為深刻也更為內在的意義，即知識分子如何維繫文化傳統的精血」。〔註10〕這就更顯豁的表達出1990年代學術轉型所抱有的思想追求，現代文學不再是批判性知識和思想的策源地，而是學科分工之下的眾多門類之一，消退理想主義者曾經賦予自身的思想光芒和啟蒙幻覺，回歸到基本謀生層面，以工匠的精神維持一種有距離的理性主義清醒。

不過，這種學術化的轉型和1990年代興起的後學思潮相互疊加，卻也開始動搖了現代文學這門學科的基礎。如果說學術化轉向是帶著某種認真的反思，並在學術層面上對現代文學研究做出了一定的推進，而90年代伴隨著後學理論的興起，則從思想觀念上擾亂了對現代文學的認識和評價。借助於西方文化內部的反叛和解構理論，將對西方自文藝復興至啟蒙運動所形成的「現代性」傳統展開猛烈批判的後現代主義（還包括解構主義、後殖民主義等等）挪用於中國，以此宣布中國的「現代性終結」，讓埋頭於現代化追求和想像的人們無比的尷尬和震驚：

> 「現代性」無疑是一個西方化的過程。這裡有一個明顯的文化等級制，西方被視為世界的中心，而中國已自居於「他者」位置，處於邊緣。中國的知識分子由於民族及個人身份危機的巨大衝擊，已從「古典性」的中心化的話語中擺脫出來，經歷了巨大的「知識」轉換（從鴉片戰爭到「五四」的整個過程可以被視為這一轉換的過程，而「五四」則可以被看作這一轉換的完成），開始以西方式的「主體」的「視點」來觀看和審視中國。〔註11〕

〔註10〕陳思和：知識分子在現代社會轉型期的三種價值取向〔J〕，上海文化，1993（1）。

〔註11〕張頤武：「現代性」終結——一個無法迴避的課題〔J〕，戰略與管理，1994（3）：106。

　　以西方最新的後學理論對五四以來的現代文學做出了理論上的宣判，作為「他者」狀況反映的現代文學的價值受到了懷疑。「現代性」作為 90 年代現代文學研究的核心關鍵詞，就是在這樣的質疑聲中登陸中國學術界。人們既在各種意義飄忽不定的現代性理論中進行知識考古式的辨析和確認，又在不斷的懷疑和顛覆中迷失了對自我感受的判斷。這種用最新的西方理論宣判另一種西方理論的終結的學術追求卻反諷般地認為是在維護我們的「本土性」和「中華性」，而其中的曖昧，恰如一位學人所指出的：「在我看來，必須意識到 90 年代大陸一些批評家所鼓吹的『後現代主義』與官方新意識形態之間的高度默契。比如，有學者把大眾文化褒揚為所謂『社會主義初級階段特色』，異常輕易地把反思都嘲弄為知識分子的精英立場；也有人脫離本土的社會文化經驗，激昂地宣告『現代性』的終結，歡呼中國在『走向一個小康』的理想時刻。這就不僅徹底地把『後現代』變成了一個完全『不及物』的能指符號，而且成為了對市場和意識形態地有力支持和論證。」〔註12〕

　　正是在「現代性」理論的困擾中，1990 年代後期，人們逐漸認識到源自於西方的「現代性」理論並不能準確概括中國的歷史經驗，而文學做為感性的藝術，絕非是既定思想理念的印證。1980 年代我們在急於走向世界的激情中，只揭示了西方思想文化如何影響了現代文學，還沒有更從容深入的展示出現代作家作為精神文化創造者的獨立性和主體性。但是無論十七年時期現代文學作為新民主主義革命的有力組成部分，還是 1980 年代的現代化想像，現代文學都是和國家文化的發展建設緊密聯繫在一起，學科合法性並未引起人們的思考。1990 年代的學術化取向和現代性內涵的考古發掘，都在逼問著現代文學一旦從總體性的國家文化結構中脫離出來，在資本和市場成為社會主導的今天，現代文學如何重建自身的學科合法性，就成為新世紀以來現代文學學術研究的核心問題。作為具有強烈歷史實踐品格和批判精神的現代文學，顯然不能在純粹的學術化取向中獲得自身存在的意義，需要在與社會政治保持適度張力的同時激活現代文學研究在思想生產中的價值和意義。

四、新世紀以後：思想分化中的現代文學研究

　　1980 年代的現代文學研究貫穿著思想解放與觀念更新的歷史訴求：1990

〔註12〕張春田：從「新啟蒙」到「後革命」——重思「90 年代」的中國現代文學研究〔J〕，現代中文學刊，2010（3）：59。

年代則是探尋學科研究的基礎與合法性何在，而新世紀開啟的文史對話則屬
於重新構建學術自主性的追求。

面對遭遇學科危機的現代文學研究，1990 年代後期已經顯現的知識分子
的思想分化在中國現代文學研究中更加明顯地表現了出來。圍繞對二十世紀
重要遺產——革命的不同的認知，不同思想派別對中國現代文學的肯定和否
定趨向各自發展，距離越來越大。「新左派」認定「革命」是 20 世紀重要的
遺產，對左翼文學價值的挖掘具有對抗全球資本主義滲透的特殊價值，「再解
讀」思潮就是對左翼——延安一直至當代文學「十七年」的重新肯定，這無
疑是打開了重新認識中國現代文學「革命文化」的新路徑，但是，他們同時
也將 1980 年代的思想啟蒙等同於自由主義，並認定正是自由主義的興起、「告
別革命」的提出遮蔽了左翼文學的歷史價值，無疑也是將更複雜的歷史演變
做了十分簡略的歸納，而對歷史複雜的任何一次簡單的處理都可能損害分歧
雙方原本存在的思想溝通，讓知識分子陣營的分化進一步加劇。當然，所謂
自由主義知識分子群體也未能及時從 1980 年代的「平反「邏輯中深化發展，
繼續將歷史上左翼文化糾纏於當代極左政治，放棄了發掘左翼文化正義價值
的耐性，甚至對魯迅與左翼這樣的重大而複雜的話題也作出某些情緒性的判
斷，這便深深地影響了他們理論的說服力，也阻斷了他們深入觀察當代全球
性的左翼思潮的新的理論基礎，並基於「理解之同情」的方向與之認真對話。

新世紀以來中國現代文學研究的推進和發展，首先體現在超越左／右的
對立思維、在整合過往的學術發展經驗的基礎上建構基於真實歷史情境的文
學發展觀，對中國現代文學研究更有推動性的努力是文學史觀念的繼續拓展，
以及新的學術方法的嘗試。

我們看到，1980 年代後期的「重寫文學史」的願望並沒有就此告終，在
新世紀，出現了多種多樣的探索。

一是從語言角度嘗試現代文學史的新寫作。展開了中國現代文學研究的
語言維度的努力，先後出現了曹萬生主編的《中國現代漢語文學史》（2007 年）
和朱壽桐主編的《漢語新文學通史》（2010 年）。這兩部文學史最大的特點是
從語言的角度整合以往限於歷史性質判別和國別民族區分而呈現出某種「斷
裂」的文學史敘述。曹著是從現代漢語角度來整合中國現代文學和當代文學，
從而將五四之後以現代漢語寫作的文學作品作為文學史分析的整體，「中國現
代漢語文學包容了啟蒙論、革命論、再啟蒙論、後現代論、消費性與傳媒論

所主張的內容」〔註13〕那些曾經矛盾重重的意識形態因素在工具性的語言之下獲得了某種統一。在這樣的語言表達工具論之下的文學史視野中，和現代文學並行的文言寫作自然被排除在外，而臺灣文學港澳文學甚至旅外華人以現代漢語寫作的文學都被納入，甚至網絡文學、影視文學和歌詞也受到關注。但其中內涵的問題是現代漢語作為僅有百年歷史的語言形態，其未完成性對把握現代漢語的特點造成了不小的困擾，以這樣一種仍在變化發展的語言形態作為貫穿所有文學發展的歷史線索，依然存在不少困難。如果說曹著重在語言表達作為工具性的統一，那麼朱著則側重於語言作為文化統一體的意義。文學作為一種文化形態，其基礎在於語言，「由同一種語言傳達出來的『共同體』的興味與情趣，也即是同一語言形成的文化認同」，「文學中所體現的國族氣派和文化風格，最終也還是落實在語言本身」，〔註14〕那麼作為語言文化統一形態的「漢語新文學」這一概念所承擔的文學史功能就是：「超越乃至克服了國家板塊、政治地域對於新文學的某種規定和制約，從而使得新文學研究能夠擺脫政治化的學術預期，在漢語審美表達的規律性探討方面建構起新的學術路徑」〔註15〕。顯然朱著的重點在以語言的文化和審美為紐帶，打破地域和國別的阻隔、中心與邊緣的區分。朱著所體現的龐大的文學史擴容問題，體現出可貴的學術勇氣，但在這樣體系龐大的通史中，語言的維度是否能夠替代國別與民族的角度，還需要進一步思考。

二是嘗試從國家歷史的具體情態出發概括百年來文學的發展，提出了「民國文學史」、「共和國文學史」等新概念。早在1999年陳福康借助史學界的概念，建議「現代文學」之名不妨用「民國文學」取代。後來張福貴、丁帆、湯溢澤、趙步陽等學者就這一命名有了進一步闡發。〔註16〕在這帶有歷史還原意味的命名的基礎上，李怡提出了「民國機制」的觀點，這一概念就是希望進入文史對話的縱深領域，即立足於國家歷史情境的內部，對百年來中國文學轉換演變的複雜過程、歷史意義和文化功能提出新的解釋，這也就是從國

〔註13〕曹萬生主編：中國現代漢語文學史〔M〕，北京：中國人民大學出版社，2007：8。

〔註14〕朱壽桐主編：漢語新文學通史〔M〕，廣州：廣東人民出版社，2010：12～13。

〔註15〕朱壽桐主編：漢語新文學通史〔M〕，廣州：廣東人民出版社，2010：8。

〔註16〕參見張福貴：從「現代文學」到「民國文學」——再談中國現代文學的命名問題〔J〕，文藝爭鳴，2011（11）及丁帆：給新文學史重新斷代的理由——關於「民國文學」構想及其他的幾點補充意見〔J〕，中國現代文學研究叢刊，2011（3）等。

家歷史情境中的社會機制入手，分析推動和限制文學發展的歷史要素。〔註17〕這些探索引起了學術界不同的反應，也先後出現了一些質疑之聲，不過，重要的還是究竟從這一視角出發能否推進我們對現代文學具體問題的理解。在這方面花城出版社先後推出了「民國文學史論」第一輯、第二輯，共 17 冊，山東文藝出版社也推出了 10 冊的「民國歷史文化與中國現代文學研究」的大型叢書，數十冊著作分別從多個方面展示了民國視角的文學史意義，可以說是初步展示了相關研究的成果，在未來，這些研究能否深入展開是決定民國視角有效性的關鍵。

值得一提的還有源於海外華文文學界的概念——華語語系文學。目前，這一概念在海外學界影響較大，不過，不同的學者（如史書美與王德威）各自的論述也並不相同，史書美更明確地將這一概念當作對抗中國大陸現代文學精神統攝性的方式，而王德威則傾向於強調這一概念對於不同區域華文文學的包容性。華語語系文學的提出的確有助於海外華文寫作擺脫對中國中心的依附，建構各自獨特的文學主體性，不過，主體性的建立是否一定需要在對抗或者排斥「母國」文化的程序中建立？甚至將對抗當作一種近於生理般的反應？是一個值得認真思考的問題。

新世紀以來，方法論上的最重要的探索就是「文史對話」的研究成為許多人認可並嘗試的方法。「文史對話」研究取向，從 1980 年代的重返歷史和 1990 年代的文化研究的興起密切相關。1980 年代在「撥亂反正」政策調整下的作家重評就是一種基於歷史事實的文史對話，而在 1980 年代興起的「文化熱」，也可以看成是將歷史轉化為文化要素，以「文化視角」對現代文學文本與文學發展演變進行的歷史分析。在 1980 年代非常樸素的文史對話方式中，我們看到一面借助外來理論，一面在「原始」史料的收集整理、作品閱讀的基礎上，艱難地形成屬於中國文學發展實際的學術概念。而隨著 1990 年代西方大量以文化研究和知識考古為代表的後學理論湧入中國後。特別是受文化理論的影響，1980 年代基於樸素的文化視角研究現代文學的歷史化取向，轉變為文化研究之下的泛歷史化研究。1990 年代的「文化研究」不同於 1980 年代「文化視角」的區別在於：1980 年代文化只是文學文本的一個構成性或背景性的要素，是以文學文本為中心的研究；而受西方文化研究理論的影響，

〔註17〕李怡：民國機制：中國現代文學的一種闡釋框架〔J〕，廣東社會科學，2010
　　　　（6）：132。

1990 年代的文化研究是將社會歷史看成泛文本，歷史文化本身的各種元素不再是論述文學文本的背景性因素，它們也是作為文本成為研究考察的對象。在文化研究轉向影響下的 90 年代中後期的現代文學研究，突破了以文學文本為中心，而從權力話語的角度將文學文本放在複雜的歷史文化中進行分析，這樣文化研究就和歷史研究獲得了某種重合，特別是受福柯、新曆史主義等理論的影響，文學文本和其他文本之間的權力關係成為關注的重點。

這樣就形成了 1980 年代作家重評與文化視角之下的文史對話，和 9190 年中後期已降的在文化研究理論啟發和構造之下的文史對話，而這兩種文史對話之間的矛盾或者說差異，根本的問題在於如何基於中國經驗而重構我們學術研究的自主性問題。1980 年代的文史對話是置身在中國學術走出國門、引入西方思潮的強烈風浪中，緊張的歷史追問後面飄動著頗為扎眼的「西化」外衣，而對中國問題的思考和關注則容易被後來者有意無意的忽略，特別在西方理論影響和中國問題發現之間的平衡與錯位中的學術創新焦慮，更讓我們容易將自己的學術自主性建構問題遮蔽。文化研究之下的權力話語分析確實打開了進入堅硬歷史骨骼的有效路徑，但這樣的分析在解構權力、拆解宏達敘述的同時，則很容易被各種先行的理論替代了歷史本身，而真實的歷史實踐問題則很容易被規整為各種脫離實際的理論構造。而且在瓦解元敘述的泛文本分析中，歷史被解構成碎片，文學本身也淹沒在各種繁複的話語分析中而不再成為審美經驗的感性表達，歷史和文學喪失了區分，實質上也消解了文史對話的真正展開。所以當下文史對話的展開，必須在更高的層次上融合過往的學術經驗。中國學術研究的自主性必須基於對自身歷史經驗的分析和提煉，形成符合中國文學自身發展的學術概念和話語體系，但是這樣強調本土經驗的優先性，特別是對「中國特色」和「中國道路」的道德化強調中，我們卻要警惕來自狹隘的民族主義的干擾和破壞；同時對於西方理論資源，必須看成是不斷打開我們認識外界世界的有力武器，而不能用理論替代對歷史經驗的分析。因此當下以文史對話為追求的現代文學研究，不僅僅是對西方理論話語的超越，更是對自身學術發展經驗的反思與提升。質言之，應該是對 1980 年代啟蒙精神與 1990 年代學術化取向的深度融合。

在以文史對話為導向的學術自主性建構中，作為可借鑒的資源，我們首先可以激活有著深厚中國學術傳統的「大文學」史觀，這一「大文學」概念的意義在於：一是突破西方純文學理論的文體限制，將中國作家多樣化的寫作

納入研究範圍，諸如日記、書信及其他思想隨筆，包括像現代雜文這種富有
爭議的形式也由此獲得理所當然的存在理由；二是對文學與歷史文化相互對
話的根據與研究思路有自覺的理論把握，特別是「大文學」這一概念本身的
中國文化內涵，將為我們「跨界」闡釋中國文學提供理論支撐。當然在今天
看來，最需要思考的問題是如何在「文史對話」之中呈現「文學」的特點，文
史對話在我們而言還是為了解決文學的疑問而不是歷史學的考證。如此在呈
現中國文學的歷史複雜性的同時，也建構出屬於我們自己的具有自主性的學
術話語體系，從而為未來的現代文學研究開闢出廣闊的學術前景。

此文與王永祥先生合著

目次

緒　論

一

　　從眾多的當代詩歌史著作中可以看出，建基在以詩歌為中心的「歷史」化梳理，不再是經典詩人加經典作品的模式，而是通過將詩歌文本、詩歌活動、詩歌現象等與歷史背景相關聯的場域雜糅成詩歌「史」，並力圖清晰地勾勒出當代詩歌的發生與流變。在分期上，十七年詩歌、文革詩歌、新時期詩歌仍是最基本的「歷史化」方式，即便是新時期詩歌，也以年代劃分為主，八十年代、九十年代、新世紀的嬗變形態相應產生。表面看來，這些階段劃分與具體的政治背景產生了密切的關聯，彷彿當代詩歌史是以政治生態為主線影響下的詩歌「反映」史。但是，穿透文學——政治這種簡單的二元對立關係，就會發現當代詩歌的流變有著極為豐富和複雜的一面。以八十年代為例，這個被稱為詩歌黃金年代的時期，雖然有不少人發現「朦朧詩」的發生與意識形態的緊密關聯，以及「第三代詩」從「朦朧詩」中汲取營養後再倒戈相向的現象，但是不能由此就認為當代詩歌史流變就是線性的進化，就是政治生態在詩歌發展中的「文本闡釋」。粗略來看，以「朦朧詩」主導的「文化」意識（集體主體），以第三代詩主導的「日常生活」意識（個體主體），以昌耀、海子等獨具一格的詩人所呈現出的「生命」意識等等，在發生學上共同構成了新時期詩歌的資源，這些資源相互糾纏滲透，經過九十年代的論爭和激蕩，漸漸形成新世紀的詩歌圖景。

　　那麼，在具體的某個時段，有沒有某個作家或詩人、某類作品、某種詩歌現象或者某類詩歌活動集中地呈現出我們所要梳理的詩歌「史」？比如以

文學制度為視角，就有王本朝、張均對中國當代文學制度的研究〔註1〕；以具體的詩人為視角，就有趙暉以海子為鏡象透視「80年代」的文學現象〔註2〕；以期刊編輯為視角，就有陳曉怡通過對《人民文學》《文藝報》《詩刊》《時代的報告》等刊物的分析，來呈現新時期文學初期多元面貌〔註3〕等例子。無論哪種視角，都通過以小見大的路徑來管窺某一時段的詩歌生態。而對於詩歌活動，因為「即時性」、「偶發性」等特點，似乎只能僅僅停留在極小的一個點，比如文革時期的「小靳莊詩歌運動」，1986年的「現代詩群體大展」等。在這繁複的、眾多的詩歌活動中，新時期以來《詩刊》社推出的「青春詩會」，似乎是個例外，其規律性——原則上每年一屆，長久性——已舉辦三十六屆，影響性——被稱為詩壇的「黃埔軍校」，已然成為詩歌史無法避開的重要現象。又因為主辦方《詩刊》社在新時期詩歌中所處的特殊地位（作協下轄六大刊物之一，也是唯一的國家級詩歌刊物），「青春詩會」在眾多詩歌史視角中便有了特殊的意義。

《詩刊》社推出的「青春詩會」活動，自1980年舉辦第一屆以來，至2020年已舉辦36屆，共推出527位青年詩人，包括第一屆邀請的「朦朧詩」主將舒婷、顧城、江河等，以及號稱兩屆黃金詩會的第六屆和第七屆，推出于堅、韓東、翟永明、吉狄馬加、楊克、西川、陳東東、歐陽江河、簡寧等詩人。從參加歷屆「青春詩會」的詩人名單來看，「青春詩會」囊括了新時期以來絕大多數已經被認可、並不斷推出優秀作品的詩人，其中很多成為後來中國詩壇的代表人物。甚至北島、楊煉、海子等未參加「青春詩會」的重要詩人，也與其有著千絲萬縷的聯繫。由此，新時期以來的詩歌流變和整體生態，似乎在「青春詩會」這裡得到了彙集。從史實來看，「青春詩會」是追加命名，1980年第一屆為「青年詩作者創作學習會」，1982、1983、1984年第二、三、四屆為「青年詩作者改稿會」，直到1985年才開始正式以「青春詩會」命名。但是因為第一屆在《詩刊》推出作品專輯時，王燕生撰寫的側記以「青春詩會」來標稱這次活動，所以詩壇和學界從第一屆就稱其為「青春詩會」。

通過梳理「青春詩會」的舉辦歷史就會發現，其與《今天》詩人群體、與

〔註1〕王本朝：《中國當代文學制度研究（1949～1979）》，新星出版社，2007年。
　　　　張均：《中國當代文學制度研究（1949～1976）》，北京大學出版社，2011年。
〔註2〕趙暉：《海子，一個「80年代」文學鏡象的生成》，北京大學出版社，2011年。
〔註3〕陳曉怡：《「新時期文學」初期的多元面貌——以代表性期刊編輯人員與編輯方針為對象》，華東師範大學碩士學位論文。

「朦朧詩」、與「民間寫作」、與「知識分子寫作」等有著密切的關聯，尤其是第一屆「青春詩會」與《今天》、第六屆「青春詩會」與「民間寫作」、第七屆「青春詩會」與「知識分子寫作」等等，構成了非常直接的對應關係。延伸到人們所熟知的三個崛起，其中徐敬亞《崛起的詩群》主要思想和直接靈感就來源於第一屆「青春詩會」。所以當八十年代舉辦「青春詩會」的重要人物、《詩刊》編輯王燕生在回顧「青春詩會」時，會這樣說，「那些初亮歌喉的新人，如今有的已執掌詩歌刊物；有的當了省級文聯、作協副主席，甚至進入中國作協書記處；有的移情別戀，以小說、散文蜚聲文壇；有的商海弄潮，腰纏何止萬貫；有的移居海外；有的仍在流浪；有的『江郎才盡』；有的退休；還有的已離開人世……二十年間，有多少悲喜，多少沉浮？但是，青春永駐，詩歌常青。拋開褒貶、功過不說，自『朦朧詩』開始，『朦朧後』、『先鋒派』、『第四代』等等之中，不乏『青春詩會』的主將。前不久『民間寫作』與『知識分子寫作』同室操戈，其領軍人物亦為『詩壇黃埔軍校』同窗。」〔註4〕由此，透過「青春詩會」，可否管窺新時期以來詩歌的發展流變？尤其是所關聯的一些重要詩歌活動和詩歌現象，以及重要的詩人。

二

　　王燕生曾提到，「放眼全國的詩歌刊物，許多由『青春詩會』的畢業生操持，從《詩刊》的葉延濱，《星星》的楊牧到《詩神》的鬱蔥、大解，莫不如此。」〔註5〕除了「青春詩會」畢業生在各大詩歌刊物任主要領導職務之外，也要看到其他詩人參會之後在《詩刊》發表作品的情況，有的詩人也正是藉此機會後來成為《詩刊》的編輯。另外，新世紀改革以後的「青春詩會」與「華文青年詩人獎」、首都師範大學駐校詩人的高度關聯；加之 2010 年推出的「青春回眸」詩會，通過吸納未參加過「青春詩會」但在詩壇有重要影響力的詩人，與「青春詩會」一起囊括了詩壇上老中青三代詩人中主流視野下的主力陣容，這一系列舉措形成了非常重要的詩歌史現象。關於八十年代初期「青春詩會」推出優秀詩人和作品的舉動，謝冕有著高度的評價，「這是充滿探索精神的詩歌。它接續了中國詩歌追求並匯入現代精神的追求，他們把歷

〔註4〕王燕生：《上帝的糧食》，古吳軒出版社 2004 年版，第 7～8 頁。
〔註5〕苗春：《青春的聚會──「青春詩會」十八週年紀念》，《人民日報（海外版）》1998 年 4 月 11 日。

史反思和現實的批判鎔鑄為嶄新的主題。他們從冬天的路徑走來，他們的聲音還帶著寒冽和冷峭，有點疼痛，也有點感傷。他們在草叢中尋覓那丟失的鑰匙，他們為曾經粗暴地塗污雪白的牆而追悔。一代人儘管年輕，卻是飽經世事，少年流徙，歲月蹉跎，練就了堅韌與自強的性格。他們祈求：願每一個站臺都有一盞霧中的燈；他們堅信，即使冰雪封住了道路，仍有向遠方出發的人。我訪問過寫這詩句的詩人舒婷住過的鄉村，攀登過她『舊居』破舊的木梯。有一道河流過她昔日的村莊，而詩人自己的家卻在煙雲縹緲的重山之外。家鄉是那樣的遙不可及，可以想像，那時的她多麼渴望、多麼懷想那個站臺，還有霧中的那盞燈。因為她創造了美麗的憂傷，卻也因此而兒得長久的爭議。」〔註6〕

　　謝冕所說的長久的爭議，與舒婷參加「青春詩會」有關，也與她後來獲得全國的詩歌獎項有關，尤其部分老詩人對舒婷惡語相向給她帶來的巨大壓力，這些詩歌故事也折射出了八十年代初期的詩歌生態。雖然僅僅過去了四十年，但已經有很多史實被誤解、被遺忘，如王燕生所說，「不時見到一些關於『青春詩會』的文章弄錯了一些地方。如《作家通訊》1997年冬季號曉舟的文章把始於1980年的『青春詩會』誤作『自1982年始』；《人民日報》（海外版）苗春的文章把傅天琳，楊煉也納入了第一屆『青春詩會』；劉湛秋在《文匯報》上稱從未出席過的李英（麥琪）也『出席過青春詩會』。傳聞或記憶有時也會捉弄人。」〔註7〕也是在這封信件中，王燕生提到《詩刊》刊出的「歷屆青春詩會參會名單」中出現了一些謬誤。王自亮在回憶「青春詩會」時也提到，「我至今不知道是誰提議搞青春詩會的，這在中國新詩史上堪稱大事，倡議和主辦者居功至偉。沒有人能告訴我這一點，但一直相信邵燕祥老師是開創者之一。當然，我還沒有狂妄到自己參加過青春詩會才說它重要。35年來，青春詩會的作用和影響力有目共睹。過50年後看，青春詩會也絕對不可能被湮沒。青春詩會之所以成為後來人們心目中的青春詩會，還不在於它如今人們所經常說的，是當代詩人的『黃埔軍校』、《詩刊》輝煌的新起點，而在於青春詩會的創辦，是在80年代之初，剛好開始衝破「左」的思想和守舊傳統，大膽發現和選拔年輕詩人，包括當時有爭議的詩人，實在是一件不同尋

〔註6〕謝冕：《青春如此美好——三十屆「青春詩會」紀念》，《光明日報》2014年10月24日。

〔註7〕王燕生：《老編輯來信》，《詩刊》1998年7月號。

常的事，相當於如魯迅說的，打開閘門放了一線光明給黑暗中的人們。那份驚喜、新奇和預言價值，是今天人們難以想像的。我那時尚為年輕，加上處於浙江這麼一個相對平穩的江南之地，不太知曉其中的『內幕』。不過我後來也隱約知道了其中的一些爭議、糾葛和較量，比如年輕詩人與老詩人的關係、『朦朧詩』之爭、『歌德』還是『缺德』、對西方詩歌的態度、詩歌創作的風格與流派的問題、題材與方法問題，還落實到讓誰參加青春詩會的名單之爭、詩會的形式，等等，都有一些戲劇性的事件發生。」〔註8〕這些現象已說明「青春詩會」以及與之相關的詩歌活動、詩歌現象、詩歌文本急需進行系統的梳理，以歷史視野進行整理研究。

　　總體來看，「青春詩會」在八十年代對詩歌的發展形成了不可忽視的推動作用，或者說產生了隱在的導向作用，無論是正面還是負面，深入研究其發展流變和內在機制，以「人—活動—作品」的維度將詩歌活動、詩歌作品和詩歌主體進行系統分析，可以管窺新時期以來的詩歌生態。劉福春曾做出如此評價，「如果說『《詩刊》史』就是一部當代新詩史有些過分的話，那麼說它是大半部或半部新詩史應該是沒有問題的。《詩刊》的重要我想還可以概括為如下幾點：第一，《詩刊》是搖籃。不要說已經二十多年的刊授和辦了 22 屆的青春詩會培養了多少詩人，就是在座的很多詩人可以說都是《詩刊》『搖』出來的，像葉延濱，還有一些詩詩評家，像謝冕先生等最初也是在《詩刊》上發文章的。第二，《詩刊》是擂臺，是高度。無論哪種寫作、哪個門派都要到這上面來表現，沒有《詩刊》的認可很難說在寫詩這條路上算是成功。第三，《詩刊》是晴雨表。縱觀五十年《詩刊》，當代新詩史上的各種風雲都有表現，而有時《詩刊》表現得要比其他刊物還要快。第四，《詩刊》是旗幟。《詩刊》在每個時期都有自己的明確主張，五十年的時間裏，可以說《詩刊》一直都是代表著當時的主流方向。」〔註9〕而蔣登科則提到，「《詩刊》是中國的，也屬於世界。就我瞭解，《詩刊》是外國詩人、學者瞭解中國新詩的重要窗口，她記錄了當代中國人、中國社會的精神歷程，也見證了當代中國新詩發展的風雨軌跡。在美國，不少學者研究中國當代詩歌，參考的主要就是《詩刊》發

〔註8〕姜紅偉、王自亮：《記憶即道路：見證 80 年代大學生詩歌運動——王自亮訪談錄》，《詩探索・理論卷》2015 年第 3 輯。

〔註9〕《紀念〈詩刊〉創刊 50 週年專家座談會紀要》，《詩刊》2007 年 1 月號上半月刊。

表的作品；我在美國的一些大學圖書館裏見到的中國大陸出版的文學刊物主要是《人民文學》、《詩刊》、《十月》、《收穫》等。在日本，漢學家岩佐昌暲教授以《詩刊》作為研究對象，探討當代中國社會、文化尤其是詩歌的發展歷史，以一個學者的嚴肅眼光研究了《詩刊》創刊之初的各種值得思考的問題。」〔註10〕

肯定「青春詩會」成績的同時，要客觀、理性地看待其價值和存在的問題。尤其是「青春詩會」在九十年代整體的「萎靡」狀態，以及新世紀以後的體制化改革，其所導向的詩歌生態是否會嚴重影響到青年詩人的詩歌觀和創作走向？這些都是急待梳理並釐清的問題。例如《南方都市報》在對王燕生訪談時關注到的這類現象，「南方都市報：一些參加過青春詩會的人後來不再寫詩了。王燕生：對，我在一篇文章裏談過這個問題，我挺替他們惋惜的。劉波是第四屆青春詩會的，後來做企業。寫他的時候，我就很惋惜，他正是在寫作勢頭正好的時候，他自己就拉閘斷電了，自己熄滅了自己的寫作。還有「移情別戀」的，像舒婷現在就很少寫詩，但舒婷還是一個優秀的作家，散文也寫得不錯。第二屆青春詩會的筱敏現在也寫散文。第四屆的馬麗華現在也是以散文著稱。」〔註11〕而謝冕和霍俊明梳理的這些現象也令人深思：「關於『青春詩會』有人認為1988年開始走下坡路了。甚至更有意思的是一些曾參加『青春詩會』的詩人後來竟然反戈一擊，對『青春詩會』有種種微詞甚至進行公開指責。也有人認為一些年的『青春詩會』已經成了去各地觀光的『飯局』和『名利場』，也有人對一些『青春詩會』的參加者予以種種理由的否定和批判。那麼這種種的『不待見』，所呈現的是怎樣的一番文學生態和詩人的集體心理的轉變？在1988年之前『青春詩會』很少受到詩壇的批評，而加之1989和1990年的停辦，基本上1980年代就這樣結束了。顯然自1991年開始隨著社會語境的轉捩以及所謂的詩歌邊緣化以及大量民刊的湧現，這都對《詩刊》以及『青春詩會』產生了不小的衝擊。詩人臧棣就認為如果說『青春詩會』在1980年代還起到過扶持作用的話，那麼到了整個1990年代『青春詩會』則基本上談不上什麼影響了。甚至還有人認為整個1990年代的『青春詩會』因為遠離了詩歌現場而談不上有任何意義。我們一直強調所謂的現場

〔註10〕蔣登科：《〈詩刊〉：現代人的精神家園》，《詩刊》2006年11月號上半月刊。
〔註11〕田志凌、汪乾：《青春詩會：這裡能看到中國詩歌發展的縮影——王燕生訪談》，《南方都市報》2008年6月29日。

和歷史，但是在不同立場的詩人視角下，歷史和現場顯然具有巨大的差異性。就整個1990年代而言，詩歌的現場是什麼呢？當我們重溫這一階段『青春詩會』名單，那些在整個1990年代的詩壇表現突出的詩人為數不少都進入了當時的『青春詩會』的陣容。當然就這一時期來看，確實有為數不少的青春詩會『入選者』不僅後來湮沒無聞，而且與當時未能入選的同時代詩人比照而言，他們也並不優秀和顯得重要。」〔註12〕

　　他們也注意到了更為尖銳的問題和詩壇的質疑：「對於當下正在興起的娛樂圈『選秀』浪潮，也有人認為『青春詩會』只不過是官方刊物維護自己地位以及各地文學利益分果果、占座次的炒作和沒有意義的噱頭。事實是這樣嗎？在中國文學尤其是詩歌批評話語場中我們可以用種種理由來否定一個人和一個活動，但是平心而論，公允、建設性的言辭卻顯得稀少零落。當我們回顧整個三十二屆青春詩會的時候，我們應該注意到一些帶有『異議』色彩的詩人以及風格迥異的詩人（什麼『個體』的、『民間』的、『知識分子』的等等）是被『青春詩會』所容納的，所以從評選標準來看還是比較多元的。當然這三十二屆也並非次次都盡如人意，而無論是詩刊社編輯還是參與者都一定程度上對每次的評選結果有微詞和不滿之聲。這也是正常的。誰也不能保證每次入選的都會成為大師級的毫無爭議的人物。當然評選是有起碼的標準甚至底線的，如果這個標準被僭越那麼其結果自然可以想見。由於對年齡等方面的限制，一些詩人未能最終進入評選視野也是難以完全避免的原因。在新世紀以來的那幾年，隨著文學生態的日益功利化以及《詩刊》社內部的一些原因使得有幾屆青春詩會在公布名單時總會因為有些詩人意外入選而引起爭議之聲。甚至有一屆青春詩會的參會詩人達到23位之多。此大跌眼鏡之舉，也確實顯現出評選中各種人為因素滲入所導致的參差不齊的結果。但是，無論我們是否有微詞和不滿之聲，當我們放眼當下中國的詩歌現場，還沒有任何相類似的活動能夠取代已舉辦了近四十年『青春詩會』的意義和價值。」〔註13〕

　　顯然，這些質疑和批評並不是空穴來風，而類似謝冕、霍俊明對「青春詩會」意義和價值的強調也有足夠的理由，這種悖論式的現象，有待深入探

〔註12〕謝冕、霍俊明：《青春的歌哨，精神分藥與詩歌史——寫在詩刊社青春詩會36週年之際》，《詩刊》2017年下半月刊。

〔註13〕謝冕、霍俊明：《青春的歌哨，精神分藥與詩歌史——寫在詩刊社青春詩會36週年之際》，《詩刊》2017年下半月刊。

討其成因與內在邏輯。從詩會發起、名單產生、詩會形式、社會影響等諸多方面來看，「青春詩會」並不是一開始就有既定的、一成不變的模式和運作機制，而是不斷變化、不斷革新、不斷探索的一個過程。以八十年代的前三屆為例，名義上每年一屆的青春詩會，1980 年舉辦第一屆之後，直到 1982 年才舉辦第二屆；1981 年，由「苦念」批判所引發的「諸事不宜」的大環境下，「青春詩會」沒有舉辦，之後在 1989、1990、1996、1998 等年份也沒有舉辦，顯而易見，每一年都有具體的、複雜的原因所在。而且第一屆、第二屆、第三屆從內在機制和詩刊的「策略」上就表現出重大的差異，如果說第一屆是一次創舉的話，那麼第二屆、第三屆則相對保守。第一屆青春詩會雖然將「朦朧詩」納入視野，邀請了被學界追認的「朦朧詩」主將江河、顧城、舒婷，但以北島的視角來看，這幾個人都是極為外圍的人員。同時，1980 年第一屆「青春詩會」期間，「朦朧詩」也正處於論爭階段，《詩刊》1980 年 10 月號刊出第一屆「青春詩會作品專輯」時，刊出了章鳴的《令人氣憤的「朦朧」》，開啟了詩壇激烈的「朦朧詩」論爭。如果回到第一屆「青春詩會」的語境中去，《今天》派的提法與「朦朧詩」的提法本身就有很大的爭議，這些詩歌史公案從「青春詩會」可以找到新的視角。此外，透過第一屆「青春詩會」舉辦前後《詩刊》的舉動，也可以管窺當時詩壇的動向和主潮，如 1979 年刊發北島和舒婷的詩歌，1981 年推出郭路生（食指）的《我的最後的北京》、《相信未來》（為了不必要的麻煩，編輯將原題《這是四點零八分的北京》改為《我的最後的北京》發表）。也是在這一時期整個詩壇掀起了推出新人新作的潮流，以《詩刊》為中心，《星星》詩刊、《安徽文學》等刊物形成互動形態，其中「青春詩會」無疑是最具代表性的詩歌活動。

三

簡單地進行浮光掠影地觀察，就會發現與「青春詩會」密切相關的一些詩歌現象，以及每屆「青春詩會」的差異性和複雜性。以《詩刊》社推出新人的力度和所產生的影響來看，第一屆「青春詩會」葉文福、傅天琳沒有參加，不大符合邏輯，葉文福的詩歌當時在詩壇引起了震動，而傅天琳又是《詩刊》發現並重點「照顧」的青年詩人，曾專門為改善她的生活而發過簡報〔註14〕。

〔註14〕詳見宗鄂：《〈詩刊〉的一份「簡報」》，《詩刊》2006 年 3 月號上半月刊；傅天琳：《紀事：1979 年》，《詩刊》2006 年 4 月號下半月刊。

未邀請葉文福參加明顯與政治環境有關，其《將軍，不能這樣做》帶來的效應必然會引起《詩刊》的顧慮。關於傅天琳，可能有著更為複雜的因素，可以從嚴辰的說法中管窺到一些原因，1979 年 11 月 1 日，中國文學藝術工作者第四次代表大會《簡報》第 13 期刊出《中直文學代表團熱烈討論鄧小平同志〈祝辭〉》，「嚴辰同志在發言中談到，不少老作家在文藝界是大樹，經過風雨又開花了，但青年作者是幼芽，經不起大風雨。他說四川有一個年輕女工叫傅天琳，詩寫得很不錯，父親是被鎮壓的，她多年靠她姐姐、姐夫生活，因血統論挨整。我們在《詩刊》上發表了一首她的詩，又請她到沿海去轉了一下，回去後就很為難了，重慶就有人把她當模特兒寫成小說。小說中寫到她受到林場負責人的種種責難，使她處境更加困難。」〔註 15〕這些表面看來與「青春詩會」無關的詩人和詩歌現象，卻折射出另一種詩歌生態，有必要以「青春詩會」為中心進行深入的考察。而原則上每年一屆的「青春詩會」，沒有舉辦的幾個年份也是值得關注的，比如 1981 年，通過《南方都市報》對王燕生的方談，可以看到沒的舉辦的原因。「南方都市報：1980 年辦完第一次詩會以後，1981 年沒辦，有什麼原因嗎？王燕生：第一屆辦了以後，總體反應很好。本來 1981 年也考慮再辦。但有不同意見，有人說你們《詩刊》不是青年詩刊，是整個中國的詩刊，中國人民的詩刊。1981 年文藝界批白樺的《苦戀》，整個大氣候不是很好，當時規定涉及到『文革』的不能寫，涉及到部隊的不能寫，所以 1981 年就沒有搞，1982 年是第二屆。」〔註 16〕而第二屆及第三屆仍然受到「大氣候」的影響，以回顧的視角看，將第二屆放到整個形成序列的「青春詩會」歷史中去，就會發現其特殊性。

　　1982 年的第二屆「青春詩會」，《詩刊》在 10 月號以專輯推出作品時，沒有側記，也沒有任何類似「編者的話」「寫在前面的話」等前言後記。且「青春詩會」專輯的位置也耐人尋味，最前面是以胡喬木《鐘聲響了》為卷首詩的「十二大特輯」；接著是參加第一屆青春詩會的高伐林的詩作《關於新學期遐想──寫在九月一日》，內容與「十二大特輯」遙相呼應，之後依次推出冀汸的《北京二題》、屠岸的《江流（外一首）》、商叔航的《母親》、昌耀的《劃

〔註 15〕　《中直文學代表團熱烈討論鄧小平同志〈祝辭〉》，中國文學藝術工作者第四次代表大會《簡報》第 13 期。轉引自劉福春，《中國新詩編年史（下卷）》，人民文學出版社 2013 年版，第 1002 頁。

〔註 16〕　田志凌、汪乾，《青春詩會：這裡能看到中國詩歌發展的縮影──王燕生訪談》，《南方都市報》2008 年 6 月 29 日。

呀，劃呀，父親們──獻給新時期的船夫》。之後才是沒有任何「多餘」文字的「青春詩會」專輯，詩稿順序的排列也比較有意思，從作者簡介信息可以看出，先是農村出身，做過農民、民辦教師的劉犁（詩歌內容表現農村生活）；再是軍人出身、在建築工程公司工作的曹增書（詩歌內容表現「建設」）；其後是漁民家庭出身的，在教育局工作的沈天鴻（詩歌內容表現船工主題和自然主題）；接著是電信行業工作的筱敏（詩歌內容為工人主題和「愛情」主題）；之後是農場勞動十年之後從事銀行信貸工作的陳放（詩歌內容為職業生活）；再後是大學生錢葉用的《揚子江》、從事編輯工作的鄭建橋的親情主題的詩歌、曾插隊當工人後在文化館工作的趙偉（詩歌內容表現農村「新」生活和「新」問題）；然後是工人張敦孟描寫工廠生活的《工廠抒情詩》；以及政府機關工作的王自亮（詩歌內容表現漁村生活）；插過隊、工廠工作過的大學生許德民（抒情的方式寫個人生活感受）；新聞單位工作的孫曉剛（詩歌主題指向生態）；工廠工作的祁放（表現親情）；最後是做編輯工作的凌代坤（詩歌內容表現工作地──銅礦城市）。其職業構成儼然像是詩壇的一次統戰會，以詩歌史視角來看，第二屆青春詩會的影響也較小，詩會之「詩」並沒有凸現出來，而「會」對詩壇的「統戰」意味就非常明顯。

　　1983年的第三屆「青春詩會」，雖然也推出了王家新、李鋼等重要詩人，尤其是王家新，在其後的創作中越來越呈現出「詩歌史」的態勢，被學界稱之為「當代中國詩壇的啟示錄」，認為他「象徵了詩歌領域一種內在精神的覺醒」（吳曉東語）。但是總體來看，這屆「青春詩會」與第一屆、第六屆、第七屆相比顯得有些「平庸」。所以，人們雖然將「青春詩會」以成系統、成傳統的模式看待，但是在不同的時間段，其發生、組織、影響並不盡然相同，甚至有時候會有巨大的差異。尤其是八十年代與其後的「青春詩會」，以及八十年代所舉辦的八屆，都有著極為不同的特點。比起司空見慣的「黃埔軍校」的美譽，和以官方活動的侷限性為視角的批判，如果深入瞭解每屆「青春詩會」所表現出的差異性，就會發現並沒有那麼簡單。在以作協為主導的方向下，「青春詩會」從詩人遴選到推出作品自然不能悖於大方向；但是反過來，其確實對新時期詩歌的發展產生了不小的影響，無論是詩人的推出、經典的生成還是詩歌生態的「引導」等方面，所以其又不能不脫離詩歌的藝術本位。在這看似二元對立的空間中，還有複雜的人際關係問題，編輯之間的審美差異問題，甚至詩會舉辦期間的「突發狀況」等等。所以，在看到「青春詩會」

所具有的價值和意義的同時，有必要梳理其複雜的「內部構成」，以及發生、發展流變等諸多方面的問題。概括來說，「青春詩會」何以發生？何以流變？何以形成影響？何以產生爭議？何以參與「新詩史」的書寫？等等。這些問題的提出和釐清，同時也是新時期詩歌發展流變的一次有效管窺。

　　僅以這三屆為例，就已經發現「青春詩會」所具有的複雜場域，所以有必要梳理與之相關的重要史實，從《詩刊》社的活動立場及運作模式、對青年詩人的推出及認可、文本生成等多方面分析其所呈現的詩歌生態，亦即在「活動—人—文本」的思維機制中進行現象和發生的研究；另一方面，「青春詩會」與其他刊物和詩歌活動、以及一些重要的詩歌獎項形成了內在的關聯，以此為切入點，重新審視「文學獨立」與被體制化這一老生常談的話題，將其放入新時期以來的社會背景中，從而管窺詩歌與政治之間複雜的糾葛以及互生關係。由上而下來看，中國作家協會主管的《詩刊》所舉辦的「青春詩會」，在不同時期或多或少地受意識形態的影響，甚至會出現過度介入的現象；由下往上來看，「青春詩會」又成為很多青年詩人進入詩壇、獲得認可的跳板，無論是詩會開始的邀請機制對實力詩人的「拉攏」，還是後期的徵稿機制對潛力詩人的發掘，表面上呈現出包容、公平、百家齊放的形態，但種種原因也限制了其作為詩歌活動的「純粹」性。因此，自「青春詩會」舉辦第一屆開始，就有不同的兩種聲音，等進入九十年代，尤其是新世紀以後，批評的聲音日漸尖銳，兩種聲音都有各自的理由，深入分析這種極端的分化現象，有助於更深入地理解新時期以來詩歌場域的複雜性與豐富性。

　　同時，不可否認，在七十年代末八十年代初，《詩刊》通過發表青年詩人的作品，在一定程度上推動了詩壇對「朦朧詩」的接受，而第一屆「青春詩會」更是「朦朧詩」被體制認可的重要推手。如謝冕所認為的，「不僅是這種『青春的聚會』前所未有，由權威刊物主動邀集『不見經傳』的年輕人聚會也是史所罕見，更何況，他們的到來對於當時停滯的、刻板的、特別是被種種戒律禁錮的詩歌而言，不僅意味著要承擔風險和壓力，更可能意味著一場向習以為常的詩歌秩序的質疑與挑戰。」〔註17〕表面上看來，特定時期特定環境的詩歌創作和發表呈現出不同的生態，但像《詩刊》這樣的主流刊物的「詩歌史」意識從來沒有消失過，「青春詩會」就是其與主流意識形態、與青年詩人進行連結的一個重要窗口。作為活動主辦方的《詩刊》社，對青年詩

〔註17〕詩刊社編：《「青春詩會」三十年詩選》，作家出版社 2014 年版，第 3～4 頁。

人的創作無論是「引導」還是「介入」，都以「國刊」的姿態使活動表現出「權威」特徵。由此來看新時期以來的一些詩歌現象甚至是文化現象，就會有新的發現。例如，在重返八十年代的呼聲中，學界往往重視對八十年代詩歌現象、文本的挖掘、整理與重新闡釋，但事實上，立足當下，重返八十年代的思潮中，恰恰是八十年代某種特質在歷史流變中的複雜隱現。時間意義上的八十年代早就過去，但是作為文化現象和精神特質，似乎依然留存在時代之中，不斷變型、復現，形成一股強大的「歷史」暗流。以「青春詩會」的流變為切入點，進而從詩歌史視野進入「歷史現場」，無疑是瞭解這一複雜流變的有效方式。

此外，「青春詩會」如何參與「詩歌史」書寫？誰在主導？誰來參與？從微觀來講，「青春詩會」囊括了絕大多數有代表性的青年詩人，絕非偶然，其時間跨度和詩壇影響已足夠引起詩歌史的重視；而作為官方重點刊物（「國刊」之說）的主編、編輯，其邀請、評選參會詩人也必然不僅僅純粹以文本為標準；眾多優秀青年詩人海量的創作，不同的風格，如何確定參會名單，有無具體的規則？這些構成了「青春詩會」表象背後的深層次謎團。從宏觀來講，居於「國刊」地位的《詩刊》在組織「青春詩會」活動時，是否折射出主流意識形態強烈的「詩歌史」書寫意識，如果《詩刊》作為文學刊物注重「詩歌史」之「詩歌」，其作為「國刊」是否更注重「詩歌史」之「史」？在這複雜的背景之下，《詩刊》社是否有足夠的「權力」主導此類活動的性質和方向？這是不是必然會影響到哪些青年詩人可以參加，哪些青年詩人不可以參加？這些除了文本因素之外的更多隱在因素，恰恰是值得關注的詩歌史現象，以及這現象背後的複雜關聯。

第一章 「青春詩會」的發生

截至 2020 年 12 月，已經舉辦 36 屆的「青春詩會」，推出了 527 位不同時期、不同地域、不同風格的青年詩人，看似複雜，但萬變不離其宗，要搞清楚「青春詩會」的發展與影響，還需要從第一屆「青春詩會」談起。誕生於 1980 年 7 月的「青春詩會」，從 7 月 20 日至 8 月 21 日，前後共 33 天，是歷屆詩會中舉行時間最長的一屆。因為是「發生」的一屆，推出了顧城、舒婷、江河等朦朧詩主將，所以被認為是最重要的一屆，也是學界研究最多的一屆。比如杭州師範大學楊嬌嬌完成於 2013 年的碩士學位論文《第一屆「青春詩會」與 1980 年代初詩壇格局的轉向》、牛殿慶的論文《詩歌新人輩出的 1980 年──評〈詩刊〉新人新作小輯和青春詩會》〔註1〕、錢繼雲的論文《詩潮中的弄潮兒──論〈詩刊〉與「青春詩會」》〔註2〕等將第一屆「青春詩會」作為全部或者主要的研究內容。但是這些論文僅以「現象」學的視角觸及了「青春詩會」的外部，其複雜背景、內在肌理以及模式生成等方面未能深入。如果將時間回溯到 1980 年前後，探討「青春詩會」得以「發生」的各種背景，意識形態的、期刊的、詩壇的、讀者的等等，就會發現僅僅這一屆，就呈現出極為複雜的面相，並不像人們以為的那樣「順其自然」，也並不是甫一發軔就在《詩刊》內部達成了共識，而是在推出新人、引領詩壇的表象下湧動著各種潛流。

〔註 1〕牛殿慶：《詩歌新人輩出的 1980 年──評〈詩刊〉新人新作小輯和青春詩會》，《寧波職業技術學院學報》2009 年第 6 期。

〔註 2〕錢繼云：《詩潮中的弄潮兒──論〈詩刊〉與「青春詩會」》，《揚子江評論》2012 年第 3 期。

第一節 「青春詩會」的產生背景

一、政治生態

在通常的詩歌史敘述中，以「十一屆三中全會」為政治背景，將其後的幾年及八十年代表述為詩歌的黃金時代，當我們深入到詩歌所處的複雜環境，會發現其發展並不是一帆風順的，從文革向新時期的轉型也並不是一蹴而就或是線性的流變，而是不斷在意識形態與詩歌藝術之間進行艱難的搖擺和突圍。確實，從更為廣闊的視角來看，以「天安門詩歌」被平反為標誌，新時期詩歌進入了黃金期，但當我們回到 1979 年 10 月 30 日～11 月 16 日召開的中國文學藝術工作者第四次代表大會上討論的很多問題，就會看到表面繁榮、自由的景象後面，對文學的態度有著各種「歷史遺留」以及新出現的種種困境。以當時影響最大的油印刊物《今天》為例，其所面對的困境和壓力在一開始就凸現了出來。1979 年 11 月 1 日，中國文學藝術工作者第四次代表大會《簡報》第 14 期刊出題為《中直文學代表團繼續討論鄧小平同志〈祝辭〉》的簡報，其中提到，「許覺民同志說：要免除非文化部門的干涉。他談到，《讀書》雜誌今年第二期轉載了《今天》上的一篇文章，一個派出所就去查問，提出兩點要求：（一）《讀書》雜誌以後不准登地下刊物的反動文章；（二）以後，每期送兩份樣子給派出所，派出所看完以後才能發行。問他們這篇文章什麼地方反動，他們又說不出來。」〔註 3〕以此來看，在當時「派出所」這樣的級別，就完全可以干涉並管控期刊的內容，連官辦刊物也面臨如此緊張的政治環境，油印的民間刊物就可想而知。相反，非文化部門對期刊的管控權力可以蔓延至「派出所」的級別，而各級文化部門的「干涉」就更加名正言順了。

1979 年 11 月 11 日，中國文學藝術工作者第四次代表大會《簡報》第 130 期刊出公劉《給主席團的一封公開信》：「在北京和其他若干城市都有一些油印刊物，它們開始被叫做民間出版物，接著又被叫做自發出版物，後來便被叫做地下出版物。最近，由於魏京生一案，那個曾經發表過魏京生文章的《探索》已經被索性宣布為反動出版物了。那麼，其他如《今天》、《沃土》、《北京

〔註 3〕中國文學藝術工作者第四次代表大會《簡報》第 14 期，1979 年 11 月 1 日。
　　　轉引自劉福春《中國新詩編年史（下卷）》，人民文學出版社 2013 年版，第 1002 頁。

之春》、《四五論壇》等等，以及各大學的學生社團刊物的命運又將如何？在這些刊物上撰寫文藝作品的習作者們的命運又將如何？」〔註4〕事實上，公劉的擔心不是沒有道理的，《今天》在 1980 年 12 月就被迫停刊。〔註5〕而早在公劉寫出公開信的同時，即 1979 年 11 月，全國十幾所大學聯合創辦的《這一代》在武漢出刊，中山大學、北京大學、北京師範大學、西北大學、吉林大學、武漢大學、杭州師範學院、南開大學、南京大學、貴州大學等學校中文系，中國人民大學、北京廣播學院新聞系等主辦。小輯「憤怒出詩人」刊出了王家新的《橋》、葉鵬的《轎車從街上匆匆駛過》等詩作，小輯「不屈的星光」刊出了徐敬亞《罪人》、王小妮《閃》等詩作。可是《這一代》還沒來及印刷出刊，就遭到了查封的命運，除了搶先發到西安等地的刊物得以全貌示人外，在武漢的刊物以殘缺的內容流傳於校園和黑市〔註6〕。據劉福春整理的《中國新詩編年史（下卷）》所載，《團的情況》增刊第 28 期刊文對《這一代》進行政治定性，認為「該刊內容有不少背離四項基本原則的東西，特別是《憤怒出詩人》組詩中有一些是惡意煽動的……《橋》這首詩表明，他們的『憤怒』是對著黨對著黨中央的。」〔註7〕此文後被 1980 年 1 月 5 日中宣部文藝局《文

〔註4〕 公劉：《給主席團的一封公開信》，中國文學藝術工作者第四次代表大會《簡報》第 130 期，1979 年 11 月 11 日。轉引自劉福春《中國新詩編年史（下卷）》，人民文學出版社 2013 年版，第 1003 頁。

〔註5〕 按《南方都市報》訪談時北島的說法：1979 年秋天，「民主牆」被拆除後，很多雜誌都自動停辦了，比如《沃土》，一聽風聲不對就關了。我們一直堅持到了 1980 年 9 月。顯然關於「民主牆」上層也有分歧，據說胡耀邦跟《北京之春》的關係很密切。《中國青年報》曾派內參記者和民刊接觸過，寫過比較正面的報導。這在民刊中燃起過一線希望。1980 年 9 月，作為《今天》的聯絡人劉念春接到公安局通知，命令我們停辦。我們改頭換面，成立了「今天文學研究會」，把《今天》化整為零，變成內部交流資料，出了三期。這樣又拖了三個月，同年 12 月我們接到更加嚴厲的警告。整個局勢變得越來越險惡，「山雨欲來風滿樓」。為了保護作者和編輯部成員，我們做出解散的決定。此前我們給北京文藝界的名人發了一兩百封呼籲信，希望得到他們的回應，但只收到蕭軍的回信，表示支持。為此我和芒克專門找過蕭軍，才發現他對《今天》一無所知，由於糊塗加熱情才寫的回信。詳見：《〈今天〉的故事——北島訪談錄（全版）》，https://book.douban.com/subject/2988943/discussion/1295701/，訪問日期：2020 年 11 月 6 日。

〔註6〕 參見姜紅偉、徐敬亞：《八十年代，被詩浸泡的青春——徐敬亞訪談錄》，《詩探索·理論卷》2016 年第 1 輯。

〔註7〕 劉福春：《中國新詩編年史（下卷）》，人民文學出版社 2013 年版，第 1004 頁。

藝情況反映》第 59 期轉載。〔註8〕聲勢浩大的高校聯合刊物《這一代》就這樣曇花一現之後再也沒有得到延續。

如果將目光重新回到公劉的呼籲，就會發現他在複雜的政治形勢中對詩歌走向和青年詩人境遇的敏銳判斷和真知灼見：「誠然，我們和他們是在完全不同的條件下走進生活的。弄不好，很可能產生父與子，乃至祖與孫分道揚鑣的悲劇。因此，我們，首先必須是我們，要更善於傾聽他們，瞭解他們，愛護他們，幫助他們和引導他們，而絕不應該一味地申斥、指控。更不可自動地站在他們的對立面，或迫使他們站在我們的對立面。他們當然是有缺點和錯誤的，這一方面是林彪、『四人幫』的罪過，一方面恐怕也有我們自己的責任。也許，在哲學觀點和美學觀點上，他們的某些主張，我們簡直是不能接受的。但，不能接受不等於不能討論。我們要把他們看作是自己的孩子，不要把他們看作是異端，要嚴格，也要寬容。須知他們固然有著幼稚和衝動，但也有著赤誠和單純。我呼籲：對他們實行勇敢的明智的富有遠見的政策吧，千萬不可把他們推到了敵對勢力的一邊！只要我們早一點把黨風整頓好，他們會信任我們的黨，信任我們的社會主義的！為了體現一種有原則的團結，我們和各級文藝刊物應該有選擇地轉載他們的某些作品，承認那也是一朵花，讓他們在黨的陽光下理直氣壯地開放！要結束那種只有公安部門去找他們的局面。全國文聯和各個協會，為什麼不可以去找他們？負責治水的同志們，請你們學習大禹吧，不能再學那個只知道堵，堵，堵的鯀了。提出這個問題來，我想，很可能會給自己惹出是非，可是，我的確是心所謂危，不得不說啊。」〔註9〕

雖然，公劉的呼籲顯示出一個老詩人的先見和良知，但這種呼籲在龐大的體制面前似乎連「微瀾」的效果都沒有達到。不過，在一些地方刊物中，形成了某種呼應。例如，《安徽文學》1980 年第 1 期以「原上草」為輯名選發了民辦刊物《初航》、《今天》、《沃土》上的部分作品，並以編者按的方式，依據 1979 年 11 月 10 日中國作家協會第三次會員代表大會通過的《中國作家協會章程》，提出「倡儀」：「我們迫切需要造就大批年輕的、肯思索的、有創造性的新戰士，以逐步充實我們的文藝隊伍。我們應當通過各種途徑來做好這一

〔註8〕詳見劉福春：《中國新詩編年史（下卷）》，人民文學出版社 2013 年版，第 1004 ～1005 頁。

〔註9〕公劉：《給主席團的一封公開信》，中國文學藝術工作者第四次代表大會《簡報》第 130 期，1979 年 11 月 11 日。轉引自：劉福春，《中國新詩編年史（下卷）》，人民文學出版社 2013 年版，第 1004 頁。

工作；積極幫助各自發性文學社團和刊物，並從中選拔作家和作品，也是一項很值得重視的任務……青年是我們的未來。那種口頭上高喊著培養新人、重視新人，實際上都把一大批青年視為異端，動不動就斥責他們『迷惘』的葉公好龍式的作風，應該終止了。」〔註10〕對於《安徽文學》選發民刊作品，並以《中國作家協會章程》撰寫的編者按，引起了中宣部文藝局的注意，在其1980年2月4日印行的《文藝情況反映》第72期中以通報的形式呈現。〔註11〕

與之直接對應的是，1980年2月26日，中國作家協會召開青年文學工作委員會第一次會議，與會者講：「現在文學青年非常多，是大問題。他們和五十年代的青年不同，有一種『異端』色彩。五十年代的文學青年都是黨團員，有的是紅小鬼出身，現在多半不是黨團員，而且也沒有這方面的要求。他們的觀點常使我們吃驚。我們應該同他們『對話』，要敢於接觸他們的問題。文學青年問題是個社會問題，決不是一個協會、幾把手就能解決的。各個協會、地方分會，都要承擔責任。」〔註12〕從現有的資料來看，這些話不知道是誰說的，據劉福春《中國新詩編年史（下卷）》記載，這次出席會議的有李季、劉白羽、陳荒煤、韋君宜、葛洛、草明、李瑛、王蒙、劉厚明、劉心武，以及團中央書記處書記高占祥。〔註13〕從名單來看，是一批德高望重的文藝界前輩，但這一提法明顯將「文學青年問題」意識形態化為「社會問題」，一旦與政治掛鉤，對於很多「文學青年」來說，很可能會帶來毀滅性的災難。在對待青年詩人和民間刊物的態度上，如果說公劉的呼籲是出於個人情感的判斷，出於詩人的藝術本能，那麼這次會議的討論就顯得極為保守。在這兩者之間，阮章競的看法要相對中和一些，同在文代會期間，11月1日，他與鄧友梅、王蒙、劉心武四人的談話中提到：「《將軍，不能這樣做》這首詩發表得對，一方面要揭露，一方面要宣傳黨的光榮傳統。既要敢於批評揭露阻礙四化的消極因素，又要引導讀者，從正面繼承先輩的遺志。」〔註14〕值得注意

〔註10〕《編者按》，《安徽文學》1980年第1期。
〔註11〕可參見劉福春：《中國新詩編年史（下卷）》，人民文學出版社2013年版，第1009頁。
〔註12〕中宣部文藝局《文藝情況反映》第86期，1980年3月4日。轉引自劉福春：《中國新詩編年史（下卷）》，人民文學出版社2013年版，第1010頁
〔註13〕劉福春：《中國新詩編年史（下卷）》，人民文學出版社2013年版，第1010頁。
〔註14〕《爭做解放思想、安定團結的促進派》，中國文學藝術工作者第四次代表大會《簡報》第16期，1979年11月1日。轉引自劉福春：《中國新詩編年史（下卷）》，人民文學出版社2013年版，第1003頁。

的是，阮章競的「引導」思路，居於公劉和一些極左人士的中間狀態，成為其後《詩刊》等官方刊物對待青年詩人的主要路徑，這種「折衷」的處理辦法也顯示出意識形態與詩歌藝術之間微妙的關係。

阮章競提到的《將軍，不能這樣做》一詩，作者是葉文福，發表於《詩刊》1979 年 8 月號。一發表就引起了很大的爭論，並上升為「政治」高度。這可以在 1979 年 11 月 10 日中國文學藝術工作者第四次代表大會第 118 期《簡報》中的相關內容中得到管窺，在題為《感受　希望　建議──作協會員代表大會分組討論大會發言》的簡報內容中，記錄了十一月七日下午小組討論會上何谷岩的發言，「《將軍，不能這樣做》這首詩引起很大反映，廣大指戰員叫好，報社收到上千封信，說反映了他們的要求和呼聲。但一些高級領導說不利於團結，容易引起混亂。他們好像是在維護大局，但少數人是在維護他們的特殊地位。他們想不損害部隊的形象，但適得其反，給人造成的印象是：部隊特權不能觸動。」〔註15〕之後在 128 期《簡報》刊出的題為《部分代表談對會議的看法和建議》的內容中記錄，「韓瀚同志說，作協應當保護作家的權利。現在就應當切實做好幾件事，如葉文福同志的《將軍，不能這樣做》，一首詩招來那麼大的壓力，聽說作者現在處境不好。作協應瞭解此事，採取緊急措施。」〔註16〕一首詩牽扯到這麼多的人、這麼多的「利益關係」，一方面顯示出當時文學與「權力」之間所共有的強大磁場，另一方面也可以看出文學所處的政治生態。

王燕生在《會流淚的石頭──葉文福側影》（1985 年 5 月 20 日）一文中透露了第一屆全國新詩評獎時《將軍，不能這樣做》所遇到的尷尬。「1981 年，全國新詩評獎，盛況空前，十多萬張推薦票投往評委會。據統計，葉文福 1979 年八月發在《詩刊》上的《將軍，不能這樣做》，遙遙領先，雄踞榜首。五月，在京西賓館舉行的授獎會上，他獲獎的卻是 1980 年二月發在《文匯增刊》上的《祖國啊，我要燃燒‧夙願》。」〔註17〕很直觀地對比一下這兩首詩，就知道根本原因，下面分別是帶有強烈批判色彩的《將軍，不能這樣做》和充滿「政治熱情」的《「祖國啊，我要燃燒」》：

〔註15〕轉引自劉福春：《中國新詩編年史（下卷）》，人民文學出版社 2013 年版，第 1003 頁。

〔註16〕轉引自劉福春：《中國新詩編年史（下卷）》，人民文學出版社 2013 年版，第 1003 頁。

〔註17〕王燕生：《上帝的糧食》，古吳軒出版社 2004 年版，第 125 頁。

「……／／一切，／都供你欣賞，／任你選擇……／什麼都要，／你什麼都要！／為什麼／就是不要／你入黨時的誓言？／為什麼／就是不要／無產階級的本色？／難道大渡河水都無法吞沒的／井岡山火種，／竟要熄滅在／你的／茅臺酒杯之中？／／……」本詩題記：歷史，總是艱難地解答一個又一個新的課題而前進的。據說，一位遭「四人幫」殘酷迫害的高級將領，重新走上領導崗位後，竟下令拆掉幼兒園，為自己蓋樓房；全部現代化設備，耗用了幾十萬元外匯。我……。落款時間是：1979.6.14 三稿於北京。〔註18〕

「……／／漫長的歲月，我吞忍了多少難忍的煎熬，／但理想之光，依然在心中灼灼閃耀。／我變成了一塊煤，還在捨命吶喊：／『祖國啊，祖國啊，我要燃燒！』／／地殼是多麼的厚啊，希望是何等的縹緲，／我渴望！渴望面前有一千條向陽坑道！／我要出去：投身於熔爐，化作熊熊烈火，／『祖國啊，祖國啊，我要燃燒！』／1979.4.16 於北京」〔註19〕

關於《將軍，不能這樣做》一詩的創作以及所形成的影響，葉文福寫文進行了說明和回應。《鴨綠江》1979 年第 11 期刊出他的文章《到底寫的誰——〈將軍，不能這樣做〉是怎樣寫出來的》，他在文章中提到，「今年四月，當我聽說某兵種司令員竟下令拆掉機關幼兒園，為自己一家蓋現代化樓房時，我終於震驚了！……在痛苦至極的思緒裏，我一氣寫下了這首詩的初稿。是的，我是含著眼淚寫的，我是抓著自己矛盾而痛苦，懷著對黨的深沉而複雜的愛寫的。」他在文章中還提到剛寫出詩稿時懷疑自己思想解放過了頭，所以將詩稿壓了下來。但沒多久就有了令他憤而修改並投稿的理由：「一天，我進城偶然路過北海附近的街道，只見一條街塵土飛揚，大型載重汽車來往穿梭。我站在路邊的揚起的塵土中，望高牆裏面大弔車忙碌不停。一排排現代化樓房替代了慈禧太后住過的後宮。我兩眼頓時模糊了。雖然在那以前，我了聽說過這一帶大興土木，花了好幾個億，但我從沒這樣真切地注意過。現在，我分明地站在這輝煌的現代化面前了！」「我怎麼也忍不住了，我噙著淚水離開了那條塵土飛揚的街道，低著頭，不敢再看一眼那一幢幢驕傲的高樓，急

〔註18〕 葉文福：《將軍，不能這樣做》，《詩刊》1979 年 8 月號。
〔註19〕 葉文福：《「祖國啊，我要燃燒」——痛極之思（外一章）》，《文匯增刊》1980 年第 3 期。《詩刊》於 1980 年第 7 期轉載。

急忙忙地回到我的小屋子裏，把壓了一個多月不敢拿出來的稿子拿出來作了一次重要修改。堅決地送到《詩刊》編輯部去了。」〔註20〕後來不斷有人追問這首詩到底寫的是誰，從讀者到有關部門，這引起了葉文福內心的震動，「本來，我是不願回答這類十分可笑的問題的。但是，當中央有關部門的負責同志也要求知道我『到底寫的誰』時，我感到迷惘了。一開始是不相信自己的耳朵，繼而是無言的痛苦攫住了我的心。」「我若是個文學修養深厚的詩人，我是可以斷然拒絕回答的。可惜我不是，我是個軍人。軍人回答上級的問話或者不分黑白地執行上級的命令是早已習慣了的。」〔註21〕一方面，表面上看來葉文福「到底寫的誰」是文學與現實的關係，其疑問還停留在「文學內部」，這個層面來看，雖然以《今天》派為導向的「現代主義」表現手法已步入詩壇，並形成強烈的衝擊，但機械的現實主義反映論還深入人心。另一方面，當「權力」要介入到文學領域時，用來衡量文學表現力的，並不在「審美」、「藝術」這些文學批評的層次，而是有些內容能不能寫、該不該寫、如何去寫的問題。

二、觀念齟齬與青年詩人的推出

將 1980 年的詩歌視域稍稍拉長，便是朦朧詩論爭的發軔和之後對「三個崛起」的批判，在文學觀念差異的表象背後，是意識形態的角逐與滲透、介入與扼制。時間指向 2017 年，當時的三大主角謝冕、孫紹振、徐敬亞在廣東德慶重新聚首，對所謂的論爭和批判「謎局」就更能清晰地看透。「中國詩歌發展過程中，政治和詩學的糾纏在對『三個崛起』的批判當中表現得非常明顯。不管是謝老師、孫老師，還是徐敬亞也好，他們當初並不是從政治角度提出問題，比如對體制和制度等提出看法，而是關注青年詩人的探索衝破了過去的牢籠，有新的東西出現了，這代人的詩跟以前的不同了。他們討論的範疇只在學術領域。但是，在當時那個『極左』的時代，有幾個因素促成了對『三個崛起』的批判。第一，基於宣傳主管部門領導的表態。尤其有些自己也寫詩的人在領導的崗位上，他們的詩歌立場對批判就起到了很大的作用。第二，這場討論後來波及到香港。謝老師和孫老師的文章發表後，我不知道

〔註20〕葉文福：《到底寫的誰——〈將軍，不能這樣做〉是怎樣寫出來的》，《鴨綠江》1979 年第 11 期。

〔註21〕葉文福：《到底寫的誰——〈將軍，不能這樣做〉是怎樣寫出來的》，《鴨綠江》1979 年第 11 期。

香港的反應。但是敬亞的文章發表後，我看到香港的報紙上把它政治化了，這也導致批判『三個崛起』升級。」〔註22〕

但是，在1980年前後，關於詩歌與意識形態，官方與民間，還有著各種觀念的齟齬。不僅僅是官方對詩歌活動甚至詩歌文本的管控與審查，即便是民間對於詩的傳播，也存在很大的爭議。比如，1979年12月23日，《今天》第1期在北京油印出刊，開啟了新時期詩歌中輝煌一時的《今天》時代，直到1980年12月被迫徹底停刊。但人們不知道或者忽略的一個現象是，《今天》被迫停刊之前，就已經在內部「分裂」。從發生的角度來講，「《今天》問世無疑和國家的大氣候有關。1976年是多事之秋：『四五運動』、唐山大地震、『三巨頭』去世、『四人幫』被捕，最終是鄧小平上臺，推行改革開放的國策。從1978年下半年起，中國的政局明顯得變得寬鬆多了。中國人是有特殊嗅覺的動物，任何微妙的變化間都能聞出來，於是蠢蠢欲動。」〔註23〕《今天》第1期刊出了蔡其矯化名喬加的詩作《風景畫》、《給──》、《思念》，以及後來被《詩刊》選用的北島的《回答》和舒婷的《致橡樹》。〔註24〕「第一期《今天》出版後，我送給邵燕祥一本。他很喜歡《回答》，還有舒婷的《致橡樹》，問我能不能把它們發在《詩刊》上，我說當然可以，他就在1979年《詩刊》三月號發表了《回答》，四月號發表了《致橡樹》。《詩刊》當時的發行量有上百萬份，這兩首詩藉此廣為流傳，造成全國性影響。」〔註25〕但是關於辦刊理念和刊物的發展，在《今天》內部還是有著相當大的爭議，短短的一年時間，發展相當曲折。據北島口述，當時「很多民刊像雨後春筍般出現，大家都

〔註22〕2017年12月20日在廣東德慶縣美術館，由王光明主持，謝冕、孫紹振、徐敬亞、沈奇、唐曉渡、吳思敬參加的圓桌會議，會議討論內容以《「三個崛起」與當代詩歌的突圍》為題，發表於《揚子江詩刊》2018年第2期。

〔註23〕《〈今天〉的故事──北島訪談錄（全版）》，https://book.douban.com/subject/2988943/discussion/1295701/。訪問日期：2020年11月6日。

〔註24〕據北島回憶，「從九月到十二月，我們不停地奔忙。至於稿件，詩歌積攢了十年了，綽綽有餘。當時我通過蔡其矯認識舒婷，一直保持通信聯繫。寫信徵得他們的同意後，我選了蔡其矯和舒婷的詩。舒婷其中一首詩原題為《橡樹》，根據上下文，我覺得加上「致」字效果會更好，於是改成《致橡樹》，都沒跟她商量。蔡其矯的筆名「喬加」也是我順手起的。」《〈今天〉的故事──北島訪談錄（全版）》，https://book.douban.com/subject/2988943/discussion/1295701/。訪問日期：2020年11月6日。

〔註25〕《〈今天〉的故事──北島訪談錄（全版）》，https://book.douban.com/subject/2988943/discussion/1295701/。訪問日期：2020年11月6日。

面臨著生存危機：一旦受到鉗制該怎麼辦。於是達成共識，由各個刊物派代表成立『聯席會議』，互相支持。1979 年 1 月底，通過聯席會議協調，各個刊物在『民主牆』前搞了一個公開演講會。那些政治性刊物，諸如《探索》、《人權同盟》，言辭非常激烈，矛頭直指官方意識形態。當天晚上，在《今天》內部大家吵了起來。刊物何去何從：到底堅持純文學立場，還是要捲入到民主運動中去。當時代表《今天》在聯席會議簽字，同意參加集會的是芒克，反對的人要求芒克發表個人聲明，貼到『民主牆』上，說明他無權代表大家簽字。但我堅決反對，覺得事到臨頭，只能扛，不能落井下石，於是提出一個解決方案：要麼反對者留下來辦《今天》，我們退出；要麼他們離開，由我們辦。那天晚上除了三個發起人，即芒克、黃銳和我，其他人都離開了。我們從讀者留言上的聯繫地址，並通過朋友介紹找到了一批新人，他們後來成了《今天》骨幹。」〔註 26〕

現在看來，確實是邵燕祥力主將北島的《回答》和舒婷的《致橡樹》發表在詩刊，才引起了全國的「震動」，後來這兩首作品也成為他們的代表作之一。但是在《今天》內部，關於是否在官刊發表作品，他們內部有爭論，北島在回答《南方都市報》的訪談時就提到過，「芒克反對《今天》的詩歌在官方刊物發表，而我認為應盡可能擴大影響，包括借助官方刊物的傳播能力。」這一說法從唐曉渡對芒克的訪談內容中得到印證，芒克認為，「『今天文學研究會』是自動消散的。其實在人散之前，心早就散了。許多人想方設法在官方刊物上發表作品，被吸收加入各級作家協會，包括一些主要成員。」「北島和我有過議論。他主張盡可能在官方刊物上發表作品，這同樣會擴大我們的影響。他有他的道理。但我認為這最多只能是個人得點名氣，於初衷無補。」「我想到我們當初之所以要辦《今天》，就是要有一個自己的文學團體，行使創作和出版的自由權利，打破官方文壇的一統天下。我和北島私下也多次說過，決不和官方合作。現在抓的抓，散的散，看到我們想幹的事就這樣收場，怎不叫人感到失望！最困難的情況都挺過來了，但有的人終於還是經不住俗欲的誘惑。」〔註 27〕

〔註 26〕《〈今天〉的故事——北島訪談錄（全版）》，https://book.douban.com/subject/2988943/discussion/1295701/。訪問日期：2020 年 11 月 6 日。

〔註 27〕唐曉渡：《芒克訪談錄》，收錄於廖亦武主編：《沉淪的聖殿》，新疆青少年出版社 1999 年版。

從北島、芒克等人的說法可以看出,《今天》僅存在的短短一年多的時間裏,其內部的詩歌觀念本身具有很大爭議,加之意識形態的干涉,其短暫的「命運」也就理所當然了。但是,正如王燕生所說,「八十年代成為詩歌的黃金時代,正是因為七十年代末大規模地突破了禁區、清掃了障礙。詩歌觀念的轉變,『朦朧詩人』發揮了很大的作用。他們提出讓詩歌回到詩歌自身,呼籲恢復人性和人道主義精神,強調表現自我對詩的重要性,認為傳統是可以變化和發展的,『融入傳統,我們就成了傳統』。」〔註28〕當然,這個影響得以發酵,除了《今天》本身的「先鋒」性和作品的衝擊力,《詩刊》的推波助瀾作用功不可沒。除了發表北島和舒婷的代表作,楊煉、顧城等詩人的作品也開始在《詩刊》頻頻亮相。在紙刊之外,還要看到《詩刊》的另一種「版本」也對以《今天》為基點的「朦朧詩」產生了很大的推動作用。按照當時《詩刊》社編輯王燕生的說法,「《詩刊》八十年代初有三個版本:一個是印刷版的《詩刊》,發行量40多萬份;一個是經常組織大型朗誦會(每每萬人會場座無虛席),被稱為『舞臺版』;還有一個『街頭版』──在詩刊大門外設有一排櫥窗,將每期好的短詩抄於其內。」〔註29〕《今天》一開始就正是在《詩刊》的「街頭版」亮相併開始登上詩歌舞臺的。除此之外,讀者群體也是很重要的一環,甚至在某種意義上更能反映出當時的詩歌生態,不管是之後有學者分析的媒介原因(傳播途徑單一,基本是紙刊),還是歷史背景(精神荒漠狀態下全民需要詩歌),詩人像明星一樣受人追捧的景象,恐怕只有八十年代了。據王燕生所說,「1981年舉辦全國新詩評獎,能收回二三十萬張選票,足見群眾對詩的關注。」〔註30〕

與官方對民間刊物的管控,以及官方刊物所要樹立的權威性相對應,以《今天》代表的民刊,在當時也要樹立其權力關係中的「合法性」,這種「合法性」訴求也是在龐大的意識形態重壓下,對詩歌「民主」、「自由」表達之正當性的強調。但是,當官方將「文學」上升到「政治」層面的時候,所謂的「合法性」「正當性」不是文學本身能解決的問題,而成了嚴肅的「政治」問題。在這種背景下,《今天》初次收到停刊通知而策略性地以「文學資料」的形式繼續刊行時,他們以編輯部的名義所寫的《致〈今天〉讀者書》中解釋

〔註28〕王燕生:《答姜紅偉問》,《詩探索·作品卷》2011年第二輯。
〔註29〕王燕生:《答姜紅偉問》,《詩探索·作品卷》2011年第二輯。
〔註30〕王燕生:《答姜紅偉問》,《詩探索·作品卷》2011年第二輯。

《今天》停刊的原因，讀來就有些悲壯但又無可奈何的意味：「我們暫停的原因是為了避免擴大事態，避免可能發生的經濟損失，並考慮到我國法制不健全的情況，有關法令正在制訂之中，我們宜採取克制的態度，等待問題得到合理解決。據此，我們已向有關部門投遞了註冊申請，並發出公開信呼籲首都各界人士支持和聲援我們的要求。」「我們鄭重聲明：保留在任何時候恢復《今天》的出版權利，我們認為中華人民共和國憲法第 45 條關於出版自由的條文賦予我們這一神聖的公民權利。《今天》不存在非法的問題，而是有關出版自由的具體法令不完善。《今天》不是有法不依，而是無法可依。」〔註31〕

但無論如何，也許正是因為《今天》的衝擊，以《詩刊》為首的一些官方刊物才有魄力從層層壓力中突圍，發現、推出具有「先鋒」姿態的青年詩人，並在 1980 年前後引領詩歌的潮流。梳理部分刊物的文本就會發現，從 1979 年開始，與《今天》這類民間刊物相對應，對青年詩人的發現與推出，成為一些官方刊物的重頭戲。以《詩刊》1979 年先後推出葉文福、葉延濱、楊牧、楊煉、顧城等青年詩人為肇始，其在 1980 年 1 月號、4 月號、8 月號分別以「新人新作小輯」、「春筍集」等專輯形式集中推出青年詩人，這些詩人中很多成為第一屆「青春詩會」的主力陣容。與《詩刊》遙相呼應的是《星星》詩刊，1979 年 10 月《星星》詩刊在成都復刊，復刊號就刊發了公劉的文章《新的課題──從顧城同志的幾首詩談起》，對青年詩人的作品大力讚揚。公劉寫道，「以現今北京街頭張貼的某些油印刊物為例，我看，其中也不乏詩才……有的同志也承認，這些刊物中的某些作品閃爍著一種陌生的奇異的光芒，但又斷言，這些作者是走在一條危險的小路上。我不完全同意這種評論。」「還有人說，這一類新人新作，不過是一些個人主義的呻吟，從內容到形式都是『五四』時代要求個性解放的回聲。這恐怕也是過於簡單的否定吧？不敢苟同。是的，我們如果站在居高臨下的位置，往往很容易把本來是上升運動的螺旋錯當成周而復始的圓圈。事實上是：歷史畢竟不會重演，儘管它們有時是如此驚人地相似。今天的中國和世界都已經不是六十年前的中國和世界了，這是大家都能看得明白的。因此，即或這些詩作中有著消極的甚至是頹廢的一面，但其所以會出現這種狀況的社會心理因素，也還是值得認真研究的。」「我們的詩是不是仍舊標語口號太多？當我們用詩來執行為無產階級政治服

〔註31〕《致〈今天〉讀者書》，《今天文學研究會》文學資料之一），1980 年 10 月 23 日。

務的使命時，是不是過於僵化？關於詩的藝術規律，關於詩的形象、技巧，是不是太不講究？我們報刊上詩的廢品和贗品能不能減少一點？」「至於青年們的詩歌創作活動，要真想避免他們走上危險的小路，關鍵還是在於引導。要有選擇地發表他們的若干作品，包括的缺陷的作品，並且組織評論。既要有勇氣承認他們有我們值得學習的長處，也要有勇氣指出他們的不足和謬誤。」〔註32〕其後，《星星》詩刊於 1979 年第 11 期推出李綱、駱耕野、韓作榮等年輕詩人的作品；同年 12 期以「女作者詩頁」推出曉鋼、傅天琳等女詩人充滿著濃鬱生活感受的作品；1980 年第 3 期刊出顧城的《抒情詩十首》，其中就有那首著名的《一代人》「黑夜給了我黑色的眼睛，／我卻用它尋找光明。」另外還有徐曉鶴的《帆船》；同年第 8 期推出「詩壇新一代」小輯，有傅天琳、楊煉、駱耕野、舒婷等 24 位詩人的作品；同年第 10 期刊出左人的文章《詩歌，期待著新一代──讀〈詩壇新一代〉》，其在文章中寫到，「最近一年來，《詩刊》、《安徽文學》、《星星》等刊物，把發現培養人才擺到了十分重要的地位，詩壇新芽競相破土而出，詩歌添了活氣，勃發了生機。」《星星》1980 年第 11 期又推出王家新、何香久、馬麗華等青年詩人。

與此同時，《安徽文學》1979 年第 10 期刊出《新人三十家詩作初輯》，刊有梁小斌的《彩陶壺》、駱耕野的《海光》、陳所巨的《正因為我愛她》、顧城的《鱷魚》等詩歌。這馬上引起了《詩刊》編輯的注意，在 1980 年 1 月號便推出了程光銳的評論文章《詩苑中的新芽──讀〈新人三十家詩作初輯〉》，文章中提到讀這些詩作，「一股清新之氣撲面而來，沁人心脾，使人由衷地高興。」之後，《安徽文學》又在 1980 年第 10 期刊出「新人新作專號」，刊有凌代坤、王曉輝、陳所巨等青年詩人的作品，其「編者的話」專門強調，「這期刊物是《新人新作專號》，所發表的作品皆出於青年的不知名作者之手，其中一些作者還是第一次在刊物上發表東西。」其對「新人新作」的重視，可見一斑。值得注意的是，這期所刊出的陳所巨的詩歌，同樣引起了《詩刊》的注意，並在《詩刊》1981 年 1 月號刊出了周紅興的評論文章《風，在田野上微笑》，對陳所巨所表現的「農村題材」給予很高的評價。此外，其他刊物也相繼「行動」，比如《作品》1980 年 4 月號推出傅天琳的詩作《早落的果子》；《上海文學》1979 年 12 月號刊出顧城的《白晝的月亮》，1980 年第 5 期推出

〔註32〕公劉：《新的課題──從顧城同志的幾首詩談起》，《星星》1979 年 10 月復刊號。

舒婷的《雙桅船》、江河的《星星變奏曲》、楊煉的《為幾個動詞而創作的生活之歌》、王小妮的《田野裏的印象》、駱耕野的《機耕大道》等詩歌；《長江文藝》1980 年 6 月號推出北島的詩作《無題》；《人民文學》1980 年第 10 期刊出「青年詩頁」，有梁小斌、王小妮、陳所巨、徐敬亞、北島、傅天琳等詩人的作品，其中北島的是《宣告──給遇羅克烈士》一詩。在期刊爭相刊發青年詩人作品的同時，評論界也緊跟其步伐，例如謝冕在《長江》文學叢刊 1980 年第 2 期發表題為《鳳凰，在烈火中再生──新詩的進步》詩論，在呼籲關注並支持新詩的同時，對新詩的現狀和發展做出了美好的展望，認為「新詩在進步，新詩在重新獲得春天。我甚至認為，中國新詩三十年來的形勢，從來沒有像最近三、四年，特別是一九七九年這麼好過。」還有值得關注的是，一些立足青年詩人的學術組織也開始創建，例如甘肅省於 1980 年 9 月成立了甘肅省青年詩歌學會。

　　儘管，對青年詩人的推出在官方、民間刊物中成燎原之勢，但我們也不能忘記前文所做的政治生態的分析，以及《今天》等民間刊物被迫停刊的命運。就是表面上看來對青年詩人推出力度空前的《星星》詩刊，其背後也承受著很大的壓力。這通過 1979 的 11 月 7 日中國文學藝術工作者第四次代表大會的第 83 期《簡報》中可以看出，在題為《作協第三次會員代表大會繼續舉行》的內容中提到，十一月五日上午，雁翼就《星星》詩刊的復刊做了題為《讓星得更明亮吧》的發言，他提到「雖然趙紫陽同志支持復刊，四川人民出版社伸出了支持的手，但復刊工作總是被某些人以種種理由加以阻撓和抵制。」「雖然《星星》頭上的烏雲被掃除，但它前面的道路並不平坦，甚至還有重遭沉沒的可能。」〔註 33〕所以，在這種背景之下，當我們看到《星星》詩刊剛復刊就開始重點推介新人新作，確實是需要勇氣和魄力的。當然，《詩刊》以相關的評論文章對《星星》詩刊這一做法的鼓勵，也顯示出了對於詩歌走向的敏銳捕捉，就通過推出新人新作、舉辦詩歌活動等方式引導詩歌潮流而言，《詩刊》的「國刊」〔註 34〕地位在當時確實起到了中流砥柱的作用。

〔註 33〕 《作協第三次會員代表大會繼續舉行》，中國文學藝術工作者第四次代表大會的第 83 期《簡報》，1979 的 11 月 7 日。轉引自劉福春：《中國新詩編年史（下卷）》，人民文學出版社 2013 年版，第 1003 頁。

〔註 34〕 「國刊」之說的形成可參見張自春：《從同人刊物到詩歌「國刊」：〈詩刊〉1980 年前的轉變歷程》，《文藝爭鳴》，2015 年第 1 期。

三、《詩刊》的「引導」地位

在上述所梳理的政治環境和詩歌觀念齟齬中，《詩刊》通過一系列舉動扛起了詩歌發展潮流中的大旗，並在當時的詩壇中處在了「引導」地位。從 1978 年「十一屆三中全會」開始，詩刊的內容就開始產生了明顯的變化，1978 年 11 月，《詩刊》11 月號刊出了《天安門革命詩抄》和劉夢溪的評論文章《天安門詩歌運動評贊》。1979 年《詩刊》可謂連續的大手筆，王燕生對這一年《詩刊》的情況做過簡單的總結：

> 1979 年 1 月號異乎尋常地、打破詩刊只發詩和評論的慣例，發表了陶斯亮懷念父親隱鑄的長篇散文《一封終於發出的信》，和劉真的散文《哭你，彭德懷副總司令》，為平反冤假錯案推波助瀾。1 月 14 日～20 日，召開了全國詩歌創作座談會，在清理淤泥、疏通航道的同時，吹響了進軍四化的號角。2 月號發表了李發模控訴反動血統論的敘事長詩《呼聲》，反響強烈。3 月號從被視作「地下刊物」的《今天》上選出北島《回答》公開發表。4 月號為長期當做資產階段、小資產階級情調的愛情詩正名，在目錄中公然打出了「愛情詩（九首）」的旗號，舒婷經典詩作《致橡樹》便在其中。同期，曲有源的《「打呼嚕」會議》重續諷刺詩的香火。5 月號張學夢對「四化」深層思考的《現化化和我們自己》及駱耕野表達強烈突破禁錮願望的《不滿》發表。8 月號又有兩顆重磅炸彈炸響，一顆是雷抒雁的《小草在歌唱》，一顆是葉文福的《將軍，不能這樣做》，其餘響今日仍在繞梁。9 月號發表了卞之琳《徐志摩詩重讀誌感》並附有徐詩 6 首，對打入另冊的徐志摩給予公正的評價。10 月號以許洪、王中才、李耕 3 人的散文詩作為開卷之作，表明對散文詩這個品種一視同仁，提倡以質取勝。11 月號發表了楊牧以詩劇形式寫的《在歷史的法庭上》，對荒誕的歷史進行了審判。12 月號邊國政的《對一座大山的詢問》一經發表，引來外國使館和記者的關注，打電話問詩刊是滯給劉少奇平反的信號？（當是中國最大的冤假錯案劉少奇被打倒還沒有平反。）〔註35〕

一方面，可以看出《詩刊》在政治方面得風氣之先的自覺，另一方面可以看

〔註35〕王燕生：《答姜紅偉問》，《詩探索·作品卷》2011 年第二輯，第 195 頁。

出《詩刊》對詩歌歷史性、當下性、先鋒性的敏銳。但是反過來，可以看出《詩刊》最重要的一個傳統：與意識形態的緊密聯繫，以及力圖把握並引領詩歌或者說詩壇的最新走向，確保其權威、正統。這在其後「青春詩會」的發展流變中也非常明顯地表現了出來。現在，重新回到1979年，在王燕生粗略概括的基礎上，對《詩刊》如何捕捉和引導詩歌主潮進行詳細的梳理。在當時引起最大震動的，是《詩刊》發表北島的《回答》和舒婷的《致橡樹》，這也是其後學界關注點最為集中的詩歌史現象之一。北島的《回答》發表於《詩刊》1979年3月號，舒婷的《致橡樹》發表於《詩刊》1979年4月號。與舒婷《致橡樹》一起發表並在當時引起熱議的，還有傅天琳《血和血統》、曲有源的《「打呼嚕」會議》，其後《詩刊》於1979年9月號刊發了蔡運桂的詩評《「欲開壅蔽達人情，先向歌詩求諷刺」——讀〈「打呼嚕」會議〉想到的》。

關於《回答》與《致橡樹》的發表經過，邵燕祥有著詳細的回憶，「大約一九七八年末，一天吳家瑾進門就興奮地傳告，《今天》（一本民間的油印文學刊物）張貼到《詩刊》社門外牆的《詩刊》（街頭版）旁邊了，裏面有的詩真不錯！很快我也從別的渠道（忘記是什麼渠道了）得到了油印本《今天》的創刊號。我們選出北島的《回答》、舒婷的《致橡樹》給嚴辰看，他十分讚賞。於是我把舒婷《致橡樹》排進了四月號由鐵依甫江開頭的九首『愛情詩』中間，把北島《回答》排進了三月號以《清明，獻上我的祭詩》（姚振函詩，高莽插圖）為首的一組中間。二詩引起很大的轟動，甚至引起爭議不絕。然大量讀者能從並不顯著的位置發現這兩首短小的大作，足證由『樣板戲』、『鑼鼓詞』和『東風吹，戰鼓擂』主導詩風的時代即將過去了。」〔註36〕邵燕祥在這裡所說的把北島和舒婷的詩排在小輯的中間，其實有著深刻的含義和時代背景，他在另一篇文章中提到了這個細節，「這兩首詩並沒有排在雜誌的顯著位置，在每一小輯中也沒有讓它們打頭，毋寧說是故意的安排，以減少可能遇到的阻力。」〔註37〕

邵燕祥這裡說的阻力，應該並非來自《詩刊》內部，而是《詩刊》的管理機構。這從他反覆強調的當時《詩刊》幾位主編（嚴辰、柯岩、鄒荻帆）的辦刊理念相關，主編嚴辰很明確地提出迎接老詩人、推出年輕詩人的要求，邵燕

〔註36〕邵燕祥：《跟著嚴辰編〈詩刊〉》，《新文學史料》2015年第1期。
〔註37〕邵燕祥：《青年詩人在這裡後來居上》，《南方都市報·閱讀週刊》2008年7月20日。

祥在《跟著嚴辰辦〈詩刊〉》一文中就提到,「我來前後,嚴辰多次反覆重申說的一點,就是《詩刊》一要迎接歷次運動中被打擊迫害的詩人歸來,讓他們在刊物上亮相;二是要給年輕的『詩歌種子』創造破土而出的機會,包括把處在『地下』狀態的詩作者引到『地上』來。這是嚴辰重來《詩刊》後形成的堅定想法,也化為我心目中必須完成的最高任務。」〔註38〕具體到北島《回徐》和舒婷《致橡樹》的發表,邵燕祥在另一篇文章《青年詩人在這裡後來居上》中也詳細寫到,「我讀到《今天》以後,徵得幾位領導的同意,首先是嚴辰的支持,就把北島和舒婷的詩在 1979 年《詩刊》的三、四月號發表出來……我幾乎沒有什麼瞻前顧後,畏首畏尾;加上當時三位主編對我都是信任的。更重要的是我認為儘量多發好詩是一個詩刊的職責,發現有才情的詩人特別是青年詩人,可以說是詩刊編輯的『天職』。因此我在決定轉載北島、舒婷二詩時,沒有什麼顧慮。沒有經邊編輯組初審,我在編排三月號和四月號時,直接插進去的。這兩期刊物是由哪位主編終審簽發的,因為順利通過,毫無異議,我已經不記得了。」〔註39〕而至于邵燕祥之所以要在《詩刊》發表《回答》與《致橡樹》,首先來自於這兩首作品對他的衝擊,他讀到這兩首詩時,「當時眼前一亮,心也為之一亮。許久沒有讀到這樣剛健清新的『嘔心』之作了。我說『嘔心』,正如說他們的詩是從靈魂深處汲上來的,已經在心中千錘百鍊過了,完整透明,彷彿天成。北島冷峻,舒婷溫婉,同樣顯示了詩人的風骨。」〔註40〕

其後,《詩刊》1979 年 5 月號緊接著刊發了張學夢《現代化和我們自己》、駱耕野的《不滿》、孫靜軒的《海洋抒情詩》等。《現代化和我們自己》一經發表就引起了強烈反響,這與《詩刊》編輯的預期是相吻合的。據王燕生回憶,當時張學夢的詩稿標題是《第五個現代化》,王燕生為了穩妥起見,與邵燕祥商量,改成了《現代化和我們自己》。〔註41〕其實嚴格意義上來說,在提到這

〔註38〕邵燕祥:《跟著嚴辰編〈詩刊〉》,《新文學史料》2015 年第 1 期。

〔註39〕邵燕祥:《青年詩人在這裡後來居上》,《南方都市報·閱讀週刊》2008 年 7 月 20 日。

〔註40〕邵燕祥:《青年詩人在這裡後來居上》,《南方都市報·閱讀週刊》2008 年 7 月 20 日。

〔註41〕王燕生在來稿中讀到張學夢的詩稿時,「讀了十幾行,我眼睛一亮,心為之一動:有戲!讀罷,我當即填寫了稿籤送審,寫了我的評語和修改意見。邵燕祥看了以後也認為是好詩,同意稍加修改,為避免亂提口號之嫌,把原標題《第五個現代化》改為《現代化和我們自己》。」詳見王燕生:《答姜紅偉問》,《詩探索·作品卷》2011 年第二輯。

首詩時，也有必要加上它本來就有的副標題「寫給和我一樣對『四化』無知的人們」，這樣，被隱去的「第五個現化代」的提法就呼之欲出，即「人的現代化」。與這首詩相對應的是，《詩刊》1979 年 7 月號刊發了公木的文章《發人深思的詩——讀〈現代化和我們自己〉》中提到，「什麼叫表現了時代精神？無非是提出並回答了一代人所普遍關心的問題。詩篇之具有吸引力，大約就在這兒。那麼，被這詩篇吸引的將決不只我一人，而是我們、我們這一代人，我相信……在這裡提出了『人的現代化』，這是詩篇所展示的一個新的領域。」〔註 42〕公木在這篇文章中就強調了張學夢詩歌中「人的現代化」的重要性。其實，「人的現代化」命題放在四十年後的當下，也是相當「新鮮」的命題。值得注意的是，在前文就梳理過《詩刊》發文評論《星星》詩刊刊發作品的「互動」現象；而在《詩刊》自己的體系框架中，這種先刊發作品，引起熱議之後再刊發相關評論文章的做法，進一步擴大了作品的影響力，同時也滲透進《詩刊》「潛意識」的引導作用。

《詩刊》1979 年 8 月號推出張學夢的《致經濟學家·致中學生》和葉文福的《將軍，不能這樣做》，關於葉文福的這首詩，一發表就引起了爭議和批判，前文已做了梳理。其後，《詩刊》1979 年 9 月號推出了葉延濱的《冰下的激流》；1979 年 11 月號刊發了楊牧的《在歷史的法庭上》、楊煉的《金盧笙交響詩》、顧城的《歌樂山組詩》等詩歌。對於《詩刊》1979 年推出的一系列新人新作，邵燕祥曾做出總體的評價，以 1979 年 3 月號為始，「姚振函、北島們這一輯清明獻詩及連續幾期刊發的關於『天安門事件』題材的作品，抒情的，敘事的，政論式的，都把發自肺腑的真情跟深刻的思想熔於一爐。徹底告別假大空的頌歌戰歌之所謂政治抒情詩，書寫說真話的、獨立思考的、有所反思的詩，『敢於直面慘淡的人生，敢於正視淋漓的鮮血』。那前後諸多新人新作，如張學夢《現代化和我們自己》，駱耕野《不滿》，以至部隊文藝工作者葉文福規勸首長不要濫用公權的《將軍，不能這樣做》，滿城爭說，都屬於這一類型，是作者披肝瀝膽的傾訴，即使有咄咄逼人的嚴酷批評，也蘊含著與人為善的熱忱和冷靜的思辨。」〔註 43〕

1980 年，《詩刊》對新人新作的推出更為密集：1 月號，《詩刊》刊出了傅天琳的《橘子的夢》、王小妮的《農場的老人》等作品；4 月號推出了「新

〔註 42〕公木：《發人深思的詩——讀〈現代化和我們自己〉》，《詩刊》1979 年 7 月號。
〔註 43〕邵燕祥：《跟著嚴辰編〈詩刊〉》，《新文學史料》2015 年第 1 期。

人新作小輯」，發表了張學夢《獻給今天》、孫武軍《回憶與思考》、高伐林《答——》、才樹蓮《山鄉風情》、顧城《給我的尊師安徒生先生》、王小妮《碾子溝裏，蹲著一個石匠》等作品，這些詩人中除了傅天琳，後來均參加了第一屆「青春詩會」。《詩刊》4月號在推出「新人新作小輯」時，主編嚴辰還以《寫在〈新人新作小輯〉前面》為題專門強調了《詩刊》社推出新人新作的力度，他談到，「《詩刊》曾發過大量新人的作品，有的並在讀者中引起較強的反響。我們樂意在這方面進一步做好工作。這一期，集中發表十五位新人的新作，以表示我們對一代新秀的由衷的歡迎。」〔註44〕與《詩刊》編發評論文章回應《星星》詩刊推出新人新作的路徑相似，《詩刊》推出的新人新作，則由《人民日報》這一更「權威」、更「普及」的紙媒來回應和擴大影響，在《詩刊》4月號集中推出「新人新作小輯」之後，《人民日報》於1980年5月14日發表了吳伯簫題為《贊〈詩刊〉「新人新作」》的文章，他在文章中提到，「作一個簡單的統計：十五位新詩人，最年輕的剛剛二十歲，平均年齡是二十九歲，都是『早晨八九點鐘的太陽』。初中畢業或肄業的占一半。差不多都到農村插過隊，有的當過工人，個別參過軍，都散發著勞動者的光輝。一個高中畢業，當過郵遞員；一個中專畢業，在農場勞動十八年。三五位現在是報紙或雜誌的編輯，不過轉業腦力勞動都是近一兩年的事。十五位都是飽經工農生活、社會生活的。對生活體驗深，閱歷豐富。枝葉花果，語言感情，都深深地扎根在肥沃的泥土裏。」〔註45〕同時，《詩刊》社自己也在同年6月號推出了鄭敏的文章《「……千萬隻布穀鳥在歌唱」——讀〈新人新作小輯〉》，該文提到，「在《新人新作小輯》裏，我們聽到了詩人真實的感受。而且這都是一些在山野裏、在廠房裏、在生活的爐火邊成長的新人發出的心聲。他們是在這樣真誠、嚴肅地考慮我們的時代；品味著生命的酸甜苦辣。」〔註46〕

接著，《詩刊》在1980年5月號推出了葉延濱《那時，我也是個孩子》；在6月號推出了徐敬亞的《別責備我的眉頭》；這兩位詩人後來也參加了第一屆「青春詩會」。《詩刊》在8月號以「春筍集」為名的小輯推出了楊煉的《織與播》、陳所巨的《鄉村素描（二首）》、舒婷的《饋贈》、王小妮的《印象二

〔註44〕嚴辰：《寫在〈新人新作小輯〉前面》，《詩刊》1980年4月號。

〔註45〕吳伯簫：《贊〈詩刊〉「新人新作」》，《人民日報》1980年5月14日。

〔註46〕鄭敏：《「……千萬隻布穀鳥在歌唱」——讀〈新人新作小輯〉》，《詩刊》1980年6月號。

首》、常榮的《春日短歌（二首）》、北島的《詩二首》、梅紹靜的《晨光裏（外二首）》、徐曉鶴的《詩六首》等作品。從「青春詩會」的時間線來看，這是比較特殊的一期，因為第一屆「青春詩會」正是在 7 月 12 日開始的，而推出的這 15 個詩人中，有 7 人參加了「青春詩會」，剩下 8 人中則有「朦朧詩」主將北島和楊煉，這種選編方式似乎在《詩刊》的「青春詩會」活動之外，在自身的文本中形成了一種補充，或者說統籌。也是在這一期，即 8 月號，《詩刊》以「問題討論」的方式發表了章明的《令人氣悶的『朦朧』》一文，還有鄭敏署名為曉鳴的文章《詩的深淺與讀詩的難易》，開啟了新時期詩歌史上有名的「朦朧詩」論爭。

就詩人和發表作品情況來看，《詩刊》社從 1979 年開始推出新人新作以來，似乎為「青春詩會」做了長時間的鋪墊工作，當然這僅僅是從「史實」來看，因為「青春詩會」的誕生，從實際「發生」的角度來看，又具有即時性和偶然性的特徵。不過，不可否認，《詩刊》社推出新人新作的舉措，為當時的詩歌發展確實起到了「發現」和「引導」的作用，也是這些推出的「新人」中，產生了第一屆「青春詩會」的名單。此外，《詩刊》的引導方式，除了刊物具體的內容構架，和相關的詩人、作品以外，還有一個很重要的方面，就是通過「訪談」老詩人的形式探討「詩歌與政治」的關係，表面上看起來是「探討」，但是深入文章內容，就會發現，實質上有著強烈的「傾向」，對上形成諫言、對下發揮引導的作用。例如《詩刊》1980 年 1 月號公劉的《詩與政治及其他──答詩刊社問》一文，談到詩與政治的關係時，他說，「大概，我是說大概，在這個世界上，再也沒有任何一個國家的詩與政治的關係更比中國密切的了。我這樣說是有根據的，根據就在於：中國有自己首創的一大發明，即：利用小說、詩歌、戲劇『反黨』。我不知道，這究竟是一種幸運還是不幸。在人類區分為階級的歷史階段，文學（其中有詩）與政治必然會發生這樣或者那樣程度不同的關係，這是不以人的主觀意志為轉移的客觀存在。在許多時候，我們甚至有必要主動地、積極地強化這種關係，目的在於推動革命前進（當然不是張果老騎驢式的前進），最後達到消滅階級。公開承認這一點，就是公開承認真理。不過，說起我們中國的政治，有時候，不免令人寒心，它往往有著自己的特殊形象，它像風，像雲，像打著漩渦的水……變幻莫測，無法預報，更難以控制。」「有爭議的問題乃是：詩與政治的關係怎樣才算是正常的和合理的？我個人的看法是：詩只能是民主與科學的戰士，只能是為實現共產主義理想而

鬥爭的戰士，而不能叫詩去做這一個或那一個政治家的奴婢。」〔註47〕

　　關於詩歌與政治的關係問題，以及詩歌的「百花齊放」問題，《詩刊》社在刊登公劉比較集中的論斷後，在之後的幾期不斷地被拋出。例如《詩刊》1980年2月號刊出了艾青的《答問十九題》，在當時的語境下，其中有幾個問題頗值得玩味，「問：你對詩與政治的關係怎麼看？答：即矛盾又統一。問：你認為詩應不應該干預生活？怎麼樣干預生活？答：說一點心裏的話——互相干預。問：你以為詩歌怎樣才能百花齊放？答：取決於政治氣候。」〔註48〕1980年第5期刊發的雷抒雁的《詩歌答問五題》中，也有類似的觀點，「問：你以為詩歌怎樣才能百花齊放？答：一句話，在藝術上大量鼓勵創新，不歧視『異端』。藝術民主，不僅僅是領導的責任，還包括批評家、編輯和讀者講民主。創新的東西，常常是不順眼的。」〔註49〕就是在詩歌與政治的關係還必須要討論的情況下，在青年詩人的作品隨時可能被上升到「政治」層面的背景下，在民刊可以連派出所這樣的機構都可以管控的現實下；也是在「十一屆三中全會」之後全民充滿希望，青年詩人如雨後春筍般冒頭的潮流中，《詩刊》社的「青春詩會」活動破土而出，並一舉在詩壇產生石破天驚的影響。確實如謝冕所說，「那時參加詩會的多在20歲上下，大的也不過30出頭。瞭解和熟悉中國詩歌歷史的人們都知道，不僅是這種『青春的聚會』前所未有，由權威刊物主動邀集『不見經傳』的年輕人的聚會也是史所罕見，更何況，他們的到來對於當時停滯的、刻板的詩歌而言，不僅意味著要承擔風險和壓力，更可能意味著一場向習以為常的詩歌秩序的質疑和挑戰。」〔註50〕

第二節　第一屆「青春詩會」考察

一、詩會醞釀及名單形成

　　關於第一屆「青春詩會」的舉辦，大的方面來說，與當時「思想解放」的大局勢相關；小的方面來說，與《詩刊》社不斷推出新人新作的舉措相關，是

〔註47〕公劉：《詩與政治及其他——答詩刊社問》，《詩刊》1980年1月號。
〔註48〕艾青：《答問十九題》，《詩刊》1980年2月號。
〔註49〕雷抒雁：《詩歌答問五題》，《詩刊》1980年5月號。
〔註50〕謝冕：《青春如此美好——三十屆「青春詩會」紀念》，《光明日報》2014年10月24日。

「厚積薄發」的「必然」結果。不管是個人的創意，還是《詩刊》社的集體作品，關於「青春詩會」如何發生的說法較多，很多人會將這一活動的誕生歸譽於《詩刊》社當時的作品組副組長王燕生，最根本的原因是他是第一屆「青春詩會」的實際操辦者，也是詩會期間的班主任。並且，此後「青春詩會」名單的產生，也延續了作品組提名這一主要傳統。但是，從苗春1998年的文章《青春的聚會──「青春詩會」八十週年紀念》一文來看，當是先由柯岩提出的，該文詳細寫明，「一天，著名詩人、《詩刊》副主編柯岩建議，從近年來在《詩刊》發表過作品、創作勢頭良好的全國青年詩作者中擇優，把他們召集到北京來，開一個『創作學習會』，給他們提供一個交流創作經驗、研究詩藝、聽取前輩詩人輔導、加深對時代和自己認識的機會，以此推動中國詩歌的發展和青年詩人的成長。主編嚴辰、副主編鄒荻帆和編輯部主任邵燕祥當即表示贊同。」〔註51〕關於「青春詩會」的產生背景，王燕生在一次訪談中提到，「青春詩會和整個詩歌的發展有關。在『文化大革命』文化沙漠中有那麼一些青年與詩歌偶然相遇，其中比較有代表性的是北島、舒婷、顧城、楊煉、芒克，後來被稱為『今天派』。後來《詩刊》管編輯部的邵燕祥有眼光、有膽識地從《今天》上選了一部分詩到《詩刊》上，像北島的《回答》和舒婷的《致橡樹》，都產生了廣泛的影響。這個時候，老詩人紛紛復出，年輕人也起來了。在這個大的背景之下，《詩刊》在1980年搞了兩期《新人新作小輯》和《春筍集》，每次介紹15位青年詩人，反響都很好。《詩刊》的領導於是決定搞一個培養青年詩人的活動。從開始定名單，到寫邀請信等等由我具體負責。當時我要給每個詩人寫兩封信，一封寫給他的單位，還有一封給本人。」〔註52〕

當然，從詩歌史的角度來看，誰提出，以及《詩刊》社領導層如何通過，已然不是特別重要的細節。最重要的是第一屆「青春詩會」的舉辦，還有其產生的影響，以及所形成的「傳統」。第一屆「青春詩會」及其後比較重要的幾屆，是無法繞開王燕生的〔註53〕，關於第一屆的發生及「青春詩會」的命

〔註51〕苗春：《青春的聚會──「青春詩會」八十週年紀念》，《人民日報（海外版）》1998年4月11日。

〔註52〕田志凌、汪乾：《青春詩會：這裡能看到中國詩歌發展的縮影──王燕生訪談》，《南方都市報》2008年6月29日。

〔註53〕王燕生參與主持的有：1980年第一屆、1982年第二屆、1984年第四屆、1986年第六屆、1987年第七屆、1988年第八屆。其中第一屆、第六屆、第七屆被學界認為是最重要的三屆。

名，他在另一篇訪談中有較為細緻的說法，「凡有戰略意識的領導，沒有不關心青年狀況的。上世紀七十年代末，已有一批新人走上詩壇，這引起詩刊領導嚴辰、鄒荻帆、柯岩、邵燕祥的關注。在陸續選發他們作品的同時，考慮為他們提供更好地成長環境，把他們推到比較突出的位置，便於 1980 年 4 月在刊物上推出了『新人新作小輯』，收入張學夢、孫武軍、高伐林、才樹蓮、周濤、韋黎明、顧城、張廓、孟河、李發模、聶鑫森、王小妮、傅天琳、鄧海南、辛戈 15 位詩人的作品（有 11 位是我的責任編輯）。主編嚴辰專門寫了充滿關愛的、意義深遠的推介文章。就在此時，一方面著手選編另一個推薦新人的專輯《春筍集》（刊載於八月號，入選也是 15 人）；另一方面，開始搭建一個更大的扶植青年的平臺——讓一些小有名氣的青年詩作者到北京來，以詩會友，請最好的詩人給他們講課，為他們提供學習交流的機會。此項活動定名為『青年詩作者創作學習會』，會期自 1980 年 7 月 20 日至 8 月 21 日，歷時 32 天。最初選定 15 人，後增加 2 人，共 17 人。他們的作品發表在第 10 期上，發表時以『青春詩會』為總標題，後來便習慣將此項活動稱之為『青春詩會』。」〔註 54〕

除了「青春詩會」的誕生，在王燕生的訪談中，有兩個信息點值得關注：一個是給詩人寫邀請信需要寫兩封，一封給單位，一封給本人，可以看出當時「單位」對個人強大的影響力和介入個人生活的權力〔註 55〕；一個是名單的確定，「最初選定 15 人」，這個傳統在進入新世紀（2003 年）改為「徵稿制」以後得到了嚴格的繼承，而「後增加 2 人」，也是在考察「青春詩會」時必須要注意到的現象，即每屆青春詩會可能存在的「意外情況」。關於「青春詩會」名單的確定，從第一屆起，就顯得有些撲朔迷離，雖然時隔僅僅四十年，由於《詩刊》社編輯團隊的更新、辦公地址的遷徙，大量原始資料已丟失，以及當年編輯團隊已紛紛離世，名單的確定過程只能靠南方都市報 2008 年對王燕生的訪談以及他本人的一些回憶文章中找到蛛絲馬蹟。「民間傳言」尤為集中的，是關於北島為什麼沒有參加青春詩會，因為以第一屆青春詩會邀請「朦朧詩」主將的做法（這些詩人之前在《詩刊》已經亮相），以及 1979

〔註 54〕王燕生：《答姜紅偉問》，《詩探索・作品卷》2011 年第 2 輯。
〔註 55〕單位對個體的影響，可參見周翼虎、楊曉民：《中國單位制度》，中國經濟出版社 2002 年版。另，第二屆「青春詩會」韓東報到後隨即「消失」，也是因為其單位不同意他參加「青春詩會」。

年對北島《回答》的推出並產生的巨大影響來看，北島是「理應」參加「青春詩會」的。王燕生在一次訪談中曾對此做過回應，「南方都市報：現在也有人好奇，就是第一屆青春詩會為什麼沒有邀請北島、芒克參加？王燕生：從今天來看，現在作為詩壇主力軍和中堅的，很大一部分都參加過青春詩會。像知識分子寫作的代表，王家新啊、西川啊；民間寫作的代表于堅、韓東、伊沙都參加過青春詩會。但也不是說最優秀的都「一網打盡」了，比如北島、楊煉、芒克。沒有讓北島參加和《今天》受到廣泛關注有關。還有些人屬於陰差陽錯，比如楊煉，在青春詩會之前《詩刊》就發過他好幾首詩。但畢竟不是一個都不能少，有名額的限制，還有各種各樣的考慮。」〔註56〕

除了王燕生的說法之外，也有「民間」更為「確鑿」的傳言，如參加了第二屆「青春詩會」的詩人王自亮提到第一屆時就有這樣的說法，「這些參加首屆青春詩會的年輕詩人的作品，那時我已經讀過不少，尤其是江河、顧城和舒婷。我很看重江河的詩歌，對顧城的看法，確有詩歌天才，但其作品是良莠不齊的。舒婷的詩，大學校園裏已經有所傳誦了，但我並不十分推重。當時我很奇怪，為什麼北島沒有列入第一屆青春詩會的名單。後來很快就明白了，這是有深刻原因的。據說，初擬的名單裏有北島，後來被『大人物』畫掉了。本來的18人，變成了17人。當然這是民間傳說，不足為訓。」〔註57〕在眾說紛紜之外，也說明一個事實：既是對「青春詩會」影響力的認可，也是對北島沒有參加「青春詩會」的「遺珠之憾」。至於《詩刊》當時有沒有計劃邀請北島，以及是否真是因為名額限制，對後來人們認為的朦朧詩五大主將做了各種權衡之後的取捨，比如政治方面、芒克對官方刊物的態度（另一個重要的事實是，《詩刊》在這期間確實沒有推出過芒克的作品）等等，現在已然只能以最後的參會人員來進行「史實」的考察。反過來說，名單究竟是如何確定的？這在對王燕生的訪談中有了很清晰的回答，「南方都市報：當時你們是怎麼確定人選的？王燕生：名單主要還是領導和作品組一起定的。當時有個標準，叫『小有名氣』。就是說我們發過他的詩，最好是組詩，還要注意寫作風格。有寫現實主義詩歌的，我們選了一部分；被稱為朦朧詩人、寫具

〔註56〕田志凌、汪乾：《青春詩會：這裡能看到中國詩歌發展的縮影──王燕生訪談》，《南方都市報》2008年6月29日。

〔註57〕姜紅偉、王自亮：《記憶即道路：見證80年代大學生詩歌運動──王自亮訪談錄》，《詩探索・理論卷》2015年第3輯。

有現代氣息詩歌的，我們也選了一部分。這些人的年齡、身份差別都很大，中間有國家幹部、農民、工人、學生。」〔註58〕

可以看出，在名單的確定中，除了「現實主義」、「朦朧詩」等寫作風格方面的權衡，還有詩人在生活中的身份或職業權衡，如王燕生所說的國家幹部、家民、工人、學生等。如果統計具體的名額占比，十七人中有六名工人：張學夢、江河、常榮、舒婷、梁小斌、顧城；一名社員（農民）：才樹蓮；七名大學生：葉延濱、高伐林、徐敬亞、王小妮、徐曉鶴、徐國靜、孫武軍；三名幹部：楊牧、陳所巨、梅紹靜。十七人中七名大學生，比例達到了 40% 以上，這也為其後青春詩會注重發現大學生開了好頭；緊隨其後的是工人比例，達到了 35%，也足見當是《詩刊》為代表的文學界對「現代化」生產的重視。這些名單中，可以查證的意外因素有三人，徐敬亞、梅紹靜、徐國靜。徐敬亞的「意外」入選，他本人有著明確的回憶，「『青春詩會』最初的名單可能只有幾個人，沒有我。一天，王小妮拿了一封《詩刊》編輯雷霆的信給我看，說邀她到北京開一個會，具體時間再通知。我一看，說我也要去啊。馬上就給雷霆寫了封信，並說到了我寫評論的事。不久，我們倆都收到了邀請。後來到了北京，王燕生告訴我，你那封信還真起了作用。名額那麼吃緊，全國多少省份連一個名額都沒有，你們吉大就來兩個！主要是考慮到要有一個寫評論的，就把你加進來了。記得接到正式通知的時間是五月初。那天晚上，我們倆從公木先生家走出來，天空清澈透明，我們的心情也像夜空。我高興地在草地上跑了好幾圈。公木專門給吉林作協打了電話，作協竟同意為我們報銷車票。」〔註59〕而梅紹靜和徐國靜，就更「意外」了，可以從王燕生的說法中得到證實，「本來只邀請了十五位青年，插隊延安的梅紹靜返京探親趕上了，也加入進來，她已有《晨光裏》三首詩決定八月號發，對她有所瞭解。不想到又殺出一個花木蘭，東北師院的徐國靜不知從何得到消息，也來毛遂自薦。看過她發的詩和帶來的詩稿，我找燕祥商量。她的精神取得了勝利。至此，隊伍擴編為十七人。」〔註60〕

至於第一屆青春詩會的名單產生，除了《詩刊》社之前就推出新人新作，

〔註58〕田志凌、汪乾：《青春詩會：這裡能看到中國詩歌發展的縮影——王燕生訪談》，《南方都市報》2008 年 6 月 29 日。
〔註59〕姜紅偉、徐敬亞：《八十年代，被詩浸泡的青春——徐敬亞訪談錄》，《詩探索‧理論卷》2016 年第 1 輯。
〔註60〕王燕生：《上帝的糧食》，古吳軒出版社 2004 年版，第 10 頁。

並從中遴選出「種子選手」之外；這個名單的誕生，多數人與王燕生的「慧眼識珠」有著密切關係，先不說以「新人新作小輯」、「春筍集」等形式推出新人新作時，王燕生做責編的超高比例，就是具體到參會的個人，他們的追憶中，能參加「青春詩會」也與王燕生有著直接的關聯。這就產生了一個被學界忽視的重要現象，即「青春詩會」與編輯個人思想與審美的對應關係，這方面我將在後文做深入的分析。回到第一屆「青春詩會」，比如楊牧的參會，就與王燕生的舊識直接相關，楊牧在文章中提到，「我和燕生兄相識於 1979 年，那是他剛調到《詩刊》不久首次到新疆走動，正好與我同住烏魯木齊一個我為修訂第一部詩集借住的鐵道招待所。彼時是一個憑一個『詩』字便何在中國任何地方遇到熱情知音的年月，何況該兄是《詩刊》編輯，我們的相識也就是自然而必然的事。用 21 年後他在一篇文章《盲流楊牧》中的話來說：『彷彿（我們）五百年前便已相識，我們一起訪友喝酒，幾度長談至凌晨。』那時的燕生是何等地瀟灑又雄姿英發，與之交，真有一種大愉快。但他絕非那種酒肉朋友類，喝酒歸喝酒，事情是不會忘記做的，『（6月）21 日，我讀了他的神話長詩《塔格萊麗賽》（稿——作者注，下同）；7月22日……又讀了他的大型寓言詩劇《在歷史的法庭上》（這部作品《詩刊》十一月號以頭條推出）。』這些記錄都足以證明我們的交往是真正地從詩開始的，雖然他後來矢口否認『這部作品』『以頭條推出』與他個人有什麼干係（我也記得是寄給韓作榮兄的）。也許正是因為那個『法庭』之故，次年 7 月我被通知參加《詩刊》的青年詩作者創作學習會（後來叫首屆『青春詩會』）。」〔註61〕

現在看來，當時的年輕詩人能夠參加「青春詩會」，是一次事無前例的學習、交流機會，也是一種至上的榮譽。詩人們當時的激動心情，可以從孫武軍、徐敬亞等人的回憶中看到，時在浙江的孫武軍在一篇文章中寫到，「1980年 6 月 23 日浙師院舟山分校大門口，我抑制著劇烈的心跳拆開了《詩刊》的信，信中說，邀請我到北京參加青年詩作者創作學習會，7 月 20 日報到。狂喜中我的心都發痛了！到《詩刊》去！到北京去！這使我萬沒有想到，我剛學寫詩，就一步跨到了北京。北京，在我當年純真的心目中，那是一個什麼地方啊！」〔註62〕時在東北的徐敬亞也有類似的回憶，「在一個物質匱乏而精神膨脹的年代，參加一次普通詩歌會議的資格，被放大到驚人的光榮。離開

〔註61〕楊牧：《記憶的小花——懷念老友王燕生》，《廈門文學》2012 年 12 期。
〔註62〕孫武軍：《青春的聚會：憶 1980 青年春詩會》，《文學港》2000 年第 1 期。

長春去北京參加青春詩會的前幾天，以《眼睛》為主體的長春青年詩人們在曲有源帶領下，在南湖九曲橋邊為我們送行。橋邊草地上，二十幾個人圍坐一起，說詩念詩唱歌聚餐。那也是《赤子心》與《眼睛》唯一的聚會。《赤子心》全體與曲有源的那張黑白合影就拍在那天下午的陽光下。因為是星期天，所以記得，是 7 月 13 日。」「7 月 20 日清晨，我倆坐了一整夜硬座，到了灰濛濛的北京城。記得出了北京站，是一長排自來水管，我們在那裡洗了手和臉。感覺北京與我大串聯來時沒太大變化。當年的《詩刊》，還在陶然亭北側的虎坊路。幾排灰色平房，圍著一座大院子。院裏的小路都鋪著灰磚，幾棵槐樹正開白花。楊牧、張學夢、陳所巨、葉延濱、江河、高伐林、舒婷、梅紹靜、常榮、徐國靜、孫武軍、徐曉鶴、梁小斌、顧城、才樹蓮——其他十五個來自天南地北，同樣興奮的人，見了面有說不完的話。」〔註63〕就這樣，第一屆「青春詩會」拉開了帷幕，也宣告了四十年來《詩刊》社最具影響力的活動出爐。

二、詩會命名及重要活動

　　第一屆「青春詩會」先後在北京和秦皇島舉行，從 1980 年 7 月 20 日至 8 月 21 日，前後共 33 天〔註64〕，這是歷屆「青春詩會」中舉辦時間最長的一屆，也是從指導老師到參會詩人陣容最為豪華的一屆，同時也是最「樸實」和「親民」的一屆：參會詩人擠在當時《詩刊》社虎坊路辦公地點的老房子中，主編和編輯們也擠在一起，參會詩人需要自帶飯票，北京本地詩人則成為「走讀生」。需要強調的是，「青春詩會」的命名是一個歷史追訴的過程，在第一屆的時候稱為「青年詩作者創作學習會」〔註65〕，這個命名對理解當時的詩歌生態、《詩刊》社的姿態、青年詩人的地位有著十分重要的作用。之所以稱「青年詩作者」，而不是「青年詩人」，與《詩刊》社舉辦活動的初衷有關，後來他們在各種場合多次提到對「青年詩人」的引導，顯然，從「青年詩

〔註63〕姜紅偉、徐敬亞：《八十年代，被詩浸泡的青春——徐敬亞訪談錄》，《詩探索·理論卷》2016 年第 1 輯。

〔註64〕如果嚴格按這個時間段來算的話，應該是 33 天，王燕生 31 天的說法和學界 32 天的說法，應該是計算有誤。另據王燕生日記，在秦皇島的時間是 8 月 16 日至 8 月 20 日，詳見王燕生：《上帝的糧食》，古吳軒出版社 2004 年版，第 17～18 頁。詩會期間，還遊了十三陵、頤和園，觀看了話劇《原野》。

〔註65〕第一屆是「青年詩作者創作學習會」，第二屆、第三屆、第四屆均為「青年詩作者改稿會」，第五屆開始正式使用「青春詩會」，並一直延用至今。

作者」到「青年詩人」的「飛躍」，需要這次「詩會」的打磨。這既表現出《詩刊》社推出青年詩人的迫切，也表現出《詩刊》自己所強調的權威地位。而「創作學習會」的提法，這一意圖就更加明顯。從史實來看，這次參會詩人互相交流的收穫，以及其後在詩壇上的資源共享，遠比他們聽老詩人講課所得到的收穫多，這也從他們的一些回憶文字中可以看出，當時參會的青年詩人與講課的泰斗級的老詩人們在詩歌觀念方面是有著很深的衝突的。在表面上，這屆「青春詩會」是老詩人與青年詩人和諧共處、共同推進詩歌繁榮的一次集中展現，但實際上，詩會結束之後，兩批詩人無論從詩歌觀念還是實際創作方面，就幾乎再也沒有值得詩歌史深入研究的「和諧」現象了。重新考察「青年詩作者創作學習會」這個命名以及之後學界和詩壇普遍稱之為「青春詩會」的緣由，可以在王燕生回答南方都市報的訪談中得到答案，「南方都市報：青春詩會的名字怎麼來的？王燕生：一開始不叫青春詩會，叫作『青年詩作者創作學習會』──不是『學習班』，因為邵燕祥當時對『學習班』非常反對，他說學習班是『文革』時整人創造出來的。這個活動完了以後，這些人的作品在 1980 年 12 月專輯發表，邵燕祥提了一個通欄標題叫『青春詩會』，我也寫了個側記叫作《青春的聚會》。」〔註 66〕

　　第一屆「青春時會」舉辦所用的時間，是被學界所忽略的，其實特別重要，它在另一個側面反映了詩會的性質，這也是八十年代之後幾屆與第一屆的最大不同，也是新世紀以來的「青春詩會」與八十年代「青春詩會」本質的差異，如果說八十年代「青春詩會」力足於交流學習並推出新人的話，那麼新世紀以來的「青春詩會」毋寧說僅僅是一種資格認可。第一屆「青春詩會」的班主任王燕生在新世紀出席「青春詩會」時發現，「現在的青春詩會一星期就結束了。去年我參加了一下，有的人把稿子一交就走了。那你不要來嘛，來了沒有交流，沒有碰撞。我們第一屆 17 個人，每個人要讀同學的 16 份稿子，要給別人挑毛病，相互傳閱。到目前為止，我都認為這是很必要的，要不幹嗎還來交流呢？」〔註 67〕王燕生說的這屆「青春詩會」，是指 2007 年的第二十三屆，關於「青春詩會」的模式流變和體制化形成，將在後文做深入的

<hr>

〔註 66〕田志凌、汪乾：《青春詩會：這裡能看到中國詩歌發展的縮影──王燕生訪談》，《南方都市報》2008 年 6 月 29 日。

〔註 67〕田志凌、汪乾：《青春詩會：這裡能看到中國詩歌發展的縮影──王燕生訪談》，《南方都市報》2008 年 6 月 29 日。

分析。重新回到第一屆「青春詩會」，來看一下當時指導老師和講課的老詩人，就會發現舉行 33 天與當時「豪華」的講課陣容密切相關，也與「學習會」的定位直接相關。據王燕生 2008 年回憶第一屆詩會時所說，「《詩刊》當時有 4 個領導，嚴辰、鄒荻帆、柯岩和邵燕祥，每個人負責三四個學生，除了講大課之外，平時還要單獨輔導。比如嚴辰帶 4 個人，這 4 個人就到嚴辰那裡去，他一個個輔導，這叫作單兵訓練。上大課、出大操，還開小灶。輔導以後，他們也要花時間修改，然後還創作新作品。現在這些活動都沒有了。」〔註 68〕第一屆「青春詩會」分組的具體情況，現有資料沒有詳細的記錄，據王燕生的說法，因為有四位主編，分成了四組；張學夢的一篇回憶文章中提到張學夢、舒婷、王小妮一組，楊牧、常榮、梅紹靜、徐國靜、才樹蓮一組〔註 69〕。當然，具體的分組在詩歌史的視野中並不那麼重要，重要的是《詩刊》主編全陣容分組指導「青春詩會」參會詩人的盛況，這也使第一屆在詩歌史中有很足的份量。

　　至於當時詩會的食宿情況〔註 70〕，可以從王燕生和徐敬亞的回憶中找到線索。南方都市報的記者在訪談中有這樣的提問，「你們負責他們吃、住、行的費用麼？」王燕生的回答是，「吃要自己掏錢，還要自帶糧票。第一屆青春詩會我們只解決了兩個人的路費，唐山工人張學夢，因為誤了工，我們給補了，還有一個才樹蓮，公社社員，當時一塊多錢一個工分，給她補了。其他人都是自費。」〔註 71〕除幾個北京「走讀生」外，參會者多數就住在《詩刊》院內平房裏。徐敬亞和梁小斌被安排在收發室右側第一個房間。」〔註 72〕另據王小妮的回憶，她和舒婷、才樹蓮住同一間。〔註 73〕除了食宿這些看似與詩歌無關的問題之外，詩會最重要的自然是參會詩人之間的互相交流。像王

〔註 68〕田志凌、汪乾：《青春詩會：這裡能看到中國詩歌發展的縮影——王燕生訪談》，《南方都市報》2008 年 6 月 29 日。
〔註 69〕張學夢：《兩幅速寫》，《作家》2000 年第 10 期。
〔註 70〕之所以重點強調食宿，尤其是吃飯問題，一是釐清當時的生活、經濟等社會歷史背景對詩歌的外在影響；另一個更重要的原因是，也正因為每天中午在食堂吃飯，使「青春詩會」與《今天》有了直接的交流，這將在本節第三部分重點梳理、分析。
〔註 71〕田志凌、汪乾：《青春詩會：這裡能看到中國詩歌發展的縮影——王燕生訪談》，《南方都市報》2008 年 6 月 29 日。
〔註 72〕詳見姜紅偉，徐敬亞：《八十年代，被詩浸泡的青春——徐敬亞訪談錄》，《詩探索·理論卷》2016 年第 1 輯。
〔註 73〕王小妮：《悶熱而不明朗的夏天》，《作家》2000 年第 10 期。

燕生所說，「每個人要讀同學的 16 份稿子，要給別人挑毛病，相互傳閱。」
這種建基於詩稿之上的純粹的詩歌交流活動，既發生在參會詩人之間，也發
生在詩人與指導老師之間。例如孫武軍對詩歌交流的一些場景有很清晰的回
憶，「青春詩會上我們相互看作品，提意見。舒婷看了我的詩，說你伸開五指
不如捏緊一個拳頭打出去才有力。這與柯岩老師的指導是一樣的。詩會上，
《詩刊》社指定一個老師輔導我們幾個學員，柯岩老師當時是《詩刊》副主
編，是我的輔導老師。她看了我的詩，說你都能寫一點，但沒有突出的。你要
找到自己的東西，這樣才會有一個飛躍。我知道我的詩比較雜，內容和藝術
上風格不明確，這樣就缺少力量。但憑我當時的幼稚和淺薄，要想一下形成
自己的風格，談何容易。」〔註74〕

　　當然，關於詩歌的交流，是可以預見的，反而是他們生活化的、人性化
的交流，總是被學界所忽略，如果將詩歌重新放回到人的生命體驗中去，詩
會中他們的一些生活場景反而顯示出了他們詩歌觀念之新，以及與老詩人之
間的齟齬。有很多細節在他們的回憶中顯得非常有意思，在「集體個體」得
以覺醒而「生命個體」還被壓抑的大環境中，從他們的生活交往中，可以發
現這幫青年詩人們「先進」的生活觀念，這當然也促成了他們詩歌在當時所
具有的「先鋒」性。比如徐敬亞回憶同住一間的梁小斌，「頭次見面，他羞澀
木訥的舉止，讓我感到很好玩兒。不管誰到我們房間，梁小斌都會立刻客氣
地站起來，只說一兩句話，表情尷尬地繼續站著，再無言語。那時他可能還
沒發表多少作品。不停地跟我說，老徐呀，你是評論家，你可要好好幫我吹
一吹啊。我那時還不敢自稱評論家，伏在桌子上，細細讀他書寫潦草凌亂的
詩稿。暗自稱奇，心想，過去怎麼不知道這個人，這個其貌不揚的大詩人啊。」
〔註75〕我們從這些細節中可以看到《中國，我的鑰匙丟了》背後的那個羞澀
的青春。另外，還有其他一些生活細節，比如孫武軍的回憶，「在《詩刊》我
印象最深的一幕，竟然是見到一位女詩人把一雙赤腳高高撩起，擱在《詩刊》
的辦公桌上，她就是常榮。常榮是北京人，可能是和《詩刊》的編輯忒熟。常
榮挺能說，第一天討論時就和張學夢爭得厲害。張學夢說，我面臨危機，想
打退堂鼓，常榮說不能丟失掉你自己的特色；張學夢說那是政治不是藝術品，

〔註74〕孫武軍：《青春的聚會：憶1980青年春詩會》，《文學港》2000年第1期。
〔註75〕姜紅偉、徐敬亞：《八十年代，被詩浸泡的青春——徐敬亞訪談錄》，《詩探索·
　　　　理論卷》2016年第1輯。

常榮說那你可以讓它成為藝術品。我感覺她性格開朗隨意，但又讓我有點琢磨不透。一次大家開玩笑，說徐曉鶴你不敢親常榮。天不怕地不怕的曉鶴上去就親了一口，常榮一個巴掌打了過去。」〔註76〕關於常榮，王燕生回憶到另一個細節，「當時我們的管理也是比較嚴的，有個女孩子叫常榮，一次聽報告她來晚了。我很不高興，她眼淚汪汪就哭了。」〔註77〕或許，當我們通過這些人的回憶，瞭解了生活中的常榮，她那句「我知道我會結穗，並有金色的麥芒」〔註78〕才更加打動人心。

學界通常倡導回到歷史現場去理解文本，而所回到的歷史現場總是宏大的或者「歷史化」了的，如果將具體的作品放到它所產生的語境中去，甚至回到「生活的細節」，感觸自然就不一樣了。比如舒婷在參會期間寫下並在《詩刊》1980年10月號「青春詩會」專輯中發表的《贈別》，如果先瞭解徐敬亞提到的這個場景：「那時《詩刊》缺少好的相機，臨別照不夠清晰，但創意並不缺。全體分為男女兩組，按照年齡大小降冪排列，站成一排。那個年月，見面不易，分手時甚至有點憂傷。當時所有人最大願望就是發表詩歌──在沒《詩刊》人在場的時候，大家悄悄說，今後我們要團結起來，誰能發詩時，可要給大夥多多發詩啊。」〔註79〕以及另一個有關顧城的場景，「臨分手的前一天，顧城背來一個黃書包，從裏面一個一個慢慢掏出十七個大黃梨，嘴裏說著：分梨（分離）了分梨了。」〔註80〕那麼對這首詩的理解就完全不一樣了。也正是瞭解了這些瑣碎的背景，舒婷的《贈別》一詩就有了更深刻的「歷史感」，從其落款時間來看，正是寫於青春詩會即將結束的時刻：

> 「人的一生應當有／許多停靠站／我但願每一個站臺／都有一盞霧中的燈／雖然再沒有人用肩膀／擋住呼嘯的風／以凍僵的手指／為我披好白色的圍巾／但願燈像今夜一樣亮著吧／即使冰雪封住了／每一條道路／仍有向遠方出發的人／／我們注定還要失落／無數白天和黑夜／我只請求留給我／一個寧靜的早晨／皺

〔註76〕孫武軍：《青春的聚會：憶1980青年春詩會》，《文學港》2000年第1期。

〔註77〕田志凌、汪乾：《青春詩會：這裡能看到中國詩歌發展的縮影──王燕生訪談》，《南方都市報》2008年6月29日。

〔註78〕詩句出自常榮：《一九八〇年，我的思緒》，《詩刊》1980年10月號。

〔註79〕姜紅偉：徐敬亞，《八十年代，被詩浸泡的青春──徐敬亞訪談錄》，《詩探索·理論卷》2016年第1輯。

〔註80〕姜紅偉：徐敬亞，《八十年代，被詩浸泡的青春──徐敬亞訪談錄》，《詩探索·理論卷》2016年第1輯。

巴巴的手帕／鋪在潮濕的長凳／你翻開藍色的筆記／芒果樹下有隔夜的雨聲／寫下兩行詩你就走吧／我記住了／寫在湖邊小路上／你的足印和身影／要是沒有離別和重逢／要是不敢承擔歡愉與悲痛／靈魂有什麼意義／還叫什麼人生／1980.8.4.完稿。〔註81〕

正是「青春詩會」期間這些詩人極為生活化並帶有「青春」痕跡的回憶，讓我們在冷冰冰的歷史表層看到了八十年代個體以及人與人之間的關係演化，同時也會感受到詩歌背後隱藏的人情與人性，《贈別》在當時的語境中才顯得那麼彌足珍貴，也使學界有人將其列為她的代表作。〔註82〕

除了參會詩人之間的詩稿交流和生活場景，這屆「青春詩會」被學界關注最多的是講課陣容，可謂集結了當時詩壇最有影響的一批老詩人。根據現有的資料來看，給與會青年詩人講座的有袁可嘉〔註83〕、顧驤〔註84〕、陳荒煤〔註85〕、艾青（7月23日）、高莽（烏蘭汗）（7月26日上午）、蔡其矯（7月28日）、張志民（7月30日）、黃永玉（8月9日）、陳湧（8月14日）等，以及時任作協副主席馮牧（8月11日）〔註86〕、書記處書記劉賓雁做了報告；還有臧克家、田間、賀敬之、李瑛等出席座談〔註87〕。其中艾青的講課稿以《與青年詩人談詩──在詩刊社舉辦的「青年詩作者創作學習會」上的談話》為題、馮牧的報告以《門外談詩──在詩刊社舉辦的「青年詩作者創作學習會」上的談話（摘錄）》為題與詩會作品、側記以專輯的形式發表在《詩刊》1980年10月號。據徐敬亞回憶，「當年的《詩刊》，不但權威，而且先進，為

〔註81〕舒婷：《贈別》，刊於《詩刊》1980年10月「青春詩會」專號。

〔註82〕謝冕、霍俊明：《青春的歌哨，精神分藥與詩歌史──寫在詩刊社青春詩會36週年之際》，《詩刊》2017年下半月刊。該文提到：值得注意的是參加「青春詩會」的詩人有的「出手」極高，在參加青春詩會時就寫出了一生的成名作和代表作，比如江河（《紀念碑》）、舒婷（《贈別》）……。

〔註83〕《詩刊》所發側記中沒有提到袁可嘉，依據姜紅偉，徐敬亞：《八十年代，被詩浸泡的青春──徐敬亞訪談錄》，《詩探索·理論卷》2016年第1輯。

〔註84〕《詩刊》所發側記中沒有提到顧驤，依據王燕生：《上帝的糧食》，古吳軒出版社2004年版，第3頁。

〔註85〕據王小妮回憶文章，王小妮：《悶熱而不明朗的夏天》，《作家》2000年第10期。

〔註86〕以上信息根據王燕生日記整理，詳見王燕生：《上帝的糧食》，古吳軒出版社2004年版，第10～17頁。

〔註87〕以上信息整理自王燕生：《青春的聚會──詩刊社舉辦「青年詩作者創作學習會」側記》，《詩刊》1980年10月號；孫武軍，《青春的聚會：憶1980青年春詩會》，《文學港》2000年第1期。

詩界普遍敬重。所以當《詩刊》邀請授課教師時，所有名家一律到場：張志民、臧克家、賀敬之、嚴辰，還有翻譯了《西方現代派作品選》的袁可嘉，還有我們敬重的作家劉賓雁、詩人艾青、畫家黃永玉……為了青春詩會，《詩刊》上下齊心合力，不惜代價。」〔註 88〕這講課陣容即便放到今天來看，也足夠權威，但在當時，並不像學界所認為的那樣，這些青年詩人有時候會表現出極不尊重的現象。王燕生曾不無感慨地說，「第一屆青春詩會我們請了很多名家來給大家講課，像艾青、臧克家、田間、賀敬之、蔡其矯、李瑛、馮牧、黃永玉等等都給他們講過課。不過我發現一些當年參加過青春詩會的人，寫文章表示對青春詩會不以為然，這不符合實際。他們當時也是畢恭畢敬的，讓他們來他們也是受寵若驚的啊。」〔註 89〕

　　事實上，豈止後來「寫文章時」，即便當時的講課現場，就已經出現了「大逆不道」的場景。比如孫武軍回憶到的細節，「規模最大的一次是田間、臧克家、賀敬之、李瑛一起和我們座談……座談中，坐在後面的楊煉用鋼筆在手心上寫了四個字：『都該□□！』然後悄悄給我們傳閱。忘了是誰在他手上把『都』改成『早』，『早該□□！』這話著實讓我有些吃驚。覺得楊煉真是狂傲。楊煉白淨帥氣，青春詩會上他好像就來了這麼一次。這四字宣言就像是當年馬雅可夫斯基宣稱要把普希金扔下時代的輪船一樣，只是沒有那種俄羅斯的高貴，而有著中國式的無禮。」〔註 90〕不知是因為孫武軍的避諱，還是《文學港》發表這篇文章時的避嫌，原文中用兩個方框代替了楊煉的「粗話」。據柯岩在 1983 年「重慶會議」時的講話，兩個方框代替的字應該是「死了」，原文如下：「遺憾的是，在會議中途他們中的一些人就拒絕接受我們的『引導』了。在許多老詩人熱情洋溢地給他們講詩時，有人卻在下面遞條子，說這些老詩人『該死了』，『早該死了』……在會外就被『崛起』者們『引導』了去。」〔註 91〕如果說楊煉的叛逆僅僅是一個「旁聽者」身份的叛逆的話，那麼其他一些細節就是參會詩人的行為了，不過比起楊煉就顯得很「溫和」，例如徐敬亞回憶，「我們這些人上課溜號已成為習慣，無聊時就在底下畫小人，誰講課

〔註 88〕姜紅偉，徐敬亞：《八十年代，被詩浸泡的青春——徐敬亞訪談錄》，《詩探索·理論卷》2016 年第 1 輯。

〔註 89〕田志凌、汪乾：《青春詩會：這裡能看到中國詩歌發展的縮影——王燕生訪談》，《南方都市報》2008 年 6 月 29 日。

〔註 90〕孫武軍：《青春的聚會：憶 1980 青年春詩會》，《文學港》2000 年第 1 期。

〔註 91〕柯岩：《關於詩的對話——在西南師範學院的講話》，《詩刊》1983 年 12 月號。

就畫誰，幾個人比著畫。我和王小妮、顧城、徐曉鶴等畫得最凶，而舒婷則總是仰望著天空和樹。我總以為她在找蟬。」〔註92〕王燕生講出了另外一些細節，「有一次張志民講課，講到一半江河就跑了。我去找，他在房間裏，他說，講的什麼東西，沒法聽。我說要尊重別人。他說，他首先要尊重我們，他拿些陳芝麻爛穀子給我們說，我們怎麼尊重他啊？我這才意識到他們的思維方式和我們不太一樣。」〔註93〕

　　表面上看來，這些青年詩人對老詩人的不尊重顯得「沒有教養」，但拋開論輩份排座次的詩壇視角，而轉向詩歌本身，就會發現這種「叛逆」在本質上來自詩歌觀念的差異。在詩歌的時代潮流面前，老詩人的權威似乎大打折扣，其實這在歷史變革時期的作家、詩人，甚至評論家、學者中比比皆時，一些在一定時段充當先鋒角色，引領潮流的人物，可能在幾十年甚至幾年之後，就成為被質疑、被取而代之的「守舊」人物了。正如卡林內斯庫所說，「先鋒派較少靈活性，對於細微差別較少寬容，它自然更為教條化——既在自以為是的意義上，也在相反的自我毀滅的意義上。」〔註94〕對於編輯來說，「先鋒」意識也有一定的侷限性，例如當時作為班主任的王燕生，對青年詩人實際上是有著很透徹的理解的，他以完全「先鋒」的姿態深入到青年詩人的內心，但是這種「先鋒」性在其後可能會成為他理解青年詩人、理解詩歌的一種「障礙」，這從1988年第八屆「青春詩會」的特殊情況有了例證。〔註95〕當然，這是後話。回到第一屆青春詩會，王燕生在一篇訪談中提到，「這些年輕人很敏銳，比如對傳統的看法。江河說傳統是條河流，流到我們這兒，我們加入進去就成為傳統了。過去我沒聽過這樣的話，現在聽到了還覺得蠻有道理的。比如徐敬亞拿著後來受批判的《崛起的詩群》來的，論點也非常尖銳。關於他們的觀點我還寫了一份簡報，報給了作協和中宣部，比如他們是怎麼認識詩歌和政治、詩歌和生活的關係的。從那份簡報來看，他們的思想是很超前

〔註92〕姜紅偉，徐敬亞：《八十年代，被詩浸泡的青春——徐敬亞訪談錄》，《詩探索·理論卷》2016年第1輯。

〔註93〕田志凌、汪乾：《青春詩會：這裡能看到中國詩歌發展的縮影——王燕生訪談》，《南方都市報》2008年6月29日。

〔註94〕（美）卡林內斯庫：《現代性的五副面孔：現代主義、先鋒派、頹廢、媚俗藝術、後現代主義》，顧愛彬、李瑞華譯，譯林出版社2015年版，第102頁。

〔註95〕第八屆青春詩會史無前例後無來者地在兩地舉行，以王燕生力推的詩人為一陣營在煙臺舉行，以劉湛秋、王家新力推的詩人為一陣營在北京舉行。

的，關注到了人性這樣的問題。」〔註96〕從這些文字中可以看出，一方面是青年詩人及詩評家在「青春詩會」形成的衝擊；另一方面也彰示了「青春詩會」從內在機制上對主管機構的「負責」，尤其關於青年詩人如何認識「詩歌與政治」的問題，不但要將簡報報給作協，而且還要報給中宣部。

三、詩會與《今天》及《崛起的詩群》

　　第一屆「青春詩會」的參會詩人中，徐敬亞非常特殊。如前文所講，他的入選是個「意外」事件，但是以詩評家身份入選詩會名單的徐敬亞，不管是在《詩刊》社推出的「青春詩會」專號，還是其他期刊報紙有關「青春詩會」的評論文章中，徐敬亞一直處於隱身狀態，這多少顯得有些「不正常」。事實上，關於徐敬亞的理論家之用，還有當時詩壇所不知道的故事。在「青春詩會」結束之後，徐敬亞被留下來寫詩會綜述，但幾經周折，最後還是沒有選用。對此徐敬亞和王燕生分別有著回憶，徐敬亞的講述為：「所有人離開北京後，我被單獨留下，《詩刊》讓我寫一篇會議紀要性的文章，王小妮陪著我。由於我始終搞不懂《詩刊》的意圖，一連改了幾次稿，都沒通過。最後刊出的文章是王燕生親自寫的。據王燕生先生後來的回憶文章，說我的稿子不對路。」〔註97〕對此，王燕生在其追憶文章《掘墓人徐敬亞》中有了更完整的說法，「許多人不知道8月21日第一屆『青春詩會』落幕後徐敬亞沒有走，《詩刊》把寫側記的任務交給了他。他欣然命筆，不出三天便寫了出來，洋洋灑灑萬餘言。除客觀綜述外，還不時流露他的詩歌觀念和藝術主張。遭到否決後我遵命倉促上陣，文中不敢有絲毫『自我』。誰又想得到呢，就是發表『青春詩會』的十月號，仍未逃脫吃黃牌的命運。」〔註98〕徐敬亞當時寫的側記已經散佚，但是可從他之後引起詩壇和學界震動的《崛起的詩群》中管窺王燕生所說的「詩歌觀念和藝術主張」，還有另一篇發表在《今天》的文章——《奇異的光——〈今天〉詩歌讀痕》，這篇文章刊載於《今天》第9期，出刊時間正是1980年7月，恰是徐敬亞參加「青春詩會」的時間段。值得提出的是，學界對第一屆「青春詩會」梳理研究時，幾乎沒人提到參會詩人與

〔註96〕田志凌、江乾：《青春詩會：這裡能看到中國詩歌發展的縮影——王燕生訪談》，《南方都市報》2008年6月29日。

〔註97〕姜紅偉、徐敬亞：《八十年代，被詩浸泡的青春——徐敬亞訪談錄》，《詩探索·理論卷》2016年第1輯。

〔註98〕王燕生：《上帝的糧食》，古吳軒出版社2004年版，第48～49頁。

《今天》群體的交往，但是這一現象是詩會所具有的另一種詩歌史價值。因為正是「青春詩會」和《今天》群體的雙重作用，才成就了徐敬亞的《崛起的詩群》，也就是八十年代詩歌史中著名的三個「崛起」之一。

有必要對「青春詩會」期間參會詩人與《今天》的交流做一次梳理，這也是前文重點提出詩人們食宿狀況的原因，正是在食堂吃飯的緣故，這幫參會詩人與《今天》核心人物的交流變得直接而頻繁。據很多詩人回憶，詩會期間北島、楊煉、芒克常來，但集中在午飯時間，有時候也會加入到正常的聽課活動中去，像前文提到的楊煉聽講時的叛逆行為就是一例。被稱為「工人老大哥」的參會詩人張學夢在 2000 年寫的回憶文章中就提到，「吃午飯的時候常有詩會以外的人來，北島、楊煉等等。」〔註 99〕而最大「受益人」徐敬亞更是反覆地提到與北島等人的交流，與張學夢一致，他也回憶過午飯時刻的「相遇」，「那時，《詩刊》沒有食堂，我們吃飯都要到北側的中國京劇院。北島、楊煉、芒克中午也常來。那裡的啤酒最受人歡迎，兩角錢一杯。記得我和王小妮還同梁小斌、顧城一起到大柵欄喝過一次羊雜碎湯。」〔註 100〕當然，僅僅在食堂吃飯，是無法看出他們關於詩歌方面的交流細節的，但是在另外一些回憶文章中，可以看出他們之間的互動。例如參會詩人孫武軍的回憶，「引發了新詩潮的『今天』詩人，只有江河參加了青春詩會，北島說顧城是『今天』的『外圍分子』，舒婷也不是。北島有時過來。我們開班的第一天他就來了，說要給我他的詩。印象中他比較嚴肅，有些憂鬱，甚至有些靦腆。要麼不說話，一說話總覺有什麼內容，很犀利。過兩天他又來了，拿了一摞他的詩集，《陌生的海灘》，鉛字油印的，到我寢室說送我一本。我說我買吧，你也送不起。他笑了笑，說我真的是送不起。我掏了五角錢給他。北島在扉頁上寫下『孫武軍留念　北島　80.7.25』。」〔註 101〕

早在 1979 年，《今天》的影響就形成了全國性的規模，對於外省青年詩人來講，北島等人的名字，在當時和北京一樣具有某種「神秘」色彩和「中心」意味。但也恰恰是「青春詩會」，讓這些青年詩人有了機會與崇敬的詩人碰面，甚至可以進行直接的交流，一起參與活動。例如徐敬亞在一次訪談中

〔註 99〕張學夢：《兩幅速寫》《作家》2000 年第 10 期。
〔註 100〕姜紅偉、徐敬亞：《八十年代，被詩浸泡的青春——徐敬亞訪談錄》，《詩探索·理論卷》2016 年第 1 輯。
〔註 101〕孫武軍：《青春的聚會：憶 1980 青年春詩會》，《文學港》2000 年第 1 期。

就回憶到一些細節以及《今天》詩人對他的衝擊，「北島來了，和楊煉、芒克一起。三個大高個兒，都長得消瘦、清朗。每人肩上背著一個書包。是來看朋友，也順便兜售他們的寶貝雜誌。那時《今天》剛剛出完第九期，被通知停刊。北島說，我們就印一個叫《今天文學研究會文學資料》，這可以吧。他們手裏拿的正是已經沒有《今天》封面的『交流資料』第一期，白紙黑字，沒圖。第一次見到神儀已久的詩人，那種感覺就像是見到了神話傳說中的天兵天將。我當時對江河最感興趣，他和顧城一唱一和地講詩。說一個詩人憤怒的時候，甚至能寫出『紅色的葉子』，讓我很驚奇。印象最深的是，江河一口氣能說出一大批外國詩人的名字，一長串一長串背誦一樣。他在說艾略特時，總有意說成『艾略一特』，什麼阿萊桑德雷啊，阿波里奈爾啊，當時我們還不太知道。我心裏一邊佩服卻一邊開玩笑，說他是前一個晚上背下來，第二天來蒙我們。當時外省與首都的詩歌差距可見一斑。」〔註102〕從徐敬亞的描述中可以看出，當時北島、楊煉、芒克、江河、顧城、舒婷等被學界公認的「朦朧詩」主將不僅僅是在《今天》紙刊上彙集，在現實生活中，借著「青春詩會」的機會，他們也匯聚到了一起，其他詩人也成為交流的聽眾或直接的參與者。北島所說的《今天文學研究會文學資料》，後來也被迫停印，這在學界眾所周知；但是徐敬亞《崛起的詩群》的靈感來源，卻往往被忽略，這將在下文進行深入分析。

除了這種直接的詩歌交流外，這些青年詩人也會參加《今天》舉辦的活動，其中江河、顧城、舒婷、徐敬亞、高伐林、孫武軍（參加詩會的「朦朧詩」人全部出席，與北島、芒克、楊煉到詩會現場找朋友遙想呼應）參加的一次「文學沙龍」，後來徐敬亞和孫武軍都有著深刻的回憶。徐敬亞將這次活動的過程講述得特別詳細：

> 有一天吃午飯的時候，北島說他們晚上有一個「文學沙龍」活動，問我們去不去。王小妮皺了皺眉，我則毫不猶豫一口答應。原來，離開長春到北京參會前，吉林有關單位中的一位不相識的人幾經周折轉告我：到京後，不要和任何地下刊物聯繫，包括文學刊物！但我非常想看看《今天》的活動，不願錯過機會。記得我們轉乘了幾次公交車，才到了大約位於東城的某個院子。我們進去時，黑乎

〔註102〕姜紅偉、徐敬亞：《八十年代，被詩浸泡的青春——徐敬亞訪談錄》，《詩探索·理論卷》2016年第1輯。

乎的院裏已坐滿了人，一個年輕人正站著說話。簡單介紹後，沙龍繼續進行。我記得一個身材不高的小胖姑娘走出來，說了幾句話，然後坐下開始念她的小說。慢慢習慣了黑暗後，我看清了那是一個很大的院落，人們都坐在院子四周。女孩她們坐在與我們對望的一棵大槐樹下，她念得不太好，小說寫得好像也一般，總之包括我在內的全院子人都沒怎麼聽進去。我當時心想，這就是沙龍啊，和我們聚眾念詩一樣嘛，而且還不如念詩，小說不太適合沙龍。〔註103〕

從徐敬亞的說法中可以看出，一是整個社會對《今天》等民刊的「誤解」，以及官方對《今天》的「懼怕」心理；二是《今天》舉辦的文學活動的複雜性，並且參與人數相當可觀。或許，徐敬亞通過小說朗誦的效果進而想到了詩歌更深層次的美學含義，也加速了他對「崛起的詩群」的判斷和把握。至於《今天》所舉辦的這次活動，另一個參與人孫武軍也有相關的回憶，「一天晚上，和江河、顧城、舒婷、徐敬亞、高伐林等人一起去參加《今天》的活動，是北島叫的。我們一行興致勃勃地走在北京涼爽的夏夜，走在漆黑的北京胡同裏。在一個四合院裏有不少人。擁擠的小屋裏有人在大聲地朗讀一篇小說。我就坐在院裏。」〔註104〕雖然兩個人的回憶有些小出入，如徐敬亞的說法是女孩在院子裏一棵大槐樹下面念小說，而孫武軍則說成是「擁擠的小屋裏有人在大聲地朗讀一篇小說」。或許他們所說的並不是同一個人，整個活動「念小說」的可能先後有好幾個人。但是有這樣的活動肯定是事實，並且通過徐敬亞所說的人們坐在院子四周以及孫武軍所說的擁擠的小屋，可見參與人數確實不少。在這樣的背景下，「青春詩會」參會詩人與《今天》詩人的面對面交流，就顯得更為深入了。

有一個疑問或許需要得到回應，那就是王燕生曾強調詩會期間管理非常嚴格，比如前文所提到的，女詩人常榮遲到一次就被他「批評」得眼淚汪汪，那麼，這麼大規模地在夜間參加《今天》的活動，顯然會引起《詩刊》社的關注，但從當事詩人的描述來看，他們並沒有受到任何干涉，這也可以看出《詩刊》對《今天》的態度。當然，從 1979 年推出北島、舒婷、楊煉的作品到 1980 年邀請江河、顧城、舒婷參加「青春詩會」，《詩刊》對《今天》群體是非常關

〔註103〕姜紅偉、徐敬亞：《八十年代，被詩浸泡的青春——徐敬亞訪談錄》，《詩探索·理論卷》2016 年第 1 輯。

〔註104〕孫武軍：《青春的聚會：憶 1980 青年春詩會》，《文學港》2000 年第 1 期。

注並認可的。但當時的政治形勢，無論在發表作品，還是在「青春詩會」名單形成方面，都有著很現實的考慮，所以再次提到前文中關於北島為什麼沒有參加「青春詩會」的問題，以當時北島所形成的政治影響，不邀請他參加也就完全可以理解是《詩刊》權衡之後的慎重選擇了。類似這方面的考慮，邵燕祥就提到過，「在《今天》發表作品的遠遠不止舒婷、北島，還有芒克、食指、多多，但形格勢禁，《詩刊》不可能連續轉載《今天》的作品。我一直遺憾的是沒有轉載或首發過芒克、多多的詩，還有詩寫得很好的方含，他有一首《在路上》我很想在《詩刊》一發的，但是一直沒有機會。食指的兩首代表作，在《詩刊》刊出時，似乎已在 1980 年夏舒婷、江河參加第一次『青春詩會』之後了。」〔註105〕邵燕祥在這裡提到的食指的代表作，其實在發表時也做了「權宜」處理，為了使詩的標題「溫和」一些，減少不必要的麻煩，《詩刊》在 1981 年 1 月號刊出時，將《這是四點零八分的北京》、《相信未來》的標題改為《我的最後的北京（外一首）》。

　　無論現在如何評價，《詩刊》在當時的包容態度，使得「青春詩會」期間，《今天》詩人群體中沒有入選詩會的，也可以「自由地參加」詩會活動；而「青春詩會」參會的眾多青年詩人，也可以自由地參加《今天》的活動。可以說，《今天》群體與當時青年詩人中最有代表性的一些詩人歷史性地會面了，這也直接促成了徐敬亞《崛起的詩群》的誕生。當時的參會詩人孫武軍有著敏銳的判斷，「大約也是在青春詩會這段時間，徐敬亞和北島、芒克、江河他們的《今天》詩人和作品接觸更多。比起 1979 年他第一次接觸到《今天》時的驚歡和莫名的興奮，現在他開始沉思了，他在沉思一個新詩潮的崛起。在青春詩會上，我們多次坐在一起討論交流，談自己的詩歌經歷，對詩歌創作的看法。從我當年的記錄看，江河、顧城的發言最多，而徐敬亞幾乎就沒說什麼。只有一次說得多點，他的原話是：『苦惱每個人都有。接觸《今天》、外國的詩一二年了，但我的詩沒變。應該變，但不應一百八十度。以後也不打算一百八十度轉變。』我想，那時他還是在汲取、在思考。」〔註106〕從徐敬亞後來的文章來看，他確實「在汲取、在思考」，並在詩會結束後不久，就完成了他的「崛起」：「整整一個月的青春詩會，讓我見識了很多人，從官方詩

〔註105〕邵燕祥：《答〈南方都市報〉記者田志凌問》，收錄於其文集《南磨房行走》，北方文藝出版社 2010 年版，第 211 頁。
〔註106〕孫武軍：《青春的聚會：憶 1980 青年春詩會》，《文學港》2000 年第 1 期。

歌的泰斗，到民間的頂級詩人，也領會了最新的詩歌觀念。這一系列當時中國詩歌界最新鮮、最活躍的因子，都無形中滲透進了我的詩歌理念。那一個月的提升，表面上並不明顯，其實已深入骨髓。從北京回到長春，經過幾個月回味，我不知不覺地感到有一肚子話要說出。當年底，我飛快地完成了《崛起的詩群》。如此看來，首屆青春詩會，最大的贏家可能是我。」〔註107〕

　　需要辨析的是，徐敬亞《崛起的詩群》是因為發表在《當代文藝思潮》1983年第1期而震動了學界，但是這篇文章的成型與推出，其實是一個比較「漫長」的過程，尤其是其與「青春詩會」的關係、與《今天》的關係，是鮮有人知的。徐敬亞在一次訪談中有著非常詳細的講述，他提到「1980年年末，因為要寫學年論文，我才開始動筆感覺要寫一篇真正的文章。整個夏天在北京參加首屆青春詩會的詩歌經歷，使我當時強烈地感到心裏的大量感覺往外噴湧。結果一落筆便一發不可收，一口氣寫了四萬五千多字，這就是《崛起的詩群》。」〔註108〕而「青春詩會」對徐敬亞《崛起的詩群》一文的直接作用，只是其眾多影響中的一個個案，也是眾多影響中的一個方面。就對青年詩人的推出、詩壇資源的共享以及詩歌活動的模式等給新詩期詩歌發展帶來的影響來看，第一屆「青春詩會」有著更多的價值和意義。

第三節　第一屆「青春詩會」的影響與模式生成

一、「青春詩會」的後續運作及影響

　　第一屆「青春詩會」結束以後，《詩刊》於1980年10月號推出「青春詩會特輯」。署名「編者」的題記中提到：「整整一個月中間，他們創作和修改了大量詩稿，捧出這個專輯，獻給一九八〇年的十月。」值得注意的是，這裡有濃厚的國慶獻禮的意味。專輯刊發十七位參會詩人的作品如下：

> 梁小斌：《雪白的牆》（一九八〇年五月～八月）、《中國，我的
> 鑰匙丟了》（一九七五年十二月～一九八〇年八月）、《我的月票》、

〔註107〕姜紅偉、徐敬亞：《八十年代，被詩浸泡的青春——徐敬亞訪談錄》，《詩探索·理論卷》2016年第1輯。

〔註108〕該訪談中徐敬亞詳細講述了《崛起的詩群》的誕生、修改經過，以及與指導老師公木的關係，在不同刊物的發表過程等等。詳見姜紅偉、徐敬亞：《八十年代，被詩浸泡的青春——徐敬亞訪談錄》，《詩探索·理論卷》2016年第1輯。

《金蘋果》（一九八○年四月二十夜）、《練習曲猜想》（一九八○年四月）。

張學夢：《前進，二萬萬！》、《寫全潘曉同志》、《科學說：我來啦！》、《宮牆下》（1980.8.北京虎坊路）

葉延濱：《乾媽》（組詩），《她沒有自己的名字》、《燈，一顆燃燒的心》、《鐵絲上，搭著兩條毛巾》、《夜啊，靜悄悄的夜》、《我怎能吃下這碗飯》、《我愧對她頭上的白髮》。

舒婷：《詩三首》，《暴風過去之後——紀念「渤海2號」鑽井船遇難的七十二名同志》（1980.8.6.於北京）、《土地情詩》、《贈別》（1980.8.4.完稿）。

才樹蓮：《鄉情三首》，《鄉情》、《隔牆串換知心話》、《綠浪新舞》。

江河：《詩二首》，《紀念碑》（1977年）、《我歌頌一個人》（1977年），詩末標注「以上二詩同時在《榕樹》文學叢刊詩歌專輯發表」。

楊牧：《天安門，我該怎樣愛你！》（一九八○年七月於北京）

徐曉鶴：《南方，淌著哺育我們的河流》、《湘江（我喝著這乳汁度過了童年和少年）》、《渠江（這裡濺出我最初的詩行）》、《珠江（那裡住著我心愛的姑娘）》。

梅紹靜：《詩五首》，《壠邊》、《杜鵑》、《問》、《綠》、《給老師》。

高伐林：《起訴及其他》，《長眠在海底的人的起訴》（題記：「渤海二號」上不應當死而死了的人，有權讓人們聽到他們的聲音！——讀報手記）（1980年7月～8月於北京虎坊路），組詩《石頭——冰冷的夢境》（題記：文物管理局長同志！我決不是當年破壞古蹟的暴徒……——遊覽日記摘抄），《我慶幸》《犧牲品》《空白》。

徐敬亞：《詩二首》，《我恨……》、《致長者》（一九八○年五月）。

陳所巨：《鄉村詩草》，《鄉村五月》、《石榴村》、《跑馬雪》、《金銀雨》。

顧城：《小詩六首》，《在夕光裏》、《遠和近》、《雨行》、《泡影》、《感覺》、《弧線》。

徐國靜：《我願·柳梢》，《我願》、《柳梢》。

王小妮：《我在這裡生活過》，《馬車晃呀晃》、《碾盤》、《地頭，

有一雙鞋》。

　　孫武軍：《我的歌》，《我的歌》（1980 年 8 月改於北京）、《箴言錄》。

　　常榮：《一九八○年，我的思緒》，《一九八○年，我的思緒》、《背影》。

　　同時在作品後面刊出了艾青的講課稿《與青年詩人談詩——在詩刊社舉辦的「青年詩作者創作學習會」上的談話，一九八○年七月二十三日》以及馮牧的報告《門外談詩——在詩刊社舉辦的「青年詩作者創作學習會」上的談話（摘錄），一九八○年八月十一日》，並附有王燕生撰寫的側記：《青春的聚會——詩刊社舉辦的「青年詩作者創作學習會」側記》。值得注意的是，在這長長的作品名單中，誕生了很多詩人的成名作或是代表作，例如梁小斌的《雪白的牆》、《中國，我的鑰匙丟了》；葉延濱的組詩《乾媽》；江河的《紀念碑》；顧城的《遠和近》、《感覺》、《弧線》等。其中梁小斌的《雪白的牆》、《中國，我的鑰匙丟了》的落款時間說明，這兩首詩在青春詩會期間做了修改，這也在王燕生的說法中得到證實，「梁小斌修改他的《雪白的牆》和《中國，我的鑰匙丟了》。他猶豫應該用『中國』還是『祖國』，我跟邵燕祥都覺得還是『中國』好，『祖國』太甜了，跟這首詩的主調不符。」〔註 109〕在這些作品中，除了舒婷的《暴風過去之後——紀念「渤海 2 號」鑽井船遇難的七十二名同志》和高伐林的《長眠在海底的人的起訴》是同為「渤海 2 號」沉船事件所寫的詩歌，以及張學夢的《宮牆下》和楊牧的《天安門，我該怎樣愛你！》是同遊天安門之後的詩作外，其他詩稿各有主題、各有特色，形成了「百花齊放」的特點，這對當時詩壇來說，確實足夠形成一枚重磅炸彈。也正如編者按的提到的：「他們每個人都有自己的音色和音量，但都渴望唱出動聽的歌。他們會唱出更好的歌來的，因為他們懂得了——『世界不會因為沒有我的歌而失去生命，可我沒有這支歌，就會枯萎得沒有一點顏色。』」〔註 110〕

　　《詩刊》在 1980 年 10 月號推出「青春詩會專號」之後，同年 12 月號以「問題討論」為輯推出了會議綜述和系列文章，記錄的是 1980 年 9 月 20 日至 9 月 27 日詩刊編輯部在北京組織召開的一次詩歌理論座談會，其中謝冕的

〔註 109〕田志凌、汪乾：《青春詩會：這裡能看到中國詩歌發展的縮影——王燕生訪談》，《南方都市報》2008 年 6 月 29 日。

〔註 110〕詳見《詩刊》1980 年 10 月號。

發言文章《失去了平靜以後》對「青春詩會」大為讚賞，認為「詩刊的《青春詩會》就為我們展現了中國青年詩作豐富繁麗的縮影。不可否認，當前的這股潮流，的確孕含著形成諸種藝術流派的契機——要是我們採取明智而積極的方針的話。」〔註111〕同時，謝冕在文章中特別肯定了梁小斌的《中國，我的鑰匙丟了》一詩，認為這是「一首可以列入建國以來新詩最佳作品行列的詩篇。它的確有著濃重的失落的悵惘與悲哀，但它仍然呼喚太陽的光芒，它頑強地『尋找』、並且『思考』那『丟失了的一切』。他們摒棄那種廉價的空話，而以切實的語言觸及血淋淋的生活。」〔註112〕緊接著，《詩刊》1981年1月號又推出了雷業洪的短評《〈乾媽〉》，該文對葉延濱的組詩《乾媽》飽含熱情地進行了評價，認為「《乾媽》是感情深摯、格調清新、短小精悍的敘事組詩，是歌頌人民，響徹著愛民呼聲的動人樂章。它以嚴謹的環環相扣的藝術構思，以簡潔的富有時代特點的藝術描繪，為我們的詩歌畫廊增添了一個『革命的窮娘』——乾媽的生動形象。」〔註113〕《詩刊》社這種推出作品，之後又陸續推出相關評論以加強影響的做法，其實是現當代文學一種「傳統」，不過，《詩刊》社重點「推薦」的這兩首詩，在當時形成很大影響的同時，確實也使其成為新時期詩歌中的經典文本。「青春詩會」對經典作品的推出，或者說對於代表性作品的經典化，第一屆並不是個例，其後在很多屆都有類似現象，從本質意義上來說，這顯示出《詩刊》無論是作為「國刊」還是作為詩歌刊物，都體現出對詩歌文本的重視。

還有一些產生於「青春詩會」但在專輯中缺席的重要作品，比如1980年9月號《詩刊》刊出徐敬亞《海之魂》，落款是「一九八○年八月六日於北京」，該詩副標題是「讀報：范熊熊投海。之後，久久……」〔註114〕。1981年《詩刊》1月號刊出的楊牧的《走出地宮天地新——參觀定陵地下宮殿》（1980.7.31.於北京）和葉延濱的《十三陵三題》（分別是《漢白玉石門》、《殉葬》、《石駱駝》），楊牧和葉延濱的這兩首（組）詩，顯然直接來源於「青春詩會」期間參

〔註111〕謝冕：《失去了平靜以後》，《詩刊》1980年10月號。
〔註112〕謝冕：《失去了平靜以後》，《詩刊》1980年12月號。
〔註113〕雷業洪：《〈乾媽〉》，《詩刊》1981年1月號
〔註114〕范熊熊是寧波海洋漁業公司鎮海漁業基地的青年職工，共產黨員。1979年10月，她發現招工中的「不正之風」，寫信向上級黨組織反映，結果石沉大海，范熊熊憤而投海，以死相諫。此信息可參見吳非：《想起范熊熊》，《雜文選刊（下半月版）》2004年第11期。

觀十三陵活動。此外，楊牧的《我是青年》一詩，也與「青春詩會」有直接的關係，這首詩與葉延濱的《乾媽》、梁小斌的《雪白的牆》後來獲「1979～1980年全國中、青年詩人優秀新詩獎」〔註115〕。楊牧的《我是青年》一詩的靈感來源，或者說寫這首詩的契機，王燕生有詳細的回憶，「有一天我們到北京京劇院食堂吃飯，從吃東西講到過苦日子，楊牧就問才樹蓮，你們那個時候吃什麼呀，才樹蓮一笑，說我那個時候還沒出生呢，這一句話深深刺痛了楊牧……他們差十六歲，幾乎是兩代人，但現在作為同學坐在一條板凳上，他就對這個感觸特別深，他不是沒有青春，他的青春被那個時代淹沒了。後來他就寫了《我是青年》，『人們還叫我青年／哈，我是青年……』這也是創作學習會的產物。」〔註116〕當然，也可以從這首詩產生的影響來管窺當時詩歌所處的環境，從個人來講，楊牧在「青春詩會」專輯中只推出了《天安門，我該怎樣愛你》一首詩，《我是青年》理應可以推出的，但是沒有；從《詩刊》的角度來講，這種反映社會普遍問題的詩作也應該推出，例如詩句中這樣具有反諷意味的追問，在當時是很受《詩刊》重視的（葉文福的《將軍，不能這樣做》就是例證）：

>……哈，我是青年！
>
>嘲諷嗎？那就嘲諷自己吧，
>
>苦味兒的辛辣——帶著鹹。
>
>祖國喲！
>
>是您應該為您這樣的兒女痛楚，
>
>還是您的這樣的兒女，
>
>應該為您感到辛酸？〔註117〕

其中緣由，楊牧在一篇紀念王燕生的文章中詳細地做了解釋，「我在詩會中因為一個偶然的觸病寫了一首想『罵人』的詩，叫《我年輕》（後來被《新疆文學》的鄭興富改為《我是青年》），當時沒敢作為作業交上去。現在的人們已經很難理解我為什麼『不敢』了，就像人們早已不懂得當時的兩個男女

〔註115〕 參加第一屆「青春詩會」的詩人一起獲獎還有舒婷的《祖國啊，我親愛的祖國》、張學夢的《現代化和我們自己》、高伐林的《答》。這次評獎總共有35人獲獎，全部獲獎名單和作品篇目詳見《詩探索》1981年第3輯。

〔註116〕 田志凌、汪乾：《青春詩會：這裡能看到中國詩歌發展的縮影——王燕生訪談》，《南方都市報》2008年6月29日。

〔註117〕 楊牧：《我是青年》，《新疆文學》1980年第10期。

學員在海灘打鬧女的親了男的一口，幾年後的『整黨』中作為『班主任』的王燕生還被批評了一次——那還僅僅是屬於『生活』方面的『問題』。時代的進步是一寸一寸向前挪的。我的那首現在可能已被視為『太正統』的《我是青年》，初出現時有的還覺得它『刺兒』太多，甚至『商榷』是在向誰討要『青春的自主權』呢。記得是在去北戴河瀏覽的火車上，有人提議讀讀詩以解解乏，經人『洩密』，那首詩稿落到了王燕生的手上。他初覽了一遍，神色大喜，並激情四射地朗誦了一遍，贏得了滿滿一車廂掌聲。正是那掌聲，給了我把詩稿投向一個『天高皇帝遠』的刊物的勇氣。《我是青年》能得以出籠，王燕生『慫恿』作用恐怕是他自己都沒有意識到的。」〔註118〕將楊牧所說的話放到當時的歷史背景中去，並非空穴來風，即便是在第一屆「青春詩會」產生巨大影響之後，當「政治環境」突然變得緊張，這些新詩潮流中的標杆人物立馬成為批判的對象，最著名的例子當屬 1983 年 10 月 4 日至 10 月 9 日舉行的「重慶詩歌討論會」。也正是這次會議，對三個「崛起」進行了全面徹底的批判，並公開做出了「政治定性」，即使在此之前徐敬亞已經寫出了題為《時刻牢記社會主義的文藝方向——關於〈崛起的詩群〉的自我批評》的檢討文章，並發表於 1983 年 9 月 9 日的《人民日報》，該文之後被《詩刊》1984 年 4 月號全文轉載。

徐敬亞的檢討文章在發表時《人民日報》配發了編者按：「徐敬亞同志是近年來引起詩壇注目的所謂三個『崛起』論者之一。他發表在《當代文藝思潮》（1983 年第 1 期）上的長篇文章《崛起的詩群》，在文藝與政治、詩與生活、詩與人民，以及如何對待我國古典詩歌、民歌和『五四』以來新詩的革命傳統，如何對待歐美文學的現代派等等根本原則問題上，宣揚了一系列背離社會主義文藝方向的錯誤主張，引起了廣大讀者和文藝界不少同志的尖銳批評。中共吉林省委和吉林省文藝界的同志們也對他進行了多次嚴肅批評和耐心幫助。最近，徐敬亞同志對他所宣揚的錯誤觀點已有了一定認識，並寫了這篇自我批評的文章，對此我們表示歡迎。」〔註119〕與之相對應，徐敬亞在文章中做了深刻的檢討，尤其是在文藝為社會主義方向的原則性問題方面，在文章的最後他做了如此表態：「今後，自覺地加強馬克思主義文藝理論的學習，堅定地走為社會主義服務、為人民服務的文藝道路，深入生活，貼近人

〔註118〕楊牧：《記憶的小花——懷念老友王燕生》，《廈門文學》2012 年第 12 期。
〔註119〕《編者按》，《人民日報》1983 年 9 月 9 日。

民——是我在受到批評之後經常想到的。同時，我也相信，通過這場討論，我國的新詩藝術和文化事業一定會沿著社會主義的方向更加健康地向前發展。」〔註120〕

但是，在「清除精神污染」〔註121〕的大背景下，僅僅有檢討還不夠，所以「重慶詩歌討論會」的批判意圖就很明顯，時任中國作家協會書記處常務副書記的朱子奇、書記柯岩在講話中，以及鄭伯農在發言中，對「三個崛起」進行了全面徹底的批判。會議結束後形成的會議綜述中，全是「與會同志指出」「與會者一致指出」「與會同志一致強調」「與會同志一致表示」等充滿政治意味的表述。而柯岩的講話更是富有針對性地「清算」了「崛起」論者的錯誤，並將第一屆「青春詩會」的一些叛逆現象歸結於「崛起」論者的引導：

> 前些時，外邊有一種誤傳，說是《詩刊》捧起了十七顆新星，現在又來罵他們了。首先聲明：我們從沒有把他們認作「新星」，並且至今也不是罵他們。只是在 1980 年，《詩刊》召開了一個「青春詩會」，選了一些當時湧現出來的、寫詩有希望的青年來學習。坦白地說，是想加以「引導」的……
>
> 遺憾的是，在會議中途他們中的一些人就拒絕接受我們的「引導」了。在許多老詩人熱情洋溢地給他們講詩時，有人卻在下面遞條子，說這些老詩人「該死了」，「早該死了」……在會外就被「崛起」者們「引導」了去。而這一切，我們當時是不知道的。我們的過錯是：知道了以後，沒有繼續做他們的工作，也沒有採取什麼有力的措施。這是我們的失職，是應該引以為戒的。〔註122〕

表面上看來，作協出面對三個「崛起」的批判，是以詩歌開刀進行對文藝界之政治方向的規訓和引導；但換一個角度來看的話，正是「崛起」論以及第一屆「青春詩會」部分參會詩人對詩壇、對官方構成了強大的壓力，這種壓力既是藝術的，又是政治的，被批判說明他們強大的影響力已經動搖了類似

〔註120〕 徐敬亞：《時刻牢記社會主義的文藝方向——關於〈崛起的詩群〉的自我批評》，《人民日報》，1983 年 9 月 9 日。

〔註121〕 余信紅在《關於「清除精神污染」的歷史考證》一文中對「清楚精神污染」有詳細的梳理，該文刊於《中共珠海市委黨校珠海行政學院學報》2007 年第 6 期。另可參見湖南科技大學李瀟濤完成於 2016 年的碩士學位論文《鄧小平與反對精神污染》。

〔註122〕 柯岩：《關於詩的對話——在西南師範學院的講話》，《詩刊》1983 年 12 月號。

「作協」這類機構的權威地位，甚至更為嚴重。如果影響力不夠，是不足以引起如此興師動眾並上綱上線地批判的，當然，這也與當時意識形態緊密關聯，此時，當代詩歌又回到它「政治」屬性的傳統，或者說，詩歌從來就沒有脫離過「政治」的輻射範圍，只是有時候處在暗流湧動的邊緣，有時候則處於風口浪尖。在這個意義上，「詩歌現象」成為了政治的風向標。

以第一屆「青春詩會」為基點，所衍生的影響除了以北京為中心的詩壇和意識形態之外，在另一個方面的影響也非常重要，那就是對沒能參加青春詩會的青年詩人的影響。後來參加了第二屆「青春詩會」的王自亮就是典型的例子，他在一次訪談中提到，「1980 年的第一屆青春詩會影響很大，參加者包括顧城、舒婷、江河、徐敬亞、王小妮和梁小斌等 17 人，都是年輕詩人裏的佼佼者。在他們之中，後來我認識了江河、梁小斌和孫武軍，徐敬亞和王小妮兩人是近年才見面的，雖然在 1979 年前後，我在參與杭州大學揚帆詩社活動中，讀過他們倆激情飛的來信。孫武軍在參加青春詩會之後，就來我所就讀的大學，帶來了他參加首屆青春詩會的很多信息，包括他們接觸的前輩詩人，如艾青、嚴辰和邵燕祥等人，自然那時我心裏也有點羨慕。」〔註123〕也正是第一屆「青春詩會」的影響，無論從參會詩人，還是講課老師，以及推出的經典作品，激勵了後來的青年詩人，使「青春詩會」得以成為《詩刊》社的品牌活動，並持續舉辦。由此來看，王燕生在 2008 年時對「青春詩會」做出的總結性的評價，還是相當客觀的：「青春詩會到現在已經 20 多屆了，應該說是一個時代的產物，有開拓意義，對發現、扶植、培養新人起到了積極作用。雖然還是有遺珠之憾，但不能改變中國詩歌不斷湧現新人的創作態勢。我們在看青春詩會的時候，基本上能看到中國詩歌發展的一個縮影。」〔註124〕

二、「青春詩會」對參會詩人的影響

第一屆「青春詩會」對個人的影響，除了促成徐敬亞《崛起的詩群》誕生這樣典型的例子外，還有很多，只是表現在不同方面，不同層次。這些詩人在參會後有不同的發展路徑，有的開始在詩壇風生水起，有的卻從此「隱姓埋名」，在詩壇消失不見。從歷史視角來看，詩人的成長與一生的詩歌創作

〔註123〕姜紅偉、王自亮：《記憶即道路：見證 80 年代大學生詩歌運動——王自亮訪談錄》，《詩探索·理論卷》2015 年第 3 輯。

〔註124〕田志凌、汪乾：《青春詩會：這裡能看到中國詩歌發展的縮影——王燕生訪談》，《南方都市報》2008 年 6 月 29 日。

情況，各有特點，肯定不能一概而論。但是詳細分析參加第一屆「青春詩會」的詩人其後的發展路徑，卻有很多耐人尋味的發現。總體來看，這些青年詩人參加「青春詩會」之後在《詩刊》頻頻亮相，一方面《詩刊》成為其展現作品的重要甚至主要資源，一方面部分青年詩人也成為《詩刊》的「王牌」作者，其中張學夢就是典型例子。還有很多看似平常，深入探討卻極具象徵意義的現象，如參會詩人中的朦朧詩主將此後基本在《詩刊》處於消匿狀態。如果將這些詩人在詩會之後的五年（1981～1985）在《詩刊》發表作品的情況〔註125〕做統計分析，就會發現出現頻率最高的依次為張學夢（12 刊次）、葉延濱（9 刊次）、楊牧（8 刊次）、梅紹靜（7 刊次）、高伐林（6 刊次）、陳所巨（6 刊次）；而朦朧詩主將舒婷只出現過兩次（1981 年 9 月號、1985 年 6 月號），顧城也只出現過兩次（1982 年 3 月號、1982 年 11 月號），江河的作品則再也沒有刊出過；此外，處於消匿狀態的還有才樹蓮、徐國靜、常榮、王小妮等詩人，徐敬亞比較特殊，在 1984 年 4 月號出現了檢討文章《時刻牢記社會主義的文藝方向》，這已在前文做了詳細梳理。時間線放短來看，1980 年 10 月號推出「青春詩會」專輯之後，1981 年前 10 期的《詩刊》，對參會詩人的推出構成了一個序列，統計如下：

1981 年第 1 期：楊牧，《走出地宮天地新——參觀定陵地下宮殿》
（1980.7.31.於北京）。

葉延濱，《十三陵三題》（38 頁），《漢白玉石門》、
《殉葬》、《石駱駝》。

1981 年第 2 期：陳所巨，《我（組詩）》；包括《我》、《我的音樂會》、
《我的發了芽的樹》。

1981 年第 3 期：張學夢，《勞動者的尊嚴（外一首）》；外一首為《我
重新發現了自己》（1980.8）。

1981 年第 4 期：陳所巨，《黃梅雨，打濕了南方的田野（組詩）》；

〔註125〕參加第一屆「青春詩會」詩人於 1978～1985 期間在《詩刊》發表作品的情況可參見杭州師範大學碩士學位論文《第一屆「青春詩會」與 1980 年代初詩壇格局的轉向》中的附錄 4。該統計較為全面，但也有一些謬誤，比如將楊牧發表在《詩刊》1981 年 1 月號的《走出地宮天地新》，「地宮」一詞寫為「故宮」，副標題「參觀定陵地下宮殿」也沒有出現；又如江河在 1980 年 5 月號發表的《星星變奏曲》、舒婷在 1981 年 9 月號封三為插畫配詩沒有統計進去，等等。

包括《鷓鴣聲聲》、《牧鵝竿邊的盹兒》、《竹鄉小景》。
梅紹靜,《她的腳步悄悄(小敘事詩)》。

1981 年第 5 期:梁小斌,《快快離開悲痛(外二首)》;外二首為《拖地板》、《為做一件小小的事情甜蜜》

1981 年第 6 期:張學夢,《這不是沒有根據的歡樂》。葉延濱,《歲月——給我的大學》。

1981 年第 7 期:陳所巨,《詩二首》;即《晚霞,漸漸地消逝》、《田野上,響起了牛車的銅鈴鐺》。

1981 年第 8 期:第一屆新詩獲獎作者筆談中刊出了張學夢的《開掘工業題材的詩意》。

1981 年第 9 期:封三《泉(版畫)》,戈沙畫,舒婷詩。

1981 年第 10 期:葉延濱,《兒子》。梅紹靜,《高高的山原》。

從 1981 年在《詩刊》發表作品的情況來看,此前統計的五年數據中亮相頻率最高的幾人,如張學夢、葉延濱、陳所巨、梅紹靜等,在 1981 年就初露端倪,而且推出的力度也是相當大,例如楊牧的《走出地宮天地新》和葉延濱的《十三陵三題》在 1981 年 1 月號同時推出,而且編輯特意將他們兩人的作品放在老詩人魯藜和昌耀一起形成小輯,足見他們作品在編輯視野中的份量。如果聯繫當時的歷史背景,1981 年正是由「苦戀」批判〔註 126〕引起全國文藝界緊張勢態的一年,「詩刊」在「諸事不宜」的環境下沒有舉辦「青春詩會」。所以「朦朧詩」作者在 1981 年的《詩刊》幾乎沒有亮相,就有了直接的理由,其後緊接著又是「清除精神污染」的政治環境,朦朧詩主將們的作品在 1981~1985 年幾乎沒有在《詩刊》面世,就有跡可循了。期間,除了顧城在《詩刊》1982 年 3 月號發表的《我們去尋找一盞燈》、1982 年 11 月號發表的《初夏》,都是帶有濃厚「童話」意味的作品;其次就只有舒婷在《詩刊》1981 年 9 月號封三的配畫詩,等她再一次亮相詩刊,已經是 1985 年 6 月號的《那一年七月》了,而且是由《詩刊》編輯雷霆所推薦,從 1985 年 3 月 21 日的《深圳青年報》轉載而來。也是在這一期,北島以詩歌《誘惑(外二首)》亮相,此前其在《詩刊》發表作品是在 1982 年 5 月號的《楓葉和七顆星星(外一首)》;同時「青春詩會」被再次置於讀者面前——重磅推出了謝冕的文章《中國的

〔註 126〕關於「苦戀」批判,可參見徐慶全:《〈苦戀〉風波始末》,《新電影史料》2008 年和 23 期。

青春——評〈詩刊〉歷屆「青春詩會」的詩人新作（見〈綠風〉1985 年第三期），兼論現階段的青年詩》。

　　重新考察參加第一屆「青春詩會」的詩人於 1981 年在《詩刊》發表作品的情況，就發現只有舒婷。她雖然因《往事二三》等詩受到了詩壇的不公正批判，但其還是有《祖國啊，我親愛的祖國》這一類詩可以做「護身符」〔註127〕，所以當她的詩在《詩刊》1981 年 9 月號非常特殊地在封三以配畫的身份出現時，多少有些為其「正名」的意味。當然，她這首詩的內容肯定不會有政治瓜葛，也沒有呈現傷風敗俗〔註 128〕的主題，全詩如下：「點點滴滴從心中湧出／又曲曲折折向遠方流去／清澈的寂寞／已完成在／一個明朗的夢裏／而雁鳴，喚醒群山的激情／連叢林都渴望展翅飛翔／水波裏的眼睛，和／眼睛裏的水波／也許都不平靜」。（《泉》）〔註 129〕除了朦朧詩主將們發表作品的情況外，絕然相反的現象是另外一些重點推出的「青春詩會」參會詩人，最具代表性的是張學夢，短短十期的週期中，力推他作品的就有三期，這當然與他作品的「工人題材」有密切關係，在「四個現代化」剛提出並投身於實踐熱潮的時代背景中，他的作品顯然最貼合時代。如果將時間線拉長，1981～1985 這五年，第一屆「青春詩會」參會詩人中在《詩刊》發表作品的數量，張學夢也是首屆一指，統計如下：

〔註 127〕「朦朧詩」詩人中，舒婷與北島同在 1979 年的《詩刊》推出過，並產生了很大的影響；但是其後只有舒婷參加了「青春詩會」。舒婷於 1982 年就由上海文藝出版社出版了詩集《雙桅船》，同年又由福建人民出版社出版了《舒婷、顧城抒情詩選》；北島正式出版詩集，則一直到了 1986 年，才由新世紀出版社出版了《北島詩選》。其中《舒婷、顧城抒情詩選》，據舒婷的丈夫陳仲義透露，出版社原想出版五人的詩選，但考慮到北島、江河和楊煉的詩在政治方面可能有所風險，就只選擇了舒婷和顧城的作品；但是舒婷同年已出版了《雙桅船》，不願意重複出版，而她剩下的詩歌只有十八九首了，顧城的詩則佔了幾乎四分之三，後顧城自告奮勇地提出把署名去掉，讓讀者分不清誰的詩多誰的少，顧城甚至還乾脆模仿了舒婷的寫風寫了幾首。詳見《白衣飄飄的朦朧詩年代》一文，載於《新京報》2008 年 12 月 21 日。

〔註 128〕舒婷的《往事二三》一詩因「傷風敗俗」曾遭到詩壇的批判，導致舒婷承受了巨大的壓力。其後「在 1983 年 3 月舉辦的『中國作家協會第一屆（1979～1982）全國優秀新詩（詩集）獎』頒獎儀式上，獲獎的舒婷只說了一句話，淚水就忍不住噴湧而出。她說的是：『在中國，寫詩為什麼這樣難？』」詳見唐曉渡：《人與事：我所親歷的 80 年代詩刊之一》，《星星‧下半月》2008 年第 3 期。

〔註 129〕舒婷：《泉（版畫）》配詩，戈沙畫，《詩刊》1980 年 9 月號封三。

1981 年 3 月號	《勞動者的尊嚴》、《我重新發現了自己》
1981 年 6 月號	《這不是沒有根據的快樂》
1981 年 8 月號	《開掘工業題材的詩意》（文章）
1982 年 1 月號	《工業抒情詩》
1982 年 3 月號	《我是中國公民》
1983 年 2 月號	《金鑰匙》
1983 年 10 月號	《青年，青年，新的等高線（外二首）》
1984 年 1 月號	《諷刺詩二首》
1984 年 4 月號	《工業抒情詩（組詩）》
1984 年 12 月號	《祖國，一場風暴來臨》
1985 年 1 月號	《大興安嶺之行》
1985 年 9 月號	《狂歡的向日葵（外一首）》

從標題也可以看出，張學夢在這五年中發表的詩歌大多與「工業」主題相關。那麼，參加第一屆「青春詩會」之後，除了以詩歌為中心的發表作品，有沒有影響到詩人的具體生活呢？顯然有的，而且對很多詩人來說非同一般。這從王燕生提供的信息可以得到證實，在一次訪談中，《南方都市報》的記者問「有沒有一些人是因為參加了青春詩會，他的人生都發生變化的？」，王燕生做出了如下的回答：「張學夢就是一個例子。他在 1979 年投了一篇詩給《詩刊》，用油光紙寫的，用一截粗鐵絲穿著。他的詩叫做《第五個現代化》，對新的事物充滿了激情，意思是實現四化需要先解決人的現代化，我看了很高興，馬上送審，邵燕祥又把題目改成了《現代化和我們自己》。我們以前從沒聽說過這個人，我說我去看看，邵燕祥支持我。我在唐山大地震之後一片廢墟上搭建的臨時宿舍裏，找到他了。參加青春詩會以後，張學夢還發表了詩歌，得了獎。當地覺得他是一個人才，就調到市文聯，不久又當選為文聯副主席。有好多因詩得福的，包括舒婷，來參加詩會的時候是廈門燈泡廠的工人，也是因為參加青春詩會，很快也就調上去了。」〔註130〕

除了王燕生談到的張學夢和舒婷之外，另一個因為「青春詩會」而使其人生大為改變的，當屬葉延濱了，在回答姜紅偉的訪談時，葉延濱自己提到，在「青春詩會」推出的作品《乾媽（組詩）》，「寫的是我插隊中與一位農村老

〔註130〕田志凌、汪乾：《青春詩會：這裡能看到中國詩歌發展的縮影——王燕生訪談》，《南方都市報》2008 年 6 月 29 日。

大娘共同生活的情感經歷，這首當時標為『敘事組詩』的作品，第二年獲中國作家協會（1979～1980）優秀詩歌獎。不久我又被吸收為中國作家協會的會員，這個時候我還沒有出過一本書。應該說，發表這首詩之後，我被詩壇承認，從此在詩壇活動了 30 多年時間，在《星星》詩刊工作了 12 年，從編輯做到主編，在《詩刊》工作了 14 年，從副主編、常務副主編做到主編。」〔註131〕如果說葉延濱在這段談話中只是梳理了「青春詩會」及之後自己的人生履歷的話，那麼，在另一篇文章中，他對參加「青春詩會」與自己之後在《詩刊》工作並出任主編的「因果」關係就有了更為直接的說明：「關注青年詩人的創作，推介新人新作，這是《詩刊》的傳統，也是《詩刊》為中國詩壇做出自己應有的貢獻。我覺得『培養』二字，有時不完全準確。『發現』二字有時不一定合理。但大家這麼說，也表明了對關注青年創作種種做法的肯定之意。從我個人的經歷，就是一個例子。我是個老三屆的下鄉知青，恢復高考後，考入了北京讀大學，在學校期間，給《詩刊》投稿，有幸參加了第一屆青春詩會，在這屆青春詩會上發表的作品《乾媽》獲了全國獎，也是由《詩刊》的邵燕祥老師和吳家瑾介紹，加入了中國作家協會。沒有這一段經歷，我不會有今天的現狀，也不會在以後，調到《詩刊》做編輯工作。」〔註132〕

不僅僅是葉延濱、張學夢和舒婷，如果將前文所統計的「青春詩會」之後於 1981～1985 年期間在《詩刊》發表作品最多的幾個人做一個簡單的瞭解，就會發現，他們其後的人生軌跡都有著一定的相似性，如高伐林大學畢業後到團中央宣傳部工作，楊牧出任市文聯副主席、其後任《綠風》主編直至任《星星》詩刊主編，陳所巨出任縣文聯副主席、其後又任市文聯主席，梅紹靜後任地區作協副主席、其後調入《詩刊》工作等等。除了詩會對個人事業的影響外，參會詩人之間也互相成為資源，比如孫武軍的例子，在詩會結束後他與楊牧共遊西湖，結下了深厚的友誼；當楊牧任《綠風》詩刊的主編時，於 1983 年夏天在石河子舉辦「綠風詩會」，就邀請孫武軍出席，並將他的詩《在杭運河碼頭》放在詩會專輯的頭條。〔註133〕這種詩會「同學」之間的情誼，以及資源共享，也構成了詩壇一些重要景象，例如舒婷後來懷念顧城的

〔註131〕姜紅偉：《青春的尾巴與詩歌的潮頭——葉延濱訪談錄》，《詩探索·理論卷》2015 年第 3 輯。
〔註132〕葉延濱：《唯願好詩滿人間——答×××記者問》，《詩選刊》2005 年第 9 期。
〔註133〕孫武軍：《青春的聚會：憶 1980 青年春詩會》，《文學港》2000 年第 1 期。

文章，看之令人動容，他們的真正結識，就是因為「青春詩會」；而《綠風》在其後能重點推出「青春詩會」相關的作品，例如 1985 年第三期推出的《詩刊》歷屆『青春詩會』的詩人新作」，顯然與楊牧有著直接的淵源。至於個人方面，像徐敬亞和王小妮這樣特殊的例子，也不失為第一屆「青春詩會」的「意外收穫」，據徐敬亞所說，就是因「青春詩會」的契機，他們才正式走到一起。當然，拋卻個人感情這種「八卦」視角，重新回到詩歌史視野，也許正是因為徐敬亞與王小妮的特殊關係，當徐敬亞在「青春詩會專號」之後的《詩刊》上沒有發表作品時，王小妮本身沒有任何問題的作品，也就處於隱匿狀態了。〔註134〕

在看到「青春詩會」對個人的正向影響時，也要看到其對個人創作的另類影響，以才樹蓮為例，這個第一屆「青春詩會」中年齡最小（20 歲）的農村姑娘，其作品非常特別，具有原始質樸的風格，但在參加完「青春詩會」之後，就從詩壇消失了。詩會推出的三首詩歌都是寫農村生活的，在所附詩觀中提到，「農村是我寫作的土壤和源泉。我就像田野上的莊稼，要把根子紮到土壤的深處。」其詩作確實像一幀幀電影鏡頭，將純樸的農村生活場景置於讀者面前，如《隔牆串換知心話》一詩：

牆頭坐一排大倭瓜，

「老母豬耳朵」滿牆掛，（原詩腳注「老母豬耳朵」是寬豆角的

土名）

倆鄰居樂得憋不住，

笑話來回直蹦躂：

「摘啦？摘啦，

不摘牆頭要壓趴……」

一邊接抖蔓兩院掉露珠，

響睛的天，刷刷拉拉「喜雨」下。

「摘吧，摘吧，

〔註134〕這種「連誅」現象在當時並不是空穴來風，例如 1982 年第二屆「青春詩會」，就因為某女詩人的丈夫有政治方面的問題，雖參加了詩會，但因為有關部門的介入，《詩刊》社出於「避嫌」和其他因素，在推出「青春詩會專號」時，沒有發表其作品。可參見王燕生：《鄉里二佬倌劉犁》，收錄於《上帝的糧食》，古吳軒出版社 2004 年版，第 67 頁。

活了秧還怕結不下……」

你遞我一筐，我捧你兩把，

隔牆串換知心話。

「前幾年為啥結的少，

不夠給『大話』去塞牙？」

問得鄰居啞聲笑：

「傻兄弟，結多了批你想『發家』！」

啥樣的種子結啥樣的瓜，

啥樣的政策似啥樣的話，

如今自留地也不自私，

你摘我摘香千家！

「喂，接住，老哥，

嘗嘗今年的水黃瓜！」

一扔，砸斷了話，扒牆一看，

頭一口咬狠了，甜倒了牙……〔註135〕

這類型的詩在今天看來可能覺得詩藝方面的「幼稚」，但放在當時的語境中，確實是一股清新的風。她在參加詩會之後，就在詩壇銷聲匿跡，令人惋惜，王燕生在談到才樹蓮現象時，曾這樣說，「當然並不是命運對每個人都發出微笑的，才樹蓮就是一個例子。如果不是詩會，她或許能在農村過著平靜的生活。一下子接觸到那麼多新鮮的人和思想，自己想改變拼命去進修，沒學到新東西，又失去了最早的優勢。後來就不能寫詩了。」〔註136〕王燕生所說的沒學到新東西、又失去最早的優勢似乎很說得通，對於個體來講，突然的停筆並不能上升為一個「歷史」事件，或許是內在改變，也或許是生活的外在因素，這裡面有著極為複雜的原因，無法斷然給出答案。但是從「田園牧歌」式的農耕文明在現代化建設中被逐步瓦解的歷史潮流來看，才樹蓮在詩壇的消失，恰恰與傳統村莊的「消失」構成了關聯，以詩歌表現內容來考察詩歌史，也是值得重視的視角。

〔註135〕才樹蓮：《隔牆串換知心話》，《詩刊》1980 年 10 月號。
〔註136〕田志凌、汪乾：《青春詩會：這裡能看到中國詩歌發展的縮影──王燕生訪談》，《南方都市報》2008 年 6 月 29 日。

三、「青春詩會」的模式生成

「青春詩會」自 1980 年第一屆之後，原則上每年一屆的青春詩會一直持續舉辦，到 2020 年已舉辦 36 屆，這種持續性中是否有內在的規律？顯然是有的。如果說詩壇和學界對上世紀 90 年代及新世紀以來的詩會有所爭議甚至詬病的話，對於 80 年代的「青春詩會」，卻基本是讚賞或認可的。就第一屆的發生、舉辦及後續影響來看，一些比較「核心」的模式一直發揮著作用，即便是時至今日，「青春詩會」的很多「元素」也有跡可尋、有史可查。關於模式生成，或者說第一屆「青春詩會」之後之所以能持續舉辦，其內在的東西，徐敬亞有戲謔的說法，「1979 年，是《今天》震動中國的一年。從年初開始，一期接一期不斷加印、重印的《今天》逐漸風行於全國大學校園。至 1980 年上半年，這批被後來人們稱為『朦朧詩』的經典作品，開始少量發表於正式的官方刊物上，這使它得到了更大範圍的閱讀與關注。當時，中國最牛、最權威的詩歌刊物《詩刊》，敏感地捕捉到了這個啟動信號。以嚴辰、邵燕祥、丁國成等為首，以王燕生、雷霆等為主力編輯的《詩刊》，做出了一個大膽決定：舉辦一次全國性的『青春詩會』。這個會，後來竟成了『詩界黃埔』，一發不可收，被他們後續接班人們玩了好多年。」〔註 137〕徐敬亞也確實看到了第一屆「青春詩會」對詩歌發展主潮的敏銳把握，其以組織、引導的姿態成功地站在了當時詩歌動向的前沿，其後的「青春詩會」，不管是引導、契合還是追隨，有時候甚至是製造，都與詩歌主潮發生了密切的關聯，至少八十年代均是如此，即便有時候因為政治氣候表現得極為保守。除了前文已經提到過的一些模式，比如從名單確定、確定指導老師、打磨作品、推出詩歌專號、組織撰寫側記及評論等方面，另外有一些看似偶然或者與詩會主題無關的現象，卻成為其價值生成的核心元素，比如一些重要詩人在詩會的第一次「聚首」。

第一屆「青春詩會」的名單構成，頗耐人尋味，十七人中六名工人、一名農民、七名大學生、三名幹部，頗有點「統戰」的意思，這種人員構成對其後詩會的人員組成有了啟發，在兼顧詩歌主題、風格的同時也會考慮到職業、地域。從名單的來源來看，絕大多數都是內部產生的，即這些參會人員都曾經在《詩刊》上發表過作品，除了梁小斌和徐國靜。王燕生談到第一屆「青春詩會」的名單時，就曾提到，「名單主要還是領導和作品組一起定的。當時有

〔註 137〕姜紅偉、徐敬亞：《八十年代，被詩浸泡的青春──徐敬亞訪談錄》，《詩探索‧理論卷》2016 年第 1 輯。

個標準，叫『小有名氣』。就是說我們發過他的詩，最好是組詩，還要注意寫作風格。」〔註138〕從產生過程來看，青年詩人先通過投稿引起編輯的注意、賞識，然後在《詩刊》以「新人新作」類的專輯或單獨、重點（往往是組詩）推出其作品，然後再從眾多的「新人」中被遴選出來參加詩會。至於遴選者，則主要由作品組完成，再由《詩刊》社領導最後確定。除了少數詩人可能因為意外情況加入，如「毛遂自薦」或「主編推薦」等其他眾多「不可控」因素，絕大多數是在《詩刊》已發表過作品中的詩人中擇優參加，這在其後的詩會中形成了「慣例」，直到新世紀（2003 年）由邀請制改為徵稿制以後。重新梳理第一屆「青春詩會」的名單，可以發現《詩刊》1980 年 4 月號的「新人新作小輯」中就誕生了 6 位，即張學夢、孫武軍、高伐林、才樹蓮、顧城、王小妮；8 月號的「春筍集」中也誕生了 6 位，即陳所巨、舒婷、王小妮、常榮、梅紹靜、徐曉鶴（其中王小妮 4 月號已推出一次）〔註139〕。經過統計，第一屆「青春詩會」參會詩人於參會前在《詩刊》發表詩歌的情況如下：

楊　牧：1978 年 2 月號，《十月的阿吾勒（組詩）》（與易中天合寫）；1978 年 4 月號，《準格爾的老戰士》；1978 年 10 月號，《兩個美麗的傳說》（與易中天合寫）；1979 年 11 月號，《在歷史的法庭上》。

高伐林：1978 年 5 月號，《師傅們的青春》；1978 年 12 月號，《寫在大型引進工地》；1980 年 4 月號，《答——（組詩）》。

〔註138〕田志凌、汪乾：《青春詩會：這裡能看到中國詩歌發展的縮影——王燕生訪談》，《南方都市報》2008 年 6 月 29 日。

〔註139〕按時間來看，第一屆「青春詩會」是在 1980 年 7 月 21 日開始舉辦，而「春筍集」是在 8 月號發表，似乎不合時間邏輯，但以刊物編輯的慣例，往往內容的敲定在刊期之前，王燕生和邵燕祥的文章中也提到「青春詩會」之前在「新人新作小輯」和「春筍集」中已推出過作品。另外，從「青春詩會作品」專號（10 月號）的時間線來看，詩會舉辦是在 7～8 月，推出作品是在 10 月號，晚了兩個月左右，則 8 月號「春筍集」推出作品與 7 月 21 日開始舉辦詩會是符合刊物編輯的時間邏輯的。另：需要注意的是，8 月號「春筍集」中也推出了楊煉和北島；由此聯繫到王燕生的說法，當說到「青春詩會」時，他說「但也不是說最優秀的都『一網打盡』了，比如北島、楊煉、芒克。沒有讓北島參加和《今天》受到廣泛關注有關。還有些人屬於陰差陽錯，比如楊煉，在青春詩會之前《詩刊》就發過他好幾首詩。但畢竟不是一個都不能少，有名額的限制，還有各種各樣的考慮。」據王燕生的「楊煉屬於陰差陽錯」之說，可以推測在最初擬定的參會名單裏，應該是有楊煉的。

徐曉鶴：1979 年 2 月號，《菊花三首》；1979 年 12 月號，《生石灰》、
　　　　《日曆》；1980 年 8 月號，《詩六首》。

舒　婷：1979 年 4 月號，《致橡樹》；1979 年 7 月號，《祖國啊，我
　　　　親愛的祖國》、《這也是一切》；1980 年 8 月號，《饋贈》。

張學夢：1979 年 5 月號，《現代化和我們自己》；1979 年 8 月號，
　　　　《致經濟學家・致中學生》；1980 年 1 月號，《休息吧，形
　　　　而上學》；1980 年 4 月號，《獻給今天（組詩）》；1980 年 9
　　　　月號，《心（組詩）》。

徐敬亞：1979 年 6 月號，《早春之歌》；1980 年 6 月號，《別責備我
　　　　的眉頭》；1980 年 9 月號，《海之魂》。

常　榮：1979 年 9 月號，《拉纖》；1979 年 10 月號，《青春曲（外
　　　　二首）》，外二首為《鳥翅》、《創造》；1980 年 8 月號，《春
　　　　日短歌（二首）》。

葉延濱：1979 年 9 月號，《冰下的激流》；1980 年 5 月號，《那時，
　　　　我也是個孩子（組詩）》；1980 年 9 月號，《十萬個為什麼》。

陳所巨：1979 年 10 月號，《早晨，亮晶晶……（外三首）》，外三首
　　　　為《燃燒的山峰》、《給綠葦和葦紙》、《一千雙眼睛和兩雙
　　　　眼睛》；1980 年 8 月號，《鄉村素描（二首）》。

顧　城：1979 年 11 月號，《歌樂山詩組》（有《謀殺》、《掙扎》、《小
　　　　蘿蔔頭和鹿》共三首）；1980 年 4 月號，《詩四首》。

王小妮：1980 年 1 月號，《田野裏的印象》（有《農場老人》、《上學
　　　　的孩子》兩首）；1980 年 4 月號，《碾子溝裏，蹲著一個石
　　　　匠》；1980 年 8 月號，《印象二首》。

孫武軍：1980 年 4 月號，《回憶與思考（外一首）》。

才樹蓮：1980 年 4 月號，《山鄉風情（組詩）》。

梅紹靜：1980 年 8 月號，《晨光裏（外二首）》。

江　河：1980 年 5 月號，《星星變奏曲》。

從統計情況中可以看出，除了梁小斌和徐國靜，其他參會詩人均於參會前就
在《詩刊》發表過作品，而且發表過 3 刊次以上的佔了絕大多數。這種從已
發表作品的詩人中遴選參會人員的模式雖然使《詩刊》社的眼光侷限於自己
的刊物內部，但從當時《詩刊》的地位、影響來看，其稿源質量是有保障的，

其首屈一指的發行量、「國刊」身份在僅靠紙媒傳播的時代使得作者群、讀者群在同類刊物中遙遙領先，只是在《詩刊》影響力漸漸萎縮之後，比如90年代，這種模式的弊端就很明顯地暴露了出來。此外，正因為參會詩人主要是由作品組推薦，編輯的審美判斷就顯得尤為重要，而且編輯與詩人的關係就多少顯得有些微妙，有時候，在「同等條件」或是某個人的作品更差一籌，但由於編輯的「認可」，難免就會出現「人情」推薦的成份。當然，表面上這取決於一個編輯的職業素養，但在中國這種「人情社會」的強大傳統中，偶而出現「人情」推薦的情況，在詩壇看來似乎也是「合情理」的。但不管怎麼說，《詩刊》在八十年代的編輯隊伍，還是很受尊重的，尤其是詩人們對邵燕祥、王燕生等人的高度評價，這從大量的回憶、懷念文章中可以看出。而有的詩人在回憶參加「青春詩會」的緣由時，就很明確地說出了與編輯（或者主編）的重要關係，例如參加過第二屆青春詩會的王自亮在一次訪談中提到，「記得是1981年上半年，我大膽地給當時的《詩刊》常務副主編、著名詩人邵燕祥寫信，並附了三五首詩歌給他。沒有想到的是，他很快就給我回了一封信，告訴我詩歌寫得很好，稿子處理由王燕生編輯聯繫我。一個頂尖層面的詩歌刊物主編，竟然給一個從未謀面的大學生寫回信，這幾乎是不可思議的。很快，燕生老師給我寫信，通知我的詩歌《漁村即景》被採用，會在《詩刊》上刊登，這真是一件喜出望外的事。要知道，《詩刊》要發一個大學生的詩歌，在當時是相當罕見的。1982年7月，我受邀參加青春詩會，與這件事有很大關係。」之後他又強調了這一點，「也許是得到了《詩刊》常務副主編邵燕祥老師的賞識，所以有了這個機會。事實上，這是最重要的原因。」〔註140〕又比如參加了第9屆「青春詩會」的孫建軍，也有相似情況，「更為幸運的是，《星星》與《詩刊》的關係，我與王燕生老師成了同行，得到了更多向他學習的機會。其間又是王燕生等老師提名，讓我參加了《詩刊》第9屆『青春詩會』。」〔註141〕

除了名單生成這一核心模式外，有一個現象往往容易被忽略。那就是「青春詩會」是很多神交已久的詩人得以聚首的機會，也正是因為這樣一個平臺，

〔註140〕姜紅偉、王自亮：《記憶即道路：見證80年代大學生詩歌運動——王自亮訪談錄》，《詩探索·理論卷》2015年第3輯。

〔註141〕孫建軍：《乘車穿過自己開鑿的隧道——「青春詩會」40年懷念詩人王燕生》，《星星》2020年第26期。

這些人的友誼和詩歌方面的交流有了更為直接和深刻的面像。例如眾所周知的顧城和舒婷的友誼，即便是學界已公認的朦朧詩五大主將，北島、楊煉、江河、顧城、舒婷，五個人聚在一起，便是第一屆「青春詩會」期間。還有看起來有些生活化的細節，也證明了「青春詩會」的「聚力」功能，例如在第一屆詩會上，梁小斌與舒婷的例子，據王燕生回憶，這次詩會「第一個到的是梁小斌，我去接舒婷，他要跟我去。到了火車站我問梁小斌，你認識舒婷麼？他說不認識。但是就是有那麼一種敏感，她一出來我們就把她找到了。戴眼鏡，穿連衣裙，很不像女工。」〔註142〕從王燕生的表述來看，他和梁小斌第一次見到舒婷，就是在詩會期間。其實在八十年代的社會環境中，尤其是前半期，人與人的聯繫並不像現在這樣方便，天南海北的人見面就更難了，彼此知道或瞭解，僅僅是因為「詩名」。更經典的例子就是于堅和韓東了，他們通信多年，但在參加「青春詩會」之前從未碰面，這一點也在王燕生的訪談中得到證實，「其實每屆都有一些代表人物。《詩刊》選人參加詩會沒有門戶之見，完全是從詩出發，所以各個流派的詩人都有。第六屆于堅、韓東、翟永明、車前子，還有閻月君。于堅和韓東一起辦的民刊《他們》，當時看來是不入流的，所以被邀請參加詩會覺得很意外。當時于堅和韓東已經通信多年，還沒見過面。于堅先到，韓東發電報讓他接站，他還有些發愁，因為還不知道韓東長什麼樣。」〔註143〕之於後來于堅、韓東創辦《他們》，就成為八十年代詩壇的重要事件了。

關於其他模式，比如刊出「青春詩會作品專號」並配發側記（只有第二屆沒有側記）等，已經在前文做過詳細述理，再不贅述。另外有一個現象需要關注，那就是詩會期間及之後媒體的參與，當然，這是在新世紀進入網絡傳媒時代之後所有活動（不僅僅是詩歌）都具有的模式，但在八十年代，其他媒體和相關單位的參與對擴大詩會影響力具有很重要的推動作用。第一屆「青春詩會」就有意為之，王燕生有具體的說法，「（從北戴河）回來以後，我們專門把北京的新聞界、出版界還有雜誌的編輯喊到一起，和詩會的同學見了一次面。熟了以後，他們發東西都方便一些，所以《詩刊》是能做的都做了。我還拿了

〔註142〕田志凌、汪乾：《青春詩會：這裡能看到中國詩歌發展的縮影──王燕生訪談》，《南方都市報》2008年6月29日。
〔註143〕田志凌、汪乾：《青春詩會：這裡能看到中國詩歌發展的縮影──王燕生訪談》，《南方都市報》2008年6月29日。

筆墨讓他們每個人簽名，這變成我的文物了，沒有第二本。」〔註144〕可見，他們在儘量擴大影響的同時，也力促拓寬青年詩人的發展機會，這在其後舉辦的幾屆中得到了繼承。還有一點，在第一屆之後，通過不斷的「追加」活動來鞏固「青春詩會」的影響和地位，比如1985年，以舉辦過四屆「青春詩會」的歷程為契機，恰好《綠風》1985年第3期推出了「歷屆『青春詩會』的新人新作」，謝冕的相關評論文章就在《詩刊》1985年第6期刊出，在這篇文章中，謝冕做出如此評價，「《詩刊》對於中國當代青年詩歌繁榮所做的貢獻中，『青春詩會』的創立是最值得紀念的。它不僅為我們時代集聚了最富有生命力的年輕的聲音，而且又反過來為詩藝術本身的進一步繁榮做了實際的倡導。從1980年以來大體上每年一屆的青春詩會成了青年詩創作的最新信息——它的探索、它的創新、乃至它的困惑的匯總與傳達，成了一年一度小小的『青年詩歌節』。其促進新詩的變革與發展的作用，時間愈久愈將顯示出它的價值來。《綠風》編者已經體察到這種價值。它的特大號實際上成了五年以來青年創作的一個側面的檢閱。」〔註145〕這種用反覆「追訴」的方式來強化其影響的做法，在其後不斷地得到發展，例如《詩刊》2000年8月號就推出了「青春詩會」20週年紀念專號，對歷屆參會詩人及代表作品做了梳理、總結。

　　在這眾多的模式之中，影響最大的，還屬於詩會期間對參會詩人作品的打磨，或者推出詩人代表性的作品，有的詩人的成名作、經典作品或是代表作就是在「青春詩會」誕生或推出的。比如之前已經提到過的梁小斌的《中國，我的鑰匙丟了》，他的另一首代表作《雪白的牆》也是在「青春詩會」作品專號推出；又比如已分析過的楊牧的《我是青年》就誕生於詩會期間，之後的詩會也不時有經典作品誕生，如第七屆歐陽江河的《玻璃工廠》等。至於像舒婷、高伐林同為「渤海2號」沉船事件而分別寫下的《風暴過去之後》、《長眠在海底的人的控訴》，同遊天安門之後張學夢寫下的《宮牆下》、楊牧寫出的《天安門，我該怎樣愛你！》，同遊十三陵之後楊牧寫下的《走出地宮天地新》和葉延濱寫出的《十三陵三題》(《漢白玉石門》、《殉葬》、《石駱駝》)等「同題」現象，就更具有代表性了，這種現象在其後的詩會中也不斷湧現。

〔註144〕田志凌、汪乾：《青春詩會：這裡能看到中國詩歌發展的縮影——王燕生訪談》，《南方都市報》2008年6月29日。

〔註145〕謝冕：《中國的青春——評〈詩刊〉歷屆「青春詩會」的詩人新作（見〈綠風〉1985年第三期），兼論現價段青年詩》，《詩刊》1985年6月號。

第二章 「青春詩會」的內在肌理

　　「青春詩會」表面上看起來是一個不斷傳承的詩會，形成了固定的具有一些內在特質的傳統，但是在不同時段，其在推出新人的理念上還是有很大差異。當面對整個詩壇，在青年詩人龐大的基數上選擇十幾個人參加，對於其作品、風格、地域等方面的權衡，以及與意識形態的關聯，就顯得極為複雜。總體來看，八十年代推出的青年詩人，大多也受到詩壇和讀者的認可，但九十年代至新世紀，開始有了質疑並逐漸產生很大的爭議。時至今天，《詩刊》自身在強調「青春詩會」的意義和影響時，也以八十年代的輝煌為主要依據。從大致的流變歷程來看，可以給「青春詩會」做出簡單的分期，即八十年代為一個時段，九十年代至 2002 年第十八屆為一個時段，2003 年改為徵稿制以後為一個時段。就影響力而言，八十年代與其後所舉行的「青春詩會」不可同日而語，不管是詩會本身的嬗變導致影響力下降，還是編輯團隊的更換使得推出詩人的理念有所改變，或者社會大環境對詩歌的邊緣化是其直接原因，總的來說，「青春詩會」在八十年代確實有著很高的地位，對詩歌的發展也發揮著較大的作用，但九十年代以後，其主辦方《詩刊》也面臨著生存壓力和轉型探索，直到改為徵稿制以後，也沒有重振當年的輝煌。不過，徵稿制在不斷優化和完善的過程中，也漸漸形成了新的影響，尤其是自 2013 年第二十九屆開始，為每位入選詩人出一部個人詩集的舉措推出以後，青年詩人大有趨之若鶩的態勢。

　　學界聚焦最多的八十年代的「青春詩會」，在所有舉辦的八屆中，公認影響力最大的是第一屆、第六屆、第七屆。但是有必要注意的是，在其他幾屆也推出過此後被認為特別重要的詩人，例如第二屆的筱敏、王自亮，第三屆

的王家新、李鋼，第四屆的廖亦武、馬麗華，第八屆的駱一禾、開愚等等。與第一屆「青春詩會」敏銳地捕捉到詩歌發展新潮的路徑相似，其推出「朦朧詩」主將的做法，被第六屆、第七屆「青春詩會」所繼承，這兩屆也與當時詩歌發展主潮合拍，並與 1986 年』現代詩群體大展遙相呼應，推出了「第三代」詩人〔註1〕中的主力陣容，成為學界和詩壇公認的「青春詩會」「夢之隊」。需要探討的是，為什麼這些詩人都願意參加「青春詩會」？詩人、編輯在這項詩歌活動中分別有著怎樣的心態，《詩刊》的主管機構是否會對參會詩人名單的生成、詩會的舉辦產生影響甚至是通過主動介入而改變「青春詩會」的風格與發展路徑？無論「青春詩會」產生了多大影響，也無論推出了多少優秀詩人，最後仍然要落腳到「詩歌」這一最根本的因素上去，那麼，「青春詩會」是否影響了詩人的創作，或者產生過一些經典作品？

第一節 「夢之隊」何以成形？

一、詩歌史視野下的「1986 年」

專門研究過「第三代詩」的學者李振聲曾說，「在 1985、1986、1987 這些年頭，恨不得一夜之間窮盡詩歌形式的所有可能性。」〔註2〕事實上，這三年確實是新時期詩歌繼朦朧詩之後最繁榮、最輝煌的時段，而 1986 年更是集中爆發了新時期詩歌史上重要的幾個「事件」，影響最大、至今還有人津津樂道的當屬 1986 年 10 月《詩歌報》和《深圳青年報》聯合主辦「中國詩壇 1986』現代詩群體大展」〔註3〕，之後於 1988 年由徐敬亞、孟浪、曹長青、呂貴品等主編的《中國現代主義詩群大觀：1986～1988》由同濟大學出版社出版，這本俗稱「紅皮書」的詩集首印兩萬冊很快銷光；時隔二十年之後，楊墅還以

〔註1〕關於「第三代詩」的具體提法和主張等，可參見周倫佑：《「第三浪潮」與第三代詩人》，《詩刊》1988 年 2 月號。

〔註2〕李振聲：《季節輪換：「第三代」詩敘論（修訂版）》，復旦大學出版社 2008 年版，第 3 頁。

〔註3〕1986 年 10 月 21 日～24 日，《詩歌報》、《深圳青年報》聯合推出「中國詩壇1986』現代詩群體大展」。1986 年 10 月 21 日，《詩歌報》第 51 期第二版、第三版刊出第一輯，《深圳青年報》第二版、第三版刊出第二輯；10 月 24 日《深圳青年報》第二版、第三版、第四版刊出第三輯。詳見劉福春：《中國新詩編年史（下卷）》，人民文學出版社 2013 年版，第 1192～1193 頁。

「詩歌傳播」的視角重新考察了大展能引起轟動的原因〔註4〕；三十年之後，《花城》以紀念的方式刊出了當時籌辦大展時徐敬亞致姜詩元的書信手稿。〔註5〕與這次大展相呼應的，則是《星星》詩刊發起的「我最喜愛的當代中青年詩人」的評選活動，其結果按得票多少排序公布在《星星》詩刊1986年10月號，依次為：舒婷、北島、傅天琳、楊牧、顧城、李鋼、楊煉、葉延濱、江河、葉文福。同年12月6～9日，《星星》詩刊社舉辦了「中國·星星詩歌節」，通過北島的回憶，可管窺當時的盛況，「《星星》詩刊在成都舉辦『星星詩歌節』。我領教了四川人的瘋狂。詩歌節還沒開始。兩千張票一搶而光。開幕那天，有工人糾察隊維持秩序。沒票的照樣破窗而入，秩序大亂。聽眾衝上舞臺，要求簽名，鉛筆戳在詩人身上，生疼。我和顧城夫婦躲進更衣室，關燈，縮在桌子下。腳步咚咚，人潮沖來湧去。有人推門問，『顧城北島他們呢？』我們一指，『從後門溜了。』」「寫政治諷刺詩的葉文福，受到民族英雄式的歡迎。他用革命讀法吼叫時，有人高呼：『葉文福萬歲！』我逐磨，他若一聲召喚，聽從絕對會跟他上街，衝鋒陷陣。回到旅館，幾個姑娘圍著他團團轉，捶背按摩。」〔註6〕可以看出，雖然詩壇在高呼「pass北島」，但朦朧詩人們在讀者群還是極受歡迎的，甚至在第三代最熱的1986年，也沒有取代他們在讀者心目中的位置。也是在這一年，即1986年12月，北島、舒婷、顧城、江河、楊煉的《五人詩選》由作家出版社出版。

與此對應，《詩刊》在這一年推出了後來影響詩壇的兩首（組）重要作品，即于堅的《尚義街六號》和翟永明的組詩《女人》。于堅的《尚義街六號》首發於1985年9月5日出刊的《他們》文學社交流資料之二中，後在參加《詩刊》社第六屆「青春詩會」時推出，關於這首詩以及在《詩刊》的發表，于堅曾在一篇文章中做過說明，「在昆明，尚義街6號形成一個大學才子沙龍。在這幢法國式的黃色樓房的二樓，我多年扮演一個懷才不遇的激情、感傷、陰鬱、被迫害的詩人形象，多少年後我才擺脫了這種風度對我的誘惑力。在尚義街6號，我有一群最優秀的讀者、批評家和傾心相見的朋友。多年後，他們各往一方，都不再從事文學，成為其他方面非同凡響的人物。我在一首就叫《尚義街6號》的長詩中描述了這個沙龍。這首詩在1986年《詩刊》11月

〔註4〕楊墅：《詩歌傳播引論》，《詩刊》2006年8月號上半月刊。
〔註5〕詳見《花城》2016年第5期。
〔註6〕北島：《朗誦記》，《明報月刊》1998年8月號。

號頭條發表後,中國詩壇開始了用口語寫作的風氣。」〔註7〕翟永明的組詩《女人》(《獨白》、《母親》、《預感》、《世界》、《我對你說》、《邊緣》)在《詩刊》1986年9月號刊出,卷首語中做了特別推薦:「翟永明首次在本刊發表詩作。她的組詩《女人》不僅在思想,而且在感覺、語言力度上都有自己獨特的東西。」同期,1986年9月號刊出劉湛秋的文章《詩歌界要進一步創造寬鬆的氣氛》。值得注意的是,《詩刊》用常用的方法,對翟永明的組詩《女人》進行了「二次推出」,即1987年2月號推出了唐曉渡的評論文章《女性詩歌:從黑夜到白晝──讀翟永明的組詩〈女人〉》,該文提到,「作為一個完整的精神歷程的呈現,《女人》事實上致力於創造一個現代東方女性的神話:以反抗命運開始,以包容命運終。」〔註8〕

　　當然,《詩刊》從舉辦第一屆「青春詩會」到舉辦第六屆、第七屆「青春詩會」,並不是有著一成不變的「激進」姿態,當政治形勢變得緊張,《詩刊》也就變得極為「保守」,1981年沒有舉辦就是因為「苦戀」批判引起的文藝界「凡事不宜」的氛圍影響。而1982～1985年期間舉辦的四屆,人員構成整體上就顯得相對「平穩」,無論從詩歌內容還是詩人自身的表現風格來看。與1980年推出第一屆之前就已經開始醞釀的方式如出一轍,《詩刊》在1986年推出「第六屆」之前,經過了相對漫長的「蓄勢」期,比如于堅的作品,早在《詩刊》1983年10月號就已經推出過〔註9〕,但一直等到1986年,他才得以參加詩會。從大的辦刊方向和理念來看,《詩刊》的「蓄勢」經過了一層層的發酵,例如1985年2月號《詩刊》頭條推出了公木、嚴辰、屠岸、辛笛、魯藜、艾青、曉雪、牛漢、鄒荻帆、陳敬容、方敬、綠原、流沙河李瑛、曾卓、公劉、蔡其矯、張志民等十八位詩人在中國作家協會第四次會員代表大會上的發言《為詩一呼》,他們希望「出版社和文學刊物在發稿計劃中要給予詩以應有的地位和適當的比例」,認為詩歌「需要適宜的氣候和環境,需要各有關方面的重視和大力支持」。〔註10〕同年年底,即1985年12月28日,《詩刊》編輯部召開「新時期十年詩歌座談會」,會上,「同志們認為,新時期詩歌創作,同過

〔註7〕于堅:《關於我自己的一些事情》,收錄於《棕皮手記》,東方出版中心1997年版。

〔註8〕唐曉渡:《女性詩歌:從黑夜到白晝──讀翟永明的組詩〈女人〉》,《詩刊》1987年2月號。

〔註9〕于堅:《在煙囪下(二首)》,《詩刊》1983年10月號。

〔註10〕公木等:《為詩一呼》,《詩刊》1985年2月號。

去相比，無論題材範圍、思想內容，還是藝術形式、風格流派，都有明顯的突破性的進展。新時期的詩歌評論，對於詩歌界的撥亂反正、促進創作也頗有建樹，並且在一定程度上使詩歌觀念有所更新。但是，詩歌創作和評論的發展並不平衡，有起也有伏。詩人的歷史使命感和藝術責任感還需要緊密地結合起來。詩評家仍應關注詩壇現狀，進一步消除『左』的思想影響，活躍詩歌評論。」〔註11〕半年多以後，1986 年 9 月 10 日，《詩刊》、《詩探索》編輯部聯合舉辦詩歌專題學術研討會，會上，「不少同志就被稱為『第三代人』的新的詩歌現象發表了自己的意見。比較一致的看法是，這些詩較為重視個人人格的張揚，個體生命體驗和平民意識的表達，藝術上追求口語化、生活化、通俗化，應予以注意。」〔註12〕

　　不管是作協的主動介入，還是《詩刊》社內部發展的需要，從 1986 年劉湛秋調入《詩刊》社以後，《詩刊》內容以完全不同的新面貌出現，據《詩刊》的主編陣容信息，1986 年 7 月號出現了劉湛秋的信息，職務為副主編，也是從這期開始，《詩刊》首頁改版，開始推出非常尖銳的卷首語。1986 年 8 月號的卷首語，就算在今天看來，也是相當有魄力，「編刊物不像編輯教科書，要求絕對正確，具有經典性。這樣，我們對高伐林的《關於設立文化大革命國恥日的建議》一詩就有會過多挑剔了。作者用強烈政論式和多少有些荒誕的手法來寫詩，寫昨天和今天，是有可讀性的。」〔註13〕在 1986 年 9 月號的卷首語中，再次強調，「文化大革命寫夠了嗎？傷痕文學過時了嗎？回答是絕對否定的。」〔註14〕大有正視歷史的勢頭。到了 1986 年 10 月號，不僅僅是卷首語，其內容也「革命」性地出現了「重塑」領導人形象的詩篇，卷首語中特別強調，「讀者打開本期刊物，撲面而來的是一大組《寫給鄧小平、胡耀邦、趙紫陽的詩》，這些詩和過去某些頌詩不同，寫得親切質樸，甚至詼諧，是寫領導人，不是寫領導神，是詩人和領導人之間平等的交談；這些詩，與其說表達了普通中國人對自己領導人的熱愛和歌頌，不如說是迸發了當代中國人對改革、開放的讚美和期望。」〔註15〕「給鄧小平、胡耀邦、趙紫陽的詩」輯中刊發了朔望、莫文徵、雷抒雁、王長富、楊獻瑤、王燕生、尚仲敏的詩，

〔註11〕《詩訊》，《詩刊》1986 年 2 月號。
〔註12〕《詩訊》，《詩刊》1986 年 12 月號。
〔註13〕《詩刊》卷首語，《詩刊》1986 年 8 月號。
〔註14〕《詩刊》卷首語，《詩刊》1986 年 9 月號。
〔註15〕《詩刊》卷首語，《詩刊》1986 年 10 月號。

其中尚仲敏的《橋牌名將鄧小平》頗有代表性：

> 中南海俱樂部，向晚時分
> 鄧小平一手握牌
> 一手叩擊桌子
> 鄧小平一個勁地抽煙
> 這個巨人
> 沉吟良久，叫牌
> 而後微笑
> 而後攤牌
> 香港人正好走上飛機
> 香港人搖頭歎曰
> 一國兩制⋯⋯一九九七
> 鄧小平不露聲色
> 一手握牌
> 一手叩擊桌子
> 這個巨人
> 叫牌。而後微笑
> 而後攤牌〔註16〕

　　將「一國兩制」「香港回歸」如此嚴肅的問題以詼諧、調侃的筆法表現出來，並且發表在《詩刊》，而且是與國慶節相對應的 10 月號，足見當時《詩刊》的改革力度。在這期《詩刊》中，透露出一些信息，無論是詩人，還是編輯，甚至是指向官方機構——作協的《詩刊》，開始重塑詩人與領導人的關係，或者說重塑詩歌與政治的關係，《詩刊》甚至擺出了用詩歌與國家領導人「平等對話」的姿態，這無異顯示出刊物曾經在意識形態重壓下「走了出來」，來重新思考詩歌的地位和價值，這一舉措為第六屆、第七屆「青春詩會」的輝煌形成了直接的影響，當然其後也遭到嚴重的懲罰。重新回到《詩刊》的改革，在 1986 年連續以卷首語的形式向讀者（也是向官方）推出新的辦刊理念後，1987 年，《詩刊》1 月號刊發了副主編劉湛秋的文章《接受讀者的選擇》，該文首次在《詩刊》視角把讀者放到第一位，「我們終於推出了一些讀者不得不議論的詩：反映『文革』的傷痕詩歌再次以它特有的光彩、震撼靈魂的力

〔註16〕尚仲敏：《橋牌名將鄧小平》，《詩刊》1986 年 10 月號。

量出現了，干預生活、揭露現實種種矛盾的詩也出現了，大膽地表現現代人主觀內心旋轉世界的詩也出現了。」〔註17〕這篇文章強調《詩刊》推出反思文革、揭露現實、表現主觀內心、選用口語形式等是「客觀的實在」，是「讀者的選擇」。〔註18〕

不管是《詩刊》在總體的辦刊理念上的改革，還是唐曉渡梳理的在推出青年詩人及作品、加強評論等方面的舉措，總之，就是在《詩刊》社大刀闊斧地革新的過程中，1986 年推出的第六屆「青春詩會」將這一革新推向了高潮，並於 1987 年以同樣的理念推出了第七屆。與第一屆「青春詩會」站在當時詩歌主潮的風口浪尖相似，第六屆、第七屆也無疑是置身於當時的詩歌大潮之中的，這也是「夢之隊」得以形成的最為本質的原因。從這裡，《詩刊》的辦刊理念在「青春詩會」的參會詩人身上明顯體現了出來，是「政治」正確第一，還是詩歌藝術第一？一旦暫時「擺脫」政治的牢籠，《詩刊》就以放飛自我的方式衝上詩歌潮流的風口浪尖；但一旦意識形態介入，《詩刊》推出具有「創新」意識的詩歌時則呈現出極度「萎縮」的狀態。比如第一屆之後 1981 年的停辦，第八屆之後 1989 年、1990 年的停辦。進入九十年代以後的「青春詩會」，在 1990 年就定好了調子，《詩刊》在 1990 年 1 月號刊出了臧克家的《且看這四年》，文章中對《詩刊》做了回顧和展望，「這些年來，《詩刊》最大的缺陷是：只號召什麼樣的詩全要，從不提『主旋律』三字，這就給緊跟『現代派』不好傾向的作品，開了綠燈。」「記得我曾參加一次會。在會上，我氣憤難抑，大嚷大叫，主張『三個堅持』：堅持黨的領導；堅持左聯領導權；堅持現實主義傳統。」「明年，是 1990 年，是個新的開始，我希望也是《詩刊》新的開始。同志們，振奮精神，我們一齊努力吧！把《詩刊》辦成一個旗幟鮮明地反對自由化，富有時代精神，富有生活氣息，富有藝術高水平，富

〔註17〕劉湛秋：《接受讀者的選擇》，《詩刊》1987 年 1 月號。

〔註18〕關於《詩刊》社在 1986 年前後的改革舉措，唐曉渡以另外的視角做了梳理：隨著「大氣候」經歷了週期性的震盪後又一次擺向寬鬆，《詩刊》也開始再度舒展它的腰肢。「詩歌政協」式的「拼盤」風格仍然是免不了的，但變化也甚為明顯，這就是以前瞻的目光進一步敞向青年……尤其是新闢的「無名詩人專號」，作為每年第 10 期的特色欄目，在此後數年內備受歡迎和關注，事實上和年度的「青春詩會」及刊授學院改稿會一起，構成《詩刊》不同梯次作者的「戰略後備」。同樣，密切與詩歌現實關係的舉措也體現於批評方面。詳見唐曉渡：《人與事：我所親歷的八十年代〈詩刊〉（三）——我試圖勾勒的是某種集體人格》，《經濟觀察報》（濟南），2006 年第 102 期。

有群眾性，富有民族風格的一個刊物，給人以耳目一新之感。」〔註19〕自此，《詩刊》進入了「主旋律」時代，也進入了體制化過程（第三章將詳細分析），相應地，「青春詩會」的參會詩人，也多以「表現內容平穩」「政治思想正確」為主。

二、第六屆「青春詩會」與「民間寫作」群體

于堅曾說，他和「韓東、翟永明等人在中國最權威的詩歌雜誌《詩刊》的首次亮相，標誌著朦朧詩朝代的結束，一種更為複雜的轉向詩歌本體意義上的寫作時代的開始」〔註20〕。他所說的首次亮相，嚴格意義上來說應該是集體亮相，因為此前三人就已經分別在《詩刊》發表過作品，韓東在其19歲時就在1981年第7期發表過組詩《無題及其他》（《無題——獻給張志新》、《我是山》、《女孩子》）；于堅則是在1983年10月號發表了《在煙囪下（二首）》；翟永明最早在《詩刊》發的，是她的代表作組詩《女人》，刊於1986年9月號。而于堅所說的「首次亮相」，當是《詩刊》1986年11月號推出的「青春詩會」專號。于堅的說法並非「自大」，以詩歌史的視角來看，第六屆「青春詩會」確實有著足夠的份量，聯繫第一屆「青春詩會」的影響力及與《今天》關聯來看，第六屆「青春詩會」也非常相似地形成了與「第三代詩」的關聯。只是第一屆到第六屆，期間的詩歌觀念、語言形式都發生了顛覆性的改變。時至今日，以歷史的眼光來看，《今天》詩人群存在的問題在80年代中期已變得非常尖銳，第三代人揭竿而起也是有詩歌發展的內在邏輯的。比如霍俊明就發現了《今天》詩人群的問題所在，「『地下』詩人和『今天』詩人的語言態度還和他們的精英立場、思想焦慮以及啟蒙姿態有關。精英立場和啟蒙姿態使這一轉折點上的詩人在意識和潛意識深處有一個較為明確的受眾。這種急於交流、表達、宣講的廣場姿態也使這些詩人們急於說『什麼』而一定程度上必然忽略『怎麼說』，儘管他們已經注意到詩歌表述的方式並且一定程度上具有了現代主義詩歌的語言氣象。」〔註21〕而從《今天》詩人群體成長起來的第三代詩人們，則對這些問題有著清醒的認識，如韓東就提到，「經

〔註19〕臧克家：《且看這四年》（該文寫於1989年11月29日），《詩刊》1990年1月號。

〔註20〕于堅：《答〈他們〉問》，收錄於《于堅詩學隨筆》，陝西師範大學出版總社有限公司2010年版，第154頁。

〔註21〕霍俊明：《于堅論》，作家出版社2019年版，第176頁。

過了北島，北島的理由就不再是我們的理由。我們沒有理由再一次犧牲。歷史使我們有可能執著地面向未來。我們不傷害藝術。」〔註22〕

　　無論如何，韓東、于堅、翟永明、宋琳、車前子等詩人能夠相會，得益於《詩刊》社舉辦的第六屆「青春詩會」，這屆詩會在山西舉辦，先後從太原到五臺山再到雲岡，會期22天，是繼第一屆33天的會程之後舉辦時間最長的一屆。參會的15位詩人分別是：于堅，阿吾，伊甸，曉樺，宋琳，韓東，翟永明，閻月君，車前子，水舟，吉狄馬加，老河，潞潞，張銳鋒，葛根圖婭。可以看出，除了韓東、于堅、翟永明等第三代的中堅力量，還有曾於1985年編選了《朦朧詩選》的閻月君〔註23〕。如前文所述，這屆詩會與第一屆不僅僅是在詩歌主潮的推動這種大背景下的相似，而且在改稿、交流方面，真正達到了「詩會」的目的，或許這也是詩壇能將這一屆稱納入「夢之隊」的理由之一。他們對詩歌交流、討論的認真度，可以從王燕生、雷霆撰寫的側記中看出：「從報到的第二天開始，每天上午、下午、晚上連軸轉，交流、討論作品。會議是在一間較大的住房裏進行的，座位不夠，不少人便席地而從。這樣便節省了每天一百五十元的會議室租金。與其他任何行業的專業性會議相比，這似乎帶有象徵的意味。好在這些詩人並不計較條件，他們認為席地談詩與在輝煌的殿堂裏談詩並沒有什麼區別。討論是認真和中肯的，有時意見近於挑剔尖刻，然而除了境進相互瞭解絕無不良後果。討論常常延續到夜間十一點，可很少有人立即就寢，不是相互斷續交談，便是創作、修改作品，甚至到凌晨三、四點鐘才上床。」〔註24〕另外，在韓東的文章中，也提到了此次詩會是他和于堅第一次見面，詩會期間也一直在討論，據他回憶，「于堅來車站接我，我看他猶如少數民族，樸實得可以。于堅也覺得我很土，連小轎車的門是怎麼開的都不知道。除了互相挖苦，整個會議期間我倆都在辯論。」〔註25〕

　　詩會之後，《詩刊》於1986年11月號推出了「青春詩會作品專輯」，並

〔註22〕韓東：《三個世俗角色之後》，收錄於《韓東散文》，中國廣播電視出版社1998年版，第123頁。

〔註23〕這是新詩史上的第一本朦朧詩選，閻月君、高岩、梁雲、顧芳等編選：《朦朧詩選》，春風文藝出版社，1985年版。

〔註24〕王燕生、雷霆：《第六屆「青春詩會」側記》，《詩刊》1986年11月號。

〔註25〕韓東：《〈他們〉或「他們」》，收錄於《與神話：第三代人批評與自我批評》，中華工商聯合出版社2014年版，第29頁。

在卷首語中對詩會的歷史做了回顧，也重點呼應了第一屆詩會對朦朧詩的推動，「《詩刊》從八十年代開始，每年舉辦一次『青春詩會』，推出十多位詩壇新人，這都是詩的天空上的新星，儘管它們有的明亮，有的不那麼明亮，有的開始明亮，後來又有些減色，但總是增添了光彩。」「大家可以看出，由於時代節奏加快，雖然只過了五六年，這一屆青年詩人和八○年那一屆好像已有恍若兩代的感覺。人們曾為『朦朧詩』困惑，但它帶來的新的價值觀念和手法已使人不能為之矚目。而眼下這一批年輕詩人更從新的角度去把握生活，他們已較多用口語化去表達他們的感受，他們對現實的關注已經有新的審美方式了。」〔註26〕這屆參會詩人信息和推出的作品統計如下：

于堅，32 歲，供職於雲南省文聯。《生命的節奏（四首）》、《芸芸眾生 4・羅家生》（一九八三年）、《作品 51 號》（一九八四年）、《遠方的朋友》（一九八六年一月）、《尚義街六號》（一九八四年六月）。

阿吾，本名戴鋼，22 歲，四川人，社科院哲學研究生。《寫寫東方》（〈一〉粗聲粗氣的土地、〈二〉時間的指針還需要撥動、〈三〉一隻黑色陶罐的容積無限）。

伊甸，本名曾富強，33 歲，嘉興市教師進修學院教師。《改革者及其他（四首）》、《改革者》、《西部拓荒者》、《探險者》、《城市，我們別無選擇》。

曉樺，31 歲，現役軍人，北京某大型文學期刊編輯。《巨鷹》（1986.9.8）。

宋琳，28 歲，華東師大教師。《空白（外三首）》（1986.6.2）、《休息在一棵九葉樹下》（1986.5.30）、《城市之一：熱島》（1986.6.5）、《雨中想起的若干往事》（1986.9.17.北京）。

韓東，25 歲，南京某學院教師。《詩六首》、《一切安排就緒》（1985）、《溫柔的部分》（1985.3）、《春天》（1986.3）、《在玄武湖划船》（1986.4.26）、《今天有人送花》（1986.5.11）、《遲到的雨》（1986.6.12）。

吉狄馬加，25 歲，作協四川分會文學院專業創作員，《涼山文藝》主編。《部落的節奏（外二首）》、《老人與布穀鳥》、《古里拉達

〔註26〕《詩刊》卷首語，《詩刊》1986 年 11 月號。

的岩羊》。

翟永明，女，31歲，祖籍河南，成都某科研所工作。《人生在世（組詩）》，《黑房間》、《此時此刻》、《男左女右》、《人生在世》。

閻月君，28歲，大連人，瀋陽某學院任教。《昭君出塞（外二首）》（1985.10），《必然的薔薇》、《女兒謠》。

車前子，本名顧盼，23歲。蘇州民辦學校工作。《南路上來（組詩）》，《一顆葡萄》、《復眼》、《日常生活──一個拐腿的人也想踢一場足球》、《日常生活──明年是「國際無寓所者年」，我趁機申請要套房子》。

水舟，本名張水舟，31歲，北京某出版社編輯。《父老鄉親（三首）》，《假瞎子的新大陸》、《三嬸的補鍋匠》、《淡黃的槐花》。

老河，本名陳建祖，29歲。報社工作。《雪線（外一首）》，《潮汐》（一九八五年四月於太原）。

潞潞，本名楊潞生，30歲，任某文學月刊詩歌組長。《老歌（外三首）》，《兩張樺樹皮》、《內蒙狼山岩畫》、《泥路》。

葛根圖婭，蒙古族，女，26歲，曾以漢名韓霞發詩，蘭州某學報編輯。《二重奏》（1986.8.26）。

張銳鋒，26歲，山西某大型文學期刊編輯。《顫慄的視野》。

關於人員的構成，側記中這樣介紹，「也許是由於偶然，十五位青年中有十四位畢業於大專院校。這種文化構成的比例，在以往任何一屆中是不曾有過的。」「在與他們相處中，可以感受到他們的博學，中外古今，天上人間，打破了自身的封閉。」同時，在總結參會詩人的詩觀時，側記中這樣總結，「面對有人仍把詩當作附庸的現狀，他們希望政治家、哲學家能從詩中領回屬於他們的東西。他們認為：詩是一種生命，是一種生活方式；作為普通人的詩人，首先要恢復自身的平等。詩人尋求的是心靈的真實。源於生命的深刻才是真正的深刻。因此，要讓詩與人的個性與本性更接近，讓靈魂與你親近。詩人應該取下面具，摒棄那種以上帝或英雄口吻說話的詩。」在此意義上，重新看參會詩人的作品，其實就可以從于堅《尚義街六號》的強大經典磁力中穿透過去，到達韓東的《溫柔的部分》，在眾多標籤化處理詩人的詩歌史敘述套路中，往往用經典文本遮蔽了詩人的豐富性。比如韓東，《有關大雁塔》成為標配；而于堅，《尚義街六號》《羅家生》等的成為標配。但如果從與這些經典作

品完全不同風格的其他代表作入手，就會到達詩人的另一面，比如于堅的《只有大海蒼茫如幕》；又比如韓東在這期詩會作品專輯推出的《溫柔的部分》，其文本如下：

> 我有過寂寞的鄉村生活／它形成了我性格中最溫柔的部分／每當厭倦的情緒來臨／就會有一陣風為我解脫／至少我不那麼無知／我知道糧食的由來／你看我怎樣把貧窮的日子過到底／並能從中體會到快樂／而早出晚歸的習慣／撿起來還會像鋤頭那樣順手／只是我再也不能收穫什麼／不能重複其中每一個細小的動作／這裡永遠懷有某種真實的悲哀／就像農民痛哭自己的莊稼／
> 1985.3〔註 27〕

第六屆青春詩會毋寧說是一次第三代詩人的大聚會，不如說是宣告了新詩史上一種新的詩歌觀念、一些新的寫作方式的推進。將這一重大轉折之所以歸結於「青春詩會」而不是同年的「詩歌大展」，根本原因在於「詩歌大展」僅僅是一次魚龍混雜的詩歌傳播「事件」，它雖然以前所未有的方式將詩歌推到了公眾視野，但其行為本身的意義，要遠大於其推出的文本；而第六屆「青春詩會」，使于堅的代表作《尚義街六號》、韓東的代表作之一《溫柔的部分》置於詩壇，置於讀者的視野，其所帶來的衝擊，是顯而易見的。或者說，對於文學來講，文本的價值與意義是遠遠大於活動與現象的。也是在這一屆青春詩會的作品專號中，推出了參會詩人的「青春詩話」，很多成為標誌性的詩歌宣言，對個體、對流派甚至對詩歌史敘述，都非常重要，例如韓東將詩人的生命與讀者的生命統一在詩歌文本的生命之中，他認為，「一首詩的審美價值也許就在於此，它必須是活的東西，必須是生命。這個生命是詩人把自己的生命灌輸進去的，又是讀者用自己的生命感受到的。因此不能設想那毫無生命的跡象，同時又具審美價值的詩歌。同樣的，我也不能設想依賴詩之外或之後的比詩歌本身更深刻的存在的詩歌。我只承認生命的深刻。」〔註 28〕翟永明則以學界常見的身份化命名，對「女詩人」「女人」「詩人」提出了悖論性的觀點，但最終仍歸結到「生命」本身，她說，「我一直希望首先是一個詩人，然後才是女詩人，但在生活中我卻首先是一個女人，其次才是一個詩人，因此我永遠無法像男人那樣去獲得後天的深刻，我的優勢只能源於生命本

〔註 27〕韓東：《溫柔的部分》，《詩刊》1986 年 11 月號。
〔註 28〕韓東：《青春詩話》，《詩刊》1986 年 11 月號。

身。」〔註29〕于堅則從詩歌文本的角度出發，提出了關於「語感」的論斷，他認為詩歌的「語感不是靠尋找或修煉或更新觀念可以得到的。它是與生俱來的東西。它是只屬於真正的詩人的東西。」〔註30〕對於後來的民間標榜和口語泛濫甚至口水詩粉墨登場，翟永明在參加「青春詩會」時似乎就有了「預見」，她說出了自己的立場，「我不反對詩歌口語化，也絕不有意把詩寫得複雜。關鍵是一種時尚代替另一種時尚時，我沒有必要加入任何一方。我只用自己的語言寫詩。」〔註31〕

這一期匯聚了後來所謂「民間寫作」的中堅力量，其實大多詩歌史寫作也陷入到詩歌現象而失去了本該有的判斷，如果拋開「知識分子寫作」與「民間寫作」的二元對立，重新回到「第三代詩歌」最本質的出發點上，他們不過是不滿於政治抒情和高蹈啟蒙的精英姿態，而倡導回到日常生活、回到個體、回到生命的視角。在這一點上，「知識分子寫作」與「民間寫作」是殊途同歸的，當然不是指後來被詩壇亂象「糟蹋」了的「民間」和被「精英」化了的具有布迪厄所說的「象徵資本」意味的「知識分子」。所以，回到第六屆「青春詩會」來看，參會的十五個青年詩人，無論思想多麼千差萬別，無論詩歌形式多麼千變萬化，他們的詩觀中，都將詩歌指向了詩人自身的生命，所以韓東說「從一首真正好的詩時我們可以看見作者的靈魂，他的生活方式和對這個世界的理解」，阿吾說「一首詩的誕生是一個生命的誕生。詩要求靈魂自由」，宋琳說「詩永遠活在作為個體存在的生命過程之中。一首詩就是詩人生命過程中的一個瞬間的展開」，于堅說詩歌「不在於寫什麼，不在於是否深刻或超脫，不在於是否獨具一格。只要它來自你的生命，為你的生命所灌注」，翟永明說「我的詩來自我的內心。我始終相信：詩的靈魂應該是自己的靈魂，詩的語言應和個人的內心歷程相一致」，車前子說「我想最需要表現的還是對此時此刻今生今世的一種體驗。對於一首詩來說，深沉的情感比深沉的思想更可靠」，曉樺說「我的詩是我的內心的歷程。詩的真實原就是心靈的真實」，吉狄馬加說「詩應該是詩人靈魂裏最真實的聲音，是詩人心靈感應最集中最生動的顯象」，潞潞說「詩使我愉快」，水舟說「詩人的生命及其詩的形式，總是來源於他的人生經驗和生活的感情的歷程」，葛根圖婭說「我詩中創造的每

〔註29〕翟永明：《青春詩話》，《詩刊》1986年11月號。
〔註30〕于堅：《青春詩話》，《詩刊》1986年11月號。
〔註31〕翟永明：《青春詩話》，《詩刊》1986年11月號。

一個類似於神話般的屬於我自己的那個世界，肯定都與我的血統有關」，張銳鋒說「詩是完整的生命的形式」，老河說「我的內心世界就是我的上帝」。這些詩人中觀點中稍微「宏大」一點的，是伊甸和闍月君，但他們也道出了詩歌該具有的「品質」，關於責任感和民族性，例如伊甸說「對人們苦難的同情、對醜惡的抨擊和對美好事物的歌頌，都是詩人不可推卸的責任。我強調責任感。沒有責任感的作品和沒有責任感的人一樣，是世界的累贅」，而闍月君說「從遙遠的過去，走向無窮盡的將來，一個偉大古老的民族悠久而充滿苦難的昨天與今天，歌與哭，淚與笑，是如此執拗地佔據著我的內心，血脈一般，使我的詩飽含了她的蒼涼與苦澀。」〔註32〕

在這個意義上，有必要重新理解一下「民間」，唐曉渡的說法無疑給了我們有價值的啟發：「只要不是僅僅著眼於官方的詩歌出版物，只要把目光從幻覺中的『詩壇中心』或『詩壇中心』的幻覺稍稍移開一點，就會發現廣闊得多的詩歌景觀。所謂『道失尋諸野』，詩歌最深厚、最不可摧折的活力源頭總是在民間，其新的可能性的萌發和拓展，也更多來自民間。當然，『民間』並沒有提供一個現成的詩歌價值尺度，同時對它內部的複雜性，包括它和與之相對的『官方』的某種同構關係，也必須有所充分估計；甚至可以說，在經歷了嚴格的大一統意識形態的長期控制和滲透後，已不存在傳統意義上的『民間』。它在當代詩歌中毋寧說是一個借喻，喻指所有拒絕主流意識形態的控制、堅持獨立自主的詩歌立場、致力於詩歌自身的創造、不斷探索新的可能性的邊緣寫作。」〔註33〕

三、第七屆「青春詩會」與「知識分子寫作」溯源

同時與「第三代詩人」緊密相聯的第六屆、第七屆「青春詩會」，如果說第六屆是其後持「民間寫作」理念的詩人大聚會的話，那麼第七屆則與「知識分子寫作」有了很大的關聯，例如參會詩人中的西川、陳東東、歐陽江河等詩人，成為後來「知識分子」寫作的中堅力量。從溯源的視角來看，正是這次詩會，關於「知識分子」寫作的概念得以萌芽。其後 1988 年 9 月創辦的民間詩刊《傾向》，首倡「知識分子精神」，而主要成員就是西川、歐陽江河、陳

〔註32〕以上十五位參會詩人的詩觀，均以「青春詩觀」為名，和參會作品一起刊發於《詩刊》1986 年第 11 期。

〔註33〕唐曉渡：《人與事：我所親歷的 80 年代詩刊之二》，《星星・下半月》2008 年第 4 期。

東東等第七屆「青春詩會」的成員。王家新在《我的八十年代》一文中提到，「現在看來，山海關的相遇和相聚，的確預示了詩歌後來在90年代的某種發展。我想正是因為在那裡的交流，陳東東後來有了創辦《傾向》的想法。而『知識分子寫作』或『知識分子精神』這種與『第三代詩歌』有所區別的說法，在這之後也在西川等人的文章中出現了。」〔註34〕此外，1987年6月，唐曉渡、王家新編選的《中國當代實驗詩選》由春風文藝出版社出版，其後《綠風》1988年第1期的「書訊」中做了重點推薦，「由唐曉渡、王家新執編的《中國當代實驗詩選》（第一卷）已由春風文藝出版社出版。該詩選薈萃了北島、舒婷之後有突出藝術追求的新一代青年詩人的作品計三十一家一百二十餘首，其中許多都曾在讀者中產生過較廣泛的影響。該類詩選的出版在國內尚屬首次，是把握詩壇現狀及發展的一個重要參照。」〔註35〕

　　在這本詩選中，王家新以跋的形式提出了他們的編選理念，「我們像深入到一片陌生而複雜的地帶尋礦的人，而編選的過程，也就成為一次次與詩『相遇』的過程。現在看來，入選的詩人及作品並非都是那麼成色十足，但他們卻給詩帶來了新的可能性（這就是他們的意義所在）；他們並不一定都是我們個人所偏愛的，但我們相信他們大多都有著自己的特點和潛力，或者說他們正在擺脫這種那種的影響而獲得自己獨立的意義。」〔註36〕之所以強調這本書，是因為唐曉渡、王家新當時均任《詩刊》編輯，他們推出的這本詩選中囊括了第六屆、第七屆「青春詩會」的主力陣容，並且王家新的編選理念，與第七屆「青春詩會」的名單生成，有一定的關聯，據他回憶，參加第七屆「青春詩會」的詩人中，喬邁、西川、陳東東、歐陽江河是他推薦的。就是在詩會舉辦期間，《中國實驗詩選》形成樣書，並且他將該書送給了部分參會詩友，這在他的文章中也提到了，「也正是在山海關期間，我抽空去瀋陽春風文藝出版社取回了剛出版的《中國當代實驗詩選》樣書，記得歐陽江河拿到這本書後就讀裏面張棗的詩，邊讀邊讚歎『天才！天才！』」〔註37〕

　　這屆「青春詩會」於1987年8月～9月在河北秦皇島舉行，來自12個省市的16位青年詩人參加：宮輝，張子選，楊克，喬邁，力虹，趙天山，李

〔註34〕王家新：《我的80年代》，《文學界（專輯版）》，2012年第2期。

〔註35〕《綠風》書訊，《綠風》1988年第1期。

〔註36〕唐曉渡、王家新編選：《中國當代實驗詩選》，春風文藝出版社1987年版，第225～226頁。

〔註37〕王家新：《我的80年代》，《文學界（專輯版）》，2012年第2期。

曉梅，西川，劉虹，陳東東，歐陽江河，郭力家，簡寧，程寶林，莊永春，鄭道遠。《詩刊》於 1987 年 11 月號推出作品專號，比起第一屆「青春詩會」和第六屆激情洋溢的推薦，這屆的卷首語顯得「客觀」並且有反思的意味，該卷首語提到，「一年一度的《青春詩會》頗受詩界矚目，尤其是年輕讀者和詩作者，早就焦急地等待著每年這一期刊物的出版：這自然給編者帶來不少的欣慰。但是，好事並不等於好辦。讀者都希望我們能推出比較優秀的青年詩人以及他們的代表作品，可選擇往往不盡人意，也算是編者欣慰中的憂慮吧！」當提到推出的青年詩人和作品時，這樣表達，「我們是考慮到不同風格和題材的，我們也希望這些詩人的作品在內容上盡可能貼近現實，在藝術上盡可能完美些。當然，由於對地區，以及對作者生活面的不同的考慮，所選人和作品也許不盡如人意。」緊接著又強調「參加『青春詩會』的年輕詩人，不一定就是有代表性的，沒參加『青春詩會』的年輕詩人，也可能寫得比他們更好。」〔註 38〕

《詩刊》以如此「辯證」的態度推出「青春詩會作品專號」，這在已舉辦的七屆中是絕無僅有的，不過，也表現出其「實事求是」的認真態度。確實，有沒有參加「青春詩會」不是衡量一個詩人作品好壞的標準，但反過來說，「青春詩會」也的確彙集了大多數重要的、有代表性的青年詩人，尤其是八十年代，從前文所引用詩人自己的說法中可以看出，他們對「青春詩會」，也非常看重，例如葉延濱、孫武軍等詩人，就連學界認為「民間」立場堅定的于堅，也是。回到第七屆「青春詩會」，這屆的重頭戲和第六屆、第一屆如出一轍，仍然是討論作品，從王燕生和署名「北新」的王家新共同撰寫的側記可以看出，「討論詩作階段是最嚴肅的日子。上午八點半，下午兩點，準時開會，中間休息時間十五分鐘，幾乎不到吃飯時間不散會；有一天下午臨時安排別的活動，連夜加班又補上。誰都知道，只要還願意寫，在什麼地方都是可以寫的，而要再聚集所有在座的詩友聽取意見是絕對不可能的了。對自己負責和對他人負責，達到了統一；負責的本身就是一種珍惜、一種尊重。有人寫了發言提綱，有人引經據典，有人默默記錄。各種意見是開誠布公的，有的溫和，有的尖銳，有的肯定，有的否定。作為詩會主持者，我們有時真怕由於取捨不同的藝術衝突會導致一場感情衝突。有一次一位青年對另一位青年的詩做了全盤否定，說他寫詩誤入歧途，勸他別再寫了。我們擔心第二天的會

〔註 38〕以上詳見《詩刊》卷首語，《詩刊》1987 年 11 月號。

開不下去。豈知再次討論時，氣氛依然熱烈。」〔註39〕側記中雖然沒有寫出具體的爭論人和爭論話題，但激烈程度和第六屆、第一屆遙相呼應，從每一屆的側記和眾多回憶性文字中可以發現，再沒有哪一屆像這三屆一樣，對「爭論」如此突出。如果對這屆「青春詩會」的參會人員做簡單梳理，就會發現其職業構成接近於第六屆，編輯和文教行業的人員占比較高，參會詩人信息及推出作品統計如下：

宮輝，27歲，鐵路職工。《穿越中國腹地（組詩）》，《南部大鐵路》（1987.9.6.凌晨二點於山海關）、《北京地鐵》（1987.3.22.採荷塘）、《清明雨》（1987.3.23.杭州松木場）、《國際列車在沙漠上》（1987.9.7.山海關）。

張子選，25歲，甘肅某中學教師。《西北偏西（組詩）》，《阿拉善之西》（1986.3.14）、《從前的大河》（1986.3.17）、《西北偏西》（1986.6.26）、《無人地帶》（1987.9.21）、《大學畢業那年我去西部走了走》（1986.3.6）。

楊克，30歲，某文學期刊工作。《某種狀態（組詩）》，《就是這河》、《雨打芭蕉》、《電子遊戲》、《某種狀況》。

喬邁，女，23歲，武漢市工作。《空盒，白日夜曲（組詩）》，《信，絲絲縷縷》、《無責之欲》、《海是從上往下流的》、《白日夜曲》、《認真地奉獻》、《偶然》（一九八七年四月於武漢珞珈山）。

力虹，29歲，寧波市某雜誌編輯。《城市：兩種方式的抒情（組詩）》，《城市暗河》、《短劍》、《教堂》、《為什麼而流淚》。

歐陽江河，31歲，四川省社科院某研究所工作。《詩二首》、《漢英之間》、《玻璃工廠》（1987.9.6.於山海關）。

趙天山，33歲，遼寧省某市文聯工作。《黑色的海嘯（組詩）》，《鑽塔林》、《一支遠洋艦隊啟航》、《板房群》。

李曉梅，女，24歲，山東省某文化館工作。1982年開始發表作品。《陽光與水（組詩）》，《太陽情》、《呼應》、《無題》、《情歌——給鴻茂》。

西川，24歲，北京新華社某雜誌編輯部工作。《輓歌——一九

〔註39〕王燕生、北新：《求異存同，各領風騷——第七屆「青春詩會」拾零》，《詩刊》1987年11月號。

八七年七月二十二日》。

劉虹，女，32 歲，廣東某大學任編輯。《岩層深處的思考（組詩）》，《歡樂》（一九八七年元月草）、《惶惑》（一九八七年八月）、《十年》（一九八七年）。

陳東東，26 歲，上海某單位工作。《即景與雜說（組詩）》，《語言》、《讀保爾·艾呂亞》、《來客》、《即景與雜說》。

郭力家，28 歲，吉林，某文藝出版社任編輯。《探監（外一首）》，《再度孤獨》。

簡寧，24 歲，軍人。《天真（組詩）》，《襲擊》、《成熟期》、《大齡了》、《二十四歲生日想起韓波》（1987.9.5.於山海關）。

程寶林，25 歲，四川某報文藝部工作。《跨越世紀（組詩）》，《野雞翎》（1986.12.8.晨於成都）、《廢墟上的玉米》（1987 年 9 月 5 日於山海關船廠海濱。是夜皓月當空，玉米地寂靜如夢。）、《藥罐》。

莊永春，36 歲，某市總工會宣傳幹部兼任記者。《馭海部落（組詩）》，《嫁》（1985.10.4）、《大年初七，出海》（1985.10.13）、《雪礁》（1985.10.4）。

鄭道遠，33 歲，河北省某市廣電臺任編輯。《海蘊（組詩）》，《海的影子——答友人》、《靖海》、《港口》。

這些詩歌中，像西川的《輓歌》、歐陽江河的《玻璃工廠》、陳東東的《即景與雜說》、張子選的《西北偏西》等成為他們的代表性作品。當然，參會詩人在詩會期間討論修改已有作品以及創作新作品，在第一屆就形成了「傳統」，第七屆詩會期間的創作情況，側記中做了簡單介紹：「宮輝帶來的詩，不存在能不能發的問題，他卻在聽取意見後自找苦吃，改定了幾首詩後，又寫出《南部鐵路》等具有一定分機構的作品。趙天山也以他的氣派，推倒帶來的兩組詩，另起爐灶，硬是殺出一條血路來。鄭道遠就在秦皇島，堅持上班，又要為詩會操勞，沒有毅力，他是不會重新創作出三首新作來的。劉虹拋棄原稿，以新的感受改寫成《英雄與月亮》。《短劍》和《廢墟上的玉米》都是力虹和程寶林站在天下第一關上，而對這片古老的大地發出的深沉感歎。莊永春、簡寧寫了新作，陳東東、張子選、楊克、喬邁也一絲不苟地把改稿抄正。大家沒有想到的，是在參觀了耀華玻璃廠（後來又參觀了山海關船廠）後，第一個寫出『玻璃詩』的竟是歐陽江河！他可是歷來主張把激情作冷處

理的。」〔註40〕歐陽江河的《玻璃工廠》總共五小節,這裡節選第五節:

> 在同一個工廠我看見三種玻璃:
>
> 物態的,裝飾的,象徵的。
>
> 人們告訴我玻璃的父親是一些混亂的石頭。
>
> 在石頭的空虛裏,死亡並非終結,
>
> 而是一種可改變的原始的事實。
>
> 石頭粉碎,玻璃誕生。
>
> 這是真實的。但還有另一種真實
>
> 把我引入另一種境界:從高處到高處。
>
> 在那種真實裏玻璃僅僅是水,是已經
>
> 或正在變硬的、有骨頭的、潑不掉的水,
>
> 而火焰是徹骨的寒冷,
>
> 並且最美麗的也最容易破碎。
>
> 世間一切崇高的事物,以及
>
> 事物的眼淚。〔註41〕

這首詩的落款時間特意注明「1987.9.6於山海關」,可見就產生於詩會期間,
也成為「青春詩會」打造經典作品的直接例證。歐陽江河三種玻璃之說,其
實非常明顯,「物態的」玻璃指向物性、「裝飾的」玻璃指向藝術性、「象徵的」
玻璃指向生命。與人們經常詬病的「意象密集」不同,歐陽江河的《玻璃工
廠》可謂思想密集,其「死亡並非終結」的生與死的詰問、「石頭粉碎,玻璃
誕生」的萬物一體理念、「火焰是徹骨的寒冷」的悖論式表達、「最美麗的也
最容易破碎」的哲理性揭示等等,成為「知識分子寫作」的典型特徵。從大的
方向來看,歐陽江河筆下的「玻璃」,其實指向人的存在,他的「正在變硬的、
有骨頭的、潑不掉的水」儼然是一個「知識分子」該有的形象。關於人的存在
維度,其實非常多面,有社會的存在、哲學的存在、甚至物的存在。在這個意
義上,歐陽江河的「玻璃」,于堅的「羅家生」,都指向了個體生命,他們僅僅
是思維路徑的差異而已,不管是歐陽江河從思想的辯證回歸到生命的指認,
還是于堅從日常生活進入到生命意義的個體。所以,所謂的「知識分子寫作」

〔註40〕王燕生、北新:《求異存同,各領風騷——第七屆「青春詩會」拾零》,《詩刊》
　　　　1987 年 11 月號。

〔註41〕歐陽江河:《玻璃工廠》,《詩刊》1987 年 11 月號。

與「民間寫作」，尤其將兩者置於二元對立的場景中去，是極為簡單、粗暴的「新詩史」慣性，在重新認識詩歌史的時候，有必要從這種方法論中跳出來。

前文提到第六屆與「民間寫作」的對應，以及于堅、韓東、翟永明、宋琳等首次相聚；第七屆與「知識分子寫作」也形成了直接的關聯，王家新、西川、陳東東、歐陽江河得以第一次彙集。但是，仍然要拋開「民間寫作」與「知識分子寫作」二元對立的思維，像重新審視「民間寫作」那樣，重新認識「知識分子寫作」的內涵，這兩者在本質上從來都不是陣營或流派上的區別，而是詩歌中不同的兩個側面，經常是雜糅並包的，如同個體生命體驗與精神擔當在一個詩人身上的融合。即便是後來，1999 年讓學界「興奮」的「盤峰論爭」，表面上看來分為「知識分子」和「民間」的兩大陣營，並產生了激烈的碰撞甚至上升到人身攻擊，但時隔經年，當事人也發現當時的「被利用」和「劍走偏鋒」。如同唐曉渡對「民間」一詞的看法，關於「知識分子」，王家新的說法值得我們思考，「『知識分子寫作』不是一個流派，它提示的，可能是在中國語境下所需要的某種寫作品格和精神，比如說，一種獨立的，不依附任何權力，也不仰仗於任何商業炒作的寫作，一種沉潛的、個人的，同時富有知識分子的批判、質疑、內省精神的寫作，一種具有高度的專業限定意識，同時又具有歷史、現實和人文關懷的寫作，等等。至於什麼人才算得上『知識分子』，別的不說，我翻譯的那些詩人都是。但他們都不需要任何標籤。他們也遠遠超越了這一切。也可以說，當我們在談論『知識分子寫作精神』時，有時不過是在談論『道德的最低限度』。」〔註42〕

此外，值得注意的是，如同舉辦第一屆恰是在《今天》被迫停刊的背景之下，第七屆青春詩會伴隨著《當代文藝思潮》的被迫停刊（1987 年 7 月）。1983 年以《崛起的詩群》引起震動的徐敬亞，再次以《圭臬之死》震驚了官方，並對發表其詩論的《當代文藝思潮》帶來了毀滅性的災難。這個事件的過程，時任《當代文藝思潮》編輯的管衛中後來做了詳細的回顧：「徐敬亞寄來的文章叫《圭臬之死》，是論述朦朧詩之後的詩歌格局的……我們排好了版，又按紀律上報。結果，這回真的『高層震怒』。其時賀部長在西安召開文藝會

〔註42〕王家新：〈「在喇叭形湧來的河流氣息中……」〉，收錄於《1941 年夏天的火星》，花山文藝出版社 2020 年，第 55 頁。王家新提到的「翻譯的那些詩人」，主要以蘇俄白銀時代的詩人為主，即帕斯捷爾納克、曼德爾施塔姆、茨威塔耶娃、阿赫瑪托娃等，此外還有洛爾迦、保羅・策蘭等詩人。

議，通過有關部門急令我們把校樣送往西安審閱。文章連夜送到，反饋來的信息很嚴重。不光這篇文章不准發，還質問甘肅，一家地方刊物，究竟有沒有能力管全國文藝界的事？嚴令地方領導部門把好關，管好這家刊物。」[註43] 如果將視野放得更為開闊一些，就會發現，朦朧詩熱潮在官方刊物上的出現與隱退，以及與第一屆「青春詩會」的勾聯，恰恰與「第三代詩」熱潮在官方刊物上的出現與隱退，以及與第六屆、第七屆「青春詩會」的勾聯，在詩歌史視角，形成了深度的呼應。如果對比分析第一屆「青春詩會」和第六屆、第七屆所處的詩歌發展潮流，以及相關的意識形態背景，不難看到，詩歌發展的熱度達到一定程度，連《詩刊》這樣處於意識形態漩渦中心的「國刊」也捲入或主動介入到詩歌熱潮時，就會發生意識形態極度的反彈，對於詩歌的管控就會收緊，甚至達到政治壓倒一切的緊張態勢，之後又會在各種嘗試中慢慢得到緩和，在八十年代呈現出波浪線一樣的詩歌與政治的角力。但是這種情況，在九十年代開始就發生了徹底的轉變，連接詩歌與政治的，是複雜的體制化過程。

第二節　官方、編輯與詩人的複雜「對位」

一、官方介入

　　前文所述，第一屆「青春詩會」期間，參會詩人的詩歌觀點，王燕生還要寫一份簡報報給作協和中宣部，主要是他們如何認識詩歌與政治、詩歌與生活的主系；詩會結束後徐敬亞撰寫的側記，也無法通過，最終仍是由王燕生趕稿，他不竟感慨「發表『青春詩會』的十月號，仍未逃脫吃黃牌的命運」。從這些現象可以看出，官方對《詩刊》的管控是非常嚴格的，而作為《詩刊》社最負盛名的「青春詩會」活動，有時候也因為來自官方的壓力而不得不做出妥協或是折衷。例如第二屆青春詩會，當然，期刊作為一種即時性的傳播媒介，處於歷史現場的讀者們可能不會意識到有什麼差異，但當我們以歷史文本來關注各屆「青春詩會」時，就會發現《詩刊》每屆都以「青春詩會專號」推出的詩人作品，一般會有編者推薦語之類的文字，而且會有側記，但是，唯獨第二屆非常特殊，沒有任何推薦語，沒有側記和後記之類的文字，

[註43] 管衛中：《〈當代文藝思潮〉二三事》，《揚子江評論》2012 年第 4 期。

只是以「青春詩會」為輯名，集中推出了 14 位詩人的作品。聯繫 1981 年「青春詩會」的停辦原因，再來看這期刊物，《詩刊》社的排版非常「謹慎」和用心，先是以胡喬木的《鐘聲響了》為頭題推出五組「十二大」獻詩，除了胡喬木外，另外刊有李一氓、熊復、李銳、宋振庭等四人的詩歌；第二輯沒有輯名，刊出了高伐林的《關於新學期的遐想——寫在九月一日》、冀汸的《北京二題》、屠岸的《江流（外一首）》、商叔航的《母親》、昌耀《劃呀，劃呀，父親們——獻給新時期的船夫》，從內容來看，高伐林也是為「十二大」獻詩、冀汸的《天安門廣場》、《長安大街》屬於頌詩、屠岸的詩也表達出「對祖國的摯愛」、商叔航筆下的「母親」入黨並熱愛工作、昌耀的副標題也絕對政治正確；之後才是「青春詩會」專輯。推出的詩人及作品統計如下：

劉犁，29 歲，中學教師，1977 年開始發表作品。《啊，我的故鄉，我的父親（三首）》（1982.7～8 月）；《牛背》、《國滿》、《進村》。

曹增書，31 歲，建築工程公司團委工作，《中國，正站在腳手架上》。

沈天鴻，27 歲，教育局工作。《纖繩與信念（外一首）》。《我走進了森林》。

筱敏，27 歲，電信部門工作。《米色花（三首）》。《她們》、《築路工和孩子》、《米色花》（1982，8，改於北京）。

陳放，30 歲，銀行信貸員。《簽到》。

錢葉用，19 歲，中文系學生。《揚子江，我心中的江》。

鄭建橋，26 歲，編輯。《外公》。

趙偉，35 歲，縣文化館工作。《在公社黨委門前（外一首）》。《一個明麗的早晨》。

張敦孟，29 歲，工人。《工廠抒情詩（三首）》。《在機器的叢林裏巡行》、《劃線工的詩》、《交接者之歌》。

王自亮，24 歲，政府機關工作。《在海邊（二首）》。《小時候，我拾過鷗蛋》、《補網的人們》（1982.8）。

許德明，28 歲，大學生。《小閣樓裏的沉思（外一首）》。《旅途》（1982.8）。

孫曉剛，22 歲，新聞單位工作。《藍天》。

祁放，25 歲，工人。《我和父親》。

凌代坤，28 歲，編輯。《青銅之歌》。《造像》、《孔雀石》。

與第一屆既選取現實主義也選取朦朧詩的做法不同，這一屆刊出的作品全部指向了「現實主義」，粗略進行總結的話，以上名單中，姓名加黑〔註44〕的幾個人，劉犁寫鄉土題材，筱敏寫工人題材，陳放寫銀行員工生活，趙偉寫農村新生活，王自亮寫漁民生活，許德民寫日常生活；姓名未加黑的幾位詩人中，曹增書寫現代化建設，沈天鴻寫漁民題材和「森林」，錢葉用寫揚子江，鄭建橋寫藝匠「外公」，張敦孟寫工廠生活，孫曉剛寫「藍天」，祁放寫「父親」，凌代坤寫銅礦生活。主題如此集中的作品，與第一屆形成了強烈的反差，個中原因，王燕生在寫參公詩人劉犁的一篇文章中做了詳細的說明：

> 劉犁是「黃埔二期」。這一期特別不順。原定 1981 年舉辦，未想對那一部電影批判使文壇風雲突變，「凡事不宜」，擱淺了。1982 年 7 月行將開幕之際，突然接到上面通知，不准某某參加，而她偏偏已乘車北上。我們陷於進退兩難困境，明知她已無法收到，還是發了一封「暫緩來京」的電報。電報發出，人已進門。你說是撐還是留？六月號我們剛發了她三首詩，寫得不錯，是新華社記者採訪時發現並推薦的。不准參加，總該有個說法，經瞭解，是她畫畫的丈夫出了事，而她以裁縫為生，並無劣跡。幸虧中國已從噩夢中醒來，總不能讓株連的悲劇重演，擔著風險，我們對她採取一視同仁的態度。就在這時，又發生了一件意外，在山東大學讀哲學的韓東來報到，露了一下臉便不知去向。幾件事攪在一起，雖說住在西苑飯店，和第一屆比猶如進了天堂，心緒卻始終不安。待到此屆辦完，《詩刊》十月號推出「青春詩會」時已經亂了套。出於「避嫌」和其他因素，某某及另外兩位出席詩會的青年的作品沒有編入，而從來稿中選了八位沒有參加詩會的青年的詩編了進去。〔註45〕

《詩刊》1998 年 5 月號推出了「紀念中國改革開放二十週年詩歌專號」，專號中列出了參加歷屆「青春詩會」的詩人名單，隨後《詩刊》於 1998 年 7 月號刊登了王燕生的《老編輯來信》，信中指出，「『專號』兩個附錄也是具有史料

〔註44〕這一屆非常特殊，刊出的詩人中，只有名字加黑的幾個人參加了「青春詩會」，其他人沒有參加，只是從來稿中選錄的。詳細情況後文會做梳理和分析。

〔註45〕王燕生：《鄉里二佬倌劉犁——〈走來走去的青春〉之八》，收錄於《上帝的糧食》，古吳軒出版社 2004 年版，第 67 頁。

價值的。但是，由於歲月流逝、人事更迭，出現了一些失誤。因為是史，有必要給予更正。『附錄一』關於第二屆青春詩會的名單不確。這屆在北京西苑飯店召開的『青春詩會』，實際出席者為：新土、趙偉、周志友、許德民、劉犁、陳放、王自亮、筱敏、閻家鑫。名單中漏掉了新土、周志友和閻家鑫。而名單中所列的錢葉用、曹增書、鄭建橋、孫曉剛、沈天鴻、祁放、張郭孟、凌代坤並沒有應邀參加，而是從來稿中選出他們的作品，編入了 1982 年 10 月號『青春詩會』這個欄目。顯然，名單是根據這一期統計的。第三屆的『雷恩華』，應為『雷恩奇』。第四屆應增加『張敦孟』。」〔註46〕不過，《詩刊》社雖然刊出了王燕生的來信，但似乎並沒引起重視，在 2000 年 8 月號推出「中國作家協會詩刊社（1980～2000）歷屆青春詩會與會青年詩人名單」時，第二屆的參會名單仍然是以其 1982 年 10 月號刊出的詩人為準，並沒有按王燕生的提議進行修正，直到 2001 年年 12 月號又一次推出「詩刊社歷屆青春詩會與會青年詩人名單（1980～2001）」時，才按王燕生提供的信息進行了更正，列出了實際參會的人員名單，之後《詩刊》在 2003 年 11 月號下半月刊、2005 年 12 月號增刊中都沿用了正確的名單。表面看來，參會名單這麼簡單的一件事情，直到 20 年後才得以正常面世，有點匪夷所思，而且是在老編輯王燕生的「認真」和「堅持」下。但是回過頭來看 1982 年參會人員的境遇，會發現官方一次小小的介入，「歷史」就有可能會改寫。

在此基礎上，重新回到王燕生提到的「上面」不准參加的人員和發表作品情況，再深入到文本，或許事情並沒有那麼簡單。根據名單對比，查閱《詩刊》1982 年 6 月號，就可以確定「上面」不准參加的，是詩人閻家鑫，她在這一期發表了《詩三首》，分別為《印象──小樹林裏》、《致我的熱情》、《圍巾》，其中《圍巾》一詩中，有一節的內容是這樣的，「道路啊，縱橫的道路，／騷亂的荒野上戰車的馳痕……／那些頭盔，袖標，肉搏的刀刃，／和夜的黑幕上炮彈的劃痕，／還有／瓦礫瘋狂地飛進，／忠字舞和語錄本／和信念被焚燒後的灰燼……」，還有一節，「飛越幾十個生命的冬天，／一條深暗的／中年人的圍巾繫上脖頸。／還飛嗎？／有誰在問。／道路啊，交錯縱橫，／每條路上都飄著，飄著／那永遠鮮豔的／圍巾！」〔註47〕閻家鑫的這首詩讓人想到後來崔健的那首歌──《一塊紅布》。這樣的內容放在 1982 年的歷

〔註46〕王燕生：《老編輯來信》，《詩刊》1998 年 7 期。

〔註47〕閻家鑫：《詩三首》之《圍巾》，《詩刊》1982 年 6 月號。

史大背景中，顯得極不合適宜，所以「上面」不讓她參加詩會，與閻家鑫的寫作風格多少也有些關係。現在可以確定第二屆「青春詩會」的名單，那麼正式參會人員應該是：新土、趙偉、周志友、許德民、劉犁、陳放、王自亮、筱敏、閻家鑫；其中新土、周志友、閻家鑫三個人的作品沒有在「青春詩會」專輯中推出。僅以第二屆就可以看出官方的介入對「青春詩會」的影響巨大，其實不僅僅是這一屆，有很多信息或許已經被「歷史」雪藏，但也有一些有跡可循，例如王家新提到第七屆的情況，「難忘的是 1987 年夏在山海關舉辦的青春詩會。這不僅是歷屆青春詩會中比較有影響的一次，更重要的，是我在那裡切身感受到一種能夠提升我們、激發我們的精神事物的存在。與會的詩人有西川、歐陽江河、陳東東、簡寧、力虹、楊克、程寶林、張子選等。不過，會前也有一段小插曲，我們的邀請剛發出去幾天，有關部門就找到詩刊社，說『不止一位不適合參加這樣的活動』。劉湛秋急得從詩刊社的四樓上咚咚地跑下三樓來找我，要我馬上提供一份與會者名單，並介紹每位的情況，我一邊列名單，一邊說『我保證他們會沒事！』但他哪裏在用心聽，『上面』還在等著他呢。」〔註 48〕

其實在「青春詩會」之外，詩人面對的整體情況是一致的，只是「青春視會」透視出了這種現象而已，一旦有「政治」層面的介入，不僅僅是詩人，詩歌刊物也面臨著極大的風險。就詩人個案來講，前文梳理過的葉文福的例子足具代表性，以及當時引起詩壇恐慌並幾經文藝界斡旋但無效果的詩人曲有源的例子，這件事邵燕祥做過詳細的回憶，「大約一九八一年，長春有幾個年輕人，自發結合，油印了一份『同題詩』的小冊子，名叫《眼睛》，每個人寫一首關於眼睛的詩，看誰有新意、寫得好。不幸趕上了取締『非法刊物』和『非法組織』的運動，抓起來三打兩打，有人屈打成招，編出個政治案件來，把輔導過他們的詩人、編輯曲有源咬了進去，竟演成了清查曲有源詩作的文字獄。同在長春的老詩人《解放軍進行曲》的詞作者公木和文藝界一些朋友到處呼籲依法澄清。《詩刊》刊發了人民文學出版社詩歌編輯郭寶臣《評曲有源的政治抒情詩》，告訴人們怎樣正確解讀詩歌。這些都無濟於事。最後還是通過王蒙請求當時主管政法的喬石出面過問，才使當地濫權者半推半就地網開一面，把曲有源放了出來。」〔註 49〕可見當時仍時有「文字獄」的現象，

〔註 48〕王家新：《我的 80 年代》，《文學界（專輯版）》，2012 年第 2 期。
〔註 49〕邵燕祥：《跟著嚴辰編〈詩刊〉》，《新文學史料》2015 年第 1 期。

這對理解官方介入「青春詩會」也是一面鏡子，第二屆「青春詩會」就是在這種大背景下發生了名單的錯謬，時在《詩刊》社做編輯的唐曉渡，在多年以後，還不無憤慨地「控訴」道：「然而，『粉碎四人幫，文藝得解放』的歡呼並沒有導致荒謬的自動中止。似乎出現過類似中止的跡象，但那只是電光石火的一瞬，隨後就成了歷史記憶中的蜃景。當著名演員趙丹臨終直言『不要干涉過多，否則文藝沒有希望』時，卻被斥之為『臨死還要放一個臭屁』時，所有被『解放』後正在想像的草地上作陽光浴的昔日的奴隸們的心頭都掠過了一絲熟悉的寒意。這不只是一句粗話，還是一句訓詞。它提醒人們不要忘乎所以，以致搞錯自己的身份；它也可以在它認為必要時成為一道指令，隨著這道指令，那架按照指導／被指導的結構關係設計的超級機器將再次顯示它卓越的工作性能。儘管眾所周知的歷史後果早已對這部機器原本貌似金甌無缺的合法性提出了質疑，儘管它所標榜的藝術綱紀，更準確地說，是其被預設的強制性早已無法維繫人心，但那些習慣了充當『奴隸總管』、或試圖成為類似角色的『指導者』仍然會情不自禁地訴諸它曾經的威力和有效性。」〔註50〕

當然，不能因為官方的介入，就否定「青春詩會」的價值，正是在這種夾縫式的處境中，編輯們力所能及地推出一些優秀的青年詩人和作品。即便是受影響最大的第二屆，在參會詩人心目中，仍然有著相當的份量，這在對王自亮的訪談中可以看出，「青春詩會給我帶來了幾個『第一次』，在24歲的我看來，帶有『走運』的意味，和擴展視界的性質，也算是對命運的一種改寫。不過不是那種粗暴的改寫，是持續和溫和的那種，還帶有自願的性質。總之，參加第二屆青春詩會，把我的生命跟詩歌打了一個『死結』。下面我所列出的這些『第一次』，都屬於意味深長，嵌入生命內部的事件。」〔註51〕這也在另外一個層面證明了「青春詩會」所體現出來的價值，不管名單生成受到何種因素的干擾，不管詩會面臨著怎樣的壓力，但其給青年詩人提供的交流機會，對部分參會人員來說意義重大，有很多參會人員就是在詩會期間結下了友誼，也有的在參會途中靈感不斷，創作出了很多作品，這一切在參加第二屆「青春詩會」的王自亮身上體現了出來，即使這是詩會歷史上最特殊

〔註50〕唐曉渡：《人與事：我所親歷的八十年代〈詩刊〉（二）──在近乎廢墟的過去和有待拓展的未來之間》，《經濟觀察報》，2006年9月4日。

〔註51〕姜紅偉、王自亮：《記憶即道路：見證80年代大學生詩歌運動──王自亮訪談錄》，《詩探索‧理論卷》2015年第3輯。

的一屆，僅僅九個人的陣容也通常被詩歌史所「遺忘」。王自亮提到了自己赴京參加詩會途中的收穫，成為其之後創作的持續性的資源，「從杭州坐火車經過華北平原時，我初次看到這片曠闊、平整和厚樸的原野，暗紅色或灰土色的土坯房，在天空畫出一個大弧形的飛鳥，以及精神抖擻的小葉楊、粗壯的大槐樹，是極為訝異的，甚至內心時常會發出一陣歡呼。我熟悉的江南，此刻已經成為北方的參照系：土地和山丘被一塊塊分割，隨處綠意，煙雨迷蒙，河港縱橫，而街道上盡是一些多愁善感的人物。所有這一切，都被我的第一次北京之行改寫了。青春詩會結束後，我寫出了一些有關北方、北京和華北平原的詩歌，如《北京，七月的雨》《故宮及其他（組詩）》和《對北方的嚮往》，以及重新發現的《南方》。當然，也萌生了一些反思的激情，比如十三陵，帝王和他們的時代，「文化大革命」，魯鈍、幽暗和拒絕，重現的生機，等等。多年後還寫出了保留這個時期思想痕跡的詩作，如《以漢語俯視灣仔》《木馬沉思錄》以及《廢墟中的愛》。第一次見到北京和北方所帶來的震驚，證實我不折不扣地屬於「後知後覺」那一類人，但無意中也帶來一個好處，就是保留了持續的對比、永久的攪拌，以及細密綿長的影響力。」〔註52〕

當我們以官方介入的視角來考察對「青春詩會」的影響時，可以發現，在名單生成和詩會的影響方面確實產生了實質性的作用。但從另一個視角，當名單生成以後，對這些參會詩人來說，詩會就指向了其本身所具有的功能，即學習和交流、肯定和推出等等。所以，這中間最關鍵的一環，則是處於官方與詩人之間的《詩刊》，而具體到《詩刊》的主體，則是他們的編輯團隊。

二、編輯〔註53〕導向

「青春詩會」不僅僅是刊物與官方、刊物與作者之間的複雜關係，而且與編輯的視野有著直接的關聯，例如被稱為「夢之隊」的三屆，第一屆則與邵燕祥、王燕生有著重要關係，第六屆、第七屆則與劉湛秋有著重要關係，其中第七屆與王家新也有著很大關係。霍俊明在評價八十年代的「青春詩會」時，就認為，「那一年代的青春詩會無疑具有著寫作風向標的意義，這既與當時《詩刊》無可替代的影響力有關，又與那個年代青年詩人和編輯的認真甚

〔註52〕姜紅偉、王自亮：《記憶即道路：見證80年代大學生詩歌運動——王自亮訪談錄》，《詩探索·理論卷》2015年第3輯。

〔註53〕在這裡，「編輯」一詞指與管理機構、詩人群體相對應的編輯團隊，而不是與主編、副主編等對應的職務。

至虔誠的詩歌態度有關。」〔註54〕當然，不僅僅是「青春詩會」，編輯對刊物的作品選擇、讀者定位等肯定有著直接的關聯，《詩刊》在八十年代對青年詩人的看重和推出，雖然前前後後不免受到政治大環境的影響，以及其「國刊」的拼盤式格局，但其盡可能推出有影響力的詩人和作品方面所做出的努力還是很被認可的。例如邵燕祥力主轉載北島的《回答》和舒婷的《致橡樹》、劉湛秋連續推出反思「文革」的作品等等，就連學界不常提到的吳家瑾，也力主推出過金絲燕的《詩的禁慾與奴性的放蕩》〔註55〕，這篇被唐曉渡認為是八十年代《詩刊》推出的最有份量的理論文章。王燕生的編輯工作更是被很多人所稱讚，例如韓作榮就提到過，「在《詩刊》編輯部，燕生是位公認的好編輯。他的案頭總是清清爽爽，每天百餘份來稿，他都及時審閱。初淘、細讀、選編、退稿覆信、精心刪改、看校樣、復讀，日復一日，敏感、精細而有耐心。經他之手，《詩刊》發表了很多詩人的代表作，無數新人的成名作，以及一些詩人的獲獎作。尤可稱道的，是他對業餘作者所傾注的極大熱情，對那些有基礎和潛力的作者，每一份來稿、退稿都登記造冊，有一點兒進步，他都覆信予以鼓勵。」〔註56〕

　　在「青春詩會」的名單生成過程中，作品組的王燕生和王家新發揮過重要作用，王燕生的推薦已舉過很多例子，王家新推薦的第七屆詩會的人選前文也已提到，第八屆他又推薦過駱一禾、開愚、林雪、南野等詩人，這些詩人在後來在詩壇都產生了重要的影響。據王家新透露，他曾邀請海子參加第九屆「青春詩會」，這在他的一篇文章中有明確的說法，「在海子逝世半年前，《詩刊》1988年9月號『新人集』欄目曾重點推出海子的《五月的麥地》《重建家園》《幸福一日　致秋天的花椒樹》。這是海子生前在『詩刊』惟一發表的三首詩，責編為王家新。1988年夏天王家新代表詩刊社先請駱一禾參加了當年的青春詩會，那年夏天海子去青藏，王家新也給海子提前邀請過，請他參加第二年即1989年的青春詩會，當然這一切都不可能實現了。」〔註57〕舉

〔註54〕霍俊明：《于堅論》，作家出版社2019年版，134頁。

〔註55〕金絲燕：《詩的禁慾與奴性的放蕩》，《詩刊》1986年12月號。

〔註56〕韓作榮：《青春與詩的見證者——王燕生和他的〈上帝的糧食〉》，《詩探索‧作品卷》2011年第二輯。

〔註57〕王家新：《海子的思下言之途——一個時代的詩歌見證和記憶》，刊於《海子詩刊‧海子研究專刊》（第四期）；本文參考自王家新：《為鳳凰尋找棲所——現代詩歌論集》，北京大學出版社2008年版。

這些例子，無非是要說明編輯陣容對「青春詩會」的重要影響，《詩刊》自
1957 年以來的主編、副主編及任職時間、編委陣容以及截至 2006 年 12 月的
在編工作人員名單，在《詩刊》2007 年 1 月號上半月刊集中刊出，其中邵燕
祥任副主編的時間為 1980 年 1 月～1986 年 6 月；劉湛秋任副主編的時間為
1986 年 4 月至 1990 年 3 月。〔註58〕另根據其他資料，王燕生任編輯的時間
為 1978 年 7 月～1995 年 4 月〔註59〕，王家新借調到《詩刊》任編輯的時間
為 1985 年 5 月～1991 年。

　　關於《詩刊》社的部分編輯，參加過第二屆「青春詩會」的王自亮在多
年以後有著深情的回憶：「邵燕祥嚴格與親近糅合的為人處世風格，王燕生的
熱情和幽默（老爺子對我關切是異乎尋常的，70 多歲了還到杭州來與我們小
酌），雷霆的獨立不阿和鮮明個性（永遠記得他黝黑而俊朗的面貌，他對抽煙
好處的全無根據的詮釋，他的才情）。朱先樹先生是這次青春詩會分工輔導我
詩歌寫作的老師，他對我的指導，是諄諄善誘的，也是和風細雨的，至今無
法忘懷。當然，我內心最為感激的是邵燕祥師，他對我的器重和教導，無法
以語言來衡量，此後 30 多年，也見過幾次面，他總是對我那麼寬容和理解。
記得 80 年代末燕祥師和幾位詩人一起到天臺山，我和洪迪先生作陪，見我這
麼忙，他就在飯桌上悄悄地對我說，如果不能專心寫作的話，就每天記一點
吧，記幾句話也是好的，以後會很有用。可是我是這麼的不成器，連這一點
都沒有做到。2012 年年底，燕祥師專程來浙江臨海參加洪迪先生的詩歌研討
會。見過洪迪先生之後，80 高齡的他緊緊地擁抱著我，帶著一種顫抖的聲音
說：『自亮，我們可是多少年沒見面了呀！太高興了⋯⋯』」〔註60〕除了王自
亮對跟他有關的編輯「至今無法忘懷」以外，于堅對劉湛秋也「心存感激」，
他在一次訪談中提到，「我認為八六年是中國思想解放比較激進的時候，社會
的思想非常活躍。當時《詩刊》的劉湛秋是一個思想非常活躍的詩人，我覺
得當時他能把《尚義街六號》在《詩刊》上作為頭條發表，是一個很大膽的決
定。因為當時的詩壇還是兩種詩，一種是歌功頌德一類的，另一種是朦朧詩。
我覺得朦朧詩和中國人存在的日常經驗的關係是不太大的，直接表達日常生

〔註58〕《〈詩刊〉社歷任副主編、副社長》，《詩刊》2007 年 1 月號上半月刊。
〔註59〕王燕生：《答姜紅偉問》，《詩探索‧作品卷》2011 年第二輯。
〔註60〕姜紅偉、王自亮：《記憶即道路：見證 80 年代大學生詩歌運動——王自亮訪
　　　談錄》，《詩探索‧理論卷》2015 年第 3 輯。

活經驗的詩，在那時候，民間有人在寫，但是發表出來還是一種石破天驚的東西。」〔註61〕

不僅僅是于堅的《尚義街六號》，翟永明的組詩《女人》也是由劉湛秋力主發表在《詩刊》的，並且因為這組詩，她得以參加第六屆「青春詩會」。據羅振亞整理的《翟永明文學年譜》，1984 年翟永明 28 歲的時候，「組詩《女人》在長達一年的寫作之後完成，當時正值反精神污染運動，所以沒有雜誌願意發表這組詩。翟永明用單位的油印機印出了二十本打印稿，送給朋友，得以流傳，直到兩年後它才面世。」〔註62〕羅振亞所說的「兩年後面世」，是指 1986 年《詩刊》9 月號，該期以頭條號推出了三組詩，依次是張志民反思文革的長詩《夢的自白》、渭水寫當年墨西哥世界盃足球賽的《1986：阿茲特克世界大戰場》、翟永明的組詩《女人（六首）》。並且，這一期的卷首語中，對翟永明的詩做了重點推薦，「翟永明首次在本刊發表詩作。她的組詩《女人》不僅在思想，而且在感覺、語言力度上都有自己獨特的東西。」〔註63〕也是在這一期，接續了第 7 期反思「文革」的主題，在卷首語中強調，「文化大革命寫夠了嗎？傷痕文學過時了嗎？回答絕對是否定的。在這場災難十年後的今天，詩人們又像七十年代末的傷痕詩歌矚目文壇那樣，更深入地觸及這一主題。本刊八月號發表了《關於設立文化大革命國恥日的建議》和《天安門廣場》受到讀者注意，這期我們又推出了張志民的長詩《夢的自白》。它以直樸的語言，寫得真實到令人顫慄的程度，相信會引起當代人的沉重反思。為什麼這樣的詩在十年後才出現，恐怕也正是改革所帶來的寬鬆氣氛的結果。這種寬鬆使得詩人能縱深地思考歷史和現實，也給了詩人敢於正面抒寫的勇氣。應該說，這類詩與改革是同步的。它有助於我們當前進行的政治經濟體制改革，有助於對民主化的思考。」〔註64〕

可以看出，正是劉湛秋推出反思文革主題詩作的魄力，也使得第六屆、第七屆「青春詩會」的名單顯得極為「先鋒」，並且第八屆也頗有份量。時任《詩刊》編輯的唐曉渡在其後對劉湛秋做過梳理性的評價，「由劉湛秋接任副主編據說頗費了一番考量工夫，但事實證明這是一個相當不錯的選擇。這位

〔註61〕虞金星：《我的八十年代——于堅訪談錄》，《星星（下半月）》，2008 年第 7 期。
〔註62〕羅振亞：《翟永明文學年譜》，《東吳學術》2014 年第 4 期。
〔註63〕《詩刊》卷首語，《詩刊》1986 年 9 月號。
〔註64〕《詩刊》卷首語，《詩刊》1986 年 9 月號。

黝黑精瘦的小個子頭腦靈活，精力充沛，儘管遇事喜歡一驚一乍，但確實幹勁十足。接手主持《詩刊》日常工作後，他很快就顯示出了他的策劃才能：從版式到人事，從卷首語到新欄目。作為詩人，他倡行並沉溺於所謂『軟詩歌』（從前蘇聯的『悄聲細語派』化出）；然而作為刊物主管，他的工作作風並不軟，充其量有點心不在焉。他最大的長處是使權力欲和工作熱情混而不分。他上任後的『亮相』文字題為《詩歌界要進一步創造寬鬆氣氛》，而他也確實真心誠意地喜歡寬鬆；只有在感到難以應對的情況下，他才把挑戰視為一種威脅，這時他會表現得神經質，在感傷和激憤之間跳來跳去。不管怎麼說，他主事後沒有多長時間，《詩刊》就呈現出某種新的氣象，其最大膽也最出色的舉措包括在 1986 年 7、9 月號分別刊出了兩組有關「文化大革命」的詩，在 9 月號選發了翟永明的組詩《女人》，以及通過當年「青春詩會」人選的遴定，在相當程度上引進了先鋒詩界的活力。」〔註65〕以此為基礎，如果看劉湛秋其後在《詩刊》的「命運」，就有了對九十年代「青春詩會」的走向進行認識和思考的窗口了。

當然也要看到，編輯之間的分歧也直接影響到「青春詩會」，比如邵燕祥和柯岩的詩歌觀念，如果以 1983 年「重慶會議」為界的話，之前兩者在《詩刊》的辦刊上頗為和諧，但之後就有了明顯的分歧，所以邵燕祥在《跟著嚴辰辦〈詩刊〉》一文中會強調「前期的柯岩」。陳曉怡在其碩士論文中對這種現象做出過判斷，「後期的分歧在於，在新時期的背景下，『詩歌』應該走哪一條道路去回應並支持社會主義的發展？對於《詩刊》編輯部的成員而言，柯岩為代表的編輯選擇堅持現實主義詩歌傳統，鄒荻帆、邵燕祥等人則選擇支持以現代主義為理論支撐的『朦朧詩』的探索與爭鳴。這種編輯部內部的差異與分歧，導致《詩刊》在新時期文學起源階段的詩歌發展中，呈現出富有歷史意味的張力。」〔註66〕此外，即便是富有洞察力和「先鋒」意識的編輯之間，隨著年歲的變更，也會產生審美觀念上的分歧，例如早期與邵燕祥一起力推「朦朧詩」的王燕生，在「第三代」詩潮中，就顯得相對保守。乃至到了 1988 年第八屆，出現了「青春詩會」歷史上絕無僅有的「分家」現象，

〔註65〕唐曉渡：《人與事：我所親歷的八十年代〈詩刊〉（三）——我試圖勾勒的是某種集體人格》，《經濟觀察報》（濟南），2006 年第 102 期，第 39 頁。
〔註66〕陳曉怡：《新時期文學初期的多元面貌》，華東師範大學 2019 年碩士學位論文，第 66～67 頁。

據王家新回憶，當時由王燕生推薦的名單，劉湛秋覺得太「保守」，但是王燕生又堅持推薦，使得劉湛秋不得不安排在兩地舉行，以王燕生為主推薦的參會詩人在煙臺舉行詩會，雷霆、雪兵主持；以王家新為主推薦的參會詩人在北京舉行詩會，北新（王家新）、麥琪（李英）主持。王家新在其回憶文章《我的八十年代》中提到，「第二年夏天在北京十里堡舉辦青春詩會，詩刊社安排我和新調入的編輯李英主持，我們請駱一禾、蕭開愚、南野、林雪、海男、袁安、童蔚等人參加，一禾本來要到西藏遠遊（我想很可能是和海子等人一起），他慨然留下來了。」〔註67〕那麼根據《詩刊》1988年推出的「青春詩會作品專輯」中的名單來看，王燕生組織的則有程小蓓、陶文瑜、劉國體、王建平、劉見、王黎明、大衛、何首巫、曹宇翔、阿古拉泰等詩人參加。

可見，編輯理念會對「青春詩會」造成直接的影響，誰能參加，誰不能參加，除了要確保政治方面沒問題（指向官方）這個大前提外，最重要的，是編輯的認可。所以詩壇和學界對九十年代的「青春詩會」與八十年代無法同日而語，也與此有很大關係。比如1997年，時任常務副主編的丁國成在「編者寄語」中刊出了文章《〈詩刊〉的不惑之年》，對《詩刊》做出了明確的定位：「在當前，就是要弘揚主旋律，提倡多樣化，這是『二為』方向和『雙百』方針的具體體現。主旋律與多樣化互為依存、不可偏廢。弘揚主旋律是提倡多樣化的前提；提倡多樣化是弘揚主旋律的基礎。沒有主旋律，多樣化就失去主調；沒有多樣化，主旋律也無從談起。而主旋律本身也是多種多樣的。主旋律不是題材、主題、內容、形式、手法、風格問題，而是一種『思想和精神』，即江澤民同志指出的：『大力倡導一切有利於發揚愛國主義、集體主義、社會主義的思想和精神，大力倡導一切有利於改革開放和現代化建設的思想和精神，大力倡導一切有利於民族團結、社會進步、人民幸福的思想和精神。』任何題材、主題、內容、形式、手法、風格的詩歌作品，可能成為主旋律，關鍵在於是否表達了主旋律的這種『思想和精神』。而且，越是主旋律作品，越應精益求精。只要我們唱響了主旋律，即使有點噪音，也無礙大局。」〔註68〕這樣的辦刊理念當然會影響到「青春詩會」的舉辦，尤其是在參會人員的選擇方面。

〔註67〕王家新：《我的80年代》，《文學界（專輯版）》，2012年第2期。
〔註68〕丁國成：《〈詩刊〉的不惑之年》，《詩刊》1997年1月號。

三、詩人的「悖論」

薩特曾以「我拒絕來自一切官方的榮譽」而拒絕了諾貝爾文學獎，成為世界文壇令人嘖嘖稱奇的事件。那麼「青春詩會」有沒有出現被邀請而拒絕參加的呢？據我搜集到的資料，沒有。但是有一個現象仍然值得梳理一下，那就是韓東與第二屆「青春詩會」。據現有材料來看，可以明確的是，韓東到達了第二屆「青春詩會」的現場，也就是說他受到了邀請，但是不知何種原因，最後還是沒有參加詩會。王燕生的回憶特別簡單：「在山東大學讀哲學的韓東來報到，露了一下臉便不知去向。」〔註69〕而參加了此次詩會的王自亮就說得非常細緻，但韓東離會的原因仍是轉述王燕生的說法，「記得這次青春詩會的安排，是讓韓東和我住在一起，房間上也寫著韓東、王自亮的姓名。當天入住之後，我發現韓東還沒有到，等了很久不見韓東進來，夜深時我就先入睡了。習慣上我是關燈才能睡著的，半夜只聽到有人進門，我在迷糊中問了一句：『是韓東嗎？』只聽得韓東回應了一句，不，是一個字：『是。』這樣我就放心了，繼續入睡。第二天早上，我醒得很早，發現房間裏並沒有韓東的人影，隔壁床的被子還掀開著，也無一物留在房間。不見韓東，我後來問了王燕生老師，他說韓東是來過，又回去了。因為單位裏不同意他參加青春詩會，只好又回去了。到今天為止，儘管我和韓東同在一個房間裏住過一夜，但可以說他長得什麼模樣，我一點也沒有印象。所以，韓東是與我同住過而尚未謀面的人。」〔註70〕但是霍俊明在《于堅論》中有著另外的說法，「按照韓東的回憶，此前的一屆青春詩會曾經邀請過他，他跑來參會看到會場的氣氛有些『官場化』就獨自開溜了。」〔註71〕不管如何，韓東成為「青春詩會」歷史上的一個特例，不過他後來參加了第六屆「青春詩會」。

由韓東所說的氣氛「官場化」透視整個八十年代的「青春詩會」，似乎並沒有其他參會詩人有類似說法，很多參會詩人對「青春詩會」的評價非常高。

〔註69〕王燕生：《鄉里二佬官劉犁——〈走來走去的青春〉之八》，收錄於《上帝的糧食》，古吳軒出版社 2004 年版，第 67 頁。

〔註70〕姜紅偉、王自亮：《記憶即道路：見證 80 年代大學生詩歌運動——王自亮訪談錄》，《詩探索·理論卷》2015 年第 3 輯。

〔註71〕關於韓東在什麼場景下的回憶或是出自什麼文章，霍俊明並未注明出處。見霍俊明：《于堅論》，作家出版社 2019 年版，第 135 頁。

當然，這種現象集中在八十年代，比如第一屆的徐敬亞〔註72〕、楊牧〔註73〕、梁小斌〔註74〕、葉延濱〔註75〕、孫武軍〔註76〕、王小妮〔註77〕，第二屆的王自亮〔註78〕，第三屆的龍郁〔註79〕，第五屆的張燁〔註80〕、孫桂貞（伊蕾）〔註81〕，第六屆的于堅〔註82〕等詩人。到了九十年代乃至新世紀，對「青春詩會」的質疑和負面評價就多了起來，最有代表性的是黃兆暉、張妍在2003年12月1日的《南方都市報》打造的《青春詩會，平庸的雞肋？》〔註83〕一文，之所以說打造，是因為該文通過組織部分詩人對「青春詩會」的評價而形成富有衝擊力內容，尤其是標題，非常吸引眼球。再加上《南方都市報》這樣的平臺，使人們在評價「青春詩會」時，很自然就引用到這篇文章，尤其進行負面評價的時候。這篇文章集中了參加過1987年第七屆「青春詩會」的西川、1995年第十三屆的伊沙、1997年第十四屆的臧棣、2002年第十八屆的劉春等詩人，還有當時沒參加、但後來於2012年參加了第二十八屆的沈浩波，以及迄今為止沒有參加過詩會的徐江、尹麗川、巫昂、燕窩等詩人對「青春詩會」的評價。需要警惕的是，這篇文章從標題到行文安排，有明顯的傾向性，將臧棣、西川等人比較「客觀」的評價也處理得相當「負面」。事實上，現在看來，這篇文章中西川和臧棣的評價是相對中肯的；以及伊沙對第一屆、第六屆、第七屆（即詩壇常說的「夢之隊」）也是非常認可的。

〔註72〕姜紅偉、徐敬亞：《八十年代，被詩浸泡的青春──徐敬亞訪談錄》，《詩探索·理論卷》2016年第1輯。

〔註73〕楊牧：《記憶的小花──懷念老友王燕生》，《廈門文學》2012年第12期。

〔註74〕梁小斌：《「青春詩會」及其他》，《花城》2001年第5期。

〔註75〕姜紅偉：《青春的尾巴與詩歌的潮頭──葉延濱訪談錄》，《詩探索·理論卷》2015年第3輯。

〔註76〕孫武軍：《青春的聚會：憶1980青年春詩會》，《文學港》2000年第1期。

〔註77〕王小妮：《悶熱而不明朗的夏天》，《作家》2000年第10期。

〔註78〕姜紅偉、王自亮：《記憶即道路：見證80年代大學生詩歌運動──王自亮訪談錄》，《詩探索·理論卷》2015年第3輯。

〔註79〕龍郁：《虎坊路甲15號（外二首）》，《詩刊》2010年8月號上半月刊。

〔註80〕張燁：《我在第五屆青春詩會》，《詩刊》2015年9月上半月刊

〔註81〕孫桂貞：《情緒、觀念及其他──從〈黃果樹瀑布〉的創作談起》，《詩神》月刊1986年第11期。

〔註82〕虞金星：《我的八十年代──于堅訪談錄》，《星星（下半月）》，2008年第7期。

〔註83〕黃兆暉、張妍：《青春詩會，平庸的雞肋？》，《南方都市報》2003年12月1日。以下各詩人關於「青春詩會」的評價，除了特別標注，均來自該文，不再一一做注。

　　《青春詩會，平庸的雞肋？》一文引用了西川的說法，「我從來就沒覺得（青春詩會）有什麼特別大的影響力。有種說法是，參加青春詩會是圓了一個夢，但我從來也沒覺得圓了一個什麼夢。它只是一個交流活動，一個見面的機會。而現在，參加青春詩會好像成了一種榮譽，一種資格認證，這是相當不可思議的。」臧棣則做出了這樣的評價，「青春詩會應該是件好事。對青年詩人而言，它至少起到了一種扶持的作用。特別在上世紀 80 年代，它幾乎是一個『優秀青年詩人聚會』，產生過引導寫作方向的作用。到了上世紀 90 年代，情況變得複雜；到現在，作品魚龍混雜，更不會引導青年人的寫作潮流了。但是總的來說，這種活動是有意義的，它匯聚各地作者，提供了一個難得的交流機會。也許現在詩會顯得有點黯淡，沒有特別突出的詩人，但是，每屆都有一兩個好的詩人就夠了。至於所謂的對優秀詩人的『忽略』，我想對任何人來做都難免發生這種情況。參加過青春詩會的詩人，並不是構成了詩壇的主體。進入詩歌的途徑是各種各樣的，網絡優秀詩人也是構成詩壇的重要成分。青春詩會不是資格認證，說白了，它只是一個交流的機會，只要能開闊眼界，結識朋友，已經很不錯了。不要奢望它對寫作有什麼大的幫助，更不要認為在詩會上能對詩歌達成什麼深刻的認識。」

　　西川和臧棣的評價，應該是置身於將「青春詩會」稱為「詩壇黃埔」並一再誇大其影響的背景之下做出的，所以他們在一定程度上進行了「還原」，即詩會僅僅是詩人見面、交流的平臺。其中臧棣提到的 90 年代參會作品「魚龍混雜」的情況，並非空穴來風，這也是詩壇和學界垢病「青春詩會」的主要原因；至於他提到的「青春詩會不是資格認證」，在西川那裡也有類似的質疑，「現在，參加青春詩會好像成了一種榮譽，一種資格認證，這是相當不可思議的」。如果將他們的說法置於當時的語境中，即 2003 年，就會發現這種說法有深厚的「歷史」背景，這一年《詩刊》社進行大刀闊斧的改革，「青春詩會」由邀請制改為了徵稿制，同時推出了「華文青年詩人獎」，以評獎結果來看，獲獎詩人全部參加過「青春詩會」。其後，慢慢地形成了一個固定的規律，先參加「青春詩會」、再獲「華文青年詩人獎」，這些「資格」後來又與首都師範大學駐校詩人產生了直接的關聯，這一系列「資格認證」使「青春詩會」逐漸體制化，並再也沒有像八十年代那樣被高度認可，這也是本書第三章要重點探討的內容。

　　重新回到《青春詩會，平庸的雞肋？》一文，來看伊沙的評價，「青春詩

會甚至不能說是『今不如昔』，只能說一直不怎麼樣。除了首屆，1986 年于堅、韓東參加的第 6 屆，1987 年第 7 屆，其他各屆的含金量都比較低。編輯是想把好的作品湊在一起，但卻主張不要把一派的人弄在一塊。可能是因為投稿的人多了，編輯想表現民主，把機會給更多需要的人。可是民主不見得就是準確的，有時候庸俗一點反而更好——誰出名就用誰，辦得好的那三屆就是庸俗的結果。至於今年選拔方式的改革，確實比以前要好，至少形成了一種互動，讓每個作者有權利去『申請』一下。」伊沙的說法也是針對「青春詩會」徵稿制改革，同時他在肯定被反覆提到的八十年代那三屆時並沒有因為自己參加過「青春詩會」就抬高對九十年代詩會的評價（伊沙參加了 1995 年第十三屆）。在此，對比伊沙，劉春的說法就有些意味深長了，「自 1980 年詩刊社的青春詩會後，詩會成了中國詩人出門吃喝玩樂的重要理由和藉口之一，中國每年舉辦的大大小小的詩會無數，天山南北大河上下，國家級的、省市級的乃至縣鄉級的詩會隨處可見。」首先劉春也說出了一個事實，即 1980 年「青春詩會」確實開創了新時期詩歌活動中的「詩會」模式；時值當下，各種詩會確實遍布大江南北，非常密集。不過需要注意的是，劉春在 2003 年發表此評價時，他恰恰剛好在 2002 年參加了第十八屆「青春詩會」，可見，這屆「青春詩會」在他體驗中，也是吃喝玩樂的詩會。

　　這些詩人中，沒有參加過「青春詩會」的詩人，對詩會的評價呈「一邊倒」的態勢，基本都是非常負面的評價，不乏有人將詩會說得一文不值。例如詩人徐江就說，「青春詩會屬於一種媒體行為。從當代詩歌史來說，追溯到朦朧詩的時代，青春詩會之所以在某些詩作者心中有著某種特殊的意義，是由於一個民族的文學長期處於饑渴狀態。這是歷史不正常的產物。到上世紀 80 年代後期，因為社會進步，文學發展，青春詩會意義其實已經不大。就整個詩歌界的最高水準而言，青春詩會是把詩歌打了 6 折，剔除了最高水準，在不入流的詩歌裏折騰。就是說，邀請的詩人的作品，對當代詩歌的推進，完全是無效的勞動。所以，青春詩會的意義不大，充其量是為發不出作品的人舒緩一下痛苦，和真正的詩歌創造毫無關係。」女詩人燕窩則將詩會放在「詩歌史」的視角進行評價：「沒有了時代吶喊這種泡沫，詩壇失去了關注的眼球，它的副產品青春詩會當然也每況愈下。青春詩會今不如昔是一個附帶問題，它的根子是，過去二三十年來詩壇本身就很衰落。作為一棵大樹上的小枝椏，當然得不到更多營養，衰落是必然的。」而尹麗川、巫昂等詩人就表

現出不屑一顧的態度，例如尹麗川「聽到記者提起青春詩會，驚呼『天哪』，言下之意是，在當下還提這個『歷史名詞』簡直不可思議。」巫昂則說，「（青春詩會）這個詞兒對上世紀 80 年代出生的詩人就跟『文革』這個詞對上世紀 70 年代出生的詩人一樣。」

在這「一邊倒」的評價中，沈浩波的舉動耐人尋味，他在當時做出這樣的判斷，「對於很多所謂寫詩的人，因為缺乏才能，出頭的機會是很少的，參加青春詩會可能是惟一出路。事實上，在對當下前沿的詩歌寫作漠不關心後，青春詩會日益成為平庸者的樂園和現實利益的廉價工具。」同時他強調「『這個東西』沒什麼價值，『像小孩子過家家，現在已經變成了一個鬧劇』。『包玩包吃包住，有空的可以去。可我不會去』」。弔詭的是，沈浩波如此說法是在 2003 年 12 月，事隔十年，2012 年他去參加了第二十八屆「青春詩會」，而且，「青春詩會」自 2003 年就改成了徵稿制，也就是說，他必須通過投稿才可以參加。當然，這種非常特殊的個案成因極為複雜，他跟當事人所處的語境相關，以及對詩歌活動的觀念發展變化有關，等等。拋卻個人的因素，這種弔詭的現象其實非常多見，它正顯示出中國詩壇的一種內在糾結，不僅僅是某個個體，而是一大群詩人的面相：一方面在官方詩歌獎項、詩歌活動面前保持「高尚」的姿態，但另一方面又急於獲得詩壇的認可。所以當他們與這些獎項、活動無緣的時候，便呈現出詩人的自尊與「清高」；但是，一旦獲得了某個官方的獎項、或者得到了某項有影響力的活動的邀請，尤其這些獎項和活動能夠帶來現實的好處時，便會毫不猶豫地接受「招安」。

其實，對於詩人來講，這恰恰表現出他們內心的衝突，在保持對官方評價機制的警惕和對詩歌藝術的堅持之間，因為現實生活的影響，經常要做出權衡，是像薩特那樣拒絕一切來自官方的榮譽或者像里爾克那樣讓詩歌對現實葆有「古老的敵意」，還是像葉芝那樣詩歌與政治互相「成就」？當然，也許並沒有如此絕對的衝突，或許大多數詩人面臨的真正問題是：生存。所以當官方的獎項和活動對他們能帶來實際好處時，那當然可以「來者不拒」，這不是價值觀問題，是生活境遇問題。但是從絕對的藝術視角來看，詩人的這種妥協構成了藝術的「墮落」，使他們被體制化變得順其自然，由此，「青春詩會」從八十年代的引導、順應經由九十年代的消沉之後在新世紀慢慢變成了「製造規則」的角色。而對於詩人所面對的衝突來講，我們可以求助心理學的觀點，「正常的衝突涉及作兩可之間的實際選擇，這兩種可能性都是他實

際上渴求的。或涉及兩種信念之間的選擇，而這兩種信念都是他實際上所看重的。因此他就有可能做出合理的決定，即使這是困難的，而且必須有所捨棄。」〔註 84〕也就是說，詩人對官方榮譽是有需求的，同時他對詩歌的「無功利性」的審美層次也有著「理想」般的追求，但在實際生活中，這兩者恰恰構成了矛盾，尤其是在某些特定的文化背景中，真正優秀的詩作是無法獲得官方榮譽的，這就形成了詩人的悖論。

但總體來看，「青春詩會」有著它內在的規定性，正因為有了八十年代的「夢之隊」，人們對它的評價、期待變得「不切實際」，如果從詩會最初的功能來看，它最核心的作用就是詩人的交流和聚會。所以，以此視角來看，第二屆青春詩會的參會詩人王自亮的說法就很有代表性，「第一次接觸這麼多的詩人。除了同期的詩友，如劉犁、新土、周志友、筱敏、陳放、闉家鑫、趙偉、許德民之外，更重要的是認識了邵燕祥、嚴辰、王燕生、雷霆、朱先樹、李小雨、寇宗鄂等詩人和批評家，認識了剛到《詩刊》工作，如今成為摯友的唐曉渡兄。這一來，就把我的詩歌世界大大拓展了。」「第一次參加真正的詩歌討論會。對詩歌究竟怎麼寫、寫什麼，有了一個初步認知，開始了真正的經驗積累。詩友的意見、《詩刊》編輯和批評家的批評，至今仍覺得大有益處。」〔註 85〕王自亮在這次訪談中提到了「青春詩會」中最重要的收穫，便是認識了很多詩人、《詩刊》編輯，所以大大地拓展了他的「詩歌世界」；以及參加詩歌討論而對「詩歌怎麼寫、寫什麼」有了初步的認識，並開始「經驗積累」。所以，以參會詩人的視角來考察「青春詩會」的話，則會發現，對他們來說，詩會既是一次交流，也從此成為個人在詩壇的「資源」。

第三節　作品生成與經典「再造」

一、詩會影響下的創作

謝冕和霍俊明在 2017 年「青春詩會」36 週年時寫的文章中提到，「值得注意的是參加『青春詩會』的詩人有的『出手』極高，在參加青春詩會時就寫

〔註 84〕（美）霍尼：《我們內心的衝突》，王作虹譯、陳維正校，譯林出版社 2011 年版，第 10 頁。

〔註 85〕姜紅偉、王自亮：《記憶即道路：見證 80 年代大學生詩歌運動——王自亮訪談錄》，《詩探索・理論卷》2015 年第 3 輯。

出了一生的成名作和代表作，比如江河（《紀念碑》）、舒婷（《贈別》）、顧城（《遠和近》《感覺》《弧線》）、葉延濱（《鐵絲上，掛著兩條毛巾》）、梁小斌（《雪白的牆》《中國，我的鑰匙丟了》）、李鋼（《藍水兵》）、伊蕾（《藍色血》）、唐亞平（《我帶著火把走進溶洞》）、楊爭光（《大西北》）、于堅（《尚義街五號》）、韓東（《溫柔的部分》）、翟永明（《黑房間》）、吉狄馬加（《古里拉達的岩羊》《老人與布穀鳥》）、車前子（《復眼》《日常生活》）、西川（《輓歌》）、歐陽江河（《漢英之間》《玻璃工廠》）、陳東東（《即景與雜說》）、張子選（《西北偏北》）、駱一禾（《黑豹》）、蕭開愚（《泰》）、阿堅（《胡同拓寬了就成街》）、劉向東（《母親的燈》）、張執浩（《採石場之夜》）、娜夜（《生活》）、謝湘南（《零點搬運工》《呼吸》）、李南（《下槐鎮的一天》）、老刀（《關於父親萬偉明》）、江非（《媽媽》《劈柴的那個人還在劈柴》）、劉春（《第三首關於父親的詩》）、雷平陽（《親人》《背著母親上高山》）、陳先發（《與清風書》）、鄭小瓊（《流水線》《穿過工業區》）、沈浩波（《亡靈賦》）等。這既與這些詩人的語言才能和一定的詩歌天賦和個人經驗有關，也與參加『青春詩會』時的青年詩人之間的彼此砥礪、思想碰撞以及詩會指導教師的點撥有關。」〔註86〕他們的整理雖不夠全面，但也將「青春詩會」推出的個人成名作或代表作的大部分呈現了出來。

　　這裡，先不論詩會到底推出過多少經典作品，而是要考察詩會到底對作品的誕生是否產生直接的影響，這是看待詩會價值的一個重要尺度。就像謝冕和霍俊明文章中所提到的這些詩人的成名作和代表作，是參會期間寫出來的嗎？如果全部是參會期間完成的，那麼「青春詩會」的意義就非同凡響，至少其在新時期詩歌上「製造」經典這一方面，就有了足夠的地位；但如果不全是甚至只有少部分是，那麼詩會只是起了「推出」的作用，雖然推出就已經有足夠的詩歌史價值了，但比起全部原創，還是遜色多了。對青春詩會期間原創新作的情況做一些簡單的梳理，就會發現有些作品是參會時才寫出的新作，而更多的是參會帶來的舊作，只是這些舊作有的原封不動，有的根據指導老師的意見做了修改。所以，表面上看來是詩會產生的「碩果」，從推出的意義上來說，確實是的；但從生成方面來說，比較複雜。還有他們忽略的一個現象，就是有些詩人在參會時產生的作品並沒有在詩會專輯中推出，有的是與詩會直接相關但在參會以後才完成的作品，這其中也誕生了很多經典作品。

〔註86〕謝冕、霍俊明：《青春的歌哨，精神分蘗與詩歌史──寫在詩刊社青春詩會36週年之際》，《詩刊》2017年下半月刊。

當然，單單從《詩刊》推出的「青春詩會」專號來看，有的作品確實無法肯定誕生時間，因為很多詩人的作品根本沒有落款、沒有時間備註。但有的作品會很具體地標明寫作時間，如參加第一屆詩會的梁小斌，在《中國，我的鑰匙丟了》〔註87〕一詩中落款時間為「一九七九年十二月～一九八〇年八月」，聯繫詩會舉辦的時間（1980.7.20～8.21），就可以確定這是在詩會期間改定的舊作，這也從王燕生後來的說法和梁小斌本人的回憶中得到了印證；又如參加第七屆詩會的歐陽江河的《玻璃工廠》〔註88〕，落款是「1987.9.6.於山海關」，從時間到地點都可以確定是詩會時間寫出，在同期刊出的詩會側記中也明確提到了；而于堅的《尚義街六號》〔註89〕，落款中時間為「一九八四年六月」，詩會是1986年舉辦的，所以這首肯定是舊作，只不過在「青春詩會」推出而已。有一些雖然沒有落款時間，也沒有其他可以證明寫作時間的文章，但是從內容就可以看出是寫於詩會期間，比如參加第五屆詩會的唐亞平，其詩歌《我舉著火把走進溶洞》〔註90〕，聯繫詩會的舉辦地貴州，以及他們在詩會期間參觀溶洞、黃果樹瀑布的活動，就可以確定。

此外，有些沒有標注寫作時間的詩歌，但是在同期推出的側記中，正好有說明，也可以確定是詩會期間完成的新作品。例如1988年第八屆「青春詩會」中參會詩人海男的《首都（組詩）》，在同期刊出的《「它來到我們的中間尋找騎手」──第八屆「青春詩會」側記》中就明確提到這組詩寫於詩會期間，「從雲南來的海男，寫起詩來也像她家鄉的熱帶植物一樣，說冒出來就冒出來了，新到北京幾天就寫出了組詩《首都》。」〔註91〕又如1997年第十四屆「青春詩會」中阿信的作品，他廖廖幾筆就將甘南藏區生活勾勒成了《扎西的家》，「扎西的家：瑪曲河邊／一頂黑牛毛氈房。／／落日爐膛中，一塊燃燒的焦炭。／／他的阿媽：半口袋挪來挪去的糌粑。／他的妹妹：細瓷花碗中溢出清香的奶茶。」〔註92〕從內容來看，像是在生活地所寫，但在同期的側記中卻明確提到了他這組詩是在詩會期間完成的，「阿信

〔註87〕梁小斌：《雪白的牆（五首）》，《詩刊》1980年10月號。
〔註88〕歐陽江河：《詩二首》，《詩刊》1987年11月號。
〔註89〕于堅：《生命的節奏（四首）》，《詩刊》1986年11月號。
〔註90〕唐亞平：《我舉著火把走進溶洞（外一首）》，《詩刊》1985年12月號。
〔註91〕雷霆、北新：《「它來到我們的中間尋找騎手」──第八屆「青春詩會」側記》，《詩刊》1988年11月號。
〔註92〕阿信：《天高地遠（組詩）》，《詩刊》1998年3月號。

閉門三天趕詩，待他拿出來時，卻是一捧淺淺的綠、藍，那草地，那湖水，都是點到為止的清澈。」〔註 93〕這種情況，除了給我們考察「青春詩會」關於作品誕生方面的價值和意義提供了新的視角以外，也在詩人創作的發生學和創作心理學上給了我們一種啟示。還有一類是詩歌落款和側記中都沒有說明，但在與之相關的其他文章中得以出現「發生信息」的，也可以確定是詩會期間創作的作品。例如參加 1986 年第六屆「青春詩會」的車前子的《日常生活——一個拐腿的人也想踢一場足球》一詩，詩中有這樣的句子，「……／足球滾過身邊／我撫摸著枯萎的右腿／注視著足球滾遠／滾得遠遠／一直滾到我結婚之前／現在的桌邊／叫我去想以後會遇到的好事／真忍不住要哭上幾聲／一個拐腿的人為了踢一場足球」。〔註 94〕從內容來看，踢足球與詩會期間的活動毫無邏輯關係，但從王燕生的文章中可以發現，這首詩恰恰誕生於詩會期間：「初識車前子，是 1986 年 8 月第六屆『青春詩會』，在太原。」「他達觀而堅忍，上五臺、攀恒山、登懸空寺從不落別人半步；拉著單拐跳迪斯科，直把坦蕩和歡樂濕潤潤地傳給每一雙眼睛。記得討論他作品的當夜，心潮起伏，一口氣寫成了那首《一個拐腿的人也想踢一場足球》。」〔註 95〕

在詩會期間誕生新作並成為名篇的，張燁就是其中一例，他是 1985 年第五屆「青春詩會」的參會詩人，詩會專輯推出了他的詩歌《高原上的向日葵》〔註 96〕，其中就有被廣為傳頌的名句：「你深信每個一茅屋都將是宮殿／從茅屋裏走出來的人／個個都是帝王」。關於這首詩的誕生過程，張燁於《我在第五屆青春詩會》一文中有詳細的描述：「給我印象最深的是在我們乘車前往遵義的途中，漫山遍野一望無際的向日葵。用金色的海洋喻其之美？不，那種壯觀景象是無法用言語描寫的。我的內心很激動，不知為什麼，一看到向日葵我就會想起自己浙江故鄉的村莊，想起我最喜愛的畫家梵高和他的畫。當我們的車一進入遵義鄉村，就看到一大片衝擊視野的小茅屋，看到茅屋旁、茅屋後的向日葵以及站在屋外對我們好奇張望的村民們，我即刻將向日葵同高原人民緊緊連在了一起。那一個個歷盡滄桑的形象簡直就是從羅中立油畫

〔註 93〕李小雨、鄒靜之、周所同：《讓世界從詩開始——第十四屆青春詩會側記》，《詩刊》1998 年 3 月號。

〔註 94〕車前子：《南路上來（組詩）》，1986 年 11 月號。

〔註 95〕王燕生：《鄰居車前子》，收錄於《上帝的糧食》，古吳軒出版社 2004 年版，第 84 頁。

〔註 96〕張燁：《高原上的向日葵（外二首）》，《詩刊》1985 年 12 月號。

《父親》中走下來的。」「一進入茅臺酒廠煙霧升騰的工場間，只見酒糟噴發著滾燙的氣體，薰人的氣味令我幾乎暈眩。煙霧中的十幾位工人，看不清臉龐，只見他們光著腳、赤裸上身、躬著腰、喊著號子、揮汗如雨地在攝氏50度高溫下勞作。被這個場面深深震撼，我們幾位女詩人，還有曉鋼老師，竟不約而同背過身子抽泣起來。這簡直是天工開物的場面！叫人驚心動魄、刻骨銘心（比起後來我們看得到電影《紅高粱》中的釀酒場面不知要震撼多少倍）。那晚酒廠設宴，一瓶瓶價格昂貴的茅臺酒蕩漾在酒杯，詩人們起立致謝，舉杯的手微微戰慄，卻是誰也不願喝一口，這分明是工人們的血汗呀，又一次集體沉默。這就是我們1980年代的青年詩人和敬業的編輯老師們，對祖國貧困而艱辛的人民發自內心的愛與疼痛。」「就在那天深夜，我寫下了《高原上的向日葵》。無所謂靈感，無所謂天分，是人民，是祖國大地造就了詩人。」〔註97〕

除了張燁這樣經典的例子，詩會期間誕生作品的情況，以現有的資料來看，第一屆最為集中，通過王燕生的回憶可以得到管窺，「會議期間發生了一件很重大的事，就是我們在渤海上的勘探船渤海二號沉了，大家都很激動，就紛紛寫了詩。舒婷在會議室的中國地圖前面站了很久，義憤填膺。她一向寫詩比較柔弱的，後來也寫了一首很陽剛的《風暴過去之後》。還有高伐林，寫了一首《長眠在海底的人的控訴》。8月4日開始進入創作和修改作品的階段。梁小斌修改他的《雪白的牆》和《中國，我的鑰匙丟了》。他猶豫應該用「中國」還是「祖國」，我跟邵燕祥都覺得還是「中國」好，「祖國」太甜了，跟這首詩的主調不符。當時張學夢在他的房門上貼個字條「詩人難產病房」，在這裡寫出了《宮牆下》。這首詩是在天安門得到的靈感。晚上我給他們打蚊子，他們就在外面逛。逛到天安門，張學夢就想到了《宮牆下》，「我的喉結高過那城牆的牆頭」。楊牧則寫了近百行的長詩《天安門，讓我怎樣愛你！》，對中國為什麼發展緩慢做了反思。」〔註98〕

也是在這次訪談中，王燕生提到了詩會產生作品的另一個重要現象，也是被學界所忽略的，就是創作靈感或初稿來源於詩會，在之後形成了有影響力的作品。前文已經提到過的楊牧的《我是青年》，王燕生在這裡說得更為詳細，「同時楊牧也在這裡孕育了後來他很有影響的一首詩，叫作《我是青年》。

〔註97〕張燁：《我在第五屆青春詩會》，《詩刊》2015年9月上半月刊。
〔註98〕田志凌、汪乾：《青春詩會：這裡能看到中國詩歌發展的縮影──王燕生訪談》，《南方都市報》2008年6月29日。

有一天我們到北京京劇院食堂吃飯，從吃東西講到過苦日子，楊牧就問才樹蓮，你們那個時候吃什麼呀，才樹蓮一笑，說我那個時候還沒出生呢，這一句話深深刺痛了楊牧。南方都市報：他們年紀差那麼多？王燕生：差十六歲，幾乎是兩代人，但現在作為同學坐在一條板凳上，他就對這個感觸特別深，他不是沒有青春，他的青春被那個時代淹沒了。後來他就寫了《我是青年》，「人們還叫我青年／哈，我是青年……」這也是創作學習會的產物。我帶過第一屆、第二屆、第四屆、第六屆、第七屆的青春詩會，每一屆都有人寫出新作，而且都是好作品。比如歐陽江河在第七屆青春詩會的時候寫了《玻璃工廠》，現在也成了經典之作。」〔註99〕由王燕生的說法可以看出，每屆「青春詩會」誕生的新作不少。類似楊牧在詩會之後完成優秀作品的，另一個很具代表性的是參加 1985 年第五屆「青春詩會」的孫桂貞，即人們後來所熟知的伊蕾，她的《黃果樹大瀑布》一詩的誕生，其在一篇文章中講述了詳細的寫作經過，「一九八五年八月中旬的一天早上，我和參加《詩刊》第五屆青春詩會的詩友們開始穿越舉世聞名的黃果樹大瀑布水簾洞……時隔一月有餘，我才拿起筆，寫下《黃果樹大瀑布》這個標題。第一句是蓄謀已久的，『砸下來』這個感覺對於我是最準確的。為了增強視覺效果和感覺上的力度，我把『砸下來』三個字寫為豎排。下面的『砸碎』二字就自然而然地流出來了。砸碎什麼呢？砸碎昨天的我！這是一個月來湧動在我心頭的情緒內核。」〔註100〕

此外，有一個現象也要注意到，就是在詩會期間誕生的作品，沒能在詩會專輯中推出，其後也沒有相關的文章進行確證，那麼這些詩作的發生就成為一件件「懸案」了，但有的還是可以在其他文字中找到蛛絲馬蹟。比如參加 1988 年第八屆青春詩會的南野，《詩刊》1988 年 11 月號「青春詩會專輯」中推出的作品是《粗暴或者溫柔的聲音（四首）》，分別為《打開房子》、《空巢》、《魚》、《來到北方》；而在同期刊出的側記中，卻提到了南野詩會期間的其他作品：「詩歌是一種文化的產物，但它卻必須以一種深刻、堅實的生存體驗作為自己的根基。南野在會上也一直思考著這個問題，他的詩在形式上的探索頗具先鋒性質，但這次新寫的組詩《烏岩村》卻異乎尋常地『現實』起

〔註99〕田志凌、汪乾：《青春詩會：這裡能看到中國詩歌發展的縮影——王燕生訪談》，《南方都市報》2008 年 6 月 29 日。

〔註100〕孫桂貞：《情緒、觀念及其他——從〈黃果樹瀑布〉的創作談起》，《詩神》月刊 1986 年第 11 期。

來。」〔註101〕顯然，《烏岩村》並沒有被推出。《烏岩村》正是南野的故鄉，聯繫到阿信在詩會期間寫他久居的甘南，這種在詩會期間寫故鄉（或者說離開故鄉以後才「能夠」書寫故鄉）的現象，在創作心理上是頗有意思也值得深入探討的。總之，不管是詩會期間的新作，還是舊作在詩會的推出，與「青春詩會」相關的經典作品才使其具有了重要的詩歌史意義。

二、作品「經典化」芻議

「青春詩會」基本每一屆都有經典作品推出，除了前面所分析的三屆「夢之隊」外，例如1985年第五屆楊爭光的《大西北》〔註102〕，「……／西北人想爬上火車出潼關經河南／一夜間開進青島開進太平洋／西北人吃一輩子苦一輩子一輩子／一輩子沒怨過這個世界……／……／……／／起風了／大西北在颶風」；1988年第八屆駱一禾的《黑豹》〔註103〕，「風中，我看到一付爪子，是／黑豹。摁著飛走的泥土，是樹根／是黑豹。泥土濕潤／是最後一種觸覺／是潛在烏木上的黑豹，是／一路平安的弦子／綑綁在暴力身上／是它的眼睛諦視著晶瑩的武器／邪惡的反光／將它暴露在中心地帶／無數裝備的目的在於黑豹／／我們無辜的平這，沒有根據／是黑豹／是泥土埋在黑豹的火中／是四隻利爪留在地上／繞著黑豹的影子　然後影子／繞著影子／／天空是一座苦役場／四個方向／裏，我撞入雷霆／咽下真空，吞噬著真空／是真空的煤礦／是凜冽，是背上插滿寒光／是曬乾的陽光，是曬透了太陽／是大地的復仇／像野獸一樣動人，是黑豹／／是我堆滿糧食血泊的豹子內部／是我寂靜的／肺腑」；1997年第十四屆娜夜的《生活》〔註104〕，「我珍愛過你／像小時候珍愛一顆黑糖球／舔一口　馬上用糖紙包上／再舔一口／舔的越來越慢／包的越來越快／現在　只剩下我和糖紙了／我必須忍住：憂傷」；等等〔註105〕。這些作品一經推出，就被認為是詩人的成名作或是代表作，它不

〔註101〕雷霆、北新：《「它來到我們的中間尋找騎手」——第八屆「青春詩會」側記》，《詩刊》1988年11月號。

〔註102〕楊爭光：《大西北》，《詩刊》1985年12月號。

〔註103〕駱一禾：《修遠（五首）》，《詩刊》1988年11月號。

〔註104〕娜夜：《新鮮的塵埃（組詩）》，《詩刊》1998年3月號。

〔註105〕關於每屆推出的經典作品，前文引用的謝冕、霍俊明的文章做了簡單的梳理。詳見謝冕、霍俊明：《青春的歌哨，精神分藥與詩歌史——寫在詩刊社青春詩會36週年之際》，《詩刊》2017年下半月刊；又可參見詩刊社：《青春詩會三十年詩選》，作家出版社2014年版。

但奠定了詩人在詩壇的地位，也使「青春詩會」擴大了影響力。就是在這種「雙贏」模式下，詩會得以一屆一屆地傳承，即使出現過整體水平較平庸的幾屆，但放在縱向的歷史線中，其影響力還是得以維持。

在目前舉辦的三十六屆詩會中，第一屆、第六屆、第七屆推出的經典作品數量多，影響力也較大，從而最具代表性。第一屆有梁小斌的《雪白的牆》、《中國，我的鑰匙丟了》，江河的《紀念碑》、顧城的《遠和近》、《感覺》、《弧線》，葉延濱的組詩《乾媽》〔註106〕；第六屆有于堅《尚義街六號》，韓東《溫柔的部分》，翟永明《黑房間》，吉狄馬加的《古里拉達的岩羊》、《老人與布穀鳥》，車前子《複眼》、《日常生活》；第七屆有西川的《輓歌》，歐陽江河的《玻璃工廠》，陳東東的《即景與雜說》等等。需要注意的是，這裡所說的「經典」，很難有標準的界定，通常採用「約定俗成」的辦法，在詩歌史敘述、評論文章、學術研究中基本得到統一認可的作品，就將其歸入「經典」。但是也要看到，隨著時代語境的變化，曾經的經典，可能在當下，或者說以後，就不能成為「經典」了。經典本來有著極為複雜的現象，像顧城《遠和近》、《感覺》、《弧線》這一類，表達純粹的個人感受和帶有哲思意味的作品，時代痕跡較少或者說沒有，那麼它們之所以經典，與時代的關聯不夠密切，所以不會隨著時間的推移而有所大的變化。但是像葉延濱的《乾媽》、梁小斌的《中國，我的鑰匙丟了》，則與時代有著密切的關聯，這些詩的思想情感必須與所產生的時代勾聯，才能夠產生魅力。如果是學術研究，回到歷史現場，則足夠「經典」，但如果是普通讀者以通識性的視角來閱讀，則其「經典」的魅力可能要大打折扣。當然，像《中國，我的鑰匙丟了》這首進入中學教材的作品，就有了持續的「經典化」過程，呈現出極為複雜的一面，那麼，剝離時代語境之後，它還有被稱之為「經典」的理由麼？也就是說，這些在當時乃至現在看來經典的作品，在什麼意義上構成了經典？所謂經典有哪些維度？

關於《中國，我的鑰匙丟了》這首詩，並不是在「青春詩會」期間寫成，但根據王燕生的回憶，就題目用「中國」還是「祖國」在詩會期間進行過討論，他和邵燕祥都認為「中國」好，梁小斌自己曾說初稿用的是「中國」，但

〔註106〕這一屆中，雖然謝冕和霍俊明《青春的歌哨，精神分蘖與詩歌史——寫在詩刊社青春詩會36週年之際》將舒婷的《贈別》列為其代表作，但這首詩在她的《祖國啊，我親愛的祖國》、《致橡樹》、《雙桅船》、《神女峰》這些文本之前被稱為代表作，似乎太過「尷尬」。

後來改為「祖國」。以《詩刊》1980 年 10 月號在「青春詩會專輯」推出的版本為準，最後選用了「中國」，當然，現在來看，「中國」比「祖國」明顯更具衝擊力。但是這首詩的誕生，以及作者最初揉入的情感和指向的主題，與後來大家所理解的，似乎出入很大。梁小斌曾多次提到這首詩的產生經過〔註 107〕，根據他自己的說法，「我的鑰匙丟了」顯然來自於詩性直覺，他將個體在時代背景中的荒謬處境以自我都沒有預見的狀態得以認識，並終於在「魚湯」的啟發下得以呈示。當然，這種認識不是普遍意義上的認識，而是雅克·馬利坦所說的詩性認識，「詩性認識只有在作品中才能得到充分的表達。詩性認識以一種無意識或潛意識的方式自詩人的思想中產生，然後，以一種幾乎感覺不到然而是強制性的和不可違背的方式出現在意識中，並通過一種既是情感性的又是智性的影響，或通過一種無法預測的經驗的見識，這種見識只提示自己的存在，不過並不表達它。」〔註 108〕在這種認識被激活的前提下，如同妻子一句「我要喝一碗魚湯」「打開了丈夫以後全部家務生活的緊閉的大門」，「我的鑰匙丟了」與個體與時代的悖謬得到神奇般的對應，這種對應使得這首詩表達出了某種「集體無意識」，並且，這「無意識」因為有了《中國，我的鑰匙丟了》而被讀者一下子所感知，成為特定語境中的「經典」。而這首詩的形成經過，也給簡單地將作品與時代對應的方法一個啟示，在成為經典的作品之中，一定有著神秘的、有時候不可捕捉的作者的內心世界，這內心世界並不與文本簡單對等，它形成了一種巨大的張力，在這張力之間，作者、文本、讀者統一於時代的語境之中。魚湯與鑰匙的對應，作者與讀者的對應，文本指向的集體意識與「青春詩會」指向的引導目的的對應，等等。正如雅克·馬利坦所說的，「在創造性行動的本源中，一定存在一個十分特殊的智性發展過程，一種無邏輯理性上的對等物的經驗和認識，通過這一認識，事物和自我一道被隱約地把把握。」〔註 109〕

也就是說，《中國，我的鑰匙丟了》背後所蘊含的作者極具個性的體驗，與讀者的個體體驗之間形成了心理上的某種對應（不僅僅是歷史語境的對應），這時候，脫離八十年代語境的《中國，我的鑰匙丟了》可能在一個感情

〔註 107〕詳見梁小斌：〈「青春詩會」及其他〉，《花城》2001 年第 5 期。
〔註 108〕（法）雅克·馬利坦：《藝術與詩中的創造性直覺》，劉有元、羅選民等譯，生活·讀書·新知三聯書店 1991 年版，第 97 頁。
〔註 109〕（法）雅克·馬利坦：《藝術與詩中的創造性直覺》，劉有元、羅選民等譯，生活·讀書·新知三聯書店 1991 年版，第 95 頁。

受挫、生活陷入困境的人那裡得到回應，他將會覺得自己人生的鑰匙丟了。也就是說，文學是一個非常複雜的關於人的內心世界的東西，它必須具有藝術性才得以成為經典，而不是它的歷史性或者其他任何非藝術性的東西，除非是在某一個時期經由權力來製造經典。這種權力既可能來自政治的專制，也可能來自學者的闡釋「威權」，但這些都不指向讀者的內心感受。所以，同是《中國，我的鑰匙丟了》，它既可以作為闡釋的文本，也可以作為閱讀的文本，有時候還成為作者自我認識的文本。對於學術研究來說，當然將闡釋的文本與閱讀的文本合而為一，則是最理想的了。至於作者自我認識方面，梁小斌在 2007 年寫出的《我為〈中國，我的鑰匙丟了〉懺悔》一文，就頗具代表性，他在文章中說，「我懺悔！《中國，我的鑰匙丟了》違背了我們的前輩巴金先生所倡導的『說真話』原則，我建議，將這首詩從所謂的詩歌經典系列中永遠抹去。」〔註 110〕

　　拋開梁小斌所說的「真實」原則，來思考他的「懺悔」行為，也許我們能透視中國現當代文學中一種很重要的現象，或者說文學生態。在很多時候，某個文本與時代形成了複雜的關聯，作者的意圖與文本的闡釋之間也極具張力。當時代需要這樣的文本，它就會被各種經典化，無論詩人自己如何祛魅，已經被賦予的內涵無論如何也再擺脫不開。例如對《中國，我的鑰匙丟了》中政治意識和集體人格的強化，當它進入教材時，它的使命就不僅僅是一個文學文本了，而是指向歷史和知識。這個時候，對於廣大中學生來說，他們還很難調動自身的閱讀經驗和期待視野，在教師和教科書的引導下，這首詩可能指向對歷史的瞭解，也可能指向知識的重構，還可能指向對作者的認識，但很少有可能指向學生的生活經驗和內心感受。如張桃洲所說，「極具私人特徵的『鑰匙』」「被賦予了一種超乎其上的象徵意涵，承載了過於宏大的主題。」〔註 111〕回到梁小斌自己對「中國，我的鑰匙丟了」的看法，「我是個詩情反應較為遲鈍的人，『中國，我的鑰匙丟了』這層意思，僅隱藏在我們生活的習慣中，有如電源開關『開』就是『停』那樣，我的心靈是不會有所悸動的，就像那個電源開關，我伸手想去觸摸它時，『開』字上面有電火花標示赫然醒目，

〔註 110〕梁小斌：《我為〈中國，我的鑰匙丟了〉懺悔》，《南方都市報》2007 年 2 月 8 日。

〔註 111〕張桃洲：《「獨自成俑」的詩與人》，收錄於《現代漢語的詩性空間》，北京大學出版社 2005 年版，第 200 頁。

我無論如何都不敢信任這句『開』就是『停』的大白話所昭示的真相，而紮入眼目的『中國，我的鑰匙丟了』，我初次見到它時，比我近視眼看書時湊得還要近，我下意識地把它推遠了一點。」〔註112〕

當然，對於作者意圖與文本內涵之間的張力，已是讀者和學者共有的認識，誤讀產生經典的例子也為數不少。在這種意義上，「詩人不能憑自己的本質來認識自己。因為人僅從他對事物世界的認識的反映中感覺到自己。如果他不以這個世界來充實自己，那他就會變得空虛。詩人是在這種情況下認識自己的：事物在他心中產生反響，並在他唯一醒悟的時刻和他一道從沉睡中湧現出來。」〔註113〕所以，即使梁小斌自己否定《中國，我的鑰匙丟了》一詩的價值，但它仍然不失「經典」的魅力。不過，這從另一個方面提供了借鑒，即作者本人對某首詩歌的認識變化，會不會成為一個歷史化的過程？也就是說，像梁小斌那樣，學界、詩壇、讀者會不會隨著時間的變化也開始對《中國，我的鑰匙丟了》而進行「懺悔」？這正是新詩史書寫的尷尬所在，處在現場所形成的「史」，當時間線拉長，對於浩如煙海的詩人和文本來講，有多少作品需要理解之同情，又有多少作品值得理解之同情，需要考驗學者的鑒賞力和判斷力。

不可否認，在歷史選擇中，讀者指向的文本，新詩史指向的文本（淘金式的遴選），學術研究指向的文本（專題研究），存在著犬牙交錯的現象。如果這三者得到重合，是最理想的狀態，但有時候存在著三具其一的尷尬情況，這也是中國現當代文學尤其是當代文學研究中所要注意到的現象，研究中的歷史意識既指向當下的歷史屬性、歷史現場，也指向未來的歷史縱深感。但無論如何，在八十年代的一些時段，作者、讀者、文本在三者相遇的載體——《詩刊》中構成了形式上的「重疊」，而「青春詩會」將這一「重疊」的動態過程集中地呈現了出來，這是其被認可的重要原因之一。同時，也要注意到正是「青春詩會」，開啟了詩歌活動與詩歌文本的勾聯，其推出經典的模式後來被很多詩會所傚仿，在這個意義上來說，「青春詩會」在詩歌活動與詩歌經典生成方面的直接關聯，具有開創價值。如果再將「青春詩會」推出經典作品的視野放到「回顧」和「重造」的視角，就會發現其在「經典化」過程中產

〔註112〕梁曉斌：《「青春詩會」及其他》，《花城》2001 年第 5 期。

〔註113〕（法）雅克·馬利坦：《藝術與詩中的創造性直覺》，劉有元、羅選民等譯，生活·讀書·新知三聯書店 1991 年版，第 93 頁。

生了「不可思議」的現象。

三、經典「再造」

不管是「青春詩會」誕生的新作，還是舊作在詩會的推出，一旦被認為是經典，就會擴大詩會的影響力，同時也擴大《詩刊》的影響力。除了每屆詩會以專輯推出作品之外，《詩刊》在對「青春詩會」做總結性回顧、梳理時，會不斷地以歷屆詩選的方式來強化影響。比如 2000 年 8 月號就推出了青春詩會二十週年紀念專號，刊出了「歷屆青春詩會作品選」。在《編者寄語》中，有著這樣的說明，「由於篇幅有限，我們只選登了部分活躍在詩壇的詩人作品，近兩屆青春詩會有幾位實力詩人又在『每月詩星』亮相，還有的詩人常在《詩刊》有新作問世，因此他們的作品沒有選入。」〔註 114〕這次共刊出了 73 位歷屆參會詩人〔註 115〕，從刊出的詩人作品可以看出，歷屆作品選錄情況為：

〔註 114〕《編輯寄語》，《詩刊》2000 年 8 月號。

〔註 115〕刊出詩人及作品情況如下：舒婷，女，《致橡樹》（1977.3.27.）。發表於《詩刊》1979 年 4 月號。梁小斌，《中國，我的鑰匙丟了》（1979 年 12 月～1980 年 8 月）。顧城，《遠和近（外一首）》；《弧線》王小妮，女，《活著》。葉延濱，《囚徒與白鴿》（1983 年 4 月）。江河，《紀念碑》（1977 年）。梅紹靜，女，《日子是什麼》。張學夢，《科技長廊》。李鋼，《老兵箴言錄》。王家新，《帕斯捷爾納克》（1990.12）。廖亦武，《大盆地》。馬麗華，《那地方》。劉波，《年輕的布爾什維克：周末舞會》。張燁，女，《自白》（1991 年 3 月）。伊蕾，女，《黑頭髮》（1981.3.25.）。唐亞平，《黑色沙漠（組詩選二）》；《黑色沼澤》、《黑色睡裙》。翟永明，女，《女人：獨白》。發表於《詩刊》1986 年 9 月號。于堅，《尚義街六號》（1984.6.）。吉狄馬加，《岩石》。車前子，《北京春風》。潞潞，《無題》（1990.6.26～7.3.）。韓東，《有關大雁塔》。閻月君，《月的中國》。伊甸，《棧道》。西川，《夕光中的蝙蝠》。歐陽江河，《拒絕》。簡寧，《西施》。楊克，《夏時制》（1989.）。陳東東，《即景與雜說》。張子選，《臧北謠曲》。曹宇翔，《乾草垛》。駱一禾，《麥地——致鄉土中國》（1987.11.15.）。開愚，《建築》。海男，《門下的風》。王黎明，《為什麼不說一句風涼話》。南野，《容器中的豹》。孫建軍，《歲月的風聲：命運》。阿來，《神鳥從北京飛往拉薩》。阿堅，《胡同拓寬就成了街》。王學芯，《尋常事情》。藍藍，《節節草》。榮榮，《露天堆場》。白連春，《誰在聽一個農民談話》。劉向東，《青草》。大解，《來臨》。柳沄，《瓷器》。馬永波，《寒冷的冬夜獨自去看一場蘇聯電影》。秦巴子，《立體交叉》。韋錦，《點燈》。巴音博羅，《黑水白山》。高凱，《黃土裏的隴東：鄰家》。葉舟，《大敦煌：絲綢之路》。匡國泰，《消失（三首）》；《秋分》、《霜降》、《冬至》。李莊，《回憶北方》。伊沙，《餓死詩人》（1990.）。楊曉民，《賽特》（1997.10.9.）。李岩，《北方：我是否可以像一塊燒紅的鐵》。謝湘南，《呼吸》。阿信，《獨享高原：日暮，在源頭》。陸蘇，《太陽地裏》。古馬，《我行其野（外一首）》；《柴》。沈葦，《旅途》。李元勝，

第一屆，17 人中選 8 人；第二屆，9 人都未選；第三屆，11 人中選 2 人；第四屆，9 人中選 3 人；第五屆，12 人中選 3 人；第六屆，15 人中選 8 人；第七屆，16 人中選 6 人；第八屆，17 人中選 6 人；第九屆，12 人中選 2 人；第十屆，11 人中選 5 人；第十一屆，12 人中選 6 人；第十二屆，15 人中選 5 人；第十三屆，10 人中選 3 人；第十四屆，18 人中選 11 人；第十五屆：20 人中選 5 人。這十五屆中總共 204 人選錄了 73 位詩人的作品，以「優中選優」的方式呈現「青春詩會」的成就。其中八十年代人數最多的是第一屆、第六屆、第七屆（夢之隊）；九十年代人數最多的是第十四屆。乍一看，尤其是對於不瞭解「青春詩會」的人來說，這輯詩選可謂精華中的精華，所選詩人在新時期以來的詩壇頗具代表性，作品也大多數是其成名作或代表作。那麼，「青春詩會」真的推出來了這麼多經典作品麼？仔細甄別，就會發現，選輯中大多數詩人的作品，並非是詩人的參會作品或者是經由詩會誕生的作品，但是輯名定為「歷屆青春詩會作品選」，就有非常大的迷惑性，讓讀者、尤其年輕的讀者以及沒有讀過八、九十年代《詩刊》的讀者，以為這些作品都誕生自「青春詩會」。

　　如果做詳細的比對，就會發現，這個專輯推出的 73 人中，只有 22 個人的作品是「青春詩會」推出的，占比不到三分之一。最具代表性的例子當屬舒婷、王家新、翟永明、韓東、伊沙等詩人。舒婷在《詩刊》1980 年 8 月號「青春詩會專輯」發表的是《詩三首》，（《暴風過去之後——紀念「渤海 2 號」鑽井船遇難的七十二名同志》、《土地情詩》、《贈別》），而 2000 年 8 月號「歷屆青春詩會作品選」刊出的是《致橡樹》；王家新在 1983 年 8 月號「青春詩會」專輯發表的是《長江二首》（《門》、《在高高的絕壁上——題巴人岩洞》），而 2000 年 8 月號刊出的是《帕斯捷爾納克》；翟永明在 1986 年 11 月號「青春詩會」專輯發表的是《人生在世（組詩）》（《黑房間》、《此時此刻》、《男左女右》、《人生在世》），而 2000 年 8 月號刊出的是《女人：獨白》；韓東在 1986 年 11 月號「青春詩會」專輯發表的是《詩六首》（《一切安排就緒》、《溫柔的部分》、《春天》、《在玄武湖划船》、《今天有人送花》、《遲到的雨》），而 2000

《某個夜深人靜時刻》。龐培，《夏日搖籃曲》。臧棣，《個人書信史話》。張紹民，《分行與不分行的詩（二首）》；《道路是遊子的家》、《骷髏》。代薇，《想念一個人》。娜夜，《和我在一起（外一首）》；《秋天的風》。樹才，《單獨者》。小海，《勸喻》。莫非，《剪草機》。候馬，《春天，請照看一枚鳥蛋》。謙達摩，《蒼蠅》。

年 8 月號刊出的是《有關大雁塔》；伊沙於 1995 年 12 月號「青春詩會」專輯發表的是《人間煙火（組詩）》（《BP 機顯示》、《呼兒嗨喲》、《電腦》、《中國朋克》、《我是一筆被寫錯的漢字》、《廢品站》、《史詩計劃》），而 2000 年 8 月號刊出的是《餓死詩人》。不難發現，該刊刊出的都是詩人此前最具代表性的作品，也是引起詩壇和讀者震動的作品。

關於作品的選擇標準、理念，該刊未有任何說明，只是提到「選登了部分活躍在詩壇的詩人作品」，這種「躲躲閃閃」的態度折射出了《詩刊》的一種焦慮，這焦慮來自對「青春詩會」影響力的刷新，也來自對「青春詩會」的歷史化審視，更深層次意義來講，是其濃厚的「詩歌史」意識。而這種焦慮又有著極為複雜的面相，除了對推出作品的「出身」抱有心虛之態，就是對於《詩刊》當時的作者群，也表現出「照顧」的姿態，如在「編輯寄語」中提到「近兩屆青春詩會有幾位實力詩人又在『每月詩星』亮相，還有的詩人常在《詩刊》有新作問世，因此他們的作品沒有選入」，但果真如此嗎？2000 年所謂的近兩屆，應該指 1999 年的第十五屆和 1997 年的第十四屆（1998 年沒有舉辦），查閱 2000 年 1 月號至 7 月號的《詩刊》，第十五屆參會詩人李南、盧衛平、冉仲景、劉川分別在 2 月號、3 月號、4 月號、5 月號「每月詩星」欄目中推出，所以「歷屆青春詩會作品選」確實也沒有選他們的作品；但是第十四屆的參會詩人古馬、陸蘇分別在 1 月號、7 月號的「每月詩星」推出，但他們仍然出現在「歷屆青春詩會作品選」；其後的 11 月號、12 月號的「每月詩星」又推出代薇和李元勝，這兩人也在「歷屆青春詩會作品選」中，並沒有推介其他未選入的詩人。從這裡可以看出，《詩刊》以「青春詩會」為鏡象，既有著「詩歌史」的焦慮，又有對詩歌現場（作者群）的焦慮，如果聯繫到第一章分析到很多意識形態方面的焦慮的話，就會發現，其所處的「夾縫」狀態呈現出了「國刊」極大的張力，這也為其逐漸摸索出主體意識來「制定規則」，從而進行體制化埋下了伏筆。

另外，值得注意的是，在《詩刊》2000 年 8 月號同期還刊出了「歷屆青春詩會與會青年詩人名單」，該名單保持與 1998 年 5 月號刊出的名單一致，前文已經提到，1998 年 5 月號刊出後緊接著在同年 7 月號刊出了王燕生的《老編輯來信》，指出了第二屆「青春詩會」參會名單的謬誤，但 2000 年 8 月號依然沒有修正，並且，在公布名單中犯了一個常識性的錯誤，第十四屆「青春詩會」是 1997 年 12 月份舉行的，只不過作品是在《詩刊》1998 年 3 月號

刊出，但該名單卻將第十四屆「青春詩會」歸入到 1998 年。這些看起來並不影響詩會「大局」的謬誤，與推出的「作品選」進行對比（其不選錄詩會作品而選錄詩人最有影響力的作品），就會發現「文本」的巨大意義，也就是說，「詩歌史」是建立在「詩歌」的基礎上的，所以《詩刊》兩種富有張力的「謬誤」並不影響其推出的「文本」的價值。這看似一次偶然的事件，卻反映出當代詩歌史意識中「歷史的缺席」，尤其是詩歌文本與詩歌活動勾聯的時候。如果《詩刊》在「青春詩會」三十週年、四十週年乃至更久的紀念活動中，仍用此辦法推出「歷屆青春詩會作品選」，那麼不斷被「歷史」所證實的經典，都會被歸入到「青春詩會」的打造，漸漸地，追認的「經典」、再造的「經典」都成為歷史現場原發性的「經典」，這是當代「詩歌史」書寫中不容忽視的現象。

　　學界通過後發性的文本進行歷史現場還原的現象屢見不鮮，比如某個產生於八十年代的文本，經過九十年代大幅度修改之後進入到學者視野，而學者追蹤到其八十年代的生成，但進行研究時仍以九十年代的修改版來考查八十年代的文學現象，或者與之相關的社會現象等等，這就產生了嚴重的問題。相應地，如果一個讀者恰是通過《詩刊》2000 年 8 月號讀到《帕斯捷爾納克》，那麼他很自然就將這首詩與「青春詩會」關聯了起來，原本無關的事物，經由讀者完成了徹底的「再造」。如美國學者芮塔·菲爾斯基所說，「文本不能直接作用於現實世界，只能通過閱讀文本的人的介入產生影響。這些讀者都是異質的、複雜的小宇宙：是由社會塑造的；更是信仰和情感、惰性和對創新的衝動、文化共性和個性的內在調整的綜合體。」〔註116〕從內在機制來說，讀者所具有的「綜合體」特徵將這些經典作品置於新的語境之中，比如舒婷寫於 1977 年 3 月 27 日《致橡樹》，在新世紀它僅僅是一首愛情詩，而不是 1977 年不能書寫愛情的語境中產生的「驚世駭俗」之作，這樣，在另一個層面，讀者借由 2000 年的《詩刊》這一平臺完成了對《致橡樹》的「去歷史化」接受，並賦予其新的「歷史」，這就完成了更深層意義上的經典「再造」。與此，對比《詩刊》2000 年 8 月號推出的葉延濱的《囚徒與白鴿》，而不是 1980 年 10 月號「青春詩會」專輯刊了的組詩《乾媽》，就更能理解這種通過「去歷史化」「再造」經典的深意。

〔註116〕（美）芮塔·菲爾斯基：《文學之用》，劉洋譯，南京大學出版社 2019 年版，第 28 頁。

從外在機制來說，正是通過「作品選」，讀者將《致橡樹》、《帕斯捷爾納克》、《大雁塔》、《女人：獨白》、《餓死詩人》這些詩與「青春詩會」很自然地進行勾聯，從而讓「青春詩會」借由經典強化其影響力。當然，《詩刊》用這種方式推出「歷屆青春詩會作品選」，有其內在的邏輯，這些作品雖然不是誕生於「青春詩會」其間，但這些詩人都參加過「青春詩會」，那麼其必然也可以歸到「作品選」裏面去？這裡需要辨析的問題是，如果《致橡樹》、《大雁塔》、《女人：獨白》、《餓死詩人》都是在詩人參會之前誕生的作品，而且也恰恰是這些詩歌讓他們得以參加「青春詩會」，那麼，這個層面的「青春詩會」是推出青年詩人還是吸納有影響力的青年詩人？（這也是第四章第二節要重點討論的「青春詩會」的詩歌史意識）此外，像《帕斯捷爾納克》這類參加詩會七年之後才誕生的作品，與「青春詩會」有著怎樣的勾聯？（王家新參加第三屆「青春詩會」是 1983 年，《帕斯捷爾納克》寫於 1990 年 12 月）可以看出，「作品選」除了回溯式地再造經典之外，還「前瞻」性地再造經典，唯一的標準，是作品被認為是經典。這時候，再造經典的邏輯就顯現出了文學研究中很重要的一面，即文本的第一位，以及文本的穿透性。芮塔·菲爾斯基的論斷給我們啟示：「文本不能言說，它只能通過累積的歷史證據被言說。但文本在往日具有的聯繫、內涵與效應並不會損耗其對當下產生影響的力量。文本具有穿越時間界限的能力，能產生新的不可預知的共鳴，甚至其原始環境中的人們也預料不到。」〔註117〕

或者說，有的經典文本像地質層一樣，在其產生的土壤上被一遍遍地覆蓋著時間的塵埃，致使其越來越墮入到「當下」的迷霧，而喪失了其本來的面目。如果聯繫到八九十年代文學觀念的嬗變，就會發現這種急切的「經典」再造有其深刻的背景：「同 1980 年代的『人性復歸』與『回到文學本身』相比，1990 年代文學研究的核心表述是『回到歷史現場』，顯然，前者洋溢著道德的激情，但是激情裏挾中的文學研究的確常常忽略對我們學術背景與知識基礎的理性追問和反思，包括何謂『人性』，何謂『文學本身』，『撥亂反正』的急迫也不時妨礙著我們對歷史細節的追問、辨析。」〔註118〕在此意義上，無論是「青春詩會」的經典再造，還是文學研究「回到歷史現場」的還原，都

〔註117〕（美）芮塔·菲爾斯基：《文學之用》，劉洋譯，南京大學出版社 2019 年版，第 17 頁。

〔註118〕李怡：《文史對話與大文學史觀》，花城出版社 2019 年版，第 13 頁。

指向了對歷史書寫的焦慮。但是，如同經典再造的「迫切」，也不難發現，在文學研究視角下的「回到歷史現場」，往往以理解之同情的角度辨析文學現象發生、歷史書寫的「合理性」，但從不質疑其「合法性」，導致這種不斷「再造」的現象理所當然地持續發生，不管是文學現象，還是「歷史書寫」，這也是學術最尷尬的境遇之一。當然，仍以理解之同情的視角來看待文學研究中的這種現象，「我們會發現我們看似自發的反應實際上是由文化壓力決定的；簡單地說，我們也承認我們體驗的歷史性。」〔註119〕從這個意義上來說，有時候得從被強調的東西所構成的迷霧中退出來，而去追問缺失了什麼，一些被隱藏的東西就呈現在了面前。比如「青春詩會」經典「再造」中那些詩人的代表作背後所「淹沒」的原來的作品，例如葉延濱的組詩《乾媽》、歐陽江河的《玻璃工廠》、西川的《輓歌》〔註120〕等等，就成為這類文本的代表。

〔註119〕（美）芮塔·菲爾斯基：《文學之用》，劉洋譯，南京大學出版社2019年版，第26頁。

〔註120〕這些作品都是詩人在參加「青春詩會」期間在作品專輯中推出來的，在當時被認為是經典作品，也是其代表作，但《詩刊》2000年8月號「歷屆青春詩會作品選」不再選入，而是選錄了其他作品。

第三章 「青春詩會」的體制化考察

　　「青春詩會」在二十世紀八十年代、九十年代和新世紀以來的運作模式表面上呈現出延續狀態，尤其是 2003 年改為徵稿制以後具有非常穩定的結構，也引起了越來越多的青年詩人關注。如果說八十年代「青春詩會」以非同尋常的魄力順應或者引導詩歌發展的主潮，與「朦朧詩」、「第三代詩」互動的同時也推動其進入主流視野，那麼九十年代的「青春詩會」則多少有些頹靡，其推出優秀詩人的力度與之前相比顯得非常保守。在八九十年代整體的社會大環境急劇變革的背景下，「青春詩會」在官方與詩人之間尋求張力的路徑也慢慢變成了一種「主體」意識，努力將被動變為主動，為其體制化發展奠定了基礎。進入新世紀以後，《詩刊》先是在 2002 年創辦了下半月刊，緊接著在 2003 年將延續了二十二年的邀請製改為了徵稿制，使參會詩人的範圍擴大，在形式上更加公平和公正，也因為徵稿制的推出，詩會為眾多青年詩人開闢了一條躍入詩壇的道路，他們與《詩刊》一起將「青春詩會」推向了體制化運作的路徑並逐步完成一系列改造。無論作為青年詩人進入詩壇的跳板，還是主辦方所指涉的權力資本對詩人群體的籠絡，「青春詩會」成為詩壇的一種症候，由其延伸的「華文青年詩人獎」和首都師範大學駐校詩人制度，為青年詩人的發展提供了層層遞進的平臺，但同時也折射出詩人所處的體制化語境。其後，《詩刊》於 2010 年推出了「青春回眸」詩會，邀請曾經參加過「青春詩會」至今仍有影響力以及因種種原因沒參加過「青春詩會」但創作實績有目共睹的詩人出席，這樣，通過追認的方式，「青春詩會」與詩壇富有影響力的老中青各年齡段的詩人產生了關聯，擴大其影響力的同時，也表現出其引導詩壇、整合詩人群體的體制化運作路徑及詩歌史意識。

第一節　觀念和形式的體制嬗變

一、八九十年代「青春詩會」的體制化潛流

　　本文第一章第一節已經做過深入分析，《詩刊》在 1980 年舉辦第一屆「青春詩會」時的政治生態並不十分明朗，詩人仍隨時可能遭受政治方面的干擾甚至帶來災難，例如葉文福、曲有源等人的情況。在當時以發現新人、引領詩歌潮流為己任的《詩刊》並沒有因此韜光養晦，而是不斷以大手筆介入到「詩歌現場」。但是當政治形勢變得嚴峻，《詩刊》的勢頭就突然萎縮，這與它所處的「地位」有關，作為「國刊」，既要對「上面」的官方負責，又要對作者群體負責，也要為讀者負責，在這種夾縫中不斷搖擺和突圍的「青春詩會」，自第一屆的輝煌之後，就變得沈寂，即便 1981 年停辦一年後又於 1982 年開始舉辦，至第六屆，其影響力再也沒能「爆發」出來。這種現象與當時的意識形態密切相關，如唐曉渡所說，「1981 年的『反對資產階級自由化』運動以不了了之表明，勢比人強。這裡的『勢』，既指改革、開放的歷史大勢，更指向人心向背之勢。人可能被異化成不同程度的機器甚或機器上的齒輪和螺絲釘，但一旦自性覺醒，他就會起而反抗其被強加的機械性。這個人類學的一般原理或許同樣適用於由人構成的單位，只不過後者作為大機器的一部分而被制度化的機械性具有更強大的、非人格的反制功能。由此形成的內在緊張決定了它的二重性，它『不得不如此』的命運和存在方式；它不得不在強權和良知之間、服從和抗爭之間搖擺不定，在受動的就範和能動的設計之間往復循環，不得不作無奈的周旋，不得不忍受無謂的耗損。正是因為無法再忍受這種無謂的耗損，包括無法再忍受忍受本身，被所謂『清除精神污染』折騰得身心交瘁的邵燕祥決定主動請辭，並最終不顧挽留毅然去職。」[註1]

　　以回顧的視角來看，《詩刊》「在強權和良知之間、服從和抗爭之間搖擺不定」的尷尬處境中，並沒有放棄對優秀詩人、優秀作品的推出，只是顯得更為謹慎。也是在這種大環境中，《詩刊》社有了體制化運作的萌芽，如果說吸納的優秀詩人、詩歌主潮中的先鋒詩人太過危險的話，那麼他們主動培養既與意識形態不尖銳衝突、又能體現詩歌藝術水準的作者群體，尤其是處於萌生、成長階段的詩人。在這種內在機制的推動下，《詩刊》於 1984 年成立

〔註 1〕唐曉渡：《人與事：我所親歷的八十年代〈詩刊〉（二）──在近乎廢墟的過去和有待拓展的未來之間》，《經濟觀察報》，2006 年 9 月 4 日。

了力足於培養青年詩人的「全國青年詩歌刊授學院」，同年9月號刊出了《詩刊社創辦全國青年詩歌刊授學院招生通知》，「為了繁榮新時期的社會主義詩歌創作，增強與詩歌愛好者的聯繫，培養青年詩作者，《詩刊》將於一九八四年十二月一日至一九八五年十一月底舉辦詩歌刊授。」〔註2〕在「學習內容」中提到「優秀作品將在刊授教材或《詩刊》上發表（致稿酬）」。〔註3〕與此同時，《人民日報》也做了重點推介，於1984年9月15日刊發消息：「詩刊社決定創辦全國青年詩歌刊授學院。學制為一年，結業時發給紀念證書。聘請詩人、詩歌理論工作者、報刊編輯、大學老師等為輔導教師，每月印發有關詩歌創作理論、寫作技巧等內容的函授教材，並以大量篇幅在刊授刊物或詩刊上發表學員習作，由詩歌行家進行評點。現在已經開始報名，歡迎廣大詩歌愛好者參加學習。」〔註4〕

此舉得到了積極響應，9月號刊出的通知，到了11月底報名人數就逾兩萬，所以《詩刊》在1984年12月號又專門刊發了《本刊刊授學院通知》：「《詩刊》刊授學院自招生以來，報名十分踴躍，現因名額已滿，自1984年12月1日起已停止報名，沒有報名的同志請勿再匯款來。」〔註5〕隨後，《詩刊》於1985年1月號刊出了朱先樹題為《為了詩歌的繁榮和興旺——記詩刊社全國青年詩歌刊授學院開學盛況》的報導，該文提到，「詩歌刊授學院於1984年11月30日在京舉行開學典禮」，賀敬之、艾青、馮至等人出席講話；「新華社、人民日報、中國青年報、光明日報和北京、上海、湖北等電臺和電視臺，以及全國各地共二十多家報刊和宣傳單位給予了報導和宣傳」；「刊授學院自開始招生以來到十一月底已有二萬餘人踴躍報名。學員遍及全國除臺灣以外的二十九個省市和地區（包括香港）」。〔註6〕同期也刊出了楊金亭題為《「貫一乃拯亂之藥」——全刊授學員的信》的信，針對山西學員李三處的詩歌《馴鹿人的歌》提出了修改意見。同年，專門刊發學員作品的刊物《未名詩人》創刊，直至1994年又改為《青年詩人》；青年詩歌刊授學院也基本以每年一屆的方式舉辦，直至1996年年底改為詩刊社詩歌藝術培訓中心。

〔註2〕《詩刊社創辦全國青年詩歌刊授學院招生通知》，《詩刊》1984年9月號。
〔註3〕《詩刊社創辦全國青年詩歌刊授學院招生通知》，《詩刊》1984年9月號。
〔註4〕詳見《人民日報》，1984年9月15日。
〔註5〕《本刊刊授學院通知》，《詩刊》1984年12月號。
〔註6〕朱先樹：《為了詩歌的繁榮和興旺——記詩刊社全國青年詩歌刊授學院開學盛況》，《詩刊》1985年1月號。

　　至於刊授學院與「青春詩會」的關聯，從一開始就非常明顯，例如自 1984 年 11 月 30 日刊授學院正式開班以後，《詩刊》於 1985 年 10 月號以「初步的收穫」為輯名推出了刊授學員作品選，共推出范俊德等 22 位詩人，其中王建漸參加了當年的「青春詩會」（即 1985 年第五屆，8 月在貴州遵義舉行）、陶文瑜則參加了 1988 年的第八屆「青春詩會」；1986 年 10 月號「刊授學員作品專輯」中推出的何首烏參加了 1988 年第八屆「青春詩會」〔註 7〕。值得注意的是，1985 年 10 月號首次推出刊授學員作品時，同期刊出了朱先樹題為《〈初步的收穫〉讀後》的評論文章，認為這些詩人的作品整體呈現出四個特點，「一、注意對時代情緒的把握。」「二、注意對現實生活氣息的表現。」「三、注意了對英雄人物的真實歌頌。」「四、注意了對詩的表現藝術的探索。」〔註 8〕這種集中發表刊授學員作品及配發相關評論的模式，在其後得到延續，例如 1987 年 10 月號「刊授學員作品專輯」推出了 27 人，配發朱先樹的評論文章《希望的花朵──讀刊授學員作品專輯》。在 1985 年到 1990 年之間，基本以每年兩期的頻率推出刊授學員作品，只不過名稱有所改變，比如 1986 年 6 月號、10 月號，1987 年 1 月號、10 月號，1989 年 3 月號、10 月號名為「刊授學員作品選」；而 1989 年 7 月號為「新荷集」；自 1990 年 3 月號開始均以「新荷集」為名每兩月推出刊授學員作品；後又於 1994 年改名為「青春集」推出，直到 2000 年。

　　如果說早期的刊授學員參加「青春詩會」是隱性「福利」的話，那麼《詩刊》於 1995 年進行刊授學院改革時就將刊授學院與「青春詩會」進行了直接的關聯。在 1995 年 11 月號刊出的題為《詩刊社全國青年詩歌刊授學院招收第十一期學員新舉措：專家掛牌，雙向選擇》的通知中，「學制及教學方式」一欄明確提到「推薦優秀學員參加《詩刊》年度的『青春詩會』」。其後，刊授學院改為詩歌藝術培訓中心時，這一推薦模式得到延續，在《詩刊》1996 年 10 月號刊出的《詩刊社詩歌藝術培訓中心（原刊授學院）一九九七年招生啟事》一文中，明確了進行改革的原因，該文稱「為將成人教育納入規範化管理的軌道，並擴大培訓範圍，經中國作家協會和北京市教委批准成立詩刊社詩歌藝術培訓中心（批准號：成教社字 V3R230）。『中心』前身刊授學院，自創辦以來已招收 11 屆學員，達數萬人次，為詩壇發現和培養了大批新人，1996

〔註 7〕何首烏在 1988 年參加第八屆「青春詩會」時改用「何首巫」。
〔註 8〕朱先樹：《〈初步的收穫〉讀後》，《詩刊》1985 年 10 月號。

年又在全國率先推出詩人掛牌的新舉措，深受廣大學員的信任和支持，產生了良好的社會影響。『中心』將繼續堅持『刊院』的辦學宗旨，以扶植和培養新人為己任，不斷提高教學質量，為置身市場經濟而依然執著於詩歌的朋友提供有效的學習提高的機會。」〔註9〕在「學制及教學方式」一欄中繼續明確提出，「推薦優秀學員參加《詩刊》『青春詩會』。」其後每一期招生啟事中都有此內容。

其實，早在 1989 年，《詩刊》就「透露」過參加刊授學院可能帶來的「福利」，例如《詩刊》1989 年 11 月號在題為《改進辦學方法，更多發現人才：詩刊社全國青年詩歌刊授學院招收第六期學員》的招生啟事中，強調刊授學院「數年來為繁榮社會主義詩歌創作、發現和培養詩歌新人，團結廣大詩歌作者和愛好者做了大量工作，已有上千詩作者通過刊授學習，在中央、省市級刊物發表了大量作品，有的加入了各級作家協會，出版了詩集。」同時提出「學習結束評選優秀學員，在《未名詩人》列名表彰，學員入會，參加文學活動等，學院可酌情予以推薦。」只是這個時候並未直接提出可以推薦優秀學員參加「青春詩會」，但據這一時期參加詩會的很多詩人回憶，其正是通過參加刊授學院才得以參加詩會的。例如劉德吾在《心存感激》一文中就提到，他 1982 年 7 月開始向《詩刊》投稿，幾乎每個月投一次，連續投了三年零四個月均石沉大海，後來以半年一次的頻率繼續投了三年多，依然泥牛入海；1990 年 1 月聽信北京一位詩友的說法，參加刊授學院的學習，經指導老師楊金亭推薦，在 1990 年 5 月號發表了《演唱》一詩，直至 1992 年參加了第十屆青春詩會。〔註10〕又如洪燭在《給〈詩刊〉寄「情書」》一文中提到，曾經參加了《詩刊》刊授學院，他於 1992 年參加了第十屆青春詩會。〔註11〕參加1991 年第九屆「青春詩會」的李潯，也因為 1985 年參加刊授學院，得到了楊金亭的賞識，後來得以參會。〔註12〕

刊授學院與「青春詩會」的關聯，如同其後「青春詩會」與華文青年詩人獎、首都師範大學駐校詩人的關聯，構成了「利益鏈條」，所以其應該是「青

〔註 9〕《詩刊社詩歌藝術培訓中心（原刊授學院）一九九七年招生啟事》，《詩刊》1996 年 10 月號。

〔註10〕詳見劉德吾：《心存感激》，《詩刊》2006 年 9 月號下半月刊。

〔註11〕詳見洪燭：《給〈詩刊〉寄「情書」》，《詩刊》2006 年 9 月號下半月刊。

〔註12〕詳見李潯：《〈詩刊〉助我走上了詩壇的臺階》，《詩刊》2010 年 11 月號上半月刊。

春詩會」體制化早期最重要的萌芽形態。除此之外，也要看到「青春詩會」參會詩人對《詩刊》的「反哺」，因為這些詩人在參會期間與編輯形成的友誼，使得其後在《詩刊》發表作品就非常「便捷」，同時，《詩刊》的活動、理念等需要有人配合的時候，他們就會首當其衝、積極響應。例如當《詩刊》1986年7月號開始大刀闊斧地改革時（前文提到過劉湛秋任副主編後的創舉），參加過1985年第五屆「青春詩會」的王建漸就以讀者來信的方式表示支持，在1986年9月號《讀者中來》刊出其題為《意識的意識──讀七月號〈詩刊〉》的來信，信中提到，「即使不看卷首語，我要說的也是《詩刊》體現出一種『當代意識』。」「目前全國習詩者何止成千上萬（湖北省半年內有兩千人為之交會費），但誰來『領導』他們誰來影響他們，作為中國詩歌界最權威刊物的《詩刊》理應承擔一定『義務』，不管詩的『流行曲』是誰領唱的，但不要過多責怪幼稚的作者（當然也有部分是很老練的）。人們不自覺地把目光盯著《詩刊》，《詩刊》又不負眾望地誘發人的『意識』，這豈不又是一種當代意識？！匆匆寫到此，又想起那位朋友電話中的話：『這期《詩刊》才像我們期待中的詩刊，不俗。』」〔註13〕這種用「讀者來信」來強化編輯意識和刊物理念的方法，其實早有傳統，在五六十年代的刊物中最為明顯。〔註14〕

與「讀者來信」這種刊物編輯慣用的方式相對應，則有通過刊發有傾向性的評論文章來表達和強化刊物的立場，而刊物理念的變化，也對「青春詩會」產生了直接的影響，同時我們也會發現，《詩刊》內部也在做隱性的「抗爭」。這從90年代《詩刊》的變化明顯地體現了出來，例如《詩刊》1990年2月號刊發了耳東的文章《「先鋒」的沉落》，該文對北島、海子、廖亦武等詩人進行了重評，文章中耳東以廉價的「民族英雄」來質疑對北島的定位，認為「無論從北島詩歌的社會功能或藝術功能，他都是難以受到『民族英雄』稱謂的獎賞的」；並且提出海子死後的喧嘩該停止了，他認為「當一個青年詩人把生命意識還原（這是某些『現代派』詩論的核心觀點之一）到自殺上去，要親自『實驗』一下生命意識的失落，只能說是咎由自取了」；也對巴鐵的評論廖亦武《死城》的文章《〈死城〉論綱》中提到的「受控於國家意識形態」、

〔註13〕 王建漸：《意識的意識──讀七月號〈詩刊〉》，《詩刊》1986年9月號。

〔註14〕 斯炎偉認為「這些看似普通的來信實則構成了一個集文學、權力、話語乃至人術於一體的特殊場域，在當代文學的草創時期，扮演了重要的角色，發揮著難以取代的作用」。詳見斯炎偉：《有意味的形式──「十七年」文藝報刊中的「讀者來信」》，《中國現代文學研究叢刊》2011年第4期。

「制度化的文化生產秩序」等提法進行政治定性，認為是「要擺脫社會主義文學藝術的美學原則」。〔註15〕《詩刊》在文末注明了「原載1989年11月總第40期《華夏詩報》，本刊略做編輯加工」。如果將這種非常有傾向性的文章與1990年1月號在「《詩刊》顧問、編委話《詩刊》」欄目中刊發的臧克家《且看這幾年》一文作對應，就產生了遙想呼應的效果：臧克家提到「我為什麼一再強調『主旋律』？詩無長短之分，但意義卻有大小之別。在自由化風沙迷漫的時候，不指明方向，不明辨是非，怎能引導廣大青年走上正路？如果只講『二百』，不冠以『二為』，就一定會出偏差，造成不良後果。」〔註16〕也是從1990年開始，尤其是九十年代前半期，《詩刊》基本唱響著「主旋律」，堅持「二為」方向〔註17〕，「新詩潮」詩人極少亮相，相應地，「青春詩會」推出的詩人也沒有像八十年代那樣富有爭議，但也沒有那麼有影響力。

　　除了1990年以傾向性的評論文章緊密貼合意識形態從而彰顯《詩刊》的辦刊立場，之後這種方式一直持續發揮著作用。例如1992年3月號發表的艾斐的評論文章《呼喚詩魂——兼論「新詩潮」、「後新思潮」的美學誤區》〔註18〕

〔註15〕詳見耳東：《「先鋒」的沉落》，《詩刊》1990年2月號。

〔註16〕臧克家：《且看這幾年》，《詩刊》1990年1月號。

〔註17〕1979年第四次文代會上鄧小平致祝辭，祝辭重申了黨的各項文藝方針和政策，特別強調文藝的「雙百」方針和「二為」方向，繼續堅持毛澤東提出的，文藝為最廣大的人民群眾、首先是工農兵服務的方向。1980年7月26日，《人民日報》發表社論，指出文藝工作總的口號：文藝為人民服務、為社會主義服務。

〔註18〕艾斐：《呼喚詩魂——兼論「新詩潮」、「後新思潮」的美學誤區》，《詩刊》1992年3月號。該文提到：該文提到，「『新詩潮』與『後新詩潮』，在總體趨向上究竟是如何消解乃至泯滅了詩的靈魂呢？（一）脫離現實生活，逃逸歷史使命，淡化時代精神，一味強調從『自我』出發表現『自我』，從潛意識出發回歸『內宇宙』，對『自我』、『內心』以外的客觀世界採取無視和漠視的態度。（二）脫離人民群眾，割斷文化傳統，追求畸化意識，刈滅民族精神，散佈悲觀、頹廢、淒涼、陰冷的世紀末情緒，據悉消極、迷惘、眩惑、孤傲、玩世不恭、極端自私的人生觀和道德觀。（三）以西方的所謂『現代意識』、美學觀念和價值尺度，作為詩歌創作的藍本、詩歌評判的尺度和詩歌審美追求的目標，從而使『新詩潮』和整個『後新詩潮』脫離了中國的實際，違拗了中國人的生活基礎、意識基座、審美習慣和藝術情趣，嚴重地陷入了反理性和追求心理失衡與感官刺激的躁動之中，陷入了對社會內涵和個體人格的無序和推度的直覺感應與極端張揚之中，陷入了對並無根據，並無指向的夢魘與荒誕之中，同時也陷入了對西方諸多政治思潮、美學思潮、藝術思潮、哲學思潮的模糊和消極延攬之中。（四）追慕形式主義，徒求創作方法，營造畸形意象，玩弄語言遊戲，實行非功利、純藝術、無審美、唯技巧的詩歌創作

就是典型的例子。在如此政治正確的辦刊方式中，也需要辨析《詩刊》的內在矛盾，畢竟《詩刊》不僅僅是意識形態的傳聲筒或編輯團隊中某位領導辦刊理念的單一體現，其還面對著廣大的讀者和部分對詩歌「負責」的編輯。所以這些編輯（也可能包含了領導陣容中的部分人員）對意識形態的重壓和領導層的權威進行曲折的「抗議」，例如《詩刊》1992 年 1 月號刊出的由伊娃對讀者意見調查的綜述：「總體上，讀者們肯定了《詩刊》在堅持『二為』辦刊方向、在『高揚時代主旋律、堅持多樣化』方面所做出的努力。」「對《詩刊》辦刊方向、道路、風貌總體的肯定占很大比例。也有持不同或相反意見的，我想也有益，有助於刊物編輯的自省與反思。比如遼寧一農民作者，注明自己是《詩刊》函授學員，代表十二位詩友指出《詩刊》的明顯不足，即『創業不足，守業有餘。』山東某中技學校一位教師指出：『詩作的創新、探索不足，與當代青年的思想感情、心理意識諸方面，還缺乏應有的溝通。』重慶一位幹部指出本刊『老成有餘，朝氣不足。』只能講好，不能講壞，是一種虛弱、不成熟的表現。我想我們歡迎這種率真的、一針見血的哪怕有些過激的意見。它有助於刊物活力的煥發，會使創新著的詩的生命更加昂揚。」〔註19〕這種看似「民主」的禮尚往來，刊出的意義何在？或者說讀者意見是提給誰的？如果是讀者，本身就是他們的意見；如果是編輯，內部消化就可以，為何要刊出？所以整體的行文風格倒像是對「權力層」的諫言，這權力層既指向《詩刊》的領導團隊，也指向刊物的主管部門。以此視角來看「青春詩會」在新世紀的轉型，就會發現其在夾縫中突圍的重重經驗構成了體制化的前提，也構成了體制化的內在邏輯。

二、世紀之交的轉向

在九十年代上半期「主旋律」的氛圍中，「青春詩會」比起八十年代黯然失色，但是也推出了一些之後在詩壇非常活躍的詩人，例如 1992 年第十屆的藍藍、榮榮、湯養宗，1993 年第十一屆的大解、秦巴子，1994 年的葉舟、池凌雲、張執浩等；其中 1991 年第九屆的阿來比較特殊，其後轉寫小說，並產生較大影響力。在九十年代，1990 年、1996 年、1998 年沒有舉辦，從現有資

方針，從而使詩在本質上變得不再是詩了，而成為詩人一己之隨意玩弄技巧的工具、任意渲瀉感情的漏斗。」

〔註19〕伊娃：《禮尚往來》，《詩刊》1992 年 1 月號。

料來看，無法確定直接的原因。從 1999 年開始，每年一屆的「青春詩會」一直延續至今，再無中斷過。「青春詩會」在九十年代的轉折，從 1995 年第十三屆開始，這一年邀請了以《餓死詩人》令詩壇大為震驚的伊沙。也是在這一年九月，葉延濱調任《詩刊》副主編，聯繫 1986 年劉湛秋調入《詩刊》之後的創新，葉延濱的調入似乎給《詩刊》注入了些許活力，當然，其風格還是相對保守，在一篇文章中他提到，「我是 1995 年調到《詩刊》工作的。1995年夏，時任中宣部副部長的翟泰豐同志給廣電部部長孫家正同志親筆寫信，調我到《詩刊》任副主編。這一年，《詩刊》第一次出現了經營虧損，我的分工是作品部分的終審編輯以及行政管理。當時《詩刊》處於低點，發行下降，經營虧損，各種矛盾突出，職工情緒不高。」〔註20〕葉延濱的說法從《詩刊》刊物上就可以看出，例如 1995 年 5 月號就發布了《詩刊社招聘〈詩刊〉發行員啟事》，可見當時提高發行量迫在眉睫。當時《詩刊》的領導團隊也處於新舊交替的狀態，比如 1997 年 11 月至 1998 年 6 月，史無前例地同時有兩位主編（楊子敏和高洪波）；以及 1999 年 3 月退休的常務副主編丁國成和 1995 年9 月出任副主編的葉延濱，他們共任期間的辦刊理念明顯有所齟齬。

這種齟齬從《詩刊》刊發的相關內容就可以得到管窺。例如 1996 年 3 月號「編者寄語」一欄中刊發了時任常務副主編的丁國成的文章《「嚶其鳴矣，求其友聲」》，該文在希望讀者接受《詩刊》、代為發行《詩刊》之時先要強調《詩刊》的地位，「《詩刊》被譽為『國刊』，不僅因為它是中國作家協會所主辦，而且因為它是唯一全國性的詩歌刊物，它理當成為中華民族乃至世界的詩歌園地，而絕對不是某個流派、某個集團、某個地區、某個單位甚至某些個人的同仁刊物。」〔註21〕緊接著在同年 6 月號刊發的朱先樹撰寫的研討會側記中，提到丁國成「建議詩論家牢記江澤民同志的話：在政治問題上要頭腦清醒。這樣才不至於盲目落入政治陷阱。」〔註22〕與丁國成強調政治「第一」、「國刊」地位相對，葉延濱則更重視讀者。在 1996 年 9 月號「編委論壇」欄目，刊發了葉延濱的文章《辦刊物要有讀者意識》，該文提到「改革也好，精品也好，導向也好，最終是要落到讀者這個基點上來的。這是我們辦刊物

〔註20〕葉延濱：《〈詩刊〉：中國夢的家園——我與〈詩刊〉十四年》，《編輯學刊》，
　　　　2009 年第 6 期。
〔註21〕丁國成：《「嚶其鳴矣，求其友聲」》，《詩刊》1996 年 3 月號。
〔註22〕朱先樹：《堅守順應　繼往開來——全國詩歌理論（青州）研討會側記》，《詩
　　　　刊》1996 年 6 月號。

的出發點，也是我們辦好刊物的目的。」〔註23〕此後，《詩刊》1996 年 12 月號又在「編者寄語」中刊出了葉延濱的《面對新詩創作的過程》一文，認為「詩人要關注活躍著的現實與現實中的人生，詩評家要關注現實的詩創作和創作的過程。」〔註24〕從《詩刊》一年內就密集地刊發編委們的各種觀點和寄語的形式來看，他們在刊物上形成了爭論的態勢，由此來看待葉延濱所說的「當時《詩刊》處於低點，發行下降，經營虧損，各種矛盾突出，職工情緒不高」，就有更直觀的理解。

但葉延濱的讀者意識在當時顯然沒有占「上風」，在兩次刊發他的文章之後，緊接著 1997《詩刊》復刊 40 週年之際，同年 1 月號「編委論壇」就刊發了楊金亭的《「四十而不惑」》，該文提到，「當西方現代派形形色色的老調子，穿上皇帝的新衣，舉著『新浪潮』的金字招牌，鋪天蓋地地湧來時，《詩刊》沒有為它的『新』字號所迷惑，跟著隨波逐流……至於那些令人眼花繚亂的『反傳統』、『反崇高』、『反主調』、『非理性』等潮流，儘管來勢甚猛，卻並未撼動《詩刊》……這樣做的結果，《詩刊》堅持了為人民為社會主義方向的一元化和風格流派多元化的統一原則」。〔註25〕與楊金亭遙相呼應，同期「編者寄語」欄目刊發了丁國成的《〈詩刊〉的不惑之年》，該文旗幟鮮明地提出，「在當前，就是要弘揚主旋律，提倡多樣化，這是『二為』方向和『雙百』方針的具體體現。主旋律與多樣化互為依存、不可偏廢。弘揚主旋律是提倡多樣化的前提；提倡多樣化是弘揚主旋律的基礎。沒有主旋律，多樣化就失去主調；沒有多樣化，主旋律也無從談起。而主旋律本身也是多種多樣的。主旋律不是題材、主題、內容、形式、手法、風格問題，而是一種『思想和精神』」。〔註26〕與 1996 年的情況類似，在 1997 年 1 月號刊發這兩篇文章後，緊接著 2 月號又刊發了題為《無法迴避的「操心」（六人談）》的「509 編輯室筆談」，雷霆、周所同、寇宗鄂、梅紹靜、鄒靜之、李小雨六人在筆談中都強調詩與現實生活的緊密聯繫，比如周所同的觀點最具代表性，他認為「中國當代詩歌在努力抗拒物化與媚俗的同時，必須從純自我式的幽暗心靈走出，堅持當代藝術應有的精神向度，關注當代人的全部生存狀態，努力介入和揭

〔註23〕葉延濱：《辦刊物要有讀者意識》，《詩刊》1996 年 9 月號。
〔註24〕葉延濱：《面對新詩創作的過程》，《詩刊》1996 年 12 月號。
〔註25〕楊金亭：《「四十而不惑」》，《詩刊》1997 年 1 月號。
〔註26〕丁國成：《〈詩刊〉的不惑之年》，《詩刊》1997 年 1 月號。

示當代社會的複雜性與包容性」。〔註27〕這些現象顯示出《詩刊》內部在辦刊理念上的矛盾性，刊發內容呈現出「內部刊物」的特徵，編輯之間的爭議通過刊物來進行而不是日常工作之中。

當然，在如此弔詭的局面下，一些老詩人就以「介入」的態度加入到爭論，例如1997年8月號「編委論壇」欄目刊發的雷抒雁的《要緊的是讀者的信任》一文，就非常有針對性：「詩壇的新老權威們也不必太自信，老老實實聽聽讀者的意見，或許更有好處。而且，最好是聽那些不寫詩的讀者的意見。詩的刊物、圖書，想要多大的發行量，就到多大的圈子裏去聽意見。大面積地恢覆信任，才會有大面積的讀者。」〔註28〕就是在《詩刊》內部這種激烈的對撞中，第十四屆「青春詩會」一改九十年代前期的低迷狀態，集中推出了很多在後來詩壇上影響較大的詩人〔註29〕。這一年的「青春詩會」作品專輯也特別奇怪，目前為止唯一一屆沒有在同年刊出而在詩會舉辦後第二年刊出的，當然這跟舉辦時間有關——12月才舉辦詩會。1997年「青春詩會」舉辦後，在《詩刊》1998年3月號推出了「第十四屆青春詩會專號」，首頁的「編者寄語」中做了重點推薦：「『青春詩會』，這是詩刊社在新時期的一項基本建設，從1980年第一屆青春詩會以來，今天活躍在中國詩壇的中青年詩人，大多數都曾有過與這個詩會情深誼長的青春記憶。本屆青春詩會，是與會人數最多的一屆，有最新的魯迅文學獎詩歌獎得主，有剛參加了中國作協青年作家創作座談會的代表，有大學的副教授，有深圳打工的青年，有年輕而資深的新聞記者，也有來自邊疆和山區的詩人。他們從生動而豐富的生活中來，給我們帶來的不僅是一束束充滿青春氣息的詩篇。」〔註30〕參會18位詩人的信息和作品統計如下：

> 謝湘南，23歲，湖南耒陽市人，深圳打工。《呼吸（組詩）》、《零點的搬運工》、《呼吸》、《深圳早餐》、《在西麗鎮》、《卸下》、《時間消失……》、《在羅湖》、《一起工傷事故的調查報告》。
>
> 大衛，原名魏峰，29歲，江蘇省睢寧縣人民醫院工作。《偉大的

〔註27〕509編輯室筆談：《無法迴避的「操心」（六人談）》，《詩刊》1997年2月號。
〔註28〕雷抒雁：《要緊的是讀者的信任》，《詩刊》1997年8月號。
〔註29〕《詩刊》2000年8月號推出的「歷屆青春詩會作品選」，已舉辦的十五屆中選錄最多的就是1997年第十四屆，18人中選錄了11人，這11人至今在詩壇比較活躍。
〔註30〕《編者寄語》，《詩刊》1998年3月號。

時代或者細小的感覺（組詩）》、《歷史將銘記一個日子》（1977.11.8.
看完現場直播後）、《一種想法》、《通宵電影》、《我是我一直懷疑的
人》。

李元勝，34歲，四川武勝人，《重慶日報》工作。《樹葉上的街
道（組詩）》、《某個夜深人靜的時刻》、《玻璃匠斯賓諾莎》、《懷疑》、
《失眠者》、《在春天應該做的事情》、《來得太晚的春天》、《如果我
不再傾聽》、《我的過去》。

祝鳳鳴，33歲，安徽宿松縣人，安徽省社科院工作。《古老的
春天（組詩）》、《苦艾詩》（1996.10.23.）、《自責》（1996.8.10.）、《古
老的春天》（1996.11.10.）、《黎明》（1996.2.9.）、《紡織品商店》
（1996.11.15.）、《夜幕低垂》（1997.1.6.）、《流星紀事》（1995.12.5.）。

古馬，31歲，祖籍甘肅武威。《寄自絲綢之路某個古代驛站的
八封私信及其他（組詩）》、《寄自絲綢之路某個古代驛站的八封私
信》、《銅鏡》、《雪落青海》、《秦磚》、《客居秦州》、《重上景陽岡》、
《雪夜飲酒，向酒保尋問通往梁山泊之路》、《戲贈花和尚》、《讀〈水
滸〉裏一的一場風雪》、《從〈水滸〉外眺望十字坡，想起菜園子母
夜叉夫婦》。

樊忠慰，29歲，原籍四川宜賓，雲南鹽津縣一中教師，雲南省
作協會員。《紅草莓（組詩）》、《我愛你》、《把魚寫給雪水》、《紅草
莓》、《包穀》、《金沙江》、《一隻鳥》、《春天》。

陸蘇，女，27歲，浙江富陽人，富陽市文聯工作。《把小小的
愛情放在鄉村（組詩）》、《太陽地裏》、《月光》、《很高》、《一個人在
家》、《善良的早晨》、《麥芒上的故鄉》、《桶裏光陰》。

張紹民，27歲，農民，湖南省作協會員。《分行與不分行的詩
（組詩）》、《道路是遊子的家》、《骷髏》、《藥》、《泥土把自己洗乾
淨》、《五行波浪》、《水》、《紙與造紙廠》、《內心的馬車》。

鄒漢明，31歲，浙江桐鄉人，1989年開始發表作品，浙江某鄉
村中學教書。《紀念（組詩）》、《冬天》、《四季南方》、《女學生》、《給
她》、《沒有比雪花更溫暖的東西──給女兒》。

劉希全，35歲，山東萊陽人，《光明日報》主任記者。《道路與
閃電（組詩）》、《在春天：「──其他的一切……」》、《折射》、《「秋

—天—翅—膀—飛—」——寫組小樂嶼》、《俯向》、《通往：秋天》。

代薇，女，六十年代中期生於四川成都，現居南京。《只有你能把我的名字讀出聲音（組詩）》、《火車就要開走》、《想念一個人》、《是你的名字嗎》、《懷念突然筆直起來》、《奔跑》、《只有你能把我的名字讀出聲音》、《經過風的樹》。

娜夜，女，33 歲。《新鮮的塵埃（組詩）》、《春天》、《空麥稈裏的秋天》、《生活》、《幸福》、《還有別的》、《眺望》、《之前》、《雪地上》。

沈葦，32 歲，浙江湖州人。新疆某報社工作。《內心的邊疆（組詩）》、《正午》（1995.3.23.）、《讓我說出》、《沙漠的豐收》（1996.12.4.）、《詞：背景》（1997.4.）、《自白》（1997.6.4.）、《歡迎》（1997.5.28.）。

簡人，原名李雲良，28 歲，浙江雁蕩山人，供職於某報社。《一個人和他的鄉村（組詩）》、《鄉村小學》、《木器廠》、《鐵匠之歌》、《診所》、《拉車紀事》、《深夜，聽見一列火車經過鄉下》。

阿信，原名牟吉信，33 歲，甘肅臨洮人，在省內一所師專任教。《天高地遠（組詩）》、《尕海》、《扎西的家》、《桑科》、《對瑪曲一個早晨的回憶》、《寫給我孩子的四行詩》。

吳兵，37 歲，山東濟南人，山東畫報出版社《老照片》編輯部工作。《穿過心靈的河流（組詩）》、《黃河斷流》、《我的心象石榴一樣爆裂》、《理發》、《創痛》、《誰》、《燈》。

龐培，原名王芳，35 歲，江蘇江陰人。《一個冬夜（組詩）》、《風中的味道》、《「我和黃昏擦肩而過……」》、《母親》、《大衛·梭羅在瓦爾登湖畔》、《狄金森肖像》。

臧棣，33 歲，北京人，北京大學中文系教師。《液體彈簧（組詩）》、《古琴（為王楓而作）》、《未名湖》、《報復》、《個人書信史話》。

這 18 人中絕大多數仍活躍於當今詩壇，並產生了不小影響。參會詩人整體的詩歌觀念，在側記中做了總結，「1.『朦朧詩』的批判精神是與時代相稱的，我們今天也應更加關注時代，寫與今天的時代相稱的東西。那就是腳下的土地和人民。2. 對精神取向追求不能降低，有第一等的襟抱，才有第一等的詩歌。追求寫作的老實態度和高的境界。3. 以普通人的心態表現最有力量的生

活，在與群眾息息相關的生活中發現詩意，腳踏實地的認真寫作。4. 寬容並且充分展示個性化的多姿多彩。」〔註31〕可以看出，與《詩刊》1997 年不斷強調「二為」方向有所不同，詩人們開始重新提到「生活」與「個性」。

自這屆「青春詩會」舉辦之後，1998 年又停辦一年，但在同年 5 月號上刊出了《（1978～1998）中國作家協會詩刊社歷屆青春詩會與會青年詩人名單》；其後，從 1999 年開始至今，每年一屆的「青春詩會」再無中斷過。1999 年，《詩刊》對青年詩人的推出力度加大，例如在 3 月號首次推出「新航集」欄目，專門發表第一次在《詩刊》亮相的新人新作；同時在首頁「編者寄語」中強調，我們保持與青年讀者、青年詩人之間的聯繫，有四個主要的渠道：第一、開辦面向青年的欄目；第二、從自然來稿中發現新人；第三、刊授教學；第四、「青春詩會」。〔註32〕1999 年 8 月號推出「第十五屆青春詩會專號」時，在編者寄語中列出了前十四屆的有參會人員的名單，並對「青春詩會」做了新的定位，「自 1980 年首屆『青春詩會』召開以來，《詩刊》舉辦了十五屆『青春詩會』。『青春詩會』是《詩刊》堅持扶植青年，向詩壇推薦新人的辦刊宗旨的體現；也是青年詩人互相交流詩藝，向詩壇展示自己才華的重要詩會。」〔註33〕到了新世紀，2000 年，「青春詩會」體制化運作已初露端倪，該年推出了「每月詩星」欄目，「是為參加過『青春詩會』活躍在詩壇的青年詩人再加一次油，用更多的篇幅展示他們的新努力新創造新探索。」〔註34〕至此，先在《詩刊》以組詩或專輯的方式重點推出，然後參加「青春詩會」，再不斷以類似「每月詩星」的方式在《詩刊》發表作品，以持續加強影響，這種模式在後來被延續並不斷強化。在類似運作下，對青年詩人來說，「青春詩會」無疑成為進入詩壇並產生影響的重要跳板。

三、邀請制轉為徵稿制

《詩刊》2000 年 8 月號刊出了「歷屆青春詩會作品選」，對已舉辦的十五屆青春詩會推出的詩人以精選的方式進行了展示，同期刊出了第十六屆作品專輯。之後的 2001 年，第十七屆「青春詩會」開始了嘗試性的改革，在《詩

〔註31〕 李小雨、鄒靜之、周所同：《讓世界從詩開始——第十四屆青春詩會側記》，《詩刊》1998 年 3 月號。
〔註32〕 《編者寄語》，《詩刊》1999 年 3 月號。
〔註33〕 《編者寄語》，《詩刊》1999 年 8 月號。
〔註34〕 《編者寄語》，《詩刊》2000 年 3 月號。

刊》2001 年 12 月號刊出的「青春詩會」作品專輯中，附發了宗鄂撰寫的《青春與詩同行——第 17 屆「青春詩會」側記》，該側記提出了此次詩會的幾個第一次：新世紀第一次詩會；第一次在縣級地方舉辦；第一次在縣裏選 3 名正式代表，吸收 6 位作者列席。〔註35〕此後，「青春詩會」與地方合辦的模式得以延續，其足跡也開始遍布大江南北。2002 年第十八屆「青春詩會」又進行了一些新的改革，此次詩會在安徽黃山舉行，參會詩人如下：哨兵，黑陶，江非，劉春，張岩，龐余亮，杜涯，魏克，姜慶乙，魯西西，胡弦，李輕鬆，張祈，雨馨。在《詩刊》2002 年 10 月號上半月刊推出的「青春詩會作品專號」中，每位參會詩人的作品之後，都會有一位詩人或詩評家的評論性文字，以加深讀者對該詩人的理解。該期也刊出了梁小斌的《我在「青春詩會」的讀稿筆記（節選）》，該文對參會詩人的作品逐一做了評價，這種邀請以前參會詩人出席詩會的模式在隨後也經常出現。對應梁小斌的讀稿筆記，同期還刊出了周所同撰寫的《第十八屆青春詩會日記》，該文對 5 月 24 日～29 日的會期做了速寫式的記錄，但是關於改稿以及詩人之間的爭論，部分寫得非常詳盡。在新世紀連續進行革新的醞釀和積累下，2002 年 1 月《詩刊》下半月刊正式出刊；相對應的 2003 年第十九屆「青春詩會」也進行了全新的改革，從邀請製轉為徵稿制，其選擇參會詩人的「公正性」也由「被動」變為了主動。

《詩刊》2002 年 12 月下半月刊的首頁刊發了一則《重要啟事》，這則啟事改變了「青春詩會」的歷史模式，該啟事全文如下：「2003 年度『青春詩會』將由《詩刊·下半月刊》主持召開。歡迎各界朋友自薦或推薦優秀作者，同時寄送一組新作（要求作品未發表，未投其他正式出版物、社團刊物）。被推薦作者年齡應在 40 歲以下。我們將隨時公告入選詩人。詩刊社 2002 年 11 月 15 日。」〔註36〕這則啟事奠定了其後詩會的基本模式，從發展歷程來看，「自薦或推薦」的方式有著過渡色彩，其後則改為單一的「投稿」方式；寄送新作成為原則上的要求至今在延續，所謂新作，其後的徵稿啟事中明確為近兩年原創新作、未公開發表等等；年齡限制在其後有過幾次變動，搖擺於 38 歲以下和 40 歲以下，最後以 40 歲以下為標準成為「鐵打」的條件。此次改革自《詩

〔註35〕詳見宗鄂：《青春與詩同行——第 17 屆「青春詩會」側記》，《詩刊》2001 年12 月號。

〔註36〕《重要啟事》，《詩刊》2002 年 12 月號下半月刊。

刊》2002 年 12 月下半月刊發布「啟事」之後的運作情況，在 2003 年 11 月號下半月刊的卷首語中做了說明，「第十九屆青春詩會，提前一年廣泛徵稿、歷時半年層層篩選，先發刊、後開展詩歌活動的方式，將使參加本屆青春詩會的一批優秀青年詩人和他們的作品得到社會各界更充分的瞭解與認知。」「編輯部同仁如《詩刊》本身一樣，是以海納百川的心胸，懷著對藝術的敬畏之心，一遍遍遴選著本屆青春詩會推薦和自薦的近 200 份稿件。最終選定的詩稿是一批注重詩歌本質，既不漠視傳統價值，而又具現代性的詩歌作品。所謂的現代性在這十幾位青年詩人這裡不是膚淺的、表層的和形式主義的，而是建立在人類普遍精神上的詩性訴說。這些詩作從細微處凸現個人情感經驗，從內在中表達了詩人們的悲憫、愛憐和憂患的社會情懷。它們摒棄空洞，遠離低俗，各具異彩而又豐富沉實。我們相信，這些作品一定為廣大讀者帶來心靈的驚喜。」〔註 37〕

從這期的卷首語可以看出，審稿工作仍然由《詩刊》編輯進行，近 200 份稿件的評選標準是「注重詩歌本質，既不漠視傳統價值，而又具現代性」，同時對「現代性」進行了強調，不是形式上的，而是建立在「人類普遍精神上的」。這與九十年代尤其是九十年代前半期「青春詩會」的理念明顯背道而馳，當然也與大環境對詩歌的認識有關。這也是可以透過詩會來管窺新時期詩歌發展的理由所在，將在第四章進行詳細論述。回到 2003 年第十九屆「青春詩會」，根據《詩刊》2003 年 11 月號下半月刊推出的「青春詩會作品專號」〔註 38〕，參會的 16 位詩人和作品信息統計如下：

北野，全名劉北野，1963 年生於陝西蒲城，1982 年移居新疆。《新疆日報》文藝副刊主任編輯，中國作家協會會員。《天山北麓的一場大雨》、《我住在城市的邊緣》、《夜航下的北京》、《通向順義的白楊林帶》、《沿著黃顏色的盲人道》、《一個女人在新疆旅行》。

雷平陽，1966 年生於雲南昭通，供職於昆明市文聯。中國作協會員，雲南省簽約作家。《親人》、《背著母親上高山》、《早安，昆明》、《圓通街的櫻花》、《記憶》、《空中運來的石頭》、《小學校》、《阿魯

〔註 37〕卷首語，《第十九屆青春詩會以一種新的方式展示於詩壇》，《詩刊》2003 年 11 月號下半月刊。

〔註 38〕同期又以回顧總結的方式公布了《詩刊社歷屆青春詩會與會青年詩人名單（1980～2003）》。

伯梁予以西》。

路也，女，1969 年生於山東濟南，濟南大學文學院教師。《南去》、《我的尺寸》、《藍色電話機》、《傷》、《練習》。

啞石，1966 年生於四川廣安，西南財經大學教師。《清晨》、《妄見》、《面對》、《汁液》、《短信息》、《命運》、《詞的腐爛》、《不過》。

王夫剛，1969 年出生於山東五蓮，山東省作家協會會員。《我一個人去了趟黃河》、《鐘錶之歌》、《走過文化東路》、《一個盲人走過正午的鄉村》、《我大爺家的牛死了》。

桑克，1967 年生於東北，1989 年在某高校任教，現供職某報社。《槐花》、《老虎砬子以南》、《墓地》、《芍藥》、《墓誌銘》、《草地》。

沙戈，女，1969 年生，居蘭州，雜誌編輯。《在這遙遠的布爾津》、《獨坐交河故城》、《天空牧場》、《一頭牛》、《雨》、《低懸的月亮》、《走進烏爾禾魔鬼城》、《多麼難得的早晨》、《由臘月十四這天想到的》。

蘇歷銘，生於黑龍江佳木斯，經濟碩士，某公司執行董事。《北京：千禧之雪》、《冬季的朝外大街》、《鬱悶》、《黑暗之中的蝙蝠》、《在五角場轉車》、《茂名南路的畫廊》、《飛越英吉利海峽》、《落葉》。

胡續冬，女，本名胡旭東，1974 年出生於重慶合川。北京大學教師。《戰爭》、《新年》、《在青石橋》、《川菜館》、《雪夜》。

黑棗，原名林鐵鵬，1969 年生。《我以前住在東山村……》、《我以前做鋁合金門窗的時候》、《灶臺》、《蘑菇是怎樣長出來的》、《運草車》、《七分地》、《鋤頭》、《炒菜》。

三子，1972 年生於江西瑞金。江西省作家協會會員。《春天的拖拉機》、《那屋簷水的滴落》、《李子》、《鵝公河上的黃昏》、《誰在為我們祝福》、《我知道那些昆蟲的喘息》、《油菜花》、《燈盞下的村莊》、《風吹過樹林》、《壽量寺的桃花》、《那麼多的人在看著一隻風箏》。

蔣三立，六十年代生於湖南永州，永州市委宣傳部長。《往昔》、《老站》、《農家子弟》、《落日》、《嚮往》、《她在秋天走了》、《思念》。

谷禾，本名周連國，1967 年生於河南鄆城。供職於《華人世界》

雜誌社。《望故鄉》、《下雪天》、《每天》、《唉……》、《再寫父親》、《「啊……」》、《拒絕》。

宋曉傑，女，1968年生於遼寧盤錦。中國作家協會會員，遼寧省簽約作家。《長途客車上》、《舅爺在雨中慢慢挪動》、《聽到你的聲音一時語塞》、《陽光燦爛的午後》、《生活的別名叫細水長流》、《夏天是一個壞掉的西瓜》。

譚克修，1971年生於湖南隆回，設計師，2003年創辦《明天》詩刊。《某縣城規劃》。

崔俊堂，六十年代末生於甘肅通渭，隴中一小都市人事部門工作。《山有多高，水就有多高》、《墓碑旁有棵青松樹》、《雪，黃昏的一席話》、《流浪的月光》、《初春的陽光》、《渭水源頭》、《空谷》、《九堆黃土和一棵大樹》。

據不完全統計，北野、路也、沙戈、三子、蔣三立、譚克修、崔俊堂、雷平陽、蘇歷銘、啞石、宋曉傑等11人之前在《詩刊》發表過作品〔註39〕，佔了總參會人數（16人）的絕大多數。這些人員的構成，基本是「知識分子」身份，例如高校教師路也、啞石、胡續冬，期刊報紙編輯北野、桑克、沙戈、谷禾，簽約作家雷平陽、宋曉傑，公務員蔣三立、崔俊堂，設計師譚克修等等，並且很多人都是中國作協或省級作協的會員。這種詩人的知識背景「職業化」的傾向，為「青春詩會」逐步體制化奠定了基礎，對眾多「青年詩人」來說，他們不再寄託於詩歌帶來實際的利益（像八十年代改變命運、改變職業的情況），而是傾向於官方的榮譽認可。

關於2003年轉型之後的第一次「青春詩會」，有許多運作方法為其後的詩會提供了模式化的借鑒。這屆詩會於2003年11月19日至23日在深圳舉辦，《詩刊》2004年1月號下半月刊推出的由藍野撰寫的側記中提到，「特邀嘉賓、參加過第一屆青春詩會的舒婷、王小妮、徐敬亞來了，同為首屆青春詩會成員的《詩刊》常務副主編葉延濱剛剛結束了半個月的中英作家火車之旅急匆匆地來了；參加過第七屆青春詩會的西川來了，工作在當今為詩歌傳

〔註39〕像北野、路也、沙戈、三子、蔣三立、譚克修、崔俊堂等詩人的簡介中，明確提到在《詩刊》發表過作品；查閱此前十五年的《詩刊》，雷平陽早在1989年12月號就發表了作品，蘇歷銘在1990年12月號、啞石在1995年2月號、宋曉傑在2003年3月上半月刊最早亮相。

播不遺餘力的文學刊物的主編、編輯宗仁發、顏家文、商震、朱燕玲、李少君來了……這屆青春詩會的主要組織者、《詩刊》編輯部主任林莽提前來到深圳安排協調各項事宜，等候各位與會者。」〔註40〕第一屆「青春詩會」的參會人員在其後的詩會中經常現身，這也是「青春詩會」擴大影響力的一種傳統，只不過第十九屆邀請舒婷、徐敬亞、王小妮共同參會，加上主辦方《詩刊》的常務副主編葉延濱也參加過第一屆詩會，使得重聚首的意味更濃，加上第七屆的參會詩人西川，以及「歷屆青春詩會的參加者劉虹、盧衛平、謝湘南、芷泠、老刀、王順健和詩人呂貴品、宋詞、盧煒、卡雅、東方舟、谷雪兒等參加了會議的部分活動」，部分文學刊物編輯（包括其後出任《詩刊》主編的商震和李少君）的加盟，讓詩會的轉型取得極大成功的同時為之後的體制化運作奠定了「團隊」基礎。同時側記中強調「發軔於1980年的青春詩會，是當代詩歌的一個重要組成部分。」「青春詩會從第一屆開始的關注當下創作、尊重新詩發展規律的傳統成為《詩刊》乃至整個詩壇的一份精神財富。」〔註41〕

　　此外，像第一屆「青春詩會」結束時邀請各期刊報紙進行宣傳報導那樣，這屆「青春詩會」也特別注重媒體的宣傳造勢。因本屆青春詩會在形式上的大變革，中央電視臺、《文藝報》、《華夏時報》、《南方都市報》、《北京青年報》等全程跟蹤記錄並做報導。側記中提到，「會後，中央電視臺六次播出了會議報導；《文藝報》在一版重要位置刊發了胡軍的文章《詩星耀南國》；《華夏時報》刊發了京城文化名記吳小曼的長篇報導文章《詩歌與青春共舞——第十九屆青春詩會鵬城論劍》；詩人歐亞採寫的詩會報導竟在《南方都市報》以三個整版的篇幅刊出！《北京青年報》使用了大幅與會詩人照片，刊發了記者陶瀾寫的深度報導，整整一版被編排得突出而明顯。」「深圳電視臺、《深圳晚報》《深圳特區報》《晶報》等當地媒體在詩會開始前、會議進行中都及時、快速、詳盡地報導了會議情況，整版的報導使深圳漂浮著一種美妙和詩意。」〔註42〕如果說參會人員構成、媒體宣傳將方面對「青春詩會」的轉型成功起了舉足輕重的作用的話，那麼另外更為直接的原因，則是推出的文本，除了

〔註40〕藍野：《共赴精神盛宴——第十九屆青春詩會散記》，《詩刊》2004年1月號下半月刊。

〔註41〕藍野：《共赴精神盛宴——第十九屆青春詩會散記》，《詩刊》2004年1月號下半月刊。

〔註42〕藍野：《共赴精神盛宴——第十九屆青春詩會散記》，《詩刊》2004年1月號下半月刊。

推出參會詩人的作品，名額原因未能參會的優秀作品也通過專輯的形式刊發於《詩刊》。

為了引起讀者的注意，《詩刊》在 2003 年 11 月號下半月刊的卷首語中專門強調會推出參選詩人（未能參會）的優秀作品：「翻閱近 200 份來稿，我們發現來稿者多為詩壇風頭正勁的青年詩人，許多人僅僅是因為某些不足而落選。為了彌補缺憾，讓參與者的優秀作品有機會得到更多的展示，我們還設計了一個『第十九屆青春詩會參選詩人作品精選』欄目，選出了幾十位參選詩人來稿中的優秀之作，將陸續在近期刊物中刊發，也請廣大讀者關注。」〔註 43〕同期就刊發了「第十九屆青春詩會參選詩人作品精選（之一）」，有瘦西鴻、楊邪、陳建新、小引、李見心、曹國英等詩人的作品〔註 44〕，其中李見心、曹國英之後參加了 2005 年第二十一屆「青春詩會」。《詩刊》2003 年 12 月號下半月刊又刊出了「第十九屆青春詩會參選詩人作品精選（之二）」，有黃金明、劉漢通、大草、李念濱、韓少君、俞強、楊森君、丁燕、張敏華、慧瑋、張作梗、魯文詠、溫青、劉煒、楊小林、包苞、梁積林、泉子等詩人的作品，其中包苞參加了 2007 年第二十三屆，黃金明、張作梗參加了 2008 年第二十四屆，泉子參加了 2012 年第二十八屆「青春詩會」。這種投稿詩人未能參會，但《詩刊》會擇優選發作品的形式，在其後每屆徵稿時會予以強調。

通過這次重大改革，「青春詩會」的生成機制從《詩刊》內部面向了整個詩壇，形式上的「公正」確保了參與的廣度，它不再單純從《詩刊》已發表作品的詩人中遴選，也不再侷限於《詩刊》編輯的內部視野，將「主動」權交給了任何符合條件的詩人，即使最後仍歸結到《詩刊》編輯的詩歌觀念層面，因為所有來稿的審選仍是由他們完成。但這種面向整個詩壇的舉措，使得青年詩人對「青春詩會」有了新的認識，對他們來說，參加詩會「有百利而無一害」，既有了進入詩壇的「許可證」，也對工作有正向的影響（尤其是與文學相關的職業）。如果上世紀的詩人群體還對「青春詩會」指向的官方有一定的牴觸或警惕的話，新世紀的青年詩人對其則持認可甚至追崇的態度，這當然與詩歌發展的語境相關，但也與政治體制的改革和穩固相關。從教育醫療行

〔註 43〕《卷首語》，《第十九屆青春詩會以一種新的方式展示於詩壇》，《詩刊》2003年 11 月號下半月刊。

〔註 44〕詳見《第十九屆青春詩會參選詩人作品精選（之一）》，《詩刊》2003 年 11 月號下半月刊。

業的職務晉升到公務員體系准入制度的完善，都與詩人群體的生態構成了直接的關聯，他們一般都有賴以生存的職業甚至大多數以「中產階級」的身份出現，當然詩人群體中有大量人員還面臨著生存考驗，但這不影響「青春詩會」吸納絕大多數不以詩歌謀生但以詩歌追求精神向度的人群，至於農民工、農民甚至處境更為艱難的詩人群體，詩會以發現人才的方式構成與政治環境的呼應，比如注重城市建設時發掘打工詩人，注重扶貧工作時發掘農民詩人等等。表面上「青春詩會」不分身份、不分職業、不分地域、不分民族地以詩歌標準推出有藝術水準的詩人，但實際上從推出詩人的知識結構來看，社會層面的精英意識（而非詩歌層面）非常明顯，「中產階級」佔了絕大多數。在這期間，偶而推出的普通工人、農民反而為「青春詩會」的「公平、公正」做了最充分的說明，在這種「原則」下，詩人樂意被推出，樂意被「資格認可」，詩會也適當地貼合熱點，使其體制化的內在機制以詩歌的名義在官方（主管機構）與民間（青年詩人及部分讀者）達到了高度的平衡。

第二節 「形式腐敗」與內在邏輯

一、作為資格認可的「青春詩會」

　　《詩刊》在新世紀以後不斷加大對「青春詩會」的改革和創新，同時也為「青春詩會」參會詩人提供更多的機會以得到詩壇的認可，例如 2000 年推出的「每月詩星」欄目，為參加過詩會的青年詩人「再加一次油」〔註45〕的舉動，就是典型的例子。翻閱新世紀以來的《詩刊》，不難發現，參加過詩會的部分詩人亮相頻率非常高，可以說造成了形式上的資源「壟斷」，《詩刊》不斷增加推出新人的力度，其實質是為了擴大刊物和詩會影響力。如果將目光聚焦於新世紀以來參會詩人的個人簡介，就可以發現他們大多將參加「青春詩會」作為重要的「寫作能力證明」放入其中，尤其是向刊物和各種詩歌比賽投稿之時。一旦有更為重要的「資格認可」，比如獲得「魯迅文學獎」等等，參加過「青春詩會」的資歷就從他們的簡介中隱去。這種對「青春詩會」的曖昧態度在青年詩人中構成了序列反應，例如新世紀前十年的詩人通過參加詩會而獲得詩壇的認可，進而獲得有份量的一些獎項；第二個十年成長起

〔註45〕《編者寄語》，《詩刊》2000 年 3 月號。

來的詩人，便很自然地將參加「青春詩會」認為是詩壇的入場券。這從《詩刊》的角度來說，逐漸將「青春詩會」、華文青年詩人獎、駐校詩人等一系列的「資格認可」形成嚴密的詩壇體制；從青年詩人的角度來說，像工作中評職稱、晉升職務一樣對《詩刊》主導的一系列體制行為進行了反向推動和強化，這也是「青春詩會」轉型取得重大成功的內在原理之一。除此以外，地方的詩歌發展或者分析其詩歌生態時，「青春詩會」成為重要的考量標準，「一些地區在介紹本地區的詩歌創作時，也往往會提到有多少人參加了『青春詩會』，參加『青春詩會』的人數在很大程度上已經成為衡量一些地區詩歌創作實力、潛力和後備力量的重要指標」〔註46〕。有學者直接通過「青春詩會」來考察地域性的詩歌形態，例如唐翰存在2009年就通過參加過「青春詩會」的甘肅詩人來考察當地的詩歌發展和詩歌生態，他認為甘肅歷年來有這麼多人參加「青春詩會」不是一個孤立和突兀的現象，「『青春詩會』專號上發表的甘肅詩人的作品，除了某些不令人滿意的，大都成為甘肅詩歌生態中一個有力的部分。」〔註47〕。還有一個現象可以管窺社會對「青春詩會」的「認可」，每年詩會的舉行成為詩壇重要的事件，例如《新國風》發起評選的「2004年十大詩歌事件」中就有第二十屆「青春詩會」的舉辦〔註48〕。

　　前文所述，在2003年「青春詩會」的重大轉型取得成功之後，其新模式延用至今，當然也經歷了不斷修正完善的過程。在2004年，《詩刊》2月號上半月刊發布徵稿通知的時候，內容簡單程度也與2003年差不多，「第二十屆「青春詩會」將於2004年夏天在首都北京隆重舉行。為了更好地宣傳「青春詩會」，把中國詩壇這個最著名的品牌發揚光大，屆時詩刊社將舉行一系列慶典活動。為此，特向海內外華語青年寫作者徵稿。詩作：不少於500行（可單篇，可組詩）。年齡：不大於38歲（特別優秀者年齡可適當放寬）。性別：不限。我們將認真對待每一份來稿。我們的原則是：公平、公正、公開。」〔註49〕此次稿約中將年齡限制從上一屆的「40歲以下」改為「不大於38歲（特別優秀者年齡可適當放寬）」，同時特別強調了評選原則「公平、公正、公開」。

〔註46〕 蔣登科：《〈詩刊〉與中國當代詩歌的發展》，人民出版社2016年版，第274～275頁。

〔註47〕 唐翰存：《詩歌和我們的世界——評走進「青春詩會」的甘肅詩人》，《飛天》2009年第5期。

〔註48〕 《2004年十大詩歌事件》，《新國風》2005年第1期。

〔註49〕 《第二十屆青春詩會稿約》，《詩刊》2004年2月號上半月刊。

此時的徵稿制其實與約稿制並存，這在詩會舉辦後所形成的「側記」中體現了出來；而且，與第一屆的近 200 份投稿相比，這次詩會開始，青年詩人的熱情空前，收到千餘份稿件，其後的詩會根據每屆「側記」文字，投稿人數有過之而無不及。關於 2004 年第二十二屆「青春詩會」，《詩刊》用關鍵詞的形式總結了幾個特色：「約稿：《詩刊》每期封二連續發布青春詩會徵稿通知，並有選擇地向一批詩人約稿。為了擴大選稿面，在一些優秀詩歌網站也發布了消息，一時間來稿者眾。選稿：公開，公平，公正。最後由編輯部集體定稿，定人。有時，為了一個人員的確定，爭得面紅耳赤。最後報請常務副主編終審通過。遵循一套嚴格的選稿審稿程序，最大可能地不錯過每一份優秀稿件。最後在千餘份來稿中，確定 14 人入圍。至於沒有入選的詩人作品，《詩刊》將在重點欄目推出。互動：本屆青春詩會與北京大學詩歌中心主辦的『南屏詩會』穿插組合，青年詩人們與全國著名的教授、學者、詩歌批評家共同『我說新詩』，增強了聯繫，深化了詩會的理論主題。黃山：這是第二次在黃山舉辦青春詩會，上一次是 2002 年，兩次都看到陽光，燦爛。以後，青春詩會與黃山將結下不解之緣。」〔註 50〕

　　從其「關鍵」詞可以看出，第二十屆「青春詩會」加強了與教授、學者、詩歌批評家的互動，這在第十九屆邀請歷屆參會詩人和其他媒體編輯的基礎上突出了學術性，兩屆詩會的陣容組成模式在此後得以整合，青年詩人、老詩人、編輯、學者的組成形式也慢慢固定了下來，詩壇、新聞界、學界的互動為其影響力的擴散奠定了基礎。與此同時，詩會與采風、觀光的形式相結合，也成為固定的模式，2003 年在深圳，2004 年在黃山，到了 2005 年，徵稿時就突出其「旅遊」性質，稱第二十一屆「青春詩會」「預計將在西部最美的旅遊時節，在盛產美玉的南疆隆重舉行」〔註 51〕。需要注意的是，「青春詩會」的徵稿制模式自這一屆徹底形成，從征稿的標題也有了直觀的展示：2003 年第十九屆為「重要啟事」，2004 年第二十屆為「青春詩會稿約」，2005 年第二十一屆開始正式改為「徵稿啟事」。也就是說，2004 年還在向部分詩人約稿（從詩會「側記」可以看出），而 2005 年起完全改為徵稿。2005 年的徵稿細則也變得比之前詳細：「1. 全球所有華語寫作者，不限國家、地區，都可來稿。

〔註 50〕魏峰：《天空從來沒有像在稻田上這樣湛藍——南屏關麓・第二十屆青春詩會綜述》，《詩刊》2004 年 12 月號下半月刊。
〔註 51〕《詩刊社第 21 屆青春詩會徵稿啟事》，《詩刊》2005 年 4 月號上半月刊。

2. 年齡不超過 40 周歲（詩作特別優異者，可適當放寬）。3. 最新原創詩歌。大約 500 行左右，謝絕在正式報刊發表過的作品參會。作品風格、題材、體裁不限。4. 本次詩會將特別關注有潛質的年輕詩人。來稿時請附上固定通訊地址、電話、電子信箱、個人簡介、出生年月等。5. 截稿日期：即日起至 2005 年 7 月 10 日（以當地郵戳為準）。」〔註52〕這份《徵稿啟事》與之前最大的不同，是將投稿範圍擴大到全球，強調「全球所有華語寫作者，不限國家、地區，都可來稿」，也強調「特別關注有潛質的年輕詩人」；同時對於入選人數也開始有了大致的規定，即「精選 10 餘位參加本屆青春詩會」。

　　2005 年第二十一屆「青春詩會」於 10 月 9 日～19 日在新疆喀什舉辦，共入選 16 位青年詩人，詩會舉辦情況及作品在《詩刊》2005 年 12 月號上下半月合刊中以「青春詩會作品專號」的形式刊出，提到「本屆青春詩會共收到來稿 1000 多份，是歷年來最多的一次，報名者遍及全國各地。在兩個月的評審中，經編輯部初選、交換復選至 100 份、40 份，又經副主編審選 25 份，最後由主編圈定 16 份為參會作品，其間幾經集體討論等嚴格認真的編輯程序。最終入選的這十六位青年詩人，來自全國十一個省、自治區、直轄市，覆蓋面廣，創作風格和創作經歷各異，其中有打工妹、在讀博士、教師、交警、法官、公務員、北漂族、農民、自由寫作者等，年齡最小的 25 歲，女詩人 4 名。」〔註53〕從 2003 年第一次改革時的近 200 份到 2005 年的 1000 多份，可見投稿量迅速增長，也從反面證明了青年詩人對詩會的「認可」。也是在這屆詩會的散記中，第一次透露了由編輯部初選、交換復選，再由副主編審選，最後由主編敲定參會人選的遴選方式。此外，與 2003 年第一次徵稿時的模式一致，2005 年也將未參會詩人的優秀作品以專輯方式推出，在題為《第 21 屆青春詩會參評優秀詩作選輯》〔註54〕中，刊發了娜仁琪琪格、謝榮勝、包苞、胡仁澤、余笑忠、李小洛、蘇淺、唐不遇、楊鍵等詩人的作品，其中很多人陸續參加了之後的詩會。自此，「青春詩會」從應徵詩人地域、年齡等條件限制到徵稿時間，從遴選方式到人數構成，從詩會舉辦地點到舉辦方式，都形成了固定的模式，加之青年詩人的高度認可（投稿數量），詩會的體制化改革徹

〔註52〕《詩刊社第 21 屆青春詩會徵稿啟事》，《詩刊》2005 年 4 月號上半月刊。

〔註53〕《「詩」網之路：26 個字母裏的新疆詩旅——南疆・第 21 屆青春詩會散記》，《詩刊》2005 年 12 月號上下半月合刊。

〔註54〕《第 21 屆青春詩會參評優秀詩作選輯》，《詩刊》2005 年 12 月號上下半月合刊。

底完成。

　　蔣登科在《〈詩刊〉與中國當代詩歌的發展》一書中，認為「經過多年的摸索和實踐，詩刊社舉辦的『青春詩會』已經形成了一些具有一定效果的操作套路。大致可以概括出這樣幾個方面：一是公開徵集稿件，選擇具有創作實力、作品具有一定藝術水準的青年詩人參加。二是在不同地區舉行，使參與者可以感受不同的文化。三是活動內容豐富多彩，涵蓋了和詩有關的所有元素。四是在《詩刊》推出『青春詩會』專欄或專號，後來還為入選詩人出版詩集。」〔註55〕可以看出，蔣登科所提的四個「操作套路」，前三個歷經 2003、2004、2005 三年之後就已完全成型，而第四個「套路」，即「為入選詩人出版詩集」，是在 2013 年第二十九屆「青春詩會」才開始推出。《詩刊》2013 年 3 月號上半月刊刊發了徵稿啟事，公布的細則如下：「1. 投稿作者年齡不超過 40 周歲（憑作者身份證複印件）。2. 應徵稿件為 500 行左右最新原創詩歌，謝絕在正式報刊發表過的作品參會。作品風格、題材不限。3. 來稿時請附上固定通訊地址、電話、電子信箱、個人簡介、出生年月，真實姓名、創作簡歷及身份證複印件。4. 徵稿日期：即日起至 2013 年 6 月 30 日止（以當地郵戳為準）。5. 青春詩會舉辦日期：2013 年 9 月 10 日左右。6. 詩刊社將組成專門的評審組討論推選，交邀請著名詩人、詩評家、編輯組成評委會，按照公平、公開、公正的原則，從應徵稿中選拔 15 位以內青年詩人參加本屆青春詩會。7. 第 29 屆青春詩會代表產生後，《詩刊》將與出版社合作出版『青春詩會詩叢』，免費為本屆入選的每位青年詩人編輯出版一部個人詩集（5 印張、160 頁），『青春詩會』期間舉辦首發式。本屆『青春詩會』代表作品專輯刊發在《詩刊》12 月號上。8.因名額原因未能參會者，所寄稿件《詩刊》也將擇優選發。」〔註56〕

　　從這一屆徵稿啟事可以看出，除了給入選詩人出詩集這一重大「福利」之外，有一些細節與 2005 年徵稿啟事不大相同，顯得更為「專業」，或者說「行政化」，例如年齡不超過 40 周歲這一傳統要求需要用身份證複印件證明，這是 2005 年之後慢慢形成的細則。2013 年第二十九屆「青春詩會」於 10

〔註55〕蔣登科：《〈詩刊〉與中國當代詩歌的發展》，人民出版社 2016 年版，第 270～272 頁。

〔註56〕《浙江紹興·詩刊社第 29 屆青春詩會徵稿啟事》，《詩刊》2013 年 3 月號上半月刊。

月 16 日～19 日在浙江紹興舉行，共入選 15 位詩人，自此除了 2015 年第三十一屆入選 16 位詩人外，至 2020 年一直統一為入選 15 位。詩會結束後，《詩刊》並沒有因為出個人詩集而放棄傳統，仍然在《詩刊》2013 年 12 月號上半月刊推出「青春詩會作品專號」。在同期刊出的側記中，提到出席詩會的領導有中國作家協會副主席，地方省作協黨組書記，舉辦地市委常委、宣傳部部長〔註 57〕等等，與「身份證複印件」相對應，「青春詩會」的行政風格更加明顯和程式化，當然早在第一屆「青春詩會」作協領導出席的現象就已成為「傳統」，而此刻地方領導的「加盟」也使得詩會的舉辦有了強力的保障。至於首次出臺的為參會詩人出詩集的舉措，在該側記中也專門做了記錄：「參加第二十九屆『青春詩會』的 15 位詩人可說是生逢其時——在『青春詩會』的歷史上，這是第一次為每一位參會的詩人出版詩集。『第 29 屆青春詩會詩叢』醞釀已久，經過詩刊社和灕江出版社的共同努力，在詩會期間華麗亮相，並在著名的沈園景區舉行了隆重的叢書首發式及朗誦會。」〔註 58〕

　　如果說 1980 年《詩刊》舉辦第一屆「青春詩會」為請到朦朧詩主將而感到榮耀、為北島沒有參加而有遺珠之憾的話，到了 2003 年第二十九屆，則完全相反，不是《詩刊》社為推出優秀詩人而榮耀，而是青年詩人為能參加「青春詩會」而榮耀，所以《詩刊》的姿態也非常明顯，認為這些詩人「生逢其時」。自此，「青春詩會」的體制化徹底成熟，它完全以「制定規則」的角色等待「天下英雄盡入彀中」，青年詩人的認同甚至趨之若鶩也加固了詩會的體制化堡壘。如果追溯源頭，「青春詩會」的體制化運作早在誕生之初就從根子上已經埋下了伏筆，其所依賴的作協系統和所處的意識形態「現場」成為體制化的保障。它也曾嘗試從這枷鎖中掙扎出去，而完全以詩歌的標準來打造真正的詩會，比如第一屆、第六屆、第七屆，但是這種嘗試馬上會受到相應的懲罰。於是，在被允許的範圍內，「青春詩會」以其文學與政治交融地帶的張力發揮著推出、引導青年詩人的作用，並成為詩人的一種「資格認可」。這種「資格認可」背後深刻的緣由，曾在《詩刊》做過編輯工作的唐曉渡有著清醒的認識，他認為《詩刊》是超級文化機器的有機組成部分，「在這部機器的

〔註 57〕詳見彭敏、李曉晨：《流觴詩醉——第二十九屆「青春詩會」側記》，《詩刊》2013 年 12 月號上半月刊。

〔註 58〕彭敏、李曉晨：《流觴詩醉——第二十九屆「青春詩會」側記》，《詩刊》2013 年 12 月號上半月刊。

背後，則矗立著幾代人由之所出，但在實踐中早已褪盡理想光環的社會烏托邦。這種烏托邦堅持認為，可以像管理工程一樣管理人的思想感情，可以象生產合格產品一樣生產包括詩歌在內的藝術作品，由此就需要相應的管理機構、管理制度和管理者。從理論上說，這正是類似文聯、作協及其下轄各文藝刊物的存在依據和工作職責，其職權範圍包括：一，成為溝通『指導者』和『被指導者』的說教渠道，所謂『上傳下達』；二，負責甄選並展示符合『指導者』的意圖和口味，亦即『合格』的產品，以『類廣告』的方式進行示範、引導和推廣；三，及時發現、指明、糾正或整肅『離經叛道』的異端傾向，以確保產品質量的純潔。這架奇怪地集意識形態強權和計劃經濟、柏拉圖主義和現代大生產於一身的超級文化機器曾經非常有效，它所實現的一統天下的勳業亙古未有，為此不惜吞噬過它是忠實的兒女；但也曾因無所制衡而走火入魔，從而在一場真正的文化浩劫中自我揭示出內在的荒謬。」〔註 59〕

　　「青春詩會」「體制化改造」完成之後，表面上確實為推出青年詩人提供了極為公平、公正、便捷的平臺，但實質上成為詩歌審查最重要的「工具」，它允許什麼樣的詩人參加、允許什麼樣的詩歌走向前臺，無疑給更年輕的詩人提供了導向作用，只要準備進入詩壇、準備在詩壇有一席之地，他們就在自己的寫作中有意無意地靠向「青春詩會」的「風格」。在這個意義上，詩會允許推出優秀詩人並不優秀的作品，前提是必須保證政治正確，比如參加 2002 年第 18 屆青春詩會的劉春，就曾經感慨，「作為此屆詩會的與會者，我唯一的遺憾是詩會期間初選上的拙作《基本功》、江非的《到北方去》、魏克的《到處都是魏克》最終沒能在當年第 10 期《詩刊》『青春詩會』專號上露面，而是換上了內容上更為『保險』的作品。」〔註 60〕當然，改為徵稿制以後，像

〔註 59〕 唐曉渡：《人與事：我所親歷的八十年代〈詩刊〉（二）——在近乎廢墟的過去和有待拓展的未來之間》，《經濟觀察報》，2006 年 9 月 4 日。

〔註 60〕 劉春：《朦朧詩以後：1986～2007 中國詩壇地圖》，崑崙出版社 2007 年版，第 313 頁。劉春所提到的三首作品正文如下：劉春《基本功》，「在成為明星的之前，請準備身體／供導演檢閱；準備緋聞，供媒體炒作／準備健康，以防拍片時穿衣服太少患上感冒／也可以準備 DVD，儲存自信心與成就感／準備林黛玉的家世和表情／撩撥觀眾的淚腺和同情心／／還要準備一千個嘴巴，一百個造謠／一百個闢謠，八百個練習接吻／準備一萬條舌頭／在夜深人靜時舔滿身的疤痕／／在成為罪犯之前，請準備 6 個月／到 20 年的光陰；準備牙刷、牙膏、毛巾、香皂／洗不淨靈魂，就擦乾身子／也可以準備鋼筆寫遺書／或者準備一條命，到離城 40 公里處／獻給人民／／還要準備耳朵，聽法官義正詞嚴／準備眼睛，看親友痛不欲生／準備一頭白得發亮的長髮，

劉春所說的這類作品，在篩選過程中就早早被淘汰。這種嚴密的、公正的推出機制、「審查」機制，經年累月地對詩人產生規訓，尤其對青年詩人有著強大的導向作用，寫什麼樣的作品容易發表、容易參會、容易被認可，從內容

以免讓年邁的父母／白髮人送黑髮人／／在成為妻子之前，請準備人民幣／250元，或者30美金／15分鐘時間；準備零錢掛號／準備公民應有的禮貌，排隊、按次序上床／請不要緊張，早在八十年代／科學家就已為你準備好了處女膜／／還要準備控制力，對丈夫平靜如常／對情人守口如瓶／準備純真的臉蛋和笨拙的姿態／以免一不留神露出破綻／／在成為貪官之前，請準備膝蓋／隨時跪下；準備嘴巴，唱讚歌、咬人／準備肩膀，扛煤氣罐、馱行李／準備臉，被打了左邊，主動送上右邊／準備二十瓶洋酒、四十條名煙／恰到好處的女人和金錢／／還要準備耐心與恒心，不能三天打漁、兩天曬網／如願以償之後，準備好保險櫃裝情書和錢／準備別墅金屋藏嬌，準備刀片／在必要時割靜脈／／在成為詩人之前，請準備足夠厚的臉皮和烈酒／準備精力，廣交女朋友，來一場柏拉圖／或者動真格，然後失戀／準備《聖經》、博爾赫斯和艾略特的名句／在必要時誦讀；準備手帕，遮羞，或者哭泣／／還要準備存摺，供評論家開銷／準備『下半身』，加深讀者印象，準備紙／筆和鏡子，在燈火闌珊處／自己打量自己……」。詳見：https://mp.weixin.qq.com/s/Qf8Q8AGrypbqm-kW_luw5A。訪問日期：2020 年 11 月 20 日。江非《到北方去》，「到北方去／會經過平墩湖村後的一片麥地／祖父的鋤頭爛在那裡／二叔的房後／藏下了野草和孩子／到北方去／會經過寬闊的天安門廣場／高高的桅杆上，一面／被風晃動的老旗子／那麼多荒草似火的歲月／留下了三頁滄桑的歷史／到北方去／會到達俄羅斯／那個冰天雪地的國度／迎面走來的老野計／他叫葉賽寧／孤獨的灰鴿子／在一片孤獨的白樺林裏棲息／／到北方去／會越走越遠／最後到達了北極／最後到達了寒冷的目的地／那兒一片冰山／萬年的玻璃／祖先啊，那位村裏的高個子／他生來就未到過那裡。」詳見：http://jiangfei3716.blog.sohu.com/27964583.html。訪問日期：2020 年 11 月 20 日。魏克《到處都是魏克》，「我對著一粒沙子喊：魏克　魏克／我還對著自己喊：魏克　魏克／我的喊聲如同一些手指／敲打出很多有關魏克的迴響／／叫喊中的魏克／在走向魏克的途中／養成了叫喊的習慣／在這四處都潛伏著魏克的地方／我已處於長久的黑暗／目光鬱鬱內心不得安寧／魏克陷在魏克之中／他感到自己／時刻都在被另一個魏克憾動／他必須捆綁住／另一個嚎叫的魏克／或者他必須在嚎叫中／捆綁住自己／／很多個魏克意味著很多把刀／被他們握在手裏／很多個魏克意味著魏克／將找不到睡覺的地方／很多魏克也填補不了／欲望在魏克身上打下的漏洞／那些理性無力修補的漏洞／足以漏掉魏克臉上／積蓄已久的光亮／魏克是魏克的一個懸崖／他懸弔在自己的肉體上／已筋疲力盡／墜落的恐懼／使他徹夜吼叫／在這到處都是魏克的地方／魏克就是他自己的沙漠和沙漠／他將在自己身體裏／持久嚎叫很長的一段時間／／到處都是魏克　魏克　魏克／像很多懸浮著的空心管／在我的四周／發著當當的巨響。」詳見：https://www.doc88.com/p-9465254286527.html。訪問日期：2020 年 11 月 20 日。

甚至到寫法都形成了一種「標準」。尤其是現代語境中，對絕大多數青年詩人來講，詩歌只是他們生活的一部分，通過簡單便捷的方式獲得被認可也符合「時代的精神狀況」。所以，充斥在詩壇的輕抒情、輕敘事、輕反諷，以及像撓癢癢一樣的「揭露性」作品，既符合官方的調性，也突出了青年詩人的「情懷」，又彰顯了刊物的「審美能力」，幾個方面的作用力助推了「青春詩會」的體制化進程，達到了「合謀」的效果。在此意義上，當代詩歌總體上的「時代膚淺症」，也在「青春詩會」體現了出來。

二、「青春詩會」與「華文青年詩人獎」的關聯

如果說《詩刊》設置相關欄目不斷重點推出「青春詩會」已參會詩人，以及其後高頻率發表參會詩人作品只是隱性關聯的話，那麼 2003 年推出的「華文青年詩人獎」，就與「青春詩會」有了「直接」的關聯。這裡所謂的「直接」，並不是指「華文青年詩人獎」的評獎條件有參加過「青春詩會」這一要求，但是從實際的結果來看，這兩者之間存在著很大程度上的「因果」關係。「華文青年詩人獎」的主要發起者林莽總結過該獎項的特色，即「四個一」，「一個獎、一本書、一個駐校詩人、一個研討會的四個一的評獎模式，是一個立體的、可持續發展的、獨特的中國青年詩人的詩歌獎項，這個獎就是華文青年詩人獎。」[註61] 關於「華文青年詩人獎」的誕生，林莽提到，「2002年一本面向青年詩人的，面目一新的《詩刊‧下半月刊》問世。與此同時，為表彰優秀青年詩人，為青年詩歌寫作者樹立榜樣，又開始籌劃、設計獎勵優秀青年詩人的獎項。」「2003 年，首屆『華文青年詩人獎』在長沙『春天送你一首詩』全國主會場的詩歌朗誦會上頒發。在那次會議上，我向與會者介紹了『華文青年詩人獎』設立的初衷、評獎方式及整體設想。」[註62] 表面看來，這個獎項與「青春詩會」無任何關係，從設立初衷到評獎機制，都表現出「獨立」的特徵。

林莽在詳細介紹初評和終評機制時，均沒有提到「青春詩會」。「初評在自薦與推薦的基礎上進行。根據作者前一年在公開刊物上發表的作品數量與

〔註61〕林莽、藍野主編：《卷前小語》，《三十位詩人的十年：華文青年詩人獎和一個時代的抒情》，灕江出版社 2012 年版，封二。

〔註62〕林莽：《一個獨特的青年詩人獎項的誕生與堅守》，收錄於：林莽、藍野主編，《三十位詩人的十年：華文青年詩人獎和一個時代的抒情》，灕江出版社 2012年版，第 1 頁。

質地，初選十幾名活躍的青年詩人入圍，再由編輯部擬定一篇命題作文，通知所有進入初選的作者撰寫文章，並提供前一年發表的作品及作者自然情況等。初評由編輯部根據回稿情況，充分討論後選定 10 名入圍作者進入終評。凡沒有完成文章或寫作水平較差者，沒有資格進入終評名單。」〔註63〕這看似非常嚴密的程序，實質上從根源上就決定了獲獎者的範圍，到目前為止，沒有在任何公開的渠道看到過「華文青年詩人獎」的自薦方式和程序，也就是說，自薦只可能發生在與主辦方認識的青年詩人群體，而推薦則更加明顯，其範圍進一步窄化到主辦方具體的運作人員。在這個基礎上產生的名單進行終評，本身是有一定「問題」的，所以終評無論顯得多麼公正，也使這個獎項的生成機制有了內在的侷限。「終評委由瞭解當前詩歌創作情況的詩界一流專家和學者來擔當，以保障詩歌評獎的學術水準。終評不集中開評審會，只是將入圍作者的資料發給每一個評委，請評委獨立審讀，按自己的審美標準定優劣，逐一寫出評語，並按自己的意見將 10 名候選人排定順序。所排順序按第一名 10 分，第二名 9 分，第三名 8 分的遞減排列，全體評委的總分之和的前三名即為獲獎者。評選前不公布評委名單，評委每年有部分更換。這樣保障了這一獎項的『專家評審，公開、公正、公平』的基本原則，避免了評獎中的人情和評委間的相互影響。」〔註64〕

對於終評評委來說，他們當然覺得獎項的公開、公正與公平，但是對於終評名單的生成，他們或許並沒有在意，在組織者也沒有提醒或並沒有認識到的情況下，這個獎項就一直延續創辦時的模式，並且其結果反向證實了「圈子化」的內在機制。當然，這一內在機制因為創辦人的工作變更和評委組成的更換，可能會產生一定影響。為了便於做深入的分析，將目前為至舉辦了十八屆的「華文青年詩人獎」獲獎詩人與參加「青春詩會」情況統計如下（括號中的數據為參加「青春詩會」的時間及屆數，未參加詩會的獲獎詩人加黑標示）：

2003 年第 1 屆：江一郎（2000 十六），啞石（2003 十九），劉

〔註63〕林莽：《一個獨特的青年詩人獎項的誕生與堅守》，林莽、藍野主編，《三十位詩人的十年：華文青年詩人獎和一個時代的抒情》，灘江出版社 2012 年版，第 2 頁。

〔註64〕林莽：《一個獨特的青年詩人獎項的誕生與堅守》，林莽、藍野主編，《三十位詩人的十年：華文青年詩人獎和一個時代的抒情》，灘江出版社 2012 年版，第 2 頁。

春（2002 十八）。

2004 年第 2 屆：江非（2002 十八），雷平陽（2003 十九），北野（2003 十九）。

2005 年第 3 屆：路也（2003 十九），盧衛平（1999 十五），田禾（2000 十六）。

2006 年第 4 屆：王夫剛（2003 十九），李小洛（2006 二十二），牛慶國（1999 十五）。

2007 年第 5 屆：榮榮（1992 十），李輕鬆（2002 十八），蘇歷銘（2003 十九）。

2008 年第 6 屆：邰筐（2006 二十二），李寒（2005 二十一），熊焱（2007 二十三）。

2009 年第 7 屆：孔灝（2006 二十二），尤克利（2007 二十三），阿毛（2004 二十）。

2010 年第 8 屆：黑棗（2003 十九），徐俊國（2006 二十二），林莉（2008 二十四）。

2011 年第 9 屆：**藍野（《詩刊》編輯）**，宋曉傑（2003 十九），谷禾（2003 十九）。

2012 年第 10 屆：郭曉琪（2008 二十四），**丁立（未參加）**，楊方（2008 二十四）。

2013 年第 11 屆：劉年（2013 二十九），談雅麗（2009 二十五），慕白（2010 二十六）。

2014 年第 12 屆：馮娜（2013 二十九），陳亮（2014 三十），離離（2013 二十九）。

2015 年第 13 屆：臧海英（2016 三十二），王單單（2012 二十八），張巧慧（2014 三十）。

2016 年第 14 屆：張二棍（2015 三十一），**聶權（《詩刊》編輯）**，武強華（2015 三十一）。

2017 年第 15 屆：陸輝豔（2016 三十二），燈燈（2012 二十八），方石英（2016 三十二）。

2018 年第 16 屆：**吳乙一（未參加）**，徐曉（2019 三十五），祝立根（2016 三十二）。

　　2019 年第 17 屆：**張常美（未參加）**，敬丹櫻（2019 三十五），
林珊（2019 三十五）。

　　2020 年第 18 屆：談驍（2017 三十三），芒原（2020 三十六屆），
周簌（未參加）。

可以看出，已經評選了 18 屆的「華文青年詩人獎」獲獎的 54 人中，有 48 人
參加過「青春詩會」，未參加詩會的 6 人中有 2 人獲獎時為《詩刊》編輯，分
別為 2011 年獲獎詩人藍野和 2016 年獲獎詩人聶權；其他未參加「青春詩會」
的獲獎詩人分別為 2012 年的丁立、2018 年的吳太乙、2019 年的張常美、2020
年的周簌；此外，比較特殊的是 2015 年第十三屆華文青年詩人獎的臧海英，
獲獎之後第二年才參加「青春詩會」，以及 2018 年第十六屆的徐曉，也是獲
獎之後第二年參加詩會。在上述統計數據面前，無論主辦方如何「去背景化」
地強調獎項的公開、公正，無論對獎項的定位如何有特色，但實際的效果是，
兩種活動構成了「利益」勾聯。如果再做詳細分析，會發現 2003～2009 年由
《詩刊》社主辦時，全部的獲獎詩人都參加過「青春詩會」；到了 2010 年，
隨著發起人林莽的退休，「華文青年詩人獎」改由《詩探索》主辦〔註 65〕，當
年的參會詩人依然都參加過「青春詩會」，2011 年終於出現了未參加詩會的獲
獎詩人藍野，但其身份也頗為特殊，時任《詩刊》編輯；直到最近三年，才連
續出現了每屆獲獎詩人有一人未參加「青春詩會」的現象，但參加了詩會的
詩人獲獎概率仍然居高不下。

　　雖然「華文青年詩人獎」從未將「青春詩會」作為評獎條件之一列入其
中，但從反向關聯的視角來看，參加「青春詩會」確實在很大程度上成為獲
得這個獎項的准入「資格」。當然這也與發起人林莽和《詩刊》社的特殊關係
相關，而且這個獎項本身是以《詩刊》的名義發起的，雖然之後轉由《詩探
索》主辦，但其仍與《詩刊》保持千絲萬縷的關聯，主要評委之一的林莽自不
必說，其後《詩刊》原主編葉延濱、《詩刊》編輯部主任藍野等，也經常出現
在評委名單中。這種相對固定的評委陣容當然為「華文青年詩人獎」相對集

〔註 65〕據林莽所說：「2010 年我從《詩刊》退休，這一獎項面臨中斷，駐校詩人也無
　　　　法維繫。很多的青年詩人和首師大中國詩歌研究中都非常希望這一獎項和駐
　　　　校詩人制度能不斷延續下去。為此，經《詩探索》編輯委員會討論決定，『華
　　　　文青年詩人獎』這一已經形成良好品牌的詩歌獎，由《詩探索》接著做下去。」
　　　　詳見林莽：《一個獨特的青年詩人獎項的誕生與堅守》，收錄於《三十位詩人
　　　　的十年：華文青年詩人獎和一個時代的抒情》，灕江出版社 2012 年版，第 3 頁。

中的審美走向提供了充分條件。由此，以「青春詩會」為基點，以「華文青年詩人獎」及對應的首都師範大學駐校詩人形成了實質的關聯，「青春詩會」成為青年詩人進入詩壇最重要的一次資格認可。也正是通過這一系列的體制化運作，使「青春詩會」站在了這一鏈條的起點，其成為詩壇體制化逐步走向穩固的一種非常明顯的鏡象。如果做粗略觀察的話，會發現這些獲獎詩人絕大多數是中國作家協會或省級作家協會的會員，不少已經成為作協領導，因此，「青春詩會」、「華文青年詩人獎」與各級作協形成了互推互生、犬牙交錯的內在機制。對於青年詩人的推出、社會地位的獲得，甚至職業發展構成嚴密的聯結，使詩人在體制語境中獲得了非常大的發展空間。由此回過頭來看「華文青年詩人獎」的定位，「旨在表彰獎勵漢語詩壇上『具有獨特藝術氣質和獨特詩歌創作力』的青年詩人」〔註66〕，其出發點與歸宿與「青春詩會」「是中國青年詩人閃亮登場的舞臺與成長的搖籃」〔註67〕形成了呼應。

當然，分析「青春詩會」與「華文青年詩人獎」的關聯，是對「青春詩會」以及與之相關的詩歌活動、詩歌現象在運作機制上進行體制化的考察，而其產生的文本，有待深入分析。回到「華文青年詩人獎」的評獎流程及結果，以第1屆為例，評審委員會的組成如下：主任葉延濱（《詩刊》常務副主編），副主任林莽（《詩刊》編輯部主任），評委謝冕（詩歌評論家、北京大學教授）、韓作榮（《人民文學》常務副主編）、梁平（《星星》詩刊主編）、郁蔥（《詩選刊》主編）、子川（《揚子江》詩刊主編）。從評審委員會陣容可以看出除了《詩刊》部分領導參與外，幾大有影響力的詩刊以及《人民文學》的副主編、北京大學教授謝冕等構成了非常權威的陣容。這種陣容組成方式一值得到延續，像葉延濱、林莽、謝冕等在其後的幾屆中一直擔當評委，成為「華文青年詩人獎」評審委員會的主力陣容。比如2009年「第七屆華文青年詩人獎獲獎評審委員會主任為葉延濱（《詩刊》原主編、詩人），副主任為林莽（《詩刊》編輯部主任、詩人），評委為謝冕（北京大學教授、詩歌評論家）、吳思敬（首都師範大學教授、詩歌評論家）、楊克（廣東省作家協會副主席、詩人）、郁蔥（《詩選刊》主編、詩人）、王明韻（《詩歌月刊》主編、詩人）」；〔註68〕

〔註66〕《華文青年詩人獎簡介》，《詩刊》2009年4月號下半月刊。
〔註67〕《浙江紹興·詩刊社第29屆青春詩會徵稿啟事》，《詩刊》2013年3月號上半月刊。
〔註68〕《第七屆華文青年詩人獎獲獎評審委員會》，《詩刊》2009年5月號下半月刊。

即便到了 2010 年第 8 屆，由《詩探索》主辦時評委組成依然延續之前的傳統，由老評委謝冕、吳思敬、林莽、鬱蔥再加羅繼仁（《中國詩人》主編、詩人）、劉福春（中國社會科學院文學研究所研究員、詩歌版本學家）、潘洗塵（《詩探索》作品卷、《星星詩刊》理論卷主編，詩人）組成。〔註69〕其後主力陣容一值得到延續，比如 2013 年第 11 屆的評委為謝冕、吳思敬、林莽、劉福春、商震、謝克強、蘇歷銘、沈葦、趙思運等人；2016 年第 14 屆為謝冕、吳思敬、林莽、劉福春、商震、鄒進、藍野；等等。

值得注意的是，為了擴大「華文青年詩人獎」的影響力，主辦方跟蹤這些詩人獲獎後的創作及實績，並在「中國作家網」公布，據該網站內容，這些詩人獲獎之後在詩壇「如魚得水」，比如第一屆的江一郎，獲獎後陸續在《人民文學》發表了三組詩《雪為什麼飄下來》、《草在枯黃》、《提燈的人》，2008 年 7 月又在《詩刊》下半月刊「詩人檔案」重點推出其作品，其中《草在枯黃》獲人民文學首屆青春中國詩賽一等獎；2005 年 9 月，與田禾、江非合出三人詩集《白銀書》。又如第一屆的劉春獲獎後相繼出版了詩集《廣西當代作家叢書・劉春捲》、《幸福像花兒開放》，文化隨筆集《或明或暗的關係》、《讓時間說話》，詩學專著《朦朧詩以後》，編選有《70 後詩歌檔案》、《命運的火焰──桂林九人詩選》；分別獲得 2003 年廣西金嗓子青年文學獎、2004 年度北京市文藝評論獎、2004 年度廣西文藝評論獎和第二屆宇龍詩歌獎等；2007 年 11 月，參加全國青年作家創作會議；2007 年 7 月，當選廣西作家協會理事；2008 年 5 月，當選廣西詩歌委員會副主任。〔註70〕第二屆獲獎詩人依然，例如江非，獲獎後成為首都師範大學首位駐校詩人；個人詩集《一隻螞蟻上路了》入選中國作協「21 世紀文學之星叢書」；出版個人詩集《紀念冊》和詩合集《三個刀伏手》、《江非、李小洛詩選》、《白銀書》、《我們柒》；詩歌作品《媽媽》入選人民教育出版社普通高中課程標準實驗教科書《中國現代詩歌散文欣賞》；出席了全國青年作家創作會議。以及雷平陽，獲獎之後又相繼獲得了人民文學詩歌獎、中國青年作家批評家論壇 2006 年度青年作家獎、華語文學盛典 2006 年度詩人獎、明天・額爾古納華語詩歌雙年展新銳詩人獎、1986～2006 中國十大新銳詩人獎和雲南省文學創作獎等；出版作品集《雷平

〔註69〕詳見《2010 年度詩探索・華文青年詩人獎報導》，《詩探索》2010 年第 6 期。
〔註70〕江一郎和劉春獲獎後的創作及實績，詳見：http://www.chinawriter.com.cn/2009/2009-03-17/37299.html，訪問日期：2020 年 11 月 23 日。

陽詩選》、《天上攸樂》、《我的雲南血統》等。〔註71〕由此可以看出「華文青年詩人獎」對他們其後的詩歌發展道路產生了非常重大的影響，而與「華文青年詩人獎」對應的「青春詩會」，成為一系列獎項之前名副其實的「資格」認可。

雖然「青春詩會」、「華文青年詩人獎」及其後要分析的駐校詩人制度形成了內部生產的事實，但是評委對作品的認可機制，是在這體制之內的另一個維度，只不過他們是建基在初評時已經被「體制化運作」之後的結果之上的。他們對相關作品，還是有著細緻的閱讀和判斷，例如謝冕，在評價第一屆獲獎詩人江一郎的作品時，就認為他能夠以獨特的方式表達他對生活的熱愛，讓人感動的對土地的親近，歌謠般的抒情結構〔註72〕；在評價第二屆獲獎詩人時，深入具體作品，認為「江非的詩來自普通生活的感受，句子簡潔、新穎而獨特。《一隻螞蟻上路了》我不太喜歡，這樣的詩別人也能寫，但《小歌十六首》就很不一般，它是獨創的，只有江非才寫得出。有一種讓人著迷的神秘感，並且語言都是日常的平實」；在評價同一屆另一位獲獎詩人時，他提到，「在滿世界都是絮絮叨叨的『口語化』中，終於讀到了北野，為他詩中的音響而欣喜，我指的是《遙望西域》。詩有一種雄渾的氣勢。《一群麻雀翻過高速公路》是禮讚，也是關懷。」〔註73〕不過，即便是終評中確實保證了客觀、公正以及以作品說話，但是其初選階段的名單生成機制，是否將很多詩人就已排除在外而構成了越來越窄的「圈子化」現象？如果「青春詩會」與「華文青年詩人獎」在初選上也無任何關聯，那麼形式公正導致結果「腐敗」，頗耐人尋味，尤其是在事實上「青春詩會」與「華文青年詩人獎」形成內循環的現象。但問題是，越是公正、公平的形式保障，就越使得它不可能像第一屆「青春詩會」那樣整合、包容，也不像邵燕祥、王燕生在前五年發現詩人，劉湛秋、王家新在後五年發現詩人的更新機制，「華文青年詩人獎」在已頒發的 18 屆中，與「青春詩會」密不可分的關聯（詩人來源的單一性），以及相對穩定的評委陣容，是否在審美慣性的作用下，構成一種形式上的「腐敗」？

〔註71〕江非和雷平陽獲獎後的創作及實績，詳見：http://www.chinawriter.com.cn/2009/2009-03-17/37300.html，訪問日期：2020 年 11 月 23 日。
〔註72〕《獲獎青年詩人詩選》，《詩刊》2003 年 5 月號下半月刊。
〔註73〕《獲獎青年詩人詩選》，《詩刊》2004 年 5 月號下半月刊。

三、「青春詩會」與首師大駐校詩人

　　雖然「青春詩會」不是華文青年詩人獎的必要條件，但是其高度的關聯性使得與華文青年詩人獎直接關聯的駐校詩人制度也與「青春詩會」有了必然的聯繫。駐校詩人制度從第二屆華文青年詩人獎開始推出，形成了固定的「四個一」模式，並延續至今：「圍繞華文青年詩人獎，詩刊詩努力豐富獎項內涵，在 2003 年首屆華文青年詩人獎的一個獎（證書、獎金）、一個會（頒獎、座談）、一本書（獲獎詩人詩選）的基礎上，將在國內首倡駐校詩人制，與高校聯合，推薦一位具有發展潛力的獲獎詩人做駐校詩人。這『四個一』工程，將使這個獎項在名目繁多的文學獎中，閃射紮實而奪目的色彩！」〔註74〕為了突出駐校詩人遴選的「合法性」，《詩刊》便格外強調華文青年詩人獎的特色和權威，「進入新世紀，社會的進步與發展帶來的不只是一個時空概念的更新，擺在我們面前的是新的探索嘗試、新的繁密茂盛。在各種文學獎項漸成風潮的熱鬧裏，華文青年詩人獎本著嚴謹、嚴肅、公平、公正、自主、可持結發展的原則，逐步在為一個權威性的詩歌獎項。」〔註75〕不同於「青春詩會」與華文青年詩人獎的隱秘關聯，駐校詩人本身就是從每屆的華文青年詩人獎中誕生的，而且在一定意義上來說，駐校詩人制度是華文青年詩人獎的一個副產品，其核心是這個獎項的頒發，以此為中心，向前追溯便到了「青春詩會」，向後延伸則到了首師大駐校詩人。如果說華文青年詩人獎是憂中選優，每年只評選三個人的話，駐校詩人制度則更是處於金字塔尖的競爭了，從三位獲獎詩人中選出。關於駐校詩人的誕生和運作模式，林莽做過詳細的說明，「為使這一獎項（指華文青年詩人獎）更具特色，我們制定了駐校詩人制度，也開創了國內駐校詩人的先河。每屆獲獎者中選出一位青年詩人，到首都師範大學中國詩歌研究中心駐校一年。一年中，詩人與學校的教授、研究生和本科生深入接觸，相互瞭解，充分交流，期間有多次的交流會、講座會和對話會。離校時，舉辦一次駐校詩人的專場詩歌研討會，印製一本有幾十篇研究駐校詩人詩歌作品的論文集。駐校詩人制度為青年詩人，也為學校提供了一個深入研究和相互學習的平臺。」〔註76〕

〔註74〕《本刊重要報導》，《詩刊》2004 年 5 月號上半月刊。

〔註75〕《本刊重要報導》，《詩刊》2004 年 5 月號上半月刊。

〔註76〕林莽：《一個獨特的青年詩人獎項的誕生與堅守》，收錄於《三十位詩人的十年：華文青年詩人獎和一個時代的抒情》，灕江出版社 2012 年版，第 2 頁。

　　由此，參加「青春詩會」、獲得華文青年詩人獎、進首師大做駐校詩人，三者之間形成了遞進式的選拔機制，雖然華文青年詩人獎對比「青春詩會」這一先決條件，也會有「漏網之魚」，但前文已分析過其超強的關聯度。王士強在梳理分析首師大前十位駐校詩人時，也指出了「青春詩會」與駐校詩人的百分之百的關聯，「這十位駐校詩人均為『60後』、『70後』詩人，且主要為60年代後期、70年代前期出生的詩人，其駐校時年齡平均為38.4歲。這些詩人全都參加過『青春詩會』，均已具有一定的創作經歷和影響，且絕大多數為參加青春詩會二至數年後開始駐校，這其中只有一個例外，是第三位駐校詩人李小洛，她駐校和參加青春詩會是在同一年。一定程度上，首師大的駐校詩人是需要同時滿足參加青春詩會和獲得得華文青年詩人獎這兩個條件的，這種選拔本身比較嚴格，符合條件的詩人並不多。」〔註77〕在該文中王士強也強調了「青春詩會」與華文青年詩人獎之間的關係，「青春詩會與華文青年詩人獎之間是具有高度關聯性的。到目前為止華文青年詩人獎評選11屆，其33位獲獎詩人中有31人參加過青春詩會，另有一位參加青春詩會的獲獎詩人藍野為《詩刊》社編輯。從深層來講，兩者之間是有一定的『美學一致性』的。」〔註78〕在如此高度關聯的背景下，有人甚至將「青春詩會」與駐校詩人直接對應，例如，「福建師範大學文學院教授王珂認為首師大的駐校詩人制度可以與《詩刊》的『青春詩會』相提並論。」〔註79〕那麼，將這些對前十位駐校詩人的研究視野放大，縱深到至今已產生的十七位駐校詩人的背景中去，是否像「華文青年詩人獎」那樣，後期開始有未參加「青春詩會」的詩人獲得了駐校詩人的資格？經過統計，答案是否定的。這十七位詩人全都參加過「青春詩會」，其情況統計如下（括號中為參加「青春詩會」的屆數和年份）：

　　　　2004，江　非（2002年參加第18屆青春詩會）；
　　　　2005，路　也（2003年參加第19屆青春詩會）；
　　　　2006，李小洛（2006年參加第22屆青春詩會）；
　　　　2007，李輕鬆（2002年參加第18屆青春詩會）；
　　　　2008，邰　筐（2006年參加第22屆青春詩會）；

〔註77〕王士強：《駐校詩人在中國──回顧與展望》，《藝術評論》2014年第11期。
〔註78〕王士強：《駐校詩人在中國──回顧與展望》，《藝術評論》2014年第11期。
〔註79〕宋莊：《駐校詩人制為文壇帶來什麼？》，《工人日報》2011年7月29日。

2009，阿　毛（2004 年參加第 20 屆青春詩會）；

2010，王夫剛（2003 年參加第 19 屆青春詩會）；

2011，徐俊國（2006 年參加第 22 屆青春詩會）；

2012，宋曉傑（2003 年參加第 19 屆青春詩會）；

2013，楊　方（2008 年參加第 24 屆青春詩會）；

2014，慕　白（2010 年參加第 26 屆青春詩會）；

2015，馮　娜（2013 年參加第 29 屆青春詩會）；

2016，王單單（2012 年參加第 28 屆青春詩會）；

2017，張二棍（2013 年參加第 29 屆青春詩會）；

2018，燈　燈（2012 年參加第 28 屆青春詩會）；

2019，祝立根（2016 年參加第 32 屆青春詩會）；

2020，林　珊（2019 年參加第 35 屆青春詩會）。

　　根據以上名單，在當年參加「青春詩會」、獲得華文青年詩人獎並成為首師大駐校詩人的，只有 2006 年的李小洛一人，顯得極為特殊；其他詩人從參加「青春詩會」到獲得華文青年詩人獎再到成為駐校詩人，每個層級中間至少有一年的發展期，形成了該獎項強調的「可持續」態勢。並且，駐校詩人其後在詩壇也有非常好的發展，例如宋莊就發現，「凡是入選首師大的駐校詩人，經過一年的創作，知名度更大。比如山東的邰筐，成為檢察日報的兼職編輯，融入了首都的大文化圈；王夫剛成為《青年文學》下半月刊的主編；陝西的李小洛，在安康開闢了很好的詩歌氛圍，設立了兩項詩歌獎項，給 80 後年輕詩人提供交流的機會。」〔註 80〕宋莊對部分駐校詩人的獲獎情況做了詳細的統計，繼駐校詩人身份之後，他們陸續獲得詩壇的各種獎項。〔註 81〕這種現象被學界很多人所關注，並由此展開了對駐校詩人的研究，例如「南開大學教授、博士生導師羅振亞認為，駐校詩人通過這種方式和平臺，自然提升了寫作經驗和寫作層次，同時更拓展了知識、交際視野，補足、夯實了理論修養，創作會越發自覺越發有底氣。事實證明，江非、路也、李輕鬆、宋曉傑等駐校詩人，先後獲得過中國屈原詩歌獎、徐志摩詩歌獎、郭沫若詩歌獎、泰山文藝獎、人民文學獎、柔剛詩歌獎等多種重要獎項，已被視為當下中國詩

〔註 80〕宋莊：《駐校詩人制為文壇帶來什麼？》，《工人日報》2011 年 7 月 29 日。

〔註 81〕獲獎情況詳見宋莊：《駐校詩人制為文壇帶來什麼？》，《工人日報》2011 年 7月 29 日。

壇不可或缺的中堅力量，甚至其中部分詩人完全具備了問鼎或者說衝擊魯獎的實力。」〔註82〕當然，這些繁複的獎項並不證明獲獎者取得了多大的成就，但以「保底」的視角來看，至少證明他們的詩歌寫作達到了一定的水平。從另一個方面來說，詩壇的這些獎項彼此勾聯、呼應，如同「多米諾效應」一般，其中某一個獎項的獲得成為其在詩壇獲得認可的「標誌性事件」，其他獎項也紛紜而至。表面上看來這是對某個詩人寫作的多方面、多層次、多維度的肯定，但仔細探究就會發現評委陣容的重複性、主辦方互相的圈子化起著非常重要的作用。

　　從這個意義上來說，恰是最開始有著「資格」許可性質的「青春詩會」，成為這些不管是精神榮譽還是物質利益得以滾雪球似地發生的前提。如前文所分析，「青春詩會」參會詩人之間的交流、《詩刊》提供的平臺以及以《詩刊》為門檻的詩壇主流圈子的認可等等，對青年詩人進入詩壇提供了最為便捷、可靠的路徑，這也是越來越多的青年詩人趨之若鶩的根本原因所在。由此再來看「青春詩會」的發展變化，其從八九十年代被動地籠絡優秀詩人的「政協」模式，搖身一變成為主動地招納並推出優秀詩人的「人大」模式，其間權力的演化軌跡也非常明顯，這也是《詩刊》指向的作協主導的詩人體制化過程中最具代表性的現象。當然，首師大駐校詩人制度的初衷或許不是主動地加入到體制的牢籠中去，而是放眼於青年詩人的發展和學校詩教的建設，但其一經推出就很自然地被納入為「體制」的一部分，並且使詩人的體制化有了新的可能，甚至更加穩固。如果將首師大推出青年詩人的駐校制度與國外很多駐校詩人制度做一對比，其「體制化」性質就更加明顯。「在國外，駐校詩人制是很多著名大學常見的文學與大學教育溝通互補的方式，它作為『美國式』的培養人才的方式，成為美國大學英文系學科機制的一部分，被稱之為創造性寫作項目。俄羅斯詩人布羅茨基去美國密歇根大學當駐校詩人時，美國有評論家說，『一個駐校詩人勝過多少個教授』。並且，這種制度的成效頗為顯著，活躍於美國當代文壇的作家、詩人、劇作家和評論家，許多都出自各大學的這種創造性寫作研究生班。」〔註83〕那麼，首師大駐校詩人以青年詩人而且是華文青年詩人獎這一硬性指標為唯一渠道，其內在邏輯又

〔註82〕舒晉瑜：《首師大駐校詩人成為中國詩壇中堅力量》，《中華讀書報》2014 年 12 月 03 日。
〔註83〕宋莊：《駐校詩人制為文壇帶來什麼？》，《工人日報》2011 年 7 月 29 日。

是什麼呢？

對此，首都師範大學中國詩歌研究中心的吳思敬有自己的說法：「如果駐校詩人以老詩人為對象，比如鄭敏、牛漢等，基本上都是 80 歲以上了，身體和各方面條件不允許；也有比『華文青年詩歌獎』的獲獎詩人更有影響的詩人，比如生於上世紀 50 年代和 60 年代的中生代詩人，如西川、于堅、藍藍、王小妮等，他們在詩壇更有地位，也是當下詩歌界的研究重點。我們一個重要的思想是，這部分詩人已被社會承認，不必錦上添花，而要雪中送炭。設立任何獎項和制度，只能朝著一個方向努力，希望通過這種方式，面向更多的年輕詩人。」〔註84〕吳思敬所說的「朝著一個方向」的努力，其根基限於華文青年詩人獎，則多少有些「局促」。對比《詩刊》推出華文青年詩人獎的思路，則與駐校詩人的「方向」有了一致性，「詩刊社將繼續以繁榮與推進漢語詩歌創作為宗旨，努力使華文青年詩人獎成為青年詩歌寫作者的一個健康向上的路標！」〔註85〕在這裡，「方向」和「路標」達到了內在的統一。另外，就詩歌生態方面，有人認為駐校詩人的青年化也創造了一種新的路徑，對於首師大中國詩歌研究中心來說，「最大的收益是通過詩人和研究者、學生近距離的接觸、對話，在某種程度上消除、緩解了詩人與高校、創作界和批評界始終存在的緊張關係，對抗、遏制了日益程式化的糟糕的詩歌教育弊端，為詩人的學者化提供了一種可能。」〔註86〕對此，將視角重新回到吳思敬提到的駐校詩人「面向更多年輕詩人」的思路，以研究視角來看待「詩歌史」的話，正是對青年詩人的推出甚至是「打造」，學者（尤其偏重於詩歌批評的那部分）才參與了「詩歌史」的書寫，而不是對已成名的老詩人進行學理化的梳理。所以，前文提到的《詩刊》以及其所指向的作協甚至權力機構主導詩歌史書寫的焦慮、青年詩人對進入詩歌史的焦慮、學者參與詩歌史（現場）書寫的焦慮，「順其自然」地彙集到一起，「理所當然」地共同將詩人推入「體制化」語境。

對於「青春詩會」、華文青年詩人獎與駐校詩人的關聯，很多學者持反思態度，例如馮雷就有過這樣的疑問：「首師大目前的十一位詩人均出自於『華

〔註84〕宋莊：《駐校詩人制為文壇帶來什麼？》，《工人日報》2011 年 7 月 29 日。
〔註85〕《本刊重要報導》，《詩刊》2004 年 5 月號上半月刊。
〔註86〕舒晉瑜：《首師大駐校詩人成為中國詩壇中堅力量》，《中華讀書報》2014 年 12 月 03 日。

文青年詩人獎』和『青春詩會』的『交集』，由此不難看出，在駐校詩人的前期遴選階段，《詩刊》的影響是非常顯著的。考慮到《詩刊》的『國刊』地位和『官方』色彩，一些不符合《詩刊》選稿風格的詩人是否會因此而被『先天』地排斥在外？」〔註87〕王士強也委婉地提出了這一現象的弊端：「首師大駐校詩人評選與中國作協、詩刊社、青春詩會都有密切的關聯，這本身沒有問題，但還是應該看到，作協系統其所受到政治、主流意識形態等的掣肘是不可避免的，必然有一定的『保守性』在其中，從詩歌和學術的獨立性角度來考慮，是否可以將一些民間、更有棱角、更新銳的詩歌寫作者作為駐校詩人的人選？等等。」〔註88〕弔詭的是，對駐校詩人與「青春詩會」、華文青年詩人獎持反思、質疑態度最多的，恰恰是在其機制中成長起來的碩士生、博士生，剛剛提到的馮雷、王士強就曾是首都師範大學的博士生。無獨有偶，對此現象持質疑態度的，還有曾經做過駐校詩人的江非，他認為，「以前中國詩歌研究中心組織的對於駐校詩人作品的研究，大多是粗線條的，和大多數當下諸多類似的評論一樣，研究方式基本是一種符指化的統握，這既不利於被研究者精神內部的縱深展現，也不利於在實行作業的研究生和博士生中，培養一種有別於當下範式與主流的研究方法。」〔註89〕於是，江非建議將駐校詩人的產生機制從華文青年詩人獎拓展到更寬的領域，他提到，「在入駐詩人的遴選上，也可以在目前以華文青年詩人獎為主要參考對象的基礎上，慢慢擴大到國內連續性、權威性較好的各主要詩歌獎項，比如華語文學傳媒大獎、詩刊社的年度青年詩人獎、人民文學雜誌社的詩歌獎，或是詩歌研究中心自行主辦的詩歌獎項，甚至是柔剛詩歌獎這樣的民間詩歌獎項等。在遴選機制上，儘量做到廣泛討論，貼準動態，科學篩選，使入駐詩人在整體上呈現多種風格、多種趣味、多種方向，避免入駐詩人面目的近似和重複。」〔註90〕

江非提到的「駐校詩人面目的近似和重複」，確實是很明顯的現象，這從內在機制上就已經暴露出來，「青春詩會」的名單生成機制本來就指向思想和

〔註87〕馮雷：《從「駐校詩人」制度看當代詩歌人才的培養》，《中國現代文學研究叢刊》2015年第4期。

〔註88〕王士強：《駐校詩人在中國——回顧與展望》，《藝術評論》2014年第11期。

〔註89〕江非：《以細讀、交流和制度建設促進駐校詩人模式的系統化發展——對駐校詩人制度發展的幾點建議》，《中國詩歌研究動態》第十五輯。

〔註90〕江非：《以細讀、交流和制度建設促進駐校詩人模式的系統化發展——對駐校詩人制度發展的幾點建議》，《中國詩歌研究動態》第十五輯。

審美的「中性」（政治正確、思想不頹廢），其通過徵稿的形式將先鋒、帶有反思批判傾向的詩人和作品已經剔除，在此基礎上形成的華文青年詩人獎，再經過相對固定的評委陣容篩選後，詩人的風格則更加集中地指向單一。因此，從參加「青春詩會」到獲得華文青年詩人獎再到成為首都師範大學駐校詩人，在機制上確實形成了形式的「腐敗」，使詩會、評委、獎項和駐校詩人呈現出「近親繁殖」的現象；從內在邏輯來看，「青春詩會」的參會詩人是面向全國徵稿而遴選出的，華文青年詩人獎則是優中選優，駐校詩人則是這些詩人中最具代表性的詩人。但是，在這層層遴選中，如前文所析，居於起點的「青春詩會」所具有的體制特徵決定了這些詩人的特質。當然，首都師範大學駐校詩人制度對青年詩人的重視，以及在教學實踐中強調詩人的「在場」，的確為全國大學校園「詩教」探索了新的模式，也為青年詩人的成長創造了非常有利的環境。不過，在肯定其初衷和成績的同時，也要看到駐校詩人的生成機制所具有的缺陷，即使力足於青年詩人的推出與成長是其特色，但也有待於將視野拓寬到整個詩壇乃至國際領域。

第三節　引導與整合：「青春詩會」與「青春回眸」

一、「青春回眸」詩會的推出

　　繼 2003 年「青春詩會」由邀請製改為徵稿制以後，形成了固定的模式，對「青年詩人」的推出一直是《詩刊》的重頭戲。到了 2010 年，與「青春詩會」相對應的另外一個活動宣告誕生，這便是「青春回眸」詩會，這項活動一經推出，因為與「青春詩會」的關聯，以及《詩刊》社的大力推廣，在詩壇引起了很大反響。《詩刊》於 2010 年 6 月號上半月刊刊出了《關於召開首屆盧芽山「青春回眸」詩會重要啟事》：「『青春詩會』是新時期以來，詩刊社精心打造的詩歌品牌。30 年來，推出一批又一批詩歌新人，並大都成為中國詩界的中堅力量。為了進一步提升『青春詩會』的影響，為詩壇提供更多優秀詩作，詩刊社擬於 2010 年起，每年一屆召開『青春回眸』詩會。」『青春回眸』詩會是詩刊社又一新創詩歌活動品牌，旨在每年邀請部分曾參加過青春詩會的詩人展示新作，其中，包括當年未能或錯過參加青春詩會，而今依然活躍的詩壇實力詩人；每年一屆的『青春回眸』詩會的作品，《詩刊》將以特大號專刊方式鄭重推出；每屆詩會擬邀請 15 名詩人赴會，每位詩人的作品包括成

名作或代表作 1～2 首，新作 200 行左右；並配以年輕時和近照各一張；以及詩人的創作談 2000 字左右；根據實際情況，詩會期間將舉辦采風、講座、詩歌朗誦及創作交流等系列詩歌活動；詩會將載入中國新詩發展大事記，詩會消息將通過各種媒體廣為傳播；參會詩人由自薦和詩刊的編輯部推薦相結合的方式選定。首屆『青春回眸』詩會擬於 2010 年 9 月適當時候，在山西省寧武縣蘆芽山旅遊風景區召開。」〔註91〕

從該啟事可以看出，「青春回眸」詩會一經出爐，從名單形成、舉辦方式、作品推出、宣傳推廣等各方面都有很清晰的計劃。與「青春詩會」相呼應，「青春回眸」的誕生也是個人創意經由《詩刊》領導層通過而成形的，據第一屆「青春回眸」詩會的側記所講，「『青春詩會』已是詩刊社享譽詩壇的陳年佳釀，『青春回眸』詩會是資深編審周所同開動腦筋研發出來的一款新產品，一經問世，即在適齡詩人當中引發了熱烈的反響。」〔註92〕正因為「青春回眸」與「青春詩會」的關聯，其舉辦時間也形成了呼應的效果，2010 年 8 月 6 日～10 日第二十六屆「青春詩會」在浙江文成舉辦，同年 8 月 16～19 日在山西忻州舉辦了第一屆「青春回眸」詩會；其後「青春詩會」的作品以專號形式集中在《詩刊》2010 年 10 月號下半月刊推出，而「青春回眸」詩會的作品專號在 10 月號上半月刊推出。在作品專號配發的側記中，對參會詩人做了介紹，「經過層層篩選，參加首屆『青春回眸』詩會的十三位詩人是：河北詩人張學夢、大解、劉向東，陝西詩人孫曉傑，山西詩人賈真、郭新民，四川詩人楊牧、張新泉，重慶詩人華萬里。浙江詩人孫武軍，湖北詩人車延高，廣東詩人徐敬亞、王小妮。十三位詩人，天南海北產地不一，他們當中，有專業作家，有著名編輯，有大學教授，也有高級官員。」〔註93〕將第一屆「青春回眸」詩會參會詩人的信息及推出的代表作統計如下（以《詩刊》刊出順序為準）：

　　　　張學夢，1940 年生，河北豐潤人。參加 1980 年第一屆青春詩
　　會；《現代化和我們自己》獲全國 1979～1980 年中青年優秀詩人獎。
　　70 歲。代表作《現代化和我們自己》。

〔註91〕《關於召開首屆蘆芽山「青春回眸」詩會重要啟事》，《詩刊》2010 年 6 月號上半月刊。

〔註92〕彭敏、王覓：《美好青春共回眸──首屆「青春回眸」詩會側記》，《詩刊》2010 年 10 月上半月刊。

〔註93〕彭敏、王覓：《美好青春共回眸──首屆「青春回眸」詩會側記》，《詩刊》2010 年 10 月上半月刊。

楊牧，1944 年生，四川渠縣人。參加 1980 年第一屆青春詩會；《我是青年》獲全國首屆中青年詩人優秀詩作獎。66 歲。代表作《我是青年》。

張新泉，1941 年生，四川富順人。首屆魯迅文學獎。69 歲。代表作《好刀》。

王小妮，1955 年生，吉林長春人。參加 1980 年第一屆青春詩會。55 歲。代表作《重新做一個詩人》。

賈真，1949 年生，山西原平市人。參加 1994 年第十二屆青春詩會。61 歲。代表作《藍花花》。

徐敬亞，1949 年生，吉林長春人。參加 1980 年第一屆青春詩會。1983 年《當代文藝思潮》發表《崛起的詩群》。主持「中國現代詩大展」，主編《中國現代詩大觀》。61 歲。代表作《四季，像四個妻子圍在我的身旁》。

孫曉傑，1955 年生，山東壽光人。55 歲。代表作《陳家山礦難之後》。

大解，1957 年生，河北青龍縣人。參加 1993 年第十一屆青春詩會。53 歲。代表作《百年之後》。

華萬里，1942 年生，重慶人。68 歲。代表作《風吹過花朵和文字》。

郭新民，1957 年生，山西神池縣人。參加 1994 年第十二屆青春詩會。53 歲。代表作《一棵樹，高高站著》。

劉向東，曾用筆名向東、霧靈山人，1961 年生，河北興隆縣人。參加 1993 年第十一屆青春詩會。49 歲。代表作《母親的燈》。

孫武軍，1957 年生，浙江定海人。參加 1980 年第一屆青春詩會。53 歲。代表作《在杭運碼頭（節選）》。

車延高，1956 年生，山東萊陽人。54 歲。代表作《現代的唯美》。

從以上統計可以看出，參會的 13 位詩人中，有 9 位曾經參加過「青春詩會」，有 4 位沒有參加過。其中參加了 1980 年第一屆「青春詩會」的有 5 人，分別是張學夢、楊牧、王小妮、徐敬亞、孫武軍；另外大解、劉向東參加過 1993 年第十一屆，賈真、郭新民參加過 1994 年第十二屆；沒有參加過「青春

詩會」的詩人有張新泉、孫曉傑、華萬里、車延高。張新泉早在 1998 年就獲
得過第一屆魯迅文學獎詩歌獎；孫曉傑此前於 2008 年獲《詩刊》年度優秀詩
人獎；華萬里此前於 2008 年獲《詩刊》社「我心中的桃花源」全國詩歌徵文
賽一等獎，參加詩會當年（2010 年）加入了中國作家協會；車延高此前於 2008
年獲得了《詩選刊》頒發的 2008 年度「中國十佳詩人」獎，參加詩會當年（2010
年）獲得了第五屆魯迅文學獎詩歌獎。在推出參會詩人作品的同時分別配發
了隨筆，其中華萬里提到的得知可以參加「青春回眸」詩會時的激動，與前
文分析過的孫武軍當年得知可以參加第一屆「青春詩會」時的心情如出一轍。
時年 68 歲的華萬里在題為《驚喜》的隨筆中寫道，「今年 7 月，驚喜從天而
降。周所同用電話通知我，說是《詩刊》決定，邀請我參加蘆芽山首屆『青春
回眸』詩會云云。簡直是讓人又驚又喜，又喜又驚，甜蜜得如同得到了一百
噸蔗糖。」「這其實是另一種方式，讓我參加『青春詩會』。這其實是讓我半個
世紀的遺憾，就此得到了完美解決。多好啊，這不亞於上大學，這比抱著美
人歸還要令人興奮和怡悅。」﹝註 94﹞可以看出老詩人對於「青春詩會」，還是
非常在意的，所以說未能參會是「半個世紀的遺憾」，可以預見，因未參加「青
春詩會」而抱憾的，不僅僅華萬里一人，這也使得「青春回眸」凸顯出了它的
價值，對主辦分來說，至少「遺珠」之憾有機會補救，並在彙集更多重要詩人
的同時提升詩會的影響力，從而使「青春詩會」有了錦上添花的效果；對部
分當年未能參加「青春詩會」的詩人來說，終於有了機會了卻他們的心願。
像李小雨所說，「『青春回眸』詩會意在不忘青春，與『青春詩會』相呼應。」
「通過回眸青春，30 年來的詩歌發展軌跡將得以展示，老中青三代詩人隊伍
亦將藉此得以凝聚。」﹝註 95﹞

　　除了華萬里的隨筆明顯是為參加「青春回眸」詩會而寫之外，還有楊牧
提到了因為參會而寫的隨筆，其他人的從內容來看均是「現成」作品。楊牧
在題為《好詩不過近人情》的文章中提到，「參加《詩刊》的『青春回眸』詩
會被要求寫一篇『創作談』，我基本不寫詩已經多年，但又不能不交卷，只好
寫一篇『不創作談』，亦即不寫詩還要說詩。」﹝註 96﹞該文沒有提到曾參加過

﹝註 94﹞華萬里：《驚喜》，《詩刊》2010 年 10 月號上半月刊。
﹝註 95﹞王覓：《「青春回眸」詩會回顧詩歌 30 年》，《文藝報》2010 年 8 月 27 日。
﹝註 96﹞楊牧：《好詩不過近人情》，《詩刊》2010 年 10 月號上半月刊。該文後又發於
　　　《廈門文學》2012 年第 6 期。

「青春詩會」的任何回憶性文字，其實，如果閱讀全部參會詩人的隨筆，會發現以「青春回眸」名義舉辦的詩會，參會詩人中九個曾參加過「青春詩會」的詩人對「往事」均隻字不提，使得「回眸」倒像是新聚。其實單純從情誼的角度，「青春回眸」也可以有深層的動因，參加過「青春詩會」的同屆詩人是以同學相稱的，他們之中很多人在多年之後，仍盼望著「回眸」的方式重逢。例如參加過第一屆「青春詩會」的陳所巨，在 20 年之後寫文章深情回憶，「1980 年七月，北京虎坊路，那個小小的院子裏，一橫一豎兩排小平房，房子前面有幾株海棠樹。17 個人，17 個年輕詩人，就那樣從全國各地匯聚在一起。後來，我曾懷著某種特別的心情去尋找和觀瞻舊地，那畢竟是我們走上詩壇，步入文學聖殿的第一個最堅實、最具高度的臺階！那些平房已被拆除，代之而起的是一幢高樓。但在我的記憶和夢幻之中，那平房依然存在著，永遠地存在著，平房前面有幾株海棠樹……詩會結束的時候，大家心裏似乎暗暗都有個約定：三年、五年、十年、二十年，無論是誰，只要有可能、有機會，就讓十七個人再次相會。後來，楊牧在新疆石河子舉辦了次『綠風詩會』，向十七個人發了邀請信；舒婷借『東山島筆會』之機，唆動劉小龍也邀了十七個兄弟姐妹。很可惜兩次聚會都沒到齊。其實，讓十七個人重新聚齊只是一個願望而已，心理明白，完完全全的相聚是不可能的。」〔註97〕第一屆「青春回眸」詩會，與第一屆「青春詩會」遙想呼應，參加回眸詩會的詩人中參加過第一屆「青春詩會」的確實占比最高，有 5 個人，但比起周所同所說的 17 個人的重聚，人數又顯得相當之少。

這次「青春回眸」詩會參會詩人中的車延高，頗為特殊，他便是側記中提到的高級官員，時任武漢市紀委書記，在 8 月份參加完詩會不久，10 月份獲得了第五屆魯迅文學獎詩歌獎，結果一經公布，網友以其名諧音戲稱其詩為「羊羔體」，一夜之間紅遍網絡，引起了極大爭議，以及網友們對魯迅文學獎的質疑。之後有學者也開始質疑魯迅文學獎的「質量」，例如閻延文直接宣稱《「羊羔體」是魯迅文學獎的死亡證書》〔註98〕，王珂則以此事件為例考察了「新詩的困境」〔註99〕。那麼，相應地，對比「羊羔體」事件引發的對魯

〔註97〕陳所巨：《回憶 20 年前的「青春詩會」》，見：http://www.yxzx.ccoo.cn/forum/thread-6210599-1-1.html，訪問日期：2020 年 11 月 28 日。

〔註98〕閻延文：《「羊羔體」是魯迅文學獎的死亡證書》，《晚報文萃》2011 年第 3 期。

〔註99〕王珂：《新詩的困境——以「梨花體」事件和「羊羔體」事件為中心的考察》，《探索與爭鳴》2011 年 01 期。

迅文學獎的質疑，人們是否可以由此對「青春回眸」詩會的入選標準也產生質疑呢？除了參加過「青春詩會」的九位詩人，張新泉、孫曉傑、華萬里在詩壇的評價是比較高的，尤其是張新泉詩歌中的悲憫情懷。那麼引起爭議的車延高，如果將視野回到「青春回眸」詩會的作品，或許會有不一樣的觀點。在《詩刊》2010 年 10 月號上半月刊推出的「青春回眸」詩會專號中，每位詩人都刊出了代表作，車延高的為《現代的唯美》，其詩如下：「一具牛頭骨，存放在戈壁深處／不是文物，不是裝飾，四野都荒涼／／一個生命想走出不毛之地，永遠地累了／嚼咽過草原的身軀轟然倒下／被風沙雕琢成死亡的記號／沒有碑文的墓地，不見一棵青草／當年的骨髓開不出花／／那兩彎倔強的犄角依舊活著／擺出姿勢，現代的唯美／像援引的弓，射落多少星星／最小的星體降臨大漠，與一粒沙相依為命／像銳利的刀，劈開一滴血／／在溫暖中升起的，我叫它太陽／在蒼白中痛醒的，我叫它月亮」〔註 100〕。該詩對通常認為是藝術裝飾物的牛頭骨進行「歷史」還原，所生成的生命之思和永恆追問，還是值得肯定的。

需要注意的是，「青春回眸」詩會不僅僅是簡單的回眸「青春詩會」和吸納因為種種原因之前未能參會的有影響力的詩人，第一屆就顯出了極強的「詩歌史」意識，對於新時期以來的詩歌發展，也做了總結性的「回眸」。參會的詩人本來都是經過詩壇認可的，加之老詩人雷抒雁，老編輯王燕生、唐曉渡、劉希全、周所同的出席，他們都處在新時期詩歌發展的現場，使得「回眸」有了更大的「歷史」價值和詩學意義。當然，這一切離不開對三十年來「青春詩會」的價值認可和「詩歌史」定性，如「首屆青春詩會的組織者，向有『青春詩會教頭』之稱的王燕生老人談到，當代詩歌三十年，我們光榮地告別了詩歌作為政治工具、詩歌為階級鬥爭服務的『假大空』的時代，中國詩歌的創作隊伍開始向知識化轉移。在這當中，青春詩會功不可沒。他希望詩人能以真誠的態度面對世界，倡導詩人能以真誠的態度面對世界，倡導詩歌傳統中的美好因素。」〔註 101〕另外在《詩刊》社評論組做過 16 年（1982～1998）編輯的唐曉渡則認為，「詩到現在有很多變化，但青春詩會一直延續，是一個品牌，一個象徵，是一個小傳統，潛行的地火在《詩刊》的一個表徵，是壓抑

〔註 100〕 車延高：《現代的唯美》，《詩刊》2010 年 10 月號上半月刊。
〔註 101〕 彭敏、王覓：《美好青春共回眸——首屆「青春回眸」詩會側記》，《詩刊》2010 年 10 月上半月刊。

的勢能轉化成了動能。三十年來，詩歌生態發生了很大的變化，解構與建構同時存在，冰火共存、共生、共濟，一個詩歌生態基本構成了。青春詩會的精神是：詩人是時代報警的孩子。三十年重要的啟示，詩歌從一種意識形態修辭，變成獨立的感知、判斷，打開了新的維度。」〔註102〕如果說這些觀點都建基在對「青春詩會」的評價上的話，那麼大解的觀點就直面詩歌了，他「將當代詩歌三十年的變化概括為三個方面：一是詩歌精神變得更加內斂，逐漸收縮到個體。二是詩歌的表達方式從抒情向敘事轉變，但值得注意的是，抒情詩在社會屬性層面尚未向個人回歸的時候就被中斷並走向了私密敘事，詩人浪漫情懷並沒有得到完全釋放。三是詩歌的語言從書面語向口語轉變，鮮活的口語為詩歌注入了活力，也使得敘事成為可能。大解指出，中國詩壇普遍存在著理想、思想、文化、歷史等元素缺失的問題，對當下過度的強調使詩人進入到一種極其自我、極其狹隘的敘事中，從而缺少信仰和人性的觀照。他認為詩人們不應停留在軟弱、輕浮、竊竊私語的狀態，而是應創作出超越小我的、代表人類精神的作品。徐敬亞指出，上世紀八十年代中國開始出現詩歌的熱潮，甚至到現在都未完全結束。為什麼這種熱潮恰恰是詩歌而不是小說、戲劇等其他文學體裁？這是值得思考的。現在的很多詩歌缺乏詩意，寫詩和讀詩的人往往都心不在焉，使詩歌降低為普通的信息，失去了原有的深刻性和感染性。」〔註103〕

在與會詩人對「青春詩會」做歷史總結以及「回眸」新時期詩歌發展流變的同時，也有詩人對「青春回眸」詩會做了定性，比如劉向東就認為，「把青春詩會比作青年的大學，『青春回眸』詩會則是為長久以來堅持詩歌創作的『大齡詩人』專設的大學。」〔註104〕其在肯定「青春詩會」的學習、交流性質的同時，也強調了「青春回眸」詩會的「學習」性質，當然，這種學習指向了切磋詩藝和回顧詩歌的發展歷程，對個人來講，也屬於一種創作上的總結。無論如何，「青春回眸」詩會一經推出，便成為《詩刊》社重點打造的活動，與「青春詩會」相得益彰，成為《詩刊》推出青年詩人、「籠絡」有影響力的

〔註102〕彭敏、王昱：《美好青春共回眸——首屆「青春回眸」詩會側記》，《詩刊》2010 年 10 月上半月刊。

〔註103〕彭敏、王昱：《美好青春共回眸——首屆「青春回眸」詩會側記》，《詩刊》2010 年 10 月上半月刊。

〔註104〕彭敏、王昱：《美好青春共回眸——首屆「青春回眸」詩會側記》，《詩刊》2010 年 10 月上半月刊。

中老年詩人的有力舉措，使老、中、青三代詩人都有可能囊括其中，成為詩壇主流詩人的彙集之會。正因為此，《詩刊》在 2011 年 2 月號下半月刊刊發徵訂通知時，就開始特別強調「青春詩會」與「青春回眸」的重要性，作為「硬廣告」吸引讀者訂閱，該通知中特別提到，「《詩刊》首創每年一屆的『青春詩會』，已連續舉辦 26 屆。2010 年，《詩刊》又始創新品牌活動『青春回眸』。」〔註105〕從此，「青春詩會」與「青春回眸」詩會並行呼應，以每年一屆的傳統吸納著不同年齡段的優秀詩人，成為《詩刊》社最有影響力的可持續的品牌活動。

二、「青春詩會」影響下的「青春回眸」詩會

　　雖然「青春回眸」詩會是建基在「青春詩會」的基礎上，以第一屆來看，參加過「青春詩會」的詩人佔了絕大多數，但是這一現象在第二屆開始就有所改變，占比大幅度降低，一半剛過；又經過第三屆類似比例的過渡，從第四屆開始，參會詩人中曾參加過「青春詩會」的不足一半，自此，至今已舉辦到第十一屆，比例再無達到過 50%。像 2010 年第一屆「青春回眸」詩會中，出席的詩人中參加過 1980 年第一屆「青春詩會」的居多，這是「青春詩會」發生的一屆，也是影響最大的一屆；2011 年第二屆「青春回眸」詩會則延續了這個模式，邀請了曾經的三屆「夢之隊」中第七屆的三位詩人，即西川、歐陽江河、陳東東；到了 2012 年第三屆「青春回眸」詩會則非常特殊，邀請的十一位詩人中有八位獲得過魯迅文學獎，這八位中有四位曾經參加過「青春詩會」。如此，在前兩屆，「青春回眸」詩會與影響最大的第一屆、第七屆「青春詩會」遙相呼應，第三屆又將「青春詩會」與魯迅文學獎的關聯直觀地呈現了出來，顯示出《詩刊》打造新品牌活動的良苦用心。第二屆「青春回眸」詩會於 2011 年 5 月 23 日～26 日在浙江永嘉舉行，其後《詩刊》於 2011 年 9 月號上半月刊推出「第二屆青春回眸詩會作品專號」。參會詩人信息及所刊發的代表作統計如下：

　　　　柯平，1956 年生，祖籍浙江奉化。代表作《煙囱上的雨燕》。參加過 1983 年第 3 屆青春詩會。

　　　　西川，1963 年生，江蘇徐州人。獲第二屆魯迅文學獎，代表作《題王希孟青綠山水卷〈千里江山圖〉》。參加過 1987 年第 7 屆青

〔註105〕《徵訂通知》，《詩刊》2011 年 2 月號下半月刊。

春詩會。

　　歐陽江河，1956 年生，原名江河，祖籍河北。代表作《誰去誰留》。參加過 1987 年第 7 屆青春詩會。

　　陳東東，1961 年生，祖籍江蘇吳江。民刊《傾向》（1988～1991）、《南方詩志》（1992～1994）編創人。代表作《奈良》。參加過 1987 年第 7 屆青春詩會。

　　林雪，女，1962 年生，遼寧撫順人。2006 年詩刊社評選為新時期十佳青年女詩人。代表作《蘋果上的豹》。參加過 1988 年第 8 屆青春詩會。

　　大衛，60 年代生，本名魏峰，江蘇睢寧人。代表作《某一個早晨突然想起了母親》。參加過 1997 年第 14 屆青春詩會。

　　商震，1960 年生，遼寧營口人。代表作《揚州遇雨》。

　　馬敘，1959 年生，原名張文兵。代表作《鱷魚醒來》。

　　陽颺，1953 年生，祖籍天津。代表作《紀念》。

　　高崎，1945 年生，浙江溫州人。代表作《箴言》。

　　漫天鴻，曾用筆名俞紫，1957 年生，河南西華人。代表作《我也成了測天的好手》。

從以上統計可以看出，參會的 11 人中有 6 人參加過「青春詩會」，其中 3 人參加過 1987 年第七屆「青春詩會」。這屆「青春回眸」詩會在第一屆的基礎上趁熱打鐵，在《詩刊》2011 年 2 月號上半月刊就刊出了題為《永嘉・詩刊社第二屆「青春回眸」詩會暨首屆「中國・楠溪江詩會」將在風景秀麗的永嘉縣舉辦》的啟事，也是從這一屆開始，「青春回眸」詩會與舉辦地的某項詩會聯合進行，形成了與地方詩壇的互動態勢，並一值得到延續。除了詩歌交流活動和采風活動，這屆突出了對「青春詩會」的回眸，例如西川「回眸七屆『青春詩會』軼事，當年歐陽江河就是在醫院看護生病的山東女詩人李曉梅時寫下了著名的《玻璃工廠》，這些小事，現在回首，是對中國當代詩歌寫作方式非常有意義的啟示。」〔註 106〕當然，與第一屆「青春回眸」詩會相對應，對三十年詩歌的發展進行「回眸」和對當下詩歌現狀的討論也是詩會的重要議題。同樣是西川在回眸第七屆青春詩會的基礎上也「回眸反思世俗詩歌觀

〔註 106〕楊志學、趙四、唐力：《青春再回眸，詩溢楠溪江──永嘉・詩刊社第二屆「青春回眸」詩會側記》，《詩刊》2011 年 9 月號上半月刊。

——『詩歌是青年人的事』，而對『回眸』詩人來說，在青春的品質之外，使詩歌獲得或是語言上、或是思想上，或是形式上的探索品質，才是詩人們面臨的真正考驗。」〔註107〕

從側記可以看了，第二屆「青春回眸」詩會就詩歌與時代的命題進行了深入的討論，例如西川認為「歷史的分量會作用於我們的寫作，使我們的寫作在這個世界上獲得一種非常特殊的質量。因此，現在回眸的不僅是個人的變化，也是回眸整個中國的變化。」而歐陽江河則強調在這樣的時代詩人「應該用詩歌的方式把一些重要的東西集中呈現出來，向全世界做出獨有的文化闡釋。」唐曉渡認為「近代中國的歷史、新詩自身發展的歷史以及每個詩人寫作的歷史，構成了一個互為前景和互為背景的關係。」陳東東則提出「寫作實際上是在當下與未來間建立一種對話的關係。寫作者所面對的讀者可能是一個未來的人，詩人的內心需要有一個未來的定位，不拘囿現實之中。」〔註108〕從這些詩人的討論可以管窺第二屆「青春回眸」詩會關於詩學方面的討論，這也與「青春詩會」重點推出青年詩人的走向頗為不同，顯示出已經成熟並富有影響力的詩人對於詩歌發展的微觀認識和對於詩歌史的宏觀把握。由此，「青春詩會」指向的青年詩人和「青春回眸」詩會指向的中老年詩人在詩壇構成了一個序列，形成了老中青三代詩人可持續發展的態勢；另一方面，「青春回眸」的性質也使得一些曾經參加過「青春詩會」的詩人在兩種詩會中形成了縱向的勾聯與融合，使「回眸」帶有總結、前瞻的性質，詩歌史視角的個人維度得以打開，這也是「青春回眸」的影響力所在。

「青春回眸」詩會與地方詩會的合辦，對於地方詩歌的發展必然會帶來一定的影響，如第二屆「青春回眸」詩會與首屆「中國楠溪江詩會」的合流。但是，需要注意的是，這種借大型詩會來推動地方詩歌交流的舉措，並不一定能持續發揮作用，首屆「中國楠溪江詩會」之後，在網絡平臺再無第二屆舉辦的消息，這也是值得「青春回眸」詩會和舉辦地所深思的現象。不過，某一屆「青春回眸」詩會在舉辦之時，舉辦地的詩歌交流活動，還是影響較大的，例如第二屆在浙江永嘉舉辦之時，當地媒體競相報導，除了新聞性質的

〔註107〕楊志學、趙四、唐力：《青春再回眸，詩溢楠溪江——永嘉·詩刊社第二屆「青春回眸」詩會側記》，《詩刊》2011年9月號上半月刊。

〔註108〕以上詩人的觀點詳見楊志學、趙四、唐力：《青春再回眸，詩溢楠溪江——永嘉·詩刊社第二屆「青春回眸」詩會側記》，《詩刊》2011年9月號上半月刊。

宣傳外，關於詩歌交流方面，也有直觀的展示，在《溫州人》雜誌 2011 年 11 期就推出了題為《青春回眸，詩人們的感動》的專題文章，刊發了與會詩人的詩學觀點，將「對話」直觀地呈現給當地讀者。該文以圖文並茂的語錄形式，刊出西川、柯平、歐陽江河、陳東東、李小雨、林雪、大衛等詩人的詩歌觀和對當代詩歌現狀的認識，很多觀點頗有總結和啟發的意味，例如西川提到，「現在講青春回眸，表示我們老了，每一個詩人走過的道路，不是一兩句可以說清楚的。從大的方面來說，我們這個民族 40 年走完了歐洲人 100 年的道路，這其中會產生一種特殊的質量。現在有一種意見，認為詩歌邊緣化了，但我的看法是，在各行各業中，詩歌都是秘密的發動機。」歐陽江河認為「文學到了最後就是要有尊嚴，在消費至上的這個時代，寫詩應該把一些重要的東西展現出來。」林雪則有反向的認識，他覺得「詩歌在社會太潤滑也不行，有時社公的壓力形成障礙後，會給詩歌的發展找到一個突破。」〔註 109〕

正是這種詩學觀點的交流與碰撞，以及「青春回眸」詩會與地方詩會的交融，使得「青春回眸」詩會一經誕生就在詩壇上產生了較大影響，尤其是對於詩歌與時代這一命題，幾乎每屆詩會都要進行討論和交流，例如第三屆主題仍是「詩歌創新與時代變遷」〔註 110〕，即便到了最近一屆，即 2020 年第十一屆，主題依然是「詩歌與時代精神的辯證關係」〔註 111〕。雖然主題延續非常明顯，以及「青春回眸」所指向的「青春詩會」也是其核心出發點，但詩會模式也不斷地進行改革，尤其是參與詩人的構成方面，在第三屆以魯迅文學獎獲得者為主力陣容開始，曾經參加「青春詩會」的詩人就大幅度下降，不足 50%，「回眸」「青春詩會」的性質漸漸演化為以「回眸」新時期詩歌史為主，與推出青年詩人的「青春詩會」的展望性質遙想呼應，構成了這兩項活動從形式到內在的深度關聯，成為《詩刊》能夠持續舉辦的最具影響力的活動。由此，「青春回眸」詩會的「吸納」走向比「回眸」走向越來越明顯，即對「青春詩會」的回眸變弱，而對未參加「青春詩會」但有重要影響力或在當下詩壇有重要地位的詩人採取「吸納」態度，如此，因為各大詩歌刊物主

〔註 109〕以上詩人的觀點詳見路加：《青春回眸，詩人們的感動》，《溫州人》2011 年 11 期。

〔註 110〕黃尚恩：《詩歌要創新，必須直面時代的變遷——詩刊社舉行第三屆「青春回眸」詩會》，《文藝報》2012 年 06 月 27 日。

〔註 111〕羅曼：《詩歌與時代精神的辯證關係——第十一屆「青春回眸」綜述》，《詩刊》2020 年 9 月號上半月刊。

編副主編、各高校詩歌評論家的加入，非但沒有削弱兩種詩會的影響力，反而在提升「青春回眸」詩會地位的同時促進了青年詩人對「青春詩會」的認可。

「青春回眸」詩會強烈的「吸納」傾向，在第三屆就表現得非常明顯，這一屆青春詩會於 2012 年 6 月 11 日～14 日在湖南常德舉行，共有十一名詩人參加。特殊的是，十一名詩人中有八位是魯迅文學獎獲得者，這八位中有四位曾經參加過青春詩會，其信息及獲得魯迅文學獎、參加「青春詩會」的情況統計如下：

> 榮榮，《文學港》主編；第 4 屆魯迅文學獎；參加 1992 年第十
> 屆「青春詩會」。
>
> 楊曉民，中央電視臺人事辦主任；第 2 屆魯迅文學獎；參加 1995
> 年第十三屆「青春詩會」。
>
> 娜夜，甘肅省作協副主席；第 3 屆魯迅文學獎；參加 1997 年
> 第十四屆「青春詩會」。
>
> 田禾，湖北省文學院副院長；第 4 屆魯迅文學獎；參加 2000 年
> 第十六屆「青春詩會」。
>
> 韓作榮，《人民文學》原主編；第 1 屆魯迅文學獎。
>
> 馬新朝，河南省文學院副院長；第 3 屆魯迅文學獎。
>
> 傅天琳，重慶市作協副主席；第 5 屆魯迅文學獎。
>
> 劉立雲，《解放軍文藝》主編；第 5 屆魯迅文學獎。
>
> 羅鹿鳴，常德市文聯副主席。
>
> 龔道國，湖南省作家協會理事，曾任常德市作家協會主席。
>
> 劉雙紅，常德市詩歌協會副主席。〔註112〕

可以看出，所有參會詩人都在文學期刊或作協系統身居要職，是非常有意思的現象，這也反向影響了前文提到的「青春詩會」越來越走向嚴密的體制化。除這十一位「青春回眸」詩會的參會詩人外，另有參加同時舉辦的第六屆「常德詩人節」的雷平陽〔註113〕、燎原、李南、程一身、尤克利等詩人，與第二屆一樣，兩個詩會集中在一起舉行，並且仍然以「時代需要怎樣的詩歌與詩

〔註112〕詳見《詩刊》2012 年 9 月號上半月刊。

〔註113〕雷平陽曾獲第五屆魯迅文學獎，參加過 2003 年第十九屆「青春詩會」。有文章提到第三屆「青春回眸」詩會共有九位魯迅文學獎加盟，其中包括雷平陽，其實雷平陽的正式身份是參加與「青春回眸」詩會共同舉辦的第六屆「常德詩人節」。

人」為主題。這屆詩會除了在《詩刊》「青春回眸」詩會作品專號推出作品時配發側記〔註114〕外（9月份），早在6月份，詩會一結束就在《文藝報》刊發了與側記內容相近的文章，即黃尚恩撰寫的《詩歌要創新，必須直面時代的變遷——詩刊社舉行第三屆「青春回眸」詩會》〔註115〕一文。該文中借用參會詩人的觀點，將詩會的主題除詩歌與時代關係外概括為兩個方面，一是「詩歌創作應該不斷創新」，一是「時代需要杜甫式的詩人」。例如劉立雲的觀點頗具代表性，他認為「現在很多詩歌讀起來都似曾相識，這是因為大家都在相互模仿、彼此重複，甚至自我重複。有些詩人長期以來按照一種方式寫作，沒有任何創新，迴避了有難度的詩歌寫作。時代發生了翻天覆地的變化，尤其是在城鎮化的過程中，物質豐富了，精神卻空虛了，人們的內心到底面臨什麼樣的困境，詩人要給予關注。詩歌創作要創新，就必須直面時代變遷，揭示人們內心的隱秘。因此，創新不僅僅涉及到詩歌形式問題，還涉及到詩歌精神問題。只有能夠真正反映出這個時代和社會的本質，詩歌才能重新煥發光彩。」〔註116〕而雷平陽、娜夜、傅天琳則認為，「面對中國社會發生的巨大變化，如何讓新詩真正具有來自中國的現實感，必須將寫作的視野集中在中國這片土地上，尋求一些能契合社會現實的表現手法」，「時代需要杜甫式的詩人」〔註117〕。

可以看出，這屆「青春回眸」詩會依然延續第二屆的傳統，繼續討論「詩歌與時代」這一命題，其「回眸」的性質也呈現出對當下的「介入」態度，並且與「青春詩會」集中於參會詩人的作品討論不同，「青春回眸」詩會更多是詩學觀點和詩歌史觀念的交流與碰撞。如《詩刊》自己所強調的，「這也許就是『青春回眸』詩會的題中應有之義：詩人在歷經人世滄桑，領悟到求索之物的本性之後，當他們在歲月之中回眸，實際上是順著時間的鏈條，向生活和藝術本源的一次回歸。」〔註118〕除此以外，其組織形式也與「青春詩會」

〔註114〕黃尚恩、唐力：《青春再回眸，桃源結詩情：常德・詩刊社第三屆「青春回眸」詩會側記》，《詩刊》2012年9月號上半月刊。

〔註115〕黃尚恩：《詩歌要創新，必須直面時代的變遷——詩刊社舉行第三屆「青春回眸」詩會》，《文藝報》2012年06月27日。

〔註116〕黃尚恩：《詩歌要創新，必須直面時代的變遷——詩刊社舉行第三屆「青春回眸」詩會》，《文藝報》2012年06月27日。

〔註117〕黃尚恩：《詩歌要創新，必須直面時代的變遷——詩刊社舉行第三屆「青春回眸」詩會》，《文藝報》2012年06月27日。

〔註118〕本刊編輯部：《青春作伴好還鄉》，《詩刊》2012年9月號上半月刊。

表現得大為不同，兩者雖然都形成了與地方合作舉辦這一固定的模式，但「青春詩會」的參會人員組織都是由《詩刊》社完成的，但「青春回眸」詩會則有了地方相關部門的主動性，這與「青春回眸」詩會與地方詩會合辦相關，這也使得地方更有擴大詩會參會人員、擴展詩會相關活動等方面的權力。關於這種模式方面的差異，在參加第三屆「青春回眸」詩會的龔道國相關的文章中可以得到管窺，他提到，「三月。詩刊社通知我參加第三屆『青春回眸』詩會，已經列入詩會名單。告知詩會將在常德詩人節舉辦期間進行。詩刊社周所同老師、唐力先生先後囑咐我準備好參會詩稿。具體是一句回眸寄語、一首代表作、一組兩百餘行詩歌新作、一首鏈接詩會所在地的詩作、一篇隨筆、三至四張照片。五月。收到常德詩人節籌委會邀請文函。收到常德市文聯主席王軍傑先生、副主席楊亞傑女士邀請電函。」〔註119〕可見，對於參會詩人來講，除了《詩刊》社的通知外，舉辦地相關部門也會以地方詩會的名義發出邀請，這也使得「青春回眸」詩會與地方詩會從形式到內容都達到合而為一的效果。

當然，無論「青春回眸」詩會如何突出「詩歌與時代」這一主題，如何突出與地方的互動關係和推動地方詩歌發展所做的貢獻，但其前提仍然是建基在「青春詩會」已連續舉辦二十多屆以及所形成較大影響力的史實上，因此，將「青春詩會」與「青春回眸」詩會結合考察，其內在的「詩歌史」意識就非常明顯。對於參會詩人個體來講，同時參加過這兩種詩會，自然有著不同凡響的意義，前文已提到過西川的「回眸」，在王自亮的「回眸」中，則不僅僅指向「青春詩會」，而是指向了所有與詩會有關的人與事。他飽含深情地寫下了前後兩次不同性質的詩會對他的重大意義，「就在前些日子，我應邀參加了《詩刊》『第五屆青春回眸詩會』。在青藏高原，在玉樹，重新喚起了對那些日子的念想，對詩歌青春的祭奠，看到那些犛牛、水尼瑪、摩崖石刻、廟宇和起伏的群山，有一種悲喜交集的情緒，湧入身上。又是《詩刊》！橫跨32年時光，我參加了『青春』與『回眸』這兩個詩會，從24歲56歲，期間經歷了多少世事，見過多少人，又有多少次的挫敗和重來，是足堪『回眸』的了。從某種意義上說，我寧可把《詩刊》看作詩歌創作的搖籃，不想僅僅把它看作是『國家級詩歌刊物』。燕生師、雷霆大哥，先後離開了我們，是一種難以

〔註119〕龔道國：《參加詩刊社第三屆「青春回眸」詩會側記》，新浪博客：http://blog.sina.com.cn/s/blog_4ba3c42e010161tf.html，訪問日期：2020年11月25日。

接受的事實。為了準備這個問答，我昨天看了鳳凰臺許戈輝採訪青春詩會當事人的節目，當燕生師第一個出現在鏡頭上，說出第一句話時，我的眼淚就奪眶而出。雷霆大哥去世，讓我深感震驚。記得當時我聽到韋錦兄談及此事，簡直不相信，當夜回旅館就寫了一首挽詩：《雷霆如是說》。不，這不是挽詩，而是一支他在九泉之下也會喜歡的歌。正是青春詩會，讓我認識了《詩刊》這些最優秀的詩歌編輯。從 1981 年算起，35 年來我在《詩刊》發表的作品，先後累計一下，也有幾十首了。處理我作品的編輯，先後有王燕生、雷霆、王家新、鄒靜之、趙四和唐力，正是他們不斷地接納我，給了我繼續寫下去的巨大信心。」〔註 120〕在個人情感之外，透過王自亮的講述，可以看出「青春詩會」乃至「青春回眸」詩會對個人詩歌寫作和個人創作道路產生的巨大影響，這也從另外一個方面呈現出「回眸」所具有的價值，個人的「回眸」成為詩歌史「回眸」的一個窗口。

三、聚焦於「青春」的引導與整合

從第四屆「青春回眸」詩會開始，出席詩人中曾參加過「青春詩會」的占比不到一半，有時候甚至三分之一都不到，但是比起前三屆，參加過「青春詩會」的詩人對於「回眸」卻格外關注，他們會詳細回憶一些當年參會的細節。例如 2019 年參加第十屆「青春回眸」詩會的楊克，「1987 年，我參加《詩刊》社第七屆青春詩會。這是 80 年代公認的三屆『黃金組合』夢之隊之一，另兩屆是第一屆、第六屆。迄今『青春詩會』舉辦了 35 屆，就總體而言，那三屆實為翹楚。」「1999 年，我有次到京，簡寧請飯，美其名曰『同學聚會』，指的就是同屆參加了『青春詩會』，叫來了西川、歐陽江河。」〔註 121〕又如 2020 年參加第十一屆「青春回眸」詩會的候馬，就特別提到對詩會的認可：「我給自己定的規矩是有時間專注創作，儘量不參加活動，包括發布會、研討會、頒獎會、筆會、朗誦會以及飯局等，這些年基本做到了。沒想到《詩刊》社邀請我參加青春回眸詩會——一個主要邀請參加過《詩刊》社青春詩會的詩人參加的活動，我竟然當即答應，也許我屆時難以成行，但第一時間的反應是願意。」〔註 122〕同時他在該文中回憶了好友伊沙參加的第十三屆，和自己在 1999 年

〔註 120〕姜紅偉、王自亮：《記憶即道路：見證 80 年代大學生詩歌運動——王自亮訪談錄》，《詩探索·理論卷》2015 年第 3 輯。

〔註 121〕楊克：《「青春回眸」依舊少年心》，《詩刊》2019 年 9 月號上半月刊。

〔註 122〕候馬：《回眸青春詩會》，《詩刊》2020 年 9 月上半月刊。

參加完盤峰詩會之後去山東聊城參加的第十五屆，以及與指導老師梅紹靜、同屆詩友楊梓、劉川、姚輝、李南、凸凹、小海等相處的細節。提到楊梓時所回憶的細節，給我們以個體的視角來看待「青春詩會」提供了素材：「當時最受歡迎的是楊梓，他好歹是一本刊物的編輯，當地文學愛好者紛紛把簡樸的個人詩集呈送給他，以至於他行李太重無法搬運。臨行當日，他每本詩集就塞到床鋪下面，就像殺人藏屍一樣，我笑得眼淚都出來了。」〔註123〕

與參加過「青春詩會」的詩人充滿深情和趣味的回憶不同，一些沒有參加過詩會的詩人，則不無遺憾地「回眸」自己未能參會但不改對詩歌的執著，例如2015年參加第六屆「青春回眸」詩會的周所同就提到，「愛詩寫詩近半個世紀，沒成什麼氣候。年輕那會兒想參加青春詩會，老師沒收我，現在回眸青春，所幸還與詩在一起，還想在詩面前做一個學生，這是真心話。唯願我的詩還有枝葉和果實，不家人想看它一眼，倘若值得再看一眼，他就是我的知音。」〔註124〕這樣看來，「青春回眸」詩會並沒有因為曾參加「青春詩會」詩人的比例減少而變得「回眸」的意味不足，相反，通過這些詩人的隨筆更加明顯、更加個性化地將「青春詩會」重新置於讀者面前，也使得這兩個詩會的聯結越來越緊密。並且，如果將「回眸」的視角轉向未參加「青春詩會」的詩人，他們能夠跳脫回眸詩會的侷限，進而對自己的創作、對詩歌的發展流變進行回顧總結。對於部分參會詩人來講，由於人生經歷的積澱所形成的生命之思也在「回眸」中被激蕩出來，例如參加2016年第七屆「青春回眸」詩會的蒲小林，他因「回眸」一詞而產生的思考，就穿透了詩會這一外在形式而走向對自我生命的追問，「而回眸本身，既是對過往一切的審視與尊重，也是詩人的心靈得以沉淨、升騰的重要方式，只有不斷回眸、不斷檢閱自己的來路，才有可能充分領略生命輪迴中自始至終的得與失、生與死、愛與恨，進而完成對固有現實秩序的歸順或反叛。」〔註125〕那麼，「青春回眸」詩會所謂的「青春」，在參加過「青春詩會」的詩人和未參加過的詩人那裡有什麼不同，或者有什麼匯合點呢？

在此，有必要先對已舉辦過的詩會做一個梳理〔註126〕，截至2020年，

〔註123〕候馬：《回眸青春詩會》，《詩刊》2020年9月上半月刊。
〔註124〕周所同：《與詩有緣的山》，《詩刊》2015年9月上半月刊。
〔註125〕蒲小林：《我們看見了什麼？》，《詩刊》2016年9月號上半月刊。
〔註126〕「青春回眸」詩會舉辦時間、地點、參會詩人，以及這些詩人中參加過「青春詩會」的情況，詳見本文附件二。

已經舉辦的十一屆「青春回眸」詩會參會詩人共計 145 人，其中參加過「青春詩會」的有 61 人，占比約 42%。而未參加過「青春詩會」的詩人中，絕大多數都屬於作協系統的會員，不乏期刊主編副主編、作協領導以及高校教師，也囊括了大部分魯迅文學獎詩歌獎獲得者。這除了前文分析過的體制化原因之外，與「青春詩會」相對應，詩人的創作理念、作品風格也成為管窺「青春回眸」詩會性質的重要窗口。「青春詩會」以推出青年詩人的方式引導他們的創作方向，「青春回眸」詩會則以追認的方式整合詩壇有一定影響力的主流詩人，這裡所謂的主流是以作協體系的認可為主要依據。通過這兩種詩會的雙向作用，彙集到詩歌作品，則呈現出什麼樣的作品可以被推出、被認可，什麼樣的作品不能得到體制認同，就顯而易見了〔註 127〕。當然，不可否認，這兩個詩會對詩歌發展的影響，不僅僅是引導和「規訓」，其深入的交流和討論活動，為青年詩人的成長提供了多維的視角，也為中老年詩人再次創作的發生提供了新的可能，尤其是每屆「青春回眸」詩會的詩學討論，其對詩歌史的回顧總結和對當下詩歌創作的關注，是非常值得肯定的。例如以第十一屆「青春回眸」詩會為契機，《詩刊》主編李少君、北京師範大學教授張清華、清華大學教授西渡、中國作協創研部主任北喬等人以「百年新詩的青春回眸」為主題的對話，就探討了非常有價值的詩學命題。

這次對話於 2020 年 9 月 13 日在北京外研書店東升科技園店舉行，同時在微信公眾號進行直播。其後澎湃新聞以《「青春回眸」詩會：中國新詩一直停留在其青春期嗎？》做了相關報導，該文提到，「中國的新詩被認為是一種青春寫作，很多著名的詩人現在留下來，被大眾所知的作品還是他們青春時期的一些作品，有一個說法叫成名作即代表作。」〔註 128〕其實這一現象在「青春詩會」參會詩人身上也比較明顯，將在後文分析。對話現場，張清華感慨「『青春回眸』我覺得實際上是一個讓人非常百感交集的題目。當你深入中年後，回過頭來發現，你和當代詩歌有關係。在冥冥之中，自己已經走了一條

〔註 127〕「青春詩會」推出的經典作品，以及前文所分析的「再造」的經典作品，與「青春回眸」詩會推出的詩人代表作，以及經典作品，構成了非常龐大的作品群，通過對這些作品梳理，就會發現他們內在的隱秘關聯，以及所呈現出的「時代精神」，而透過被重點推出的作品，就會發現被「隱藏」的作品類型。在推出和隱藏之間，體制對詩歌的導向就非常清晰地呈現了出來。

〔註 128〕徐蕭、王琦樂：《「青春回眸」詩會：中國新詩一直停留在其青春期嗎？》，詳見 https://m.thepaper.cn/newsDetail_forward_9178625，訪問日期：2020 年 11 月 28 日。以下對話現場詩人的觀點均引自該文。

和詩歌糾纏不清的人生之路，它是非常複雜的。」同時他認為「從主觀方面來看，詩歌就是屬於青春，屬於年輕時代的一種創造物。青春寫作是有趣的，不管在什麼時代，詩歌首先是屬於年輕人的生命創造，他們有超越經驗的東西。儘管詩人們到了一定的年紀，覺得自己的經驗可能更複雜和豐富，但卻可能失去了青年時代的那種蓬勃和來源於生命內部不可思議的力量。」北喬則認為「青春寫作可能涉及到詩人寫作的動力，涉及我們對詩歌的標準是什麼，以及詩歌存在的理由。詩歌作為文學的一種樣式，有它獨特的地方。我個人認為青春寫作更多的是一種向上的，對世界的挑戰。這個世界包括我們的世俗生活，世界的規則和文學的規則。」「所以我覺得青春時期更多的是一種表達的東西。進入中年後的寫作，則可能要向下，向自己的內心，向世界的內部，向我們所有生活和規則的內部，去尋找一些存在的理由及突破的方向。」如果將北喬的說法與學界所提的「中年寫作」相對應，則有了創作發生學上的深層心理機制，以及詩人們對詩歌「青春期」這一歷史現象的內在焦慮。

由此，回過頭來看「青春詩會」，「青春」所指向的並不僅僅是詩人的年齡，而是一種與詩歌相應的創作心理，以及詩歌史視角的新詩發展階段，如果再對應「青春回眸」詩會，則又指向詩人創作生涯中的獨特階段，如同張清華所說的詩歌創作中超越經驗的東西以及青年人來自生命本身的創造。在此意義上，「青春詩會」與「青春回眸」詩會的價值，則獨與其所推出的作品有關，正是這些作品中成為經典或者成為詩人代表作或成名作的，讓詩會不但在詩歌史而且在「當下」都凸顯出了其價值。正如本雅明所說，「只有我們把生命賦予一切擁有自己歷史而非僅僅構成歷史場景的事物，我們才算是對生命的概念有了一個交代。」「偉大藝術品的歷史告訴我們這些作品的淵源，它們在藝術家的生活時代裏實現，以及它們在後世裏的潛在的永生。」〔註129〕本雅明的所說的藝術品中所蘊含的生命感既指向藝術家生活的時代，又指向未來，這種穿透性恰恰是文學中經典作品的魅力所在。如果以此視角來看「青春詩會」的影響，就會發現八十年代的「夢之隊」正是因為推出了大量的經典詩歌（前文已做過梳理），而與此對應，「青春回眸」詩會的「回眸」，自然在這些經典作品中不斷地產生了效應，使得兩個詩會互生互聯。從內在心理

〔註129〕 （德）本雅明：《譯作者的任務》，收錄於《啟迪：本雅明文選》，（德）阿倫特編，張旭東、王斑譯，生活‧讀書‧新知三聯書店 2012 年版，第 83 頁。

來講，「過去的真實圖景就像是過眼煙雲，他唯有作為在能被人認識到的瞬間閃現出來而又一去不復返的意象才能被捕獲。」〔註130〕如同舒婷的《致橡樹》，在「青春詩會」經典再造之後，由七十年代末期書寫愛情是禁區的環境中突圍出來的作品，新世紀就只剩下作品的本質因素──愛情詩了。當然，也正是因為「青春」這一內蘊複雜的詞，讓「青春詩會」和「青春回眸」詩會在推出詩人、引導詩人、吸納詩人方面形成了嚴密的內在機制，其所折射的體制化進程，即對詩歌的導向和對詩人的「規訓」，就變得非常明顯。此時，需要探討的是，詩人何以會接受這種導向和「規訓」？或者，反過來說，對於詩人和詩歌來講，詩會的「合法性」如何得到認可？

　　這牽扯到複雜的政治環境和文化心理，無法簡單來做出回答。但是從詩會的表象，可以得到粗淺的答案，如同這兩個詩會的名稱，都匯聚在「青春」一詞上，那麼，「青春」與詩又構成了怎樣的關聯？與啟蒙、理想、激情、青春等詞所關聯的八十年代，被認為是詩歌的黃金時代，也恰恰是新世紀以來不斷翻新的重返八十年代熱潮，將這些「印象」式的歷史回憶逐步加強，如同人類歷史書寫的取捨，也如同個人的記憶機制，與「青春」有關的生命力、創造力等等被不斷強化並放大，而與之相關的「魯莽」、「失敗的嘗試」甚至致命性的錯誤被不斷地修復並遺忘。所以本雅明會說，「歷史唯物主義者不能沒有這個『當下』的概念。這個當下不是一個過渡階段。在這個當下裏，時間是靜止而停頓的。這個當下界定了他書寫歷史的現實環境。歷史主義給予過去一個『永恆』的意象；而歷史唯物主義則為這個過去提供了獨特的體驗。歷史唯物主義者任由他人在歷史主義的窯子裏被一個名叫『從前有一天』的娼妓吸乾，自己卻保持足夠的精力去摧毀歷史的連續統一體。」〔註131〕對於我們的「當下」來講，八十年代成為「過去一個永恆的意象」，它對於新時期詩歌的發展來說，正好處於「青春期」；而對詩人來講，參加「青春詩會」正是其創作被認可的時期，尤其是八十年代「青春詩會」最為輝煌的時候，像舒婷、顧城、于堅、翟永明等詩人也要在「青春詩會」及《詩刊》的助力下走向詩壇的前臺，從這個意義來說，「青春詩會」指向的「青春」與詩人的被認

〔註130〕（德）本雅明：《歷史哲學論綱》，收錄於《啟迪：本雅明文選》，（德）阿倫特編，張旭東、王斑譯，生活·讀書·新知三聯書店 2012 年版，第 267 頁。

〔註131〕（德）本雅明：《歷史哲學論綱》，收錄於《啟迪：本雅明文選》，（德）阿倫特編，張旭東、王斑譯，生活·讀書·新知三聯書店 2012 年版，第 274～275 頁。

可（尤其推出成名作或代表作的詩人），則成為「回眸」得以發生的必然理由。這種不斷與「青春」關聯的心理，以及重返八十年代的文化環境，使某一個點成為聚合的可能，即本雅明所說的對「過去的獨特的體驗」，使社會文化與個人心理都在「從前有一天」達到了高度的認可和融合。由此也可以回應尼采所說的歷史永恆輪迴的內在原理，既然有「從前有一天」這個聚合點，既然歷史有永恆輪迴的驅動力，那麼，作為社會活動的詩會就可以在詩人與詩歌之間找到一個點──「青春」，而老中青三代詩人也可以在「青春」這裡得到聚焦，無論被引導還是被整合，他們都希望被「當下」認可，這就形成了詩人被體制化的內在緣由。

第四章 「青春詩會」的複雜場域與 詩歌史視野

　　雖然體制化考察不可避免地將「青春詩會」置於對詩歌發展不利的一面，但這種傾向性和策略性的思路，並不影響「青春詩會」對詩歌發展所做出的貢獻。或者說，「青春詩會」在官方、編輯、詩人及詩歌文本之間形成了非常複雜的場域，並不能簡單地用「好與壞」的二元對立思維或者「有好有壞」的庸俗辯證法來武斷地進行判定。在這裡，要強調批判思維與逆反思維的區別，有必要避開二元對立的思維模式，認為對「青春詩會」的體制化考察，尤其是探討它對詩人所形成的「規訓」，就是全盤否定其價值；相反，在確認「青春詩會」因對詩歌文本的看重而具有詩歌史意義時，也不是為其大唱讚歌。因此，很難用單一的視角來定位「青春詩會」的詩歌史價值，它本身極為複雜的場域也折射出了不同群體的不同面相，詩人、編輯以及背後的權力資本、詩歌文本在這一場域中的對話、互生或是齟齬，都以「歷史視角」闡釋其自身的正當理由。

　　對於「青春詩會」所指涉的各個主體，無論是起領導作用的官方，還是具體組織活動的編輯，以及參與評選的學者等等，都集結於青年詩人的發現和優秀作品的推出，此時，「青春詩會」發揮著不同的作用，其既是官方「籠絡」詩人的「工具」也是詩人進入詩壇的「工具」；而且，在體制管理與詩歌自由之間它又充當「潤滑劑」的作用；同時，它又是官方、詩人、編輯、學者所構成的「詩歌史」書寫的「共同體」。就「青春詩會」內部而言，對參會詩人的遴選以及對相關作品的推出，都有其一定的「標準」；其不斷以週年紀念

-189-

的方式回顧參會詩人及相關作品的舉動，也正在一定程度上表現出以詩人和文本為中心的詩歌史視野。在此意義上，「青春詩會」所聯結的權力與詩歌、詩壇與讀者、詩人與編輯、歷史與未來都在「當下」激盪出複雜的張力。

第一節 「青春詩會」的複雜場域

一、作為「工具」的「青春詩會」

「青春詩會」並不是一成不變的、自足的詩歌生態場域，它在八十年代、九十年代、新世紀分別表現出不同的機制和走向，雖然其內部功能趨於同一。如果說八十年代的「青春詩會」力足於推出新人、迎合詩歌主潮的話，那麼九十年代的「青春詩會」則是在迎合意識形態的前提下推出青年詩人，到了新世紀，《詩刊》社一改「迎合」姿態，漸漸摸索出了詩會自恰的機制，在協調官方與詩人的同時突出其主體性，開始自己製造規則，將「青春詩會」推向體制化。當然，這一發展流變有其內在規定性，與《詩刊》的刊物性質有著直接的關聯，「在創刊之初，《詩刊》就被定位為詩歌的國刊，隸屬於中國作家協會，是中國作家協會的機關刊物，也是『解放後第一個全國性的詩歌刊物』，由中宣部與中國作協黨組雙重領導，和政治有著緊密的『血緣』關係。因此，《詩刊》的創刊就非同一般，很多刊物都為其創刊預熱，連《人民文學》都為《詩刊》的徵訂信息留足了版面，詳細地介紹了《詩刊》的定位、辦刊宗旨和編輯策略：『它的任務是在『百花齊放』的方針指導之下，繁榮詩歌創作，推動詩歌運動……』從中我們可以看到，《詩刊》是要作為中國新詩發展的引領者，代表國家的詩歌藝術水準，面向大眾，弘揚主旋律，促進詩歌繁榮發展。」〔註1〕無疑，1976年復刊的《詩刊》接續了「國刊」的傳統和定位，雖然其後在思想解放的大背景下《詩刊》屢屢以大手筆走在了詩歌潮流的前列，並一度成為引導者的角色，像推出北島、舒婷的詩歌，促成「朦朧詩」論爭等等，但其對詩歌的「引導」有著很濃厚的意識形態色彩，並且在其發展過程中不斷得到強化。由此來看，「第一屆『青春詩會』確實是對迎著新時期曙光、踏著『文革』廢墟走上詩壇的新一代的一次閱兵式，是滿含希望，對詩歌未

〔註1〕胡友峰：《詩歌傳播與文學政治——論〈詩刊〉的發展與政治話語的關聯》，《百家評論》2018年第5期。

來的一次奠基。它曾產生廣泛影響，在時間山谷中至今仍發出迴響。」〔註2〕

確實，第一屆「青春詩會」奠定的基調，為其後連續舉辦提供了各方面都認可的功能，對於《詩刊》的主管機構來講，符合意識形態走向、有利於擴大輿論影響的活動經「國刊」舉辦，當然事半功倍；對《詩刊》來講，以推出青年詩人的方式引導詩歌發展主潮，既符合「國刊」定位，又符合「詩歌刊物」的定位；對詩人來講，處於權威、已經被認可的老詩人有了平臺名正言順地引導青年詩人，而處於成長發展期的青年詩人則有機會進入到詩壇，從詩歌文本的影響到詩人地位的鞏固都是非常有效果的捷徑。由此，「青春詩會」在特定的歷史時段成為「雙贏」的產物，指向意識形態的主管機構、指向詩歌文本的青年詩人都在《詩刊》社打造的這一平臺得以聚焦和實現其利益，在這個意義上來說，「青春詩會」所關聯的各個方向，都可以理所當然地將其視為「工具」，並且「合理」、「合法」。難怪王燕生在九十年代回顧「青春詩會」時，會感歎「被譽為詩壇『黃埔軍校』的『青春詩會』，已舉辦了十六屆，有二百零四位青年接受了操練。雖然還有不少有才華的青年詩人沒有進入這所沒有院牆的『學校』，但是，回望新時期以來中國新詩走過的路，潮起潮落，風風雨雨，每一程都留下了『青春詩會』的足跡。放眼當代詩壇，那躍馬馳騁者中，不乏『青春詩會』的身影。作為中國詩歌的一個優質品牌，『青春詩會』已是一個象徵、一種召引。」〔註3〕

從推出第一屆「青春詩會」，《詩刊》社的定位就非常明晰，即「推動中國詩歌的發展和青年詩人的成長」〔註4〕。縱然「青春詩會」在其發展歷程中不斷地嘗試與時代接軌，並不時以創新的姿態呈現在世人面前，但推出青年詩人是其一成不變的主題，從另一個視角來看，注重對青年詩人的引導，也就是掌握了詩壇的中堅力量和未來走勢。如果說 80 年代「青春詩會」「推動中國詩歌發展」表現得相當顯眼的話，90 年代則僅僅是「推動青年詩人的成長」了，例如《詩刊》1991 年 1 月號的卷首寄語，「1991 年，我們還將為中學生和大學生們設置專欄，這同我們辦刊授、編《未名詩人》、在《詩刊》設置專欄《新荷集》以及舉辦《青春詩會》等一樣，就因為詩歌和青年是天然的

〔註2〕王燕生：《上帝的糧食》，古吳軒出版社 2004 年版，第 7 頁。
〔註3〕王燕生：《上帝的糧食》，古吳軒出版社 2004 年版，第 7 頁。
〔註4〕苗春：《青春的聚會——「青春詩會」十八週年紀念》，《人民日報（海外版）》1998 年 4 月 11 日。

密友。」在提出為青年詩人打造各種平臺的同時，強調「1991 年《詩刊》工作的中心，簡要地說，就是：高揚主旋律，堅持多樣化。」〔註5〕也就是說，「青春詩會」無論面臨怎樣的政治環境，其「推出青年詩人」的宗旨才是得以延續的內在動因，如前文所析，這一宗旨在「工具」的性質上將主管機構、《詩刊》、青年詩人彙集在同一個活動之內。歷經 90 年代的發展和變化，《詩刊》對「青春詩會」的定位則完全歸屬於推出、引導青年詩人，而不再高調地強調「推動中國詩歌的發展」，例如《詩刊》1999 年 8 月號的《編者寄語》中就提到，「自 1980 年首屆『青春詩會』召開以來，《詩刊》舉辦了十五屆『青春詩會』。『青春詩會』是《詩刊》堅持扶植青年，向詩壇推薦新人的辦刊宗旨的體現；也是青年詩人互相交流詩藝，向詩壇展示自己才華的重要詩會。」〔註6〕到了新世紀，其內在邏輯依然，例如《詩刊》社編輯、詩人李小雨在參加 2009 年第 25 屆「青春詩會」時如此總結，「青春詩會不僅是修改稿件、探討詩藝，而是在繁複龐雜的詩壇中，明確詩人創作的發展方向，改進自己的創作方法，提高寫作質量，從而把普通詩人打造成優秀詩人，把優秀詩人推向詩壇大家。青春詩會是全面展示青年詩人的精神風貌、美學追求和人生態度的一個綜合性的詩歌平臺，它展示出本年度青年詩人的創作態勢，提醒需要關注的問題，並為我們的寫作提出更高的要求。」〔註7〕

也正是因為「青春詩會」將其主題集中到推出和引導青年詩人，使得其在發展中不斷完善內在機制，對青年詩人形成了越來越強的吸引力，使其越來越穩固地發揮著「工具」作用。那麼，主管機構和主辦機構推出「工具」性質的「青春詩會」，自然很好理解，但是有必要質疑的是，詩人為什麼需要這個「工具」？這要從詩歌整體生態來看待，詩人出詩集難並不是新世紀才有的現象，早在被認為是詩歌的黃金年代的 20 世紀 80 年代，詩歌的火熱並沒有為詩人帶來多大的「收益」，出詩集難是每個青年詩人面對的最大困境。例如于堅雖然在 1986 年就「走紅」詩壇，但其出詩集也是到 1989 年，並且是自己想辦法出售。2000 年在其詩集《于堅的詩》的後記中還不無感慨地提到當年的細節，「1989 年我出版了第一本詩集《詩六十首》，它們出版後運到我

〔註5〕本刊編輯部：《羊年寄語》，《詩刊》1991 年 1 月號。

〔註6〕《編者寄語》，《詩刊》1999 年 8 月號。

〔註7〕劉頲：《讚美祖國　放歌湘江——第 25 屆青春詩會在湖南株洲舉行》，《文藝報》2009 年 11 月 17 日。

家裏，我是通過郵寄的方式把這些小冊子賣掉的。1993 年在朋友的資助下，我印行了另一部詩集《對一隻烏鴉的命名》，它同樣從未進入發行渠道，烏鴉們是一隻只從我家裏飛走的。此後七年之間，我再也找不到願意出版我的詩集的出版社，這個國家的很多出版社都把出詩集看成是對詩人的一種施捨。」〔註8〕其實不僅僅青年詩人，就連已負盛名的昌耀，也幾經周折，自費出詩集的信息通過朋友在刊物發布以促銷路，《詩刊》社於 1993 年 10 月號就刊出過相關信息，「著名詩人昌耀執著於詩，傾心創作，卓有成就，如今編出四十年詩作精品《命運之書》，意欲出版，獻給讀者，誰知竟求告無門，屢遭欺蒙。儘管國家、部委、省市、大學、院所、團體、企業等的出版社那麼多，卻無一家肯於問津，詩人被逼無奈，出此下策：自費出書——先徵訂，後出版，實在令人感慨萬端，不禁悲從中來！」〔註9〕出詩集難的困境在新世紀有過之而無不及的情況下，當 2013 年第二十九屆「青春詩會」開始推出為入選詩人出詩集的舉措時，對青年詩人的吸引就可想而知。

需要注意的是，雖然對各方面都有「工具」性質的「青春詩會」看起來達到了完美的調和作用，但這種「工具」的主導或者說所有權仍然在主管機構手中。正是這種「工具」的本質屬性，使其既可以成為推出青年詩人的平臺，同時也成為懲罰性的平臺，就這個意義來說，誰能被推出，誰不能被推出，就顯得尤為重要。如同第一屆「青春詩會」舉辦時的政治環境，為《詩刊》敢為人先的敏銳創造了必然的先決條件，胡友峰對此有中肯的評價，「敢於用一種新的語言模式和藝術手法開啟思想啟蒙和政治詩學新的維度，表現了《詩刊》突然強大的勇氣和大膽地行為，主要還是有了政治話語的指導和默許。知識分子話語空間的擴大，表面上是思想運動，但其實質是政治改革下，政治宣傳需要向大眾傳達有關改革的情緒化呼聲，讓大眾感受到社會的自由、民主傾向和改革氛圍。北島的《回答》的出現恰逢政治領域的改革派需要民間話語支持的時機，而得以被《詩刊》轉載是由於可以作為輿論工具從而獲得了當時體制的認可和接納。」〔註10〕所以，第一屆「青春詩會」能邀請朦朧詩五位主將中的三位，也是有著內在動因的。但當政治形勢發生變

〔註8〕詳見于堅：《于堅的詩》，人民文學出版社 2000 年版，第 399 頁。
〔註9〕《詩刊》編者按，《詩刊》1993 年 10 月號。
〔註10〕胡友峰：《詩歌傳播與文學政治——論〈詩刊〉的發展與政治話語的關聯》，《百家評論》2018 年第 5 期。

化，就無法同日而語了，例如 1981 年的停辦，1982、1983、1984 這三屆相對較小的影響力，都與政治生態有著必然的關聯。當與第一屆相關的崛起論成為被批判的靶子，則與這相關的詩人在「青春詩會」就處於隱身狀態，如謝冕所分析，三個崛起的「論述涉及對新詩歷史演變的總體評價，關涉新與舊、古與洋、秩序與陳習的關係，以及欣賞與批評的惰性等根本性的命題，在詩歌界乃至社會上反響較為強烈。這些因素導致了 20 世紀 80 年代初、中期對朦朧詩及其支持者的嚴厲批判，並被先後納入『反資產階級自由化』和『反精神污染』等政治批判中。」〔註11〕與此大環境相對應的「青春詩會」，則在突出政治正確的前提下顯得相對平庸。

這種主管機構（指向意識形態）在「工具」性質中的主導作用，在 90 年代變得非常明顯，被學界幾近遺忘的 90 年代的「青春詩會」，雖然也推出過眾多的優秀詩人，但總體的「主旋律」理念卻使其影響力大打折扣。所謂的主導作用可以從《詩刊》1997 年 1 月號刊發的楊金亭的《「四十而不惑」》一文得到管窺，該文提到，「當西方現代派形形色色的老調子，穿上皇帝的新衣，舉著『新浪潮』的金字招牌，鋪天蓋地地湧來時，《詩刊》沒有為它的『新』字號所迷惑，跟著隨波逐流；也沒有因為它是『老調子』而拒之門外；而是放出眼光，靜觀默察，歡迎真正的創新探索，揚棄泛起的沉滓，從中剝離出有利於詩歌表現藝術的合理內核，向讀者推薦了一批新人具有朦朧美風格的好詩。至於那些令人眼花繚亂的『反傳統』、『反崇高』、『反主調』、『非理性』等潮流，儘管來勢甚猛，卻並未撼動《詩刊》。」《詩刊》堅持了為人民為社會主義方向的一元化和風格流派多元化的統一原則，從而維護了現實主義、浪漫主義、革命現實主義和革命浪漫主義相結合、社會主義現實主義、現代主義甚至包括舊體詩界諸派百家詩人的大團結，為繁榮新時期詩歌創作，做出了應有的貢獻。」「願《詩刊》在建設富有中國作風、中國氣魄的社會主義詩歌的大道上勇往直前，永遠不惑！」〔註12〕在此意義上來說，以「青春詩會」為品牌的《詩刊》所具有的「工具」性質指向了編輯，正如前文所分析過的編輯對「青春詩會」的影響，其在辦刊過程中所要呈現出的理念，既有對詩人（詩歌）負責的意識，又有對主管機構（意識形態）負責的意識。在《詩刊》1998 年 9 月號的《編者寄語》中明確了編輯對雙向意識的集中：「熱心的讀者

〔註11〕謝冕：《中國新詩史略》，劉福春插圖，北京大學出版社 2018 年版，第 367 頁。
〔註12〕楊金亭：《「四十而不惑」》，《詩刊》1997 年 1 月號刊。

朋友來信說：《詩刊》今年的版面，有很明顯的編輯意圖。我們同意這些讀者朋友的看法。從編輯部已經編發的九期刊物來看，這個編輯意圖就是：倡導關注現實、貼近時代的主旋律，努力體現百花齊放、百家爭鳴的多樣化。」〔註13〕由此，「青春詩會」自然也成為體現編輯意圖的活動，其作為編輯的「工具」就顯而易見了。

這種「工具」思維和內在邏輯有著直接的古典傳統，在文以載道的文化根性下，尤其是「道」被常常曲解為「政道」的文化環境中，文人得以獲得政治地位的有效途徑則是作品所博得的文名，這雖然在唐以後漸漸有所演化，並逐漸形成文章為主的科舉考試制度。但詩政不分家的認識早已根深蒂固，一個科舉出身的官員不會寫詩的狀況是無法想像的，正是詩歌的正統地位，形成了中國文化中詩人群體的尊嚴和價值。但這一傳統經二十世紀的特殊國情和時代變幻而消失殆盡，只有詩歌為政治所用的「工具」屬性日益加強並在一些時期內成為絕對的標準。如此背景之下，「既然詩歌不再有進仕加爵之用，中國詩人自然也就逐漸失去了他們原先不言自明的社會地位。正如漢樂逸（Lloyd Haft）和奚密等學者所指出的那樣，中國詩人從那時開始面對一種身份危機和文學創作的合法性問題，被迫重新思考為何寫、怎樣寫、寫什麼以及為誰寫等問題；這樣的危機一直延續至今。」〔註14〕確實，幾乎整個二十世紀，乃至新世紀的二十年，「為何寫、怎樣寫、寫什麼、為誰寫」成為中國詩人最難解決的問題〔註15〕，無論是八十年代的集體與個人之爭還是九十年代的知識分子與民間寫作之爭，以及新世紀的下半身寫作和重大歷史事件中詩人集體失語的現象，都呈現出詩人們的創作危機，不是個體原因而是集體「病症」。在這樣複雜的創作環境和詩人困境中，當詩歌像傳統科舉制度那樣指向外部的利益被徹底消除，那麼就在詩壇指向的內部產生新的利益機制。所以世紀之交詩壇排英雄座次的現象屢見不鮮，而當下的各種詩歌活動按行政級別區別對待就更是眾人所倡導的了。透過這些現象看「青春詩會」對青年詩人的推出機制，就會發現其產生的社會效應如同傳統中文人的科舉上升渠道，如同前文分析的「青春詩會」作為詩人的資格認可，作為進入詩壇的

〔註13〕《編者寄語》，《詩刊》1998 年 9 月號。

〔註14〕（荷）柯雷：《精神與金錢時代的中國詩歌：從 1980 年代到 21 世紀初》，張曉紅譯，北京大學出版社 2017 版，第 3 頁。

〔註15〕對二十世紀中國詩歌的難題探討，可參見李怡：《二十世紀中國詩歌的難題與選擇》，《海南師院學報》1995 年第 4 期。

有效跳板，那麼其對於詩人來講的「工具」性質就更加明顯。

如果再做深入探究，就會發現「青春詩會」在新世紀之前，至少在八十年代，不過是推出新人的一項詩歌活動，它只是確定哪些詩人可以被推出，哪些詩人不能被推出，這一原則並不影響他們的實際創作，或者說，創作是先在的，活動作為一種認可及淘汰機制。但隨著「青春詩會」的在大環境中的體制醞釀和新世紀征稿的誕生，其所導向的體制內「福利」慢慢形成了一種「資本」積累，青年詩人通過閱讀、分析歷屆「青春詩會」推出的作品，以及通過分析那些詩人的風格（尤其是徵稿制推出的詩人），他們便有意無意地模仿這些詩人的「套路」，這樣，不僅僅在詩藝上，甚至在思想內容方面受到一定程度的影響，此時，詩會是先在的，創作在一定程度上成為「迎合」狀態（當然，這種迎合非常隱秘）。正如謝冕所說，「此刻我們的事實是，所有的詩人都在寫著自以為是的詩，而所有的讀者都在自以為是地搖頭。所謂詩人的自以為是，是說詩人並不知道自己該寫什麼，怎麼寫、詩人們在挖空心思寫那些『深刻』的詩，有寫切西瓜的幾種方式的，有寫飛鳥的幾種顏色的，也有寫水的幾種溫度的……平庸、瑣碎和無意義就是他們的追求。那些所謂的純詩所體現的哲理，其實就是千篇一律的淺薄。」〔註16〕謝冕所說的千篇一律的淺薄，其內在根源在於詩人的體制選擇，他們經過多年的探索和總結，終於搞清楚了什麼可以寫、什麼不可以寫，以及怎樣寫可以得到雙贏的局面，官方和讀者都覺得好的作品，自然是他們夢寐以求的。在此意義上，詩人成為官方與讀者合力打造的用來宣傳、娛樂的「工具」，這與「青春詩會」的「工具」性質合而為一，官方（意識形態宣傳）的工具、編輯（刊物理念）的工具、詩人（身份認同）的工具、詩歌（藝術訴求）的工具共同延續的「青春詩會」，主要推出「工具化」的作品就理所當然。

二、作為「潤滑劑」的「青春詩會」

從「青春詩會」的舉辦歷史，尤其是 20 世紀八、九十年代可以看出，其受文藝政策的影響非常明顯，甚至意識形態一度起決定性的主導作用。這與《詩刊》所處的「國刊」地位有直接的關聯，「對處於決策層的主編們來說，《詩刊》負有引導民間詩歌活動，將官方的文學政策傳達貫徹下來的責任，作為一種標桿和楷模，《詩刊》當然首先要嚴格符合意識形態，不能跨越雷池

〔註16〕謝冕：《中國新詩史略》，劉福春插圖，北京大學出版社 2018 年版，第 433 頁。

禁區。」「執行這些操作的是普通編輯，他們從成千上萬的稿件中選擇符合標準的詩歌。普通編輯們當然有對詩歌的藝術追求，但面對強大的權力和意識形態濾網，他們只能在有限的空間內進行探索和調整。」〔註17〕但「青春詩會」畢竟是以詩歌為基本出發點的活動，所以在符合意識形態之外，「根本的問題在於，詩歌或藝術究竟是一個自由創造的領域還是一個按圖施工，或來料加工的車間？詩人、藝術家究竟是自主、自律的創造者，還是需要託管的不智之徒，或（哪怕是）『正確思想的經紀人』？當代詩歌是否需要在近乎廢墟的過去和有待拓展的未來之間，擺脫昔日的附庸地位，重建並捍衛詩歌自身曾被無情摧毀的尊嚴和品格，以履行自己獨特的、不可替代的使命？」〔註18〕因此，不難理解，當第一屆「青春詩會」指向「朦朧詩」，第六屆、第七屆指向「第三代詩」時，學界和詩壇稱其為「夢之隊」的肯定與欣喜。具體到「青春詩會」推出的作品，八十年代具有反思意味和批判意味的經典詩歌也成為《詩刊》在「有限空間」內的重磅之作。由此來看梁小斌《雪白的牆》，以及因為這首詩歌所產生的詩人與指導老師之間的磨合，就頗有時代的鏡象特徵，梁小斌曾詳細回憶「青春詩會」推出《雪白的牆》的經過，「柯岩先生把我叫到辦公室，對我的《雪白的牆》作出最終的裁決。柯岩先生認為：通過兒童的眼光看到了文革期間貼大字報的牆，這非常好，但兒童是如何萌發堅決捍衛這堵牆的決心，心態更成熟一些就好了。我遵照指示，趕緊在這首詩的後面，添加了一些類似豪言壯語的詩句，又請柯岩先生過目。柯岩先生看過後，第一句話就是：『你趕緊給我刪掉！』彷彿動作慢了，這些多餘的句子就會結結實實地長在我身上，永遠成為多餘的尾巴。我自然又趕緊刪掉了，恢復了原來的模樣。這了好些天，我明白了柯岩的要求，她是要我徹底明白，已經明白的道理要徹底排除在詩歌之外。」〔註19〕

可以想像梁小斌在《雪白的牆》的後面添加的「豪言壯語」，柯岩「趕緊刪掉」的心態彷彿是對過去那個極端時代的恐懼，那種假大空的語言不僅僅對詩歌而且對個體所帶來的巨大災難。但反過來說，梁小斌的「豪言壯語」很可能並不是反思性質的，而是對「思想解放」的口號般回應，這種反向的

〔註17〕高旭：《裂變時代的後撤——管窺 1985～1989 年的〈詩刊〉》，《揚子江評論》2013 年第 2 期。
〔註18〕唐曉渡：《人與事：我所親歷的 80 年代詩刊之一》，《星星・下半月》2008 年第 3 期。
〔註19〕梁曉斌：《「青春詩會」及其他》，《花城》2001 年第 5 期。

虛假和正向的虛假其實是一致的，它表現出一種極端的迎合與自我欺騙。那麼，這種「豪言壯語」的表達為什麼會令詩人們如此神經緊張？其實在風雲變幻的政治環境中，正是口號式的表達剝奪了詩人們作為詩人的最低「生存」需求——通過迂迴的方式記錄或是諷諫，這是中國文化的傳統，也是魯迅所批判的「滿口仁義道德的虛偽」，但連這種「虛偽」地表達的權利曾一度被剝奪。對此，法國學者朱利安有著深刻的分析，「我們所欣賞的中國文人的這種迂迴的藝術使人在含蓄之中成功地意會到他的意見，在意識形態範圍內，它難道沒有其反面嗎？換句話說，這種『微言』的代價是什麼？事實上，中國文人很可能變成其微妙的犧牲品。由於與當局政權迂迴地打交道，偽裝了自己的指責，這因為對現實不滿而為的言語解放者的文人，最終是否會棄絕這另外的權力？文人與當局之間的這種無聲的理解建立了一種客觀的默契；這種默契排除了任何對抗，使分歧成為不可能。有人無疑會反駁我說，中國文人在此是受壓制的。他被迫謹慎行事。如人所說：『用隱語。』但人們還會問，這被很藝術地掩蓋著的反抗的謹慎竊語，是否並沒有剝奪文人，反而最終保護了文人。無論如何，在此無疑有要弄明白的東西，在其他可能的理由中，為什麼中國文人在『現代化』時，我要說的是：在改變為『知識分子』時，經歷（還在經歷？）了那麼多的困難。」〔註20〕

像朱利安所說的文人與政權的微妙關係，或者說「現代化」時知識分子與政權的微妙關係，在《詩刊》表現得尤為集中，這與其「國刊」定性直接相關。曾任《詩刊》副主編、主編的葉延濱就提到過，「辦《詩刊》要比辦《星星》掣肘的事多，京官難當，《詩刊》難辦，圈內都知道。」〔註21〕他具體談到辦刊所面臨的環境，「我到《詩刊》工作有點起色的同時，也有大量的告狀匿名信及各種反映到領導手上，有的還大有來頭。上級老書記找我談話，我問：『全部加起來夠不夠撤我的職？』『沒有那麼嚴重。』我對領導說：『那就不用談了，全是真的！』解釋有用嗎？自己當心就是了。有位當過部長的老領導曾指著我的鼻子說：『我就記住你了，全機關當面叫我老翟的，就是你！各單位頭頭裏面，沒主動給我打過電話的，也是你！』我其實挺喜歡這位領

〔註20〕（法）弗朗索瓦·朱利安：《迂迴與進入》，杜小真譯，商務印書館 2017 年版，第 108 頁。

〔註21〕葉延濱：《〈詩刊〉：中國夢的家園——我與〈詩刊〉十四年》，《編輯學刊》，2009 年第 6 期。

導，他當面教訓我，足見他還不認為我是個壞蛋。我確實沒給他打過電話。當主編，凡上面來的指示，一定要照辦，指示以外就是主編的發揮空間。刊物辦得領導個個滿意當然好，但更重要的是讀者滿意。讀者滿意了，有水平的領導縱使對我有一百個不滿意，也會『團結並用其所長』讓我幹下去。說到底，我是趕上了改革開放的好時候，也謝謝有胸懷的領導們。」〔註22〕葉延濱在這裡的表達技巧，就有很明顯的「曲筆」意味，其「有水平的領導」對於「讀者滿意」也會「妥協」的說法，多少有點諷諫之意。但從他提到的問題可以看出，《詩刊》的發揮空間是建基在「上面」的指示以外，與此相應，那麼對詩人和作品的推出，也就不能與「上面」的指示相悖。如此，無論是《詩刊》所刊發的作品，還是「青春詩會」的入選詩人和推出的作品，都要經過嚴格的審查。《詩刊》發表作品的淘汰機制，與「青春詩會」參會詩人的淘汰機制是同構的，甚至，有時候「青春詩會」具體到詩人時更為嚴格，像刊發作品時還會有邵燕祥將北島的《回答》置於不顯眼的位置這一策略性選擇，但「青春詩會」的名單生成，顯然就無法辦到了。

這種誰可以被推出、誰不能被推出，什麼作品可以被推出、什麼作品不能被推出的選擇機制，甚至具體到作品的刪改與更換，在詩人群體和作品集合中所產生的效應，類似朱利安所說的「刪節」，「在文人與政權之間似乎已成默契的妥協中，最重要的妥協是要求完全的一致：文人最終認為刪節自己的言語是正常的；更糟的是，他遵從這種刪節，並把這種刪節提到價值的高度。實際上在中國歷史進程中，敢於對抗統治的意識形態，說出這種詩意的低聲諷諫的藝術的危險的人非常之少。」〔註23〕尤其在反覆經歷了詩歌文本被隨意上升到政治定性的歷史輪迴之後，即便八十年代思想解放的大背景下，也有「清楚精神污染」和「反資產階級自由化」對具體文本的曲解，例如唐曉渡所梳理的，「詩歌界的『清楚精神污染』從 1983 年 9 月一直持續到 1984 年春天，其間僅在《詩刊》上發表的有關批判（評）文章（包括轉載的徐敬亞的檢查）就達十數篇之多。除『三個崛起』外，在不同程度上被劃入『污染』之列的還包括北島的《慧星》、《一切》，舒婷的《流水線》，楊煉的《諾日朗》，

〔註22〕 葉延濱：《〈詩刊〉：中國夢的家園——我與〈詩刊〉十四年》，《編輯學刊》，2009 年第 6 期。
〔註23〕 （法）弗朗索瓦·朱利安：《迂迴與進入》，杜小真譯，商務印書館 2017 年版，第 124 頁。

顧城的《結束》等。他們都理所當然地既是『西方資產階級文藝思潮』（特別是『現代派』）的傳播者，又是受害者。對這類批判（評）不能一概而論；但考慮到格局上絕對的『一邊倒』，將其稱為一次小小的『運動』並不為過。」〔註24〕與這種大背景相對應的是，1983 年第三屆「青春詩會」和 1984 年第四屆「青春詩會」，也被認為是八十年代整體比較平庸的兩屆，當然比起 1981年由電影《苦戀》引起文藝界大批判而導致「青春詩會」停辦的情況，能夠順利舉辦就已經相當不錯了。

　　如同與「朦朧詩」論爭同期發生的第一屆「青春詩會」對「朦朧詩人」的推出，以及被反覆提及的第六屆、第七屆對「第三代詩人」的推出，一旦意識形態對詩歌的關注顯得寬鬆，《詩刊》推出新人的視角和力度就會空前大膽。但是經過八十年代反反覆覆的狀況，以及九十年代「主旋律」的徹底介入，「青春詩會」開始放棄與意識形態直接相關的詩人和作品，而是在看似平穩的範圍內迂迴。其實，這種現象背後最本質的緣由，正如朱利安所說，「文人與權力之間過去達成的眾所周知的、看來很平衡的妥協顯得岌岌可危。因為，一旦聽者預料到話中的言外之意，任何表述——哪怕是最善意的表述——都會引起懷疑，不再有任何話語能夠是無害的。因為遊戲的規則就是：最微妙、最具諷諫意義的意義才永遠是最重要的意義，才是真正的所求。這樣，在求助於曲折的方法時，文人反而會使政權更加多疑，有時還會成為自己所用計謀的犧牲品。因為，從那時起，他的地位已危機四伏，他的言語已陷入困境，他在任何地方都不再能找到保護（即便在自身中）。由於要進行無休止的解釋遊戲，文人也由此參與專制的遊戲，而這增加這種遊戲的專斷，並且使自己成為對自己懲罰的同謀：當局並不滿足於檢查文人的言語，最後總能夠以合法的方式決定他們認為文人意會地說的對當局有利的東西。文人事先已被判決，因為他與當局不再有對抗之處，為了保護自己也不再擁有客觀的意見。」〔註25〕當然，朱利安所說的「文人事先已被叛決」，是指文人對迂迴諷諫這一傳統在表面上的放棄，通過順應或疏離意識形態的方式而得以生存，恰如前文所分析，詩人們被納入體制化管理的同時，他們就成為體制的一部分，反

〔註24〕唐曉渡：《人與事：我所親歷的八十年代〈詩刊〉（二）——在近乎廢墟的過去和有待拓展的未來之間》，《經濟觀察報》，2006 年 9 月 4 日。

〔註25〕（法）弗朗索瓦·朱利安：《迂迴與進入》，杜小真譯，商務印書館 2017 年版，第 125～126 頁。

過來維護並加固了體制的規則和嚴密性。但是，官方並不會放棄對詩人「社會功用」的開掘，尤其是詩歌這一形式對意識形態「宣傳」的重要功能，此時，「當『社會功用』還繼續被作為官方『文化政策基本要求與專用術語之時，那麼，一些尋求精神自由的創作活動也很可能通過刻意擺脫這樣術語的姿態來脫身，在這個時候，他們會特意標示自己的某種『主體性』、『自我性』或『藝術性』以達到對抗之目的，但這些或多或少的努力開拓詩歌創作空間的行為本身卻具有了一種特殊的『社會意義』。」〔註26〕將八十年代「純文學」、「文學本身」的提法放到這一視角，其內在邏輯自然迎刃而解。更為重要的是，「青春詩會」徵稿制以來所推出作品的重複性，無論從詩藝還是思想方面來說，尤其整體上表現出的輕敘事、輕抒情、輕反思，所有「輕」現象背後深刻的原因就顯而易見。

在詩人與意識形態這看似不可排解的矛盾場域中，詩歌活動成為這兩者交合的現場。經過前文分析，我們發現「青春詩會」在主辦方《詩刊》的「國刊」身份指引下，不但貫徹著官方的文學政策，也追求著詩歌藝術以及對優秀詩人的挖掘。當然，不可避免地，這中間有部分詩人和作品必然與官方的導向有所衝突，那麼「青春詩會」就可以通過名單生成機制以及作品推出機制，先排除掉不符合「導向」的詩人，再排除掉符合條件的詩人所寫出的不符合「導向」的作品。如此，絕大多數的詩人在這個平臺上與意識形態達成了妥協甚至是利益的契合，此時「青春詩會」在官方與詩人之間充當了潤滑劑的角色，並不僅僅是「工具」。除此以外，也要看到意識形態對詩人的重壓形成的影響在詩人內部也產生了效應，部分詩人一旦有了權力資本，反過來對青年詩人會形成重壓，類似人們常說的「媳婦熬成公婆」的心理機制。當然，意識形態的重壓與權威詩人的重壓對青年詩人所構成的威脅自然不可同日而語，所以第一屆「青春詩會」參會詩人面對老詩人講課時的各種叛逆行為就是明證，此時，「青春詩會」在老詩人和青年詩人中間又擔當起「潤滑劑」的角色。其實，早在第一屆「青春詩會」就已經開始了這種複雜的形勢，《詩刊》承受的不僅僅是來自官方的壓力，而且也要面對詩壇前輩的壓力。比如這屆「青春詩會」推出的舒婷，「在 1983 年 3 月舉辦的『中國作家協會第一屆（1979～1982）全國優秀新詩（詩集）獎』頒獎儀式上，獲獎的

〔註26〕李怡：《什麼詩歌？誰的社會？──對「詩歌與社會」問題的幾點困惑》，《江海學刊》2009 年第 5 期。

舒婷只說了一句話，淚水就忍不住噴湧而出。她說的是：『在中國，寫詩為什麼這樣難？』她無法回答這一問題，只能報之以委屈的熱淚；而當在座的不少老詩人也隨之潸然淚下時，他們淚水中的成分肯定更加複雜。」「舒婷為之哭泣的『難』同樣與她所堅持的詩歌理念有關，但想來也包括某些難登大雅之堂的曲折隱痛。其時頻繁出入《詩刊》的×××以自己的方式為此作了『箋注』。我曾兩次聽到他向剛接任主編的鄒荻帆先生『進言』，說說舒婷的《往事二三》一詩。第一次說得還比較隱晦，鄒先生也只是含糊其辭；每二次則排闥而入，稱『這首詩分明寫的是野合嘛』，並質問《詩刊》為什麼不管？」結果遭到鄒先生嚴詞拒斥。×××說來也算是詩壇前輩，且曾被打成『右派』，飽受磨難；如果不是親耳與聞，我決不會相信他的心理竟會如此陰暗，竟會如此卑劣地背地裏對一位才華卓越的女詩人進行齷齪的流言中傷！我不知道一個人的內心要被毀損到什麼程度才會做這樣的事；但我知道，如果他從苦難中汲取的只是怨毒，他向苦難學到的只是怎樣發難，他就只能再次充當昔日苦難的犧牲品。對這樣的人你最初會感到震驚，但接下來就只有鄙夷和悲憫。」〔註27〕

這看似偶然、極端的個例，其實折射出了詩壇按資排輩的「傳統」。在八十年代老詩人的權威重壓，在之後尤其是新世紀以新的形態呈現，《詩刊》相對穩固的編輯陣容，以及相對固定的終選評委，這些評委的審美一致性等等，對青年詩人構成了新的更為隱秘的權威壓力。在這種背景下，「青春詩會」徵稿制以來所推出的作品，其高度的重複性如同柯雷所說的圈內生產：「在中國，和在其他地方一樣，對於創新性的、不認為自己有重大社會或經濟意義、也不是政府政策的宣傳工具的詩歌來說，圈內生產是正常狀態。」〔註28〕如果說意識形態與詩歌藝術、老詩人與青年詩人形成了「青春詩會」的縱向場域的話，那麼以《詩刊》為中心的其他詩歌刊物則形成了橫向的場域，尤其是其他刊物對於「青春詩會」的認可，例如《鴨綠江·華夏詩歌》就專門設置了「青春回眸」欄目：「刊登在當下詩歌現場有實力、有潛力、有衝擊力的漢語詩人，具有創新精神、思想深度又關注現實的優秀作品。特別關注曾經參

〔註27〕唐曉渡：《人與事：我所親歷的 80 年代詩刊之一》，《星星·下半月》2008 年第 3 期。

〔註28〕（荷）柯雷：《精神與金錢時代的中國詩歌：從 1980 年代到 21 世紀初》，張曉紅譯，北京大學出版社 2017 版，第 35 頁。

加過『青春詩會』、『青春回眸』以及其他重要詩歌活動、被詩壇高度關注的詩人作品。」〔註29〕如此,「青春詩會」無論縱向、橫向都呈現出「潤滑劑」的特性,使詩歌、社會與時代這看似錯綜複雜的關係得以集中。如唐曉渡所說,「隔著權力和意識形態的濾網,當然不能指望《詩刊》會對那些正在民間的廣闊原野上馳騁嘶鳴的詩歌黑馬作出直接回應;但既是生活在同一片時代的天空下,它自也會有自己的機遇和崢嶸。」〔註30〕或者更為深入地說,「青春詩會」之所以能夠成為「潤滑劑」,主要來自於這一切機制得以發生的根源——詩歌文本。正是集中於詩歌文本,官方實現了自己的導向,《詩刊》呈現出自己的辦刊理念,詩人則成就了自己的價值,這三者合力的作用,使「青春詩會」成為「想像的共同體」。

三、作為「共同體」的「青春詩會」

當然,「青春詩會」不是官方、編輯與詩人簡單地湊成的「共同體」,其複雜場域在互為「工具」的前提下顯得錯綜複雜。主辦方《詩刊》的「國刊」定位在這一場域中起著決定性作用,它使各種身份、各種角色、各種利益在相互碰撞、角逐中形成相對穩固的關係。這種文學與政治交錯的傳統早在《詩刊》創刊之時就已奠定。「《詩刊》的創刊適應了當時社會政治文化發展的需要。《詩刊》就是在政治權力與詩歌觀念的共同主導下,通過政治的宏觀調控和詩歌觀念的微觀展開而發生的。『媒體文化和政治話語一樣,有助於特定的政治團體和方案確立其統治權』。《詩刊》的創立,開闢了一個新的話語窗口,它複雜地交織著政治、資本、審美等多種力量,詩歌作品、詩歌活動、詩歌事件無不反映著各種力量的相互牽制,成為了當時時代最好的注腳。」〔註31〕即便到了八十年代,在「思想解放」的大背景下,《詩刊》內在的功能和性質並沒有改變,如唐曉渡所言,「無需多長時間我就已經意識到,我在《詩刊》所要修煉的一門主要工夫,就是如何盡可能心平氣和地看待這段距離,並找到自己的方式——無論它是多麼微不足道——盡其所能地去縮小這段距離。我必須學習控制自己的自由意志或對自由的渴意,學習如何把握主動和被動、

〔註29〕《徵稿啟事》,《鴨綠江・華夏詩歌》2020年第11期。
〔註30〕唐曉渡:《人與事:我所親歷的80年代詩刊之二》,《星星・下半月》2008年第4期。
〔註31〕胡友峰:《詩歌傳播與文學政治——論〈詩刊〉的發展與政治話語的關聯》,《百家評論》2018年第5期。

個體和集體的平衡，學習心不在焉的傾聽和有禮貌的漠視，學習在不失尊嚴的情況下，像卡夫卡筆下的 K 一樣，接受來自遙遠的城堡的指令。我相信，不僅是我，我的絕大多數同事也在修煉這門工夫。因為誰都明白，《詩刊》不僅僅是一個我們為詩工作的場所，它還是一部超級文化機器的有機組成部分。」〔註32〕就是在《詩刊》各項功能的拉力中，「青春詩會」作為動態的黏合劑，使詩歌、權力與個體在同一場域中形成對話的可能，而且，隨著政治體制的成熟，其「為詩工作」的性質愈加突出。

　　如果說，《詩刊》所處地位構成了「青春詩會」的內部環境的話，那麼其外部環境對於名單生成和詩會走向有著至關重要的影響。在第一屆「青春詩會」前後，雖然《詩刊》表現出極為寬容和富有魄力的姿態，比如 1979 年 4 月號刊發抒婷的《致橡樹》，同年 7 月號又刊發抒婷的《祖國啊，我親愛的祖國》、《這也是一切》，其後《祖國啊，我親愛的祖國》一詩被評為 1979 年至 1980 年「全國中青年新詩獎」。這種扶植青年詩人的力度對任何一位詩人來說無疑於雪中送炭，但對舒婷來說，恰恰是這一系列的推動招致了部分詩人和學者的批判，除了前文提到某位老詩人對她《往事二三》的大動肝火，可以在王燕生的文章中看到舒婷在當時承受的壓力：「1983 年，詩集《雙桅船》獲『全國第一屆新詩集』二等獎。她說『任何最輕量級的桂冠對我簡單而又簡單的思想都過於沉重』。評獎中對她的詩的議論和做法，有人寫文章批評她 1982 年發表的一首詩。她說『回去不再寫詩』。」〔註33〕這種正常推出的詩人和作品遭致非議的，是《詩刊》所處場域複雜性的直接體現，但還有一種更為隱秘的「規訓」，容易被人忽略，甚至很多讀者根本不知道這樣的操作。那就是對詩人的認可通過肯定其符合某種規範的詩歌來進行，比如傅天琳的例子，她於 1979 年 2 月受《詩刊》邀請去海港參觀訪問，「從海上回來時，她的《血和血統》發表於 1979 年四月號《詩刊》上。這是較早以詩的形式聲討『血統論』的檄文，感人至深。沉默的火山開始爆發，禁錮的力開始洶湧。這首詩確立了她詩人的地位，公平地說，『1989～1980 全國中青年詩人優秀作品』評獎時，理應這首詩獲獎的，由於一些非作品質量的原因，她獲獎的是

〔註32〕唐曉渡：《人與事：我所親歷的八十年代〈詩刊〉（二）——在近乎廢墟的過去和有待拓展的未來之間》，《經濟觀察報》，2006 年 9 月 4 日。

〔註33〕王燕生：《人們沒有忘記她——漫話舒婷》，收錄於《上帝的糧食》，古吳軒出版社 2004 年版，第 95 頁。

發表於《星星》上的《汗水》。」〔註34〕這類評獎中撤換作品的現象，還有很多的例子，比如葉文福《將軍，不能這樣做》和白樺《陽光，誰也不能壟斷》在「1979～1981年全國中青年詩人優秀新詩評獎」中被替換為其他作品。〔註35〕以及相對應發表作品也有類似現象，如前文提到的2002年第十八屆「青春詩會」參會詩人劉春等所提交的作品〔註36〕。

這種策略性的做法一方面向外界傳遞的信息是，獲獎詩歌是「好」詩歌，而沒有獲獎的是有「問題」或者有「瑕疵」的，一些針貶時弊的尖銳作品，或者極具思想性但不符合意識形態的作品就會被「降級」甚至雪藏。另一方面，這種久而久之的積累對詩人的判斷也形成潛移默化的影響，寫什麼內容的作品會被肯定，會帶來榮譽和實際的利益，而寫什麼樣的作品不會被肯定，甚至可能會帶來風險，他們在長期「規訓」下「放棄」了作為詩人獨立的一面，而是向既得利益靠攏。此外，也要注意到這一「規訓」過程對編輯的影響，如果說八十年代的編輯在與意識形態環境磨合的過程中充分體現出編輯的視野與胸懷，以推出優秀詩歌、優秀詩人為己任的話，那麼九十年代及其後，編輯慢慢演化為以職業的內在規定性為中心，在「上面」與詩人之間力保圓融而求得安穩，甚至在新世紀以「青春詩會」為鏡象的詩人體制化之後，編輯則成為一種權力資原。這些變化從《詩刊》編輯對詩人的態度變化就可以看出，例如八九十年代的編輯除工作之外對詩人「雪中送炭」式的關心：《詩刊》社1979年專門為傅天琳所寫的一份簡報〔註37〕，改變了詩人的命運，但編輯們並為就此去詩人那裡「邀功」，相反，傅天琳本人在2004年讀到這份《簡報》時，才得知當年事情的原委，「為改變我的處境，詩刊社為我一個人發了

〔註34〕王燕生：《走向廣闊——傅天琳的生活和創作》，收錄於《上帝的糧食》，古吳軒出版社2004年版，第110頁。

〔註35〕吳嘉：《一個詩編輯的中年記憶》，《詩探索中國新詩會所會刊》2012年第2期。轉引自：劉福春，《中國新詩編年史（下卷）》，人民文學出版社2013年版，第1052頁。

〔註36〕參加2002年第18屆青春詩會的劉春曾提到，「作為此屆詩會的與會者，我唯一的遺憾是詩會期間初選上的拙作《基本功》、江非的《到北方去》、魏克的《到處都是魏克》最終沒能在當年第10期《詩刊》『青春詩會』專號上露面，而是換上了內容更為『保險』的作品。」詳見劉春：《朦朧詩以後：1986～2007中國詩壇地圖》，崑崙出版社2007年版，第313頁。三首詩的原文詳見本文第三章第二節第一部分最後一段的腳註。

〔註37〕可參見宗鄂：《〈詩刊〉的一份「簡報」》，《詩刊》2006年3月號上半月刊。傅天琳，《紀事：1979年》，《詩刊》2006年4月號下半月刊。

簡報,簡報經詩刊社多人傳閱,然後寄給四川省省長,重慶市文聯。我全然不知。或者說我知道《詩刊》關心我但不知道具體。我讀簡報讀得老淚縱橫。」〔註38〕又如參加過 1991 年第九屆「青春詩會」的李濤,在十九年後回憶,「在寫這篇短文時,我必須要說一件往事,那就是我在武漢大學中文系讀書時,梅紹靜、周所同兩位老師知道我生活困難,我每在《詩刊》發表一組詩,都會拿到 400～500 元的稿費,500 元在 80 年代中後期就是我一個學期的生活費,這也充分體現了《詩刊》對一個素不相識的作者細緻入微的關懷。實在感激和感動。」〔註39〕這樣的事例,在新世紀之後的編輯隊伍中,如同天方夜譚。親歷者唐曉渡就不無感慨地說,「確實,80 年代《詩刊》的工作和人際關係之於我遠較 90 年代值得憶念;它還沒有,或者說還來不及變得像後來那樣冷漠,那樣勢利,那樣雇傭化,那樣在兩眼向上的政客和文贖主義的官僚作風和窒息下麻木不仁,散發著某種令人感到屈辱的腐敗和慢性中毒的氣味。」〔註40〕其實,這種轉變最根本的原因在於,體制化環境中詩人與編輯的工具屬性互為表裏,利益最大化才是符合體制運作的目的,再進一步說,體制之中,編輯的權力訴求遠遠大於詩人的權利訴求。

　　當然,就「青春詩會」推出的詩歌來看,在新世紀改為徵稿制以後,絕不是簡單迎合意識形態的作品,更沒有淪為政治的傳聲筒,而是在這眾多影響詩人創作和詩會舉辦的因素中取得巧妙的平衡。詩歌作品呈現出前文所述的「迂迴」風格,除了個體書寫和地域書寫之外,則有少量的對社會問題「輕微的」介入。在這裡,當面對具體的詩歌作品時,有必要對學界所流行的政治化解讀和歷史化解讀葆有必要的警惕,如同「青春詩會」在新世紀雖然不可逆轉地走向了體制化運作,但在推出作品時,在必要的迴避前提下,還是有相當的眼光,雖然這眼光被侷限在某種範圍和圈子之內。也就是說,詩歌的藝術本位上升到詩人與編輯的「共同」追求。通過這一視角來看,即便是學界所公認的與意識形態緊密相關的「朦朧詩」在後期的發展,也就有了新的視角,如同張棗所說,「與文學批評和研究中普遍政治化的解讀相反,這一時期的『朦朧詩』是精神和美學的流亡,『詞的流亡』,所呈現的自我反思的

〔註38〕傅天琳:《紀事:1979 年》,《詩刊》2006 年 4 月號下半月刊。

〔註39〕李濤:《〈詩刊〉助我走上了詩壇的臺階》,《詩刊》2010 年 11 月號上半月刊。

〔註40〕唐曉渡:《人與事:我所親歷的 80 年代詩刊之二》。《星星·下半月》2008 年第 4 期。

主題若非異域飄零，便是留守者的內心流浪。」〔註41〕而90年代的詩歌也有了另一種面相，如王家新所說，「90年代詩歌是一種不是在封閉中而是在互文關係中顯示出中國詩歌的具體性、差異性和文化身份的寫作，是一種置身於一個更大的語境而又始終關於中國、關於我們自身現實的寫作。」〔註42〕張棗則從相反的視角分析了新世紀以來詩歌與詩評均「含混其詞」的現象其實就濫觴於90年代，「散文化的趨向使得1990年代的很多新詩都平面化為日常的一幀攝影。那種想要讓詩趕得上當今中國變化莫測的現實生活的雄心壯志將古老的詩學信條拋到了腦後：詩不再是生命中富有魔力和激情的瞬間，語言的本分在於將現實記錄成詩。毫無疑問，無論擴張還是縮削都無法詩詩滿足時代的需要。擴張或者縮削？方法論的差異令人焦慮，迫使抒情詩除了保存詞的藝術之外又向著敞開而無可能的方向冒險前行，為的是——以一種自相矛盾的方式——借助不由分說的含混其詞的闡釋，來克服因含混其詞的言說所引發的危機。」〔註43〕

　　張棗所說的「含混其詞」，其實在另一方面提示了新世紀以來的詩歌生態，詩人創造「含混其詞」的作品以突出其詩藝而規避社會問題，詩評家和學者寫「含混其詞」的詩評以突出其藝術鑒賞力而規避意識形態。這在表面上看來，突出了詩歌的文學性，而使回到「文學本身」的夙願得以實現，但事實上，弔詭的現象是，學者在分析二十世紀的作品時，往往與意識形態緊密相連，而分析新世紀作品時，卻有意疏離。那麼，新世紀的詩歌真的回到「文學本身」了嗎？或者，如美國學者菲爾斯基所說，「重視文學的他者性，重視文學如何拒絕分析性、概念性的政治與哲學思考，又如何拒絕常識和日常生活的臆斷……文學與世界、與我們認識世界的方式有本質的區別，這種區別，或者換個詞，原創性、獨特性、他異性、不可譯性或否定性等，正是文學的價值所在。」〔註44〕其實不然，如果我們深入到中國文化傳統的內在心理，尤其是通過「迂迴」而進入意識形態層面的文人心態，就會發現新世紀的有意

〔註41〕張棗：《現代性的追尋：論1919年以來的中國新詩》，亞思明譯，四川文藝出版社2020年版，第7頁。

〔註42〕王家新：《知識分子寫作，或曰「獻給無限的少數人」》，《詩探索》1999年第2期。

〔註43〕張棗：《現代性的追尋：論1919年以來的中國新詩》，亞思明譯，四川文藝出版社2020年版，第335～336頁。

〔註44〕（美）芮塔·菲爾斯基：《文學之用》，劉洋譯，南京大學出版社2019年版，第8頁。

規避恰恰是反向的「介入」，其內在邏輯與研究二十世紀文學的路徑是一致的，「文學可以被當作政治啟蒙或社會變革的潛在途徑。然而文學低人一等或從屬狀態的困境仍然存在：文學被拖來證明批評者已知之事，來說明在其他領域已有定論之事。我無意貶底向文學作品做政治提問的意義，但我想尋求的是，在我們否認一部作品具有反戈一擊（艾倫·魯尼語）的能力時，當我們否認它挑戰或改變我們的信仰的能力時，我們究竟失去了什麼。將文學定義為意識形態是預先設定文學作品是知識的對象，卻不是知識的來源。這種做法否定了文學作品與理論所知相同，甚至比理論所知更多的可能性。」〔註45〕我們會發現，正是「文學低人一等或從屬狀態的困境」，使其成為學者用來表達思想或進入歷史的一種工具，而主流的文學史書寫也成為歷史編年的文學注腳。

在指向歷史時，意識形態分析成為主要的學術思路；但指向當下時，意識形態則成為必須要迴避的東西。這兩者的邏輯都顯現出中國文人的「迂迴」傳統。由此，「青春詩會」體制化過程中一個強大的力量容易被人忽略，除了官方、編輯、詩人之外，學者以及詩評家的參與也非常重要。這一過程中，承擔參會詩人遴選工作的編輯和評委，他們當然不甘做官方「文化機器」的零部件，而是要呈現出自己的美學判斷和思想指向。但是，他們又必然只能在一定的範圍和程度之內實施自己的美學標準，久而久之，他們逃避意識形態甚至表面上迎合意識形態的行為，也影響到詩人及作品的推出。新世紀以來詩歌整體上呈現的輕抒情、輕敘事、輕叩問等「輕」現象，則與體制的作用密切相關。正如美國學者派伊的觀點，「中國人相信控制自己的情感、聽天由命地接受現實是得體和聰明的。這種宿命論傾向使中國人不可能對權力的運作方式提出質疑：一方面對權勢者發起挑戰往往不起任何作用，另一方面是個人引起無道當局注意是危險。」所以，在這種背景下形成的幹部隊伍「為了晉升而工作，他們承認自己是制度組成部分，這個制度承認高職位，也準備了晉升的階梯。他們工作主要是為了名位而不是謀取物質收益，但他們在某種意義上是徹底的『組織人』，所以他們隨時準備為組織的利益而犧牲自己的利益，事實上，他們的犧牲會得到組織的承認和晉升機會。」〔註46〕相應地，

〔註45〕（美）芮塔·菲爾斯基：《文學之用》，劉洋譯，南京大學出版社 2019 年版，第 10 頁。
〔註46〕出自派伊的《官僚與幹部：中國的政治文化》一書，轉引自潘一禾：《觀念與體制：政治文化的比較研究》，學林出版社 2002 年版，第 379～380 頁。

在體制運作下的詩人和學者，也呈現出與「幹部隊伍」的社會地位與個人成就方面的路徑一致性，不管是「上面」所希望的詩人和學者應該呈現的狀態，還是詩人和學者自己在體制內所要達到的狀態，都在類似「青春詩會」這樣的渠道形成了「共同體」。「由此可見，雖然中國的兩種政治文化都有限制個人自主性的傾向，但中國人也用自己的方式倡導個人價值。中國上層和民間的兩種政治文化都特別尊重那些前途無量的名人，他們被描述成良好運氣、敏捷才思和勤奮工作結合一身的人，他們能夠不斷提升自我，從而成為比其他人地位更高的成功人士。」〔註47〕

正是對「前途無量的名人」在文化深層結構中的認同，使「青春詩會」形成了詩人、編輯、學者乃至「上面」人士所集合的「想像的共同體」。這種「共同體」不僅僅在體制管理與詩人獨立之間架起了橋樑，或者說官方與民間之間形成了通道，而且持不同觀念創作的詩人之間也可以瞬間結盟。尤其類似於「知識分子」寫作和「民間寫作」論爭的詩人群體，曾在「青春詩會」以「同班同學」的面目或「學長學弟」的形式而出現。由此，柯雷的觀點值得玩味，「『民間』與『知識分子』論爭的中心其實是詩人身份的繼承權問題，也就是，只有我方和戰友，才有權利擔當承續悠久傳統的火炬手，並獲取中國詩歌重獲藝術獨立這一事實所帶來的象徵資本。」〔註48〕那麼，相應地，權力指涉的體制與創作獨立的詩人之間，也需要確定是「我方」或「戰友」而獲得共同的發展，此時，「青春詩會」作為詩人體制化的一個鏡象，其所打造的「共同體」消彌了看似尖銳的創作理念之爭，並由此將詩歌引入到一種「輕」審美的發展路徑中以求得藝術的「獨立」。但如果將視野重新回到世紀之交那場著名的論爭，那幫曾經都是從「青春詩會」走出來的畢業生之間尖銳的衝突，就會發現二元對立場景在歷史各個時期的相似性。回過頭來看，拋卻柯雷所說的「象徵資本」之爭，將「知識分子」置於世界語境中來看待，那麼王家新所說的，「詩人不屬於任何幫派或陣營，也不應受到任何權勢或集體的規範。他生來屬於『自由的元素』」〔註49〕，就別有深意

〔註47〕出自派伊的《官僚與幹部：中國的政治文化》一書，轉引自潘一禾：《觀念與體制：政治文化的比較研究》，學林出版社2002年版，第379～380頁。

〔註48〕（荷）柯雷：《精神與金錢時代的中國詩歌：從1980年代到21世紀初》，張曉紅譯，北京大學出版社2017版，第402頁。

〔註49〕王家新：《知識分子寫作，或曰「獻給無限的少數人」》，《詩探索》1999年第2期。

了。進一步，「在中國，詩歌和知識分子問題有沒有一種關聯？答案應該是肯定的。在中國現代詩歌無比艱難的進程中，正如有人所慨歎的：『知識分子性』是一個至關重要，而又屢屢受挫的未完成話題。這一話題之所以屢屢受挫，我想不僅在於多少年來那種歷史的暴力，也在於中國詩人們自身的懦弱，以及他們對於自身命運和寫作的迴避甚至無知。我甚至想說：『知識分子性』之所以在『五四』以來不斷受挫甚或『缺席』，恰恰是『知識分子』們在起一種惡劣的作用。」〔註50〕王家新的說法在「青春詩會」作為「共同體」的視域下，是值得深思的。

第二節 「青春詩會」折射的詩歌史意識

一、參會詩人遴選與詩歌史「書寫」

雖然近些年國際學界對詩歌史的書寫已經超越「以歷史為主線做事件腳注」的思路而有所創新，但是高校的詩歌史教材仍是以「史」為主的面貌。由此反過來看《詩刊》在詩歌活動、詩歌文本以及詩人之間所形成的複雜場域，就會發現「青春詩會」以正在進行時的狀態「活體」書寫著詩歌史，並與官方的詩歌史視角、學界的詩歌史視野遙相呼應，形成一種連續性的「書寫」態勢。在這種環境中，如柯雷所說，「文學被看成是一種意義不言自明的連貫體，帶著一種方向感穿行於時間之中，而不是一種由通用語言媒介匯成的藝術衝動的不可預料的累積，雖然這種衝動從未與社會發展相脫離。」〔註51〕雖然建基在個體感受之上的詩歌並不以時間的連貫性為依據，尤其個體感受中時間和空間的差異性眾所周知，但是學界似乎認為「史」的梳理卻要建基在時間的「連貫」上，為了符合政治方面的可持續，官方的視角更是注重於時間的連貫。也恰恰是官方和學界這種共同的詩歌史視野中「史」的重要性，使《詩刊》在聯結各方的活動中不是處於夾縫狀態，而是以「引領」的姿態進行詩歌史的「現場書寫」。

當然，前文已經提到過「青春詩會」的詩歌史意識，像 1980 年舉辦第一

〔註50〕王家新：《知識分子寫作，或曰「獻給無限的少數人」》，《詩探索》1999 年第 2 期。

〔註51〕（荷）柯雷：《精神與金錢時代的中國詩歌：從 1980 年代到 21 世紀初》，張曉紅譯，北京大學出版社 2017 版，第 404 頁。

屆時邀請「朦朧詩」主將顧城、舒婷、江河的舉措；以及 1986 年第六屆邀請于堅、韓東、翟永明等詩人，1987 年邀請西川、陳東東、歐陽江河等詩人的舉動，無不與當時的詩歌熱潮緊密呼應，也產生了學界、詩壇公認的三屆黃金詩會。其實，詩歌熱潮與意識形態的緊密關聯往往容易被人們忽視，尤其是在重返八十年代的呼聲中將「詩歌的黃金時代」這一認識不斷地強化，使得「八十年代」在詩歌史上很容易被標籤化。如果重新將視野回到「青春詩會」在八十年代的發生和變化，如同第一章所分析或提到的，1981 年、1989年、1990 年的停辦，第二屆、第三屆、第四屆較小的影響力所指向的「清除精神污染」的大背景等等，就會發現意識形態在詩歌生態中的無處不在。所以，「青春詩會」的詩歌史書寫，在指向官方的「史」、指向詩人的「詩歌」以及指向學者的「詩歌史」層面，構成了複雜的串聯效果，僅僅以詩會參會名單的生成就可以看出。第一屆、第六屆、第七屆的名單生成已做過詳細梳理，也最具代表性，不再贅述。如果分時段管窺「青春詩會」名單生成中所折射的詩歌史意識，就會理解「青春詩會」之所以連續舉辦並產生較大影響，與《詩刊》對詩人和時代的把握緊密相關。

與三屆黃金詩會「籠絡」優秀詩人（而不是推出）的做法相似，這一思路其實從「青春詩會」的發生一直持續到現在，例如 20 世紀 80 年代，詩人張建華因詩歌《她放飛神奇的鴿群》獲得 1981～1982 年《詩刊》優秀作品獎，緊接著就於 1983 年參加了第三屆「青春詩會」；閻月君 1985 年以《月的中國》引起詩壇重視，謝冕等人專門撰文推薦，其於 1986 年參加第六屆「青春詩會」，更為重要的是，也是在 1985 年，由閻月君等人編選的《朦朧詩選》由春風文藝出版社出版，作為第一本「朦朧詩」選集，其在詩歌史上的價值已得到學界的公認；1987 年第七屆參會詩人中，有點特殊的是簡寧，他也在參會之前發表了轟動一時的作品，「1985 年 5 月，他的《小平，您好！》發表於《詩刊》。他一改以往對領袖所表現出的恭順、謙卑心態，讓這位老人置身於群眾之中，用人民的眼光看他像個『親愛的孩子』，『親切得幾乎有幾分天真』。」〔註52〕可以看出，對於詩壇熱點的關注，不僅僅體現在三屆黃金詩會，而是貫穿於整個八十年代，乃至已舉辦了三十六屆的「青春詩會」的整個歷程中。比如 90 年代最具代表性的是 1997 年第十四屆，「本屆青春詩會，是與會人數最多的一屆，有最新的魯迅文學獎詩歌獎得主，有剛參加了中國作協

〔註52〕王燕生：《上帝的糧食》，古吳軒出版社 2004 年版，第 87 頁。

青年作家創作座談會的代表，有大學的副教授，有深圳打工的青年，有年輕而資深的新聞記者，也有來自邊疆和山區的詩人。」〔註53〕將魯迅文學獎和青創會納入「青春詩會」的名單生成視野中。到了新世紀，比如前十年興起的打工文學影響越來越大的背景下，2005年第二十一屆「青春詩會」就出現了已頗有名氣的打工詩歌代表詩人鄭小瓊；第二個十年，在關注「三農」的時代背景中，推出了很多農民身份的詩人，最具代表性的則是2020年第三十六屆「青春詩會」的參會詩人李松山，這位以「放羊詩人」的標籤爆紅網絡的詩人，其背後的時代語境成為最根本的推手。這些典型的例子將詩歌史中官方的「史」意識、詩人的「詩歌」意識進行了串聯，形成了表面相似但內在極為複雜的詩歌史「書寫」現象，有必要做一些例解。

分時段以閻月君、鄭小瓊、李松山為例。20世紀80年代，閻月君除了與大學同學共同編選《朦朧詩選》而引起詩壇關注外，其詩歌創作也在同年（1985年）引起了詩壇的重視，《詩潮》1985年第11～12期刊發了他的詩歌《月的中國》〔註54〕，同期配發了謝冕題為《新詩潮的另一種景觀（評論）──評閻月君的組詩〈月的中國〉》〔註55〕的評論文章，其後，經謝冕推薦，閻月君的《月的中國》又在《詩刊》1986年4月號「詩選刊」欄目轉載。謝冕在評論文章中提到，「閻月君的組詩《月的中國》是讓人興奮的。她常以微帶苦澀的清麗和不乏傳統風情的現代意識造成了深邃的詩情。她在詩中揉進了複雜意緒的現實思考，但又與悠遠的歷史相交融，《月的中國》因凝結了歷史和現實的多種因素而具有某種厚重感──縱使歡樂盛滿五千年也是沉甸甸的，更何況太多的苦痛與傷別。」《月的中國》當然受到了前輩詩人的深刻啟示，特別是臺灣一些詩風的影響。它的出現拓展了新詩潮的審美空間。對於抒情式史詩那一路詩風，她作了另一走向的補充。閻月君的實踐對於走向多元的當代詩歌是一種新的刺激。閻月君展現了她的中國古典詩歌和東方文化的素養。她藏女性的清婉於嚴峻的思考之中。」〔註56〕事實上，不僅僅是八十年代乃至新世紀，就是「五四」前後新詩的發生期，對於中國古典詩歌和東方

〔註53〕《編者寄語》，《詩刊》1998年3月號。

〔註54〕閻月君：《月的中國》，《詩潮》1985年第11～12期。

〔註55〕謝冕：《新詩潮的另一種景觀（評論）──評閻月君的組詩〈月的中國〉》，《詩潮》1985年第11～12期。

〔註56〕謝冕：《新詩潮的另一種景觀（評論）──評閻月君的組詩〈月的中國〉》，《詩潮》1985年第11～12期。

文化如何在詩歌中傳承的焦慮，一直以不同面目出現，無論是以全然反叛的姿態，還是以推陳出新點鐵成金的姿態。《月的中國》正是在這種內在焦慮中得到詩壇的認可，謝冕的評論對這首詩的理解定下了基調，即便詩歌觀念經歷了表面上繁複的演變，到了新世紀，對《月的中國》的理解仍然是以「歷史與現實」相交融為中心，並以課外閱讀的形式與中學生群體產生了密切的關聯，成為文化薰陶和「社會教化」的通識文本，此時，這樣的解讀頗具代表性：「這首詩是對中國五千年歷史的謳讚迷戀與痛徹反思，其中也飽含著深深的憂患色彩。中華民族的興與盛、榮與衰、驕傲與恥辱，對傳統的批判和淬礪奮發的現代意識，是那麼和諧地融為一爐，使之成為東方的，同時又是現代的、歷史的，甚至還是個人的。」〔註57〕

　　不管《詩刊》社是因為《朦朧詩選》還是《月的中國》或者兩者結合的因素而邀請閻月君參加 1986 年第六屆「青春詩會」，以詩會的性質來看，自然是《月的中國》的作者身份最為重要，而不是《朦朧詩選》的編者身份，但正如第一屆因詩評家的身份邀請徐敬亞那樣，正是各種可能性的集合，使「青春詩會」所指向的場域更加複雜。這樣，《朦朧詩選》也與《崛起的詩群》相類似進入到「青春詩會」的場域，使詩會成為管窺詩歌史的重要窗口。與前文分析的三屆黃金詩會相類似，閻月君先是在《詩刊》重點推出，然後參加「青春詩會」，參會後又不斷力推，例如 1986 年詩會之後，緊接著《詩刊》於 1987 年 1 月號的「短詩百家百首」欄目中就刊發了閻月君的作品，1988 年 5 月號又發表了閻月君的《春的記憶（外一首）》，1989 年 6 月號刊出了閻月君的《戰爭的聲音》，1992 年 3 月號推出閻月君的《綻放》，等等。因為《月的中國》在參加詩會之前就已發表，所以《詩刊》1986 年 11 月號「青春詩會」專輯推出的是閻月君的其他作品，即《昭君出塞（外二首）》,《必然的薔薇》、《女兒謠》。但是《詩刊》在 2000 年 8 月號推出《歷屆青春詩會詩人作品選》時，閻月君的作品仍然選載的是《月的中國》，這種通過歷史追認的方式將參會詩人的經典作品納入「青春詩會」範疇的現象，正表現出詩會濃厚的「詩歌史」意識。而在 1986 年參加「青春詩會」到 2000 年「青春詩會」二十週年的紀念活動之間，正是《月的中國》的經典化過程。除了謝冕早在 1985 年就對該作品做出「歷史」評價之外，1987 年於冰做了進一步的闡釋，

〔註57〕蘇豔霞、劉海清：《古典風情與現代意識的完美交融：閻月君〈月的中國〉賞讀》,《中學語文》2009 年第 32 期。

他提到，《月的中國》「有一個思維方式與參照系更新問題，閻月君寫了人的內心衝突、對理想的追求、對現實存在的疵點的焦慮、對歷史重負的慨歎，進而結成綿長的憂鬱加以抒發」〔註58〕。到了1998年，沈奇更是以詩歌史的視野將《月的中國》置於「傳統」之中，「對於朦朧詩的精神立場，我一直認為，它是新詩潮以來，最為重要的一脈傳統（新的傳統）。遺憾的是，第三代後的大多數詩人皆遠離此道，或沉溺於個人私語，或陶醉於空心喧嘩，似乎歷史的斷裂與生存的危機已不再存在。無論是現代還是後現代，作為當代詩歌的精神底蘊，終究還是要經由對有信仰的時代（包括古典的輝煌）與我們所處的混亂時代的對照，來顯示世界的真實面目。不可否認，在閻月君的前期作品中，顯然有一種外在於詩人本真生命經驗的預設的主題、一種『類型』性的言說起著主導作用。但一方面，詩人在這一主導下並未失去個在的風格，且寫出了一批極有分量的作品；另一方面，詩人在這一主導中找到了精神的底背，並成為此後創作中堅實的支撐。」〔註59〕

　　如果說閻月君的例子正好說明了「青春詩會」與詩歌選本、詩歌經典化等現象發生了直接的關聯，其「詩歌史」意識指向詩歌「本身」的話，那麼鄭小瓊和李松山的例子有了詩歌之外更為複雜的「史」的因素。當進入20世紀，大量打工群體的湧現，使得打工詩歌進入人們的視野，並迅速成為國內學界以及國際漢學界的研究熱點。早在2000年，《南方文學》就舉辦了以「打工文學」為主題的文學獎項〔註60〕，其後，2001年5月，徐非、羅德遠、任明友、許強等人在廣東惠州創辦了民刊《打工詩人》，「一大批頗具實力的打工寫作者在此匯聚，通過《打工詩人》這個平臺，作品開始在全國各大媒體亮相——《人民日報》、《工人日報》、《中國青年》以及《詩刊》等主流媒體或專業詩刊，相繼介紹和推出『打工詩歌』。」〔註61〕正是在這樣的詩歌生態中，鄭小瓊逐漸走上詩壇並迅速成為打工詩人的代表性人物，其於2005年參加第二十一屆「青春詩會」，在《詩刊》2005年12月號上、下半月合刊推出的「青

〔註58〕於冰：《一滴東方淚，萬載民族魂——評閻月君的〈月的中國〉》，《當代作家評論》1987年第3期。

〔註59〕沈奇：《傾聽：斷裂與動盪——閻月君和她的〈憂傷與造句〉》，《當代作家評論》1998年第3期。

〔註60〕《新世紀文壇爭霸，萬元頭獎落誰家——〈南方文學〉隆重推出「提高打工文學暨純文學作品」大獎賽》，《時代文學》2000年第5期。

〔註61〕周倩：《打工詩歌，三億打工人的時代印記》，《工人日報》2020年1月5日。

春詩會作品專號」中，鄭小瓊發表的是組詩《堅硬的鐵，柔軟的鐵》。這組詩中，鄭小瓊在日常書寫的語言中滿篇都是熱愛生活與堅強勇敢的形象，像「年輕人，快！朝著世界的方向奔跑」（《穿過工業區》），「他們迎著風走過，帶著打工這麼多年留下的腳印／堅定地朝著風刮來的方向」（《風吹》），「在它小小的流動間，我看見流動的命運／在南方的城市低頭寫下工業時代的絕句或是樂府」（《流水線》），「她黑色的長髮捲起銀白的骨頭裏的倦怠，她機械了手指捂住／飽滿豐盈的橙色產品，巨大的綠色標籤蓋在她的青春上：合格」（《加班》），「忘掉吧，失眠的一天已過去／相信新的一天會很動人」（《清晨的失眠者》），「在他低頭的言語中你找到生活的後花園，這日子／是一首幸福的詩，流出的是他手中油條與豆漿的姓名」（《早裏七點，交班》，「她鐵樣的打工人生」（《鐵》）〔註62〕等等，這些詩句都是在每首詩的末尾出現，形成固定的事件敘述加情感昇華的模式。相應地，在組詩後面附有大衛的推薦語，「鄭小瓊以一個打工詩人身份出現，她觸摸到了生活的喘息與心跳，有艱難但敢於承擔，有迷惑但敢於挑破，她也並沒有給自己貼上打工詩人的標籤，用才情開道，憑自己的實力說話，在這些詩裏，你既可以看到『她鐵樣的找工人生』，也可以看到『細碎的灌木叢裏／鳥鳴樣的信件』。她用沉默（咬緊牙關的那種）證明自己至強的存在，而不是相反。為此，我祝福小瓊：一、寫出更好的詩歌；二、過上詩意的生活。」〔註63〕

弔詭的是，「詩意生活」在她的組詩和大衛的推薦語中形成了呼應，並形成詩歌的主調，從作品的選發上似乎也有意為之，而同期鄭小瓊寫的詩歌隨筆卻呈現出了打工生活的另一面，「現實生活中我們實在太脆弱了，笨重的機器隨時會把我們手指吞掉一節，讓我們受傷。這裡是不相信眼淚的，哪怕有淚，你還是要忍住。只有堅強地忍住疼痛與苦楚，笑著面對生活。在這種受傷與疼痛中讓自己成熟起來。在南方找工的現實，我日益變得敏感而脆弱。這種敏感讓我對打工生活有了窺視打量的欲望，我感覺到打工生活中一些秘密的細節，我把這些細節留在紙上，成為了我的詩歌。」〔註64〕與她的這些文字相對應，似乎那些作品的行文與情感完全相反。而與這些隨筆中提到的「疼痛與苦楚」相對應的作品，則出現於其他刊物，例如此前2003年在《詩

〔註62〕鄭小瓊：《堅硬的鐵，柔軟的鐵》，《詩刊》2005年12月號上、下半月合刊。
〔註63〕大衛：《推薦理由》，《詩刊》2005年12月號上、下半月合刊。
〔註64〕鄭小瓊：《詩歌是一次相遇》，《詩刊》2005年12月號上、下半月合刊。

歌月刊》發表的《東山村（組詩）》〔註65〕中，「一些記憶的往事，心靈的疼痛，紙片上的故鄉／那些如同苦楝樹樣的命運，在黑夜的深處誕生／並且不斷地追逐我的一生和我在這苦難中／堅守的春天。我說著的—苦—楝—樹」（《苦楝樹》），「我像一根草在雨水中呼吸、打盹，醒來的時候／指著那盞漁火說，那裡，那裡有親人們的氣息」（《雨夜》）；以及 2005 年在《詩選刊》發表的一些詩歌〔註66〕中，如「落日鋒利，原野開闊，我的收穫／仍是貧窮，它們焚燒著骨頭與命運」（《落日》），「專橫的靈魂靜寂，生銹的原野上／海水悲痛的幻象，人群啊，生命／如果僅存絕望的閃耀，太陽也會腐朽」（《悲痛》）等等。一般情況下，每個詩人的作品無論從主題還是內容都是比較複雜的，鄭小瓊的詩歌當然不僅僅是「生活的詩意」，也不僅僅是「疼痛與苦楚」，這兩類面相相反的詩歌構成了詩人生命體驗的豐富性，但《詩刊》上推出的「青春詩會」作品專號中，卻非常統一地集中在「生活的詩意」，那些表現「疼痛與苦楚」的詩歌被過濾掉了。當然，這種現象在之前就已分析過，比如劉春等人的例子。也就是說，「青春詩會」遴選詩人時本來就經過了一定程度的過濾，在推出作品時，又會經過一層新的過濾。由此視角來看的話，「青春詩會」的詩歌史意識顯得極為複雜，一方面緊密貼合詩歌發展的主潮，但另一方面又因意識形態環境而進行權宜處理。

因此，「青春詩會」僅僅是一個窗口，其作為一種詩歌史書寫的主體意識，在盡可能地打開更多的窗戶，但「詩歌現場」，卻需要經過一定的「包裝」或是「修飾」。在此意義上來說，通過詩會推出鄭小瓊這個詩人比推出其作品更為重要，作品可以進行權宜處理，但詩人的「詩歌史書寫」則可以在一定範圍內暫時「隱身」，或者通過某種傾向性的闡釋而以「迂迴」的形式作為一種「史」的記錄。如果將視野從「青春詩會」的活動表象和所推出的文本上移開，而從「窗口」望出去，詩人的（或者說歷史的）另一面相就呈現在讀者面前，比如鄭小瓊本人在「詩意生活」之外的觀點，「我一直想說，不是我們關心時事與政治，而是時事與政治時時關心著我們，比如我在工廠就面對勞動法、加班，以及由國家政策帶來的戶籍、暫住證等。如果再遠一點，比如作品有些尖銳的東西會被審核無法發表。很多時候，在這樣一個政治過度干涉著我們生活的國家，不是我們選擇關注政治與時事，而是政治與時事時時關注

〔註65〕鄭小瓊：《東山村（組詩）》，《詩歌月刊》2003 年第 12 期。
〔註66〕鄭小瓊：《鄭小瓊詩歌及詩觀》，《詩選刊》2005 年第 C1 期。

著我們，它們制定一些敏感詞，屏蔽著我們的言論，它們制定種種尺度，需要我們去適應它，無論是經濟上的還是公共政策或者言論上的等，政治時時在關心著我們，刺痛著我們時，我們不得不把這種感受寫出來，因為政治與時事時時關注與干涉著我們，我們不能不被迫地關心它們。是的，我們可以過這種生活，但是我們有責任讓下一代不要過這種生活，我們可以忍受，但是我們無法忍受下一代還過在政治與權力過度干涉的生活中。」〔註67〕此外，與意識形態視角、詩人視角相對應，媒體在這種「詩歌史」書寫中，也起到了推波助瀾的作用，比如鄭小瓊2007年獲得「人民文學獎」時，這類報導成為主流：「一個衛校畢業的打工妹與『人民文學獎』的距離，似乎遙不可及。但在前不久，相貌平平、一身樸素穿著如鄰家小保姆的鄭小瓊，卻與諸位知名作家一起登上了這個文壇權威大獎的領獎臺。」〔註68〕

　　2020年第三十六屆「青春詩會」的參會詩人李松山〔註69〕，其模式與鄭小瓊如出一轍，無論是參加「青春詩會」活動，還是推出其作品，以及與其他媒體的「呼應」等等。「『李松山文字中撲面而來的生活氣息和接地氣的風格，是我們現在詩歌最需要的內容。』於是，周所同把詩歌推薦給了《詩刊》社編輯聶權，結合李松山的詩歌和放羊的經歷，那一刻，聶權就有種感覺，『李松山要火起來了』。」〔註70〕與社會的「娛樂」視角相對應的是李松山的「詩意生活」，其放羊詩人的定位與社會主流輿論完全契合，如「青春詩會」作品專輯中推出的作品中，李松山的詩歌重點集中在「詩意」，「講解員引我們進入林中腹地，／幾束光從樹枝的間隙裏垂下來／拍打著路口的幾尊碑石」（《在民權申甘林帶》）、「九月的積雨雲散後，／羊群扯下雲朵的棉褥」（《九月的岡坡》）、「這讓我感到幸福，除了幾隻羊，／我又多了幾個朋友」（《蜻蜓》）、「十

〔註67〕王士強、鄭小瓊：《「我不願成為某種標本」——鄭小瓊訪談》，《新文學評論》2013年第2期。

〔註68〕黃河：《疼痛著飛翔：打工妹問鼎「人民文學獎」》，《職工法律天地》2007年第11期。

〔註69〕李松山以「農民詩人」、「殘障詩人」、「放羊詩人」等標籤進入公眾視野。例如2019年11月2日，遼寧大學學生拍攝的紀錄片《詩人李松山》獲得中國高等院校影視學會第九屆「學院獎」學生組二等獎。遼寧大學學生周霖華完成於2020年的碩士學位論文《紀錄片〈詩人李松山〉創作剖析》中，將李松山以「社會底層殘障人士」的身份進行生活圖景的展現和分析。

〔註70〕詳見 http://www.chinawriter.com.cn/n1/2020/1124/c403994-31942171.html，訪問日期，2020年12月3日。

二隻羊在草地上啃食自己的影子」(《絕句》)〔註71〕等等。如果深入探究，就會發現對這些詩歌的「歷史」定位都建基在道德視角（詩歌本身的內蘊則十分豐富），鄭小瓊如何堅韌地承受生活所帶來的一切，在平凡中活出個人的尊嚴；李松山如何樂觀地面對生活的不幸和挫折，並將其呈現為詩意的生活。這種慣常的敘述套路和輿論導向遮蔽了大量存在的工人問題和農民問題，更為嚴重的是，經過包裝之後，反而成為宏大敘事中的典範人物，變成了某種虛妄的「正能量」。當然，以個人視角來肯定對生活的詩意面對，無疑是詩歌最重要的命題；但恰恰相反的是，這種「詩意」都導向了社會視角從而影響了個體的歷史判斷，也遮蔽了更為龐大的「不詩意」群體，以及「詩意」表象之後的種種「不詩意」的本質。當然，這並不影響「青春詩會」所暗含的「詩歌史」視野，當這些詩人更具衝擊力或更有藝術內涵的作品出現時，如果大環境允許，其完全可以通過類此已經發生過的「歷屆青春詩會詩人作品展」或「青春回眸」詩會來進行追認。這種權宜心態甚至「迎合」姿態來進行「現場」書寫「詩歌史」的方式，其實在學界也非常多見。如此來看，時代語境對詩歌史「書寫」造成了決定影響而不是相反——「歷史」意識對時代有所匡正。正如本雅明所說，「在漫長的歷史階段中，人類感知方式隨整個人類生存方式的變化而變化。人類感知的組織形態，它賴以完成的手段不僅由自然來決定，而且也由歷史環境來決定。」〔註72〕

二、「青春詩會」的回顧與總結機制

「青春詩會」在推出鄭小瓊時，所選發的詩雖然都與她的打工生活相關，但其思想基調都趨於積極、向上，即使其背後所隱藏的幾億打工人的困境被遮蔽，但通過其他的方式，這些困境以及所折射的更深刻的問題進入了「歷史」。除了鄭小瓊本人提到全國流水線上每年會產生四萬根以上的斷手指這一可怕的現象外（由此所指向的打工群體的生活境遇），學者對於他詩歌的闡釋，也會引起人們對此群體的關注，以及與之相關的更為本質的問題得到思考。如張清華、王士強在《新文學評論》組織的欄目中推出了關於鄭小瓊作品的討論，他們認為，「總體而言，其形象並不能用『打工詩人』四字來簡單

〔註71〕李松山：《九月的岡坡》，《詩刊》2020 年 12 月號上半月刊。

〔註72〕（德）本雅明：《機械複製時代的藝術作品》，收錄於《啟迪：本雅明文選》，（德）阿倫特編，張旭東、王斑譯，生活·讀書·新知三聯書店 2012 年版，第 237 頁。

地概括，而是要比之豐富、複雜得多，尤其是在近幾年，『成名』之後的她仍在不斷進步，寫作上在不斷變化、不斷突破自我，其身上體現出在早期底層生活親歷者、見證者的身份之外更為明顯的『知識分子』特徵，有著或許是在『80後』一代人身上越來越明顯的公民意識、權利意識。這種『公共性』視野將為其提供新的思想動力和想像人生的方式，有助於拓展新的寫作格局。鄭小瓊的詩是『以人為本』的，對個體『獨立性』和尊嚴的訴求是其詩歌重要的主題之一，面對高度組織化的社會體制、面對洶湧的物質和欲望大潮，她不無退縮與躊躇，不無內心的掙扎，但她從未放棄抗爭，也從未站到『龐然大物』的一邊去求取功名、謀獲利益，她所有的努力似乎只是在於：『我』該怎樣生活，該怎樣去尋找一個個體的『我』。」〔註73〕需要澄清的是，體制與個體並不是截然對立的，在一定程度上體制化是為了規範、有序，從而達到「公正」的價值訴求。但眾所周知，在特定語境中，「體制」一詞的貶義遠遠超出甚至覆蓋了它的「中性」。因此，當2007年鄭小瓊拒絕東莞作協的邀請時，成為輿論熱點，一時間，詩人與體制跳出了學術視野而成為一個社會「問題」。將此與「青春詩會」作品專號所刊發的鄭小瓊的詩歌來進行對比透視，就會發現讀者及公眾對於詩人與體制之間對立性的直觀理解。相應地，公共視野中指向「個體獨立與尊嚴」的詩歌便成為思想史、社會史重要的一部分，而「詩歌史」的書寫也形成了詩歌與歷史對話、滲透的機制。

　　一方面，是詩人對詩歌「自由」特質的追尋，如鄭小瓊自己所說，「每一個詩人在詩歌中對鮮花歌頌之時，不要忘了對塑料花的歌頌，因為在每一朵塑料花間，都飽含了人類自己的智慧。在詩歌寫作中，我一直以為最重要的要素就是自由，這種自由在我看來不僅僅是面對強權時的獨立品格，不做奴才、不做工具的自由，還有另外一種意義上的自由，就是不拘束陳舊，不從眾，然後到達一切事物的可能性，我們的詩歌便是在不斷地探索著事物與語言的可能性。」〔註74〕同時她也有對庸常觀點的反思，例如在對「打工詩人」標籤化處理和「打工詩歌」的主題內容標籤化解讀時，鄭小瓊自己卻有著不同的視角：「我們傳統的審美意識與審美教育會讓我們對速成的工業化事物充滿排斥，我們還沒有建立起有效的對工業化事物的審美標準，比如在我們詩歌傳統中，形成的依舊是一種對古典農業審美的標準，比如對自然事物審美，

〔註73〕張清華、王士強：《主持人語》，《新文學評論》2013年第2期。
〔註74〕鄭小瓊：《詞語的情感》，《新文學評論》2013年第2期。

而對充滿人類智慧的工業事物,我們的審美標準依然是排斥的,這種傳統常常禁錮了我們自己的情感。」〔註75〕而另一方面,又是詩人對體制的「妥協」與融入,鄭小瓊從開始的拒絕加入東莞市作協到後來加入廣東省作協並成為《作品》編輯就是典型的例子,拋開個體與體制二元對立的思維,就會發現體制所蘊含的複雜面相和詩人所面臨的複雜語境。如果再將「打工詩人」、「打工詩歌」從「青春詩會」的詩意生活視角、以及社會的下層書寫視角轉移到詩歌文本,則會有另外的理解,如柳冬嫵所分析,「近些年來,中國主流詩人集體性走上了技術主義道路,他們有理由強調聲音或事物的象徵意義、詞語之間的張力關係、敘述的結構與解構等『文本』的寫作。把語言上升為詩歌的本體,似乎為我們找到了一條通往真理的道路。詩人們面對的不再是寫什麼,而是怎麼寫,寫得體面而又漂亮。當一種語體發展到考慮怎麼寫的問題的時候,離成熟的時日當不遠了。但事實並非如此,當這種詩歌風氣滋長起來後並沒有讓人們看到漢語的希望。相反,有一部分詩人在技術主義的胡同裏越陷越深,變成了工匠。當人們談論詩歌的時候,關注的似乎不再是它的精神指向,更多涉及到的是技巧性話題。寫詩不再是一種精神創造,它變成了技術。『打工詩歌』的出現和『打工詩人』群體的形成是對技術主義的一個小小的反撥和顛覆。『打工詩歌』出現的真實意義並不表現在技術的創新上,其重要部分落在詩歌內容的表達和情緒的抒發上,具有真正的民間因素。」〔註76〕

也就是說,時代語境對「詩歌史」書寫構成了強大的影響,無論是「青春詩會」推出詩人的各種權衡和考慮,還是推出具體作品時的權宜與「迂迴」,都明顯地打上了時代的烙印。在此意義上,知識性的詩歌史突出而文學體驗性的詩歌史消隱,透過詩歌而管窺思想史、社會史的「集體無意識」遮蔽了審美、自我價值實現等個體維度的「集體無意識」。或者說,「語義場決定了個人和社會的總體經驗中哪些被保存、哪些被遺忘。通過這種積累,一個社會知識庫就形成了,它代代相傳,被日常生活中的個人所繼承。」〔註77〕如果說詩歌史視野中的「古代史」建基在文本所指向的生活與個體詩性經驗的

〔註75〕 鄭小瓊:《詞語的情感》,《新文學評論》2013 年第 2 期。

〔註76〕 柳冬嫵:《從鄉村到城市的精神胎記——關於「打工詩歌」的白皮書》,《文藝爭鳴》2005 年第 3 期。

〔註77〕 (美)彼得・L.伯格、托馬斯・盧克曼:《現實的社會建構:知識社會學論綱》,吳肅然譯,北京大學出版社 2019 年版,第 25 頁。

話，那麼因為二十世紀特殊的歷史語境，「現當代史」則將文本指向社會與個體思想，這與學界生態有著必然的關係，因為無論是「文學本身」，還是「歷史現場」，都以迂迴的姿態指向對當下的「介入」，學術的「功利」訴求遠遠大於價值訴求。如同詩歌文本在形成過程中，詩人對於永恆的判斷，他可能既有對歷史的「評判」也有對未來的預期，而「未來性」佔據了主要的文本價值，即詩歌對時間與空間的超越性；學者在詩歌研究中也理所當然地應該具備「未來」視野，這樣文本的「永恆」價值才得以挖掘，否則其研究視野被「現實」的迷霧所淹沒，無論從對象選擇上，還是研究心態上。釐清了這一根本前提，回過頭來看，學界不斷重寫當代詩歌史的現象，與「青春詩會」不斷回顧遴選歷屆參會詩人作品的現象，都是在「未來」視野中不斷修正的「歷史」意識。僅從參會詩人名單統計來看，「青春詩會」的回顧總結最早是在 1998 年，《詩刊》1998 年 5 月號刊出了《（1978～1998）中國作家協會詩刊社歷屆青春詩會與會青年詩人名單》〔註 78〕，隨後幾年這種回顧非常密集，例如 2000 年刊出《中國作家協會詩刊社（1980～2000）歷屆青春詩會與會青年詩人名單》〔註 79〕，2001 年刊出《詩刊社歷屆青春詩會與會青年詩人名單（1980～2001）》〔註 80〕、2003 年刊出《詩刊社歷屆青春詩會與會青年詩人名單（1980～2003）》〔註 81〕、2005 年刊出《詩刊社歷屆青春詩會與會青年詩人名單（1980～2004）》〔註 82〕等等。此外，這類總結性質的活動，最具代表性的是 2000 年推出的每年一屆的「青春回眸」詩會；回顧總結方面的「學術」行為，最明顯的則是 2014 年編選的《「青春詩會」三十年詩選》〔註 83〕，由霍俊明執行編選，作家出版社 2014 年 9 月出版。

這些回顧性質的舉措中，《詩刊》2000 年 8 月號推出的「青春詩會二十週

〔註 78〕《（1978～1998）中國作家協會詩刊社歷屆青春詩會與會青年詩人名單》，詩刊 1998 年 5 月號。

〔註 79〕《中國作家協會詩刊社（1980～2000）歷屆青春詩會與會青年詩人名單》，《詩刊》2000 年 8 月號。

〔註 80〕《詩刊社歷屆青春詩會與會青年詩人名單（1980～2001）》，《詩刊》2001 年 12 月號。

〔註 81〕《詩刊社歷屆青春詩會與會青年詩人名單（1980～2003）》，《詩刊》2003 年 11 月號下半月刊。

〔註 82〕《詩刊社歷屆青春詩會與會青年詩人名單（1980～2004）》，詩刊 2005 年 12 月號上、下半月合刊。

〔註 83〕詩刊社編：《「青春詩會」三十年詩選》，作家出版社 2014 年版。

年紀念專號」最特殊，在第二章第三節「經典生成與『再造』」中已詳細提及。
也是在這個專號上，「青春詩會」的詩歌史意識直接體現了出來，在《編者寄
語》中提到，「我們紀念青春詩會二十週年，就是要總結近二十年來中國新詩
發展的成績與不足。」「我們紀念青春詩會二十週年，就是要部結詩歌如何與
青年相結合的經驗與教訓。培養和扶植新人，這是《詩刊》堅持多年的重要
的非盈利性的工作。」「詩壇如果沒有新人的加盟，就無法形成良好的『詩歌
生態』，就會後繼無人，因此，青春詩會還將和《詩刊》一起走進新世紀！」
「我們紀念青春詩會二十週年，就是要正確看待青年詩人對中國新詩發展所
做的貢獻與青年詩人創作中的偏差。許多從青春詩會走出來的詩人，寫出了
詩壇上引人注目的優秀詩篇，經他們各自的努力，形成了不同風格不同追求
的藝術道路。」〔註84〕至於這次刊出的「歷屆參會詩人作品選」，其通過刊發
詩人代表作（並非參會作品）而進行「經典再造」，進而促成詩歌史「書寫」
的意識已做過深入分析。這種「經典再造」的方式，在「青春回眸」詩會中得
到了延續。例如2010年第一屆「青春回眸」詩會中，所刊出參會詩人的代表
作，除楊牧的《我是青年》與「青春詩會」直接關聯外（產生於「青春詩會」
期間但並不是青春詩會作品專輯推出的作品），張學夢的《現代化和我們自
己》、王小妮的《重新做一個詩人》、徐敬亞的《四季，像四個妻子圍在我的身
旁》、孫武軍的《在杭運碼頭（節選）》、大解的《百年之後》、賈真的《藍花
花》、劉向東的《母親的燈》，郭新民的《一棵樹，高高站著》〔註85〕等都不
是「青春詩會」推出的作品，2011第二屆「青春回眸」詩會中，柯平的《煙
囪上的雨燕》，西川的《題王希孟青綠山水卷〈千里江山圖〉》、歐陽江河的《誰
去誰留》、陳東東的《奈良》、林雪的《蘋果上的豹》，大衛的《某一個早晨突
然想起了母親》〔註86〕等也都不是「青春詩會」推出的作品，但是經過「青
春回眸」詩會，這些作品便與「青春詩會」發生了直接的關聯。

　　署名「詩刊社」而實際由霍俊明編選的《「青春詩會」三十年詩選》，從

〔註84〕《編者寄語》，《詩刊》2000年8月號。

〔註85〕見《詩刊》2010年10月號上半月刊。以上詩人中，楊牧、張學夢、王小妮、
徐敬亞、孫武軍參加1980年第一屆青春詩會，大解、賈真、劉向東參加1993
年第十一屆青春詩會，郭新民參加1994年第十二屆青春詩會。

〔註86〕見《詩刊》2011年9月號上半月刊。以上詩人中，柯平參加1983年第三屆
青春詩會，西川、歐陽江河、陳東東參加1987年第七屆青春詩會，林雪1988
年參加第八屆青春詩會，大衛1997年參加第十四屆青春詩會。

1980 年至 2013 年共二十九屆「青春詩會」的 421 位參會詩人中選出了 138 人的作品，所以無論從年限跨度還是舉辦屆數，「三十年」都是一個「概數」。從霍俊明撰寫的後記可以看出，其編選過程有著濃厚的詩歌史意識，例如他反覆強調，「我知道，這是重新進入和敘述詩歌史的一個開始。」〔註 87〕「我感謝詩刊社給了我這次重新進入詩歌史的機會。」〔註 88〕所以他專門說明了編選的原則以「歷史現場感」為基礎，「入選的詩作都以最初發表在《詩刊》上的為準，包括標點（標點對於現代詩而言不是可有可無的，而是具有不言自明的重要性）、字句、分行、分節排列都保持了最初的樣貌。我保留了這些詩作的寫作時間和寫作地點，這樣更能突出這些詩產生的現場感和歷史環境。這樣讀者以及當年參加『青春詩會』的詩人就能直接進入到當年的詩歌現場了。其中刊印時的一些錯字予以必要的糾正。」〔註 89〕同時，也強調了在選擇詩人和作品時的「詩歌」標準，「肯定會有詩人因為沒有入選這個選本或苦惱或憤怒或不解。由於這本詩選的篇幅所限以及對所收詩人的全面要求，遺珠之憾是有的。實際上，有時候不是因為不夠朋友，不夠真誠，而是詩歌擺在那裡。你能夠偶而一兩次對朋友說謊，卻一次也不能對詩歌和詩人說謊！詩者，從言，寺聲。在寺廟和佛祖面前，你知道該怎麼說！也知道怎麼做！」〔註 90〕同時，他也客觀地梳理了「青春詩會」呈現出的正面和負面的現象，例如他提到，「『青春詩會』中有的詩人『出手』極高，在剛開始寫作的時候就寫出了一生的成名作和代表作，比如顧城、梁小斌、舒婷、駱一禾、伊蕾、唐亞平、于堅、歐陽江河等。也有一部分詩人屬於大器晚成，寫作越來成熟卓異，比如西川、王家新、翟永明、伊沙、臧棣、候馬、雷平陽、榮榮、林雪等。當然由於諸多主客觀的原因，一些重要的詩人沒有進入到詩會的視野。」〔註 91〕而負面的現象也一併進行了梳理，「確實近年來隨著文學生態的日益功利

〔註 87〕 霍俊明：《編後記：那些恒星、流星、閃電或流螢……》：詩刊社編，《「青春詩會」三十年詩選》，作家出版社 2014 年版，第 430 頁。

〔註 88〕 霍俊明：《編後記：那些恒星、流星、閃電或流螢……》：詩刊社編，《「青春詩會」三十年詩選》，作家出版社 2014 年版，第 435 頁。

〔註 89〕 霍俊明：《編後記：那些恒星、流星、閃電或流螢……》：詩刊社編，《「青春詩會」三十年詩選》，作家出版社 2014 年版，第 432 頁。

〔註 90〕 霍俊明：《編後記：那些恒星、流星、閃電或流螢……》：詩刊社編，《「青春詩會」三十年詩選》，作家出版社 2014 年版，第 446 頁。

〔註 91〕 霍俊明：《編後記：那些恒星、流星、閃電或流螢……》：詩刊社編，《「青春詩會」三十年詩選》，作家出版社 2014 年版，第 433 頁。

化以及刊物內部的一些原因，使得有些年的『青春詩會』在公布名單時，有些入選詩人大大出乎人們的意料而引起爭議。」〔註92〕

這種比較客觀地以「史實」態度來進行回顧和總結「青春詩會」的舉動，比起 2000 年時《詩刊》社的「經典再造」，顯得更有學術視野。當然，如果說「經典再造」是以「青春詩會」為中心指向外部進而進入詩歌史的話，「三十年詩選」則是指向「青春詩會」內部而進行歷史現場的還原和提煉，兩者共同構成了詩歌史的「書寫」路徑。從 421 位詩人中遴選 138 人的內在邏輯，不僅僅是對參會詩人及相關作品的再次肯定，而是富有歷史意味地進行詩歌史的「重寫」，從而將「青春詩會」所涉及到的詩人、詩歌與詩歌史進行深度關聯。在此意義上來看，霍俊明發現的現象成為詩歌史書寫中個體「重寫」的一種例證，「我注意到一個普遍現象：其中很多詩作尤其是一些長詩、組詩在後來都有程度不同的修改。這種修改不只是字詞和標點上的，有的修改到了重寫、改寫甚至完全顛覆的程度。也就是說，最初刊登在《詩刊》上的詩與後來的詩歌在面貌發生了很大的變化、位移甚至齟齬或分裂。這些『不成熟』的詩作成了這些詩人日後閉口不談的痛癢處。這些最初發表的詩作甚至有一部分從來沒有再拿出來公開發表，也沒有進入這些詩人後來自印或公開出版的詩集、詩選。有的詩人甚至公開否定自己早期的詩作，每當有人誇讚他早期的詩，他就會不客氣地指出自己重要作品是後來的和現在的。換言之，有一些詩人掩蓋了自己的詩歌成長史。」〔註93〕接著他還以魯迅所說的「中國的好作家大抵『悔其少作』的」這一觀點分析了「悔其少作」現象中詩人的內在心理。其實從個體的「悔其少作」，到詩歌史的「悔其少作」，這一現象正好構成了「青春詩會」舉辦其間的特殊景象，例如 1980 年第一屆期間的「朦朧詩」，其所主要使用的「抒情」方式，雖然完全背離了此前「政治抒情」的格調，但個體的「抒情」意味非常明鮮，正是有這種現象的存在，後來的反對者以日常化、口語化的語言表達來完成他們對於「抒情」的反抗。但是，這種內

〔註92〕霍俊明：《編後記：那些恒星、流星、閃電或流螢……》：詩刊社編，《「青春詩會」三十年詩選》，作家出版社 2014 年版，第 442 頁。

〔註93〕霍俊明：《編後記：那些恒星、流星、閃電或流螢……》：詩刊社編，《「青春詩會」三十年詩選》，作家出版社 2014 年版，第 432 頁。霍俊明對這一現象格外關注，同樣的論述此後還出現在謝冕、霍俊明：《青春的歌哨，精神分藥與詩歌史——寫在詩刊社青春詩會 36 週年之際》，《詩刊》2017 年 1 月號下半月刊。

在的反抗，即「抒情」所指向的情感表達方式和背後的「政治經驗」，漸漸地演化為一種外在的反抗——邊緣到純粹形式的層面，即在語言表達上以口語、下半身來取代「抒情」語言，而內在的對抗反而消隱了。他們開始認為「抒情」是一種過時了的、矯揉造作的東西，但事實上，作為語言的表達方式來講，抒情反而使語言得以「完整」，而過分強調語言的日常和口語（另一個極端是語言的智力遊戲）則走向了口水化和碎片化。

如果重新審視這種內在之爭向外在之爭的轉化，就會發現形式背後的「政治經驗」產生了極大的震盪效應，正因為「抒情」曾經與「政治」形成了深度的媾和，政治抒情詩成為唯一的表達方式（在藝術真實層面來講，此時的「抒情」並不是在抒「情」？），所以語言表達或者說詩歌形式上的「抒情」被誤認為內容的「抒情」。正如朗西埃在《詩與政治》一文中所分析的，「抒情是一種感性的政治經驗，也是一種論辯經驗，這一經驗具有雙重意義。首先，抒情是一種書寫形式，它知道它必須面對關於政治的感性的書寫，必須面對政治在感性表現的秩序中可直接構成形象的性質，因此它面臨著某種政治性的傳輸（transport）並且不得不背棄之。現代詩歌革命檢驗著它與政治傳輸之間的同源關係，體驗著必然的偏至所帶來的張力。對於使詞語與事物分離又將之統一起來的交界線，現代詩歌革命檢驗著重新切分、重新繪製它的必要性。詩歌具有抵抗的功能」〔註94〕，但是，抒情可以指向「政治經驗」（文革時期成為唯一的指向），也可以指向「個體經驗」，所以朗西埃又說，「現代抒情作品——這是『論辯』的第二個方面——只有忘記使之可能的具有隱喻意味的穿越，才能實現其行進的純粹性。我、詞語與事物通過抒情幸運地相遇」。〔註95〕之所以重提「抒情」與「政治」的關係，是因為由個體重寫自我的「詩歌史」到「青春詩會」重寫其「詩歌史」，乃至學界不斷出現的重寫詩歌史的現象，就可以發現極為封閉以及片面的「詩歌史」觀念，尤其是重「史」而不重視「詩歌」的現象。「為什麼現代性會再次提出抒情問題（並最終為它發明一個譜系）：一方面，現代詩歌完全投注於非再現性的詩歌所擁有的那個『空虛的』位置，因而，面對再現／言述的紐結生成的哲學—政治的控制，現代

〔註94〕 （法）朗西埃：《詞語的肉身：書寫的政治》，朱康、朱羽、黃銳傑譯，西北大學出版社 2015 年版，第 22 頁。

〔註95〕 （法）朗西埃：《詞語的肉身：書寫的政治》，朱康、朱羽、黃銳傑譯，西北大學出版社 2015 年版，第 22 頁。

詩歌試圖挑戰一切效忠於這一控制的行為。但是，這種太過簡單的對立傾向，可能會抵消另一種形式的『效忠』或政治隸屬關係；可能會預設同時又否定現代革命時期獨有的一種關於詩歌的政治經驗。」〔註96〕由此，類似「抒情」這樣的例子，其作為詩歌表現形式是無所謂「政治」或「個體」的，這時候「抒情」成為「文學本身」；而作為歷史語境中與「政治經驗」、「個體經驗」相關聯的「抒情」，則指向個體的自由表達，以及相應的對「政治」的介入，這也是中國傳統文化中詩歌最重要的一項功能——諷諫。詩歌對社會責任以追求「藝術」的姿態而主動疏離，但是對相關的體制福利和實際利益則以「介入」的形式主動靠攏，是極為悖謬的歷史現象。從《「青春詩會」三十年詩選》的編選後記中所提到的「悔其少作」現象，延伸到「詩歌史」的進化論觀念，對「抒情」的誤解只是當代詩歌史發展中的一個縮影。

三、以文本為中心的詩歌史「書寫」

無論是在參會詩人遴選之時的「政治」過濾，還是「青春詩會」不斷進行回顧與總結時的意識形態影響，詩歌與政治似乎牽一髮而動全身，成為糾葛在一起而無法釐清的「共同體」。那麼，在體制化視角之下，如何確定詩歌史不是社會史、思想史或者別的什麼史，而是詩歌史？這就要找到「詩歌史」的中心，顯然「詩歌」成為最重要的、也是首要的考量標準，不管是詩歌所指向的時代背景或是政治生態，還是它所指向的話語權力或象徵資本（如布迪厄所說），它首先是以文學文本進入「歷史」視野的；更何況，有一些詩歌是無法用政治的視角去解讀的，而是指向了人性的共通面，比如廣泛意義上的愛情、親情等等，雖然這些文本必然有其產生的時代因素，甚至在某些特殊時期，愛情、親情也成為政治的一部分。但從更廣闊的視角來看，除卻詩歌誕生的現實土壤，有些更為本質、更為重要的價值卻是超越時代的。那麼，以此視角來看，就會發現正是詩歌中的永恆尺度（或者說未來視野）影響了詩歌史書寫中的眾多「主體」，例如《詩刊》作為「國刊」的詩歌史焦慮，「編輯」作為編輯家的詩歌史焦慮，作者作為「詩人」的詩歌史焦慮等等。如果不是「永恆尺度」，那麼政治所擁有的權力就會對詩歌史書寫構成絕對的控制，編輯對作品的遴選、詩人的創作也必然在絕對權力控制之下而變得單一，甚

〔註96〕（法）朗西埃：《詞語的肉身：書寫的政治》，朱康、朱羽、黃銳傑譯，西北大學出版社 2015 年版，第 19 頁。

至成為「命題作文」式的流水線製造。正是「永恆尺度」中的「未來視角」，使政治介入「國刊」時也不得不考慮詩歌文本的藝術維度，而編輯也要在既定的「框架」之內發現真正優秀的作品，同樣，詩人在體制內解決生存之後也要考慮文本的歷史價值，這幾種「主體」的焦慮以詩歌文本為中心共同匯合在「青春詩會」。

在所有的總結活動中，除了不斷地梳理參會詩人名單、出版詩歌選集、推出紀念活動等等，最重要也最特殊的當屬 2000 年對歷屆參會詩人代表作品的選展，《詩刊》2000 年 8 月號為「青春詩會二十週年紀念專號」，刊出了「歷屆青春詩會詩人作品選」，前文已做過梳理，該專輯所選發的作品絕大多數是詩人的代表作，但並不是「青春詩會」的參會作品，也與「青春詩會」沒有必然的聯繫。像舒婷的《致橡樹》、韓東的《有關大雁塔》、王家新的《帕斯捷爾納克》等都與「青春詩會」無關，只有像于堅的《尚義街六號》等少數作品是「青春詩會」期間推出的。但正是「青春詩會」這樣的回顧與總結機制，完成了以文本為中心對「歷史」的再次書寫，總體來看，它通過提供創作環境的方式誕生如歐陽江河《玻璃工廠》（創作於「青春詩會」期間）這樣的作品，通過吸納優秀詩人的方式推出類似于堅《尚義街六號》（早已完成但經由「青春詩會」推出）這類作品，通過經典「再造」的方式將王家新《帕斯捷爾納克》（本來與青春詩會無關）置於新的語境，並與「青春詩會」進行直接的關聯。這種對「歷史」的再次書寫與重返八十年代、重寫文學史的學界現象遙相呼應，形成了鮮明的「詩歌史」意識。以文本為中心，則既有對歷史迷霧的驅散，又有對歷史記錄的質疑。如舒婷的《致橡樹》，「我如果愛你──／絕不像攀援的凌霄花／借你的高枝炫耀自己；／我如果愛你──／絕不學癡情的鳥兒／為綠蔭重複單調的歌曲；／也不止像泉源／長年送來清涼的慰藉；／也不止像險峰／增加你的高度，襯托你的威儀。／甚至日光。／甚至春雨。／不，這些都還不夠！／我必須是你近旁的一株木棉，／作為樹的形象和你站在一起。／根，緊緊在地下／葉，相觸在雲裏。／每一陣風過／我們都互相致意，／但沒有人／聽懂我們的言語。／你有你的銅枝鐵幹／像刀、像劍，／也像戟；／我有我紅碩的花朵／像沉重的歎息，／又像英勇的火炬。／我們分擔寒潮、風雷、霹靂；／我們共享霧靄、流嵐、虹霓。／彷彿永遠分離，／卻又終身相依。／這才是偉大的愛情，／堅貞就在這裡：／愛──／不僅愛你偉岸的身軀，／也愛你堅持的位置，足下的土地／

1977.3.27.」〔註97〕以新的視野或者說當下的語境來看，是純粹的愛情詩，但在 1977 年，愛情詩還是禁區的背景下，這首詩的出現就具有更為重要的「歷史」意義。以回顧的方式對這首詩完成了「去意識形態化」的歷史處理，使它的愛情主題成為具有未來意識的經典詩歌，這也是以文本為中心的詩歌史視野的具體體現。

　　而像韓東的《有關大雁塔》這類詩歌的重新刊出，則為新世紀的讀者提供了一扇窗口，以此管窺八十年代關於「大雁塔」之爭的詩歌史現象以及「朦朧詩」與「第三代詩」的發展流變。例如《有關大雁塔》的版本之變，其中有很明顯的詩歌觀念的轉變，最後的版本是這樣的：「有關大雁塔／我們又能知道些什麼／有很多人從遠方趕來／為了爬上去／做一次英雄／也有的還來做第二次／或者更多／那些不得意的人們／那些發福的人們／統統爬上去／做一做英雄／然後下來／走進這條大街／轉眼不見了／也有有種的往下跳／在臺階上開一朵紅花／那就真的成了英雄／當代英雄／有關大雁塔／我們又能知道些什麼／我們爬上去／看看四周的風景／然後再下來」〔註98〕。也因為此詩對大雁塔去文化、去崇高式的寫法，與楊煉的《大雁塔》相對應，成為「朦朧詩」與「第三代詩」之爭的標誌性事件。韓東曾說，「詩人應該擺脫作為稀有的文化動物、卓越的政治動物、深刻的歷史動物三種世俗角色，把詩歌還原為一種純粹的精神活動。」〔註99〕這種針對性很具體（指向「朦朧詩」）的詩學觀念似乎完全是以反叛姿態走上詩歌史視野的，但其與「朦朧詩」的內在聯繫卻也是學界公認的事實，韓東自己也說，「我們真正的『對手』，或需要加以抵抗的並非其他的什麼人和事，它是，僅僅是『今天』的詩歌方式，其標誌性人物就是北島。閱讀《今天》和北島（等）使我走上詩歌的道路，同

〔註97〕舒婷：《致橡樹》，《詩刊》2000 年 8 月號。

〔註98〕韓東的《有關大雁塔》，有兩個版本。最初版本於 1982 年發表於《老家》《同代》，《老家》是韓東 1982 年在西安財經學院當老師時創辦的民刊，《同代》是封新成於 1982 年在蘭州創辦的民刊。第二個版本最早出現於《中國》雜誌，1986 年第 7 期。其後一直使用第二個版本，刪掉了第一個版本中的如下部分：「可是／大雁塔在想些什麼／他在想，所有的好漢都在那年裏死絕了／所有的好漢／殺人如麻／抱起大螺子來飲酒／一晚上能睡十個女人／他們那輩子要壓壞多少匹好馬／最後，他們到他這裡來／放下屠刀，立地成佛了／而如今到這裡來的人／他一個也不認識／他想，這些猥瑣的人們／是不會懂得那種光榮的」。

〔註99〕韓東：《三個世俗角色之後》，收錄於《韓東散文》，中國廣播電視出版社 1998 年版，第 121 頁。

時，也給了我一個反抗的目標。」〔註100〕這些學界已經公認的詩歌發展流變的脈絡當然並不是「大雁塔」現象最本質的詩歌史價值，相反，因為《有關大雁塔》被不斷地置於新的語境，其中學界所注重的對「朦朧詩」的反叛、以及讀者所理解的口語、日常書寫等詩歌觀念的出現等等，漸漸地都成為浮於文本表層的塵埃，而其所誕生的最根本緣由——詩人個體的生命意識，則躍然而來，詩歌中所蘊含的情感、生命體驗等等，成為文本最重要的「信息」，這也是詩歌作為藝術的永恆價值所在。由此，重新回到韓東的寫作觀念，讀者則可能擺脫曾經的學理之爭、觀念之爭而從自我的生命體驗走向與詩人生命體驗的對話：「一首詩既攜帶語言的信息也攜帶生命的信息，這還有什麼可說的呢？而生命總是具體的，語言在觸碰以前總是僵直的或未展開的。」〔註101〕

　　當然，「青春詩會」的回顧總結，雖然將《致橡樹》、《有關大雁塔》這些「無關」的作品納入其視野，但也有與詩會直接相關的文本，例如于堅的《尚義街六號》，與《致橡樹》、《有關大雁塔》的去意識形態化，或者說去「權力」話語的歷史意識不同，《尚義街六號》則在曾經的口語書寫、日常視角中又以「歷史」的視野審視詩歌語言變化背後的意識形態因素，「詩是用語詞的沉默來中斷語言的喧囂，有點像是在大河上截流。」〔註102〕此時，《尚義街六號》中從語言表達到思想指向的反體制化、反媚俗等就呈現了出來。對於《詩刊》能推出這類作品，于堅有過高度的評價，「《詩刊》不是偶然選擇了這些詩人，這個刊物的審美境界來自常識，來自時間深處的審美史。這些詩基於常識而不是時代，普遍的詩意而不是特殊的意思。現代主義會過去，詩不會過去，『文革』後復刊的《詩刊》在 80 年代就有如此見識，在不知道『文革』為何物的世界文學編輯中可謂非同凡響，那是靈光降臨的時代。」〔註103〕對常識的強調以及對普遍的「詩意」的訴求，使這些作品構成了對時代的反思和警醒，「應該是時代向詩人脫帽致敬，而不是相反。應該是時代和它的美學向詩歌妥協，而不是相反。——這正是我尊重和崇拜詩歌的原因，在任何方面，我都可能是一個容易媚俗或妥協的人，惟有詩歌，令我的舌頭成為我生命中惟一不妥協的部分。」〔註104〕正是通過對詩歌「尊嚴」的強調，實際上強調

〔註100〕韓東：《夜行人》，重慶大學出版社 2011 年版，第 80 頁。
〔註101〕韓東：《你見過大海：韓東集 1982～2014》，作家出版社 2015 年版，第 371 頁。
〔註102〕于堅：《還鄉的可能性》，商務印書館 2013 年版，第 323 頁。
〔註103〕于堅：《我與〈詩刊〉》，《詩刊》2017 年 9 月號下半月刊。
〔註104〕于堅：《于堅的詩》，人民文學出版社 2000 年版，第 399 頁。

了個體的尊嚴，在個體尊嚴的照射下，時代的價值觀及歷史語境也就被透射了出來。這種視角，可借鑒法國學者穆沙的觀點，他在論及與《尚義街六號》齊名的《零檔案》時，認為于堅表現出了「詩的自由」，「現代社會組織起種種龐大的監控體系（官僚機構、警察、軍隊、集中營或勞動營、政治組織），試圖將個人推置於萎弱無能的境地。面對這些監控體系，詩的自由使詩人看到：這些自稱必然、規律、潮流的體系中，其實有一部分是想像的產物。詩人立刻抓住這一部分，以一種變本加厲的遊戲，將它推到極致和荒謬。」〔註105〕而「《零檔案》與行政控制進行的遊戲，必須通過細節，或者說通過這首詩的構成本身，才能體會。」〔註106〕

　　同時，穆沙引用哲學家克洛德・勒弗爾的話，認為詩人「存在著這樣一種能力，它使每個人可以和他人共存，或者在私密的聯繫中，或都在茫茫人海裏。它使每個人可以自我整合，同時又從自我的中心裂變開來。使每個人可以借助某種半透明、平常、難以捕捉的因子，依循著分化本身，關聯於他人，關聯於他自己。這種能力，不斷危險地更新著。」「于堅的志向，就是憑藉他強大的詩性的『平乏』，呈現當代的人類之謎？這種人類，沒有任何超驗性、宇宙性的『他者』來作他的參照，在他的內部也沒有任何根本的分化容使他自我理解。因而，他時刻處在一種難以忍耐的以我對我的絕對孤獨中，遭受折磨。」〔註107〕但正是在這種處境中，詩人用詩歌完成了對時代的見證，所以他稱于堅的詩歌為 20 世紀的見證文學。如果說詩歌是對歷史的見證的話，那麼「青春詩會二十週年紀念專號」所刊出的這些作品，大多都能算得上歷史的「見證物」了，這些作品絕大多數也是詩人的代表作。與于堅的「見證」相對應，另一首更為重要的詩歌則是王家新的《帕斯捷爾納克》〔註108〕，

〔註105〕（法）穆沙：《誰，在我呼喊時：20 世紀的見證文學》，李金佳譯，華東師範大學出版社 2015 年版，第 144 頁。

〔註106〕（法）穆沙：《誰，在我呼喊時：20 世紀的見證文學》，李金佳譯，華東師範大學出版社 2015 年版，第 145 頁。

〔註107〕（法）穆沙：《誰，在我呼喊時：20 世紀的見證文學》，李金佳譯，華東師範大學出版社 2015 年版，第 149～150 頁。

〔註108〕王家新：《帕斯捷爾納克》，《詩刊》2000 年 8 月號。「不能到你的墓地獻上一束花／卻注定要以一生的傾注，讀你的詩／以幾千里風雪的穿越／一個節日的破碎，和我靈魂的顫慄／／終於能按自己的內心寫作了／卻不能按一個人的內心生活／這是我們共同的悲劇／你的嘴角更加緘默，那是／／命運的秘密，你不能說出／只是承受、承受，讓筆下的刻痕加深／為了獲得，而放棄／為了生，你要求自己去死，徹底地死／／這就是你，從一次次劫難裏你

學界對於該詩的評論至今都非常曖昧，確實，這是一首內蘊足夠豐富而評論非常困難的詩歌，是一個需要語境來認識其深刻的作品。王家新在評價《詩刊》和《詩歌報》時提到，「那時我在北京《詩刊》從事編輯工作（1985～1990）。平心而論，20 世紀 80 年代前後的《詩刊》是它辦得最好、最有影響的一個時期。縱然如此，我自己更讚賞和認同《詩歌報》的青年性、探索性、民間性、開放性。比如說，海子的詩我送審過許多次，《詩刊》最後只發出來兩三首，但是《詩歌報》就不一樣了。任何有才華的青年詩人很快就會被《詩歌報》發現並大力『推出』。」〔註 109〕借用他這篇文章的題目，《帕斯捷爾納克》無疑是「一個時代的見證和記憶」，而《詩刊》以經典「再造」的方式在「青春詩會二十週年紀念專號」推出這首作品，其「詩歌史」視野非常明晰。關於這首詩，王家新自己有過「說明」，「我不能說帕斯捷爾納克是否就是我或我們的一個自況，但在某種艱難時刻，我的確從他那裡感到了一種共同的命運，更重要的是，一種靈魂上的無言的親近。帕斯捷爾納克比曼傑斯塔姆和茨維塔耶娃都活得更久，經受了更為漫長的艱難歲月，比起許多詩人，他更是一位『承擔者』（這包括了他對自己比死去的人們活得更久的內疚和壓力），而他在一個黑暗年代著手寫作《日瓦戈醫生》時所持的信念與所經歷的良知上的搏鬥，也恐怕是我們任何人都難以想像的。」〔註 110〕對此，可以重新回到前

找到我／檢驗我，使我的生命驟然疼痛／從雪到雪，我在北京的轟響泥濘的／公共汽車上讀你的詩，我在心中／／呼喊那些高貴的名字／那些放逐、犧牲、見證，那些／在彌撒曲的震顫中相逢的靈魂／那些死亡中的閃耀，和我的／／自己的土地！那北方牲畜眼中的淚光／在風中燃燒的楓葉／人民胃中的黑暗、飢餓，我怎能／撇開這一切來談論我自己？／／正如你，要忍受更瘋狂的風雪撲打／才能守住你的俄羅斯，你的／拉麗薩，那美麗的、再也不能傷害的／你的，不敢相信的奇蹟／／帶著一身雪的寒氣，就在眼前！／還有燭光照亮的列維坦的秋天／普希金詩韻中的死亡、讚美、罪孽／春天到來，廣闊大地裸現的黑色／／把靈魂朝向這一切吧，詩人／這是幸福，是從心底升起的最高律令／不是苦難，是你最終承擔起的這些／仍無可阻止地，前來尋找我們／／發掘我們：它在要求一個對稱／或一支比回聲更激蕩的安魂曲／而我們，又怎配走到你的墓前？／這是恥辱！這是北京十二月的冬天／／這是你目光中的憂傷、探詢和質問／鐘聲一樣，壓迫著我的靈魂／這是痛苦，是幸福，要說出它／需要以冰雪來充滿我的一生／1990.12.」

〔註 109〕 王家新：《一個時代的詩歌見證和記憶——紀念〈詩歌報〉（1984～1999）》，收錄於：《1941 年夏天的火星》，花山文藝出版社 2020 年版，第 197～198 頁。

〔註 110〕 王家新：《回答四十個問題》，收錄於：《為鳳凰尋找棲所：現代詩歌論集》，北京大學出版社 2008 年版，第 278 頁。

文引用的法國學者所說的中國文化中「迂迴與進入」的現象,「當政治交流涉及對方獨有的動機和個人利益的時候,間接的應用就會變得更加隱蔽。在此,不再是過去那些象徵性的、用於迂迴的形象,而是盡人皆知的表達,不過,原則並沒有什麼不同:注釋者告訴我們,在表面是中性的、一般的、老生常談的說法下面,悄悄出現了一種『微妙』的意向,它意在『震動』他人並達到自己的目的。」〔註111〕

有時候,以詩歌文本說話比任何闡釋性的文字更具說服力,這也是詩歌的魅力所在,「青春詩會」正是以「文本」的力量進行詩歌史的現場「書寫」,其「青春詩會二十週年紀念專號」刊出的作品,完全可以說是一部以「文本」說話的詩歌史。從《致橡樹》、《有關大雁塔》、《尚義街六號》所指向的八十年代,到《帕斯捷爾納克》指向的九十年代初期,另一個同期的經典文本,當屬伊沙的《餓死詩人》〔註112〕,伊沙這首詩在形式上的狂放不羈,衝擊了學界的視野和讀者的閱讀期待,如他自己多年後所意識到的,「我們用了四十年時間走完了西方人四百年的詩歌美學之路,這種『走』不是用腿腳而是用頭腦,不是簡單地跟隨、複製,而是結合中國本土現實和中國人美學趣味的融合、化解,甚至是創造,是魯迅先生首倡的「拿來主義」的當代執行,從現代主義到後現代主義(我們甚至重走了浪漫主義),西方所有的詩歌美學都在中國當代的詩歌創作中得到了回應。」〔註113〕而學界大多人認為,《餓死詩人》從思想上對詩人逐漸墮落的批判具有預見性,確實,消費主義和商品時代對詩歌生態的衝擊使其在 90 年代開始每況愈下,像王家新所說,「文化消費源於這個時代內在的貧乏,或者說,源於生活本身的貧乏、平庸、空虛、無聊、無意

〔註111〕 (法)弗朗索瓦·朱利安:《迂迴與進入》,杜小真譯,商務印書館 2017 年版,第 111～112 頁。

〔註112〕 伊沙:《餓死詩人》,《詩刊》2000 年 8 月號。「那樣輕鬆的 你們/開始復述農業/耕作事宜以及/春來秋去/揮汗如雨 收穫麥子/你們以為麥粒就是你們/為女人逆濺的淚滴嗎/麥芒就像你們貼在腮幫上的/豬鬃般柔軟嗎/你們擁擠在流浪之路的那一年/北方的麥子自個兒長大了/它們揮舞著一彎彎/陽光之鐮/割斷麥稈 自己的脖子/割斷與土地最後的聯繫/成全了你們/詩人們已經吃飽了/一望無邊的麥田/在他們腹中香氣彌漫/城市最偉大的懶漢/做了詩歌中光榮的農夫/麥子 以陽光和雨水的名義/我呼籲:餓死他們/狗日的詩人/首先餓死我/一個用墨水污染土地的幫兇/一個藝術世界的雜種/1990.」

〔註113〕 隋倫、王單單:《猶把金觥聽舊曲——第七屆青春回眸詩會後記》,《詩刊》2016 年 9 月號上半月刊。

義。」「消費時代以它外表的奢華掩蓋了其內在的貧乏，不僅如此，它也生產著、推銷著這種貧乏。經由所謂的『文化產業』，我們的貧乏可以批量生產了。」〔註 114〕但是這首詩的寫作時間與王家新的《帕斯捷爾納克》的寫作時間相近，1990 年似乎是個比較難以闡釋的年份，經由詩人喊出「餓死詩人」的荒謬，從對詩人之墮落的批判視角來看當然是最為「合理」的，但以相反的視角來看，能讓詩人自己喊出「餓死詩人」的時代，其構成了怎樣的詩歌生態？

由此，就產生了一個很嚴肅的歷史觀念，詩人的批判意識是否具有合理性和合法性？雖然王家新的說法是個常識，「詩人作為民族的良知，恰在於他能夠超越一個時代或民族的集體狂熱。他的民族意識，乃是一種批判性的自我意識。」〔註 115〕但這樣的常識恰恰經常以缺席的境遇在「書寫」著歷史。這就又回到了詩歌「本身」，即以「文本」為中心進行詩歌史書寫，而不是模棱兩可的闡釋，正如美國學者菲爾斯基所意識到的，「文學研究現在的窘境完全是其咎由自取。理論的興起導致了文學的覆亡，而藝術作品則被埋藏在聲勢浩大的社會學佈道和裝腔作勢的法國哲學散文之下。」〔註 116〕以此視角重新審視「青春詩會二十週年專號」中刊出的「歷屆青春詩會詩人作品選」，就有著非同尋常的詩歌史意義，那麼，這些經典文本提供了怎樣的詩歌史視野？一是以去意識形態化的方式對歷史迷霧的驅散，如《致橡樹》等作品；一是重新審視詩歌現場的政治生態或歷史背景，如《尚義街六號》、《帕斯捷爾納克》、《餓死詩人》等作品；一是管窺詩歌表現形式的發展流變，如《有關大雁塔》等作品。與這種詩歌史視野對應的其他做法，則有「青春回眸」詩會等具體的活動，其推出詩人代表作以及邀請未參加「青春詩會」但在詩壇上有影響詩人的做法，等於對「青春詩會」的詩歌史書寫形成了一種補充。當然，像《「青春詩會」三十年詩選》這樣完全以參加「青春詩會」時推出的作品為遴選底本的方式，則又是另一種求真、求實地回到「歷史現場」的書寫方式。不管那種方式，折射出《詩刊》濃厚的詩歌史意識，如果深入探究，就會發現表面上由《詩刊》推出的「青春詩會」活動所主導的詩歌史書寫，實際上涵蓋了至少三個方面，一是意識形態從未放棄對詩歌史的關注與介入，二是編輯在

〔註 114〕 王家新：《詩歌與消費社會》，收錄於《在你的晚臉前》，商務印書館 2013 年版，第 30 頁。

〔註 115〕 王家新：《教我靈魂歌唱的大師》，人民文學出版社 2017 年版，第 71 頁。

〔註 116〕 （美）芮塔‧菲爾斯基：《文學之用》，劉洋譯，南京大學出版社 2019 年版，第 4 頁。

主管機構和詩人之間尋求作品的歷史價值，三是詩人利用這個平臺來完成對「青史留名」的期待，這三者的詩歌史意識在「青春詩會」活動中得以合流，並最終以詩歌為載體呈現在世人面前。

第三節 「青春詩會」的詩歌史視野

一、「青春詩會」指向的詩歌與「歷史」

德國學者庫爾特‧賓妥斯曾說：「詩歷來是人類心靈狀態的反映，是人類情感的晴雨表。它預示即將來臨的事變、公眾感情的震盪、思想和嚮往的升沉浮降。」〔註 117〕從這個層面來看，詩歌與時代有著密切的關聯，而「青春詩會」持續舉辦中缺席的年份，以及與會詩人的遴選等等，則折射出了時代的某種隱秘場域；但是艾略特又說，「歷史的意識又含有一種領悟，不但要理解過去的過去性，而且還要理解過去的現存性，歷史的意識不但使人寫作時有他自己那一代的背景，而且還要感到從荷馬以來歐洲整個的文學及其本國整個的文學有一個同時的存在，組成一個同時的局面。」〔註 118〕也就是說，當我們以回顧的視角來看待「青春詩會」的發生與發展，以及與其相關的詩歌現象、詩歌活動、詩歌文本等等，都與當下發生了密切的關聯，並指向其發生與發展的歷史契機，甚至文化基因。所有這些視角，都集中在詩歌與歷史複雜的辯證關係中去，而這一切在中國當代文學的敘述話語中，似乎又以詩歌與政治為中心，無論是創作還是批評或是相關的研究。如果，換一種思路，恰如艾略特所說，「現存的藝術經典本身就構成了一個理想的秩序，這個秩序由於新的（真正新的）作品被介紹進來而發生變化。這個已成的秩序在新作品出現以前本是完整的，加入新花樣以後要繼續保持完整，整個的秩序就必須改變一下，即使改變得很小；因此每件藝術作品對於整體的關係、比例和價值就重新調整了」。〔註 119〕那麼，像剛才分析過的《致橡樹》、《有關大

〔註 117〕 （德）庫爾特‧賓妥斯：《〈人類朦朧時代〉序——德國表現主義詩歌縱談》，朱雁冰譯，收錄於楊匡漢、劉福春主編：《西方現代詩論》，花城出版社 1988 年版，第 113 頁。

〔註 118〕 艾略特：《傳統與個人才能》，收錄於《傳統與個人才能：艾略特文集》，卞之琳、李賦寧等譯，上海譯文出版社 2012 年版，第 2～3 頁。

〔註 119〕 艾略特：《傳統與個人才能》，收錄於《傳統與個人才能：艾略特文集》，卞之琳、李賦寧等譯，上海譯文出版社 2012 年版，第 3 頁。

雁塔》、《尚義街六號》、《帕斯捷爾納克》、《餓死詩人》等作品，以藝術經典的秩序構造來看，其進入「詩歌史」視野的理由恰恰是文本的「未來性」，與艾略特所說的過去性、現存性這一歷史觀念相對應，「未來性」則是對當下的歷史判斷，是超脫當下的語境對於「文本」之永恆價值的預判。這也是當代詩歌史書寫中的困難所在，作為批評的視野和作為詩歌史的視野是不同的，批評指向當下，而詩歌史在記錄當下的同時指向未來。由此，學界常見的以評代史或以詩歌做歷史注腳的詩歌史寫法，在視域上都有嚴重的侷限性，前者糾纏於詩歌現象而導致了歷史的缺席，後者經常在歷史敘述的迷霧中不知所蹤而忘記了藝術經典所形成的「秩序」。直接地說，詩歌既指向社會場域，又指向個體；既表達個體感受，又觸動集體情感。因此，有必要正視詩歌史中詩歌這一前提，而「史」則是詩歌的史，不是社會史，也不是思想史，而是以文本為中心的詩歌史，雖然其與社會史、思想史有著千絲萬縷的聯繫。

《詩刊》在八十年代能成功舉辦三屆「黃金詩會」，其「詩歌」視野遠遠大於政治視野，如當時在《詩刊》做編輯的唐曉渡所說，「有足夠的理由把這一時期稱為《詩刊》的自我變革期。這種自我變革同時涉及其互為表裏、不可分割而又有極大彈性和張力的雙重身份：一方面，作為作協機關刊物，它更堅定、更熱烈地維護其與黨內外堅持改革開放的進步力量相一致的原則立場；另一方面，作為為詩歌服務的刊物，它試圖更多地立足詩歌自身的要求而成為文化和意識形態變革的一部分。和同一時期某些風格上較為激進的兄弟刊物，例如《中國》相比，它的美學趣味仍未能擺脫『廟堂』的侷限（《中國》因相繼刊發一系列『新生代』的先鋒詩歌作品，尤其是 1986 年 10 月號推出『巴蜀現代詩群』而被勒令改刊。同年 12 月號《中國》印行『終刊號』以示抗議）；然而，和它歷來的面貌和心志相比，它卻從未顯得如此年輕，如此放鬆，如此主動，如此煥發著內在的生機。這裡，『更多地敞向青年』決不僅僅是一個姿態調整的問題，它同時意味著更多地敞向詩的活力源頭，敞向詩的自由和多元本質，敞向其不是受制於某些人的褊狹意志，而是根源於人的精神和情感世界的無限廣闊性的、不可預設的前景。」〔註120〕也正是在這種背景下，1986 年、1987 年的「青春詩會」因邀請「第三代詩人」集體亮相

〔註120〕唐曉渡：《人與事：我所親歷的八十年代〈詩刊〉（三）——我試圖勾勒的是某種集體人格》，《經濟觀察報》（濟南），2006 年第 102 期，第 39 頁。其中「這一時期」指 1984 年至 1986 年。

而得到了高度的認可。但是這種創舉背後仍然有著非常複雜的糾葛，可以從唐曉渡的說法當中得到管窺，「那時我們──包括兩位主編在內──全然沒有想到，數年後寬慈仁厚的張志民先生會一方面被指為「面對資產階級自由化思潮軟弱無力」，另一方面被指為與副主編劉湛秋一起，合力「架空」了楊子敏。」〔註121〕

可以看出，《詩刊》舉辦第六屆、第七屆「青春詩會」時的視野，除了政治生態的允許之外，《詩刊》編輯的視野也發揮著重要的作用。除此以外，在對八十年代「青春詩會」的高度認可，以及人們所說的詩歌「黃金時代」這一既定觀念時，也要注意到，市場經濟的發展和商品、消費觀念的湧現對《詩刊》、對「青春詩會」的舉辦也形成了非常大的影響。《詩刊》自身的定位變化也不斷地發生著變化，詩會吸納優秀詩人、推出青年詩人的觀念也相應地有所變化，這從《詩刊》的徵訂廣告可以得到管窺，《詩刊》首次刊登徵訂「廣告」，是在 1984 年，與《文藝報》、《人民文學》、《中國作家》、《新觀察》、《小說選刊》同為中國作家協會主辦的六大刊物之一，集體出現在徵訂內容中：「《詩刊》是全國性的詩歌月刊，發表全國幾代詩人的優秀作品，力求展示我國新詩創作發展水平，並大力推薦新人佳作。闢有『詩選刊』、『諷刺詩』『新作選評』『詩人論』等專欄。一九八五年，還將出『無名詩人作品專號』，小敘事詩、朗誦詩等的特輯，以及港澳臺詩選、海外華人詩選、當代外國詩選輯。」〔註122〕到了 1988 年，與 1984 年主提「提攜新人」保持一致的同時，重點強調「國內外發行量最大」，這一年《詩刊》的自我定位為：「緊步時代節拍，深入情感天地；注重詩歌質量，提倡探索精神；展示各方大家，提攜文學新人。《詩刊》是中國作家協會主辦、詩刊社編輯出版的國內外發行量最大的詩歌刊物。團結各種風格流派的詩人，薈萃當代中國優秀的詩歌、詩論。為各個層次讀者提供最佳篇什，以高格調、獨具的風格出現在國內外詩歌界。」〔註123〕為什麼要強調發行量呢？這從同期的卷首語可以得到管窺，在慨歎《青春詩會》可以說歷盡滄桑，但還是如願獻到讀者面前」的同時，也向讀者致歉，因紙張漲價，這期減了印張。〔註124〕也是從這一年開始，《詩

〔註121〕唐曉渡：《人與事：我所親歷的八十年代〈詩刊〉（三）──我試圖勾勒的是某種集體人格》，《經濟觀察報》（濟南），2006 年第 102 期，第 39 頁。

〔註122〕詳見《詩刊》1984 年 11 月號第 64 頁。

〔註123〕《歡迎訂閱 1989 年〈詩刊〉》，《詩刊》1988 年 11 月號。

〔註124〕詳見《卷首語》，《詩刊》1988 年 11 月號。

刊》每年的徵訂廣告中都要強調「發行量最大」這一信息，在市場經濟衝擊下，很明顯地傳遞出《詩刊》的質量和讀者認可度並未受到衝擊。但是同樣也會發現，八十年代的《詩刊》徵訂強調詩歌、詩人，九十年代的《詩刊》則強調發行量、級別和主旋律，例如 1993 年的徵訂廣告，「《詩刊》是中國作家協會主辦的、最有權威、最有影響、發行量最大的、唯一的中央級大型詩歌月刊。它在『二為』方向和『雙百』方針的指導下，月月薈萃全國詩歌新作的精品和詩壇的最新信息。一冊在手，你的精神生活會更加豐富、人生世界會更加精彩！」〔註 125〕到了新世紀，《詩刊》的定位則集中在，「全球發行最最大的詩歌月刊，各大圖書館的必藏刊物，中國詩人的必經之路，心與心的最短距離。」〔註 126〕

　　從這些信息可以管窺「青春詩會」在九十年代的變化和在新世紀體制化的成型，與整體的詩歌生態有著密切的關聯。不管是經濟發展所帶來的詩歌處境的變化還是人的審美價值的變化，這些因素對詩歌的衝擊是不言而喻的。從新世紀初的邊緣化到後來的回溫，詩歌似乎確實表現出「公眾情感的震盪」。但恰恰是這看似關聯的現象後面，卻有著詩歌與政治之間撲朔迷離的演化，如果說八十年代政治不斷地介入詩歌而詩歌以「迂迴」的方式進行抗爭的話，那麼九十年代詩歌以回到文學本身的姿態與政治不斷地疏離，到了新世紀，兩者之間的關係變得表面相安無事而內在卻非常曖昧，在「青春詩會」這個視角，它們形成了一種默契，政治以體制化的方式為詩歌製造了籠子，而詩歌則以不斷向內轉的方式表現個體的情感。當然，頌歌體還大量存在，但是對政治持介入態度的詩歌，則消失不見，整體呈輕敘事、輕抒情的特徵，一切成為可承受的生命之「輕」。就是在這種曖昧、疲軟的詩歌生態中，《詩刊》社 2010 年推出的「青春回眸」詩會，像 2000 年「青春詩會二十週年紀念專號」推出參會詩人經典作品那樣，開始推出詩人們的代表作，這種紀念、回顧仍然是以文本為中心，注重詩歌史視野中的作品，而不是詩歌生態、詩歌現象。也是在 2010 年，在學界和社會層面「重返八十年代」的熱潮中，《詩刊》也從 2 月號上半月刊開始推出「重返八十年代」欄目，「上半月刊自本期始，新闢了『重返八十年代』欄目，並配發編者按，意在與廣大讀者一道，紀念『青春詩會』三十週年，從中汲取養分。希望得到您的響應與支

〔註 125〕《歡迎訂閱 1994 年〈詩刊〉》，《詩刊》1993 年 10 月號。
〔註 126〕《詩刊》2000 年 10 月號封面。

持。本期先從當年最具活力的大學生詩歌談起，敬請關注！」〔註127〕這期刊出了馬鈴薯兄弟的《激情燃燒的校園——關於 20 世紀 80 年代大學生詩歌運動的對話》，之後該欄目又在 8 月號、11 月號出現，8 月號上半月刊刊發了王燕生回憶「詩刊詩報協議會」的文章〔註128〕和參加過 1983 年第三屆的詩人龍郁懷念《詩刊》社和「青春詩會」的詩歌〔註129〕；11 月號上半月刊刊發了朱先樹的文章《「朦朧詩」問題討論及前因後果》〔註130〕和參加過 1991 年第九屆「青春詩會」的詩人李潯的文章《〈詩刊〉助我走上了詩壇的臺階》〔註131〕。

　　《詩刊》以「重返八十年代」紀念「青春詩會」三十週年的方式，顯然與學界「重返八十年代」的熱潮相關，如果重新回到「青春詩會」在回顧、總結時以文本為中心的詩歌史視野，就會發現這一觀念與學界的一些觀點形成了呼應，尤其是「新啟蒙」背景及「純文學」的說法，雖然「純文學」呈現出特別複雜的景象。如王堯所總結，「當年『純文學』的倡導者和實踐者們，現在也坦陳『去政治化』背後的策略考慮，一些研究者把這種策略看成是以一種『政治化』的方式『去政治化』。」〔註132〕李陀則認為「思想解放」和「新啟蒙」「生產的知識基本上是為『新時期』重新定義現代性（雖然當時沒有用現代性這個詞），為發展市場經濟作理論的、意識形態的準備，因此不能不侷限於發展主義的話語框架之內。」〔註133〕王斑響應李陀的觀點，認為「由於忙於革命和救亡，文學少有機會獨立，直到八十年代，如李陀說的，才打出純的旗號。但那時的『純』仍是以『不純』作基礎，是政治策略，是爭奪說話權，是顛覆批判，是干預，是想像四個現代化，走向蔚藍。」〔註134〕而蔡翔更明確地提出，「『新啟蒙』或者『思想解放』運動的產物，『純文學』概念的提出，一開始就代表了知識分子的權利要求，這種要求包括文學（實指精神）

〔註127〕 本刊編輯部：《卷首語：上、下半月刊導讀》，《詩刊》2010 年 2 月號上半月刊。

〔註128〕 王燕生：《憶詩壇的一次盛會》，《詩刊》2010 年 8 月號上半月刊。

〔註129〕 龍郁：《虎坊路甲 15 號（外二首）》，《詩刊》2010 年 8 月號上半月刊。其中外二首為《作者·編輯》、《青春詩會》。

〔註130〕 朱先樹：《「朦朧詩」問題討論及前因後果》，《詩刊》2010 年 11 月號上半月刊。

〔註131〕 李潯：《〈詩刊〉助我走上了詩壇的臺階》，《詩刊》2010 年 11 月號上半月刊。

〔註132〕 王堯：《「重返八十年代」與當代文學史論述》，《江海學刊》2007 年第 5 期。

〔註133〕 李陀：《漫說「純文學」》，《上海文學》2001 年第 3 期。

〔註134〕 王斑：《文學的危機與市場——回應李陀「純文學」訪談》，《上海文學》2001 年第 6 期。

的獨立地位、自由的思想和言說、個人存在及選擇的多樣性、對極左政治或者同一性的拒絕和反抗、要求公共領域的擴大和開放,等等。所以,在當時,『純文學』概念實際上具有非常強烈的現實關懷和意識形態色彩,甚至就是一種文化政治,而並非如後來者誤認的那樣,是一種非意識形態化的拒絕進入公共領域的文學主張,這也是當時文學能夠成為思想先行者的原因之一。」〔註135〕當然,將「純文學」放在八十年代及九十年代的背景中去,可能內蘊和成因非常複雜,但是從作者視角來看,「純文學」的觀念可能會喪失其社會責任感,結果卻並不走向個體的自由,而是成為「犬儒」。如南帆所意識到的,「如果現代社會的文學喪失了尖銳的意義從而與現實達成和解,甚至銷聲匿跡,這並不是表明那個古老的同質世界又重新降臨。很大程度上可以說,這是文學與意識形態的默契。」〔註136〕這種說法在「青春詩會」的體制化以及新世紀以來青年詩人趨之若鶩的態度中似乎得到了現實的應驗。

問題是,在經歷了八十年代之後,文學為什麼要去「政治化」?現實的、複雜的原因有待社會學家去解決,但學理的、文學的視角,有必要重新進行反思。如同政治對八、九十年代「青春詩會」的影響,這種現象是文學研究中繞不開的領域,但是新世紀以來文學與政治的曖昧景象是不是去「政治化」之後的另一種不健康形態呢?文學對政治有匡正作用,人類歷史上政治對文學的利用也屢見不鮮,但也有大量的文學作品並不是為了指向政治或被政治所利用,為什麼總是對文學所具有的更本質、更永恆的價值視而不見呢?如同當人們被裹挾在八十年代黃金歲月的憶舊潮時,卻忽略了這個年代的另一面〔註137〕。與這種現象相對應,大多數人並不具體闡釋文學與政治之間絕非

〔註135〕 蔡翔:《何謂文學本身》,《當代作家評論》2002 年第 6 期。

〔註136〕 南帆:《四重奏:文學、革命、知識分子與大眾》,《文學評論》2003 年第 2 期。

〔註137〕 如李陀文章中所提到的現象,「在我的記憶裏中,八十年代就是飢餓和貧困。我們兄妹幾個無數次在一個個狂風暴雨的晚上不得不都跑到父母的被窩裏互相溫暖著因為房屋漏雨而被凍僵的身體的時候,我自己的八十年代的記憶已經形成了。我想,在《訪談錄》中沒有我的八十年代,因為我來自那個遙遠貧困的被遺忘的農村;《訪談錄》沒有我的八十年代,因為我們是一群沉默的大多數;《訪談錄》中沒有我的八十年代,因為我們是一群邊緣人,沒有我們的話語方式,也沒有我們自己的話語空間。是的,《訪談錄》中沒有我們的八十年代。我們的八十年代的記憶是應該被公眾所遺忘的,我們是一群基本被遺忘的、卑微的、下賤的、看似毫無生命的失語者。我們在生活邊緣處的掙扎,注定被一個國度所謂的現代化、全球化、西方化所犧牲或者遺

二元對立那麼簡單，相反，許多學者的思路通常是確認文學與政治合謀的「合理性」，並探討其內在的緣由和規律，但從來沒有把文學從政治框架中解救出來，當然，從實際形式上這兩者無法涇渭分明，但在精神境界和最終理想上顯然是有區別的，在「文以載道」被曲解為「文以載政道」的文化環境裏，文學的「獨立」從內在到形式當然是不被許可的，這也是「純文學」、「文學本身」被提出來後不了了之的必然緣由，因為文學之「純」被認為是虛妄的形而上的脫離了生活與時代的。如前文所述，如果以「文本」為中心的詩歌史視野來看的話，詩歌與政治不是必然的二元對立關係，詩歌既不可能完全與政治分離，更不能成為其附庸，而是有其經典所形成的超越時代的「秩序」。但是，學界一再以追求史實的態度對以政治主導的文學之「用」闡釋其合理性，而並不以追求真理的態度質疑其「合法性」，這與詩人對「青春詩會」的認可一樣，促成了學術與詩歌走向體制化的內在邏輯，這體制如同一個個籠子，只要你不打破這籠子，不是將其拆解，不能質疑其「合法性」，甚至質疑其「合理性」都不行，那麼你盡情地發揮自己的才智，猶如那句老生常談——戴著鐐銬跳舞，並由此獲得相應的地位和名譽。

二、在「媚權」與「媚俗」之間

如連敏所發現的，「種種跡象表明，《詩刊》的創立得到了各方面的支持，以此還可以看出《詩刊》在創立之初就表現出的文化和政治的兩種功能。」〔註138〕其實《詩刊》僅僅是文學制度中的一面鏡子，早在延安時期，由整風運動所帶來的結果，便是「文學的重新定位和作家的思想改造把文學納入進了一種體制規範，文學被組織起來，被安排和計劃，成為黨的事業的一部分，成為黨所管理的部門和統一戰線。」〔註139〕如果以體制化的視角來考察當代

忘。從這個角度講，我對《訪談錄》中的精英主義的話語方式感到無比的厭惡。』這帖子裏還有閻廣英對自己貧困的童年生活的具體描述，我想任何人讀了它都會同意，和現在見到的有關八十年代的文字相比，那的確是另一個八十年代。可是，這另一個八十年代沒機會，也沒辦法表達自己，過去被人漠視，現在又被人遺忘。」詳見：李陀，《另一個八十年代》，《讀書》2006年第10期。

〔註138〕連敏：《〈詩刊〉的創立與刊物品格的建構》，《詩刊》2006年11月號上半月刊。

〔註139〕王本朝：《中國當代文學制度研究（1949～1976）》，新星出版社2007年版，第12頁。

文學活動、文學現象所折射出的傳統資源,一切源頭在延安時期就已經成型,「延安文學創造了一個高度政治化的制度空間,它不僅改變了知識分子對待文學的態度和自身的命運,而且還最終影響到文學的創作和批評。」〔註140〕而延安文學形成的制度傳統,則有其更直接的淵源,如王本朝所歸納的,「中國當代文學制度的建構繼承或者說是借鑒了蘇聯文學,特別是加強黨對文學的絕對領導,實施嚴密的組織化、行政化的管理方式。」〔註141〕以歷史的眼光來看,作協的政治性質遠遠大於「服務」性質,與其說它為眾多作家服務,還不如說它整合作家資源為政治服務。如布迪厄所分析,「鑒於在各種不同的資本及其把持者之間的關係中建立的等級制度,文化生產場暫時在權力場內部佔據一個被統治的位置。無論它們多麼不受外部限制和要求的束縛,它們還是要受總體的場如利益場、經濟場或政治場的限制。」〔註142〕以此視角來看,雖然由於《詩刊》的國刊定位,使其無論從刊發作品到組織活動都受到各種限制,但其推出的「青春詩會」活動,以及與之關聯的「華文青年詩人獎」等獎項,在體制內部擴大了詩歌的張力。如李怡所說,「我們都依賴體制而生存,但體制卻不能索取我們的一切,這就像文學寫作永遠需要解決與體制限制的關係一樣:在體制中存在,又不斷以自己的思想力量突破著體制的限制和束縛,並推動體制的發展和改變。」〔註143〕而「青春詩會」在體制化過程中卻又以詩歌為中心在文本上擺脫體制的樊籠(當然這取決於《詩刊》的編輯隊伍和詩歌史視野,在不同階段發揮著不同程度的作用)。如前文所述,「青春詩會」與「華文青年詩人獎」和首師大駐校詩人的直接關聯確實形成了「體制化」的特點,但相對於作協這一更為組織化、行政化的體系,它又確實推出了很多優秀詩人和作品。舒晉瑜也發現了其意義所在,「新中國成立之後,我國詩歌人才的培養,渠道較為單一,基本是在中國作協與地方作協系統內進行。首師大駐校詩人制度的建立,打破了由作家協會進行封閉式培養的傳統思路,調動了教育部門的資源,把教育與詩歌、校園與詩人聯繫起

〔註140〕 王本朝:《中國當代文學制度研究(1949～1976)》,新星出版社 2007 年版,第 15 頁。

〔註141〕 王本朝:《中國當代文學制度研究(1949～1976)》,新星出版社 2007 年版,第 23 頁。

〔註142〕 (法)皮埃爾·布爾迪厄:《藝術的法則——文學場的生成與結構》,劉暉譯,中央編譯出版社 2011 年版,第 193 頁。

〔註143〕 李怡:《體制與生存》,《紅岩》2007 年第 4 期。

來，突破了詩人封閉自足的私人空間，讓詩人與詩歌進入社會的公共空間，既為莘莘學子的學習創造了良好的氛圍，又為青年詩人的成長提供了一片沃土。」〔註144〕

不過，種種努力並沒有改變「青春詩會」作為詩人被體制化的鏡象，尤其是新世紀以來所推出詩人的高度同質化和刊出作品的高度保守性。雖然仍有指導老師、詩稿交流這一環節，但比起八十年代的改稿活動，形式意義大於實質意義，甚至有時候連改稿環節都會省略，詩會之「會」的性質大大減弱，成為純粹的資格認可，例如參加 2003 年第 19 屆「青春詩會」的王夫剛就在其文章《與詩歌有關的南方之行》中明確提到這屆詩會因參會時作品已刊出，所以改稿環節省略〔註145〕。因為「國刊」的管理機制，《詩刊》辦刊過程中無論從刊發作品還是遴選「青春詩會」參會詩人，除了前文已分析過的八十年代幾次大膽嘗試外，從九十年代開始一直處於非常保守的狀態。所以，到了 2010 年前後，《詩刊》也面臨轉企改制的大環境時，有人就提出《詩刊》應該更具先鋒姿態，更應該面向市場和讀者，如楊克的建議非常有代表性，「在辦刊姿態上稍微向先鋒詩歌傾斜一點，『青春詩會』稍許向探索性詩人更開放一點，內容上向非鄉土題材更擴大一點，主題性策劃、約稿再積極一點，抓標誌性話題、人物眼光再獨到一點，總體姿態上再放下身段一點。」〔註146〕其實，楊克這裡所說的「放下身段」，與《詩刊》的自我定位有密切的關聯，一方面《詩刊》受到管理機構的制約，但同時它也有了相應的權力資本；另一方面當《詩刊》與其他文學刊物一起面對市場規則，在轉企改制時要突出其文學刊物的「純粹」性。這一複雜的處境與《詩刊》面臨的兩大群體密切相關，對上他們要負責辦刊方向的正確性，對外他們要負責詩歌作品的可讀性，這兩者固然有重合的領域和曖昧交織的領域，但也有針鋒相對的領域，因此《詩刊》在「媚權」與「媚俗」之間就表現出非常尷尬的狀態。當然，「媚俗」不僅僅指向讀者，更重要的是市場機制，這從九十年代《詩刊》的轉變中就明顯體現了出來，即便是面對商品經濟的來臨，《詩刊》在市場化轉型中也表現出非常「文藝」的面相，例如在商品觀念初露端倪的 80 年代末期，《詩刊》

〔註144〕舒晉瑜：《首師大駐校詩人成為中國詩壇中堅力量》，《中華讀書報》2014 年
　　　　12 月 03 日。
〔註145〕詳見王夫剛：《與詩歌有關的南方之行》，《詩刊》2007 年 1 月號下半月刊。
〔註146〕《精神與現實的碰撞──「2010·全國文學高端論壇──詩歌論壇」綜述》，
　　　　《詩刊》2010 年 9 月號上半月刊。

在 1989 年 4 月號的《卷首語》中專門強調，「用封三、封四甚至封二去發廣告，我們寧肯想別的方法去創收，也不從這方面開刀……」〔註 147〕。但到了1996 年，《詩刊》終於開刀了，在封三、封四開始登廣告，但封三還是有關詩集的廣告，而封四則體現出了《詩刊》的「艱難」轉型，承接廣告也要名正言順，與「詩歌」扯上必然的聯繫，所以詩刊以「詩與酒」的主題開始登酒的廣告，並且，在「編者寄語」中作了專門的強調，「作為『國刊』的《詩刊》，願與全國酒廠（當然包括其他各類企事業單位、社會賢達）合作，一產文中『酒』，一產水中『詩』。酒助詩興，詩傳酒名，詩酒結合，前程無量。讓我們以詩作酒，舉杯三祝：一祝讀者順遂，二祝酒業發達，三祝詩運興旺、合作成功！」〔註 148〕

如果說《詩刊》的辦刊不斷在「媚權」和「媚俗」之間搖擺並進行突圍的話，那麼不同時期則呈現出不同的面貌，八十年代所呈現的以詩人、詩歌為中心而與權力相抗爭的態勢（如三屆黃金詩會）在九十年代開始大翻轉，這從詩人、讀者和學界對不同時期「青春詩會」的評價也可以得到管窺。當然，作為歷史文本的《詩刊》則更具說服力，以九十年代為例，1991 年 5 月 10 日～18 日在桂林舉行的「全國詩歌座談會暨第三屆灕江詩會」，從朱先樹撰寫的側記中可以看出會議主題非常「政治化」，分別為「堅持詩歌的社會主義方向」「詩歌創作必須堅持自我與現實的統一」「關於繼承傳統與借鑒西方問題」「正本清源，繁榮創作」〔註 149〕。其後，《詩刊》1992 年 3 月份又刊發了陳紹偉關於這次會議的文章，傾向性也非常明顯，「（1991 年）5 月 10 日桂林召開詩歌座談會，繼續搞好詩歌界的治理整頓，達到了正本清源、團結奮鬥的預期目的。《詩刊》身先力行，堅守詩歌的社會主義陣地。陣地意識加強了，辦刊宗旨就明確。」〔註 150〕與此相對應，1991 年的「青春詩會」也強調時代的「主旋律」，「《詩刊》領導歷來重視對青年詩人的發現和培養。以歷史的高度和責任心，扶植文學新人，是《詩刊》一貫堅持努力的宗旨。副主編楊金亭到徐州代表詩刊社領導及全體同仁向本屆青春詩會祝賀，並向與會詩人提出希望，

〔註 147〕《卷首語》，《詩刊》1989 年 4 月號。
〔註 148〕丁國成：《編者寄語：詩與酒》，《詩刊》1996 年 1 月號。
〔註 149〕朱先樹：《正本清源團結奮鬥，繁榮社會主義詩歌──全國詩歌座談會側記》，《詩刊》1991 年 7 月號。
〔註 150〕陳紹偉：《新詩度過轉折期後的亮光──讀 1991 年〈詩刊〉的作品隨想》，《詩刊》1992 年第 3 期。

要求大家繼續堅持『二為』方向，提倡反映時代精神的主旋律，同時強調多樣化。鼓勵大家努力探索，大膽創新，創作出無愧於民族和時代的、具有中國氣派的好詩。」〔註151〕這種明確「辦刊方向」的理念持續到了新世紀，例如2001年《詩刊》為改半月刊召開編委會時，核心內容為「堅持政治家辦刊，把握正確的輿論導向」「堅持辦刊宗旨，全心全意為讀者服務」「堅持刊物的示範作用，精心策劃欄目內容」〔註152〕。表現出政治第一、讀者第二、詩歌第三的刊物理念。在這種背景下，對於《詩刊》之「國刊」地位的強調，一直是其面對讀者的立場，這在「編者寄語」這一欄目中體現了出來，如1996年8月號周所同的說法，「《詩刊》作為泱泱詩歌大國的唯一國刊，有責任、也有義務突出自己旗幟的地位，相對集中地攬盡人間好詩，薈萃百家之長，為詩歌事業的發展做出自己的貢獻。」〔註153〕1998年12月號的《編者寄語》中則提到，「就《詩刊》而言，我們認為，雖然大家稱《詩刊》是『國刊』，但我們與地方的社團，與基層的作者之間沒有隔閡。《詩刊》最大量的詩稿來自基層，許多現在知名的詩人在《詩刊》初露頭角的時候也是『民間詩人』。保持與基層讀者密切的聯繫，從業餘作者中發現和培養詩壇新人，這是《詩刊》多年的傳統，也是我們工作的重點。因為，《詩刊》的每一位工作人員都明白；這是《詩刊》的土地，也是《詩刊》的未來……」。〔註154〕

也許正是因為對「發現和培養詩壇新人」的重視，即使九十年代在政治首位的氛圍中刊發的詩歌整體比較「平庸」，但以文本為中心的詩歌史視野仍然通過「青春詩會」透射了出來，當然，「青春詩會作品專號」推出的作品也受到一定程度的過濾，不過從詩會所倡導的詩歌觀念可以看出。例如1994年第十二屆「青春詩會」，推出作品專輯時附加的《編者按》則提到，「八月初秋，蓧麥搖鈴。第十二屆「青春詩會」在晉西北高原、汾河之源的寧武古城隆重召開。來自全國各地的十五名青年詩人參加了詩會。會上探討了當前詩歌的走向、語言在詩歌中的地位、詩與時代、詩與生活等詩人關心的重要問題。大家一致認為，在當前迅猛變化的時代面前，讓詩歌走出田園式的悠閒、散淡；告吟的寂寞；貴族化的不屑一顧而切入現實人生，讓詩人的心靈與紛繁

〔註151〕宗鄂：《九一屆青春詩會隨筆》，《詩刊》1991年12月號。
〔註152〕龍漢山：《為中國詩壇做更多實事──詩刊社為改半月刊召開編委會》，《詩刊》2001年7月號。
〔註153〕周所同：《蓄芳待來年》，《詩刊》1996年8月號。
〔註154〕《編者寄語》，《詩刊》1998年12月號。

多變的大時代相衝撞、融合,是詩人刻不容緩的抉擇,也是詩歌的美學價值和普題意義之所在。會上還修改創作者一批有質量的、各具風格的新作。」〔註155〕對於詩歌走向、詩歌語言、詩與時代、詩與生活等重要問題以討論的形式呈現出了《詩刊》的包容性,而非在政治原則指導下的「學習」與創作。也就是說,《詩刊》盡可能地平衡權力與詩歌之間的「衝突」,進而盡可能地創造更大的張力空間,如《詩刊》1998 年 9 月號的《編者寄語》中所提到的,「熱心的讀者朋友來信說:《詩刊》今年的版面,有很明顯的編輯意圖。我們同意這些讀者朋友的看法。從編輯部已經編發的九期刊物來看,這個編輯意圖就是:倡導關注現實、貼近時代的主旋律,努力體現百花齊放、百家爭鳴的多樣化。」〔註156〕不過,《詩刊》既關注現實、又貼近時代主旋律的初衷,在實際的作品刊發和活動舉辦中,都會進行權宜的處理,主要方法就是通過關注現實中光鮮亮麗的一面而貼近時代的主旋律,反思、批判性的內容則很少出現,一來是確保刊物的政治正確,降低可能帶來的風險,一方面倡導詩人「熱愛生活」。

如果說《詩刊》在在辦刊過程中通過「編者寄語」、主題詩歌專輯等形式表現出「媚權」傾向,而「青春詩會」則又以詩人和詩歌為中心「迂迴」地與政治權力疏離的話,那麼另一類活動則是在市場經濟環境中完全表現出「媚俗」的傾向。直接地講,為了刊物的生存和影響力,「媚俗」成為刊物發展中重要的一個著力點,《詩刊》社在這方面做了各種嘗試和探索,例始 1998 年推出的「最有印象的當代詩人(五十名)」排行榜,雖然也有讀者投票的環節,但結果令詩壇和讀者一片譁然。這一舉動讓人很自然地聯想到《星星》詩刊在 1986 年發起的活動,由讀者投票評選出「我最喜愛的當代中青年詩人」〔註157〕,但時代語境和詩歌生態的變化,使兩次活動以迥然不同的命運完成其「歷史使命」。以長遠的目光來看,《詩刊》表現出的在「媚權」與「媚俗」之間的權衡與糾結,其權力表徵和詩歌史意識恰恰為「青春詩會」在新世紀的體制化奠定了基礎。權力提供了書寫的空間,而詩歌史意識突出了詩人與詩歌的地位。也正是因為這兩者綜合的作用力,「青

〔註155〕《編者按》,《詩刊》1994 年 12 月號。
〔註156〕《編者寄語》,《詩刊》1998 年 9 月號。
〔註157〕選出的名單詞為:舒婷、北島、傅天琳、楊牧、顧城、李鋼、楊煉、葉延濱、江河、葉文福。

春詩會」彙集了官方（權力）、詩人（詩歌）、媒介（編輯和刊物）等「詩歌史」主體，從而有意識地進行詩歌史的現場書寫。例如 2003 年第十九屆「青春詩會」的詩歌史意識通過參會人員很明顯地體現了出來，在詩會現場，「路也代表參加本屆青春詩會的青年詩人發了言：青春詩會就像是在給星星編號，然後匯成銀河系，讓精神的天空璀璨；如果詩歌消亡了，就像大地上再也不生長玫瑰花一樣可怕。」「西川代表歷屆青春詩會與會者發言：拋開純粹的詩歌寫作來說，對詩的理解，其實就是對詩歌朋友的理解，也是對中國傳統文化和當代社會的理解；青春詩會是中國當代詩歌的傳奇。」「《作家》雜誌主編宗仁發在發言中說青春詩會是中國詩歌史、也是中國文學史很重要的一部分。」〔註 158〕對於「青春詩會」的詩歌史定位在 2003 年由參會人員提出以後，2004 年開始則直接由主辦方提出，「南屏關麓・第二十屆青春詩會，必將以她鮮明的印記，走進當代詩歌史。本屆青春詩會的特點，可用『321』來概括。即：3 個問題的提出（新詩的處境，道德力量的加強與否，寫什麼與怎麼寫），2 個省份（先是安徽，後到江西），一個目標（寫出好詩）。」〔註 159〕可以看出，新世紀前十年的「青春詩會」漸漸從主旋律過渡到對詩歌文本以及青年詩人可持續發展的重視，從而有意識地進行「詩歌史」的書寫。

三、「青春詩會」的多元語境

首先，「政治」語境對「青春詩會」的影響是根本性的。需要注意的是，在「政治」一詞被不斷窄化理解的時代語境裏，類似《詩刊》這樣的具有權力指涉的「國刊」和「青春詩會」這樣具有「政治」特點的詩歌活動，也很容易被窄化為與「國家」對等的社會結構。但事實上，「當我們說一個問題是『政治』性的問題、說一個部長或官員是『政務』官、說一個決定受到『政治』性的影響時，我們的意思是說，對那個問題的解決、對那個決定的達成或者對那個官員職權範圍的劃定而言，權力的分配、維持或轉移，乃是最具決定性的考慮。從事政治的人，追求的是權力；這權力或者是手段，為了其他目的服務，不論這些目的是高貴的或是自私的；或則，這權力是『為了權力而追

〔註 158〕藍野：《共赴精神盛宴——第十九屆青春詩會散記》，《詩刊》2004 年 1 月號下半月刊。

〔註 159〕魏峰：《天空從來沒有像在稻田上這樣湛藍——南屏關麓・第二十屆青春詩會綜述》，《詩刊》2004 年 12 月號上半月刊。

求權力』，目的是享受權力帶來的聲望感。」〔註160〕像韋伯所說，如果將「政治」一詞的內涵擴展到整個社會領域，那麼《詩刊》不斷強調「國刊」的內在邏輯就在權力層面找到了根本的緣由，這是一種權力佔有和分配的「政治」，並不完全對等於國家政治，雖然其也是這大框架中的一部分。進一步講，「國家是一種以正當（legitime）（這是說，被視為正當）的武力為手段而存在的人支配（Herrschaft）人的關係。國家的存在，在於被支配者必須順從支配者聲稱具有的權威（Autorität）。」「支配的正當性根據有三。首先，『永恆的昨日』的權威：也就是權威因於『古已如此』的威信和去遵襲的習慣而變成神聖的習俗（Sitte）。……其次，權威可以來自個人身上超凡的恩典之賜（Gnadengabe），即所謂的卡理斯瑪（Charisma）。這種權威，來自受支配者對某一個個人身上顯示出來的啟示、英雄性的氣質或事蹟或其他的領袖特質，所發的人格上的皈依和信賴；這是『卡理斯瑪』型的支配。……最後，還有一類型支配，靠的是人對法規成文條款之妥當性的信任、對於按照合理性方式制定的規則所界定的事務性（sachliche）『職權』妥當性有其信任。」〔註161〕顯然，合理的體制本來是屬於第三種類型的支配，但這三種類型有時候呈現出縱橫交織的形態，變得極度複雜，而體制則往往以慣性的方式滑向第一種支配，使其運作方式越來越官僚和低效。換個角度來看，在這種「支配」邏輯下，「青春詩會」對青年詩人的體制化改造，在持續的過程中由推出詩人漸漸形成了「籠子」效應，詩人們主動鑽進去，理由很簡單，「促使他們去服從的，是兩項訴諸他們個人利益的東西：物質上的報償和社會性的榮譽。」〔註162〕

不僅僅是「政治」語境的影響，「青春詩會」在體制化過程中學術語境也起著非常重要的作用，其所傳導出的「歷史」視角為「青春詩會」進行詩歌史「現場」書寫提供了可資借鑒的方式。總體來說，詩歌史研究中社會史、思想史、觀念史視角當然是有效的切入方式，但常見的現象是，詩歌淪為「史」的注釋腳本，甚至很多時候呈現出文本缺席的尷尬狀態。菲爾斯基將這類研

〔註160〕 （德）馬克斯・韋伯：《學術與政治》，錢永祥等譯，上海三聯書店 2019 年版，第 205～206 頁。

〔註161〕 （德）馬克斯・韋伯：《學術與政治》，錢永祥等譯，上海三聯書店 2019 年版，第 206～207 頁。韋伯之後又在第 208 頁提到了卡理斯瑪型支配的特徵：「人們服從他，不是因於習俗或法條，而是因為人們信仰這個人。」

〔註162〕 （德）馬克斯・韋伯：《學術與政治》，錢永祥等譯，上海三聯書店 2019 年版，第 210 頁。

究統稱為「意識形態批評」，「相比之下，被意識形態吸引的批評者試圖將文學完完全全地置於現實世界中。他們堅稱，一個文學文本永遠是某個更龐大的事物的一部分；他們強調文學與非文學事物之間的關係。因而意識形態的戰略目的即是指明文學與更廣闊的整個社會的聯繫。然而這種主張有不利之處，即視文學作品為配角或低人一等，視其為耗竭的思想源泉，必須由評論者來補充。無論對意識形態進行何種定義（我明白這個詞的定義在歷史的迷宮中曾經歷一波三折），它總是意味著文這文本是被診斷的而非被傾聽的，是被降級為社會結構或政治事業的表徵。闡釋所用的術語取自別處；批評者之所知遠高於文學文本本身；文學文本不曉得自己與壓迫性的社會狀況的合謀。」〔註 163〕更為嚴重的事實是，「意識形態批評者堅稱文學作品同這個世界上的所有事物一樣，永遠處在社會等級秩序之中，並為了權力而掙扎。一部文學作品的價值僅在於其用途，衡量其價值的標尺是其緩解或加劇社會矛盾的能力。認為藝術無關政治或沒有目的的是幼稚的，這只不過是與社會現狀同謀（布萊希特語）。」〔註 164〕也就是說，在意識形態批評視野下，文學的政治表徵被不斷地放大，甚至單一化，如果以體制視角來看，這種批評方式的過度使用無疑使其成為體制內重要的一環，因為，「文學的政治特性並不是它對於社會的表徵（無論這種表徵是否為批評的，在某種意義上說，任何的表徵都具批評的功能），但文學的這一特性有助於鞏固社會的聯結。」〔註 165〕

雖然，意識形態批評有其深厚的歷史背景及成因，但其侷限性也是顯而易見的，政治對詩歌的影響不僅僅是作者和作品，而且相關的批評和學術研究也必然會受到影響，但正如同詩人在體制化環境中應該保持獨立與自由的藝術特性，批評家和學者也應該具有歷史的眼光。縱然這些主體都面臨著一個不爭的事實，以《詩刊》為例，「《詩刊》作為被制度化設計、組織化規定的詩歌刊物，只有政治上可信可靠的、藝術思想符合國家意識形態的人才能躋身《詩刊》的編輯群體。把握時代，緊跟政治經濟的變革是《詩刊》編輯策略的基礎，《詩刊》必須是代表主流意識形態，符合公共精神和大眾審美的，時

〔註 163〕（美）芮塔·菲爾斯基：《文學之用》，劉洋譯，南京大學出版社 2019 年版，第 10 頁。

〔註 164〕（美）芮塔·菲爾斯基：《文學之用》，劉洋譯，南京大學出版社 2019 年版，第 12 頁。

〔註 165〕（法）讓-呂克·南希：《論文學共產主義》，張馭茜譯，收錄於白輕編：《文字即垃圾：危機之後的文學》，重慶大學出版社 2016 年版，第 344 頁。

刻保持與改革新形勢的一致性。在這樣的編輯群體的編輯策略下，由於這一時期詩歌民刊的風起雲湧，帶來了許多新的詩歌觀念，《詩刊》在一定程度上趨向保守。《詩刊》無論如何都難以擺脫權威話語對詩歌自由的束縛，對詩歌任何創新、自由的開放都是極其有限的。」〔註166〕但是也要看到，《詩刊》存在的歷史環境，還是有其進行詩歌史書寫的話語空間，對比在極端時期《詩刊》缺席的語境來說，如法國學者讓-呂克·南希的觀點，「曾有一個時代，政治作為『美好生活』的各種意義的闡釋與表達，似乎與許多不同的意指緊密聯繫在一起。那時的政治本身就是文學，因為它蘊含了文學的敘事、姿態、歌唱與展現。」〔註167〕確實，新時期以來，表面自由繁榮的景象背後，詩歌與政治形成了複雜的構聯，互相牽制，互相「成就」，這也是新世紀以來詩人轉向體制性的本質原因。但是，從詩歌史（即詩歌的歷史而非歷史的詩歌）視角來看，這些與政治密切關聯而在「權力場」形成複雜對位的作品，能否經得起時間考驗，就另當別論了。此外，雖然不能將詩歌與政治的關係簡單地進行線性化處理，尤其是具體作品所呈現出的所謂「權力空間」，但八十年代初期第一屆「青春詩會」能夠邀請朦朧詩主將江河、舒婷、顧城等，並與《今天》群體有密切的互動，從大背景來說，確實與意識形態領域的改革氛圍有直接聯繫，但從小範圍來說，也有巧合的成分，或者說編輯的視野和魄力相關，比如1979年力主轉載北島《回答》和舒婷《祖國啊，我親愛的祖國》的邵燕祥，以及其後的1986年力主刊發翟永明組詩《女人》的劉湛秋等等。

　　如果說在「青春詩會」的詩歌史「書寫」中編輯發揮了重要作用的話，那麼詩人才是「書寫」主力，從幾屆黃金詩會的參會詩人來看，「詩人維繫了詩人身份的重要性——無論它代表著（傳統）文化精華，還是（現代）『救亡圖存』的政治理想，或是（當代）個體認同——珍惜它，並將之視為一個允許不同表現、不同闡釋相互接替又並存於世的抽象之物。」〔註168〕此時，如果從詩人指向的文本語境來看，20世紀80年代詩歌經典的產出量，與90年代有著巨大的差異，到新世紀之後就更加無法同日而語。如前文所梳理，僅僅

〔註166〕 胡友峰：《詩歌傳播與文學政治——論〈詩刊〉的發展與政治話語的關聯》，《百家評論》2018年第5期。
〔註167〕 （法）讓-呂克·南希：《論文學共產主義》，張馭茜譯，收錄於白輕編：《文字即垃圾：危機之後的文學》，重慶大學出版社2016年版，第354頁。
〔註168〕 （荷）柯雷：《精神與金錢時代的中國詩歌：從1980年代到21世紀初》，張曉紅譯，北京大學出版社2017版，第47頁。

與「青春詩會」有關的經典作品，就非常的多，例如顧城的《弧線》、《遠和近》，梁小斌的《中國，我的鑰匙丟了》，于堅的《尚義街六號》，歐陽江河的《玻璃工廠》等等，如果再將「青春詩會」通過經典再造的方式納入其範圍的作品進行考察，則有舒婷的《致橡樹》、王家新的《帕斯捷爾納克》、韓東的《有關大雁塔》、翟永明的《女人（組詩）》等等。但是同樣也要看到，「青春詩會」的經典生成與舉辦時整個詩壇的大環境密切相關，比如 80 年代整體的文本語境非常活躍，在詩會視野之外，也誕生了大量經典，例如張棗的《鏡中》，海子的《九月》、《面朝大海，春暖花開》等等。由此，審視新世紀之後「青春詩會」在經典生成方面的頹靡時，除了進行歷屆詩會的縱向對比，也有必要將其放入到橫向的大環境中去進行詩歌生態的考察。反過來說，「青春詩會」經典生成的流變，恰恰折射出了當代詩歌在文本上的發展流變，而對於「經典」一詞，也有待於辨析其在詩歌史視野中的「標準」。

此外，也要看到二十世紀的世界格局和人類所面臨的困境，整體也影響了詩歌的生態，尤其是新世紀以來詩歌的邊緣化不僅僅是某個民族、某個地域的現象，如羅歇‧凱盧瓦所說，「今天這個時代因政治、經濟和社會問題，一直處於動盪的邊緣，所以我們毫無詫異地看到，有些人把文學當作一種過於天真的消遣，認為它絕對不合時宜。這些人很可能沒有認識到文學的崇高追求。而另一些人，儘管清楚文學的訴求，也認為文學沒有手段實現其訴求，進而轉至某些更嚴謹、更可靠的學科。」〔註 169〕以人類的視野來看，全球面臨的困境是：「詩歌因此被困。有人為了拯救詩歌，將它看作一種語言練習（exercice），認為它只比翻譯希臘文或演習代數較高等一些（在那個偉大年代，這也是保羅‧瓦雷里的看法，只是今不如昔……），或將它看作一種技法（technique），用來探索潛意識（超現實主義曾有這種姿態，經常混同詩歌與自動編排的文本）。『詩歌』一詞所附的名望，已抵擋不住一種批評：有人看到，詩中過多地帶有各種激情不得酬報的感傷絮語。這些人認為，更應該隔絕詩歌活動。我們只有在脆弱時，才有能力來讚頌美。在這種緊張局面下，我們需要一種更豐盈的給養，它無疑就是科學，只是，我們不能在經驗性的想像中，無可自拔地追隨那些在意識的門外徘徊的迷人問題，因為科學對其不能很好地探討或根本無以探討。然而，我們會毫不遲疑地將科學方法應用

<hr />

〔註 169〕（法）羅歇‧凱盧瓦：《文學的危機》，趙子龍譯，收錄於白輕編：《文字即垃圾：危機之後的文學》，重慶大學出版社 2016 年版，第 2 頁。

到藝術領域，因為在我們看來，尤其對於藝術，科學的嚴謹更為重要。」〔註170〕

確實，就科學對文學的衝擊來說，這是全球性的一個現象。當然，不能因為全球語境而忽略民族、地域的差異性，當我們從「青春詩會」管窺到新時期以來詩歌生態流變以及詩人被體制化的過程時，要注意到不同語境中體制的差異性，正如前文所說體制的健康形態和不健康形態是有著質的區別的，尤其是體制進入無限膨脹的狀態時，人們不得不警惕其演化為一種極端的社會結構。如喬姆斯基與福柯所關注到的，「所有的教育系統，它們看上去僅僅是傳播知識，其實它們是維持某一當權的社會階層的工具，是排斥另一社會階層的權力工具。知識機構、醫療機構同樣在支持政治權力。」〔註171〕在此意義上，「青春詩會」作為體制語境中的一個鏡象，其所推出詩人與作品的自由度，則折射出了體制的健康程度。當然，在既定範圍內，編輯的詩歌史視野和可能出現的「媚權」「媚俗」心態也必然影響到「青春詩會」的生態，而詩人自身的藝術視野與歷史視野也決定其面對詩會時的姿態，與之相關的批評家和學者，其知識分子情懷和未來視野的結合，也是非常重要的因素，以小見大地說，在體制語境中知識分子的人格獨立是最為缺乏的。此背景下，「青春詩會」所表現出的以文本為中心的詩歌史視野，在不同的階段，無論處於非常顯在的狀態，還是處於消隱狀態，除了詩歌的歷史尺度之外，與相關主體（官方、詩人、編輯、學者等）的魄力和遠見也密不可分，而各種因素在「青春詩會」的集結，無疑使其成為當代詩歌生態的一面鏡子。

〔註170〕 （法）羅歌·凱盧瓦：《文學的危機》，趙子龍譯，收錄於白輕編：《文字即垃圾：危機之後的文學》，重慶大學出版社2016年版，第2～3頁。

〔註171〕 （美）喬姆斯基、（法）福柯：《喬姆斯基、福柯論辯錄》，（荷）厄爾德斯編，劉玉紅譯，灘江出版社2012年版，第59頁。

餘　論

一

　　受現有研究範式的影響，對於詩歌史研究，從傳統的作家作品為主到現今的「歷史」研究，新時期以來的詩歌活動在學術研究中一直處於邊緣狀態，即便「1986』現代詩群體大展」、「盤峰論爭」等影響巨大的「瞬時性」活動，學界也是以個案研究或者置於官方與民間、知識分子與民間寫作的二元語境中來探討詩歌的生態和發展。像「青春詩會」這樣連續舉辦並有著不小影響力的活動，學界的研究集中在 1980 年代，第一屆成為熱門。但是將「青春詩會」停留在《詩刊》研究中的一個點，或者詩歌活動的形式層面，顯然太過於微觀，也沒有觸及到「青春詩會」的詩歌史價值及其對新時期詩歌生態的影響。通過深入、系統地梳理，以「青春詩會」為主線，新時期詩歌史中處於外部視野的「朦朧詩」論爭、「第三代詩歌」、知識分子寫作、民間寫作及新世紀的打工詩歌、農民詩歌等都得到了彙集，使詩歌史呈現出流動的形態；在內部視野中，詩歌與政治的關係、文學制度、詩人的地位、編輯的作用、詩歌獎項以及最重要的詩歌作品等等，也彙集在「青春詩會」，使詩歌史呈現出多元互動的態勢。如此，通過詩歌活動而進入詩歌史，尤其是像「青春詩會」這樣持續舉辦且影響力較大、仍在進行的活動，在以「史」為中心的詩歌史方法和以代表詩人、作品為中心的詩歌史方法之外，似乎是另一種行之有效且更為系統、全面的學術路徑。此種視角下，詩歌史不再是詩歌作為歷史的注腳，也不再是代表詩人、經典作品的框架，而是形成文史對話的態勢，或者說是以詩歌為載體的權力、詩人、編輯、學者乃至讀者的互動，它有可能呈現出

詩歌多元性的同時也呈現出詩歌史的豐富性。

　　「青春詩會」在舉辦過程中，雖然在不同階段受到各種因素的干擾，尤其是政治或多或少的介入，但其以文本為中心的詩歌史視野，是值得學界重視的「歷史」價值觀。當然，以文本為中心的詩歌史視野，並不意味著將其他視野剔除出去，而是摻雜著各種駁雜的因素，更寬泛地來講，文學是人學，詩歌又是最深入人類情感和思維世界的文學門類，人之複雜必然會呈現為詩歌的複雜。以整體視野來看，20世紀80年代詩歌的地位確實非同尋常，轉入90年代乃至新世紀以後，詩歌的邊緣化常常被人歸結於商品市場和消費觀念的衝擊，也有人將其歸結於詩人的墮落和文人理想的喪失，很少有人從詩歌內部的發展嬗變來尋找「正當」的理由。雅典《週日論壇報》在採訪王家新時曾問，「在今天的中國文學中詩歌的地位怎麼樣？我這樣問您，是因為您在文學界已經經歷過好幾十年了。」王家新的回答在學界非常有代表性，「詩歌在『文革』結束後的20世紀80年代很活躍，一個民族被壓抑的精神訴求和詩歌創造力被喚醒，那是一個飢餓的年代和燃燒的年代。那時的《詩刊》有好幾十萬訂戶，民辦詩刊也到處流傳。現在看來，20世紀80年代真是一個偉大的詩的搖籃。到後來中國進入商業化和大眾文化的時代，詩歌和嚴肅文學被邊緣化。但在我看來這很正常，我們沒有必要像保護大熊貓一樣保護詩歌。詩歌自有它的讀者和生命力。我也多次說過只要人心不死，詩歌就不會死。事實上，詩歌近些年來在中國又有所回暖，人們在溫飽問題解決後，似乎又開始讀詩了。」〔註1〕確實，詩歌在特定時期的過熱和特定時期的過冷，與其所處的歷史環境有著必然的聯繫，但正如艾略特所說，詩歌在人類歷史的發展進程中有其自身的「秩序」〔註2〕，無論過熱還是過冷，它都要回到自己的「秩序」中去。詩歌與政治的關係依然，兩者並不是二元對立的關係，奴隸社會產生的詩歌經典（歷史意義上）並不因奴隸社會的瓦解而喪失其價值；

〔註1〕王家新：《答雅典〈週日論壇報〉》，收錄於《1941年夏天的火星》，花山文藝出版社2020年版，第143頁。

〔註2〕前文已做過闡釋。艾略特說：「現存的藝術經典本身就構成了一個理想的秩序，這個秩序由於新的（真正新的）作品被介紹進來而發生變化。這個已成的秩序在新作品出現以前本是完整的，加入新花樣以後要繼續保持完整，整個的秩序就必須改變一下，即使改變得很小；因此每件藝術作品對於整體的關係、比例和價值就重新調整了」。詳見艾略特：《傳統與個人才能》，收錄於《傳統與個人才能：艾略特文集》，卞之琳、李賦寧等譯，上海譯文出版社2012年版，第3頁。

同樣，以政治介入產生的服務於政治的「經典」並不因為政治力量的持續作用而產生永恆的價值，以長遠視角來看，其無法進入到詩歌經典所形成的「秩序」中去。

　　以艾略特所說的詩歌經典會構成一個理想秩序這一視角來看，所謂 1980 年代詩歌的黃金時代，確實有它無法複製的輝煌，但是也要看到這種輝煌背後不正常的一面，即詩歌是否在世俗意義上能引導人類前進的步伐？如果將新世紀的娛樂選秀這類現象對比八十年代的詩歌生態，似乎早在那時「娛樂至死」的社會價值觀就初露端倪，像成都「星星詩歌節」上讀者群體瘋狂的舉動，與當下娛樂圈的粉絲現象是呈同構狀態的，只不過詩歌換成了影視劇或是流行歌曲而已。詩人們對當下現象的不可思議，是否折射出八十年代另一群體的心理狀態？比如那些同樣喜歡詩歌而無法進入「星星詩歌節」現場的群體？也就是說，當詩歌在社會結構中成為「象徵資本」，它既可以是對政治生態的匡正和反思，也可以成為政治利用的權力資源。此視角下，回顧《詩刊》的歷史，《詩刊》自 1957 年 1 月創刊，經歷了短暫的春天後，在政治局勢的裹挾下，7 月號就開始以「反右派鬥爭特輯」開始了其高度意識形態化的辦刊方向；性質幾乎相近只是程度不同的是，「青春詩會」在 1980 年第一屆的輝煌之後，在第二年（即 1981 年）就銷聲匿跡，直到 1982 年才舉辦了幾近被詩壇和學者遺忘的第二屆。而其中緣由，則與政治環境有著直接的關係，將時間線指向 1957 年，歷史彷彿一面鏡子，早已「預言」了這一切。但是也要看到，正是詩歌與政治在特定時期密不可分的關係，《詩刊》的「國刊」地位在權力層面才名符其實，例如前文提到的 1979 年通過發簡報的形式改變詩人命運的例子〔註 3〕，一方面顯示了《詩刊》社關注青年詩人的大力舉措，但另一方面折射出了其背後所具有的權力表徵。當《詩刊》以文學期刊的面目出現，但又與意識形態有著直接的權力指涉時，他們完全有能力對地方政府行使「人事建議權」。事隔經年，這在當下的背景中是很少見到的。此外，早期的「青春詩會」在外省，都是在市級以上的行政中心地舉辦，出席的都是當地的主要領導。但到了新世紀，變成了在縣級行政中心地舉辦，出席的是當地宣傳部的領導，例如 2001 年「青春詩會」的三個第一：新世紀第一次詩會；第一次在縣級地方舉辦；第一次在縣裏選 3 名正式代表，吸收 6 位作者

〔註 3〕也可參見傅天琳：《紀事：1979 年》，《詩刊》2006 年 4 月號下半月刊。

列席。〔註4〕這一切對應著龐大的官僚等級秩序，證明了文學是如何逐步從權力場排擠出來的，它不再需要詩人來「鬥爭」，而是通過越來越緊密的體制化運作將詩人規訓到「主流」渠道上來，在這種背景下，只要不觸碰底線，文學允許與意識形態疏離甚至在一定程度上表現出反思的姿態。

二

當然，《詩刊》作為作協主管的刊物之一，其誕生和發展都與政治權力有著密切的關聯，刊物的運作方式也必然受到管理部門的約束和指導。無論「青春詩會」在八十年代多麼輝煌，以及在九十年代和新世紀或多或少地推出過一些優秀詩人和優秀作品，但「國刊」的姿態使其面對詩人與讀者時呈現出俯視姿態（新世紀以來尤為明顯），而面對管理機構的介入時，則又是仰視姿態，這也構成了「青春詩會」體制化的必然走向，有權力背景、有詩人和詩歌資源，使「青春詩會」轉為徵稿制以後完全成為規則的製造者，表面更開放而實際上權力更集中，青年詩人對詩會的追崇又不斷強化其權力表徵。究其內在邏輯，正如周雪光所說，「與皇權的合法性基礎不同，中國官僚體制的合法性來源於自上而下的『授權』，集中表現在『向上負責制』。」〔註5〕與作協的直接管理不同，「青春詩會」以更隱秘的方式對詩人進行行政化管理，從而引導他們走向體制認同。而對詩人以類似「青春詩會」這樣的詩歌活動進行體制化「改造」的社會管理方式，其實是對整個知識分子進行體制化改造的一個窗口。正如美國兩位學者研究所得，「社會的整體秩序可以被想像成一個小宇宙，它是上帝按大宇宙的樣子造出來的。無論『下面』發生了什麼，都只不過是『上面』所發生的事情的蒼白投影，而對單個的具體制度也可以依同樣的方式來理解。」〔註6〕從這個角度來理解「青春詩會」推出詩人的初衷與體制化改造結果之間複雜進程，即使這兩者之間本來並無必然的聯繫。以「青春詩會」為出發點，與其相關的其他活動、詩歌獎項等等，就構成了一個龐大的「體系」，仍以前面兩位學者的觀點審視，「制度化的範圍取決於關聯結

〔註4〕詳見宗鄂：《青春與詩同行──第 17 屆「青春詩會」側記》，《詩刊》2001 年 12 月號。

〔註5〕周雪光：《中國國家治理的制度邏輯（一個組織學研究）》，生活‧讀書‧新知三聯書店 2017 年版，第 64 頁。

〔註6〕（美）彼得‧L.伯格、托馬斯‧盧克曼：《現實的社會建構：知識社會學論綱》，吳肅然譯，北京大學出版社 2019 年版，第 113 頁。

構的普遍性。如果一個社會中的很多甚至大多數關聯結構都是人們普遍共享的，那麼制度化的範圍必然比較大。如果只有少部分關聯結構被共享，制度化的範圍就會比較窄，此時制度秩序還有可能高度碎片化，即特定的關聯結構並不為社會整體而僅為社會中的部分群體所共享。」〔註7〕「青春回眸」詩會、華文青年詩人獎、首師大駐校詩人等等，正是在此邏輯之上，與「青春詩會」一起，將其「關聯結構」彌散到整個詩壇。

這種彌散過程隱秘而持久，「青春詩會」的連續舉辦為其提供了必要的前提，從詩人與「青春詩會」在八十年代的雙贏到九十年代詩人對「青春詩會」的質疑再到新世紀之後詩人對詩會的追崇，詩人與「青春詩會」的關聯從偶然變成了必然，似乎通過「青春詩會」走向詩壇之路變得既直接又權威，近十年，每年15人左右的名額以及出詩集的直觀福利更是為青年詩人提供了可視化的「發展空間」。自此，詩人的體制認同成為某種「集體無意識」，驅動著他們的寫作觀念和生活方式，更為深刻地講，如英國學者吉登斯所認為，現代性發展過程中，晚期現代中的自我與社會形成了新的關聯，自我關涉的「生活政治」建基於社會「解放的政治」之上，解放的政治核心特點是：「1. 將社會生活從固化的傳統和習俗中解放出來；2. 減少或消滅剝削、不平等或壓迫。關注的是權力和資源的差異性分配；3. 遵循由正義、平等和參與規範所提倡的行事規則。」與此對應，生活政治的特點是：「1. 源自選擇自由和生成性權力（即作為轉換能力的權力）的政治決策；2. 形成一種在全球背景下能促進自我實現且在道德上合情合理的生活方式；3. 在後傳統秩序以及在存在性問題的背景下形成有關『我們應如何生活』的倫理問題。」〔註8〕反向來看，無論詩人們所面對是否完全意義上的「解放的政治」，但在全球化背景下，個體的「生活政治」則必然要走向「生成性權力」，如同詩人通過「青春詩會」而獲得進入詩壇的資格，相應的體制紅利則水到渠成，至於詩歌的自由維度或反思傳統，那是解決現實利益之後再進行考慮的事情。再通俗點來說，對於主辦方來說，「青春詩會」與其在「媚權」與「媚俗」之間進行艱難權宜，還不如在兩者之間尋找平衡，取得雙贏的局面，最簡單的方法是剔除掉那些可

〔註7〕（美）彼得・L.伯格、托馬斯・盧克曼：《現實的社會建構：知識社會學論綱》，吳肅然譯，北京大學出版社2019年版，第100頁。

〔註8〕（英）吉登斯：《現代性與自我認同：晚期現代中的自我與社會》，夏璐譯，中國人民大學出版社2016年版，第200頁。

能會帶來危險後果的詩人、以及部分詩人可能會帶來危險的作品。如孔帕尼翁所說，「語言中不存在專門用於文學的成分，所以文學性概念不可能區別語言的文學用法和語言的非文學用法。」〔註9〕正是如此，「青春詩會」體制化之後的結果，便是推出作品的同質化傾向越來越嚴重，無論在審美意義上還是社會意義上，眾多詩人寫的內容不同，但因為語言本無「文學用法」「非文學用法」，這些百花齊放的詩歌呈現的時代精神卻極為相近，加之網絡時代的信息化環境，詩歌與其他任何可供娛樂的「藝術」一起既用來「媚權」也用來「媚俗」。雖然孔帕尼翁呼籲「文學就是文學」〔註10〕以強調其自由屬性和永恆價值，但正如「青春詩會」的詩歌史「書寫」，人們都將詩歌認為是意識形態的組成部分，並將其合理化。相應地，學術研究有兩種趨向，作為知識分子的學者通過研究對象來進行現實關懷抑或對當下的「介入」，作為「歷史記錄」的學者則注重研究對象的未來價值，當然這兩者經常相交融，不過因為個體生活的當下性，前者往往佔據了主流，無論從整個學界還是個體的研究視野中。反過來講，以知識分子視角和以歷史書寫視角來看待「青春詩會」，會有什麼不同的理解？

知識分子是一個司空見慣但內涵莫衷一是的詞，在此，可以借用索維爾的觀點，「知識分子不單單自視為精英，因為從消極的意義上看，大地主、食利者或各種身居高位卻無所作為之人，也可以算作精英；知識分子還將自身視作聖人般的精英，即自視為負有這種使命的人——要去領導社會其他人，以這種或那種方式邁向更美好的生活。」〔註11〕也就是說，知識分子與社會責任密切掛鉤，他們不但透視著社會結構中的不合理，也在暢想著最理想的社會模式，在這個層面，詩人無疑是知識分子中的一員。但當體制與知識分子（詩人）深度關聯時，知識分子的社會責任就會大打折扣，無論是被「剝奪」還是主動放棄，都帶來「失語」的效應。知識分子的獨立性與體制化有什麼本質區別呢？「在歷史上還有一種重要的專家類型。從原則上講，它有可能出現在我們討論過的任何情境中。這就是知識分子。按照我們的定義，知

〔註 9〕（法）安托萬·孔帕尼翁：《理論的幽靈：文學與常識》，吳泓緲、汪捷宇譯，南京大學出版社 2017 年版，第 35 頁。

〔註 10〕（法）安托萬·孔帕尼翁：《理論的幽靈：文學與常識》，吳泓緲、汪捷宇譯，南京大學出版社 2017 年版，第 37 頁。

〔註 11〕（美）索維爾：《知識分子與社會》，張亞月、梁興國譯，中信出版社 2013 年版，第 94 頁。

識分子是一種專家，他們的技能是社會不太需要的。這便意味著一種對知識的再定義。它與『官方的』定義相對立，即它不再只是對『官方的』定義的一種偏常解釋。在這個意義上，知識分子顯然屬於一種邊緣類型。他可能一開始就是邊緣人，然後成了知識分子（比如現代西方的很多猶太裔知識分子），也可能是由於自己的知性越軌才導致他的邊緣狀態（比如被流放的異端分子），但我們不必關心這裡的差異。無論如何，他的社會邊緣性都表明他與所處的社會世界缺少理論整合。在定義現實時，他以一個反面專家的形象出現。同『官方的』專家一樣，他也有著對社會的整體設想。但是，『官方的』專家的設想與制度相協調，為制度提供了理論正當化，而知識分子的設想存在於制度真空中，最多只能在知識分子群體的亞社會中實現社會客體化。這種亞社會的生存能力顯然依賴大社會的結構特徵。可以肯定地說，一定程度的多元主義就是一個必要條件。」〔註12〕如果以伯格和盧克曼的這個觀點來看，被體制化的詩人（延伸到知識分子）顯然是算不上真正的知識分子的，因為他們喪失了「核心信念」，如索維爾所說，「流行於當代知識分子中的構想，其最核心的信念就是：社會中存在著由現有機制所製造出來的『問題』，而知識分子能夠研究出針對那些問題的『解決方案』。」〔註13〕

三

同樣是「青春詩會」，延伸到詩歌史書寫，知識分子的視角力足於詩人是否關注當下存在的問題，這使得他們的視角具有意識形態屬性，而「歷史記錄」的視角則注重於詩歌文本，注重於詩歌的未來性，也就是說這些文本是否在未來具有價值。當然，這兩者並不涇渭分明，經常呈現出融合的形態，但正是這種融合形態的曖昧與不確定，使體制如魚得水，它使得知識分子的社會責任和歷史意識「屈服」於體制的正當化，而轉型成為「官方的專家」。甚至，在長期的體制語境中，知識分子本身成為體制的一部分，成為既得利益者，他們反過來強化了體制的權威。這從改為徵稿制的「青春詩會」對青年詩人的長期影響得到了有效的展示，比起獨立於詩壇之外求得「亞社會」的生存空間，通過像「青春詩會」這樣的跳板進入詩壇獲得體制「福利」，當

〔註12〕（美）彼得・L.伯格、托馬斯・盧克曼：《現實的社會建構：知識社會學論綱》，吳肅然譯，北京大學出版社 2019 年版，第 155 頁。

〔註13〕（美）索維爾：《知識分子與社會》，張亞月、梁興國譯，中信出版社 2013 年版，第 94 頁。

然是最有效地「活在當下」的捷徑，至於「社會責任」和「歷史記錄」，那是獲得「福利」之後再去觸及的領域，甚至，可能再也不會觸及。也是這種體制語境的長期浸染，以及大量青年詩人的不斷融入，使得詩歌的書寫也變得越來越具有體制特徵，詩人們也成為了「官方的專家」。如福柯所說，「語言既是全部歷史所積累的詞語的結果，也是語言本身的體系。」〔註14〕由此看「青春詩會」近十年來推出的詩人和作品越來越明顯的同質化傾向，其內在緣由就不言自明。從更為深層的角度來講，「把精英文化僅僅當作抽象的價值觀與行為規範是很危險的。文化也是統治精英用來灌輸其統治觀念並使統治合法化與正當化的權力準則。文化不僅塑造政治，也被政治塑造和利用。」〔註15〕

由「青春詩會」進入到詩歌史研究，會發現知識分子類型的研究成果迭出，但「歷史記錄」類型的研究似乎一直處於缺席狀態。究其原因，知識分子式為主的研究既能夠體現學者的社會責任，又在體制化語境中帶來現實利益和社會名譽，雖然這種情況下的「社會責任」大打折扣甚至很多時候會起到相反的效果——推動體制的權威化；而「歷史記錄」為主的研究則面臨冷板凳的困境，往往不但無法獲得現實利益，甚至可能威脅到生活乃至生存，這是體制化語境下最嚴峻的境遇。所以，「以史為鑒」的心態成為很多學術研究的出發點，因為，「我們不可能將歷史還原為其『本來的面貌』，並且我們對歷史的想像或多或少地會受到我們現在的欲望和需求的驅使。然而，闡釋活動仍然圍繞著盡可能地刻畫往日某時刻的文化感性以及該時刻的文學意義而展開。」〔註16〕即使是「近在眼前」的20世紀80年代，類似「青春詩會」這樣的詩歌活動，青年學者們在進入「歷史現場」時也開始有了隔閡，「『初步』接觸一部作品，怎麼可能『首先』從其誕生年代而不是從我們自己的時代去理解它呢？」〔註17〕正是學術研究的當下性，尤其是知識分子的社會責任心理，由此延伸出的社會史研究、思想史研究等等，其實都與「知識分子」情懷有著直接的關聯，如孔帕尼翁所說，「在文學歷史名下，大家還會發現某

〔註14〕（法）米歇爾・福柯：《文學與語言》，尉光吉、張凱譯，收錄於白輕編：《文字即垃圾：危機之後的文學》，重慶大學出版社 2016 年版，第 83 頁。

〔註15〕（美）白瑞琪：《反潮流的中國》，中共中央黨校出版社 1999 年版，第 303 頁。

〔註16〕（美）芮塔・菲爾斯基：《文學之用》，劉洋譯，南京大學出版社 2019 年版，第 16～17 頁。

〔註17〕（法）安托萬・孔帕尼翁：《理論的幽靈：文學與常識》，吳泓緲、汪捷宇譯，南京大學出版社 2017 年版，第 192 頁。

些（文學）觀念史，即將作品看作反映時代意識形態、時代感性的歷史文獻。」〔註18〕他進一步分析，「社會史，觀念史，不幸的是，由於文學的多義性和不連貫性，它們一遇到文學便一籌莫展。至多期待它們能給大家提供一些當代社會狀況、心理結構的信息罷了。」〔註19〕理解了學術研究中各種紛繁視角得以出現的緣由，也就理解了時代的語境，同時，詩歌史研究中「詩歌」的缺席也有了其內在根源，這是不容忽視的現象。

　　或許，在「青春詩會」的視野之外，存在著許多被過濾掉的詩人和詩歌文本，在這個意義上來說，被雪藏的「歷史」可能在未來的某一天成為後人所關注的「歷史現場」，因此，詩歌史書寫在當下的語境中在一定程度上表現為「歷史的缺席」，學術研究在權力語境中判斷當下如何進入歷史，或者說如何進行詩歌史書寫，需要有非常敏銳的遠見。正是：「發現真理的人是孤獨的，獨創性通過歷史重新展現它的獨特，然後拒絕歷史。更為根本的是，這是在認知的歷史上疊加知識的理論和知識的主體。」〔註20〕而對於詩人來說，在體制化的環境中如何保持寫作的自由、如何不被時代語境所同化，是需要承擔太多孤獨甚至是要面對生存的威脅，但，這恰恰是詩人的天職，如吉登斯所說，「自我發展的路徑是具有內在參照性的，唯一重要的聯結線索便是生命軌跡本身。作為真實自我之成就的個人正直品行，源自將生命體驗融入自我成長敘事之過程。這個過程即個人信仰體系之創建過程，個體藉此得以承認『他首先要忠於自我』。從個體建構或重構其生命歷史之方式來看，關鍵的參照點『來自內部』。」〔註21〕與此正好相反的是，在體制語境中，個體建構的關鍵參照點恰恰「來自外部」。而「青春詩會」作為官方、編輯、詩人乃至學者與讀者的「想像共同體」，我們可以假設其具有詩歌的集體人格，此時，「能夠體驗到衝突時又意識到衝突，儘管這可能叫人痛苦，卻可以說正是一種寶貴的才能。我們愈是正視自己的衝突並尋求自己的解決辦法，我們就愈能獲

〔註18〕（法）安托萬・孔帕尼翁：《理論的幽靈：文學與常識》，吳泓緲、汪捷宇譯，南京大學出版社 2017 年版，第 195 頁。

〔註19〕（法）安托萬・孔帕尼翁：《理論的幽靈：文學與常識》，吳泓緲、汪捷宇譯，南京大學出版社 2017 年版，第 196 頁。

〔註20〕（美）喬姆斯基、（法）福柯：《喬姆斯基、福柯論辯錄》，（荷）厄爾德斯編，劉玉紅譯，灕江出版社 2012 年版，第 29 頁。

〔註21〕（英）吉登斯：《現代性與自我認同：晚期現代中的自我與社會》，夏璐譯，中國人民大學出版社 2016 年版，第 75 頁。

得更多的內心的自由和更大的力量。」〔註22〕雖然來自各方的力量錯綜複雜地糾葛在「青春詩會」，但如果以「文本」為中心，其詩歌史意義則會更為凸顯。此外，「體制」似乎是人類共同面對的現實，但存在的客觀性並不代表其合理性，雖然在一定時期內人們默認它的合法性。如何在體制語境中讓詩歌的光芒熠熠生輝，這不僅僅是詩人的責任，編輯、學者以及所有知識分子都責無旁貸，而且，「體制」背後的權力指涉，更應該有卓識的遠見，至少要明白，「歷史」是指向未來的。

〔註22〕（美）霍尼：《我們內心的衝突》，王作虹譯、陳維正校，譯林出版社 2011 年版，第 6 頁。

參考文獻

一、著作類

1. 北島等：《在寫作中尋找方向》，貴陽：貴州人民出版社 2017 年版。

2. 柏樺：《與神話：第三代人批評與自我批評》，北京：中華工商聯合出版社 2014 年版。

3. 陳衛：《中國詩人詩想錄》，桂林：廣西師範大學出版社 2018 年版。

4. 曹萬生：《中國現代詩學流變史》，北京：人民出版社 2015 年版。

5. 陳愛中：《20 世紀漢語新詩語言研究》，北京：人民出版社 2013 年版。

6. 陳超：《中國先鋒詩歌論》，北京：人民文學出版社 2007 年版。

7. 陳超：《打開詩歌的漂流瓶：陳超現代詩論集》，石家莊：河北教育出版社 2014 年版。

8. 陳超：《生命詩學論稿》，北京：中國青年出版社 2018 年版。

9. 陳仲義：《詩的嘩變——第三代詩歌面面觀》，福州：鷺江出版社 1994 年版。

10. 戴燕：《文學史的權力》，北京：北京大學出版社 2002 年版。

11. 鄧程：《新詩的「懂」與「不懂」：新時期以來新詩理論研究》，北京：中國社會科學出版社 2014 年版。

12. 耿占春：《失去象徵的世界：詩歌、經驗與修辭》，北京：北京大學出版社 2008 年版。

13. 胡亮：《窺豹錄：當代詩的九十九張面孔》，南京：江蘇鳳凰文藝出版社

2018 年版。

14. 霍俊明:《于堅論》,北京:作家出版社 2019 年版。

15. 洪子誠:《問題與方法──中國當代文學史研究講稿》,北京:生活·讀書·新知三聯書店 2002 年版。

16. 蔣登科:《〈詩刊〉與中國當代詩歌的發展》,北京:人民出版社 2016 年版。

17. 藍棣之:《現代詩的情感與形式》,北京:人民文學出版社 2002 年版。

18. 雷霆:《沉鐘悠遠:雷霆詩文集》,北京:作家出版社 2014 年版。

19. 李怡:《現代:繁複的中國旋律》,北京:中央編譯出版社 2001 年版。

20. 李怡:《中國新詩講稿》,北京:中國人民大學出版社 2014 年版。

21. 李怡:《文史對話與大文學史觀》,廣州:花城出版社 2019 年版。

22. 李振聲:《季節輪換:「第三代」詩敘論(修訂版)》,上海:復旦大學出版社 2008 年版。

23. 梁小斌:《地主研究》,北京:文化藝術出版社 2001 年版。

24. 廖亦武主編:《沉淪的聖殿》,烏魯木齊:新疆青少年出版社 1999 年版。

25. 林莽、藍野主編:《三十位詩人的十年:華文青年詩人獎和一個時代的抒情》,桂林:灕江出版社 2012 年版。

26. 劉禾編:《持燈的使者》,桂林:廣西師範大學出版社 2009 年版。

27. 劉福春:《新詩紀事》,北京:學苑出版社 2004 年版。

28. 劉福春:《中國新詩編年史》,北京:人民文學出版社 2012 年版。

29. 劉福春編撰:《中國新詩書刊總目》,北京:作家出版社 2006 年版。

30. 龍泉明:《中國新詩流變論》,北京:人民文學出版社 1999 年版。

31. 駱寒超:《20 世紀新詩綜論》,上海:學林出版社 2001 年版。

32. 羅志田:《二十世紀的中國思想與學術掠影》,廣州:廣東教育出版社 2001 年版。

33. 羅振亞:《中國現代主義詩歌史論》,北京:社會科學文獻出版社 2002 年版。

34. 羅振亞:《朦朧詩後先鋒詩歌研究》,北京:中國社會科學出版社 2005 年版。

35. 馬原:《重返黃金時代:八十年代大家訪談錄》,長春:吉林出版集團股

份有限公司 2011 年版。

36. 潘頌德：《中國現代新詩理論批評史》，上海：學林出版社 2002 年版。

37. 邵燕祥：《南磨坊行走》，哈爾濱：北方文藝出版社 2011 年。

38. 詩刊社編：《〈詩刊〉創刊 60 週年大事記》，北京：作家出版社 2017 年版。

39. 宋劍華：《百年文學與主流意識形態》，長沙：湖南教育出版社 2002 年版。

40. 童慶炳：《現代詩學問題十講》，青島：中國海洋大學出版社 2005 年版。

41. 王本朝：《中國當代文學制度研究（1949～1979）》，北京：新星出版社，2007 年。

42. 王家新：《為鳳凰尋找棲所：現代詩歌論集》，北京：北京大學出版社 2008 年版。

43. 王家新：《在一顆名叫哈姆萊特的星下》，北京：中國人民大學出版社 2012 年版。

44. 王家新：《教我靈魂歌唱的大師》，北京：人民文學出版社 2017 年版。

45. 王光東：《民間理念與當代情感：中國現當代文學解讀》，桂林：廣西師範大學出版社 2003 年版。

46. 王光明：《現代漢詩的百年演變》，石家莊：河北人民出版社 2003 年版。

47. 王燕生：《上帝的糧食》，蘇州：古吳軒出版社 2004 年版。

48. 吳思敬主編：《詩人與校園——首都師範大學駐校詩人研究論集》，桂林：灕江出版社 2014 年版。

49. 現代漢詩百年演變課題組編：《現代漢詩：反思與求索》，北京：作家出版社 1998 年版。

50. 西渡、王家新編：《訪問中國詩歌》，汕頭：汕頭大學出版社 2008 年版。

51. 熊輝：《中國當代新詩批評的維度》，北京：北京大學出版社 2017 年版。

52. 謝冕：《新世紀的太陽——二十世紀中國詩潮》，長春：時代文藝社出版社 1993 年版。

53. 謝冕、吳思敬主編：《字思維與中國現代詩學》，天津：天津社會科學院出版社 2002 年版。

54. 謝冕：《浪漫星雲——中國當代詩歌箚記》，廣州：廣東人民出版社 1999 年版。

55. 楊匡漢、劉福春主編：《西方現代詩論》，廣州：花城出版社 1988 年版。

56. 于堅：《于堅詩學隨筆》，西安：陝西師範大學出版總社有限公司 2010 年版。

57. 于堅：《棕皮手記》，上海：東方出版中心 1997 年版。

58. 袁可嘉：《論新詩現代化》，北京：生活・讀書・新知三聯書店 1988 年版。

59. 臧克家：《臧克家回憶錄》，北京：中國工人出版社 2004 年版。

60. 張均：《中國當代文學制度研究（1949~1976）》，北京大學出版社 2011 年版。

61. 張松建：《抒情主義與中國現代詩學》，北京：北京大學出版社 2012 年版。

62. 張桃洲：《現代漢語的詩性空間——新詩話語研究》，北京：北京大學出版社 2005 年版。

63. 張新：《20 世紀中國新詩史》，上海：復旦大學出版社 2009 年版。

64. 張元珂：《韓東論》，北京：作家出版社 2019 年版。

65. 張僖：《隻言片語——中國作協前秘書長的回憶》，北京：十月文藝出版社 2002 年版。

66. 趙暉：《海子，一個「80 年代」文學鏡象的生成》，北京：北京大學出版社，2011 年。

67. 周雪光：《中國國家治理的制度邏輯（一個組織學研究）》，北京：生活・讀書・新知三聯書店 2017 年版。

68. 周翼虎、楊曉民：《中國單位制度》，北京：中國經濟出版社，2002 年。

69. 朱先樹：《80 年代中國新創作年度概評》，武漢：長江文藝出版社 1993 年版。

70. （德）海德格爾：《林中路》，孫周興譯，上海：上海譯文出版社 2004 年版。

71. （德）海德格爾：《在通往語言的途中》，孫周興譯，北京：商務印書館 2004 年版。

72. （德）雅斯貝斯：《時代的精神狀況》，王德峰譯，上海：上海譯文出版社 2013 年版。

73. （德）本雅明：《啟迪：本雅明文選》，（德）阿倫特編，張旭東、王斑譯，北京：生活・讀書・新知三聯書店 2012 年版。

74. （德）馬克斯・韋伯：《學術與政治》，錢永祥等譯，上海：三聯書店 2019 年版。

75. （法）穆沙：《誰，在呼喊時：20 世紀的見證文學》，李金佳譯，上海：華東師範大學出版社 2015 年版。

76. （法）雅克・朗西埃：《詞語的肉身：書寫的政治》，朱康、朱羽、黃銳傑譯，西安：西北大學出版社 2015 年版。

77. （法）雅克・朗西埃：《文學的政治》，南京：南京大學出版社 2014 年版。

78. （法）雅克・朗西埃：《沉默的言語：論文學的矛盾》，臧小佳譯，上海：華東師範大學出版社 2016 年版。

79. （法）阿蘭・巴迪歐：《世紀》，藍江譯，南京：南京大學出版社 2017 年版。

80. （法）安托萬・孔帕尼翁：《理論的幽靈：文學與常識》，吳泓緲、汪捷宇譯，南京：南京大學出版社 2017 年版。

81. （法）讓-保羅・薩特：《什麼是主體性？》，吳子楓譯，上海：上海人民出版社 2017 年版。

82. （法）巴塔耶：《內在經驗》，程小牧譯，北京：生活・讀書・新知三聯書店 2017 年版。

83. （法）福柯：《規訓與懲罰》，劉北成、楊元嬰譯，北京：生活・讀書・新知三聯書店 2012 年版。

84. （法）雅克・馬利坦：《藝術與詩中的創造性直覺》，劉有元、羅選民等譯，北京：生活・讀書・新知三聯書店 1991 年版。

85. （法）弗朗索瓦・朱利安：《迂迴與進入》，杜小真譯，北京：商務印書館 2017 年版

86. （法）皮埃爾・布爾迪厄：《藝術的法則——文學場的生成與結構》，劉暉譯，北京：中央編譯出版社 2011 年版。

87. （法）米歇爾・福柯等：《文字即垃圾：危機之後的文學》，白輕編，重慶：重慶大學出版社 2016 年版。

88. （荷）柯雷：《精神與金錢時代的中國詩歌：從 1980 年代到 21 世紀初》，

張曉紅譯，北京：北京大學出版社 2017 年版。

89.（美）喬治・斯坦納：《語言與沉默——論語言、文學與非人道》，李小均譯，上海：上海人民出版社 2013 年版。

90.（美）芮塔・菲爾斯基：《文學之用》，劉洋譯，南京：南京大學出版社 2019 年版。

91.（美）卡林內斯庫：《現代性的五副面孔：現代主義、先鋒派、頹廢、媚俗藝術、後現代主義》，顧愛彬、李瑞華譯，南京：譯林出版社 2015 年版。

92.（美）彼得・L.伯格、托馬斯・盧克曼：《現實的社會建構：知識社會學論綱》，吳肅然譯，北京大學出版社 2019 年版。

93.（美）薩義德：《知識分子論》，單德興譯，北京：生活・讀書・新知三聯書店 2002 年版。

94.（美）霍尼：《我們內心的衝突》，王作虹譯、陳維正校，南京：譯林出版社 2011 年版。

95.（美）索維爾：《知識分子與社會》，張亞月、梁興國譯，北京：中信出版社 2013 年版。

96.（美）白瑞琪：《反潮流的中國》，北京：中共中央黨校出版社 1999 年版。

97.（美）喬姆斯基、〔法〕福柯：《喬姆斯基、福柯論辯錄》，〔荷〕厄爾德斯編，劉玉紅譯，桂林：灕江出版社 2012 年版。

98.（瑞士）榮格：《心理學與文學》，馮川、蘇克譯，南京：譯林出版社 2014 年版。

99.（意）吉奧喬・阿甘本：《語言與死亡：否定之地》，張羽佳譯，南京：南京大學出版社 2019 年版。

100.（意）吉奧喬・阿甘本：《敞開：人與動物》，藍江譯，南京：南京大學出版社 2019 年版。

101.（意）維柯：《新科學》，朱光潛譯，合肥：安徽教育出版社 2006 年版。

102.（英）瑞恰慈：《文學批評原理》，楊自伍譯，南昌：百花洲文藝出版社 1992 年版。

103.（英）艾略特：《傳統與個人才能：艾略特文集》，卞之琳、李賦寧等譯，上海：上海譯文出版社 2012 年版。

104. （英）吉登斯：《現代性與自我認同：晚期現代中的自我與社會》，夏璐譯，北京：中國人民大學出版社 2016 年版。

二、相關詩集

1. 第 29 屆～第 35 屆「青春詩會」詩叢。

2. 梁曉明、南野、劉翔主編：《中國先鋒詩歌檔案》，杭州：浙江文藝出版社 2004 年版。

3. 詩刊社編：《「青春詩會」三十年詩選》，北京：作家出版社 2014 年版。

4. 唐曉渡、王家新編選：《中國當代實驗詩選》，瀋陽：春風文藝出版社 1987 年版。

5. 徐敬亞、孟浪、曹長青、呂貴品編：《中國現代主義詩群大觀 1986～1988》，上海：同濟大學出版社 1988 年版。

6. 閻月君、高岩、梁雲、顧芳等編選：《朦朧詩選》，瀋陽：春風文藝出版社 1985 年版。

7. 《詩刊》選編：《1979～1980 詩選》，成都：四川人民出版社 1982 年版。

8. 《詩刊》選編：《一九八一年詩選》，北京：人民文學出版社 1983 年版。

9. 《詩刊》選編：《一九八二年詩選》，北京：人民文學出版社 1983 年版。

10. 《詩刊》選編：《一九八三年詩選》，北京：人民文學出版社 1985 年版。

11. 《詩刊》選編：《一九八四年詩選》，北京：人民文學出版社 1986 年版。

12. 《詩刊》選編：《一九八五年詩選》，北京：人民文學出版社 1986 年版。

13. 《詩刊》選編：《一九八六年詩選》，北京：人民文學出版社 1988 年版。

14. 《詩刊》選編：《一九八七年詩選》，北京：人民文學出版社 1989 年版。

15. 《詩刊》選編：《一九八八年詩選》，北京：人民文學出版社 1990 年版。

16. 《詩刊》選編：《一九八九年詩選》，北京：人民文學出版社 1991 年版。

17. 《詩刊》選編：《1990～1992 三年詩選》，1994 年 3 月由人民文學出版社出版。

18. 《詩刊》選編：《1999 中國年度最佳詩歌》，桂林：灕江出版社 2000 年版。

19. 《詩刊》選編：《2000 中國年度最佳詩歌》，桂林：灕江出版社 2001 年版。

20. 《詩刊》選編：《2001 中國年度最佳詩歌》，桂林：灕江出版社 2002 年版。

21. 《詩刊》選編：《2002 中國年度最佳詩歌》，桂林：灕江出版社 2003 年版。

三、期刊報紙

1. 《安徽文學》

2. 《飛天》

3. 《光明日報》

4. 《今天》（油印刊物）

5. 《綠風》詩刊

6. 《人民日報》

7. 《上海文學》

8. 《詩刊》

9. 《詩神》

10. 《詩探索》

11. 《文藝報》

12. 《星星》詩刊

（以上期刊報紙的引文，腳注中出現的不再詳細列出。）

四、論文等其他類

1. 初清華：《新時期文學場域研究》，蘇州大學博士學位論文，2006 年。

2. 劉波：《「第三代」詩歌論》，南開大學博士學位論文，2010 年。

3. 錢繼云：《〈詩刊〉與 1980 年代詩歌創作》，蘇州大學博士學位論文，2014 年。

4. 邱食存：《「第三代」詩歌後現代性研究》，西南大學博士學位論文，2017 年。

5. 王文靜：《中國當代新詩經典化問題研究》，吉林大學博士學位論文，2019 年。

6. 張立群：《中國新詩與政治文化》，首都師範大學博士學位論文，2006 年。

7. 張志國：《〈今天〉與朦朧詩的發生》，暨南大學博士學位論文，2009 年。

8. 周志強：《當代詩歌理論批評研究（1979～1999）》，暨南大學博士學位論文，2009 年。

9. 陳曉怡：《「新時期文學」初期的多元面貌──以代表性期刊編輯人員與編輯方針為對象》，華東師範大學碩士學位論文，2019 年。

10. 劉曉翠：《新時期詩歌年選研究》，首都師範大學碩士學位論文，2008 年。

11. 李瀟濤：《鄧小平與反對精神污染》，湖南科技大學碩士學位論文，2016 年。

12. 謝亞娟：《1980 年代〈詩刊〉與「第三代詩」關係研究》，河南大學碩士學位論文，2018 年。

13. 楊嬌嬌：《第一屆「青春詩會」與 1980 年代初詩壇格局的轉向》，杭州師範大學碩士學位論文，2013 年。

14. 莊瑩：《1979 年的〈詩刊〉——社會轉型期的裂變與重構》，山東大學碩士學位論文，2009 年。

15. 丁國成：《〈詩刊〉如何辦起「刊授」來？》，《揚子江詩刊》2006 年第 6 期。

16. 丁國成：《幾點補正——邵燕祥《跟著嚴辰編〈詩刊〉》讀後》，《文藝理論與批評》2017 年第 3 期。

17. 馮雷：《從「駐校詩人」制度看當代詩歌人才的培養》，《中國現代文學研究叢刊》2015 年第 4 期。

18. 高旭：《裂變時代的後撤——管窺 1985～1989 年的〈詩刊〉》，《揚子江評論》2013 年第 2 期。

19. 胡友峰：《詩歌傳播與文學政治——論〈詩刊〉的發展與政治話語的關聯》，《百家評論》2018 年第 5 期。

20. 胡友峰、李修：《〈詩刊〉與朦朧詩的興衰》，《中國現代、當代文學研究》2014 年第 12 期。

21. 黃兆暉、張妍：《青春詩會，平庸的雞肋？》，《南方都市報》2003 年 12 月 1 日。

22. 蔣登科：《體制認同與前期〈詩刊〉的發展》，《山東師範大學學報（人文社會科學版）》，2017 年第 1 期。

23. 江非：《以細讀、交流和制度建設促進駐校詩人模式的系統化發展——對駐校詩人制度發展的幾點建議》，《中國詩歌研究動態》第十五輯。

24. 李怡：《體制與生存》，《紅岩》2007 年第 4 期。

25. 李怡：《二十世紀中國詩歌的難題與選擇》，《海南師院學報》1995 年第 4 期。

26. 李怡：《什麼詩歌？誰的社會？——對「詩歌與社會」問題的幾點困惑》，《江海學刊》2009 年第 5 期。

27. 劉福春：《20 世紀新詩史料工作述評》，《中國現代文學研究叢刊》，2002 年第 3 期。

28. 劉福春：《還原歷史的豐富與複雜》，《文學評論》2014 年第 3 期。

29. 牛殿慶：《詩歌新人輩出的 1980 年——評〈詩刊〉新人新作小輯和青春詩會》，《寧波職業技術學院學報》2009 年第 6 期。

30. 牛殿慶：《大棒當頭：1980 詩歌論爭——兼評〈詩刊〉1980 年 10 月號詩論》，《宜賓學院學報》2010 年第 3 期。

31. 錢繼云：《〈詩刊〉與 1980 年代詩歌評獎》，《當代文壇》2014 年第 3 期。

32. 錢繼云：《詩潮中的弄潮兒——論〈詩刊〉與「青春詩會」》，《楊子江評論》2012 年第 3 期。

33. 錢繼云：《〈詩刊〉與「朦朧詩論爭」》，《揚子江評論》2018 年第 3 期。

34. 錢繼云：《〈詩刊〉與新時期詩歌的生成》，《蘇州教育學院學報》2018 年第 3 期。

35. 邵燕祥：《跟著嚴辰編〈詩刊〉》，《新文學史料》2015 年第 1 期。

36. 邵燕祥：《青年詩人在這裡後來居上》，《南方都市報·閱讀週刊》2008 年 7 月 20 日。

37. 舒晉瑜：《首師大駐校詩人成為中國詩壇中堅力量》，《中華讀書報》2014 年 12 月 03 日。

38. 舒婷：《燈光轉暗，你在何方？——顧城與謝燁》，《金秋》第 7 期。

39. 宋莊：《駐校詩人制為文壇帶來什麼？》，《工人日報》2011 年 7 月 29 日。

40. 孫武軍：《青春的聚會：憶 1980 青年春詩會》，《文學港》2000 年第 1 期。

41. 唐曉渡：《人與事：我所親歷的 80 年代詩刊之一》，《星星·下半月》2008 年第 3 期。

42. 唐曉渡：《人與事：我所親歷的 80 年代詩刊之二》。《星星·下半月》2008 年第 4 期。

43. 唐曉渡：《人與事：我所親歷的八十年代〈詩刊〉（三）——我試圖勾勒的是某種集體人格》，《經濟觀察報》（濟南），2006 年第 102 期。

44. 田志凌、汪乾：《青春詩會：這裡能看到中國詩歌發展的縮影——王燕生

訪談》,《南方都市報》2008 年 6 月 29 日。

45. 王家新:《我的 80 年代》,《文學界 (專輯版)》,2012 年第 2 期。

46. 王士強:《駐校詩人在中國──回顧與展望》,《藝術評論》2014 年第 11 期。

47. 王小妮:《悶熱而不明朗的夏天》,《作家》2000 年第 10 期。

48. 吳俊:《〈人民文學〉與「國家文學」──關於中國當代文學的制度設計》《揚子江評論》2007 年第 1 期。

49. 謝冕等:《「三個崛起」與當代詩歌的突圍》,《揚子江詩刊》2018 年第 2 期。

50. 徐慶全:《〈苦戀〉風波始末》,《新電影史料》2008 年和 23 期。

51. 楊牧:《記憶的小花──懷念老友王燕生》,《廈門文學》2012 年 12 月。

52. 楊牧:《我是青年》,《新疆文學》1980 年第 10 期。

53. 楊牧:《記憶的小花──懷念老友王燕生》,《廈門文學》2012 年 12 月。

54. 葉延濱:《〈詩刊〉:中國夢的家園──我與〈詩刊〉十四年》,《紅豆》2010 年第 3 期。

55. 葉延濱:《唯願好詩滿人間──答×××記者問》,《詩選刊》2005 年第 9 期。

56. 余信紅:《關於「清除精神污染」的歷史考證》,《中共珠海市委黨校珠海行政學院學報》2007 年第 6 期。

57. 張弘:《〈詩刊〉:詩人恩怨催人老》,《新京報》2006 年 8 月 17 日。

58. 張潔宇:《青春‧詩心──第十四屆青春詩會追記》,《中華讀書報》1998 年 4 月 8 日。

59. 張學夢:《兩幅速寫》,《作家》2000 年第 10 期。

60. 張自春:《從同人刊物到詩歌「國刊」:〈詩刊〉1980 年前的轉變歷程》,《文藝爭鳴》2015 年第 1 期。

61. 鄭敏:《世紀末的回顧:漢語語言變革與中國新詩創作》,《文學評論》1993 年第 3 期。

附件一：歷屆「青春詩會」參會詩人名單

（從 1980 年至 2020 年，共舉辦三十六屆，參會詩人共計 527 人。）

第一屆（1980），7 月 20 日～8 月 21 日，北京—北戴河，共 17 人。（作品刊於《詩刊》1980 年 10 月號）

梁小斌，張學夢，葉延濱，舒婷，才樹蓮，江河，楊牧，徐曉鶴，梅紹靜，高伐林，徐敬亞，陳所巨，顧城，徐國靜，王小妮，孫武軍，常榮。

第二屆（1982），7 月，北京，共 9 人。（作品刊於《詩刊》1982 年 10 月號）

劉犁，新土，周志友，筱敏，陳放，閻家鑫，趙偉，王自亮，許德民。

第三屆（1983），5 月，北京西郊香山，共 11 人。（作品刊於《詩刊》1983 年 8 月號）

李鋼，朱雷，柯平，龍郁，薛衛民，王家新，張建華，饒慶年，雷恩奇，牛波，李靜。

第四屆（1984），會期 21 天，北京北郊，共 9 人。（作品刊於《詩刊》1984 年 8 月號）

馬麗華，田家鵬，劉波，余以建，金克義，張麗萍，胡學武，廖亦武，張敦孟。

第五屆（1985），8 月，貴陽—遵義，共 12 人。（作品刊於《詩刊》1985 年 12 月號）

張燁，王汝梅，孫桂貞，唐亞平，劉敏，何香久，陳紹陟，楊爭光，王建

漸，何鐵生，胡鴻，華姿。

第六屆（1986），9 月，山西太原─五臺山─雲岡，共 15 人。（作品刊於《詩刊》1986 年 11 月號）

于堅，阿吾，伊甸，曉樺，宋琳，韓東，翟永明，閻月君，車前子，水舟，吉狄馬加，老河，潞潞，張銳鋒，葛根圖婭。

第七屆（1987），河北秦皇島，共 16 人。（作品刊於《詩刊》1987 年 11 月號）

宮輝，張子選，楊克，喬邁，力虹，趙天山，李曉梅，西川，劉虹，陳東東，歐陽江河，郭力家，簡寧，程寶林，莊永春，鄭道遠。

第八屆（1988），6 月，北京─煙臺，共 17 人。（作品刊於《詩刊》1988 年 11 月號）

程小蓓，駱一禾，陶文瑜，開愚，林雪，童蔚，袁安，海男，南野，劉國體，王建平，劉見，王黎明，大衛，何首巫，曹宇翔，阿古拉泰。

第九屆（1991），9 月，徐州，共 12 人。（作品刊於《詩刊》1991 年 12 月號）

耿翔，劉季，第廣龍，張令萍，楊然，李濤，梅林，阿來，孫建軍，海舒，雨田，劉欣。

第十屆（1992），北京香山臥佛寺，共 11 人。（作品刊於《詩刊》1992 年 12 月號）

阿堅，藍藍，王學芯，榮榮，洪燭，劉德吾，白連春，陳濤，凌非，班果，湯養宗。

第十一屆（1993），9 月，河南焦作雲臺山，共 12 人。（作品刊於《詩刊》1993 年 12 月號）

劉向東，大解，馬永波，柳沄，葉玉琳，董雯，韋錦，劉金忠，唐躍生，呼潤廷，陳惠芳，秦巴子。

第十二屆（1994），8 月，晉西北寧武古城、五臺山，共 15 人。（作品刊於《詩刊》1994 年 12 月號）

匡國泰，雷霆，李莊，葉舟，賈真，郭新民，李華，頑童，池凌雲，劉亞麗，張執浩，巴音博羅，高凱，楊孟芳，汪峰。

第十三屆（1995），北京，共 10 人。（作品刊於《詩刊》1995 年 12 月號）

閻安，楊曉民，伊沙，李岩，喬葉，高星，馮傑，張戰，胡玥，廖志理。

第十四屆（1997），12 月，北京社會主義學院，共 18 人。（作品刊於《詩刊》1998 年 3 月）

謝湘南，大衛，李元勝，祝鳳鳴，古馬，樊忠慰，陸蘇，張紹民，鄒漢明，劉希全，代薇，娜夜，沈葦，簡人，阿信，吳兵，龐培，臧棣。

第十五屆（1999），5 月，山東聊城，共 20 人。（作品刊於《詩刊》1999 年 8 月號）

李南，歌蘭，冉仲景，盧衛平，譙達摩，莫非，殷龍龍，劉川，凸凹，牛慶國，樹才，楊梓，小海，候馬，商澤軍，李舟，安斯壽，姚輝，趙貴辰，高昌。

第十六屆（2000），4 月，廣東肇慶鼎湖山，共 12 人。（作品刊於《詩刊》2000 年 8 月號）

汪漫，殷常青，老刀，宋志剛，江一郎，陳朝華，芷冷，田禾，姜念光，起倫，耿國彪，安琪。

第十七屆（2001），8 月 27 日～9 月 2 日，浙江蒼南，共 17 人。（作品刊於《詩刊》2001 年 12 月號）

馬利軍，李雙，寒煙，姜樺，趙麗華，沈娟蕾，南歌子，友來，李志強，葉曄，黃崇森，金肽頻，王順建，俄尼‧牧莎斯加，牧南，東林，凌翼。

第十八屆（2002），5 月，安徽合肥—黃山九龍山莊，共 14 人。（作品刊於《詩刊》2002 年 10 月號上半月號）

哨兵，黑陶，江非，劉春，張岩，龐余亮，杜涯，魏克，姜慶乙，魯西西，胡弦，李輕鬆，張祈，雨馨。

第十九屆（2003），11 月 19 日～23 日，深圳，共 16 人。（作品刊於《詩刊》2003 年 11 月下半月號）

北野，雷平陽，路也，啞石，王夫剛，桑克，沙戈，蘇歷銘，胡續冬，黑棗，三子，蔣三立，谷禾，宋曉傑，譚克修，崔俊堂。

第二十屆（2004），9 月 22 日～27 日，安徽黟縣（南屏關麓）—江西，共 14 人。（作品刊於《詩刊》2004 年 12 月上半月號）

孫磊，葉匡政，陳先發，盤妙彬，周長圓，徐南鵬，劉以林，王太文，劉

福君，大平，朱零，葉麗雋，阿毛，川美。

第二十一屆（2005），10月9日～19日，新疆喀什，共16人。（作品刊於《詩刊》2005年12月上、下半月合刊）

郁笛，梁積林，陳樹照，謝君，晴朗李寒，曹國英，張傑，李見心，木杪，周斌，鄭小瓊，鄧詩鴻，唐力，姚江平，金所軍，王順彬。

第二十二屆（2006），10月10日～15日，寧夏銀川、賀蘭山、六盤山，共17人。（作品刊於《詩刊》2006年12月號上半月刊）

孔灝，高鵬程，邰筐，徐俊國，宗霆鋒，哥布，成路，黃鉞，霍竹山，吳海斌，單永珍，楊邪，蘇淺，娜仁琪琪格，李小洛，李雲，樊康琴。

第二十三屆（2007），10月17日～22日，北京門頭溝，共18人。（作品刊於《詩刊》2007年12月號上半月刊）

熊焱，商略，唐詩，胡楊，成亮，陳國華，尤克利，孫方傑，周啟垠，寧建，阿卓務林，徐敏，包苞，南子，胡茗茗，馬萬里，鄧朝暉，李飛駿。

第二十四屆（2008），11月14日～18日，湖南岳陽，共23人。（作品刊於《詩刊》2008年12月號下半月刊）

程鵬，黃金明，金鈴子，蘇黎，李滿強，魯克，韓玉光，郭曉琦，周野，閻志，楊方，張懷帆，蔡書清，劉克胤，林莉，天界，張作梗，陳人傑，張紅兵，李輝，劉濤，王文海，王妍丁

第二十五屆（2009），11月10日～15日，湖南株洲，共15人。（作品刊於《詩刊》2009年12月號上半月刊）

李成恩，津渡，黃禮孩，韓宗寶，橫行胭脂，丁一鶴，謝榮勝，曹利華，董瑋，申豔，阿華，談雅麗，麻小燕，葉菊如，文心。

第二十六屆（2010），8月6日～10日，浙江文成，共13人。（作品刊於《詩刊》2010年10月號下半月刊）

許強，慕白，黃芳，李山，賴廷階，東涯，泥馬度，柯健君，劉暢，扶桑，唐不遇，俞昌雄，劉小雨。

第二十七屆（2011），10月21日～27日，河北唐山、灤南─上海，共14人。（作品刊於《詩刊》2011年12月上半月刊）

金勇，陳忠村，楊曉芸，徐源，夢野，花語，王琪，萬小雪，青藍格格，

蘇寧，張幸福，秦興威，純玻璃，馬累。

第二十八屆（2012），9 月 24 日～29 日，雲南蒙自，共 13 人。（作品刊於《詩刊》2012 年 12 月號上半月刊）

陳倉，沈浩波，燈燈，唐果，莫臥兒，三米深，泉溪，泉子，夭夭，唐小米，翩然落梅，王單單，馬占祥。

第二十九屆（2013），10 月 16 日～19 日，浙江紹興，共 15 人。（作品刊於《詩刊》2013 年 12 月號上半月刊）

魔頭貝貝，劉年，陳德根，羅鍼，郁顏，離離，桑子，田暖，林典刨，笨水，江離，天樂，馮娜，微雨含煙，藍紫。

第三十屆（2014），10 月 11 日～15 日，海南陵水，共 15 人。（作品刊於《詩刊》2014 年 12 月號上半月刊）

王彥山，玉珍，吉爾，麥豆，陳亮，張巧慧，李宏偉，李孟倫，杜綠綠，林森，孟醒石，愛松，徐鉞，影白，戴濰娜。

第三十一屆（2015），9 月 14 日～18 日，福建龍巖，共 16 人。（作品刊於《詩刊》2015 年 12 月號上半月刊）

楊慶祥，白月，宋桂蘭，江汀，李其文，天嵐，張二棍，武強華，秋水，林宗龍，趙亞東，茱萸，錢利娜，黎啟天，袁紹珊，宋尚緯。

第三十二屆（2016），8 月 11 日～16 日，黑龍江漠河，共 15 人。（作品刊於《詩刊》2016 年 12 月號上半月刊）

沉魚，小蔥，林火火，張遠倫，林子懿，臧海英，方石英，祝立根，辰水，李洪振，嚴彬，陸輝豔，王琰，左右，肖寒，曹立光。

第三十三屆（2017），8 月，甘肅隴南，共 15 人。（作品刊於《詩刊》2017 年 12 月號上半月刊）

艾蔻／周蕾，段若兮／潘菊豔，飛廉／武彥華，郝煒，胡正剛，紀開芹，劉山／劉林山，馬慧聰，馬驥文／馬海波，馬嘶／馬永林，談驍，葉曉陽，張雁超，鄭茂明，莊凌。

第三十四屆（2018），9 月，安徽蚌埠，共 15 人。（作品刊於《詩刊》2018 年 12 月號上半月刊）

緞輕輕／王風，李海鵬，洪光越，丫丫／陸燕姜，陳巨飛，熊曼，雷曉

宇，劉汀，康雪，盛興／張勝興，江一葦／李金奎，呂達，歐陽學謙，夏午／夏春花，余真／蘇惠。

第三十五屆（2019），8 月，江西橫峰，共 15 人。（作品刊於《詩刊》2019 年 12 月號上半月刊）

胡飛白／飛白，賈淺淺，敬丹櫻，孔令劍，李金城／童作焉，馬澤平，漆宇晴／漆宇勤，王瑋旭／王子瓜，吳素貞，徐曉，楊菊梅／黍不語，鄭龍騰／年微漾，周金平／納蘭，周衛民。

第三十六屆（2020），10 月，福建霞浦，共 15 人。（作品刊於《詩刊》2020 年 12 月號上半月刊）

陳小蝦，李亮，王飛／瓊瑛卓瑪，舒顯富／芒原，韋廷信，李松山，吳小龍／吳小蟲，王家銘，王冬／王二冬，蔣在，蘇笑嫣，王龍文，葉丹，徐美超／徐蕭，王前／樸耳。

附件二：歷屆「青春回眸」詩會參會詩人名單

（從 2010 年到 2020 年共舉辦十一屆，參會詩人共計 145 人，其中參加過「青春詩會」的 61 人）

2010 年第一屆，山西忻州，8 月 16～19 日。共 13 人，9 人參加過「青春詩會」

　　張學夢，1980 年第一屆；楊牧，1980 年第一屆；王小妮，1980 年第一屆；徐敬亞，1980 年第一屆；孫武軍，1980 年第一屆；大解，1993 年第十一屆；劉向東，1993 年第十一屆；賈真，1994 年第十二屆；郭新民，1994 年第十二屆；張新泉；孫曉傑；華萬里；車延高。

2011 年第二屆，浙江永嘉，5 月 23～26 日。共 11 人，6 人參加過「青春詩會」

　　柯平，1983 年第 3 屆；西川，1987 年第 7 屆；歐陽江河，原名江河，1987 年第 7 屆；陳東東，1987 年第 7 屆；林雪，1988 年第 8 屆；大衛，1997 年第 14 屆；商震；馬敘；陽颺；高崎；漫天鴻，曾用筆名俞紫翎。

2012 年第三屆，湖南常德，6 月 11 日～14 日。11 人，4 人參加過「青春詩會」

　　榮榮，1992 年第十屆；楊曉民，1995 年第十三屆；娜夜，1997 年第十四屆；田禾，2000 年第十六屆；韓作榮；傅天琳；劉立雲；馬新朝；羅鹿鳴；龔道國；劉雙紅。

2013 年第四屆，湖北黃石，5 月 10 日～12 日。11 人，4 人參加過「青春詩會」

舒婷，1980 年第一屆；柳沄，1993 年十一屆；湯養宗，1992 年第十屆；李元勝，1997 年第十四屆；林莽；李琦；謝克強；梁平；梁曉明；人鄰；曹樹瑩。

2014 年第五屆，青海玉樹，7 月 5 日～8 日。11 人，5 人參加過「青春詩會」

王自亮，1982 年第二屆；吉狄馬加，1986 年第六屆；閻安，1995 年第十三屆；臧棣，1997 年第十四屆；李南，1999 年第十五屆；胡的清；靳曉靜；潘紅莉；李犁；文國棟；李先鋒。

2015 年第六屆，江蘇太倉，7 月 10 日～12 日。15 人，6 人參加過「青春詩會」。

張燁，1985 年第五屆；王學芯，1992 年第十屆；劉金忠，1993 年第十一屆；葉舟，1994 年第十二屆；張戰，1995 第十三屆；沈葦，1997 年第十屆屆；龔學敏；周所同；冉冉；哈雷；陸健；龔璁；張慧謀；鄭文秀；高建剛。

2016 年第七屆，湖南株洲，5 月 26 日～28 日。15 人，2 人參加過「青春詩會」

伊沙，1995 第十三屆；老刀，2000 年第十六屆；向以鮮；鬱蔥；楊森君；劉起倫；瀟瀟；草人兒；吳少東；張中海；梁爾源；蒲小林；崔益穩；劉成愛；楊亞傑。

2017 年第八屆，海南陵水，7 月 7 日～8 日。13 人，6 人參加過「青春詩會」

張執浩，1994 年第十二屆；阿信，1997 年第十四屆；胡弦，2002 年第十八屆；桑克，2003 年第十九屆；蔣三立，2003 年第十九屆；陳先發，2004 年第二十屆；黃梵；毛子；何曉坤；王琦；遠岸；曹玉霞；雁西。

2018 年第九屆，河北承德，7 月 8 日～10 日。15 人，7 人參加過「青春詩會」

李濤，1991 年第九屆；第廣龍，1991 年第九屆；姜念光，2000 年第十六屆；楊梓，1999 年第十五屆；姚江平，2005 年第二十一屆；梁積林，2005 年第二十一屆；李雲，2006 年第二十二屆；曹宇翔；余笑忠；盧文麗；郭金牛；

王若冰；東籬；韓閩山；琳子。

2019 年第十屆，福建寧德，5 月 12 日～15 日。15 人，6 人參加過「青春詩會」

楊克，1987 年第七屆；李曉梅，1987 年第七屆；池凌雲，1994 年第十二屆；樹才，1999 年第十五屆；安琪，2000 年第十六屆；魯克，2008 年第二十四屆；劍男；汪劍釗；謝宜興；寶蘭；天界；林秀美；田湘；南書堂；劉偉雄。

2020 年第十一屆，河北承德。7 月 25 日～27 日。15 人，6 人參加過「青春詩會」

候馬，1999 年第 15 屆；王夫剛，2003 年第十九屆；金所軍，2005 年第二十一屆；曹國英，2005 年第二十一屆；胡茗茗，2007 年第二十三屆；陳人傑，2008 年第二十四屆；西渡；張清華；王久辛；包臨軒；北喬；周慶榮；任白；祁人；賈永。